COLLECTION FOLIO

Philippe Sollers

La Guerre du Goût

Édition complétée par un index des noms cités

Gallimard

Philippe Sollers est né à Bordeaux. Son premier roman, *Une curieuse solitude*, publié en 1958, a été salué à la fois par Mauriac et par Aragon. Il reçoit en 1961 le prix Médicis pour *Le Parc*. Il fonde la revue et la collection *Tel quel* en 1960, puis la revue et la collection *L'Infini*, en 1983.

PRÉFACE

Ce volume s'inscrit naturellement dans la suite d'autres essais : *L'Écriture et l'expérience des limites, Théorie des Exceptions, Improvisations*.

L'idée a toujours été de constituer une véritable histoire, vivante et verticale, de l'art et de la littérature ; une échelle mobile, parcourable dans les deux sens (par exemple, de Villon à Rimbaud ou Genet ; de Sade à Proust ; de Céline à Saint-Simon ; de Dante à Joyce ; du Titien à Picasso ; de Kafka à Pascal).

Tentative, donc, pour échapper à l'histoire linéaire, à sa passivité commémorative ou, au contraire, à la terreur ou au messianisme qui l'habitent. Un même nihilisme métaphysique définit ces deux positions apparemment antagonistes, mais incapables toutes deux de se situer par rapport à la souveraineté aggravée de la Technique. Ce n'est pas un hasard si, au-delà du conflit des interprétations, un seul problème se pose désormais avec de plus en plus de violence : celui de la lecture, dans un monde qui programme, jour après jour, en même temps que celle des corps, sa destruction. Pourtant, cet extrême danger peut aussi se révéler une chance.

On ne s'attardera pas ici sur les effets de la vieille Sainte-Trinité moderne : Marx, Nietzsche, Freud. Les noms qui ont surgi depuis (Breton, Blanchot, Sartre, Lacan, Barthes, Foucault, Althusser, Derrida, Deleuze, Debord) n'ont pas manqué, chacun à sa façon, de tourner dans cette dimension. On les a lus ; parfois connus et soutenus ; quelquefois combattus, tout en poursuivant, cela va sans dire, d'autres aventures, d'autres buts. Qu'il soit cependant permis à un écrivain de s'étonner, s'agissant de penseurs aussi sérieux, de leur surdité, voire de leurs contresens, au sujet de l'œuvre du plus important d'entre eux : Heidegger. Son monumental *Nietzsche*, par exemple, nous a été *caché*, et il est possible de comprendre pourquoi. Je me contenterai de cette citation qui éclaire, je crois, mon propos : « L'Histoire n'est pas une succession d'époques mais une unique proximité du Même, qui concerne la pensée en de multiples modes imprévisibles de la destination, et avec des degrés variables d'immédiateté. »

« Unique proximité du Même », « degrés variables d'immédiateté » : c'est de cette intuition fondamentale que se rapprochent, me semble-t-il, les auteurs avec qui ce livre dialogue. Sur le plan du mythe, certains sont même allés jusqu'à imaginer qu'un seul écrivain, un seul artiste, se mouvait ainsi à travers les siècles (Proust : « Tous les grands écrivains se rejoignent sur certains points, et sont comme les différents moments, contradictoires parfois, d'un seul homme de génie qui vivrait autant que l'humanité »). On voit les masses de préjugés qu'une telle hypothèse ébranle.

Les audaces, les « recherches », ont fait place à une régression brutale que la marchandise publicitaire étend sans interruption ? Oui. Vient donc la nécessité de dire, ou de redire, des choses simples. On laissera donc de côté tout romantisme ou néo-surréalisme ; un épisode dépressif et contraint comme celui du « nouveau roman » ; les diverses exténuations universitaires ou académiques ; le recours aux exaspérations organiques se croyant encore transgressives ; les gémissements poétiques qui, comme d'habitude, ne sont que des sophismes ; les apologies périmées par avance d'une autodestruction hallucinée ; les considérations scolaires sur la nature et l'évolution du récit ; le sociologisme réducteur, complice de la stéréotypie du Spectacle ; les gesticulations d'engagements politiques transitoires ; les crispations verbales qui composent l'envers marginal, et voulu comme tel, de la fabrication de faux livres à écoulement rapide, appelés à se dissiper dans le numérique au même titre que la fabrication biologique (Heidegger : « Au dirigisme littéraire dans le secteur "culture" répond en bonne logique le dirigisme en matière de fécondation »). Cette énumération cavalière ne saurait omettre la dernière trouvaille du règne de l'Illusion : la réhabilitation de la Morale comme pilule à faire avaler le fanatisme, l'obscurantisme et la détresse des temps. La vérité est qu'une crise a eu lieu, qu'elle va s'approfondir, mais qu'il est aussi possible d'en penser les causes, ce que seuls quelques-uns, très rares, ont su mener jusqu'au bout.

Je saisis donc cette occasion pour préciser que, contrairement à une opinion « politiquement correcte », malveillante et, par conséquent, répandue, il n'y a eu, de ma part, aucun changement, aucune trahison, aucun reniement, aucun revirement, abandon ou relâchement subjectif, aucun « retour à », dans la publication (qui semble obséder certains), en 1983, de mon roman *Femmes*. Ce livre a fait scandale, il a provoqué des fureurs rentrées et des aigreurs durables, il a eu du « succès » (tout s'explique), il a été diffusé ou censuré par malentendus successifs, il attend toujours d'être lu. Il le sera. Le roman, pour moi, n'a jamais cessé d'être la continuation de la pensée par d'autres moyens. Le romanesque réfléchit et raconte l'ouverture de l'existence poétique, l'interdiction ou la dégradation sociales qu'on lui inflige, la répression ou la falsification dont elle est l'objet — mais aussi ses grandes libertés, sa ténacité, ses lueurs. La pensée, à son tour, médite les raisons de ces obstacles, de ces éclaircies : le tissu est le même. J'emploie le mot *guerre* parce que c'est la guerre, et que ne pas le reconnaître relève, au mieux, de la niaiserie ; au pire, du cynisme manipulateur. Et je reprends le mot *goût* (oui, oui, ce désir concret du dix-huitième siècle français, de Montesquieu à Voltaire), parce que, tout bien considéré, l'enjeu fondamental est là. *Guerre* : « Je songe à une Guerre, de droit ou de force, de logique bien imprévue. » (Rimbaud.) *Goût* : « Le goût est la qualité fondamentale qui résume toutes les autres qualités. C'est le *nec plus ultra* de l'intelligence. Ce n'est que par lui seul que le génie est la santé suprême et l'équilibre de toutes les facultés. » (Lautréamont.) On vient de lire des mots qui sont autant de blasphèmes par rapport à la religion technique, des mots que cette religion ressent comme des fautes, des exagérations malvenues, des obscénités, des blessures : pensée, existence poétique, méditation, guerre, goût, logique, équilibre, santé, génie. Le lecteur veut les oublier ? Il les efface de devant ses yeux ? Probable. Mais les voici à nouveau. On appellera donc celui qui s'obstine à les employer un provocateur. Un livre ? Sans doute, mais quel mauvais titre !

Il est remarquable que *Femmes* n'ait pas été perçu comme un livre « d'avant-garde », de la même façon que *Drame* ou *Paradis*. C'est que son contenu gênait et gêne encore. À contenu gênant, feinte de compréhension immédiate. Bien entendu, c'est sur l'affaire sexuelle, comme on dit, que chacun se sent le mieux appelé à juger. Ah, ah, sexuel, dit l'un. Oh, oh, commercial, pense l'autre. Ainsi va la misère pavlovienne de l'ère spectaculaire. Pourtant, insister soudain sur le sens de l'emprise biologique et sociale de l'histoire signifiait que c'est là qu'il fallait intervenir, voilà tout. Dix ans après, confirmation globale, rien à reprendre (« Le viol de l'ovule », titre aujourd'hui même un grand journal du soir en nous faisant part de sa préoccupation éthique). Oui, rien à modifier. Tant pis pour les avant-gardistes arriérés, le clergé intellectuel choqué (et pour cause), les récupérateurs pressés. Il suffit d'ailleurs de demander *de quoi* parlent, par la suite, des romans comme *Portrait du joueur, Le Cœur absolu, Les Folies françaises, Le Lys d'or, La Fête à Venise, Le Secret.* De quoi *exactement*, que l'on ne trouve pas *ailleurs* ? Bonne question, que l'auteur laisse retomber dans un silence maussade. Ce silence ne sera pas éternel : une histoire est finie, une autre commence, ou plutôt une autre méditation de l'histoire attend ses acteurs. Ils sont à peu près en train de naître : laissons-les venir. Stendhal, mort en 1842, pensait être lu en 1934. Il aurait pu ajouter un ou deux siècles. Il ne lui serait pas venu à l'idée de se demander si quelqu'un saurait encore lire d'ici là.

Ce travail, car c'en est un (et il ne suffit pas que l'auteur dirige une revue littéraire, soit conseiller dans une maison d'édition ou apparaisse, par intermittence, dans les médias pour en douter sérieusement), ne vise à aucune respectabilité institutionnelle. Il n'est pas un « recueil » de textes déjà publiés mais un véritable inédit puisqu'il a toujours été calculé pour avoir, trait par trait, sa signification comme ensemble. Il n'appartient à aucun parti ; ne prêche aucune issue collective ; n'incarne ni le Juste ni le Bien (et pas non plus le Mal — Baudelaire : « Ce n'est pas pour mes femmes, mes filles ou mes sœurs que ce livre a été écrit [...] Je laisse cette fonction à ceux qui ont intérêt à confondre les bonnes actions avec le beau langage [...] Mon livre a pu faire du Bien. Je ne m'en afflige pas. Il a pu faire du Mal. Je ne m'en réjouis pas ») ; ignore la corruption, ne défend qu'une immense minorité menacée, celle des créateurs de tous les temps. Il est habitué depuis longtemps, ce travail, à être traité comme secondaire ou superflu par les pouvoirs économiques et politiques, par le réflexe paternaliste ou la dérision populiste. Que l'auteur ait été tenu tour à tour, et parfois de façon réversible, pour précoce, classique, moderniste, maoïste, insignifiant, farceur, imposteur, schizophrène, paranoïaque, infantile, nul, libertin, papiste, voltairien, et j'en passe, n'a pas grand-chose à voir avec ce qu'il se propose de faire entendre. Le préjugé veut sans cesse trouver un homme derrière un auteur : dans mon cas, il faudra s'habituer au contraire. Les censeurs et les moralistes antimédiatiques, les mélancoliques et les dévots de toutes sortes ont, c'est fatal, les mêmes critères d'évaluation que leurs prétendus adversaires. On s'étonnerait à moins. Quoi qu'il en soit, voici un certain nombre de pages écrites. Il est vrai qu'on peut toujours faire comme si elles n'existaient pas. Rien de plus facile, à une époque où le papier imprimé s'entretient surtout des rapports de forces qui le rendent possible, et se vend par contiguïté sociologique ou nécrologique, sous forme de convivialité forcée ou de commémorations téléguidées. Le Spectacle est une grande famille, et son roman familial, qu'on reconnaîtra infailliblement à son somnambulique et définitif mauvais goût, n'est pas près de se dissoudre. C'est précisément parce que le goût ne sera plus *jamais* une « valeur », ni une *valeur sociale* qu'il est devenu la « qualité qui résume toutes les autres qualités » d'un cas chaque fois unique. À une société de mauvais goût militant, je préfère donc, quant à moi, une foule de singuliers *autrement présents*. On remarquera d'ailleurs dans ce livre, sûrement pour la déplorer, une nette propension à mettre en avant, sauf exceptions, la littérature française. Faut-il s'en excuser ? Ce serait habile. Mais alors, autant s'excuser d'exister.

Du français universel ? Fond et forme ? Voici :

« Candide épouvanté, interdit, éperdu, tout sanglant, tout palpitant, se disait à lui-même : “ Si c'est ici le meilleur des mondes possibles, que sont donc les autres [1] ? ” »

« Le 18 février de l'an 1763 de l'ère vulgaire, le soleil étant dans le règne des poissons, je fus

1. Voltaire.

transporté au ciel, comme le savent tous mes amis[1]. »

« Quant à moi, je dois rester seul, la roublardise des gens est telle que jamais je ne pourrais m'en sortir. C'est le vol, la suffisance, l'infatuation, le viol, la mainmise sur votre production. Et pourtant, la nature est très belle[2]. »

« Pour moi, je loue une vie glissante, sombre et muette[3]. »

« Mes dessins sont des éclairs de pensée[4]. »

« J'ai eu l'imprudence de lire ce matin quelques feuilles publiques; soudain, une indolence du poids de vingt atmosphères s'est abattue sur moi, et je me suis arrêté devant l'épouvantable inutilité d'expliquer quoi que ce soit à qui que ce soit[5]. »

« Jadis, si je me souviens bien, ma vie était un festin où s'ouvraient tous les cœurs, où tous les vins coulaient[6]. »

« Tout Paris résonne... Les lilas frissonnent...[7] »

« J'envie le merle, j'envie l'âne, j'envie le mouton, la mésange...[7] »

« Le cinéma a pris la vie, y a plus rien de vrai, dehors ou dedans... C'est une forme de vie nouvelle, l'éclosion d'un monde à l'envers...[7] »

« Je redoute plus le grincement d'une porte que la trahison d'un ami[8]. »

« La mort la plus certaine ne peut vaincre l'habitude. En Piémont, le Code pénal français a fait

1. Voltaire.
2. Cézanne.
3. Montaigne.
4. Rodin.
5. Baudelaire.
6. Rimbaud.
7. Céline.
8. Flaubert.

périr en vain des centaines d'assassins ; ils dansaient sur l'échafaud[1]. »

« Ici, au bord de la rivière, les motifs se multiplient, le même sujet vu sous un angle différent offre un sujet d'étude du plus puissant intérêt, et si varié que je crois que je pourrais m'occuper pendant des mois sans changer de place, en m'inclinant tantôt plus à droite, tantôt plus à gauche[2]. »

« Les sentations faisant le fond de mon affaire, je crois être impénétrable[2]. »

« Tous mes compatriotes sont des culs à côté de moi[2]. »

« Je baisse les feux du lustre, je me jette sur le lit, et tourné du côté de l'ombre, je vous vois, mes filles ! mes reines[3] ! »

En 1945, Sartre recevait de Heidegger l'étrange lettre suivante : « Il s'agit de saisir dans son plus grand sérieux l'instant présent du monde, de le porter à la parole sans tenir compte de l'esprit de parti, des courants de la mode et des débats d'école — afin que s'éveille enfin l'expérience décisive où nous puissions apprendre avec quelle abyssale profondeur la richesse de l'être s'abrite dans le néant essentiel. »

Heidegger était-il fou ? Pas qu'on sache. Mais qui comprend quoi dans : « abyssale richesse de l'être », « néant essentiel » ? Il y avait sans nul doute à l'époque, il y a aujourd'hui, il y aura demain et après-demain, n'est-ce pas, d'autres

1. Stendhal.
2. Cézanne.
3. Rimbaud.

priorités que ce projet nettement formulé. Cette pensée « beaucoup plus simple que celle de la philosophie, mais précisément, à cause de cette simplicité, beaucoup plus difficile à accomplir », exige, dit encore Heidegger, mais cette fois en 1969, « un nouveau soin du langage, et non une invention de termes nouveaux comme j'avais pensé jadis ; bien plutôt un retour au contenu originaire de la langue qui nous est propre, mais qui est en proie à un dépérissement continuel ». Il est toujours urgent, on le sait, de se préoccuper d'autre chose que du langage (surtout quand ceux qui y touchent obscurcissent, comme par manie, la question). Marchandise obligatoire et humanisme bavard sont ici de francs partenaires. La littérature, comme toujours, fait les frais de leur convergence *sincère*. Là aussi, on constatera que l'urgence qui anime ce livre part d'une conviction opposée. Faut-il s'en inquiéter ? Je l'espère.

Dans les années vingt de ce siècle dont la réputation d'horreur n'est plus à faire (mais sa dimension comique mériterait une étude à part), une dame sérieuse, cultivée, spécialiste de l'art moderne, dit à Picasso d'un air pincé : « Monsieur Picasso, je n'aime pas du tout vos derniers tableaux. » À quoi Picasso répond, sans chercher à améliorer son accent : « Madamm, ça n'a aucoune importanz ! » J'ai connu un petit garçon que cette anecdote faisait rire aux larmes. « Fais Picasso ! », me disait-il, chaque fois qu'il me voyait. Mais comment donc. Encore ? Encore.

La nature, la composition, la politique de ce livre ? Laissons la parole à Clausewitz qui, après avoir noté avec froideur que la « théorie semble plutôt un produit du danger que de la pensée », réaffirme, toujours à point nommé, l'essentiel : « Il est absurde de prétendre que les batailles défensives devraient se borner à parer les attaques, et non chercher la destruction de l'ennemi. Nous tenons cet axiome pour l'une des erreurs les plus pernicieuses, une véritable confusion entre la forme et la chose elle-même, et nous maintenons sans réserve que, dans la forme de guerre que nous appelons *défense*, la victoire n'est pas seulement plus probable mais qu'elle doit aussi atteindre la même ampleur et la même efficacité que dans l'attaque, et que cela peut être le cas non seulement dans le *résultat total* de tous les engagements qui constituent une campagne, mais aussi dans chaque bataille *particulière*, s'il s'y trouve le degré nécessaire de force et d'énergie [1]. »

Venise, juin 1994

1. *De la guerre*, livre VI, chapitre IX : « La bataille défensive ».

I

Les surprises de Fragonard

Tire-toi d'affaire comme tu pourras, m'a dit la nature en me poussant à la vie.

Réponse de Fragonard à un ami.

Oh, écoutez, au point où nous en sommes, nous n'avons plus qu'une seule ambition, qu'on nous laisse tranquilles, que nous puissions vérifier l'expérience... Nous avons fermé la porte. À double tour. Pour qu'on nous abandonne *dehors*. Paradoxe ? C'est ainsi. Il faut d'abord verrouiller pour sortir. Voilà, tous les autres sont rentrés, vous les avez mis dedans, la scène vous appartient pour un aparté rapide, on va vous montrer la merveille. Vous n'en parlerez à personne, promis ? Je le sens, Fragonard, je l'entends, je l'attends comme un double transparent dans sa parallèle... Comme nous sommes heureux d'avoir été exclus par le grand reportage, la migraine morale, l'usine avenir... Au début, nous avons été intrigués. Puis agités. Puis obligés. Puis punis. Puis oubliés ou travestis. Puis déprimés. Puis libres. Il suffisait de le décider ou, plutôt, de laisser la décision s'opérer.

Il est temps de faire de Fragonard un peintre *profond*. Pour y parvenir, c'est comme si nous devions soulever une pierre tombale à mains nues, ce qu'on appelle joliment le poids de l'Histoire, somme des résistances, des aveuglements, des malveillances accumulées depuis deux siècles, des vengeances contre une représentation sans équivalent de la gratuité humaine. Ah, vous voulez dire le dix-huitième siècle ? Encore ? À nouveau ? Eh oui. Je n'y peux rien, c'est là que l'aiguille magnétique revient d'elle-même dès qu'on cesse de l'affoler, de vouloir à tout prix lui faire indiquer un faux Nord. D'ailleurs, c'est plutôt le Sud que nous cherchons sans relâche, un Sud mythique, l'âge d'or, le paradis physique. Il a existé, on l'a vu, donc on peut le retrouver. Et pas du tout un paradis archaïque où Adam et Ève, toujours un peu empotés avec leur serpent fatal, sont fixés primitivement pour maintenir la croyance à un commencement-mannequin du grand film classique, non, mais un paradis très peuplé, fourmillant, ombreux, plein de moments privilégiés et réels. « Ceci a eu lieu », nous disent ces dessins, ces tableaux. « Ceci a eu lieu, à tel instant, sous tel angle, je savais, moi, le pinceau, le crayon, que je coïncidais avec le lieu et la formule », comme l'a dit un poète, plus tard. Comment a-t-il appelé ça, déjà ? Des illuminations ? Oui. « J'ai embrassé l'aube d'été. » « Quand le monde sera réduit en un seul bois noir pour nos quatre yeux étonnés, — en une plage pour deux enfants fidèles, — en une maison musicale pour notre claire sympathie, — je vous trouverai. » « Je suis un inventeur bien autrement méritant que tous ceux qui m'ont précédé, un musicien même, qui ai trouvé quelque chose comme la clé de l'amour. » « Rêve intense et rapide de groupes sentimentaux avec des êtres de tous les caractères parmi toutes les apparences. » « Le long de la vigne, m'étant appuyé du pied à une gargouille, — je suis descendu dans ce carrosse dont l'époque est assez indiquée par les glaces convexes, les panneaux bombés et les sophas contournés. » « En quelque soir, par exemple, que se trouve le touriste naïf, retiré de nos horreurs économiques, la main d'un maître anime le clavecin des prés. » « À vendre les corps, les voix, l'*immense opulence inquestionable*, ce qu'on ne vendra jamais. » « Au réveil il était midi. »

J'ai souligné, dans ces phrases de Rimbaud, *immense opulence inquestionable*, parce qu'elle me paraît convenir à ce que nous dit, très simplement, Fragonard. J'aime rapprocher ces deux noms. Il me plaît de penser que Claudel, dans son petit texte sur la lecture de Fragonard, dans *L'œil écoute*, daté du 8 juillet 1941, en pleine humiliation française, en plein degré zéro voulu par l'ordre moral, a lui-même établi ce rapport… « La sonorité d'une phrase non prononcée emplit toute la scène. » Dans le *Journal* du 1er juillet (il fait chaud, pourquoi ne serait-il pas midi ?), la notation est encore plus précise à propos des deux acteurs, un homme et une femme : « L'un pour lire tourne le dos à la vie et l'autre résolue à s'y épanouir lui accorde un moment d'attention. » — « Ce sont de tristes tableaux, dit encore Claudel, ceux auxquels il est impossible de prêter l'oreille. » Sans doute. Mais peut-être faut-il faire un peu plus que prêter l'oreille. Fragonard, aujourd'hui, décide de nous parler carrément, et même de nous donner un concert.

Pour cela, il aura fallu du temps. Un drôle de temps, sur lequel les historiens n'ont pas fini de s'interroger et de s'interpeller d'autant plus qu'il met en cause un traumatisme aimantant plus ou moins tous les discours et toutes les interprétations — la Révolution française. Disons simplement ceci : en commémorant Fragonard, ce pays — et le monde entier avec lui — poserait sans doute la seule vraie question qui mérite de l'être. Où et comment, à quelles conditions, l'être humain peut-il apparaître dans sa plénitude concrète, non forcée, non mythologisée, fragile, épanouie ? Où et quand le non-sommeil de la raison permet-il d'éviter les monstres tout en laissant place au désir ? Cette question est l'âme de Fragonard et de tout ce que ce nom montre. Il ne s'agit pas de religion (quel peintre moins tourné vers le ciel ou l'enfer ?), ni d'aventure collective, mais de savoir *enfin* ce qu'on peut faire avec le corps humain, ici, maintenant, sans l'asservir, le torturer, le contraindre à travailler ou à se divertir selon des codes de masses, bref sans l'utiliser ni l'employer. Il faudrait pouvoir parler d'une force de plaisir comme on l'a fait d'une force de travail — d'un principe de cette force, et c'est cela, il me semble, que notre peintre a voulu saisir au vol avec une obstination particulière. Son nom, donc : on sait qu'il signait *Frago*, syllabes où il est impossible de ne pas entendre le *ago* latin qui signifie mettre en mouvement, se mouvoir, s'élancer, accomplir, poursuivre ; mais aussi jouer une pièce ou tenir un rôle, passer la vie ou le temps selon un agenda réglé. C'est l'*acte* qui entre en scène en première personne. D'une façon qu'on peut juger agonistique, d'ailleurs, c'est aussi une lutte. Et qui fait du bruit (*fragor*) en fracturant, en fractionnant, en faisant craquer. Un bruit qui exhale une odeur suave (*fragro*) avec un fond de fraise encore audible en italien (mais l'Italie est toute proche de Grasse, ville de Fragonard et capitale des parfums, lesquels comportent parmi eux le nard indien, ou celui d'Italie, justement, nom vulgaire de la lavande aspic). Enfin, pour la beauté complète de la chose, pourquoi s'interdire d'entendre, comme si on les déchiffrait sur une plaque minéralogique, les trois premières lettres de *France* dans *Frago* ? Plus elliptiquement et intrinsèquement français que Fragonard, tu meurs. La coupe transitive que Jean-Honoré Fragonard fait de son nom n'est pas un hasard. Il se dégage de ses maîtres Boucher et Chardin, il prend l'Italie en diagonale (deux voyages, dont l'un avec son grand ami au nom lui aussi invraisemblable, l'abbé de Saint-Non), il va constamment insister sur sa liberté d'exécution et son indépendance (pas d'institution, des commandes personnelles), pas de doute il est *frago*, c'est le mouvement en mouvement, jamais d'hésitations dans les ruptures (le receveur des Finances Bergeret qui l'emmène en Italie pour la seconde fois s'apercevra avec stupeur qu'il veut, cet artiste, garder ses dessins pour lui), toute sa biographie le laisse deviner (et ses tableaux, donc!), c'est un des hommes les plus libres de son temps, comme seuls Manet, Rodin ou Picasso le seront un jour, il confirme le grand Watteau, il pousse plus loin l'aventure — bref on a voulu l'effacer, il est là. Et même drôlement là puisqu'une de ses toiles principales, *La Fête à Saint-Cloud*, se trouve ni plus ni moins dans les appartements du gouverneur de la Banque de France.

On ne sait presque rien de lui, les documents sont rares. Le « Tire-toi d'affaire comme tu pourras, m'a dit la nature en me poussant à la vie », est, avec « Je peindrais avec mon cul », un des seuls mots qu'on sait sûr qu'il ait prononcés. C'est peu. C'est beaucoup. Il faut se débrouiller avec lui. L'inventer, en un sens, comme il a inventé ses fêtes. Le bateau enchanté arrive à Rambouillet. D'où vient-il ? De Cythère ? De Venise ? D'une autre planète ? Qu'est-ce que cette Nature ? Où l'avez-vous rencontrée ? Un peu partout. Nulle part. C'est, comme le dit Rousseau dans *La Nouvelle Héloïse* en définissant un parc : « Un composé de lieux très beaux et très pittoresques dont les aspects ont été choisis en différents pays, et dont tout paraît naturel excepté l'assemblage. » Voici : un halo d'électricité court au sommet d'une végétation de rêve. Des grottes de feuillages annoncent des pénétrations inconnues. L'embarcation entre par la droite, en sens inverse de l'écriture et de la lecture, « à l'orientale », à la chinoise. C'est à un renversement du sens et des perspectives que vous êtes conviés. Plus tard, au bout de cette allée, un rite très spécial sera accompli, une invocation ardente et magique. Un serment. Une offre. Un sacrifice. Un don. Un corps féminin sera conducteur. Un corps échevelé de voiles, liquide, fondu, s'adressant à une statue. Il va se dissoudre, ce corps, il voudrait être sculpté pour durer. Il vient du divertissement des jardins, balançoires et colin-maillard, main chaude, enjeu perdu, poursuite, escalade... Tous les prétextes sont bons pour exposer le cache-cache et le croisement des peurs, des plaisirs. Théâtre : il s'agit d'un décor, l'époque aime s'entourer de panneaux, introduire l'illusion et donc la vérité partout, mêler les volumes, multiplier les chances. Nous voyons ici la danseuse de Fragonard, elle rime avec lui, c'est Mlle Guimard. De même qu'Anna Girò pour Vivaldi, elle représente son double évolutif, son instrument, sa voix. Autant de petits opéras, il faut écouter l'air, la ligne qui vient déchirer le jardin factice. On sait, par exemple, que *Les Hasards heureux de l'escarpolette* (tableau refusé par le Louvre en 1859 et désormais à la Wallace Collection de Londres) est une commande qu'un artiste plus soucieux de respectabilité avait refusé d'exécuter. On se retrouve dans une « petite maison » des alentours de Paris, un homme de cour veut fixer son jeu préféré avec sa maîtresse. On est peut-être dans une de ces sociétés libertines secrètes qui ont été nombreuses sous Louis XV, la *Société du Moment*, l'*Ordre de la Félicité*. La société du moment. Le moment trouvé. L'instant désiré. À la Chaussée d'Antin, dans l'hôtel de Mlle Guimard que décore Fragonard, il devait s'en préparer des « moments », et il est étonnant de remarquer qu'une des rares anecdotes qui soient parvenues jusqu'à nous concerne ce lieu. C'est en 1773. Il existe deux versions de l'affaire. L'une de Grimm, dans sa correspondance littéraire citée par les Goncourt, où la brouille entre la danseuse et Frago conduit celui-ci à modifier en secret le portrait d'apothéose qu'il a fait de son amie en Terpsichore. « Un beau jour, il se faufile jusqu'au salon et avec la palette et le pinceau de son successeur absent, il touche en un rien de temps au sourire de la déesse, l'enlève, lui fait une bouche de colère, un visage de Tisiphone à laquelle Mlle Guimard ressemble tout à fait, lorsque, arrivant pour montrer son salon à des amis, elle entre en fureur devant la vengeance du peintre. » L'autre récit, *via*

Mme Fragonard : c'est Frago qui s'en va — pas payé en espèces ? — quand elle lui dit « Monsieur le peintre, ça ne finira-t-il pas ? » et qu'il répond « C'est tout fini! » en claquant la porte. Dans ce cas, le « successeur » serait David qui en aurait toujours été reconnaissant à Fragonard (d'où protection pendant la Terreur). Les questions de *décorations*, comme on voit, sont loin d'être innocentes (je pense aux *Nymphéas* de Monet). Fragonard emportera ainsi avec lui, à Grasse, quatre toiles commandées par Mme du Barry à la suite d'un désaccord avec elle, et la fameuse villa qu'il habita à l'époque (on peut la visiter aujourd'hui), son refuge contre la police, est un monument déchiffrable : l'entrée et l'escalier remplis d'emblèmes républicains et maçonniques (de quoi rassurer les passants de l'ordre nouveau) et « instants désirés » dans les étages. Savoir où l'on habite, avec qui, pour quoi faire, est sans doute l'un des problèmes les plus importants de l'art.

Avec justement, chez Fragonard (tiens, comme chez Sade), une affaire de belle-sœur. Il se marie à quarante ans. Sa femme, Marie-Anne Gérard, lui propose bientôt de vivre ensemble avec sa jeune sœur à elle, Marguerite. Cette dernière a seize ans. Elle parle de son « maître et bon ami Frago ». Elles sont peintres toutes les deux, comme par hasard. On peut en déduire qu'elles savent comment fonctionne un pinceau. Elles font des miniatures. Deux enfants aussi, pour la première : Rosalie (morte à dix-huit ans) et Évariste. L'organisation intime de Fragonard est, à mon avis, sensible partout. L'âge d'or est d'abord vécu chez soi dans une atmosphère d'inceste minutieusement sublimé et qui va éclairer, par en dessous, toutes les toiles. Cela aussi, c'est l'énigme : vie de famille et licence, à égalité. Temps long et temps court. Économie et dépense. Peu de peintres ont été aussi à l'aise avec les enfants, « miniatures » en effet, pas seulement les « Amours » qui servent d'adjuvants ailés au dénudement du corps féminin, se complaisant dans ses replis, mais aussi des petits garçons, des petites filles, tous vifs, charmants, éblouis. Un court-circuit historique ? Ce *Pierrot* la main dans sa manche, la main à l'intérieur du tableau, vitalité concentrée dans l'éclat des yeux, et le *Paulo* de Picasso, en 1925. C'est le même enfant, les deux pères partent du même principe de comédie positive. Cette fillette sera sans doute une coquette, ce pierrot un jouvenceau en action avant de devenir l'un de ces hommes emportés et comme frappés par l'immédiateté de leur propre existence. Musiciens de Fragonard, mousquetaires de la fin de vie de l'Espagnol de Paris, Picasso et Frago même combat, peintre et son modèle, baiser trouant la toile, insolence rieuse du narrateur-acteur, jugez, comparez. Par ailleurs, il y a beaucoup de points communs entre *Le Début du modèle* et *La Maîtresse d'école* : de l'apprentissage scolaire devant la table de la loi (il faut savoir lire) aux préliminaires du déchiffrement du corps féminin, se produit un saut, un renversement de la situation, que j'aime lire comme une confidence autobiographique. (« Un jour tu la liras à ton tour, cette belle savante au couteau ! ») Fragonard a beaucoup attendu les récréations. La maîtrise érotisée de l'alphabet et de la lecture (la lecture, thème constant) ouvre sur un jeu disparu, le colin-maillard, vision avec les mains, apprentissage des dimensions minuscules, bonne excuse pour tâtonner sur les détails apparemment innocents, les fronts, les nuques, les cous, les nez, les épaules. Deuxième et troisième dimension. Main chaude. Lettre sur les aveugles. Heureux ceux qui, dans leur jeunesse, ont été dans des collèges ou des lycées mixtes, dans le Sud, à proximité de grands parcs. Cela change un peu les cours de français, de grec, de latin, d'histoire. Homère dans les buissons... Napoléon relativisé par les arbres... *Le Neveu de Rameau* récité sur fond de vignes ou de prés... Ils sont sympathiques, ces Goncourt, à Paris, en train de relancer le dix-huitième après le procès de *Madame Bovary* (nostalgie de Mme du Barry) et des *Fleurs du Mal*, tout en annonçant la mode du séjour en Provence. Ils n'y tiennent plus, le naturalisme les ennuie, l'Empire les glace (deux « Empires », et jamais la République de Fragonard !), ils accumulent les mots pour le seul plaisir d'en nimber Frago : lauriers, orangers, citronniers, grenadiers, amandiers, cédratiers, arbousiers, myrtes, bergamotiers... Et les fleurs : tulipes, œillets, roses... Et les plantes : thym, romarin, sauge, menthe, nard, lavande... Les roseaux... « Grasse des odeurs, des sucres, de la parfumerie et de la bonbonnerie. » Ils ont même cette expression qui leur donne presque droit à une réhabilitation complète : « distillerie dans un paradis ». Bien entendu, on est encore à l'époque où l'on croit qu'un artiste est le fruit d'un lieu, d'un milieu. Ce n'est pas faux, ce n'est pas vrai non plus, sans quoi, n'est-ce pas, il y aurait plus d'élus que d'appelés, ce que la nature n'est pas là pour confirmer. Tout de même : un enfant né ici ou là, ce n'est pas la même chose. Le préjugé, de nos jours, s'est inversé à tel point que la vérité doit être au milieu. Difficile de nier, pourtant, que les endroits propices au dénudement entraînent un stock de notations primitives. Toutes les scènes surprises ne se valent pas.

Voici donc comment on devient à la fois philosophe et homme d'action. Les portraits de l'abbé de Saint-Non ou de M. de la Bretèche sont aussi des autoportraits, bien entendu, comme ils sont des apologies du *fa presto*, du feu de l'exécution, de l'*action-painting*. *Frago presto, frago furioso*... Ici, il est déjà très loin de son siècle, on ne l'y enfermera pas. Il est à la Renaissance ou alors dans la fantaisie postmoderne, après un coup de dépression générale. Saint-Non en Espagnol, Diderot lisant à sa table... Le bouillonnement du linge et des étoffes est une situation de présence instante. Curieux prophètes sans religion, militaires sans guerres, penseurs sans systèmes, diplomates de l'instant, dirait-on, comme frappés de plein fouet par une évidence qui ne viendrait ni de l'intérieur ni d'ailleurs. D'où, alors ? D'une sorte d'énergie dégagée par l'espace pur. Une écriture ancienne, peut-être la sienne, dit à l'envers des toiles : « Portrait peint par Fragonard en 1769, en une heure de temps. » Il veut désigner ici, à travers la figure de l'amateur et du connaisseur, la signature de sa vitesse, passage dans l'épaisseur, larges touches, brossage emporté, avidité des couleurs. Ces personnages sont des héros de l'Arioste, Roland retrouvé en Italie (pensons aux mots français pour exprimer la folie dans l'opéra de Vivaldi : ils ont pu l'entendre après tout, Saint-Non et Frago, cet *Orlando*, lors de leur premier voyage, celui de la révélation de Tiepolo). Que peut penser un Français ? Comment se déplace-t-il dans la pensée ? Deux apparitions, je crois, nous le disent : le Diderot de Fragonard, le Mallarmé de Manet.

Deux expérimentateurs du *cogito* captés en pleine maturité, en pleine subversion oblique, par un pinceau exactement symétrique et témoin (la réciproque n'est pas vraie). Le Castiglione de Raphaël peut alors dialoguer avec ces deux figures complexes, animées d'une désinvolture en abîme, de la *sprezzatura* qui les rend insaisissables, « mes pensées, ce sont mes catins », « tel qu'en lui-même enfin l'éternité le change ». Introduisons ici, c'est le moment, l'auteur des deux phrases fameuses : « Le style est l'homme même » ; « Ce qu'il y a de meilleur en amour, c'est le physique », tel que le décrit Hérault de Séchelles en septembre 1785 :

« M. de Buffon rentrait quelquefois des soupers de Paris, à deux heures après minuit, lorsqu'il était jeune ; et à cinq heures du matin, un Savoyard venait le tirer par les pieds, et le mettre sur le carreau, avec ordre de lui faire violence, dût-il se fâcher contre lui. Il m'a dit aussi qu'il travaillait jusqu'à six heures du soir. J'avais alors, me dit-il, une petite maîtresse que j'adorais : eh bien ! je m'efforçais d'attendre que six heures fussent sonnées pour l'aller voir, souvent même au risque de ne plus la trouver. À Montbard, après son travail, il faisait venir une petite fille, car il les a toujours beaucoup aimées ; mais il se relevait exactement à cinq heures. Il ne voyait que des petites filles, ne voulant pas avoir de femmes qui lui dépensassent son temps. »

Sacré Buffon !

Ce « dépensassent » m'enchante.

En 1802, la lettre qu'adresse à Fragonard, ainsi qu'à sa femme, Marguerite Gérard, lui souhaite « quelques ducats de plus », ce qui suppose une situation assez gênée, et aussi « deux ou trois petites filles pour folâtrer ».

Une petite fille ? Par exemple la *Jeune fille se pressant le sein* qu'on pourrait appeler la consolation du penseur. Montrez-moi donc ce sein que j'attendais de voir. C'est tout simple. Il n'y en a pas beaucoup d'aussi clairs. Ce qui m'intéresse, pour l'instant, c'est que Diderot feuillette les pages de l'*Encyclopédie* « comme » le sein sort de son linge. Fragonard était le fils d'un marchand drapier, les étoffes n'ont pas de secrets pour lui. Il sort d'un monde de toiles. Le coton, le velours, la soie, les dentelles, les taffetas, le satin, les brocarts s'ensuivent. Les draps et les chemises aussi, nous allons le voir. Et les rideaux, donc, les tentures, les édredons, les traversins, les matelas, les oreillers, les mouchoirs... Du sommeil enveloppé ou nu à la veille habillée mais toujours un peu négligente, « à l'aise », la pensée se poursuit, la même, celle d'un corps sans cesse étonné d'être là, qui calcule, évalue, se rappelle, se *débarrasse*. C'est le matin, Diderot vient de se lever, il s'est mis à lire, il regarde un arbre par la fenêtre, tout fonctionne à la fois, le savoir, la réflexion, l'observation, le nerf de formulation. Sophie Volland tout à l'heure recevra sa lettre : « J'ai conduit deux Anglais, qu'on m'avait adressés, chez Eckard [célèbre claveciniste allemand installé à Paris en 1758] qui a été pendant trois heures de suite divin, merveilleux, sublime. Je veux mourir si, pendant cet intervalle-là, j'ai seulement songé que vous fussiez au monde. C'est que je ne songeais pas qu'il y eût un monde. C'est qu'il n'existait plus pour moi que des sons merveilleux et moi. » Ou peut-être : « Et puis voilà la soirée qui se passe à dire des folies ; mais des folies Dieu sait quelles. Dix fois nos bougeoirs furent éteints et rallumés. Pendant ce temps-là, il lui avait passé une main dans le dos, et il allait toujours en enfonçant ; et elle disait en se débattant : “ Voilà-t-il pas ce chien de musicien qui va toujours aux instruments de musique. ” » Ou encore, à son retour de Russie : « Mme de Blacy, on dit que pendant mon absence, quelqu'un m'a coupé l'herbe sous le pied. Si vous êtes restée ce que vous étiez, vous auriez tout aussi bien fait de me garder. Si vous vous êtes départie de la rigidité de vos principes, je vous félicite de votre perversion et de votre inconstance. Comme je vais être baisé de Mme Bouchard si elle a conservé son goût pour l'histoire naturelle ! J'ai des marbres, et tant de baisers pour les marbres ; j'ai des métaux et tant de baisers pour les métaux ; des minéraux, et tant de baisers pour les minéraux. Comment fera-t-elle pour acquitter toute la Sibérie ? Si chaque baiser doit avoir sa place, je lui conseille de se pourvoir d'amies qui s'y prêtent pour elle. » Diderot n'a pas reconnu Fragonard ? Peu importe, c'est le même spasme du poignet, direct jusqu'à la syntaxe. Un spasme spirituel qui allait se faire admirer partout en Europe puisqu'en définitive, avant de basculer dans l'allemand puis l'anglais, tout le monde parlait français. Est-ce qu'ensuite la peinture est restée aussi favorisée par la même effervescence de langue ? La réponse est trop évidente. Diderot : « La philosophie n'est que l'opinion des passions. C'est la vieillesse d'un moment. » La philosophie sans peinture ? Une vieillesse qui dure.

Littérature, peinture, musique. Fragonard est, par excellence, le peintre qui est conscient de ce nœud où les corps trouvent leur respiration essentielle. Le peu d'interprétation dont son œuvre est l'objet s'explique sans doute par là : la « solution » est trouvée, elle se représente heureusement, elle doit donc disparaître, sans reste. Voilà un monde sans problème, donc une absence de monde, une réalité maudite, une pure superficialité, rien à chercher derrière, aucun devenir, pas d'angoisse ni de culpabilité, même pas la touche de mélancolie romantique dont Baudelaire charge Watteau, l'« oreiller de chair fraîche » de Rubens est ici encore plus insolent de n'être dédié à aucune mythologie. Degré zéro des symboles. L'immanence parfaite s'est donc montrée au moins une fois. Or l'immanence est insupportable. On a l'impression que c'est de toutes ses forces que l'Histoire, l'Hystoire, a crié à Fragonard : *Assez !* Il fallait bien qu'il y eût, de nouveau, un monde. Il fallait bien nous faire retomber dans le temps. Y compris, comme d'habitude, par un Déluge, s'il est vrai qu'on peut soupçonner les habitants de ces tableaux d'avoir pensé : « Après nous le Déluge ! » Cet inconscient de Fragonard qui non seulement ignore le temps, mais encore en affirme la vacuité pour des personnages courants de ce monde-ci, l'humain, comme absous de la corvée d'être ! Si encore il avait situé son roman dans l'Antiquité ou parmi des divinités ! Mais non, rien. *Une messe du Pape,* tellement bizarre, pontife fuligineux à genoux, simple bonjour, en passant, aux torsades du baldaquin du Bernin… Si encore il s'agissait d'aristocrates, classe condamnée par la durée ! Mais non : il n'est même pas « païen », pas plus qu'il n'est au service de la moindre classe. Il est littéralement positif. Ça ne pouvait pas continuer, que voulez-vous, cette vacance. Le lien social, comme on dit, sur le point d'être dissous en pleine lumière… Il fallait réagir, appeler à la rescousse, je ne sais pas, moi, l'Être suprême, les Peuples, le Contrat de base, les Furies et les Érinyes, Sodome et Gomorrhe, toutes les abstractions, couper court et sec à cette débauche pour rien, à cette ébauche sans lendemain… Le serment des Horaces et des Curiaces, en attendant le sacre de l'Empereur, est à déchiffrer ainsi : *Plus jamais ça !* Magie contre magie. Plus jamais des corps gratuits en mouvement perpétuel ! La mort a ses droits ! Le psychisme aussi, qui n'est que l'autre nom de la rumination du temps pour tous ceux qui sont affectés d'un monde. Elle a été gravement offensée, la mort ! Les Dieux ont soif ! Rien à objecter, bien sûr, nous sommes dans la thermodynamique. Fragonard était impossible et réel, impossible *parce que* réel, comme l'hypothèse vertigineuse qui émane de ses tableaux. En route pour la Terreur ! Et, de là, aux charniers nouveaux ! Retour à l'Idée ! Fixe ! Carré blanc ! Noir ! Le mouvement non canalisé nous aurait fait perdre la tête : que les têtes tombent, plutôt. Il nous faut une Loi. L'humanité est un culte, ses criminels eux-mêmes en sont la preuve dont on ne saurait trop entretenir la mémoire odieuse. Le vrai crime contre l'humanité, c'est peut-être Fragonard, au fond. Sa punition ? Je l'ai dit : *pas d'interprétation*. Ah oui, c'est joli, charmant, vous aimez ça ? Sur le ton : quelle inutilité, quelle écume ! Mais les *Illuminations* de Rimbaud, un siècle après, s'ouvrent, on s'en souvient, par un « Après le Déluge » : « Aussitôt que l'idée du Déluge se fût rassise […]. Dans la grande maison de vitres encore ruisselante les enfants en deuil regardèrent les merveilleuses images […]. Madame*** établit un piano dans les Alpes […]. Puis, dans la futaie violette, bourgeonnante, Eucharis me dit que c'était le printemps. »

Fragonard : le tableau volé, comme on dit « la lettre volée » ? Voyez *Le Billet doux*. Depuis le temps qu'elle attend qu'on la considère, cette lettre, portée par ce bel insecte jaune et vert… La cabine du vaisseau spatial dix-huitième arrive jusqu'à nous avec son hublot semblable à une loupe. Les tentures, les rideaux, toute une part de la robe, la table baignent dans une atmosphère d'alcool ou de thé. Le papier frais repose sur le sous-main comme les fesses cachées sur le tabouret. Un chien a été emporté dans la navigation expérimentale. *Regardez de plus près, voyons* : voilà ce que dit l'ensemble. Regarder quoi ? Que l'enveloppe, contre toute logique, porte le nom d'un Monsieur ? C'est déjà troublant, nous pensions qu'il s'agissait d'un billet reçu et non en cours d'expédition. À moins qu'il ne s'agisse d'une interception ? D'une espionne ? Qui sait ? Cette belle rousse, aux yeux dérobés et chauds, doit avoir plus d'un tour dans son sac. Mais non, elle vient d'écrire, elle dissimule son message dans un bouquet de fleurs en forme de cornet à dés, elle va l'emporter contre elle, ce bouquet, jusqu'au moment où elle pourra mettre sa petite lettre à la poste. C'est-à-dire dans la poche de qui l'attend. Ah, cette oreille ! Le ruban d'Olympia ! (L'Olympia de Manet, oui, vous regarde depuis le Déluge !) Les hommes écrivaient donc de telle façon, à l'époque, qu'ils recevaient par retour du courrier ce paquet complet ? Pauvre Emma ! Pauvre Albertine surveillée nuit et jour ! En voilà une (je veux bien que ce soit la fille de Boucher et qu'elle s'appelle Marie-Émilie ; je veux bien aussi qu'elle écrive à son fiancé ou à son mari) — en voilà une qui jouit, c'est le moins qu'on puisse dire, de sa liberté d'aller, de venir. Elle rencontrerait Casanova au coin de la rue que cela ne serait pas pour nous surprendre. Pourtant, non, elle n'est pas « là-bas », dans le temps, mais bien ici, à New York (le tableau est au Metropolitan). Le papier, les fleurs, le billet, la bouche... Elle pourrait chuchoter dans ses fleurs (églantines ?)... Grand papillon réduit à son écriture aussi précise que les yeux vers vous... Impossible de ne pas avoir l'hallucination suivante (le hublot est là pour la provoquer) : elle était en train de lire, avec son face-à-main, le papier, devant elle, sur lequel rien n'est écrit. Vous arrivez, hop, elle détourne la tête, la lettre est cachetée et ne vous parviendra jamais. Elle est entièrement ce billet, rien d'autre. Et c'est vous qui n'êtes pas là, vous êtes exclu de la vue. Dommage : si vous aviez pu surprendre ces phrases, le tableau était à vous. La force magnétique qui vous interdit l'entrée ? Le redoublement du regard de la voyageuse par le petit chien occupant son siège. Il est installé, lui. Elle est juste posée sur le bord, comme un mot oublié sur le bout de la langue. La lumière, le papier, les fleurs, les étoffes, le chien confident auto-érotique... Et simplement ce visage détourné... Quelque chose a été entendu, voilà tout.

Un spectre hante donc la conscience du Temps : le dix-huitième siècle français. Dire « français » est d'ailleurs un pléonasme, le dix-huitième *est* français par définition. N'est-elle pas là à chaque instant cette sensation coupable, sourde, rongeuse ? Voyez Céline dans *Bagatelles pour un massacre,* son désir de ballet, son premier projet maladroit, « La naissance d'une fée ». « Époque : Louis XV. Lieu : où l'on voudra. Décor : une clairière dans un bois, des rochers, une rivière dans le fond. » Céline veut du mouvement en soi, des « ondes », des danseuses... Mais il ne peut pas les parler ou les faire parler. Elles restent inaccessibles, réquisitionnées, c'est le ratage sexuel — castration, sodomie —, et la logique suit : non, nous n'avons pas pu perdre les femmes légères par notre faute, le responsable ne peut être que le Diable, le Juif. Jamais on n'avait mieux mis en lumière le fait que l'antisémitisme est toujours une perte de sexe dans le symbolique. Il ressort de la grande nostalgie du rythme interrompu deux siècles plus tôt. Et ce nom qui apparaît soudain, déformé, dans une cave enfumée où s'exaltent des pauvres révolutionnaires parlant de peinture murale... L'injure suprême... Le « peintre de chefalet »... Qui donc ? *Fragoûnard...* Comme ce surgissement, au fin fond du texte le plus délirant et virtuellement criminel du vingtième siècle, est étrange... Fragoûnard... Frago, en effet, n'a jamais peint à proprement parler de danseuse : la danse n'est pas isolée ou valorisée, *parce qu'elle est partout.* Il faut qu'une profonde aphasie, conséquence du désir inassouvi, se soit produite pour que l'idée d'une plénitude physique et dansante devienne une idée rédemptrice opposée à une maladie raciale. Fragonard ? La meilleure thérapeutique préventive contre le toutoulitarisme. Chez lui, rien n'est tout, chaque détail est libre. Vous voulez éviter le fascisme ? La barbarie ? Le kitsch ? Le bazar de l'art moderne ? La dictature des médias ? Faites comme les milliardaires avisés ou repentants, prenez votre valeur refuge : Fragonard.

On a parfois l'impression que tous les récits du dix-neuvième et du vingtième siècle ne sont que la mise en scène plus ou moins explicite de cette expulsion du paradis aristocratique naturel. Voyez encore Balzac, Proust. Ce dernier, quand il veut annoncer l'arrivée du peintre de la *Recherche*, Elstir, qui convoque-t-il dans le récit ? Le narrateur a bu du cognac au wagon-bar sous prétexte d'éviter une crise d'asthme, le regard réprobateur de sa grand-mère est sur lui (chez Céline, ce sont les épouses jalouses qui se révoltent d'abord contre les jeunes danseuses) : entre Mme de Sévigné. La marquise, comme l'artiste contemporain, dit Proust, « présente les choses dans l'ordre de nos perceptions au lieu de les expliquer d'abord par leurs causes ». La voici, Sévigné, dans un clair de lune : « Je ne pus résister à la tentation, je mets toutes mes coiffes et casques qui n'étaient pas nécessaires, je vais dans ce mail dont l'air est bon comme celui de ma chambre ; je trouve mille coquecigrues, des moines blancs et noirs, plusieurs religieuses grises et blanches, du linge jeté par-ci par-là, des hommes ensevelis tout droits contre des arbres... » Tiens, de nouveau une affaire de linges... Proust appelle ce passage « le côté Dostoïevski des *Lettres* de Mme de Sévigné », Dostoïevski, selon lui, peignant les caractères comme elle les paysages. Pourquoi, dès lors, et sans cognac, ne pas oser parler du côté Joyce de Fragonard ? Et penser à Nora, l'Irlandaise du *oui*, en regardant *Le Billet doux* ? C'est possible. Fragonard n'interdit rien que la souffrance, la laideur et la mort, c'est-à-dire nos dieux de remplacement depuis que nous avons honte d'avoir oublié la fête à Rambouillet ou celle de Saint-Cloud, l'invention du personnage et sa dimension atomique dans le paysage, le grand jeu pour rien, le chiffre d'amour, l'amant couronné, la fuite à dessein...

La danseuse est donc là, elle n'est pas confisquée ni muette, on l'approche, on est avec elle dans l'intimité, à l'étude, dans la conversation ou le chant. Le « raffinement spontané », contrairement à ce que dit Céline, n'est pas une « route maudite ». Ou alors, cette malédiction peut être levée. Fils de marchand drapier ou de dentellière, il suffit d'attraper la danseuse chez elle, dans un rapt de papier vivant. Voici Mlle Guimard, mi-coq, mi-poule, avec son jabot blanc plumeux et son lacet d'Olympia autour du cou, son chapeau-bouquet sur la tête, son air absent malicieux. Le visage est incliné, conciliant, le nez un peu rouge. L'unique oreille est en alerte gracieuse, les mots manquent pour la décrire, tant pis, ils viendront quand même, les mots, appelés par sa main froissant une esquisse d'elle. Elle est sur ses mains comme sur des pattes, ses jambes sont devenues ses bras, *une danseuse ce sont des bras*. Rouge et verte, la taille fine et pressée comme un tube de couleur, c'est la carte qu'il fallait abattre. Et voici, en parallèle, l'un des plus beaux portraits de femme du monde, peut-être le plus beau : *L'Étude* ou *Le Chant*. Qu'est-ce qu'on ne peut pas faire avec des livres ! Ceux de Frago sont crissants et craquants, le papier est soulevé de plaisir d'être parcouru par ces mains d'oiseau, il respire à l'unisson de cette gorge vibrante, *prolongée*, c'est la descendante émancipée et française de Rubens, dégagée du souci de maternité. La poitrine est une mélodie ramassée, épanouie, pendant que le visage amusé, doux, gentil, se plaît à la contemplation du pinceau invisible. Deux femmes en une : on imagine très bien celle qui sera nue tout à l'heure, chemise enlevée, lit flottant. Et, en même temps, elle est habillée de toute la transmutation des signes (cette touche rouge des feuilles qu'elle vous offre comme une corbeille remplie). Est-ce que vous en avez vu une plus avenante ? Plus lisible à livre ouvert ? Est-ce bien cela que vous vouliez ? Cette largeur de vue mesurée par les *pouces* ? Cette friandise définitive du cou ? Cette prune globale ? Est-ce que ce volume n'est pas tout mangeable ? Mlle Guimard n'a rien à refuser à son favori du moment. Et bien entendu elle danse, elle trace une figure d'entrée, elle est à elle seule le corps du ballet...

Nous pouvons maintenant savoir d'où viennent les personnages minuscules de la *Fête à Rambouillet*, pourquoi ils sont capables, dans leur bateau triomphal, de forcer et de déchirer le paysage, de le faire vivre dans un froid et chaud électrique, du vert sombre au jaune éclatant, de l'humide spongieux à la pluie d'or des fleurs en cascade... Fluide glacial et brûlant... Ils ont la clé de l'espace, ils sont cubistes à leur manière, voyez *La Leçon de musique*, explicite démonstration de plans. J'ai été dans une autre vie, je le jure, ce petit professeur penché sur son élève bien appliquée, bien raide, n'osant pas encore attaquer vraiment la sonate, Couperin ou Scarlatti, pas de notes, n'est-ce pas, mais des traits bleus et gris, on joue la musique *peinte*, allez, fauteuils, clavier, voile de bois du couvercle relevé, du cercueil rouvert, on y va. Oui, oui, ça peut marcher, il l'a décidé, il le sait. Doucement, hein, mais sans faiblesse. On regarde bien les mains, l'affaire est bouclée, vous avez droit, vous, spectateur perdu dans le temps, au regard du chat, petite tête de mort bien vivante sortant du tombeau renversé du luth. Chacun devine ce qu'il doit garder comme ligne, jamais de psychologie, c'est promis. La leçon de musique est une leçon de peinture en musique, laquelle est une leçon d'amour technique à travers peinture et musique. C'est écrit, il surveille, elle déchiffre, les volumes pivotent autour de ça, ils jouent. Même mise en scène « cubiste » dans *Le Début du modèle.* L'ovale du tableau ne viendra jamais coïncider avec le rectangle de la toile *dans* le tableau, le trio des regards ne cessera pas, les yeux ne se rencontreront pas, chacun suit son idée, son roman, c'est cela, l'harmonie : l'absence de rapports, ensemble. Quelqu'un propose, quelqu'un se dispose et un troisième acteur va en disposer autrement. Un homme et deux femmes, bien entendu. Est-ce que ce buste vous plaît ? dit, de façon un peu inquiète, l'entremetteuse ou l'assistante qui dévoile les seins de la charmante statue mise là pour faire saillir le relief (une sculpture dans l'atelier du peintre, thème classique). Sans doute, sans doute, mais nous aimerions en savoir plus sur la jambe droite... La statue animée, bien blanche, en est un peu rouge, sourire et coup d'œil oblique, elle accepte la future peinture d'une autre manière — disons, plus moderne — que ne l'aurait souhaité sa vendeuse. Frago-Moïse, lui, avec sa baguette, passe une fois de plus entre deux eaux. Habillé en rose, parce qu'il s'agit bien de la vie en rose, et si le rose ne vous va pas, tant pis. Imaginez-les venues de l'extérieur, le modèle et sa sœur, sortant des embarras de la circulation, pensant à l'objet de leur visite spéciale... La jupe relevée, la palette en érection, médaillon en coupe, tableau dans le tableau du tableau, le mouchoir sortant du tiroir... Un peu d'escrime avant de peindre... Touchée... D'ailleurs, la toile va rester vide, Frago passe son temps à vous le dire, c'est dans la réalité même que l'on peint, au fleuret... C'est bien cela que vous vouliez ? Des seins ? Fascinants ? Ah non, c'est plus en dessous, que voulez-vous, le sujet... Laissez-nous... Tout à l'heure... Les trois trous du pied gauche du chevalet (un chevalet est un lit à plat, c'est tout)... Pourquoi cette image est-elle indéfiniment plus excitante qu'une série de photos pornos ? Parce que les femmes sont *pour*, qu'elles envoient à sa rencontre leur curiosité retenue... Offre-réserve... Un tableau en cache un autre, toujours... La présentatrice publicitaire était déjà dans la peinture supposée (sa robe et son ombre pèsent sur la toile vierge) mais on peut aller beaucoup plus loin... Il serait absurde de se jeter sur ce modèle, là, tout de suite... Gardons les distances... Nombreuses séances... Science des préliminaires, voilà. Le peintre et son modèle ont toute une histoire à soigner. Long rapport de forces. Il y a les peintres au service de leurs modèles, et les autres. Le féminin Frago, là, barre l'entrée de son art aux sollicitations précipitées. Peignez-moi !... Oui, oui, peut-être, une minute... *Just a moment...* Geste d'aveugle, de sourcier... On n'entre pas comme ça dans le savoir sur la prostitution générale des corps... Autrement dit, dans la gloire.

En effet, au bout de ce roseau pensant qui sera bientôt un pinceau, sous les apparences mises à nu, c'est un bouillonnement de fond qui attend *d'être signé*, un frisson abstrait.

Le donne, i cavallier, l'arme, gli amori,
le cortesie, l'audaci impresse, io conto...

Aucun grand poème ne s'y prêtait mieux, sans doute, que celui de l'Arioste. J'ai déjà évoqué Vivaldi à ce propos, et je crois qu'il faut entendre l'*Orlando furioso* en regardant ces dessins d'une virtuosité dissolvante. Fragonard nous montre ici son paraphe cavalier, son idéal du nom. C'est en vue de cette cavalcade qu'il peint, dans un horizon héroïque dont personne ne semble se douter en le prenant pour un spécialiste de sujets galants. La peinture est un combat noble, une mêlée, une victoire, même si elle est une croisade dérisoire, comme dans le *Don Quichotte* dont il s'est aussi approché. L'érotisme est une éthique militaire, sa réserve de combats est constituée de la mémoire des légendes. Voici Frago le méconnu. Le geste est une chanson, elle vient de loin et va plus loin que l'époque, tout se passe comme si, par cet appel vivant du passé, il projetait ses peintures dans l'avenir où nous les attendions pour, à notre tour, les relancer dans le jeu confus de l'Histoire. L'Arioste, mais aussi Rabelais, l'Arétin ou Boccace et, logiquement, La Fontaine dont il faudrait relire les *Contes et nouvelles* (« La Courtisane amoureuse » par exemple) avec, en exergue, ces vers de *L'Amour et la Folie* :

Tout est mystère dans l'amour,
Ses flèches, son carquois, son flambeau, son enfance [...].

Les merveilleux contes, où le français n'a jamais été aussi flexible, ironique, immédiat...

Quand le mot est bien trouvé,
Le sexe, en sa faveur, à la chose pardonne :
Ce n'est plus elle, c'est elle encor pourtant [...].

C'est dans La Fontaine qu'on apprend comment un chien de Fragonard est peut-être une fée métamorphosée (« Le petit chien qui secoue de l'argent et des pierreries ») :

Il entend tout, il parle, il danse, il fait cent tours ;
Madame en fera ses amours [...].

Comment, aussi, bien entendu, « l'esprit vient aux filles ». Les aventures amoureuses sont des esquisses en action, des moments de peinture, des *avant-tableaux*, comme le disent les lavis de bistre, et les Goncourt ont d'ailleurs bien repéré, à propos des sanguines de Fragonard, cette bizarrerie mouvante, chinoise : « Il semble qu'il ait entre ses mains son crayon rouge sans porte-crayon : il le frotte à plat pour couvrir ses masses ; il le fait sans cesse tourner entre son pouce et son index en virevoltes hasardées et inspirées. Il le roule, il le tord, avec les branches qu'il indique ; il le casse aux zigzags de ses verdures. De son crayon qu'il ne taille pas, tout lui est bon. Avec son épointage, il fait gras, large, appuie sur les parties ressenties ; avec l'aiguisage du frottement, il touche les finesses, les lignes, la lumière, — tout cela avec un art fiévreux, enragé, attrapant le caractère du paysage, le faisant copieux, chevelu, feuillu, croquant, emmêlant la nature aux balustres et le nuage aux cimes des bois. » Ou encore, mais il s'agit du passage en surface de la même commotion qu'on croirait écrit à propos de Van Gogh (il s'agit des portraits-vitesses) : « À peine s'il jette ses touches ; il dégrossit à grands coups les visages, les indique comme avec les plans d'un buste commencé. Son pinceau étend les couleurs en lanières à la façon d'un couteau à palette. Sous sa brosse enfiévrée qui va et vient, les collerettes bouillonnent et se guindent, les plis serpentent, les manteaux se tordent, les vestes se cambrent, les étoffes s'enflent et ronflent en grands plis matamoresques. Le bleu, le vermillon, l'orange coule sur les collets et les toques ; les fonds, sous les frottis de bitume, font autour des têtes un encadrement d'écaille ; et les têtes elles-mêmes jaillissent de la toile, s'élancent de cette balayure furibonde, de ce gâchis de possédé et d'inspiré. »

Nel profondo
cieco mondo
si precipiti la sorte
gia spietata a questo cor [...]

Voilà ce qu'on chantait, en tout cas, au Théâtre Saint-Ange, à Venise, en 1727, soit cinq ans avant la naissance de Jean-Honoré Fragonard.

Il est temps d'aller au lit. Le personnage principal de Frago, on l'a compris, c'est lui. Pour être à ce point actif au-dehors, pour saisir le nerf intime et permanent des attitudes de la nature et des acteurs de la comédie, il suffit d'un bon lit. Ce n'est pas par hasard si, dans l'*Odyssée*, le fin mot de toute l'histoire, de ce qu'on pourrait appeler le voyage au bout de chez soi, le détail connu du héros seul et qui, seul, peut le faire reconnaître de sa propre femme, est le secret de fabrication d'un lit. Ulysse aux mille tours, spécialiste des nymphes, navigateur du visible et de l'invisible, est un artisan du support horizontal. Une couche en peinture, et voilà la scène. Avec son rideau de draps, trois coups, attention, le décor se dévoile, s'anime, on est de l'autre côté de la nuit. Les lavandières qui, comme dans le *Finnegans Wake* de Joyce, savent tout de tout, chuchotent dans leur dortoir. Que le feu et l'eau se conjuguent, la parole et le débordement rapide des corps... Une chemise brûle ? Mais pourquoi ? Parce que le feu de la verbalisation l'exige. Des pétards ? Des étincelles ? Des poudres ? On ne saurait être plus littéral. Comme quand on dit : des saillies. Elles sont d'ailleurs entre elles, vous ne devriez pas vous trouver là, Frago est déguisé en Amour, il aide à l'exhibition secrète. Jamais on n'a mieux fait sentir le narcissisme féminin, sa sensualité enrobée d'elle-même, l'enfant imaginaire comme déclic du désir profond. Regardez : c'est dans ces conditions de malentendu que l'espèce s'est reproduite depuis des siècles. Frago entre dans le flash primitif, il sait qu'il y est appelé, il a la permission, sa mère l'a couronné, il a toujours été son partenaire préféré. « Le romancier est l'homme de la Nature... s'il ne devient pas l'amant de sa mère dès que celle-ci l'a mis au monde, qu'il n'écrive jamais. » Ces *putti* qui soulèvent l'espace règnent sur toutes les équivoques, les abandons, les étirements, les bâillements, les soupirs. Elles, elles se laissent aller, elles tombent, le sommeil est un alibi, les roses, les blancs, les gris sont la mélodie de cette demi-veille prélassée, mobile. Écarter un drap, une chemise, vaut pour désigner les mains et les pieds sur le même plan, ouvrir, repousser, courir, s'enlever de soi pour mieux revenir à soi. Le dessin se caresse, la couleur s'aime. La fausse dormeuse a-t-elle fini ? Va-t-elle commencer ? Est-elle, au contraire, comme dans *Le Vœu à l'amour*, déjà en rêve, liquide, propulsée vers une autre grotte, un autre berceau végétal aux pieds d'un marbre masculin levant le bras vers une autre direction, imposant la bifurcation ? Elle se précipite, elle va le toucher, ou plutôt ricocher sur lui, elle pousse de son bras gauche sa tête renversée, c'est une nageuse arrivant à son *starting-block*, elle n'en peut plus, elle est folle. Fragonard n'est pas assez naïf pour croire que les grands élans féminins se portent sur un homme. Non : c'est elle-même en nébuleuse, ou encore un caniche, un enfant, un dieu, une statue, le pouvoir suprême, qu'une femme peut désirer ainsi, avec cette intensité, ce recueillement de rite. Qu'un homme puisse lui déclencher ça, et il a compris. La voici donc, à la fin de son air principal, à bout de souffle, l'opéra est fait pour en arriver là, en ce point hors jeu de silence. La main sur la pierre : elle se boucle, elle s'évanouit de se rencontrer. Il est contradictoire d'avoir un cœur brûlant et un cœur de marbre ? Allons donc.

Dans l'algèbre et la géométrie de Frago, *La Résistance inutile* apparaît comme la démonstration de sa pensée même, son traité de mécanique ondulatoire, son ellipse du quatrième degré, la présentation de la répétition infinie, son *huit*, son œuf. Étant donné qu'il faut choisir, en général, entre l'utile et l'agréable, qu'est-ce qu'une résistance inutile ? Une résistance agréable. Appelons donc *résistance*, ici, le nœud physique qui permet de chauffer à blanc le tableau, de le mettre en état de bouillonnement continu. Entre les rideaux agités, le matelas renversé, l'oreiller bouffant comme un gros cul de canard, le traversin tordu délectable qui, peut-être, va se détendre d'un moment à l'autre comme un ressort, il est presque impossible, au premier abord, de déceler à qui appartiennent les bras, les bassins, les jambes. À quoi rime cette acrobatie ? Un viol ? Une lutte ? Leur simulacre, plutôt. Un rapport de forces ? Oui, mais sans doute pas celui qu'on croit. La main gauche de la femme au visage plus extasié qu'horrifié éloigne-t-elle ou attire-t-elle par les longs cheveux la tête de son partenaire (un homme ? c'est vous qui le dites). Lui, si c'est lui, n'est plus qu'une figure, des mains, des jambes (ses propres jambes ont tellement disparu que vous êtes forcé, trois secondes, de lui prêter celles de sa conquête). Elle, crucifiée par la situation, n'en a pas moins ce pied léger du premier plan, ce pied de course et de soutien, de bond et d'accord. Elle prend la mèche de cheveux, il lui saisit le poignet. Le tableau est fait à la force tournante du poignet. Sa main gauche, à lui, est exacte, glissée au point résistant. Un genou, une cuisse font surgir les fesses qu'on ne montre pas, la suggestion poussée à bout est la nervure de l'ensemble, le rendez-vous est gagné sous toutes ses formes, la torsion hystérique est parcourue, libérée, dans le jaune et le blanc glorieux. Jaune et blanc : couleurs vaticanes. Il s'en passe, des choses, dans les *stanze*, depuis Raphaël, Tintoret… Et il ne s'agit pas de Mars ni de Vénus, ni du triomphe du saint sacrement, mais de Mlle X, de M. ou de Mme Y, peu importe. De vous, de moi, de lui, d'elle, d'eux, un jour ou l'autre, au réveil, dans la sieste interrompue, le soir, éclairage de l'acte, violente lumière interne. Deux personnages passant au *frago* en insistant sur la danse préliminaire sont automatiquement des Fragonard, c'est comme ça. Qu'ils n'osent pas le penser ou bien qu'ils ne s'en jugent pas dignes est une autre affaire. Quoi qu'il en soit la *Résistance* a été, une fois pour toutes, jetée comme un défi à la face de la pruderie universelle, elle offense à jamais le mufle puritain obscène fait de rigidité ou de misère grimaçante, hypocrite vertu ou tétanisation organique, répression ou bestialité par manque d'animalité. Ce couple-là est sauvé. *Donc*, il y en aura toujours d'autres.

Frago n'aura pas le sort d'Actéon. Il est même admis à la baignade secrète. Elles sont huit, *Les Baigneuses*, si je compte bien. Quatre à droite et quatre à gauche, cinq apparentes et trois plus ou moins cachées. J'imagine Cézanne rêvant devant cette toile, comme Picasso devant la *Résistance* ou *Le Début du modèle*. Le peintre et son modèle, le peintre et ses baigneuses... La facilité d'accès à la clairière n'est pas en progrès, n'est-ce pas... À moins de s'organiser la rencontre... La « clairière de l'être », ô philosophes, jusqu'à quand vous demanderez-vous si elle peut exister en dehors du boudoir ? Combien d'années à passer encore sur la méditation consternée essayant de comprendre ce qui a pu habiller un penseur radical de la Grèce en uniforme nazi ? Les femmes, cherchez les femmes, rien qu'elles... Toute l'histoire nihiliste s'éclaire uniquement à partir de là, c'est très simple, absolument scientifique. Voilà la *philosophie française* que le monde entier nous envie, les femmes et le vin, gloire et soutien de la comédie humaine. Regardez ces trois pieds... Ces jeux de poings d'heureuses vilaines... Cet arbre venu de nulle part, au milieu des nuages, dont le tronc de chair est un bras levé... Ces deux blanchisseuses dans l'ombre... Cette double croupe d'entrée, tronc de bouc ou déesse, clin d'œil critique à l'étal de l'académique Boucher... Ce ventre blanc dans le ciel... Ce fouillis de grâces... Ce recto-verso qui devrait figurer sur les billets de banque de la

République, la république de Fragonard, tel est son nom... La Guimard en action ? Prise « à l'italienne » ? Femmes entre elles, à présent, le sujet le plus difficile, où la nature se fait naturellement peinture... Laissez maintenant reposer votre vision tourbillonnante des *Baigneuses*, quel est l'élément final qui s'avance ? Le *nombril* dans le blanc-nuage de la danseuse centrale à la rose, le point fixe de l'envolée ou de la loterie autour duquel le tableau tourne, le trou qui permet de tenir la palette... Comme l'a dit une fois un auteur léger : nombril pour eux, nombrelles pour elles...

Retour dans les appartements et déséquilibre : *Le Baiser à la dérobée*... Mais nous approchons déjà de la fin de partie, de *l'échec et mat* de Frago, coup de maître de ce joueur plus conscient qu'on n'a osé le dire, et je veux parler, bien sûr, du *Verrou.* D'abord l'entendre, ce tableau interminable : léger claquement dans un silence froissé. Elle était assise entre les cuisses monumentales et toujours ouvertes du lit, elle est déléguée par la géante, elle est comme un pétale un instant échappé de la fleur carnivore matrice, enlever une femme à la machine fondamentale, ce n'est pas tous les jours. Fermez-la ! *Shut up !* C'est bien cela : notre courageux marin, à peine débarqué de son vaisseau ou de sa gondole, va réussir à en *fermer une*. La pomme, à gauche, nous situe le drame, la genèse elle-même, à l'envers. C'est sanglant, viscéral, tordu, chenille et papillon, la métamorphose et l'empoignade du fond des choses. Et en même temps lumineux, blanc-jaune sorti du rouge, vitesse calme... Où l'on voit que la clé intérieure est la résolution de la discordance d'accord, sol dièse, rapport dans le non-rapport.

Sur la pointe des pieds, deux bras dans deux mondes différents, rapt, bout du doigt qui pousse... Ce tableau devrait s'appeler *Le Vrai Où*. D'ailleurs, à partir de maintenant, c'est son titre. Catastrophe et sécurité. Ça s'agite beaucoup, mais ce n'est rien. La blonde Sabine de la forêt est parvenue au but, on l'accouche, elle passe évanouie de l'autre côté, elle est prise, vous entendez la tige glisser. Quel est le mouvement suivant ? Le passage du mur du son. Dans un moment, la chambre sera vide, le rideau de sang voilera le petit théâtre où on vous a montré tout ce qu'on pouvait vous montrer, la rapide opération marionnette. La curiosité n'a pas à aller plus loin. Dernier trait des *Illuminations* « La satisfaction irrépressible des amateurs supérieurs. »

Un jour, en revenant d'une course au Champ-de-Mars, Fragonard, ayant soif et chaud (c'était le 22 août), entra dans un café du Palais-Royal et commanda une glace. Une congestion cérébrale suivit et l'emporta. Il avait soixante-quatorze ans.

Pas une ligne sur sa mort dans le *Journal de l'Empire*.

De 1732, donc, à 1806.

Fête à Rambouillet :

« Sur la lisière d'une forêt, une rivière avec plusieurs barques, pleines de gens qui s'amusent. »

Ou encore, dans la mise en scène de l'*Orlando* :

« Un jardin délicieux dans lequel on voit deux fontaines, une qui éteint, l'autre qui fait naître l'amour. La mer agitée au loin. »

Vincerà l'amor più forte
con l'aiuta del valor...

Un Français à New York

La vivacité de Morand est de nouveau parmi nous, on ne s'en plaindra pas. C'est tout de même étrange, ce sommeil ambiant. D'où vient-il ? Que veut-il ? Où va-t-il ? De la lenteur, encore de la lenteur, vers la lenteur. Une accélération pour rien, un ralentissement sans jouissance. On dirait un programme. C'en est un. Mais masqué. Personne n'irait l'appeler par son nom, l'éternel esprit de pesanteur, sans risquer d'être désigné comme fou, camé, *speedé*, et j'en passe. N'employez pas plusieurs mots à la fois. Évitez les reparties trop vives. Vous avez vos réflexes instantanés bien stéréotypés ? Votre bonne mauvaise pensée bien pesante ? Vous pouvez la montrer ? Il vaut mieux. Taisez-vous et rentrez chez vous. On vous filtrera les nouvelles.

Parfois, Morand semble écrire un peu n'importe quoi, c'est un surréaliste sec. Il est tout en mouvements, en raccourcis, cavalier surprenant et sûr. C'est l'art de la nouvelle, justement, lendemain de guerre, il s'en explique très bien dans sa préface de 1957 à *Ouvert la nuit*. « La nouvelle se porte bien ; elle est en train d'échapper aux périls où le roman est exposé (occupation du terrain par les écrivains philosophes, dissociation du moi, effondrement du sujet après celui de l'objet). La nouvelle tient bon grâce à sa densité... La nouvelle est une nacelle trop exiguë pour embarquer l'Homme : un révolté, oui, la Révolte, non. » Et encore : « J'essaie de me revoir tel que j'étais en 1922, au moment de mes premières nouvelles. Écrire me paraissait la forme la plus naturelle de l'appétit, de la jeunesse, de la santé... L'idée de durer littérairement m'apparaissait négligeable, plus que négligeable, obscène ; la pudeur et l'élégance de l'époque exigeant des adieux sans larmes à une civilisation moribonde. Un simple faire-part. »

Partir, écrire directement, ne pas se préoccuper des résultats, avoir la cible bien nette en tête, et une main qui ne tremble pas : la forme s'ensuit, qui arrive à destination quel que soit le contexte de l'agonie en cours. La preuve, vous ouvrez ces livres, ils sont immédiats : « Depuis trois soirs on la voyait. Elle était seule, sauf pour les danses, qu'elle ne manquait pas, mais avec le professeur ou des copines. » Ou : « Sur cette côte abrupte, un bonheur plat commença. Un bonheur sans téléphone. » Ou bien : « L'Orient-Express traînait dans la nuit son public tri-hebdomadaire. Le même toujours. » Ou encore : « J'allais voyager avec une dame. Déjà, une moitié d'elle garnissait le compartiment. » L'attaque brève, le développement par saccades (souvent jusqu'au procédé), le dialogue à la limite de l'absurdité, le saut rapide au-delà de la description, la caméra faussement négligée, la *chute*. Somnambules ou languissants, s'abstenir. Tout est de la même encre, le merveilleux *1900*, par exemple, qu'il faut relire en le transposant aujourd'hui ; ou *Hiver Caraïbe* ; sans parler de la mitrailleuse d'*Hécate et ses chiens*, récit au galop à travers la perversion claquante, la phrase comme voyage instantané (« un continent par jour, voilà notre foulée »), sujet de la folie refoulante s'emballant dans le temps (« J'étais de naissance, de tempérament et de formation, huguenot. Bienséance, Convenance, Décence, ces trois fées réformées me suivaient depuis le berceau »). D'où un humour électrique, la diversité des étonnements, le sang-froid des observations. Préfacé par Marcel Proust (comment ne pas en mourir ?), le Diplomate contemporain de Claudel (comment survivre aux dossiers ?), le Demi-exilé de Vevey (c'est son côté Chaplin), l'Académicien (comble de ruse historique) est là, devant vous, dans une jeunesse éternelle, celle de la syntaxe et du coup de fouet verbal. C'est sans doute le meilleur écrivain français du vingtième siècle, en retrait de Proust et de Céline, bien sûr — il a compris ses limites —, mais loin devant les autres dont l'inutilité s'accroît chaque jour. Allons, au trot. Pas une minute à perdre. Et puis, un écrivain *informé* en vaudra toujours mille au moins. Tant pis pour ceux qui croient que leur existence suivra leurs fantasmes. On n'a qu'une vie. Elle est plus ou moins vécue et panoramique. Moteur.

Donc : New York. À part le passage fameux de *Voyage au bout de la nuit*, on ne peut pas dire que la littérature française se soit illustrée dans cette dimension redoutable. Vous êtes à New York ou vous n'y êtes pas. Un Français, en général, n'y est pas. Et pour cause. Il sort de sa province, il lui est déjà difficile de connaître Paris, il méprise Balzac, l'imprudent, il croit que Proust appartient au passé copiable, son système nerveux, abruti par l'enseignement ou la dépression « moderne » instaurée en question de cours, tournera un peu autour de Columbia ou de New York University... On sera gentil avec lui, il comprendra vite qu'il n'a pas lieu, qu'il n'aura jamais lieu — sans se rendre compte que c'était déjà fini *au départ* et, sans aucun doute, par sa faute. Il faut se débrouiller seul, à New York, sans papiers, sans garantie, sans réseau de soutien autre que factice. N'attendre rien, aucune reconnaissance, travailler pour soi. Tu n'es pas plus démuni, après tout, qu'un des dinosaures américains arrivant à Paris dans les années vingt. Problème de concentration physique. Tu verras plus tard, *little French*, à bientôt.

Morand a vite vu, compris, dessiné la situation. Le livre est publié en 1930, moment du grand tournant : économique, technique, géopolitique. Il est un des seuls Européens à saisir l'événement. D'où sa tentative de le maîtriser, dans un livre qui est à la fois un essai de mythologie, une prophétie nerveuse, un guide touristique, un reportage, un traité d'ethnologie, une longue nouvelle. Le New York de Morand est un peu comme le Londres du *Pont de Londres* de Céline. Que ne sont-ils restés tous les deux de l'autre côté du Channel ou de l'Atlantique au lieu de se mêler à l'explosion du Vieux Continent ! Une tout autre histoire de la littérature aurait pu se dérouler alors. Replantons un instant le décor : l'entre-deux-guerres, le fascisme et le stalinisme, les deux pôles d'attraction que sont, pour les intellectuels et les écrivains, Berlin et Moscou... Ces deux dernières villes n'étant d'ailleurs (Morand *dixit*) que des « New York ratés » — jugement d'une lucidité singulière au moment où la boussole s'affole... Mais il va être trop tard : l'idéologie a frappé, l'horizon philosophique de propagande d'un côté, la maladie raciste et antisémite de l'autre (dont on va trouver les traces révélatrices même dans ce volume en apparence si « détaché »). Céline va s'enfoncer dans la malédiction de ses *Bagatelles* qui l'entraîneront de l'Allemagne jusqu'au Danemark. Elle sera loin, la fée Virginie du *Pont* ! La féerie des parcs ! Le rythme gratuit à rouler de rire ! Quant à Morand, il sera, lui aussi, du « mauvais côté » — et nous serons obligés, nous, citoyens moraux, de subir l'emphase pseudo-métaphysique de Saint-John Perse ou de Char, les romans surfaits d'Aragon, les pièces bétonneuses de Sartre, la prose compassée de Camus. Le manichéisme à bascule prendra possession de l'appréciation du langage : Droite / Gauche ça dure encore. Marche titubante et ruineuse, chacun les siens, je ne vous parle pas, je ne vous lis pas. Il est à craindre que le siècle finisse sur ce Une / Deux ! — tournant de la tragédie à la farce. La critique littéraire est devenue leçon de civisme et nous aurons de plus en plus de bouffons politiques sinistres par refus de penser l'au-delà du goût. Tant pis. S'il n'y a plus qu'un lecteur, lecteur, vous serez celui-là, n'est-ce pas ? Vous emporterez bien quelques livres avec vous pour voir, à l'usage, loin des demandes de vote et de pétition, ce qui *tient le coup* ? D'autant plus que le problème, aujourd'hui, n'est plus l'émergence de New York : New York est, en un sens, partout et nulle part. À Tôkyô, à Rio, à Mexico, demain à Pékin (j'ai rêvé au Pékin de 2050 dans la Cité Interdite)... Et c'est ainsi que resurgit la vieille Europe et, en premier lieu, Paris. Si on écrit encore des livres — mais oui —, ils porteront la cicatrice de ce bouclage géant, chaotique, en même temps que d'un bizarre retour au calme, comme si rien ne s'était passé. Il ne se passe jamais rien, d'ailleurs. Sauf que ce rien va à toute allure. Voyez Proust soucieux, dans *Le Temps retrouvé*, de mettre la *Recherche* dans la perspective bouleversée de la Première Guerre mondiale : bombardements, uniformes, hôtel de passe nouveau, éclatement au grand jour de l'homosexualité générale (comme si la mort de masse la révélait), décomposition accélérée des personnages, recomposition des intérêts dans l'amnésie, selon les mêmes actes d'aimantation secrets. Et Céline, dans *Maudits soupirs pour une autre fois*, virtuosité poignante du concert verbal, à Montmartre, sous de nouvelles bombes... Chassé-croisé avec les Américains ? Hemingway à Cuba, Pound à l'asile, Faulkner replié au Sud... Montparnasse, New York... Artaud du Mexique à l'Irlande, puis à Rodez... L'histoire des migrations littéraires reste à faire, il nous manque la vue du Temps déplacé.

On sent bien l'ambition de Morand, dès les premières lignes. Reprendre le récit là où Chateaubriand l'a laissé... « Silence. Les dernières vagues atlantiques se jettent sur une pointe de rochers bruns pourpres et s'y déchirent »... Nous entrons dans une superproduction. Il faut être à la mesure de l'audiovisuel qui s'annonce. Et pour régler ce New York déjà énorme, incontrôlable, le mieux est d'en raconter la naissance misérable, hasardeuse, locale. Pour comprendre, comme magiquement, son expansion et son évolution foudroyante, on en récite l'origine mythique. Construction simple, la ville s'y prête : en bas, au milieu, en haut. J'ai habité chacune de ces trois villes dans la ville : les quais de l'Hudson et leurs soirs rouges ; la 28e Rue et son air d'Europe ; Morningside Drive et les mouettes planant sur Harlem... Le grand changement (j'arrive là en 1976), c'est que j'ai connu une ville « apaisée », enfin victorieuse de la planète, en train de s'arrêter pour se contempler. L'élégant *World Trade Center* est maintenant là pour longtemps, en pointe. Plus de frénésie comme dans les années soixante et cinquante (« tu arrives trop tard, ça repart dans l'autre sens », me dit une amie dans l'avion). New York est en plein vol, la bonne technique, pour un insecte humain, est de s'y glisser sans bruit, de prendre sa distance intérieure, de rester chez soi, d'écouter en profondeur. Petit appartement anglais de Jane Street, dans le Village, je pense à toi... Aux terrasses du vingtième étage bourrées d'antennes... Confort des fauteuils de cuir, soleil violent dans les plantes vertes, c'est là que j'ai écrit, dans une solitude quasi totale, la plus grande partie de mon *Paradis*... Je finissais par sortir, je prenais des taxis en tous sens, j'allais dormir au début de l'après-midi sur les quais de planches où passaient des hallucinés du jogging, éclat de l'été indien à New York, je rentrais tard, télévision de nuit, marges espagnoles, une seule réalité : le dollar et l'espace ouvert, sans limites. Il y a désormais un New York définitif, électronique, sans grand intérêt, sauf pour une aventure intime. Le Français ne l'a pas encore compris : il arrive, coincé ; personne ne fait attention à lui, il disparaît ou s'enrhume. Il s'ennuie. Et pourtant rien de grave puisque, précisément, il ne se passe rien. Le rien scintillant de New York est le programme de la Terre. Le Messie est venu, il s'appelle régulation technique. Ce n'est pas possible ! Le Temps doit aller quelque part ! Mais non. La bombe a explosé de l'intérieur : répétition, annulation incessante de tout par tout. Débrouillez-vous avec cette apocalypse tranquille.

Tranquille *à présent*, c'est-à-dire qui a digéré la violence qui l'a constituée et continue, mais invisible, de la nourrir. Morand tente bien de s'appuyer sur Whitman et ses visions, il essaie de penser que, comme New York a eu un début, il pourrait avoir une fin... C'est le moment où, séduit, il doute, il rêve d'un effondrement possible... Mais il sait qu'il n'en sera rien : « New York est ce que seront demain toutes les villes, géométrique. Simplification des lignes, des idées, des sentiments, règne du direct. » Si l'on cherche la complexité et la complicité en dehors de soi, alors, en effet, c'est terrible. Le collectif est réduit à sa plus simple expression, dissous. Attendre quoi que ce soit des autres, et on est effacé sur place. Mais quelle liberté, justement ! Quelle chance de méditation ! Mieux que dans un désert, bien sûr. L'hallucination, ici, est vaincue par tous les moyens et « la grande ville est le seul refuge contre l'intolérance, l'inquisition puritaine »... Les États-Unis, sans cette grosse pomme de New York, seraient (et sont le plus souvent) un pays de plomb religieux. Il fallait une formidable mécanique pour user toutes les contradictions, les croyances, les velléités régressives — les phénomènes, quoi. C'est fait. L'intérêt du « Morand » est d'enregistrer le moment exact où c'est en train de se faire. Les gratte-ciel : « Ils s'affirment verticalement comme des nombres, et leurs fenêtres les suivent horizontalement comme des zéros carrés, et les multiplient... La rage des tempêtes atlantiques en tord souvent le cadre d'acier, mais, par la flexibilité de leur armature, par leur maigreur ascétique, ils résistent... Aveuglé par l'Atlantique ensoleillé, je me trouve en plein ciel, à une hauteur telle qu'il me semble que je devrais voir l'Europe ; le vent me gifle, s'acharne sur mes vêtements ; près de moi des amoureux s'embrassent, des Japonais rient, des Allemands achètent des vues ; comment décrire de si haut cette métropole en réduction, c'est de la topographie, de la triangulation, non de la littérature. » Mais si, c'est *encore* de la littérature, la preuve. Depuis le « vieil océan aux vagues de cristal » de Lautréamont, ou « Les Ponts » des *Illuminations* de Rimbaud, les phrases se poursuivent, roulent, se pressent. Il vaut mieux ne pas avoir le vertige, Morand ne l'a pas. Sa prose, éprouvée par la nuit voyageuse, résiste, elle aussi : « Les gratte-ciel s'élèvent, sur une ligne, pareils à des lamaseries dans un Lhassa inexpugnable »... Broadway, la 5e Avenue, la Bourse, la Presse : il note bien la nouveauté spatiale et temporelle de la circulation de l'argent et de l'information (qualité essentielle pour un écrivain), son projet de réseau mondial, sa vitesse, ses volumes. « En quelques secondes, j'apprends que dans cette journée où, pour moi, il s'est passé si peu de chose, le quatre-mâts *Lucifer* a été coulé, que le premier prix d'Exposition d'horticulture cubaine a été donné à une plante cobra, que le sénateur Lafolette est champion de bridge de Miami et que les Musulmans se sont révoltés, il y a trois heures, aux Indes. » Rien de bien différent aujourd'hui où, allongé sur son lit, jetant un coup d'œil de temps en temps sur l'écran rose, un habitant peut, avec *Reuter News*, lire en lettres blanches tous les télex, suivre en bleu, en haut, le cours des monnaies en fonction du dollar, et en bas, en vert, les prévisions météo (*cloudy !*). Le tout sur fond de musique classique : par exemple (ça m'est arrivé) *Prélude à l'après-midi d'un faune*, de Debussy. La discothèque compacte universelle rythmant les événements, quoi de mieux ? Une catastrophe aérienne ou une guerre changent évidemment un peu de couleur selon qu'il s'agit de Vivaldi ou de Wagner, mais qu'importe ? Vous êtes mort depuis longtemps vous-même, et tout le monde avec vous. Vous n'avez qu'à profiter de ce surplus de perception accordé au temps atomique. Si vous mettez le nez dehors, l'Océan vous rappellera que vous êtes en vie, mais dans d'étroites limites physiques, dans un espace hyperdilaté. Le *climat* de New York, d'un extrême à l'autre, froid coupant et enthousiasmant, chaud accablant et tuant, c'est le rappel de la relativité générale. L'Atlantique a raison depuis toujours, c'est bien mon avis. Et puis, en été, Long Island est tout près, on part le vendredi soir pour Southampton, Easthampton... Week-end à Bellport... Langoustes, glaces, champagne... « Toute élite qui arrive au luxe aboutit au français. » Est-ce encore vrai ? Mais oui, courage. Malgré les vins californiens, les bordeaux gardent leurs positions. Et ils les garderont, malgré les attaques que l'on sent violemment intéressées, jalouses... Le fait de ne mettre en avant, à New York, que des écrivains ou des artistes français cafouilleux, timides (« il ne se passe rien en France ») fait partie de ce complexe profond, durable, alerté... Du bon français ? En voici encore, du côté de Washington Square : « Je retrouve les maisons rouges du square, à portes et à volets verts ; le soleil de l'après-midi les gaine, comme des meubles de l'époque, d'un velours magenta. » Un *vrai* café, au Reggio, en l'honneur de Morand, pour le mot *magenta* !

Ce que Morand perçoit, ne voit qu'en partie — ne peut pas discerner complètement —, c'est la nouveauté fantastique de New York quant au réglage des populations qui l'irriguent, la grande expérience d'intégration et de mixité ethnique dont l'Europe — et singulièrement la France — hésite encore à tirer la leçon. Leçon pourtant irréversible. Et c'est ainsi que ce *New York* comporte des passages hautement symptomatiques dès qu'il s'agit des Juifs ou des Noirs. De même que l'Affaire Dreyfus date la *Recherche du temps perdu*, et *Bagatelles*, Céline ; de même les réflexions que l'on trouve ici, en 1930, prouveraient, s'il en était besoin, à quel point ce « thème » est celui du vingtième siècle, au même titre, diront les historiens de l'avenir, que le nihilisme quotidien, l'homosexualité ou la drogue, sans parler, vers la fin, des greffes, du sida, de la procréation artificielle et de ses répercussions biologiques, éthiques et pathétiques. Rien ne sert de s'indigner, il faut rire à temps. Mais ce n'est pas sans malaise (malaise par rapport à Morand qu'on aurait pu croire, à tort, plus en éveil par anticipation) que l'on lit la description de « cette population grouillante, crasseuse, prolifique et sordide... Un immense folklore local, dans le théâtre yiddish américain comme dans le roman, ressasse à l'infini la scène du vieux père, inassimilable et botté, avec ses rouflaquettes grasses s'échappant de son melon verdâtre, le Talmud sous son châle de prières, maudissant en russe ses enfants devenus américains, qui ne le comprennent plus ». Ou encore : « Il est neuf heures du soir. À cette heure-ci où sont les Juifs ?... Ces publics, femmes en cheveux, hommes sans cols, cheveux crêpus, yeux éclatants, bouches charnues, teints livides, me transportent soudain dans les théâtres actuels de Moscou : pas une retouche à faire, rien à changer... » Rien à changer, en effet, à la bonne vieille perception antisémite du monde, dont les Français se seront fait (point à élucider) une spécialité nationale, au point de pousser littérairement le genre jusqu'à ses extrêmes. Visite à un journal : « J'arrivai enfin au bureau du directeur. M. Ochs ressemble un peu à Lord Rothschild et un peu à Max Jacob. M. Ochs m'expliqua d'abord, avant de m'avoir fait asseoir, que les Juifs sont une grande race. Ensuite, il me mena à la fenêtre... » Ou encore : « Ici tout est bon marché, clinquant et camelote, sauf les boutiques d'objets religieux : quand il s'agit d'acheter un Talmud, un chandelier de cuivre, un châle, un calendrier rituels, rien n'est trop cher. Une odeur de saumure et de bottes graissées couvre tout. *Jesus saves !* s'exclament les affiches de l'Armée du Salut. À d'autres ! Audessus de cette foule pauvre, mais qu'on devine parfaitement satisfaite de son sort, étincelle un mot magique, qui domine tout : " DIAMANTS ". »

Une fois de plus, nous sommes en 1930, mais cette « couleur » se passe de commentaires. Morand, décidément, n'était pas grand lecteur de la Bible[1]. Nous sommes habitués à ces dérapages, on les trouve, plus ou moins marqués, à peu près partout, et on devrait plutôt se deman-

1. Pas catholique non plus, comme en témoigne sa mort à l'ombre de la foi orthodoxe, « vers quoi Venise m'a conduit, une religion par bonheur immobile, qui parle encore le premier langage des Évangiles » (*Venises*). Comme quoi il est difficile de *voir* l'éclatante Venise de la Contre-Réforme (Proust lui-même trouve *La Salute* sans intérêt en soi). Proust : « J'aurais aimé vivre comme Morand. »

der pourquoi le terme de « révisionniste », qui a été une scie de la langue de bois communiste, s'est d'abord appliqué aux dreyfusards pour désigner maintenant les pseudo-historiens attachés à nier le génocide des Juifs par les nazis. Morand antisémite ? Sans plus, en passant, de façon paternaliste. On a vu pire. Là où nous sursautons encore, c'est en arrivant à Harlem : « Le wagon [du métro] s'est changé en un wagon de nègres ! Suspendus aux poignées de cuir par une longue main noire et crochue, mâchant leur gomme, ils font penser aux grands singes du Gabon. » Non, mais ! L'angoisse du *crochu* : traité à faire. Je repense, moi, à mes nuits au *Sweet Basil* sur la 7e Avenue : si un groupe humain, hommes et femmes, pouvait incarner l'élégance immédiate, c'était bien la population noire. Résumons : une bonne Bible (j'ai toujours celle à couverture de cuir vert sombre que j'ai achetée là-bas), et le jazz : deux tests, deux façons d'éviter l'erreur. Et pas l'une sans l'autre (et réciproquement). D'ailleurs, Morand serait sans doute surpris : il a écrit cela en courant, sans acrimonie particulière, sans haine. Sauf que ce sont des stéréotypes et qu'un écrivain, en principe, ne devrait pas s'en permettre un (ou alors, mis en abîme). Poids des conversations et des imprégnations collectives. Autant on peut admirer qu'un individu puisse dire à ce moment-là, au milieu de tant de délires : « Je crois que les forces spirituelles de l'humanité ne sont pas l'apanage d'un pays ou d'une race, mais de quelques hommes, de toutes origines, réfugiés sur un bateau qui fait eau : là où la coque me semble encore la plus solide, c'est aux États-Unis » (Mussolini et Staline sont déjà là ; Hitler arrive), autant on peut s'étonner qu'il se contredise aussitôt : « Nous pensons à New York avec orgueil... C'est nous, race aryenne, qui avons fait cela ! » Étrange, puisqu'il écrit aussi : « L'Europe, cette mère, a envoyé à New York, au cours de l'histoire, les enfants qu'elle désirait punir : d'être huguenots, quakers, pauvres, Juifs ou simplement des cadets. Elle a cru les enfermer dans un cabinet noir, et c'était l'armoire aux confitures ; aujourd'hui ces enfants sont gros : ils sont le centre de l'univers »... Dont acte ? Sur le fond ?

New York n'était pas prévu au programme religieux et philosophique : le phénomène a eu lieu quand même, et on pourrait faire l'histoire du vingtième siècle en montrant que c'est de ne pas vouloir le savoir que la folie a gagné des individus et des continents entiers. Répétons-le : Morand est presque seul, parmi les Européens lucides. J'aime ce paragraphe parce qu'il dit bien l'explosion comme le déracinement général de l'époque : « New York est surchargé d'électricité. On se déshabille la nuit au milieu des étincelles, qui vous crépitent sur le corps, comme une vermine mauve. Si l'on touche un bouton de porte, un téléphone, après avoir frôlé le tapis, c'est une décharge ; on a des éclairs bleus au bout des doigts... " Je vous serre la main à distance, m'écrivait Claudel de Washington, heureux de vous éviter une commotion. " » On comprend que Morand fasse de la *Batterie* son centre d'exploration. Mais New York, aujourd'hui, est moins nerveux que Paris, c'est plutôt une ville douce, spacieuse, taxis jaunes qui s'arrêtent, libres, dès qu'on lève le bras, je me suis demandé cent fois si j'allais décider de vivre en partie là-bas, New York, Paris, l'Italie, triangle fondamental. Contrairement à ce que pensent ceux qui, des deux côtés de l'Atlantique, auront toujours dix ou vingt ans de retard, c'est New York maintenant, qui redevient peu à peu la province, immense et technique, soit, mais appelant le séjour, la villégiature, le repos. Regardez Morand : il est tout le temps *dehors*, il ne rentre que pour sortir, il découvre un espace privé d'intériorité, vaporisé, projeté en l'air. Mais on peut à présent passer des jours enfermé, monter sur les toits et les terrasses s'il fait trop chaud, écouter le silence poudroyant de la ville, suivre la course immobile du soleil qui a l'air de ne jamais se coucher — hauteur du ciel qui, à Paris, « pèse comme un couvercle », vent tordu comme un mauvais linge du *bassin parisien* —, se retirer chez soi, donc, avec l'Océan et une bonne bibliothèque comme sauvée des eaux. Le confort de New York est monumental : rien ne semble le menacer. Davantage de temps, loin de tout, pour regarder la peinture. À la Frick Collection, par exemple, où tout à coup, un jour de novembre, j'ai vu comme pour la première fois, Fragonard, les panneaux de Louveciennes refusés par Mme du Barry à qui, par leur liberté de mouvement, ils donnaient sans doute le vertige. Craignant de perdre la tête en regardant ces peintures sur ses murs, elle l'a perdue tout à fait, plus tard. Fragonard ou Robespierre : il fallait choisir. « New York sera le centre de l'Occident, le refuge de la culture occidentale », dit à Morand un de ses interlocuteurs. Il y a, en tout cas, beaucoup de dix-huitième français à New York, dans les collections privées. La fable de l'art moderne, c'est pour l'extérieur : tout en haut, on stocke Louis XV. Mme Bartholdi, en statue de la Liberté, nous prévient de ne pas accorder trop de crédit au kitsch ambiant. Déesse du kitsch, oui, elle l'est, mais sans conséquences. Il y a plusieurs marchés concentriques ou parallèles, et les valeurs, quand il le faut, sont exactement pesées. « New York, écrit Morand, va avoir bientôt son musée d'art moderne »... Prestigieux MOMA, mais qui, lui aussi, semble aujourd'hui saturé, comme s'il avait pleinement rempli sa mission historique. Le *point de retour* — avec toutes ses répercussions visibles et invisibles — porte un nom : *Guernica*. Picasso et Matisse ont déclenché la peinture américaine (Pollock, De Kooning, Rothko), mais cette dernière est-elle allée plus « loin » qu'eux ? Eh non, tout le monde le sait, mais c'est une vérité qui blesse le grand fantasme new-yorkais : table rase et nouveau calendrier à partir de 1939. Maintenant, *Guernica*, à Madrid, surplombe le Prado, et il s'agit là d'une des plus étonnantes victoires de l'art sur la guerre, la politique, l'idéologie, la démence humaine. Il ne reste plus au MOMA que cet autre symbole capital du renouvellement des formes : *Les Demoiselles d'Avignon* (que je suis allé voir presque tous les jours pendant trois mois). Qu'elles reviennent elles aussi en Europe, les Demoiselles, et le tour sera joué. Le tour du monde, enfin, de la petite planète où nous sommes. Le musée Picasso à Paris ? C'est la *limite* même de New York (où d'ailleurs, Picasso, pas plus que Joyce, n'a jamais mis les pieds). Un coup dur pour la fondation de la nouvelle ère... Le calendrier grégorien reste ce qu'il est : inamovible malgré la Révolution et les Nouveaux Mondes. Fragonard, Picasso : deux boussoles pour le civilisé anesthésié par les proclamations futures, futuristes, futurisantes. Les mousquetaires ironiques du dernier Picasso ? La chapelle de Matisse à Vence[1] ? Deux défis conscients à l'art « moderne ». Une désorientation exorciste et volontaire du Temps.

L'épopée de New York est donc terminée : elle aura signifié, dans un pli de l'histoire voué à la mort, une volonté de vie, de survie, d'invention sans précédent et probablement sans suite. Ce qui va avoir lieu, on le pressent : un *réglage* tous azimuts par rapport à cette surrection dans un naufrage quasi général. Une mise au point longue, lente, patiente, pleine de conflits, de freinages, de régressions transitoires. En ce sens, oui, le « calendrier » a changé. Jérusalem est là, ce qui ne veut pas dire pour autant la fin de Rome. L'islam sortira-t-il du Moyen Âge sans destructions inouïes ? Les Chinois, comme les Japonais, viendront-ils de plus en plus nombreux voir l'*Olympia* de Manet à Paris ? On l'imagine. On l'espère. On écrit dans ce sens. En attendant, New York restera pour longtemps en avance sur le mouvement horloger planétaire. C'est en dollars que nous pensons, plus ou moins consciemment. La vie suit son cours, qui n'est rien d'autre que la démonstration complexe et permanente de l'échec des exclusions, des refoulements, des volontés de ne pas savoir. L'exclu prospère de l'injustice dont il a été l'objet (à grandes injustices, grandes victoires) ; le refoulé fait forcément retour, *c'est une loi* ; la volonté de ne pas savoir se fissure, est obli-

1. Pour l'étude de la chapelle de Vence comme « synthèse » de l'œuvre de Matisse, voir : Marcelin Pleynet, *Henri Matisse* (La Manufacture, 1988, et Folio Essais, n° 215, 1993). Matisse est allé à New York en 1930 : « C'est une lumière excessivement picturale comme la lumière des ciels des Primitifs italiens. » (Entretien avec Tériade, *L'Intransigeant*, octobre 1930.)

gée d'abandonner une forme de censure pour en inventer une autre. On ne « lève » pas le refoulement, mais il se déplace, c'est ce que semble dire, en même temps que le vieux Viennois, l'aventure appelée New York. Morand écrit : « Rien ne peut détruire Paris, nef indestructible. Paris existe en moi : il existera malgré Dieu, comme la raison. » Comme si « Dieu » n'était pas, *tout compte fait*, la raison même ! Ce doit être pour ça qu'il semble monopoliser, périodiquement, toutes les folies. La raison a son dieu que Dieu et la Raison ignorent ; New York paraissait déraisonnable, une crise urbaine sans lendemain, au moment où l'Europe allait s'engager dans un énorme suicide collectif ? Simple pulsion anticipatrice, vases communicants, thermodynamique secrète. Il fallait drainer, sauver, entreposer, surgreffer et multiplier un résultat encombré de deux siècles, pour pouvoir passer à la spirale suivante, celle qui nous attend.

Je peux donc rêver qu'ils sont tous embarqués ensemble et réunis pour une soirée là-bas : Proust, Picasso, Céline, Matisse, Claudel, Morand, Giacometti, Artaud, Breton, Drieu, Aragon, Bataille... Certains ne veulent pas se parler ? Mais si, voyons, le vaisseau est déjà au large, la traversée sera longue. On a laissé en deuxième classe les savants et les professeurs, les différents philosophes montés en première à la faveur des destructions de la guerre. Pas de journalistes. Ni radios ni télévisions. Entrent maintenant dans le bar immense : Joyce, Pound, Kafka, Faulkner, Hemingway, Borges, Nabokov. Il y a plein d'hôtesses ravissantes. La grosse dame, dans un coin, que Picasso crayonne d'un trait sec et cruel, c'est Gertrude Stein sur qui se penche le spectre noyé de Virginia Woolf. Le *Midnight* : c'est ainsi que s'appelle le restaurant du *2003*, lointain successeur du *Demi-Lune* hollandais commandé par l'Anglais Hudson, nouveau *Titanic* intergalactique en train de revenir vers l'Europe. Le personnel est impeccable : sévère maître d'hôtel (Samuel Beckett), chef de rang farceur (Alain Robbe-Grillet), sommelier réservé (Claude Simon), vestiaire méditatif (Michel Butor), liftier imperturbable (Robert Pinget), dame de compagnie charmante (Nathalie Sarraute), caissière impériale (Marguerite Duras). Ils ont tous été recyclés et entraînés au *Lindon's Club* par un steward *native*, Tom Bishop, ex-correspondant du petit noyau dur Verdurin. Il est déjà question de former des garçons plus jeunes, bien décidés à marquer leur place le plus vite possible, comme au grand hôtel de Balbec. Tiens, voilà Milan Kundera avec Philip Roth. Et Thomas Bernhard, qui a l'air irrité contre Samuel Beckett. Peter Handke voudrait bien, timidement, échanger quelques mots avec Marcel Proust, mais ce dernier (incontestable vedette de la soirée) écoute, sans réagir, une improvisation hilarante de Kafka. Personne ne paraît vouloir adresser la parole à Céline, je m'en chargerai donc, bien que j'aie plusieurs questions de la plus haute importance théologique à poser à Joyce (Proust, lui, m'a donné rendez-vous pour un entretien approfondi et chaste, dans sa cabine, « plus tard »). Le pauvre Joyce semble d'ailleurs coincé par les Latino-Américains, les Africains et les Japonais. Je tente de me frayer un chemin, au milieu des invités de plus en plus nombreux, dont je ne peux pas citer tous les noms (noms d'ailleurs aboyés sur le seuil par un solide huissier suédois dont le sobriquet, me dit-on, est « Nobel »). Au passage, quand même, je félicite Morand pour son *New York* d'autrefois. « Je n'osais pas, me répond-il avec sa courtoisie légendaire et chinoise, non, je n'osais pas rêver cet encens. »

Dix-huit heures quinze : les mouettes crient, les cloches sonnent de partout dans le ciel rouge, au-dessus de l'eau-mercure bouillonnante. Je pense à la 5e Avenue où il est maintenant midi et quart : je marche vite, là-bas, dans le vent coupant, je monte déjeuner au *666*, en face de Saint Patrick. Ici, en revanche, pendant que je bois mon whisky, le *Diamond*, bleu et noir, de Panama, l'*Orpheus* blanc, d'Athènes, entrent lentement au port. Les messes recueillies du soir commencent à Saint-Marc, à la Salute, au Redentore, à San Moise, à Santa Maria del Giglio, aux Gesuati, dans l'ombre glissante. Nous avons droit au présent perpétuel. C'est le moment qui nous vient.

Venise, septembre 1987

La chambre close

Oui, je sais[1], vous venez de dire : « Quelle horreur, quelle idée, comme c'est laid, vulgaire », et pourtant voici un livre plus efficace que tous ceux publiés depuis des années, vous allez le cacher comme un album de famille, *ce sont nos morts !* Ossuaire de Douaumont, monument dans chaque village, litanie des noms : mais voici soudain les corps, les visages dans un éclairage frontal. Il était juste qu'on réponde enfin à la symphonie funèbre de la « Grande Guerre » (traumatisme français par excellence — tout le reste s'ensuit) par une petite musique de nuit en plein jour, un divertissement de maison spéciale. Maison de passe, maison fermée : quel beau paradoxe. D'où vient l'aimantation pour cet âge entre deux siècles, avant que tout s'accélère dans la destruction ? Trésor du temps perdu. Le rideau se lève.

Quel que soit le désordre de sa vie, un individu, homme ou femme, a tendance à considérer les événements sexuels comme privilégiés. Mais que

1. Le lecteur venait de voir des photos pornographiques. Ici il les imagine : c'est mieux.

dire de l'existence de bordel où ces moments ne sont plus une ponctuation (régulière ou épisodique) mais monnaie courante ? Dès le départ, la confrontation entre deux mondes séparés entraîne le malentendu. Le client arrive le cœur plus ou moins battant, il a ses raisons pressantes, là où le professionnel, sur place, fait déjà ses comptes. Le mot profond de Faulkner, à savoir qu'il aurait aimé, dans la vie, être tenancier de bordel, s'applique, au fond, à tout écrivain énergique. Matinées calmes où l'on peut travailler tranquille (bruits lointains du ménage), après-midi feutrés, soirées explosives... Lieu d'observation sans équivalent, carrousel des gestes et des transactions, révélation des coulisses sociales, retournement des cartes, zoo des fantasmes, physique pure... Depuis le fond de l'histoire, les corps se livrent, se délivrent, s'agitent dans une combinatoire qui a ses figures imposées, ses anomalies prévues, ses écarts consentis, ses régions dangereuses confinant au crime. La philosophie dans le boudoir, avant d'être un titre de Sade, est l'enseigne invisible de la préoccupation essentielle des acteurs humains. C'est une prostituée, Rahab, dans la Bible, qui permet aux Hébreux de prendre Jéricho ; c'est une autre prostituée, dans une autre Bible transfusée en *Mille et Une Nuits,* qui ouvre brusquement l'envers de la scène mondaine : Rachel, « Rachel quand du Seigneur », putain à vingt francs, que Robert de Saint-Loup idéalise parce qu'il en est amoureux. Entrons donc dans cette galerie de photographies en sa compagnie, et offrons les images de son temps à Proust lui-même. Cela nous permettra peut-être de déjouer la censure qui joue moins désormais sur l'interdiction que sur la compartimentation et le cloisonnement sanitaire : l'image d'un côté, le texte de l'autre, la chair sans le verbe ou, plus exactement, la viande sans l'esprit. Montrer sur quel tremblement secret est fondée la *Recherche du temps perdu* est un acte de piété à son égard. C'est aussi un hommage rendu à tous ces artistes incomparables (photographes et figurants) qui ont réussi anonymement à composer, parfois, des chefs-d'œuvre. Certaines de ces images sont splendides. Qu'on y trouve aussi un malaise de cocasserie fera sentir que nous sommes ici sur le terrain de la gravité extatique plus ou moins jouée (comment savoir ?) pouvant, à chaque instant, basculer dans le comique, voire la débilité accablante. La bêtise fait partie, comme la maladresse convenue ou l'inspiration soudaine, de cette pratique difficile. N'oublions pas que ces photos sont les *premières* qui aient été prises de la hantise des vies. Je me souviens de la mimique du guide, à Pompéi, m'introduisant dans la chambre aux mystères. Le volcan, les ruines, la statue d'Apollon, les ombres luxueuses — et le cabinet réservé. Bien sûr, bien sûr. Mais les photos sont bien pires que des peintures, elles disent qu'il s'agit de *nous,* sans confusion possible. Images d'avant la couleur, elles gardent leur magie, leur pompe de jouissance funèbre ; elles sont notre préhistoire plus lointaine pour nous que Lascaux, à la fois familières et à mille années-lumière de notre présent publicitaire. Peut-être se situent-elles, dans leur inquiétante étrangeté, au point aveugle qui nous constitue. La plupart des vivants, en effet, se souviennent tout juste de leurs grands-parents, et voici leurs arrière, leurs arrière-arrière... Mais non ! Impossible ! Les morts n'ont jamais fait ça ! *Requiescant in pace !* Une profanation, alors ? Oui.

Et calculée comme telle. Heureusement qu'il y a ces bizarres maniaques qu'on appelle des collectionneurs. Je peux déjà vous dire *quelles* photos, parmi celles qui se trouvent ici, pourront être reproduites ou non dans la communication (journaux, télévision) : c'est la bonne façon de considérer leur existence gênante. Belle époque ? Oui, parce qu'on sent qu'un *amusement* a présidé aux séances de poses, une malice où perce parfois l'expression qui vient de plus loin, de l'irregardable intime, une fois franchis les barrages de la convention ou de l'appareil (« Attention ! Non ! Reprenez ! »). Intervient alors un élément bouleversant — comme chez la grande vedette de cette série, que j'appellerai plus loin Thérèse — introuvable dans l'industrie érotique (magazines, films) le plus souvent bâclée sur fond d'obligation sportive *déjà* enregistrée, programmée (et où le discours parlé est obligatoirement simpliste ou d'une connerie consternante). J'ai dit quelquefois que mon rêve était de donner une visualisation pornographique de l'*Éthique* de Spinoza. Quel serait le plan final, celui qui aurait le redoutable honneur d'illustrer la dernière proposition : « Mais tout ce qui est beau est difficile autant que rare » ! Sujet de méditation pour financier impossible. Ce serait un succès, pourtant.

J'ai dit qu'il s'agissait de « nos morts » en train d'être bien vivants, plus vivants qu'ils ne l'ont jamais été, mais il faut penser aussi à « nos grands hommes », à « nos femmes célèbres ». Un peu comme si, non content, comme Lautréamont, de proposer la rencontre d'une machine à coudre et d'un parapluie sur une table de dissection, on montrait celle de Colette et de Freud, de Lénine et d'Yvette Guilbert, de Sarah Bernhardt et de Paul Claudel (« la tolérance, il y a des maisons pour ça ! ») — lesquels auraient croisé, dans les couloirs, Auguste Rodin et Camille venus là pour étudier le motif (la sculpture est ici chez elle). Je cite, par sympathie, plutôt des noms d'écrivains et d'artistes (on peut allonger la liste), mais il convient d'y ajouter les femmes et les hommes du monde, les hommes politiques, les fonctionnaires, les savants, les académiciens, et enfin, surtout, le grand personnage omniprésent qui permet le fonctionnement de la machine — de celle-là comme de toutes les autres : le peuple. Les voici tous mélangés, c'est une leçon de démocratie. Le désir est ramené à la dimension qu'il ne devrait pas quitter, qu'il n'abandonne jamais, d'ailleurs, sous ses masques de Pouvoir, Savoir, Gloire, Argent, Titres. Leçon d'anarchie, plutôt. Et aussi de modestie. La pente naturelle de la pensée est en effet la suivante : le sexe n'appartient qu'à moi, la mort n'arrive qu'aux autres. Eh bien, non. Je meurs, hélas, les autres ne mourront jamais. Et en plus, ils ont droit au sexe ! Depuis toujours. Pour toujours. C'est affreux, intolérable. Cachez donc ces portraits que je ne saurais voir. Nous voulons des corps jeunes, bronzés, placés sous le joug de la santé implacable. Ces fesses ? Ces graisses ? Ces surfaces pour rien ? Ces ambiguïtés gratuites ? Que voulez-vous, les pauvres gens ne s'étaient pas encore pris en main, ils n'avaient pas été enrôlés dans l'avenir radieux du bonheur de masses.

« Un instant, écrit Proust à propos de Saint-Loup pensant à Rachel, il imagina une vie de la place Pigalle, avec des amis inconnus, des bonnes fortunes sordides, des après-midi de plaisirs naïfs dans ce Paris où l'ensoleillement des rues, depuis le boulevard de Clichy, ne lui sembla pas le même... » Rachel, « Zézette », vient de rencontrer par hasard deux de ses amies de la maison close où elle travaille, amies elles-mêmes accompagnées de deux camarades, Lucienne et Germaine... Les prénoms aussi disparaissent avec le temps (les deux derniers, en tout cas). « Tout à coup, dans son rêve, il avait entendu les cris intermittents et réguliers qu'avait l'habitude de pousser sa maîtresse aux instants de volupté. » Sommes-nous à Paris ? Ou sur la côte Normande, dans l'établissement de plaisir de Maineville, « dans le bruit de criées et d'adjudications que faisait une vieille sous-maîtresse à la perruque fort brune, au visage où craquelait la gravité d'un notaire ou d'un prêtre espagnol, et qui lançait à toute minute, avec un bruit de tonnerre, en laissant alternativement ouvrir et fermer les portes, comme on règle la circulation des voitures : “Mettez Monsieur au vingt-huit, dans la chambre espagnole.” “On ne passe plus.” “Rouvrez la porte, ces Messieurs demandent Mademoiselle Noémie. Elle les attend dans le salon persan.” » Noémie, maintenant ! Dans le salon persan ! Suivie de « la petite dame intelligente ». Puis de « la petite dame gentille ». Le champagne à quarante francs ! M. de Charlus est là, on s'en souvient, pour surprendre, en compagnie de Jupien, Morel avec le prince de Guermantes. Ce dernier a offert cinquante francs à Morel (soit dix francs de plus que la bouteille de champagne — et la pauvre Zézette à vingt francs !). « Double plaisir pour Morel, du gain reçu de M. de Guermantes et de la volupté d'être entouré de femmes dont les seins bruns se montraient à découvert. » Les moments clés de la

Recherche sont les irruptions du bordel. On apprend quelque chose d'imprévu et parfois de stupéfiant sur les personnages, un tremblement de terre se produit dans la narration, le salon rentre dans la prostitution et réciproquement, le ressort du roman — de tout roman — est là, autour duquel les apparences, les faux-fuyants, tournent, se brodent. « Partout, les murs et les divans répétaient des emblèmes de sorcellerie. » Magie noire pour rire, mais magie noire quand même, et c'est pourquoi le noir et blanc photographique se prête mieux que la couleur à l'évocation des spectres. En réalité ce sont toujours des fantômes plus ou moins habillés qui font l'amour, au sens où l'on dit de quelqu'un, brusquement révélé par les rayons X d'une vérité mortelle, qu'il n'est plus que le fantôme de lui-même. Cela aussi, les photos le montrent, sous le masque des attitudes. « Comme si les mystères païens et les enchantements existaient encore... » Mais, comme on voit, ces mystères, ces enchantements ont un prix précis. Rachel-à-vingt-francs-la-passe obtient cent mille francs par an de Saint-Loup (avant qu'on apprenne que le marquis n'aimait pas les femmes). Les amies de Lucienne et de Germaine « étaient deux pauvres petites poules, avec des collets en fausse loutre, ayant à peu près l'aspect de Rachel quand Saint-Loup l'avait rencontrée la première fois »... Coup de baguette du récit : « Nous montâmes vite dans une voiture de première, les perles admirables de Rachel réapprirent à Robert qu'elle était une femme d'un grand prix, il la caressa, la fit rentrer dans son propre cœur où il la contempla, intériorisée, comme il avait toujours fait jusqu'ici — sauf pendant ce bref instant où il l'avait vue sur une place Pigalle de peintre impressionniste — et le train partit. »

Oui, dans le train immobile des images interdites, nous pouvons aussi convoquer Odette, Mlle Vinteuil et son amie, Mme de Stermaria, Albertine et Andrée, Lea, la femme de chambre de la baronne Putbus, tout Sodome et Gomorrhe à quoi se ramène en somme la Belle Époque, si l'on en croit l'écrivain-veilleur pour qui, depuis sa chambre aux volets fermés, il n'y a rien de nouveau sous le soleil et encore moins dans les désirs d'ombre. Imaginons le narrateur recevant au courrier une lettre anonyme avec une photo d'Albertine « en situation ». Le récit s'achèverait, ce serait dommage. Mais cette lettre, maintenant, c'est nous qui la recevons, nous sommes bien forcés de l'ouvrir, notre regard a changé, nous nous enfonçons dans une autre nuit, dans un autre pli de mémoire. Le sexe a perdu ses pouvoirs ? Sans doute. Ou alors sa clandestinité a pris d'autres formes qu'aucune prise de vue ne saurait plus dévoiler. Raison de plus pour écouter ce que ces photos nous disent, presque malgré elles.

N'oublions pas non plus que les amateurs qui avaient ces images en poche étaient sans doute les mêmes que les peintres venaient de scandaliser ou de bousculer, depuis Courbet et Manet jusqu'à Degas, Renoir et Toulouse-Lautrec. Le noir et blanc que nous contemplons ici est glissé au milieu d'une révolution plastique. Les Demoiselles d'Avignon vont venir. Elles se déshabillent déjà dans la « chambre espagnole ». Mais enfin, quelles que soient les audaces de nu, d'exposition, de torsion, de distance avec le sujet, le sexe, dans la peinture, se dérobe, se métaphorise (de même que les organes ne sont jamais nommés directement chez Proust, où tout se passe par transpositions florales ou auditives). Il n'est pas représentable, il est innommable. On n'imagine pas le vocabulaire courant de Sade — branler, foutre, enconner, enculer, gamahucher (mot à ramener peut-être, ainsi que *tribade* ?), bite, cul, mouiller, etc. —, intervenant dans la bande-son de l'art. Quelque chose n'est pas « sorti » dans le récit, le Clichy de Miller, la porte Saint-Denis de la *Madame Edwarda* de Bataille ne sont pas encore des classiques.

Paradoxe étonnant : un élément de la réalité est là, constant, vérifiable, palpable, mais hors langage (et pourtant c'est une grande nébuleuse bavarde), hors image (et cependant toutes les images sont attirées magnétiquement par lui comme vers leur pôle). Freud est en train d'opérer, certes, mais qui s'en est aperçu ? Et qui s'en aperçoit aujourd'hui sous les tonnes de freudisme expurgé, « propre » ? Où est passée la grande inspiration de la Salpêtrière de Charcot, doublée des révélations des nuits de Paris ? L'étanchéité entre le haut et le bas va enfin devenir source non plus d'allusions, de sous-entendus, mais de connaissance. La fascination qu'exerce la « belle époque » vient sans doute de cette amorce, de ce court-circuit dont la matière première se trouve à Paris. À Paris, pas à Vienne. La machine, grâce à des dépôts et des pressions historiques complexes, à un ensemble de données chimiques, va se laisser comprendre. Avant ? Censure et rideau par défaut. Après ? Rideau et censure par répression sauvage ou déluge. Il se passe là — là seulement ?

— un effet thermodynamique, la porte est entrouverte, on pénètre dans le sujet. Ma pensée va aux photographes qu'on risquerait d'oublier tant l'image (excitante, ou violemment répulsive, ou les deux) est faite pour nous persuader qu'il n'y a rien entre nous et ce qui est montré. Et pourtant ! Il a fallu organiser, choisir. Rectifier. Encourager. Empêcher. Attendre. Appuyer. Passer outre les plaisanteries, les mises en condition, les échauffements, les inhibitions, les surenchères. QUI a pris ces photos ? Question sans réponse, ou alors : le génie du lieu. Pas de réponse non plus, ou bien la même, à propos de l'identité des acteurs. De sorte que l'« évocation » des fantômes se produit également *à l'envers*, et qu'on a envie de savoir comment ils étaient habillés, quelles robes protectrices portaient ces femmes. À quelques exceptions près, le costume est en effet parodique. Ce dragon en action, d'ailleurs, pourquoi ne serait-ce pas le cavalier Destouches, le fringant Céline avant sa blessure et sa couverture de *L'Illustration* ? À moins qu'on ait la surprise de l'apercevoir déjà dans ce cuisinier-pâtissier troussé par une bacchante décidée, épisode qui rappelle le dépucelage raconté dans *Mort à crédit* ? Voyons, voyons ? couvrez-moi tout ça ! Un peu de tenue ! Revenons aux mondanités ! Au *Figaro*, au *Gaulois* de la *Recherche*, où chaque maîtresse de maison attend avec fièvre de voir paraître un « écho » sur une de ses soirées ou goûters !... D'ailleurs, quelle langue parlent-ils, ces gens, dans les photos ? Quel argot ? Quels sont les mots prononcés dans la répétition du travail ? Avec quel accent ? Quelles sont les tournures encore en usage ? Quelles sont celles qui ont vieilli ? On voit bien qu'ici tout un réalisme et un lyrisme nous échappent (Albertine parlant de « se faire casser le pot »), et les photos viennent à la place des points de suspension dans l'imprimerie de l'époque, lorsqu'on écrivait la première lettre des mots obscènes, laissant au lecteur le soin de remplir les intervalles, les grains de la voix (« un chapelet d'injures »). Illustration ? Eh bien, si l'on veut, « Mademoiselle Bistouri », dans *Le Spleen de Paris* (« Tu es médecin, n'est-ce pas, mon chat ?... Je voudrais qu'il vînt me voir avec sa trousse et son tablier, même avec un peu de sang dessus ! » : « S... s... c... de s... m... ! »). Autrement dit, comme le précise le manuscrit « éventé » par tous les éditeurs : « Sacré saint ciboire de sainte maquerelle ! » Ou toute autre exclamation du même ordre. Restons d'ailleurs avec Baudelaire, rêvons encore un peu en sa compagnie, lui qui a vu comme personne à l'époque les coulisses du théâtre prostitutionnel (il y a moins de distance entre ces photos et lui, je dirai même entre elles et Breton, Aragon, Camus, Malraux, Sartre, qu'entre elles et nous). La géométrie qui se donne à voir — oui, nous allons parler du phallus, chers voyeurs ! — n'est-elle pas élégamment synthétisée dans l'hommage à Liszt, *Le Thyrse* ? Oui, oui, il nous faut *aussi* un piano ! « Qu'est-ce qu'un thyrse ? Selon le sens moral et poétique, c'est un emblème sacerdotal dans la main des prêtres et des prêtresses célébrant la divinité dont ils sont les interprètes et les serviteurs. Mais physiquement ce n'est qu'un bâton, un pur bâton, perche à houblon, tuteur de vigne, sec, dur et droit. Autour de ce bâton, dans des méandres capricieux, se jouent et folâtrent des tiges et des fleurs, celles-ci sinueuses et fuyardes, celles-là penchées comme des cloches ou des coupes renversées. Et une gloire étonnante jaillit de cette complexité de lignes et de couleurs, tendres ou éclatantes. Ne dirait-on pas que la ligne courbe et la spirale font leur cour à la ligne droite et dansent autour, dans une muette admiration ? Ne dirait-on pas que toutes ces corolles délicates, tous ces calices, explosion de senteurs et de couleurs, exécutent un mystique fandango autour du bâton hiératique ? Et quel est, cependant, le mortel imprudent qui osera décider si les fleurs et les pampres ont été faits pour le bâton, ou si le bâton n'est que le prétexte pour montrer la beauté des pampres et des fleurs ? »

Très jeune, j'ai passé beaucoup de temps au bordel. Pas dans les « maisons » qui n'existaient plus, bien sûr, mais dans les hôtels, les petits hôtels de Montparnasse et du carrefour Vavin, sous le regard de bronze du Balzac de Rodin, quand les putains étaient encore là, bien voyantes, opulentes, plantées, paresseuses, dès le début de l'après-midi jusque tard dans la nuit. Je devais avoir un peu d'argent, j'allais voir, plus rarement, le soir, dans le grand quartier des plaisirs, le dix-septième arrondissement près du parc Monceau, ou gare Saint-Lazare (abandonnons Pigalle aux touristes). J'ai du mal à prendre au sérieux quelqu'un — homme ou femme — qui n'est pas passé par là les yeux ouverts, c'est-à-dire qui n'est pas allé, en somme, à l'université de soi-même. Des passages entiers de mes livres (ceux qu'on me reproche le plus, sous prétexte qu'ils sont négligés) viennent de là, et ce sont eux que je continue à préférer contre tout le monde (et pour cause), et parfois contre moi-même. Rien n'est si insidieux, brutal, constant, que la honte ou l'oubli à l'égard de cette dimension de la vie. Pour comprendre les censeurs de la police universelle, il suffit d'écouter en nous les moments de reflux, de fatigue. « On devient moral, dit Proust, quand on est malheureux. » N'empêche : rien ne vaudra jamais pour moi l'émotion d'une montée en chambre, la promenade fiévreuse du choix, l'arrivée sur la scène des scènes. J'ai connu de vieilles putains qui gardaient sur elles les reflets de la gloire d'antan, les habitudes de cinéma dans la jouissance, cette très étrange indulgence pour le sexe et ses alentours. Art du semblant ? Oui, et alors ? Je fais l'apologie de l'artifice, du faux, du jeu, de l'enfance — de la folie, au fond, qu'un rien peut briser, ridiculiser ou anéantir. Si vous décidez que ces photographies sont grotesques, vous aurez raison et grandement tort. Elles ont été prises, elles sont passées de main en main, ces femmes ont fait l'amour avec le photographe, dans le miroir et au-delà du miroir, pour l'appareil, pour la boîte noire. Ces mises en scène ont été pour elles des messages, des bouteilles à la mer. Elles ont dû être contentes, un instant, de déchirer le voile anonyme, de tromper la surveillance dont elles étaient l'objet. Les censeurs, les censeuses, en réalité, ont toujours l'air de contester davantage l'image ou le mot que la chose, de telle façon que — la chose existant par définition — ils ou elles semblent préférer que rien ne soit montré, que le silence règne. Comme si l'image et le mot, par contagion, *produisaient* la chose. Mais non, mais non. Et il faut se féliciter qu'il y ait eu des fuites. Les femmes présentes ici sont autant de lignes de fuite, leur protestation muette est comprise dans leur complaisance apparente, elles sont belles et inspirées en dépit de leur enfermement en sex-usine. Elles ont une intimité qu'elles se sentent pour la première fois en droit d'avouer. Tout pour la photo ! On ne sait jamais ! Un amant influent au bout ? Un riche amateur ? Un ministre ? Un mari, peut-être ? Pas le type qui se trouve là, bien sûr, simple instrument du décor... Mais celui qui, affolé de désir, loin, ailleurs, dirait un jour : « Comment ? c'était vous dans la photo ? Vous la petite fille sur le pot ? Vous avec vos amies ? Vous, si grave, les yeux baissés ou perdus, en pleine fellation tranquille ? Vous qui avez fait *ça* ? Et *ça* ? » Et de vouloir racheter tous les exemplaires existants et les négatifs donc ! D'ailleurs, il y a peut-être eu des chantages. Une Odette de Crécy tenant Swann... L'image où elle fait catleya avec Forcheville... Avec Mme Verdurin... Avec Cottard... Les dossiers secrets de la « dame en rose »...

Je me souviens de cette fille de la Madeleine — elle trente ans, moi vingt — qui voulait « travailler » pour moi. Je ne sais pas comment c'était venu, conformité des peaux et des gestes, rire et sympathie, bouches, même province ; je revois ses yeux noisette, elle voulait m'offrir tout de suite une cravate, j'aurais dû accepter. Son mac l'avait peut-être battue, je ne sais pas, peu importe, c'est un des rares souvenirs de fierté de mon existence, l'autre étant d'être réformé n° 2, sans pension, pour « terrain schizoïde aigu ». Je lisais *Nadja,* le *Traité du style, L'Expérience intérieure, Le Bleu du ciel.* La ville était un seul jour-et-nuit continu, kilomètres à pied, sommeil éveillé. Je savais Baudelaire et Rimbaud par cœur. J'étais souvent ivre. Je me retrouvais dans des chambres inconnues avec des femmes penchées sur moi. Il me semble que les plus expertes ont toujours été à Barcelone.

Voilà ma belle époque. J'étais absolument seul. C'était bien.

J'ai fait appel au thyrse de Baudelaire. Au jeu des légendes que ces photos peuvent déclencher, je propose de l'inscrire sous ce chef-d'œuvre orageux, romantique, de la nymphette à la bicyclette, pardon, au vélocipède. Si le paon sexuel a fait une fois la roue, c'est bien là. Et même deux fois plutôt qu'une. L'artiste ayant à contenter les amateurs d'imprévu, de dérangements (dans le genre des hasards heureux de l'escarpolette, mais ici sur fond de Wagner), en a profité pour réaliser un de ses fantasmes de désarticulation et de terreur comique dont la réussite est inespérée. Au détour d'un chemin, en pleine campagne, à la fin de l'été, que vois-je apparaître ? Non ! Mais si ! Ce tableau vivant est à envoyer d'urgence, dans l'au-delà, à l'Enchanteur de Nabokov, pour le changer un peu des patins à roulettes du jardin du Luxembourg. Message reçu ? Merci. Et, dans *Lolita* : « Le " style cycliste " de Lo (j'entends sa méthode d'approche, le mouvement de ses hanches quand elle se juchait sur la selle, sa grâce, et tout le reste) me dispensait un plaisir suprême. » C'est le moment de citer cette déclaration lumineuse du même auteur, qui devrait devenir un sujet de cours permanent au Collège de France : « Ce ne sont pas, comme le prétendent certains chamans et charlatans, les facultés artistiques qui constituent les attributs sexuels secondaires ; tout au contraire, la sexualité n'est qu'une manifestation ancillaire de l'art. » Votre sexualité est un domestique qui révèle votre esthétique. Impossible de tricher : c'est comme ça.

J'irais plutôt, par inclination personnelle, vers

une composition plus calme qu'on pourrait appeler *Méditation*, et qui ne le cède en rien en beauté purement plastique. Cette jolie jeune femme (quel nez ! quelle oreille ! quels yeux devinés !) possède, grâce au miroir posé par terre qu'elle contemple en même temps que nous, deux sexes et trois jambes. Vous la regardez se regardant, vous ne voyez que sa bouche du bas, dessinée dans la réalité (je veux dire dans la photo) et plus sombre, plus « bouche d'ombre » dans la glace. Elle est charmante, elle est glacée.

Les bas rayés (acteurs importants des scènes) vous obligent à penser chenille, mais le buste et les seins : papillon. La métamorphose aura-t-elle lieu ? C'est toute la question. Appréciez la coiffure, le linge s'écoulant sur la droite, et surtout, surtout, les clous du tabouret (découpez selon le pointillé). Elle est aussi sur une balance. Laquelle des deux pèse le plus lourd ? La femme avec tête ou celle sans tête ? Autre interrogation digne de la Somme Théologique — et je suis sérieux.

Auparavant, vous avez eu le monsieur en deux parties, sexe dressé et tête enfouie le tout sur un divan freudien sauvage, examen de l'érection et femme symétrique, à gauche : *girl is phallus*. C'est l'image à commenter dans les cours élémentaires de psychanalyse, je vais l'envoyer à une sérieuse dame de Yale qui sait son Lacan. Ou alors, un Toulouse-Lautrec sans conséquence (« relevez la tête ! écartez bien les jambes ! ») ; quelques « plâtres » sein-pénis très convaincants (le pénis recueille l'héritage du sein maternel, loi fameuse) ; les « enchaînées », suivies des trois grâces, qu'il faut communiquer au centre d'études sur l'aliénation féminine à travers les âges ; d'autres plâtres impeccables, pieds de l'homme, fesses de la femme (très bonne idée du bandeau blanc dans les cheveux de Madame : elle joue au tennis ?) ; et enfin l'apparition d'un personnage capital, le godemichet, dans cette petite dévergondée en souliers, la jambe relevée posée sur une table. Ce qui est drôle, c'est que ce long concombre qui rétribue le manque (on vous détaille le célèbre *penisneid*) finit à côté du soulier droit (godillot !) et qu'il est presque impossible de ne pas l'halluciner comme un téléphone. Allô ? Vous dites ? Eh oui, c'est le monde à l'envers ! Cette photo, elle aussi, est une preuve de l'originalité de l'artiste qui a plu au modèle, on la comprend.

Le gode est important à plusieurs titres. D'abord, on entend « dieu » dans le mot, ce qui est évidemment pertinent. Ensuite, dans sa fonction d'ersatz, de postiche, il représente un sexe d'appoint, ou de poing, dont les femmes peuvent se servir seules ou entre elles (de la bougie au vibromasseur, on passe de la calèche à l'avion). Il n'y a pas que la poupée, que diable — ou plutôt le sexe de l'homme, voire l'homme tout entier, peut-être conçu comme poupée. Sein-pénis-enfant, la déclinaison est fatale. Le gode, lui, est une sorte de déviation pour cause de travaux interdits, sur l'autoroute du sexe. Un *clinamen* dans la chute des corps. C'est la grande illusion. *Goder*, ou *godailler*, en couture, c'est faire des faux plis par suite d'une mauvaise coupe ou d'un mauvais assemblage. On arrange ça. La *godille*, elle, est un aviron qui, placé à l'arrière d'un canot, en permet la propulsion lorsqu'on lui imprime des mouvements hélicoïdaux : une femme est une sorte de canot à l'envers. Exercice dans lequel, n'est-ce pas, il vaut mieux ne pas être godiche. Fétiche ? Déni de la castration ? Oui, oui, on vous montre en quoi le gode est un horizon incontournable de la condition humaine. Du réel *en coupe*. Quel homme, ici, se sent à la hauteur ? Je veux dire : constamment ? Pour faire l'obélisque ? À la place d'une tête coupée ? Le gode, en somme, est une sorte de *tuteur*. Autour de sa rigidité inorganique (le thyrse) peuvent s'ébrouer les fleurs (d'où un certain nombre d'acrobaties dignes du cirque de Shanghai qui, dans leur côté « forcé », substantifient jusqu'à la caricature sa présence). Qui n'a pas vu une jeune et jolie femme insoupçonnable, en gode, en train de baiser une de ses amies, n'a pas vu grand-chose. Traduction antique, *olisbos* traversant les siècles et réglant les danses, les postures, les crises de simulation, les frises du Parthénon secret, les vases. Le gode et Sapho, la mort et sa faux... Un peu de lait tiède à la place du sperme... Faux mâle sur fausse femelle... L'homme est une poupée porteuse de ce qui sera toujours, pour une femme (et, finalement, pour la société tout entière), un bout de viande bizarre, parasitaire, pendant, menaçant, un appendice en trop sous silence... « La queue qui bande, c'est moi ! » semblent dire, toutes fières, en la pressant contre leur sein ou en se laissant enfiler par elle, certaines de ces actrices, les mieux informées. « À moi la verticale que je suis et qui me revient par la bande ! » D'où viennent les enfants ? De cette bascule. Même en les obtenant, désormais, à coups de seringue, le phallus du rêve ne sera pas moins invisiblement dressé dans la forêt des trompes, les sommeils, les anesthésies. C'est le cimetière des éléphants, la corne de rhinocéros, l'ivoire substantiel à travers le cuir tendu, le caoutchouc, le plastique... Doigt ganté médical et profond... Divinité sans rivale... Styx !...

Une autre réussite théâtrale ? Ce groupe de trois femmes disposées pour en arriver à la *langue*. L'une est à genoux, une autre installée sur son dos, elles sont travaillées par une solide ouvrière à son affaire, la première à la main, la deuxième à la bouche. Voilà de l'architecture sacrée. L'impact vient ici de la main droite inutilisée de la femme de face, et de son visage, surtout, chargé d'exprimer le *ressenti* du tableau, et de l'exprimer *pour deux*, d'un air noble, « en mission », extatique. Isolez ce visage, il en vaut la peine. Il est dans un autre monde, un troisième, pendant qu'on s'active en bas, dans les cuisines, à l'office. On est quand même obligé de penser à celle qui ne peut pas ne pas étouffer, sous elle, et qui est sans doute à l'origine de l'émotion la plus forte, le léchage n'étant qu'un adjuvant. Face, dos, profil : déclivité du sexe au cul, visage aux yeux baissés et main active prenant la mesure de l'ensemble, de la langue à l'index, ouverture du compas. Légende ? Pourquoi pas : *La leçon de géométrie* ? Transeuclitoridienne. Mise en question de la sphère. Tangentes.

Je saute sur la petite pisseuse qui vous fait un pied de nez et qui se passe de commentaire (encore que ces doigts bien découpés soient tout un programme et que la joie qu'elle manifeste fasse plaisir à voir) ; je glisse sur le magnifique portrait « d'affiche » où une Colette du temps, dans un faux temple antique en fumée, se laisse désirer par un serpent ou petit dragon littéral (titre : *L'instance de la lettre dans l'inconscient*) et j'en viens au message émouvant du photographe de la belle allongée. D'abord, ils s'aiment beaucoup l'un et l'autre. Je veux dire qu'ils s'aiment chacun soi-même et qu'ils s'entendent à partir de là. Il faut avouer qu'elle est magnifique. Elle doit très bien donner le change dans la vie courante, elle est cultivée, intelligente, elle mérite la réciproque, elle s'offre ici aux vrais amateurs. Voile de mariée virtuelle à côté d'elle… La reproduction de l'*Olympia* vient faire saillie dans cette série « dure »… La mariée mise à nu par son objectif même… Quel regard elle a !… Les *narines*… Georges Bataille aurait aimé cet éloge sans phrases de Manet.

Mais il y a, bien entendu, plus fiévreux, plus « moderne » — et nous entrons ici dans l'exception, collier de perles ténébreuses et rares. Précis d'auto-érotisme pour très jeune fille brune et cuivrée. Le noir et blanc n'est pas l'absence de couleur, au contraire. Du noir-noir au blanc-blanc (blanc de l'œil, noir pupille), il y a en effet toutes les gradations d'éclairage, les cris, les rapports d'étoffes et de chair qui induisent une sorte de renversement du temps. Les grandes occasions dramatiques sont en noir et blanc (Picasso s'en souviendra dans *Guernica*). Ah, cette figurante est inouïe ! Thérèse ! Qui est-elle ? Quel âge a-t-elle ? Enfance et maturité, enveloppement, ironie, extase. Le ravissement de sainte Thérèse. Plus proche de l'audace moussante de Bernin que de la raideur désarticulée de Balthus. Le photographe s'est trouvé aspiré, emporté, il a gardé son calme, il a cadré exactement, ces clichés devraient être au Louvre, avec les Courbet. Tapisserie orientale… Tête renversée dans la marge du rideau plus sombre… Cernes des yeux… Bout des seins tactile, autobouclage des orifices par un corps qui s'y entend, qui *s'entend*... Quel silence!... La Bienheureuse!... Pas une erreur, chaque détail est juste, position des jambes, des bras, des mains, du cou... Lèvres entrouvertes... Oreille recueillant l'inaudible... Complètement mangeable, en cours de délectations... Elle doit y passer des heures, elle se crève, ça la repose, elle en sort roulée, noyée, lavée, illuminée, tendre... Et encore... L'évidence sensuelle est un phénomène d'harmonie tellement improbable qu'il faut s'arrêter, souligner... C'est une reine... On a vite envie de la rhabiller, de l'inviter à dîner, de parler de tout autre chose, de repousser autant que possible le moment où elle fera sa démonstration en cercle, en arc de cercle, en superchatte dont la peau (talent du photographe) est d'autant plus sensible que tous les points, les pores, sont à égale distance du feu intérieur. C'est la Joconde de notre temps, aucun progrès plastique depuis. Ordre, beauté, luxe, calme, volupté, *en courbe*. Quel ange, vraiment, quel démon délicat et souple... Cuisse gauche, pouce et index de la main gauche... Le même doigt pour le cul et pour le sein... Mais on est quand même mieux sur le dos, n'est-ce pas, en offrande... Est-ce encore elle, ou sa sœur, qui se gode avec sérieux, fermeté, dans cette galerie de jeunes filles à la licorne? Regardez la concentration des joues un peu boudeuses, l'air pénétré et attendri sur soi pendant que les deux fortes mains (aplomb de l'épaule et du bras gauche) s'occupent de la chose en soi? Le noir des bas et des cheveux est un noir de catafalque. Les ombres font jaillir le blanc. Le poing fermé et les paupières baissées sont synchrones... La fille suivante, avec bas rayés (cette fois, c'est sa sœur), est plus âgée, moins convaincue mais presque aussi belle. Isolez les visages comme des médaillons, maintenant, et demandez à quelqu'un qui n'a pas encore vu la photo entière ce qu'à son avis ces figures sont en train de faire... Prier ? S'assoupir ? Dormir ?... Non (mais c'est peut-être du même ordre) : elles s'injectent du non-être, elles s'engrossent du rien, elles se shootent au néant souverain, elles se baisent. Il peut arriver à l'explorateur de garder les yeux ouverts dans l'action, et de saisir, par conséquent, cette expression où il n'entre pas (lui, lui-même). Prendre la photo mentale *à cet instant*, tout est là.

Détendons-nous, voyons en passant le zouave du pont de l'Alma en visite au musée d'Orsay, chez un faux Bouguereau qui l'abuse... Ou bien cet homme du monde en action devant une affiche très « belle époque », en effet, il sabre, il prend, il tousse, les mots participent à l'assaut d'escrime. Nous arrivons devant un autre tableau que j'aimerais volontiers avoir dans ma collection personnelle (le clou étant Thérèse). C'est sans doute le plus « proustien » de la série, Mlle Vinteuil et son amie, le narrateur s'est éclipsé mais nous sommes restés pour lui raconter la suite. Albertine est entrée, elle a pris la place de la fille du musicien, elle est à gauche, passionnée mais un peu débutante, elle amuse l'aînée qui veut bien lui faire plaisir, sans plus. Albertine a bu du cidre. Dans ces moments-là, nous savons qu'elle a dans les joues « quelque chose d'ardent et de fané comme en ont les filles de faubourg », et que sa voix devient brusquement « enrouée, hardie, presque crapuleuse ». Mais oui, mais oui, ma petite, semble dire l'autre avec une expression indulgente, légèrement supérieure... Du calme, ce n'est qu'une séance de photo... Comme d'habitude, celle qui en fait le plus n'est pas forcément la plus convaincue... Elles sont quand même très bien, là, sur leur canapé de dentelles... On comprend mieux la métaphore de l'interdiction par *l'index*... Une bonne partie de l'effet, ici, est produit par la présence des chemises non enlevées qui font ressortir les bas, les cheveux, les traits purs des visages... Dialogue de biches... C'est la nuit qui va être intéressante, nous sommes juste avant la scène profonde... « Albertine amie de Mlle Vinteuil et de son amie, pratiquante professionnelle du Saphisme, c'était auprès de ce que j'avais imaginé dans les plus grands doutes, ce qu'est au petit acoustique à l'Exposition de 1889, dont on espérait à peine qu'il pourrait aller du bout d'une maison à une autre, les téléphones planant sur les rues, les villes, les champs, les mers, reliant les pays. » Les limites de mon imagination sexuelle sont celles de ma compréhension des moyens de communication : la prostitution, les médias sont tissés de la même substance.

Retour aux acrobaties diverses, mélanges, balançoires, fessées, anecdotes... Le talent refait surface avec un enfourchage au chapeau, dont la légende pourrait être *La réussite sociale*. Le monsieur est chevauché dans un but qui lui échappe manifestement, le regard de la dame déjà en soirée brillante ou sur un champ de courses... Au suivant !... S'est-elle même aperçue qu'elle se faisait planter ? Sans doute pas. Elle a déjà en vue, dans les tribunes de Longchamp, un parti souhaitable... L'homme escabeau !... Relais !... Marchepied !... Il en suffoque, elle s'élance... « Voilà une image qui ne manque pas d'esprit », dirait la duchesse de Guermantes. Quant à Rachel, tenant à faire savoir la maîtrise qu'elle a de Robert de Saint-Loup, pourquoi ne pas la retrouver dans cette gracieuse avertie que j'appellerai *La psychologue* ? « Voilà comment on les tient, semble-t-elle dire, ce n'est pas sorcier. Et même plutôt amusant si l'on sait s'y prendre. Pas besoin de chercher midi à quatorze heures, il suffit d'agir à l'endroit sensible, le reste suivra... » Regardez sa main gauche à lui mourante, comme sortant du tombeau... Bras de Marat dans sa baignoire... Elle s'appelle Charlotte, impossible de la fantasmer autrement, il est d'ailleurs peut-être mort, après tout, quoique bandant encore. Rien ne ressemble plus à un cadavre qu'un homme couché en érection. Elles savent toutes ça plus ou moins, nécrophilie sous-jacente... Un cadavre, c'est le corps entier pétrifié dont vient de s'échapper le petit oiseau qu'on vous montre... L'homme le porte, la femme l'incarne, elle le vend, s'il y a lieu, voilà, il va sortir, *on ne photographie rien d'autre*... Encore un visage intelligent, il n'y en a pas des milliers, la présence intelligente dans cette région est toujours une surprise... Charlotte est douée, voilà tout... *Miss Sacripant*... La photo est assez bien cadrée pour que son buste puisse avoir l'air monté sur le bassin du bonhomme. « Voici une bite », dit-elle, en vous coulant un de ces regards qu'on n'oublie pas, en plein dans le sujet. Cette présentation se passe avant la grande régression du genre « ceci n'est pas une pipe ». Mais *qui* regarde-t-elle ? Mystère. Quelqu'un qui est entré hors-champ pendant la photo, et que le figurant branlé ne voit pas ? Quelqu'un, ou quelqu'une ? Ce regard est pour vous, maintenant. Je ne suis pas sûr que vous le méritiez. Il vaudrait mieux pour vous. Il dit le secret de la comédie, sans cynisme inutile, exactement comme il faut. En coin. En diagonale. À l'oblique. En sexe (comme on dit « dans l'air », ou « dans l'eau »), le don qui qualifie l'actrice ou l'acteur est toujours spirituel... Le sexe a ses raisons que ni le cœur ni la raison ne connaissent, il a sa densité propre, sa subtilité. Ne dites jamais de quelqu'un : « Il est intelligent, mais... » Dites : « Il est plutôt intelligent, mais pas jusqu'au sexe. » Ou encore : « Pas jusqu'à cette subdivision du sexe, cette nuance, cet angle, cette couleur, cette possibilité... » On peut se perfectionner, mais il est impossible de rien apprendre. Il devrait y avoir un diplôme. Charlotte l'aurait obtenu.

Un moment de compassion ? De mélancolie ? De révolte ? Mais comment donc ! Si vous croyez que c'est drôle de vendre son intimité au premier venu, et en plus de se laisser voler son âme en photo pour une rallonge ! Il y a une façon pathétique de regarder ces images. Car il s'agit bien d'un suicide social accepté : pas question, après ce genre de plaisanterie, d'accéder à la moindre situation honorable. Les corps sont promis à une obscurité définitive, du moins s'ils montrent leurs visages, leur identité. Si aujourd'hui, pour une actrice célèbre, le fait d'avoir posé nue, à ses débuts, dans *Penthouse* ou *Playboy*, ou d'avoir tourné dans des films « hard », est une source de mini-scandale, combien plus compromettants sont ces admirables clichés « sales » qu'on retrouve écrasés, aujourd'hui, par le coloriage kitsch, dans les sex-shops, les revues ou les films par abonnements, le sex-pudding venu du

Nord !... Voyez *La belle mélancolique*, pauvreté, abandon, exil... Ou alors Gilberte tassée sous son chapeau à fleurs. Ou encore cette bonne grosse fessue au miroir, lectrice de Flaubert, dans sa chambre provinciale... On dirait que le temps s'est enregistré lui-même dans son repli « laissé pour compte », la coulisse de son inutilité déprimée... C'est le côté sordide, en marge de l'allumage, l'envers du décor. On peut y projeter les maladies vénériennes du temps (avant la grande industrie du sida), les complications psychiques, les grossesses et les avortements difficiles, la misère — l'annonce du supermarché de l'insémination artificielle, des banques de sperme et d'œufs, des mères porteuses, des manipulations génétiques — bref ce qu'on pourrait appeler la préhistoire de l'apparition de la *covaire-girl*, l'Ève moderne lançant le genre humain dans son ovaire-dose, la chair est triste hélas, plus personne ne lit de livres... Même désespoir dans *La pièce montée*, ou *L'état*, présentation de boucherie bâclée, arrivage du matin, livraison hâtive... On n'y croit plus, on n'y a jamais cru, le cirque s'effondre, il faut se débarrasser des stocks... Une guerre, peut-être... Une bonne petite épidémie... Les Turcs aux portes de Byzance... Le sexe des anges brutalement ramené sur terre par la terreur... Ça ne vous intrigue pas, vous, que toutes les convulsions sociales soient précédées, mathématiquement, d'une période de relâchement des mœurs, de bordel diffus, de frivolité soufrée ?... Sodome et Gomorrhe... Du soufre à la souffrance... N'y a-t-il pas là une loi ?... « Dieu » n'est-il pas une loi ?... Qui rendrait inévitables, par exemple, le naufrage de l'embarquement pour Cythère, l'envoi par le fond de l'île d'Amour, le tranchant de l'Être Suprême, le chemin des Dames, Guernica, Stalingrad, Hiroshima, Auschwitz ? La clinication généralisée ? La Science en folie dans les cellules et l'atome ? D'où la question : comment maintenir le désir au cœur de son assouvissement ? Dans la chambre close elle-même ? Ce texte est éminemment moral, on l'avait compris. L'Être n'est-il pas un oubli, un affaiblissement, un déclin fatal et interminable ? Un type en train de se masturber, aujourd'hui, dans ce qu'on appelle joliment le « placard à balais », pour apporter sa semence toute fraîche à la seringue qui doit l'utiliser sur place, dans les trompes de la bonne femme qui attend sa ration, sait-il encore ce qu'il fait ? Pourrait-on photographier ou filmer l'ensemble de l'opération sans provoquer un *tollé* ? Qu'en dirait Marcel Proust depuis son poste de guet ? Et Georges Bataille ? Qu'en penserait le docteur Freud en visite spectrale à Paris ? Et Céline, avant son arrivée finale des Chinois à Cognac ?... Allons, allons, rien de grave, la dissuasion suit son cours, voilà tout. Comme ils semblent *innocents*, ces coïts d'autrefois, comme elle est démodée, n'est-ce pas, la ménagerie du plaisir... Vous avez dit « belle époque » ? Ah oui, c'était *avant*, il y a toujours eu un avant, paradis perdu, âge d'or... Avant le Déluge... Destruction du Temple... Entrée des croisés à Constantinople... Massacres de Septembre... Verdun... Nagasaki mon amour... L'Histoire ? Un bordel qui se venge de sa propre existence, raconté par une pute et un mac ivres, un soir d'hiver...

Mais non ! Courage ! Debout ! *Wake up* ! Vive la France ! *La belle enthousiaste* est là pour ressusciter les morts ! C'est la victoire en chantant ! Elle pousse son contre-ut dans le petit salon rouge ! *God save the Queen* ! Le jour de gloire est arrivé ! Aux armes citoyens ! Si plus personne ne bande, je serai celle-là ! Jeanne d'Arc ! Madelon ! Louise Michel ! Pasionaria ! Rien n'est perdu ! Baïonnette au canon ! Qu'un sang impur ! Je l'emporte dans ma collection personnelle, image de la République, qui vaut bien celle de Delacroix... Elle est toujours d'attaque, levée tôt du bon pied, contente, active, excitée... Elle se fait engoder par son amie, la femme au masque noir, la mystérieuse vengeuse et locomatrice de l'ombre, Zorro, Zorra, Zorroastra !... Maine-et-Loire ! Deux-Sèvres galantes !... C'est l'invention de l'aviation, elle voit passer le premier aéroplane !... Ou tomber le premier parachutiste, en vrille, bien sûr... Ils n'auront pas l'Alsace et la Lorraine ! Les voici toutes deux bien décidées à résister jusqu'au bout ! Pologne ! *Semper fidelis !* Dans les tranchées ! Sous les bombes ! À Beyrouth ! Les femmes seront toujours les femmes ! Et Paris, Paris ! *Ach*, Paris ! Quel dommage que Nietzsche ne soit pas venu y promener sa vérole... Y voir de près la représentation sans voile, très concrète et très véridique, de l'éternel retour... Y faire danser un peu Lou Salomé dans la chambre spéciale... Rencontrer la belle enthousiaste... Voici, elle berce son sein droit comme un nouveau-né, elle le présente au ciel, à l'Empereur, au Président, au Pays tout entier, c'est l'Exposition universelle, elle va s'asseoir un jour, mais rien n'est pressé... Supplice délicieux du pal, en attente... Tour Eiffel !... Ces quatre jambes noires, guéridon tournant !... Ces bas : bizarre jument de convoi funèbre... Et tout est dans le losange sacré où l'idole se découvre, attachée par son cordon autour des reins de l'officiante cachée... Quel jour sommes-nous ? Quelle heure est-il ?... Peu importe... Toujours plus haut ! L'étendard ! *Sursum corda ! Habemus ad Dominum !* Gaieté d'abord ! L'illusion ! Mon venin, ma sœur !

Ta tête, ton geste, ton air
Sont beaux comme un beau paysage ;
Le rire joue en ton visage
Comme un vent frais dans un ciel clair.

Jaloux Baudelaire, devant cette paradoxale, éclatante et rutilante fleur du Bien... Heureuse d'un rien, c'est le cas de le dire... Photo !... Souveraine !... Et merveilleusement composée... Le haut, le bas. Le miroir, les tentures, la fenêtre. Le lit qui n'en finit pas. Les bottines luisantes comme le regard. Éclairage parfait, symphonie blanc-noir, vingt gris en nuances... Le gode un peu décalé sur la gauche, exact... Je sors avec Thérèse et La Belle Enthousiaste... On s'enferme ensemble... Mille et une nuits !... En plein Paris... Au Ritz !... Champagne !... J'écris en les regardant, je sors, je rentre, je ponctue de temps en temps ! Mouvement perpétuel ! Roman !...

N'abandonnons pas le narrateur d'*À la recherche du temps perdu*, offrons-lui, sinon le Temps retrouvé, du moins le Temps qui ne passe pas, la répétition pour rien, en cinémascope. Flash sur Gomorrhe... Ce montage-collage aurait sans doute plu à Delacroix, justement, le rêve de Sardanapale... Il n'y a pas de raison de ne pas saturer la démonstration, n'est-ce pas, d'autant plus qu'une femme étant plus double qu'un homme (les hommes, ça fait des armées, c'est-à-dire des répétitions simples), le redoublement des doubles est ici le vertige qui peut s'exprimer. Il y en a onze, c'est-à-dire vingt-deux. Ça pourrait continuer à l'infini, d'ailleurs, à gauche comme à droite, et s'appeler par exemple : *Traité de perspective*. Lisible dans tous les sens, de haut en bas et de bas en haut. Ou encore : *Le jardin des délices*. Incurvations, courbes, contre-courbes, l'assemblage traverse le cubisme, le surréalisme et le futurisme, pour revenir à son point de départ, inutile de se dérober, c'est bien ça qu'il fallait montrer. Albertine pourrait se passer du narrateur ? Mais oui sans problème. À condition de parler d'autre chose, naturellement. C'est lui qui veut parler de ce qui va de soi, de ce qui se passe de commentaire. Sodome est très bavarde, Gomorrhe, silencieuse. La Bible ne nous parle que de Sodome pour cette raison. Étouffante, aphasique Gomorrhe... Crise d'asthme en vue... Baudelaire envoie les lesbiennes en enfer... Pourquoi ?... Quelle idée !... Le silence de ces volutes illimitées me comble. Espace qui ne va nulle part... « L'espace à soi pareil, qu'il s'accroisse ou se nie »... Guirlande narcissique, fleurs, treille, saisons.

J'ai parlé de celles qui cachaient leurs visages... Précaution... J'aime bien imaginer, pour finir, que quelques bourgeoises émancipées sont venues à l'appareil pour se donner du frisson... Argent de poche et dérapage... Fin de mois électrique... Montrer leur corps et dissimuler leur adresse... Fiction, sans doute, mais possible. Belles de jour. Voyez l'élégante à sa coiffeuse, et surtout celle (la même ?) à la tête renversée sur la joue droite, chignon et bas blancs, petit sexe et cul charmant, économe… Je vous en prie, madame, c'est par là… Sur la peau de tigre… Comme ceci, oui, personne ne vous voit… Voilà, très bien… Ne bougez plus… Superbe. Pardon… Ne bougez pas !… Un instant, je recharge… Vous trouvez ça long ?… Il y a un courant d'air ?… Quel froid aujourd'hui, on gèle… Mais vous êtes arrivée bien couverte, il faudra mettre votre capuchon… Encore une petite minute… Trois secondes… Je vous prends tout de suite… Attendez que j'appuie… Là !… Merci, Madame… Mes hommages, Madame… À bientôt…

Ou bien, c'est le printemps, pourquoi pas un déjeuner sur l'herbe, au bord de la Marne… Partie de campagne… L'endroit est riant… Envers de l'impressionnisme… Ce qu'il faut savoir pour bien apprécier la profondeur et l'invention de Manet, Renoir, Monet… Détente après l'atelier et la promenade en barque… Plein air de la touche et du pinceau, Cythère retrouvée… Mais non, rentrons, nous avons quelques profils à terminer… La jolie au chignon, par exemple, merveille de finesse, de délicatesse… Sylvia… Tout compte fait, j'abandonne la belle enthousiaste, trop patriote, trop bruyante, je m'éclipse avec Thérèse et Sylvia…

Des meubles luisants
Polis par les ans
Décoreraient notre chambre :
Les plus rares fleurs
Mêlant leurs odeurs,
Aux vagues senteurs de l'ambre,
Les riches plafonds
Les miroirs profonds,
La splendeur orientale,

Tout y parlerait
À l'âme en secret
Sa douce langue natale...

Sylvia est précise, appliquée, sérieuse. Elle est en plein recueillement, main gauche refermée sur la bite, bouche attentive, fesses bien dégagées, souples... Elle a un dos, un cou, des épaules qui impliquent l'ondulation favorable... Cambrure, peau... Calme... Rien ne presse, on a tout le temps, elle mange avec tranquillité son cornet de glace, fraise et vanille, c'est l'été, cette fois... Oreille bien dégagée, prêtée... Cette image pieuse est probablement la plus belle du recueil... Début de l'après-midi, sieste... Si je vous disais tout... Rendez-vous dans un prochain livre... *La jolie au chignon* pourrait aussi s'appeler *Le repos du peintre*, elle ressemble à Éva, la muse du cubisme, l'inspiratrice la plus troublante de Picasso, dont je regarde souvent la photo de 1912, en kimono, debout contre une porte... Éva Gouel, morte en 1915. Son nom de code, tiré d'une chanson en vogue à l'époque, était précisément *Ma jolie*... « Je l'aime beaucoup, écrit Picasso à Kahnweiler, le 10 juin 1912, et je l'écrirai sur mes tableaux. » On sait, par ailleurs, qu'il aimait dessiner à partir de photographies et de cartes postales... De ses soirées à Naples avec son ami, dans les petites boutiques et chez les brocanteurs, Stravinski écrit (ils viennent d'assister à une représentation populaire de la Commedia dell'Arte) : « Le polichinelle était un grand ivrogne lourdaud dont chaque geste, et probablement, si j'ai bien compris, chaque mot, était obscène. » De l'influence très sous-estimée du bordel sur la littérature et l'art... De Proust à Picasso... Montmartre et Clichy pour Céline et

Miller. Quelques Irlandaises pour le jeune Joyce... De trop rares occasions pour Kafka, à Prague... Naples, Barcelone, Paris... Études en direct de la contorsion humaine, du spasme déployant le style.

Pour finir, deux culs : supposons que leurs propriétaires s'appellent France et Emma. La première, troussée, coup d'œil sur elle-même, dans le rétroviseur placé derrière elle. La seconde attendant, inquiète mentalement mais pas organiquement, l'attaque qui disposera d'une de ses ouvertures. Tabouret pour France, lit devant l'autel pour Emma. France semble figurer dans une scène que j'appellerais volontiers : *Qu'est-ce que penser ?* Une femme en train de se regarder les fesses, surtout si elle pense, à ce moment-là, à son amant, est une image satisfaisante du retour sur soi de la Chose... Le photographe est cultivé, il fait un clin d'œil à Vélasquez, à Ingres... Une des actrices du *Bain turc* s'est isolée pour réfléchir... Vénus observe l'origine de ses pouvoirs... Elle est un peu pressée, elle a vite relevé sa jupe, France, ses petits souliers suspendus en l'air, ce qui donne à son agenouillement une grâce de lévitation... Je l'appelle France par souci national, mais aussi pour souligner qu'un prénom qui est aussi un pays (cas unique, il me semble ; on ne peut pas dire que *Germaine* désigne exactement l'Allemagne) prend sur lui tout un continent symbolique... *Was ist Denken ?...* Ce roman pourrait avoir un beau titre, et l'image lui servirait de jaquette : *Histoire de France...* Je l'écrirai peut-être... La voici portant sur elle des villes, des départements, des montagnes, des routes, des fleuves... Des plages et des glaciers, des forêts et des champs de blé... De Cherbourg à Perpignan, de Calais à Biarritz... Toute la Bretagne est là, mais aussi la Normandie, la Creuse et l'Auvergne, Combray, Balbec, Avignon, Belle-Ile, Lourdes, Saint-Tropez... Et aussi la durée : Moyen Âge et Renaissance, Ancien Régime et Chemins de Fer, Belle Époque, Années Folles, Entre-Deux-Guerres, Baby Boom, Marée Médiatique... Un instant, regardons si tout est en place, si le cœur de la Centrale survit... Mais oui. En déclin, France ? Vous n'y pensez pas. Toujours égale à elle-même. Viendra-t-il ce soir ? Bien coiffée, soit : mais le reste ? Est-ce que son double va bien ? Voilà comment elle se considère, toujours un peu surprise, un peu attendrie... Douce France, qui rime définitivement avec enfance, cliché obligatoire, chanson... Ravissante... Elle a peut-être un peu trop mangé ? Cellulite ? Ah, la manie diététique n'était pas encore là ! D'ailleurs, les grassouillettes reviennent périodiquement à la mode... L'artiste, lui, a compris le nez, la paupière, l'oreille (l'ouïe à pic dans l'axe sacré)... Allô ?... Je vous entends... Je m'entends... Je mens, je me tends... Je suis bien tentante, quand même...

Quant à Emma aux cheveux mi-longs dénoués, c'est une autre affaire... Excellence, si vous permettez... Pas commode, mais de premier ordre... Un caractère... Énergie, volonté... Ses colères sont fameuses, ses crises de dégoût aussi, on ne peut pas dire qu'elle ait les idées larges, mais quel cul royal !... C'est la femme la plus « moderne » de toute la série, elle est presque parmi nous, poste de direction, politique... Elle sait conduire, aucun doute. Elle sait ce qu'elle vaut. Comptez sur elle pour choisir l'amant qui lui plaît (pour le moment, c'est moi), et faire marcher tous les autres. Est-ce qu'elle aime les femmes ? Non, hélas. Les hommes non plus, d'ailleurs. Elle ne s'aime pas, elle *veut*. D'où l'intérêt de sa présentation ici même, énervée, agacée... Vous en voulez ? En voilà !... C'est la femme qu'on admire, Emma, elle est très loin de Rouen, il faut aller la chercher en plein système nerveux d'ambition, dans la tête... Et, là, elle est incomparable. Presque au point d'éteindre Thérèse et Sylvia, qui finiraient par vous lasser, avec leur paresse, leur nonchalance... Allons, on prend les trois. Et France ? Non, malgré son côté touchant, elle est trop timide, exiguë... Avec Emma, en revanche, c'est tout droit, son profil à côté de vous, en automobile, est une borne de vigilance. Elle devance votre question, elle répond. Vous êtes dans sa réponse. C'est une *pro*. Il est juste qu'elle vous salue à sa façon en fermant la porte.

Voilà, c'était notre voyage à vingt mille lieues sous l'époque et, le filet magnétique de la télévision et des satellites, au cœur des ténèbres... Il n'y a pas de couleurs vives sans, par-derrière, une intention vicieuse en noir et blanc. Elle est là, persistante, comme autrefois, il suffit de se retirer dans la chambre close. Le corps est un accessoire ; s'en servir, le voir, l'écouter, est un art individuel sans règles dont cette évocation, bouteille à la mer, donne sans doute l'idée, la mauvaise pensée nécessaire. J'ai seulement voulu dire, en passant, que ces photos naïves, courageuses, dérisoires et souvent sublimes, n'étaient pas localisables dans le passé mais dans un autre temps, vertical, qui attend son exploration. Je continue, donc. « Je n'ai pas besoin de m'occuper de ce que je ferai plus tard. Je devais faire ce que je fais. Je n'ai pas besoin de découvrir quelles choses je découvrirai plus tard. Dans la nouvelle science, chaque chose vient à son tour, telle est son excellence. »

Le secret de Rodin

On en parlait, on savait qu'ils étaient là, quelque part, on en avait vu certains ici ou là, mais il était difficile d'imaginer qu'ils étaient groupés en masse offensive, harmonique, formant une percée sans équivalent dans la représentation des corps.

Les voici donc, ces dessins, et je crois qu'il faut les imaginer comme le *vrai jour* des sculptures répandues un peu partout dans la nuit, comme la vraie lumière d'une chambre noire révélant la signification des bronzes et des plâtres tordus dans les musées, les jardins, les rues. À quoi pense *Le Penseur* ? À ça. Que contemple, enfermé en lui-même et rejeté en arrière, le *Balzac* ? Ça. Sur quoi ouvre la Porte de l'Enfer ? Sur ça. À quoi rêve *Hugo* sans pouvoir le dire ? À ça. D'où sortent tant de bustes, de mains, de jambes et de gestes, de visages tendus, de couples musculeux, de demi-dieux ou de déesses emportées ? De ça. De ces femmes uniques, au pluriel nu, en situation extrême. Découvrant en mouvement leur sexe, le désignant et le profilant, l'imposant de face, Méduse enfin affrontée et vaincue par au moins un explorateur ou criminel de fond, encore un

Français comme par hasard, concentré, obstiné, au milieu de la régression générale, atelier réservé, convenances dehors, en pleine action dedans, on ne pourra évidemment montrer le résultat que beaucoup plus tard.

Le cœur de la question.

Courbet, Delacroix, Manet, Rodin, Picasso, Matisse ? Bien sûr, bien sûr. Et beaucoup de choses s'éclairent. Et il devient aisé de s'y retrouver, par exemple dans l'affaire Claudel, héroïque Camille confrontée à ce déchaînement sans faiblesse. La clé de la troisième dimension phallique, ce sont donc ces femmes (uniquement des femmes) en deux dimensions et demie, ouvertes. Femmes entre elles, même s'il n'y en a qu'une. Le corps de Rodin, sa signature, sa confidence autobiographique, son identité, c'est ce qui vient *en plus*, invisible, à distance, par rapport à ces bacchanales de papier. Si vous vous situez exactement face à ces feuilles lubriques, vous *êtes* Rodin. Pas facile.

La grande stratégie serait la suivante : on va pétrifier tout le dehors saisi dans son mouvement. Et puis on va glisser, là, le privé, le dedans, comme une chair vivante, avec sa cible directe.

Sculpture et dessin, donc : pas de peinture qui serait un compromis. Les deux bouts de la chaîne poussée à bout. Les pôles. Le réel touché à son comble, vous mettant en compétition avec la physique même du Créateur.

Avec l'hôtel Salé-Picasso, l'hôtel Biron-Rodin fait définitivement de Paris la ville mystère. Sade, Baudelaire et Proust approuvent cette construction. Vous qui entrez dans Paris, perdez toute espérance d'en apprendre davantage ailleurs.

C'est ici, et ici seulement, qu'on étudie de près la Luxure. Laissez-vous enfermer dans le Musée la nuit. La tour Eiffel et les Invalides vont vous chuchoter dans l'ombre des tas de bruits vénéneux et crus. Le Serpent est là. Le Paradis perdu, on va vous expliquer pourquoi il peut être retrouvé à l'envers. Dante ? Milton ? Il suffit pour les radiographier de prendre la matière en main, sans dérobade. Rodin se dévoue. Il a vu.

Ne pas oublier CONTRE quoi tout cela se fait : l'ambiance, le journalisme, la folie puritaine, le refoulement toujours stable sous ses déguisements temporels, reine Victoria, modern style, 1900 décoratif, politique ou publicité d'aujourd'hui. Et POUR quoi : garder l'objectif en vue, dans un océan de mensonge. Ces incisions positives sont là pour dégager la très précieuse substance interdite, l'hormone auto-érotique qui donne droit à la consommation immédiate de l'ensemble des femmes possibles valant pour tous les autres corps dressés, modelés, fondus. Le vieux Rodin ? Le vieux Picasso ? Le vieux Matisse ? Les voici en train de casser la loi des lois, le préjugé biologique. Ils n'ont jamais été plus jeunes, ou plutôt : la jeunesse satyrique ne s'obtient que par cette délégation d'une énergie enfouie, sans âge, au crayon, au pinceau. On ne devient pas un dieu comme ça. La « jeunesse », le plus souvent fade, inhibée, n'est que l'ombre de la divinité jouable. Quand Rodin délivre *Iris, messagère des dieux*, il ne va pas la chercher ailleurs que sur son divan opératoire. « Un dieu, dit Épicure, est un animal indestructible et heureux. » Rodin, comme après lui Picasso et Matisse, sait pourquoi et comment il est devenu très tard un animal indestructible et heureux.

Quand on pense à la réputation légendaire du *Torse* de Courbet, tableau brûlant pour collectionneurs, on est stupéfait de découvrir ici que la répétition peut avoir lieu, que le mythe de « l'origine du monde » (l'origyne de l'un des aspects du monde) est une question d'habitude, bref que toute la mythologie peut être saisie dans son creuset dérobé :

Mon crime, c'est d'avoir, gai de vaincre ces peurs
Traîtresses, divisé la touffe échevelée
De baisers que les dieux gardaient si bien mêlée…

J'imagine que Mallarmé parle ici de l'après-midi d'un faune appelé Auguste Rodin. N'espérons pas que ce message, pourtant évident, sera jamais déchiffré par Sartre. Le protestantisme féministe peut prendre ici, *a contrario*, son envol. Ne comptons pas non plus sur le temps pour éclairer ces ébats. Le temps, c'est toujours un rêve androgynal, un calcul sur la réconciliation sexuelle, la recherche du temps perdu est occupée par cette énigme. Que faisait donc Albertine avec ses amies ? *Ça*. Et, ici, plus de temps : l'aiguille magnétique s'arrête. Âge d'or.

Je les ai donc toutes étalées là devant moi, ultime récapitulation à plat. On n'a rien oublié ? Non, voici les coutures. L'esprit des vases grecs se déploie. Cheveux, chemises, étoffes et poils, crayon mêlé d'eau, délavage et pourriture virtuelle, esquisse de traits enfouis. Nous sommes dans la traversée des âges. Les hommes changent, les femmes, fondamentalement, jamais. C'est d'ailleurs pourquoi, sans doute, il faut les changer sans cesse, les femmes, par l'habillage, la mode, les images, pour oublier ce fond illicite et insoutenable. C'est aussi pourquoi, comme Proust l'a si bien senti, l'homosexualité mâle n'est qu'un dialecte de l'homosexualité femelle, il conviendrait d'user d'un autre mot, en réalité, pour la roue narcissique qui tourne à travers ces ventres, ces cuisses, ces reins.

Rodin, à la ligne, au ciseau, les découpe. Il les couvre un peu de crayonnage animé, il les distingue bien de l'espace, comme des apparitions ou des marionnettes. Elles sont en jeu. Les voici dos à dos, mais aussi comme une bête à un dos, visage renversé, nuque, il y a une continuité qui surgit, une va devenir deux, une est toujours plus ou moins deux, les bras et les seins appartiennent à la même courbe. Les branleuses, plus populaires, ont des mains venues d'ailleurs. La main qui retrousse, celle qui entre, l'effacement du visage, le pied en plus, la rotule, tout indique une crise qu'il faut saisir dans l'instant. Il y a un découpage *dans* le découpage, une fluidité qui implique une jambe à l'intérieur de la jambe, et si l'une d'elles écarte carrément les cuisses, c'est pour que la figure s'évase, que le bras devienne à peine une mèche. Les choses sont plus dramatiques, n'est-ce pas, que chez Fragonard. Il y a eu une révolution, sans doute. Les enlacements sont à la fois beaucoup plus secoués, négatifs, et beaucoup plus anciens, néréides naines ou géantes polluées à l'eau, à la rouille, bouches ouvertes, anges ou poupées violées. Un œil éteint, parfois, surpris dans l'enfoncement du plaisir, dit l'intensité de la scène. Cela se passe pourtant rue de Varenne, chaque jour, au 77.

Une bacchante, une courtisane, une coquille, une araignée, une constellation, une Danaé — et puis Satan, le Diable en personne. Avec sa vibration et son fouet. Il y a un tremblement, un tressautement, des étincelles, un *courant* de possession furieux et pourtant serein. Assises, allongées, emboîtées, elles tournent. Rodin, jupitérien sous forme d'une pluie d'ondes, les pénètre de toutes parts, ces mortelles ou demi-mortelles, il se situe exactement à l'intersection de leur jouissance et du trait. Il est donc à la fois présent et absent de la séance, d'autant plus présent qu'il y est absent.

S'il fallait en choisir une, ce serait le numéro 6187.

En regardant, j'écoute *L'Enlèvement au sérail*, de Mozart.

Il est debout, Rodin, ou à genoux, ou allongé à côté d'elles. Il s'écarte, il les encourage, il revient. Quel musicien ! Quel metteur en scène ! Elles lui montrent à lui ce qu'elles ne montrent à personne. Leur vraie nature. Leur gratuité emballée. Il se penche. Il les mélange. Il leur demande de se masturber, et sans faire semblant. De faire l'amour entre elles. D'y aller franchement dans la désarticulation et la convulsion. Il note leurs spasmes. On n'a jamais vu ça. Il ne faudra rien moins qu'un pilier de Notre-Dame pour faire contrepoids. Ou alors des mégatonnes de philosophie allemande. Il les exalte. Il les retourne. Il les noie. Il leur fait des électrochocs. Néréides, nymphes, naïades ? Oui, oui, mais d'abord des solides bourgeoises quotidiennes ou des filles du peuple, se pressant chez lui et soudain habitées par la chose. C'est Dionysos à Paris, dans le septième arrondissement, à la barbe des policiers du pouvoir. Il y a de tout : jeunes filles hypocrites transformées en putains expertes, mères de famille projetées les unes sur les autres, femmes du monde exhibant leur trivialité, danseuses enfin employées, blanchisseuses changées en déesses. Elles vont chez Rodin comme au bordel. Si ces dessins pouvaient parler ! Mais voici, ils parlent. Gémissements, cris, chuchotements, obscénités, murmures... Je dis que ces prises de vues sont sans précédent ? On me répond Inde, tantrisme ? Mais rien à voir. Rodin sait qu'il est en plein péché radieux. Qu'il montre une vérité à jamais défendue, une fleur du mal. Le serpent est là, et il ne craint pas, tranquillement, d'écrire lui-même, de sa belle graphie légère : *le diable*. Jeunes filles, mères de famille, femmes du monde, danseuses, blanchisseuses, il faut les imaginer *sortant* de chez Rodin. Moi ? Comment ça ? Une séance de pose ? Pour l'art ! Mais non, qu'est-ce que vous allez imaginer ? Rien du tout... Elles rentrent chez elles. Elles dînent en ville. Elles retrouvent leurs amies, leurs enfants, leurs maris. Leurs parents ne remarquent pas leur air rouge. Aujourd'hui, on les verrait habillées par Saint-Laurent. Elles auraient souvent leur photographie dans les magazines de mode. Certaines sont des vedettes connues. D'autres, de simples secrétaires. Rodin est un Barbe-Bleue, il a son boudoir expérimental. Il s'approfondit la vue, voyez-vous. Michel-Ange aussi avait ses graffiti. Vieille tradition Pompéi. Mais, rue de Varenne, c'est autrement subversif. Il s'agit de la torsion phallique *en elle-même*. Uniquement révélée par cette gamme de femmes, après exposition de leur autofonctionnement cadré, de leur sexe considéré comme pile nodale.

Tout cela ne serait rien, évidemment, si l'effet n'était pas d'une prodigieuse beauté. Cette beauté, selon moi, vient non seulement de la force et de l'intuition du dessin, non seulement de l'audace du geste global, enveloppant et nerveux, mais aussi du fait qu'une langue oubliée parle dans ces formes. Rodin et *Les Fleurs du Mal*. Les voici. Et comment ne pas entendre *Femmes damnées* devant ces poèmes plastiques ? Comment ne pas les écouter comme autant de « pièces condamnées » ? Censurées, elles le sont davantage que par un tribunal du dix-neuvième siècle. La société est une grande famille, une soucieuse école et, de même qu'il existe un ressentiment national contre Rodin (n'a-t-il pas abîmé Camille ? n'a-t-il pas été trop bestial à travers ce jugement dernier que constitue la sculpture pour des corps passagers ?), de même on se garde bien de *comprendre* ce que veut dire Baudelaire quand il parle de « filles aux yeux creux ».

Lesbos, où les baisers sont comme les cascades
Qui se jettent sans peur dans les gouffres sans fonds,
Et courant, sanglotant et gloussant par saccades,
Orageux et secrets, fourmillants et profonds [...].

Les dessins de Rodin « orageux » et « fourmillants » ? Il suffit d'oser les regarder appliqués à la réalité même. Des baisers « chauds comme les soleils, frais comme les pastèques » ? Voilà, n'est-ce pas, comme le disait drôlement Baudelaire, avec sa lucidité habituelle, de quoi faire froncer l'œil du « vieux Platon ». Autrement dit, de la République officielle et secrète. Laquelle doit éviter, le plus possible, ces douteuses révélations :

L'âpre stérilité de votre jouissance
Altère votre soif et roidit votre peau.

Ou encore :

> *Elle cherchait dans l'œil de sa pâle victime*
> *Le cantique muet que chante le plaisir.*

Mais tout Baudelaire serait à citer, à commencer par ce vers qui a l'air écrit de l'intérieur du sujet :

Sur ce teint fauve et brun le fard était superbe !

Torsion et couleur des syllabes... Comme une bacchante en train de se caresser, de Rodin.

Qui est-il donc, ce Faune, pour obliger les femmes à se désirer elles-mêmes ; à venir se dénuder, s'offrir, se toucher, se contorsionner devant lui ? À jouir en sa présence enregistreuse et double ? À se proposer dans tous leurs états ? À ne pas pouvoir dissimuler, dirait-on, la crise permanente qui les ronge ? Il s'agit, bien entendu, d'un sculpteur de génie, d'un as du modelage — d'un homme *de mains* —, mais encore ? Pourquoi les femmes, comme des somnambules frénétiques, doivent-elles converger vers ce point ? Quel point ? Car il n'est pas question, ici, de faire de Rodin, même si c'était le cas, un homme à bonnes fortunes, un maniaque sexuel, appelant sur lui, presque mécaniquement, ses ménades. En peinture, surtout avec Picasso, nous savons jusqu'où la situation du peintre et de son modèle peut finalement aller : la toile est crevée, le paysage ou l'atelier sens dessus dessous, le peintre et sa femme nue s'étreignent dans l'acte du pinceau qui s'incarne. Avec Rodin, rien de tel : il n'est pas là, on l'a dit, aucun homme n'est là ni ne sera là. Il est exempté de jouer un rôle apparent dans la partition physiologique. Ce sont *d'elles-mêmes* qu'elles semblent, les femmes, tirer leur aveu irrépressible. À quoi, à qui, ont-elles donc affaire ? Que sentent-elles qui les déclenche avec une telle vérité concrète ? On se dit : le docteur Freud, à la même époque, a dû en voir, et surtout en entendre, de vertes et de pas mûres, sur son divan viennois. Freud qui, justement, comparait sa méthode à la sculpture, *via di levare*, selon la formule de Léonard de Vinci... Sur le divan parisien, parallèlement, une autre expérience est en cours. Rodin n'est pas médecin : il peuple la troisième dimension, il crée des corps palpables, il fait, comme son grand *Balzac* enceint, « concurrence à l'état civil ». Il est « au-delà » de l'enveloppe féminine, ce qui revient peut-être au même que de ne plus avoir d'âme, ou, si l'on préfère, de psychisme. Et il peut alors contempler cette incroyable danse de houris, cette ronde hypnotique de transes. Quand je disais qu'une langue oubliée parlait en lui, c'est en pensant, par exemple, à celle-ci, plus proche de Rodin que celle d'Anatole France ou d'André Gide (Claudel, lui, au moins, ressent mieux à travers sa sœur l'étendue du danger) :

« Livre-toi, Juliette, livre-toi sans crainte à l'impétuosité de tes goûts, à la savante irrégularité de tes caprices, à la fougue ardente de tes désirs ; échauffe-toi de leurs écarts, enivre-toi de tes plaisirs ; n'aie jamais qu'eux seuls pour guide et pour lois ; que ta voluptueuse imagination varie nos désordres ; ce n'est qu'en les multipliant que nous atteindrons le bonheur ; [...] Ne vois-tu pas l'astre qui nous éclaire dessécher et vivifier tour à tour ?

Imite-le dans tes écarts, comme tu le peins dans tes beaux yeux. »

Pourquoi pas, en effet, *La Coquille*, numéro 5990, comme portrait de la Juliette de Sade ? La jambe gauche, comme une agrafe triomphante, est la même que dans le dessin 6187. Il faut imaginer ce qui se passe de l'une à l'autre.

On trouve ceci dans les strophes indiennes de Samkhya :

« Rien n'est plus pudique que la Nature qui, s'étant dit : “ J'ai été vue ”, ne s'expose plus jamais au regard de l'Esprit. »

Et encore :

« L'un (l'Esprit) se désintéresse comme un spectateur (après le spectacle), l'autre (la Nature) se retire, comprenant qu'elle a été vue (par lui). En dépit de leur contact, il n'y a plus de motif à la création. »

Ces dessins m'évoquent la même situation métaphysique. Leur liberté a quelque chose d'absolu.

Rodin meurt en 1917. À l'horizon de ce qui se montre ici pour la première fois, il y a deux guerres mondiales et des destructions inouïes. Le secret de Rodin, caché dans ses cartons, vaut pour tout le passé et pour n'importe quel futur. Ce secret, c'est le nôtre.

De Kooning, vite

Les côtes ont disparu — maintenant la dernière chaîne est tombée — l'immensité bouillonne autour de moi, loin de moi brillent le temps et l'espace, allons ! courage ! vieux cœur !

Nietzsche

Peut-être fera-t-on un jour l'histoire du vingtième siècle en termes de magie noire et d'exorcismes majeurs, ce serait, il me semble, le point de vue *raisonnable*, on commence à peine à entrevoir pourquoi et comment, le sujet est énorme, compliqué, dramatique, il a aussi sa bouffonnerie spécifique, son tragique et son comique nouveaux, jamais vécus auparavant, jamais vus, essayons d'avancer, le rideau va bientôt retomber, on va passer à la mise en scène suivante… Je montre une photographie de l'atelier de De Kooning, à Easthampton, à un petit garçon de onze ans qui vient de m'offrir, de sa main, un beau paysage d'océan avec eau et herbe, et il me dit tout de suite : « C'est préhistorique ? » (De Kooning est debout au milieu d'une multitude de pots, c'est l'ordre et le désordre, la lumière est blanche, étrangement calme, les toiles sont disposées comme dans une caverne claire.) Un peu plus tôt, le même petit garçon avait eu un lapsus intéressant : « un metteur ancêtre » au lieu de « metteur en scène ». Un metteur ancêtre et en s'être. La scène vient de très loin, il reste à comprendre pourquoi il a fallu repartir d'aussi loin. Je te salue, vieil océan. Vagues de cristal, si l'on veut, grand célibataire. Et salut aussi, en passant, à Moby Dick. « Marques azurées que l'on voit sur le dos meurtri des mousses »... « Immense bleu appliqué sur le corps de la terre »... « Rudes commencements de l'homme où il fait connaissance avec la douleur »... Oui, *Les Chants de Maldoror*, je sais pourquoi, s'imposent d'emblée pour rendre hommage à De Kooning... « Si tes vagues sont quelque part en furie, plus loin, dans quelque autre zone, elles sont dans le calme le plus complet »... Le monde humain avait donc atteint son plein de mensonge ? « Si quelqu'un a du génie, on le fait passer pour un idiot; si quelqu'autre est beau de corps, c'est un bossu affreux »... La grande beauté physique de Willem De Kooning est en effet un des sujets de ce texte... « Il reste à la psychologie beaucoup de progrès à faire. » C'est fait, mais comme si rien n'avait été fait, la traversée a quand même été épuisante. Or rien... Presque rien... « Il y avait en bas des points noirs, j'ai fermé les yeux : ils ont disparu. » 1904 : naissance à Rotterdam, père marchand de vins, mère tenant un bar près du port... 1909 : divorce des parents, enfant d'abord confié au père puis vivant avec la mère... Comme il est doué, cependant ! Comme il dessine bien ! Savez-vous qu'il va être capable de vous faire entrer dans un coin de Vermeer ? 1926 : embarquement pour les États-Unis. « Une autre

Hollande »... « La solitude solennelle de tes royaumes flegmatiques »... « À peine une vague diminue qu'une autre va à sa rencontre en grandissant, accompagnée du bruit mélancolique de l'écume, pour vous avertir que tout est écume »... Le petit garçon, toujours lui, devant des « paysages » de De Kooning : « Des éclairs ? Un cheval ? »... Lisa De Kooning, fille du peintre, dompteuse de tigres dans un cirque... C'était un tigre ? C'est toujours un tigre ?... « Eaux amères »... « Crête haute et terrible »... « Replis tortueux »... « Magnétiseur et farouche »...

J'ai du mal à « cadrer » cette rencontre de 1977 : il est assis sur son lit, à l'hôpital, la porte de sa chambre est ouverte, on parle, le nom de Tintoret arrive avec une évocation de bateau, d'échelles, de cordages, je le regarde mais je n'arrive pas à revoir une image stable, c'est comme s'il n'était qu'électricité, tourbillon argenté. Finesse, sécheresse, mobilité. Pas là ! Et pourtant, il parle. Hollandais volant. Le peintre américain le moins religieux, impossible à récupérer dans une opération syncrétiste. Picasso et lui, pour la liberté du mouvement dans le mouvement et le traitement sans compromis de la grande Idole... Lilith !... Nous y voici.

L'affaire WOMAN.

Le film du siècle.

Pourtant, ce n'est pas venu facilement, oh non. Les *Demoiselles*, très tôt, premier acte... Je repense toujours à ce tableau différé, dont personne ne voulait, qui va enfin *revenir* en force, après *Guernica* désormais régnant sur Madrid... Avec son cortège de fantasmes fondateurs, quand on s'attendait, dans son entourage, à retrouver un matin Picasso pendu à côté de sa toile de bordel barcelonais... Est-Ouest... Ouest-Est... De Kooning est venu pour la première fois en Europe (Venise) en... 1958. Et à Paris, en... 1968. Vous avez bien lu, 1968 n'est pas la date que l'on croit. C'est la *levée* des soixante-huit années précédentes. Au moins. 1926-1968. De Kooning va rencontrer Bacon à Londres en 1969. Mais Picasso, à ce moment-là, est encore en pleine activité, n'est-ce pas ? Alors que les Américains le font mourir en 1939, et les Russes en 1950 ? Au moment où surgissent les *Women* ? Allons, nous ne savons presque rien, nous racontons n'importe quoi en classant les dates n'importe comment, il va falloir s'occuper sérieusement du calendrier, 1789-1989, vous croyez à cette fumée ? S'il fallait tout expliquer ! En détail ! Entrer dans les méandres de l'« art moderne » et des *ismes*... Non, non, gardons le cap. Boussole *Woman*. Combien de marins, d'aviateurs, de radicaux des formes, de carrés, de rectangles, de surfaces pour elles-mêmes, de programmes... Van Gogh : les Japonais ont raison. Le suicidé de la société ? Totems ? Tabous ?... C'est sanglant, ce voyage, on comprend que les yeux et les concepts se brouillent... Davantage que la Banque, finalement... J'essaie de vous faire sentir l'axe, le Nord... Sud-Nord... Les Espagnols, en Hollande. Picasso à Paris, De Kooning à New York...

American Abstract Artists : mouvement créé en novembre 1936 (tiens, me voici dans un berceau à Bordeaux) : « Très vite, dès les premières réunions, Gorky et De Kooning se retirent du groupe, critiquant le caractère radical de son abstraction. » « Je n'étais pas membre de l'A.A.A. J'étais proche d'eux. Je n'étais pas d'accord avec leurs limites, avec le fait qu'ils me disaient de ne pas faire certaines choses. Pour moi, c'était au contraire intéressant de les expérimenter. Après tout, je suis un étranger, je suis autre parce que j'ai de l'intérêt pour l'art dans sa totalité. J'ai plus l'impression d'appartenir à une tradition. J'ai cet arrière-plan dont je dois tenir compte et je m'intéresse à ce qui m'entoure. Je ne peins pas avec des idées préconçues sur l'art. Je peins avec quelque chose de vécu. Ça devient mon contenu. »

« Tradition », comme n'arrêteront pas de le répéter Picasso et Matisse... Ce sera très mal vu : par les traditionnalistes, d'abord, bien entendu, qui ne reconnaissent pas leur mort académique, leur bon cadavre assuré mondain ; par les modernistes ensuite qui croient à la table rase, à la toute-puissance psychique, au transcendantal dans l'art, au Futur et, finalement, au Supermarché des fétiches, au Kitsch assisté occulte... Guerre sur deux fronts, donc. Et j'allais oublier le réalisme socialiste ! Quel bombardement ! Quel brouillage ! Quel déluge pour empêcher à tout prix de harponner la Woman ! Comme il est seul dans sa barque, le marin obstiné, en nouvel Achab !

L'immigré De Kooning : peintre en bâtiment, on se débrouille. La crise. L'amitié avec Gorky : « Gorky recommandait à De Kooning d'étudier plus particulièrement Uccello, Ingres et Picasso. » Les expositions d'Art français (Matisse). Peinture murale pour le New York French Line Pier, avec Fernand Léger : « Il lui arrivait (à Léger) de sortir le pigment tel quel du tube. Il faisait avec du jaune une silhouette et donnait les dimensions principales avec du noir. Il estompait les couleurs avec les lignes de crayon comme un enfant. Et c'était fantastique. »

L'air et l'espace, le port. Les impressionnistes étaient *sortis*, mais voici un monde en construction, l'agrandissement du projet. Beaucoup vont s'y perdre. Nouvelle Sumer, Babylone, Sodome... Ce n'est pas parce que les dimensions ont brusquement changé ; que les flux de population se sont mêlés et intensifiés, que la question de base ne reste pas la même. Elle est un peu plus difficile à reposer, voilà tout. Obstacle technique. La technique vous rentre plus vite et plus énergiquement dans le corps, la tête, la photo s'anime, le cinéma parle, la publicité va bientôt bavarder sans arrêt. La télévision ou l'ordinateur seront encore une autre épreuve, la même, toujours. Explosion des relais. Mais le système nerveux qui doit tenir le coup par rapport à ces déstabilisations successives va mettre du temps à trouver sa rapidité de riposte. De Kooning, ou le héros européen, pleinement américain, en mission. Va-t-il survivre ? Et comment ? Après tout, il n'a sa révélation qu'à quarante-six ans, et à contre-courant, c'est une des bizarreries de l'aventure archéologique. Accidents, suicides, bains d'alcool, veuves brûlantes, rien ne nous sera épargné dans les environs. Est-on abstrait ? Pas vraiment ? La ligne a-t-elle une raison d'être ? La géométrie rejoint-elle les hypothèses d'Einstein ? L'inconscient ramène-t-il l'alchimie ? Faut-il ou non couper les ponts avec le Vieux Continent ? Le cubisme ? Le surréalisme ?

Le suprématisme ? On entend le bruit des discussions au Cedar Bar ou au Club. La presse s'émeut peu à peu. Comme chaque fois qu'elle pressent qu'une individualité exceptionnelle pourrait surgir à la faveur du désordre, elle fabrique du collectif. Nous Américains... De Kooning, lui, en parallèle avec Pollock, s'impose le noir et blanc, et le blanc sur fond noir comme expérience du néant actif. Il parle de temps en temps, il enchaîne des phrases, plutôt. Où l'on apprend qu'il est désespéré mais que c'est intéressant de l'être ; qu'on « ne sait jamais comment le style apparaît » ; que la vibration est la seule chose importante chez Cézanne ; que la Renaissance existe, merci ; et même que « la chair a été la raison d'être de l'invention de la peinture à l'huile ». La chair... On sent le mauvais esprit, là... Comment nommer notre mouvement ? « Nous nommer serait catastrophique. » Mais les critiques et les professeurs sont là, cher artiste, ils s'impatientent... Vous avez bien une théorie ?... Au passage, histoire d'observer les réactions, De Kooning glisse dans ses propos la Mésopotamie et ses statuettes, personne ne fait attention sur le moment, une lubie, un collage, les références sont partout et nulle part, mots effacés, papier journal sur le tableau pour garder la peinture fraîche. On cherche, on projette, on fait des excavations. *Excavation* ? Impossible de deviner sur quoi on va tomber. Giacometti, pourtant... Les Étrusques... C'est parti dans tous les sens, on est beaucoup plus à l'aise qu'en Europe (champ de ruines) pour expérimenter le bras, le geste, la respiration. Les ateliers sont plus grands. Des garages suspendus. La ville accélère en hauteur comme poussée par l'océan. Qui pourra m'expliquer ce que signifie cette phrase de Harold Rosenberg (l'inventeur de la formule *action-painting*) dans *Americans Action Painters* : « Comme le Marquis de Sade l'a bien compris, même les expériences sensorielles, si elles sont répétées, supposent une moralité préalable. » J'ai beau relire, je ne comprends pas. Peu importe. « Dans les premiers jours de juin 1950, Willem De Kooning fixa une toile d'environ deux mètres dix de haut à un panneau et commença un travail acharné sur *Woman*, la représentation d'une figure assise, un projet qui le préoccupait depuis plus de vingt ans », nous raconte Thomas B. Hess. Eh bien, voilà. Plus de vingt ans ? Oh oui. Et même plus du double. Le tableau sera déclaré « non-à-détruire » au bout de dix-huit mois.

Dix-huit mois.

Deux fois neuf, dix-huit. Deux fois plutôt qu'une.

Cela se passe au coin de la 12e Rue, 4e Avenue, en commençant par des dessins sur papier fixés au mur. Deux mètres de hauteur : mais oui, bien sûr, elle n'est pas en moi ! Dehors. En face.

J'y pensais souvent quand j'habitais là, tout près, en 1978.

Mais voyons.

Le réel a perdu sa cote et son poids. Le cubisme, je me répète, était une façon de tenir à distance et d'encadrer par le dessous du dessus, et de tous les côtés à la fois, le déferlement imminent des incubes et des succubes, la « surréalité » de la tablature qui s'est mise à tourner et à faire semblant d'être l'au-delà du psychisme. Le cubisme défend le physique, Picasso d'abord. De Kooning, comme tous les acteurs de corps (l'artiste sait se dessiner et, d'ailleurs, toute la question est là), tient bon dans l'incubation. Ce n'est pas qu'il ne pratique pas l'ouverture de la soupière inconsciente (soupière est son mot), la culture du virus en pots (« yaourt » est un autre mot de lui, on voit la désinvolture), mais c'est pour trouver ce qui est, non pas derrière, mais *devant*, vous avez le nez dessus, vous n'y voyez rien, elle est là, pourtant évidente, l'évidence est un monstre quand le faux fourmille. Si vous voulez vérifier ce conflit du châssis et des volumes tournants en train de se décrocher de la perspective, regardez *Pink Lady, Pink Angels*. Le tigre met une panthère rose dans son traceur. Faites-lui manger du pigment, il va passer par le négatif (le dessin, les yeux fermés, le noir et le blanc, la sculpture et les doigts — c'est le terrain ferme) pour s'élancer ensuite de l'ombre à la proie. De Kooning n'est pas un célibataire, ou plutôt c'est un célibataire par excès et non par défaut, la mise à nu de la mariée n'est pas sa doublure. De toutes les scènes rituelles qui se sont jouées, à ce moment, dans l'ombre et la fureur, la plus touchante, la plus pathétique, est cette histoire de « mannequin » racontée par ce peintre en bâtiment qui deviendra, beaucoup plus tard, constructeur de son bâtiment de peintre. Il enlève son pantalon, sa veste, il les mouille dans la colle, *il se voit, là, devant lui*. « Je me suis vu là, debout, devant moi, et j'ai été très ému... J'ai été rempli de pitié pour moi-même. » De Kooning est très beau, j'insiste. Il s'est beaucoup regardé dans le miroir pour juger de sa musculature dans le cou, autoportrait en relief. Il a en tête, aucun doute, les terribles face-à-face fixes de Van Gogh (le visage comme soleil de mort) qui n'ira pas, lui, jusqu'à épingler la grande prostituée sur la toile (sauf par un pansement, m'avez-vous bien entendu, c'est elle, c'est moi, encore et toujours elle, il a fallu, malgré ces corbeaux, ces tournesols, ces iris, donner son oreille au chat). De Kooning est moins naïf que la plupart à propos de l'envahissement des gargouilles, il vient aussi de Bosch, de Breughel — la parabole des aveugles est pour lui un roman vrai, actuel. Il ne se hait pas. Il se traite par la compassion. Attitude nécessaire pour aborder l'Idole en position de force. Car la force magnétique de l'Idole remontée du fond des âges au vingtième siècle, c'est d'abord de méduser, d'accabler, de faire honte à l'aventurier qui est là. « Tu n'as pas honte d'exister, cher déchet ? » Oui, sans doute. Et puis non. « Quand je peignais ces figures, je pensais à Gertrude Stein. J'imaginais que c'étaient des dames de Gertrude Stein et que l'une d'entre elles me demandait : “ Je te plais ? ” »... Picasso, dans ce qu'on pourrait appeler sa campagne d'Égypte, avait aussi rencontré la pyramide Gertrude — il y en a d'autres dans le désert : Virginia par exemple, ou les deux Marguerite — sœur massive, *Ka fatal*. Si j'étais une femme, est-ce que je me plairais ? La question vaut pour un homme comme pour une femme. Voilà. Région irradiée. Vous avez dit paranoïa ? Vous avez raison, c'est le cas. Jusqu'où peut-on aller sans se croire fou et folle ? Rêver de Dieu ? Se prendre pour la Rédemptrice de l'Autre ? Devenir travelo ? Se couper la chose ? Jusqu'où peut-on entrer dans l'inféminé sans s'y faire miner ? Si ces interrogations vous paraissent oiseuses, aucune raison de lire *Ulysse* ou *Finnegans Wake* et mettez une croix sur Picasso et sur De Kooning, ces joyeux massacreurs. Phobiques ou immatures s'abstenir. Il y avait un pick-up dans l'atelier avec des disques de Stravinski ? Une photo de Marilyn en pin-up nue ? Pourquoi pas, ça aide. Et puisque après un Espagnol et un Hollandais, nous venons d'évoquer un Russe (voilà l'Europe, du Pacifique à l'Oural), n'oublions pas l'autre Russe qui était en train de passer à l'Anglais pour subvertir, lui aussi, de l'intérieur, toute la mécanique. *Lolita* va faire son apparition, précis coup de sonde. Saint Matisse, priez pour nous. Et vous aussi, Bienheureux et Martyr Soutine. « De toute façon, dit De Kooning, je ne crois pas que les artistes aient de si bonnes idées... *La Femme au corsage rouge*, de Matisse... quelle idée ! » J'avance par touches, moi aussi, le tableau que j'ai à vous proposer n'est pas des plus évidents à peindre... « J'ai bien peur qu'il me fasse suivre mes inclinations. »

Le choix, donc, n'était pas entre l'abstraction et la figure, soit l'une, soit l'autre (raison pour laquelle tous les « retours à la figure » prouvent qu'on n'en était jamais sorti ou qu'on l'avait refoulée, par peur). Et d'ailleurs il n'y a pas de choix, seule compte la liberté de choisir. Je fais ce qui me plaît, abstrait ou figural, rien ne me retient, je peins comme je l'entends, toute autre attitude mène au groupe, c'est-à-dire à la négation de l'Un, à l'adoration de la vieille l'Une.

Ne faites pas de figure ! C'est absurde !

À quoi De Kooning répond calmement : oui, c'est absurde, mais c'est aussi absurde de ne pas en faire.

Élégante repartie, pas de Loi.

Tantôt figure et tantôt pas figure. Comme *je* veux.

Enfin les *Demoiselles* vinrent. Et leurs suivantes. Et Molly Bloom. Et Lolita. Et De Kooning : « Je suis plus romancier que poète. » La difficulté, c'est qu'il faut tout raconter à la fois, tout un roman visible en même temps, pour le contenu rapide comme l'éclair. « *Content is a glimpse.* » « Le contenu du tableau, c'est un éclair, une rencontre éclair, comme une illumination, c'est très, très ténu (*tiny*). » Et il en est ainsi de tous les tableaux ! Rembrandt ! Titien ! Vélasquez ! Greco ! D'autant plus que *ce contenu-là*, le contenu du contenu, The Femme, autrement dit — mais pas seulement — le contenant d'où provient le corps de l'artiste lui-même, son enveloppe, la matrice du mannequin, pouvait — et peut toujours — changer à chaque instant, s'effondrer, se recomposer dans la ruse de l'apparition. Lisons bien cette déclaration, on dirait du Freud en action : « Le contenu pouvait assumer toutes les métamorphoses. » Démoniaque ? Plasticité de l'hystérie. Hystérisation du plastique. Il n'empêche que De Kooning nous parle (comme Proust) de vision, de vision fugitive, de « regard en passant ». Il faut aller plus vite que le principe d'incorporation qui vous tient à l'œil. « Je te plais ? » — Refais. « C'est une drôle d'impression d'être coincé à cause des genoux d'une femme. » On ne l'assoit pas sur ses genoux, l'Idole, c'est un surgissement frontal et en même temps zigzagué de partout, blasphème, horreur, farce. La Grande Mère n'en revient pas depuis le fond des tombeaux. Les *Women* ? « Elles sont hargneuses, féroces... mais surtout désopilantes. » Uppercut dans le violon d'Ingres. Coup de gong dans le matriciat. Dire « Gertrude Stein », aux États-Unis, a la même signification que, pour un Français, disons, les deux Marguerite, Yourcenar ou Duras, soudain immortalisées par un solide plombier (un dialogue De Kooning-Duras filmé par Hitchcock eût été un modèle de cours d'esthétique). Qui a peur de Virginia Woolf ? Tout le monde. Et surtout elle-même. Le principe d'incorporation est un principe de terreur. De Terreur, à vrai dire, il n'y en a pas d'autre. « Maman ! Maman ! » (et « Maman » peut aussi être un homme). Voilà une bonne nouvelle pour les mourants (Proust, à l'agonie, voit encore s'affairer dans sa chambre une grosse bonne femme toute noire, poche du temps, sac de hardes, vésicule enragée — et le jeune De Kooning n'a pas pu ne pas méditer devant la *Dulle Griet* de Breughel). Suicide de Gorky, l'artiste et sa mère... Voiture fracassée de Pollock... Rothko s'éteignant en s'ouvrant les veines... Newman jusqu'à la crise cardiaque, héroïque, sublime et raidi... Des réincorporations réussies ? Picasso, Matisse, Bacon, toujours eux, décidément, comédie, harmonie...

La seule arme que vous avez, dans ce match, est de vous montrer sans cesse *non localisable*. Le fameux « non-environnement » de De Kooning n'est pas plus bouddhiste qu'einsteinien, c'est ça... Changez de position. Tout le temps. Cavalier des échecs. Ça veut vous *assigner*, voilà tout. Résidence surveillée. Contrôle judiciaire. Surveillance des bornes et des dimensions du récit. Bien entendu, *Woman* a fait scandale. Tout était prêt en surface, pour la nouvelle religion abstraite, table rase, positivisme et spiritualisme (couple éternel), byzantineries, synagogueries, avenir radieux orthodoxe, presbytérianeries, luthérianeries, monotonies et monochromomies — et voilà ce brutal qui va déterrer la hache, le secret guerrier qu'il y avait dessous et derrière... Fureur des iconoclastes. Leo Steinberg (déjà lui) est presque le seul, en 1955, à ne pas trop dire de bêtises : « Les mondes agités des abstractions de De Kooning étaient des scènes de gestation »... Steinberg parle des Vénus préhistoriques, à la fois « sorcières, mères et prostituées », et ajoute : « Je suis incapable de voir laideur et haine dans ces merveilleuses peintures. Pour moi, elles suggèrent au contraire une ardente générosité. » N'empêche : De Kooning sera considéré comme un traître, réactionnaire et misogyne (on est toujours traité de misogyne quand on préfère les femmes aux femmes ou aux hommes qui se prennent pour elles, c'est curieux). Il ne pourra pas rentrer dans le Temple de la synthèse en train de se construire... Qu'est-ce qui l'intéresse, là ? Des *bouches*. « J'ai découpé beaucoup de bouches... Peut-être était-ce un peu comme un calembour ? Ou bien, c'était sexuel. » Voilà. J'en ai vu des stocks empilés à Easthampton, venant d'un peu partout, depuis les *Lucky Strike* jusqu'aux pubs pour rouge à lèvres, qu'est-ce que ça peut sourire dans les magazines, *achetez, achetez,* « je te plais ? ». Combien de palais suggérés ! Que d'*émail* ! Le sourire engageant, le sourire-contrat, c'est cela qu'il ne faut pas perdre d'un millimètre juste avant qu'il se transforme en moue de cul, en grimace venue du fond... Ces bouches découpées tirées de la presse pressée, ces bouches-marchandises *valables pour tous les objets* (avions, vêtements, voitures, actions, « réfléchissez », « salivez ! »), De Kooning sait qu'elles résument l'apparent mystère des transactions, des appétits, des désirs. Il les a découvertes en les *plaquant* sur sa *Woman*, en faisant varier, donc, son ouverture, sa proposition, sa mimique. Le corps est toujours le même, à quelques montages près, c'est la bouche qui change en restant la même, elle vient se poser sur ces gros insectes en fonction saisis au vol dans leur vibration vampirique. Happées ! Les voilà bien assises sur leurs chaises électriques (Picasso, lui, a inventé le fauteuil à torture, le divan à ondulations d'où elles ne pourront plus jamais se lever). L'assiette n'est pas une mince affaire. Il faut traiter à la fois le trône, l'autel, l'obélisque, le cube, la pierre cubique, la mecque, le cercueil, la tombe, le mausolée, la grotte. Et aussi le magasin, le tabouret, le pliant, la boutique, le bar, le supermarché. Et voici donc la viandeuse vendeuse et l'entraîneuse, la tenancière digestive, reine de la nuit en plein jour. Ça ne se fait pas d'éclairer la rampe de ce côté-là. De Kooning, à un moment, s'est demandé s'il aurait la force de leur faire faire un geste. « Et puis, j'ai finalement échoué. » Mais ces peintures, dit-il encore, étaient simplement pour voir jusqu'où lui pouvait aller, « avec angoisse et frayeur, peut-être, ou avec extase comme dans *La Divine Comédie*, être comme l'acteur, *voir combien de temps je pourrais rester sur scène avec ce public imaginaire* ». (C'est moi qui souligne.)

Madame Bovary, c'est moi ; Woman, c'est moi. Woman, Willem ? On ne m'aura pas par le moi.

Je suis plus rapide que moi.

Pourquoi si *vite* ? Tom Hess a eu cette formule étonnante (il a regardé De Kooning peindre pendant des heures) : « La main de De Kooning bouge aussi rapidement que celle d'un P.-D.G. signant son courrier. »

Oui, ce sont des lettres et des chèques. Il s'écrit à lui-même, ce peintre. Il s'achète des paysages. Nous pouvons y entrer.

Mais d'abord, les dessins. Le grand secret de l'art dit « moderne » est en somme de se demander : qui sait dessiner ? Et qui ne sait pas ? Picasso, Matisse, oui. Et De Kooning, donc ! Posez-vous quand même la question (elle vaut aussi pour un écrivain dit « subversif » : sait-il écrire classique ou ne fait-il que dissimuler, plus ou moins laborieusement, son style pompier ? Quand vous voyez un « moderne » rapprocher Sade de Greuze, cela vous fait-il rire, soupirer ? Ou les deux ?). Ne soyons pas cruels, pas de noms. L'alibi habituel : on peut savoir dessiner et être parfaitement nul et académique. Vérité. Ce qui ne saurait cacher une autre réalité tragique : on peut faire semblant d'être moderne pour dissimuler une profonde incapacité au trait. Devant un artiste « abstrait », la bonne interrogation est donc : que serait sa peinture si elle était académique ? Et devant un croûteux figuratif : qu'est-ce que ça donnerait en abstrait ? Osez, osez. Des wagons entiers de toiles et de sculptures (des milliers de livres) peuvent ainsi être envoyés dos à dos vers une improbable gare d'Orsay du vingt et unième siècle, un aéroport, peut-être, Orly-Sud en 2088 ? Les dessins de De Kooning sont tout simplement splendides. La force fouillée en relief des *Women* vient de là. De cette activité incessante sur les genoux, feuilles éparpillées sur le sol, graphites, fusains, encres, pastels, craies, émaux, huiles. Papiers déchirés, coupés, collés, décollés, attaqués, frottés et gommés, étendus, *poussés*, sabrés et interrompus dès que quelque chose a fait signe. Dessins *dans* la peinture aussi bien, fusain direct dans la couleur [1]. Cette manie dessinatrice est impressionnante, elle relève du reportage constant. Rues, cafétérias, sorties de bureaux, mémères et minettes, stars et secrétaires, elles sont chacune à saisir dans leurs attitudes instantanées. Tout New York est là, Broadway, capitale nerveuse, misère et richesse, arrogance et mauvais goût, naturel, surtout, conscience d'avoir le pouvoir de consommation, boom, victoire du produit, dollar. De Kooning semble être le seul artiste à tirer les conséquences de la Seconde Guerre mondiale. Elle est gagnée. À quel prix ! C'était donc ça, 14 et 40, l'explosion globale pour en arriver à Miss Univers ? Sans doute. Voilà un œcuménisme sans frontières à traiter froidement. Nancy et Raïssa, bonjour ! *Woman I, II, III, IV, V, VI*... La dynastie n'a pas de raison de s'arrêter, le féminisme lui-même n'est qu'un épisode du grand feuilleton en cours (comme l'industrie de reproduction n'est qu'un détail de l'incorporation générale)... Elles seront de tous les pays, elles parleront toutes les langues, le babil des babelles sera retransmis vingt-quatre heures sur vingt-quatre, la pavlovisation planétaire est décidée, simple réglage chimique... Il dit ce qu'il prévoit, De Kooning, avec ses couteaux, pinceaux, palettes, spatules, son goût des substances glis-

1. Thomas B. Hess, *Willem De Kooning, Dessins*, Seghers 1972. C'est grâce à Xavier Fourcade et à Tom Hess que j'ai pu rendre visite à De Kooning en juillet 1977. Cette improvisation leur doit donc beaucoup. Je pense d'autre part que Robert Rosemblum a été prudent de dire (en 1983) que nous « commençons à peine » à mesurer les effets de Picasso et de De Kooning (« Picasso et De Kooning semblent renaître »). Le titre de mon roman *Femmes* est évidemment une référence directe à De Kooning, même si la couverture en livre de poche (Folio) est, exprès, un détail des *Demoiselles d'Avignon*.

santes, humides, fluides, des viscosités mouvantes. C'est une émulsion. Le journal est désormais la seule preuve de l'existence humaine, c'était juste avant la télévision (mais De Kooning par la suite va aussi dessiner les yeux fermés devant la télévision). On le colle contre la peinture, le journal (tiens, Hegel n'y avait pas pensé), court-circuit, acte de conjuration, cela donne de belles décalcomanies à l'envers (sur le papier) et des colonnes de mots imprimés, mangées comme des chiffres par la couleur (dans les toiles). Retournement des papiers collés héroïques de Picasso, par exemple de ce chef-d'œuvre de détachement « venitien » qu'est la *Tête d'homme au chapeau*, fusain, papier collé et sable de 1912-1913 (ce rectangle bleu, oblique, dont on ne se lasse pas). Oui, écho, translation, réponse à distance, de l'autre côté de l'Idole, Mésopotamie sur East River après avoir été sur la Seine. Mais dites-moi, est-ce que tout cela n'est finalement pas zen ? Suzuki ? *Prajna ?* Ces Américains ! Tout pour oublier Rome ! La réponse de De Kooning est, comme toujours, pratique. Ma rapidité ? Zen ? Pourquoi pas ? Tiens, voici une vache hollandaise en pleine illumination. Et puis des femmes en idéogrammes. Facile. Mais attendez un peu. Je vais vous dire. Les yeux fermés, justement.

C'est le sanctuaire farouchement individuel de De Kooning. À l'entrée : laissez toute espérance, et soyez heureux. Détournement du titre de Kierkegaard : « Aucune crainte, mais beaucoup de tremblement. » Ces derniers mots ont été écrits par De Kooning lui-même. On peut donc trembler d'autre chose que de peur ? De quoi, alors ? D'excitation ?

De certitude ? De joie ? Dore Ashton : « Lorsqu'il dessine les yeux fermés, comme s'il invoquait les dieux, De Kooning adopte une attitude de quête angoissée et de foi inébranlable dans l'existence d'une possibilité de restituer les émotions les plus profondes. » Vous avez beau écrire noir sur blanc : « pas d'angoisse », ils vous la collent quand même. « Foi inébranlable » ? Sans doute, mais elle branle de partout. Ce n'est pas zen ? Et pas non plus la terreur ? Quoi ? Eh oui, autre chose. *Tellement autre chose*, que De Kooning a pris soin de publier, en 1967, un petit livre de vingt-quatre dessins — vingt-quatre heures — en format réel, petit livre pour lequel, fait exceptionnel, il a même rédigé un avertissement[1]. Je suis l'objet d'une rumeur, dit-il... Est-ce que je dessine vraiment les yeux fermés ? Oui. Je commence souvent par les pieds, mais « plus souvent encore par le centre du corps au milieu de la page ». Les pieds. Le centre du corps. Le milieu de la page. « Rien de spécial, mais fermer les yeux m'a beaucoup aidé. » C'est clair ? Non ? Bon, voici les clés : des crucifixions et des vamps. Des crucifixions ? Sans blague ? En plein New York ? À la fin du vingtième siècle ? Oui, mais *lesquelles* ? Des clowneries. Le tragique virant au comique. Un Christ décentré, mal cloué sur sa croix de papier, en perte d'équilibre, sexe apparent, air effaré d'avoir été jeté là, dans la représentation bouffonne, entouré de putes plus ou moins funèbres ou furieuses, enjouées, parfois, dansant le charleston autour de lui. Blasphème ? Non. Ce comique est des plus sérieux, on le sent, c'est le défi de De Kooning à toute la tradition —

1. De Kooning, *Drawings*, Walker and Company, New York, 1967.

mais il se moque en même temps des exploitations style Jésus *et* des volontés de n'en rien savoir ; des lobbies religieux chrétiens ou juifs *et* des orientalismes à la noix. Le Christ, aujourd'hui, serait cloué — mal — par des femmes folles. Le scandale des *Women* est ici redoublé, légendé, fondé et frondé — toute la comédie humaine est attaquée en plein centre. Pas moyen d'en sortir, sauf par un tremblement de terre, une effervescence de toute la surface, un vide qui bout. Une résurrection, en somme, qui n'en a pas l'air, sans emphase, Dionysos et le Crucifié, nous avons déjà lu ça quelque part... « Les clowns et les danseurs de corde sont les seuls acteurs dont le talent est incontesté et absolu »... « On ne tue pas par la colère, mais par le rire »... « Le corps traverse l'histoire »... « Le monde des apparences est le seul réel : le " monde vérité " est seulement ajouté par le mensonge »... « Il faut rester bravement à la surface, croire à tout l'Olympe de l'apparence »... « Apprenez à rire par-dessus vos têtes ! »... « L'enthousiaste dionysien transformé en satyre : c'est en tant que satyre qu'il voit son dieu »... « Un monstre gai vaut mieux qu'un sentimental ennuyeux »... « Je suis aussi seul que lorsque j'étais enfant »... « Le bouffon des éternités nouvelles »... On ne se lasse pas plus de Nietzsche que de Picasso, et pour les mêmes raisons. Encore une petite rafale : « La volupté éconduit et nargue les hérétiques »... « La volupté est la reconnaissance débordante de l'avenir pour le présent »...

La volupté est la reconnaissance débordante de l'avenir pour le présent.

Il est vrai que Nietzsche n'aurait pas imaginé que *La Pisseuse* ou *Woman III* (laquelle, je m'en aperçois avec effroi, se trouve au musée d'Art moderne de Téhéran : la plus nue, la plus crémeuse... Pur porc... En jarretelles apparentes ! Dieu la protège ! Heureusement que la *Woman V* est en Australie !) — que ces créatures pourraient venir signer un jour, visiblement, le gai savoir par-delà le bien et le mal. Quoi qu'il en soit, ces fusains devraient être le livre de chevet des vrais amateurs de moderne et de postmoderne, je tiens pour objectivement nulle toute personne qui ne les médite pas de temps en temps comme la vraie imitation de Jésus-Christ de notre temps. Et ne me dites pas que les dessins en forme de sorts hallucinés d'Artaud pourraient jouer le même rôle, il faudrait être aveugle comme un philosophe, ou sourde comme une voyante, pour identifier les deux phénomènes. La différence de De Kooning — différence avec tout — est là, dans ces yeux fermés et cette main qui pétrit la situation limite. Pour chaque femme vraiment exhibée, un crucifié : c'est le régime, la loi, le secret des rondes de nuit, le sale et abject secret, au demeurant à pouffer de rire, des contorsions et des séductions humaines. Le peintre est lui-même sur la croix ? Pendu au chevalet ? L'acteur est forcé de passer par là ? Vie et mort pour rire de Monsieur Willem De Kooning, vedette des volumes, entouré de ses modèles et coincé en chute diagonale sur son Golgotha personnel ? Chronobiographie, en tout cas. À l'atelier ou chez soi, en plein silence ou devant la télévision, les yeux fermés, on y va... Le démoniaque est comique. Rien ne fait plus peur au démoniaque que d'être tourné par le comique. Si vous n'avez jamais vu un enterrement presbytérien à deux cents mètres d'un sex-shop, pendant que toutes les télévisions à la fois regorgent de publicité agressive, vous n'avez jamais fermé les yeux de la bonne façon. *Trembling Woman* : elle tremble ou elle est massive, les yeux fixes, elle n'est que très rarement dégagée, dehors. On voit mieux qu'il n'y a pas dissolution de la figure mais, au contraire, exacerbation de la figure au-delà d'elle-même *depuis* un halo d'atomes porteurs de formes dans leur énergie. De Kooning, à son habitude, va droit à l'interdit, quel qu'il soit, et à peine y aura-t-il un « retour de la figure » qu'il sera plus « abstrait » que jamais. *Quia absurdum*. Il peint le transit, pas un idéal de beauté ni une transcendance archétypale. Ses crucifixions ahuries et joueuses ont-elles été faites pour se moquer amicalement des « stations de croix » minimalistes de Barnett Newman ? Des extases dissoutes de Rothko ? De la chapelle de Matisse ? Peut-être. Sûrement. Est-ce que l'insistance sur le tremblé de la main qui fouille le dessin en l'aérant (annonce des sculptures) montre déjà la consternante facilité du « pop art » et du sérialisme photographique, ou encore la vieillesse prématurée des collages de ceux qui, comme Raushenberg, ont voulu *effacer* ses dessins (ce dernier l'a fait publiquement au moins une fois, redoutable dénégation dans un champ magnétique aussi chargé) ? Essayez d'effacer un nom élu : les conséquences sont catastrophiques... Quant aux *vamps*, on sent qu'elles sont là pour le servir, maintenant, ce peintre, elles ont trahi leur Grande Prêtresse enfouie et brusquement réveillée et fixée au mur. Elles agissent pour le compte du navigateur audacieux (« arrête ton croiseur ! viens écouter nos voix ! ») qui peut les retourner contre vous, les sirènes. De Kooning a tiré l'un de ses dessins de la gesticulation hurlante et pleurante des jeunes idiotes anglaises ou américaines devant les

Beatles (vues à la TV). L'hystérie, toujours… « Œuvre d'art déformée », disait Freud. Déformation d'une déformation ? Pas de réforme. Contre-réforme, plutôt (le côté sombre, avec un drôle de sourire, fait quand même penser à Dreyer).

Qu'est-ce qu'il y a de mieux qu'une *Woman* ? Deux *Women*. Ensemble. Pas de raison de se priver. Parade. La société est une femme. La nature est une femme. La vérité aussi, banal. On ne trouve que *du* femme partout si on actionne plastique jusqu'au bout dans les apparences. Naturante et naturée, dénaturante et dénaturée. Incroyable natalité. Toujours vierge. Stabat mater, dansante et bacchante. La rumeur autour de De Kooning a toujours été insistante, l'atelier de cet anarchiste aurait été un château sadien… Légende d'autant plus réelle qu'elle s'appuie sur le temps rapide d'exécution et sur le non-achèvement ou la destruction des toiles, bref sur l'irrespect pratique de l'artiste quant à la valeur. De Kooning n'est pas un conservateur ni un fétichiste, des milliers de dollars peuvent partir en fumée, je n'ai pas besoin d'insister sur la métaphore, action de peintre, acte sexuel, on comprend le malaise du marché, les tableaux ne sont pas des enfants lentement formés, ce qui est long c'est l'attente éveillée dans l'observation, mais le passage à l'acte, entouré de tant de préliminaires fébriles et maniaques, est fulgurant, sans retours ni retouches. Le tableau qui reste n'aura jamais été défini autrement que par : *non-à-détruire*. « C'est un morceau de la vie de l'artiste, dit De Kooning… Il faut en parler beaucoup. » *Il faut en parler beaucoup* : comme si la peinture pouvait disparaître dans une accumulation juste de récits, de mots, de souvenirs, d'anecdotes. Je vous montre un éclair qui doit être beaucoup parlé ? Les musées sont là, en effet, pour qu'on disserte sans fin sans rien dire, et rien n'est plus rare qu'une phrase emportant la couleur avec soi, bouclez-moi tout ça, au contraire, commentaire de loin, défense d'entrer dans le geste, de l'autre côté du miroir... Attention, Minotaure... Le monstre est doux, pourtant, souple, sympathique, insaisissable... Pas très grand... Féminin... Vite... Une fille, Lisa, en 1956 (il a cinquante-deux ans)... Défilé des modèles (salut, Rodin ! salut, Picasso !)... Enfin, on va se promener : « Le paysage est dans la femme et la femme est dans le paysage. »

Ça a l'air tout simple. Et pourtant quelle guerre pour en arriver là. Un Français n'a pas forcément à l'esprit que *Easter Monday*, par exemple, veut dire : « Lundi de Pâques ». C'est le vrai jour des vacances. Le premier après la fin du film. On prend l'autoroute, on est dans le défilé des plans, herbe, ciels, panneaux, boucles, échangeurs, tunnels, plaques d'ombre et de lumière, ciels changeants. De Kooning, Elstir victorieux de Miss Sacripant, prend le large à la campagne, vers l'océan. Peu de toiles, dans l'histoire de la peinture, expriment mieux cette ivresse du dehors, cette liberté de la vue respirée, agie en plein air, en connaissance de cause. Temps retrouvé, trouvaille du temps gagné. Coïncidence et non pas mémoire. Le trouveur n'est pas le chercheur, et on a envie d'inscrire sur la voiture qui roule vers Long Island le mot si profond de Picasso : « Je ne cherche pas, je trouve. » C'est la Hollande et c'est l'Amérique, c'est De Kooning en surface, mais chaque surface est une profondeur colorée. La lumière est tellement forte qu'elle vient de l'intérieur extérieur. On peut faire confiance à l'arbitraire en gardant la chair comme dominante. « Tout ce dont j'avais besoin, c'était de blanc et d'orange pour arriver à une couleur idéale, étrangement plate, comme celle des poupées bavaroises. » Ou encore : la couleur du foie. Oui, le foie cuit et découpé, tel qu'on le mange aux Pays-Bas, un gris brun, mélange de six couleurs différentes. Quel déjeuner sur l'herbe ! Quel pique-nique avec les poupées ! Ce quinquagénaire n'est décidément pas sérieux. À son âge, il aurait déjà dû se tirer une balle dans la tête. Dire qu'il va dépasser un jour les quatre-vingts ans, c'est accablant. Il aime les virées des week-ends. Il approuve les publicités : « Certains voudraient les supprimer. Ça me fendrait le cœur. » On va vraiment à l'aventure avec, en tête, le sextant *Woman*, vous permettez qu'on se sente préhistorique (ou post-) et que, comme nos lointains ancêtres, pour conjurer le lieu, nous allions enterrer nos Idoles ? Les *noyer* plutôt. Tiens, personne n'avait eu cette idée moins terrestre. Curieux de voir le résultat. « Je suis plus libre, c'est-à-dire que je peux rassembler toutes mes forces… Je me fais ma petite expérience mystique personnelle »… Et cette remarque, sans doute un hommage à Cézanne : « Si on comprend une chose, on peut l'utiliser ailleurs » (une nappe ou une montagne, *c'est pareil*).

PAYSAGES

I. « L'eau ondoyait comme un lambeau d'étoffe retenant encore un peu de lumière comme l'eau sait le faire. »

II. « Elle levait son visage vers le ciel qui était si bas qu'il semblait comme une tente affaissée écraser sous sa masse tous les sons les parfums de la nuit le chèvrefeuille surtout que j'aspirais qui recouvrait tout sur son visage sa gorge comme de la peinture son cœur battait contre ma main je m'appuyais sur mon autre bras il commença à tressaillir à sauter je dus haleter pour saisir un peu d'air dans l'épaisseur grise. »

III. « Le gris tout était gris des lignes de rosée montaient en diagonale vers le ciel gris et les arbres plus loin. »

Non, ce n'est pas Molly Bloom qui parle, et d'ailleurs vous avez tout de suite trouvé à cause du chèvrefeuille (*honeysuckle, honeysuckle rose*), mais Quentin dans *Le Bruit et la Fureur*. Le paysage se goûte et se mange, comme du foie, comme du miel, comme de la peau — et en même temps un crime l'habite. *Honeysuckle* ? Miel-chéri-douceur-sucer-butiner-absorber-lait-sein-rosée... De Kooning est, bien entendu, un lecteur de William Faulkner... *Lumière d'août*... Ou plutôt : lumière *en* août... Violence et précision de la perception, encore une histoire d'inceste et de castration, mais cette fois retournée, avec le signe *plus*, c'est promis on ne le dira à personne, voilà le point d'un inexplicable bonheur. Comment voulez-vous comprendre quelqu'un qui vous dit : « Je désirais assez me retrouver dans une impasse » ? Ou qui s'intéresse simplement à une « lumière sur un toit quand tout paraît sans couleur » ? Mais non, il ne s'agit pas de technique, pas plus que dans cette soudaine absence de ponctuation ! (Picasso a vécu cette expérience de la précipitation émotive avec ses poèmes sans points ni virgules.) « Au commencement était l'émotion... le galop... on a ramené l'homme au trot... dans la dialectique, c'est-à-dire dans le bafouillage » (Céline)... C'est l'émotion qui permet d'utiliser l'arbitraire, de l'amener à la frénésie en acceptant d'aller éventuellement vers l'échec, lequel est une limite naturelle. « Et parfois, ça tourne bien. »

(J'aurais pu prendre des extraits de *Paradis*, mais je tiens à ménager mes contemporains ou à feindre la modestie, comme on veut.)

Et, parfois, ça tourne bien. Blanc, jaune, rose : *Pastorale*.

À plusieurs reprises, maintenant (il se sent assez loin pour ne pas craindre de représailles), De Kooning cite un nom : Rubens.

Je n'ai pas de discours social, dit-il encore, je parle de mon goût personnel. Pas de cité future comme le croyaient Mondrian, Kandinsky, Malevitch... Le boogie-woogie n'est qu'un épisode. Rubens, en revanche, rentre dans la grande diplomatie du Temps. On le retrouve soudain en avant, fleuve de rappels multiples et jardin du geste, oreiller de chair fraîche où la vie s'agite comme l'air dans le ciel et la mer dans la mer.

J'étais venu à New York pour les voir, ces tableaux des années 57-58, *Parc Rosenberg, Ruth's Zowie, Souvenir de Toulouse* (Toulouse-Lautrec ?), *Suburb in Havana*... Et *Door to the river*, de 1960... Portes de la découverte, puissants monuments de l'affirmation en soi. Ce bleu. Ce bleu marine. Violet. Ultra-marine... Marron, ocre, vert, blanc — mais surtout JAUNE et BLEU. Bleu-blanc-jaune, verticales bien larges, débordantes, nettes, bâtiments solides, simples, raffinés, savoureux... L'euphorie de ces toiles est indescriptible, supposons une régression globale, on ira les voir en cachette pour se dire qu'une liberté maximale a eu lieu, une escale océanique, une respiration d'âge d'or. Ça voit grand. C'est vivant. Architecture et substance. D'avoir fermé les yeux plus et mieux que ne le pourra aucun sommeil, vous permet de les ouvrir au-delà des limites permises. Ils sont sans fin et sans bords, ces tableaux, et pourtant concentrés, rassemblés, plantés, on entend leurs lignes et leurs bandes, ils sont très « paternels », en effet. Fracture du son traversant l'espace comme dans *Petrouchka, Le Sacre du Printemps* ou *L'Oiseau de feu*... Bois et trompettes, cors, trombes, gifles des cordes... Bien entendu, ces toiles sont l'exposition, en couleurs, des danses de dégagement en émail noir et blanc, là où De Kooning se ressource, chaque fois qu'il va faire un bond nouveau, voyage à Venise en 58, à Rome en 59. Signature amplifiée, brossée, insistance sur les consonnes (le K, le N, le G), bientôt la construction de l'atelier de Springs, à Easthampton, d'abord rêvé en peinture, donc. On va habiter son nom, ses tableaux. Le peintre va être enfin « chez lui » (il ne devient citoyen américain qu'en 1962, oui, vous avez bien lu, soit trente-six ans après son arrivée à New York : mais c'est l'Amérique qu'il « reconnaît » alors, et pas le contraire).

L'ATELIER : De Kooning a participé de bout en bout à sa construction. Sol, éclairage, vitres, escalier, passerelle d'observation. C'est une architecture de lumière en pleine campagne, près de l'eau ; un bateau, une navette spatiale, un port et son embarcation privée, Long Island à Cythère (De Kooning parle de Watteau dans un de ses entretiens), décidément la translation et la mutation n'en finissent pas. Non seulement De Kooning a établi la liaison entre corps et paysage (« le paysage est dans la femme et la femme est dans le paysage »), non seulement il confirme la raison charnelle interrompue par les passes magnétiques psychiques et parareligieuses, mais il se donne le théâtre tournant de l'opération, les toiles sont des décors amovibles que l'on peut contempler de haut, depuis le pont, avant de foncer sur l'une d'elles, en bas, « à terre », en s'incarnant (en se crucifiant d'aise) dans ses dimensions. Les surfaces « abstraites », malgré leurs prétentions à la seule présence réelle possible, étaient aussi « idolâtres » que les Vénus, on relativise les unes par les autres, on troue l'espace que leur conflit permet d'entrevoir. Ici, j'entends une voix, dans la salle : « Mais ce De Kooning n'est-il pas... *païen* ? » C'est devenu une rigolade ambiante, cette affaire de paganisme. On vous la sert maintenant à propos de n'importe quoi, Saint-Pierre de Rome ou l'*Olympia*, bref chaque fois qu'il y a du relief en soi, et qui bouge. Païen ? Oui, *et alors* ? *So what ?* Tous les artistes ont toujours été « païens », Matisse dans sa chapelle, Picasso dans ses châteaux, Monet dans son jardin. Nous ne sommes pas au Temple ? Non. C'est affreux. Saint-Just en perd la tête. Robespierre aussi. L'Être Suprême et la Déesse Raison (« je ne veux voir qu'une seule tête ! Je coupe toutes celles qui dépassent ! ») sont bousculés par nos *Women* en ménades. Ces plaisirs cruels sont exquis. Et, comme le dira Nabokov, dans sa postface de 1956 à *Lolita* : « On ne saurait, dans un pays libre, exiger d'un écrivain qu'il se préoccupe du tracé exact de la frontière qui sépare le sensible du sensuel. » Et d'un peintre, donc. Volupté esthétique *first*. Allons, ne vous énervez pas, chers yankees, l'art (encore Nabokov) est « curiosité, tendresse, charité, extase ». Ces « païens », que deviendriez-vous sans eux ? Sans musées ? Sans musique ? Je vous conseille (les anachronismes ne nous gênent plus) de regarder *Easter Monday*, « Lundi de Pâques », en écoutant, par exemple, le *Motet pour le jour de Pâques* de François Couperin (1668-1733) chanté par Judith Nelson et Emma Kirkby. Ou encore, de juxtaposer *Woman in landscape IV* (1968) et *Satyres et Bacchantes* de Fragonard. Si vous n'entendez rien et ne voyez rien, je ne peux pas grand-chose pour vous. Et ces roses, là, devant vous, à dix heures du matin, dans un vase, ça vous plaît ? Oui ? Plutôt ? Pas tellement ? Sombre dimanche.

« C'est comme les dés, dit De Kooning de ses paysages, je n'en retiens aucun. » Et aussi : « Les formes doivent avoir l'émotion d'une expérience concrète. » Il prend sa bicyclette, il va voir pendant de longues heures comment l'air et l'eau dialoguent en se contaminant, c'est le gai criminel, s'il ne peignait pas il y aurait déjà cent assassinats dans la région, femmes gracieusement violées, éventrées, égorgées, disloquées, *enfin belles* ! Les paysages ? Viande et crème, sperme, lait, eau, ocre et bleu, gris des reflets, bouches, gesticulation, épouvantails renvoyés, célébrations rituelles, spectres et fantômes joyeux, fantasmes tissés dans la trame, la nature est une farce, eh, grande vache ! comme disait, dans un de ses moments de lucidité chinoise, Paul Claudel. J'arrivais de Chine quand j'ai rencontré De Kooning, comme tout est logique. Logique secrète, bien sûr. « Avec nos fibres. » Je fais comme les peintres, je me mets clandestinement dans les situations qui seront favorables au récit. Tao en douce, poèmes Tang, nuit de printemps dans la Cité Interdite, canot sur le Fleuve Bleu, bicyclette à Shanghai, grottes de Long Men, pivoines éclatantes près d'un temple en ruine, vallée des tombeaux, rouge des murs — jusqu'à Rome, un soir de septembre... Ni nu ni connu... Voici l'autoportrait en homme rouge d'été avec une moustache (1971), beau comme un des mousquetaires de Picasso de la même époque, juste avant sa mort. Toutes ces nymphes à perpétuer... « Les figures flottent comme des reflets sur l'eau. » Quelle fête, maintenant, le paysage nous appartient depuis les coulisses, on en jouit en baisant dedans, vraiment le nez dedans en peignant, et en même temps comme de très loin, en surplomb, d'une autre planète. De Kooning, à Paris en 1968, qu'est-ce qu'il veut voir ? *Le Bain turc*, du vieil Ingres. En 1969, il est au Japon, et puis Spolète avec Ezra Pound (oui, oui, le film se monte tout seul). Je n'ai pas besoin de vous rappeler ce qui s'est passé le 20 juillet 1969 ? Une des images les plus célèbres du monde ? L'empreinte du *pied* ? Si ? Vous aviez oublié ? Le premier pas de l'homme sur la Lune. De Kooning est alors à Rome. Nouveau déclic : la sculpture. L'argile malaxée, enfoncée, humide, reprise, modifiée, « c'est toujours nouveau ». Le dessin est une peinture qui devient une sculpture pour revenir au dessin à travers la peinture. J'ai fait le tour de mon corps, je redébarque sur terre, je me remodèle, je m'expulse à nouveau (regardez les photos de Namuth), la Vénus est bien sortie dans sa convulsion (*L'Hôtesse*), on pourra la torser, la réasseoir en trois dimensions, l'agrandir en bronze, la rendre irréfutable. Comme ce *Clam Digger* qui semble arriver comme un nouveau premier visiteur des lieux. Dehors ! Dehors ! Le dedans — l'atelier — n'est qu'un moment du dehors, le dehors aura toujours raison, les créations du dehors, *le marin passe*. Kooning : Roi. Guillaume Le Roi. Il vaut mieux, pour bien ressentir ses intentions, avoir soi-même vécu et s'être trouvé annulé et diffusé partout dans un de ces grands paysages aux marées multiples, je me souviens de Bellport avec une des statues près de l'océan et les dessins à l'intérieur, les tableaux en continuité avec l'herbe, le ciel… Matinée au réveil : « *brave new world* », autre temps… *The Springs* : les printemps, ou les bonds. Cris d'enfants à travers les mouettes…

« On ne peut pas simplement regarder un tableau hors contexte
Il faut reconstruire son histoire
Il faut en parler beaucoup
C'est un morceau de la vie de l'artiste. »

La vie de De Kooning nous est encore mal connue. Mais les photographies de Hans Namuth nous disent bien des choses. À grand peintre grand photographe, et le plus étonnant est bien la fidélité dans la durée des deux regards l'un sur l'autre. De Kooning semble dire : « L'âge, moi ? Connais pas. » Ou encore, dans une mise en scène voulue, à la Hamlet, jamais assis comme on devrait l'être dans son beau fauteuil droit sorti du *Globe Teather* : « *To be or not to be* ? — *Les deux*. »

« Peut-être que je peins vite pour retenir cet éclair
C'est ma façon de m'y prendre
C'est comme traverser une rue
On veut traverser vite
Alors, on court
Juste l'éclair de quelque chose
Et puis à la fin si j'ai un tableau
Je veux donner à quelqu'un d'autre une idée de cet éclair. »

S'il n'y arrive pas, il détruit, et recommence : « On pénètre dans une pièce, on perçoit un événement soudain. »

« Chaque nouvel éclair est précédé de beaucoup d'éclairs. »

Non, vous ne lisez pas un traité bouddhiste (tous ces propos sont de De Kooning), mais l'expérience d'un peintre qui appartient au camp des vainqueurs de la Seconde Guerre mondiale (qui veut nous faire croire qu'Auschwitz a gagné ? Ici, introduire une photo en pleine mer d'Ernest Hemingway autre romancier très intelligent — on n'est jamais assez intelligent pour écrire de grands romans — aussi à l'aise avec l'océan, les cannes à pêche, les fusils ou les tigres).

(Je connais beaucoup de gens qui sont inconsciemment persuadés que les nazis ont gagné la guerre : ça se passe en eux, voilà tout.)

« J'étais possédé par les idoles de l'art
Elles ont une innocence sauvage. »

Il nous faut, chaque jour, à chaque instant, retrouver cette innocence-là. L'art de De Kooning est si peu *coupable*, si coupant, qu'on va mettre encore quelque temps à le mettre à sa place : une des premières.

« Les déesses — ce sourire qu'elles ont
Elles me font vraiment une peur bleue. »

C'était au début. Et puis le bleu a gagné, dans le rire. Les paysages ont été retournés. À nouveau permis. L'art est un meurtre sans cadavre. Un meurtre du meurtre, au fond.

« Tout est déjà dans l'art — c'est comme une grande soupière
Tout est déjà là
Alors on y plonge les mains et on y trouve quelque chose pour soi
Mais c'était déjà là — comme un ragoût. »

Voilà pour les croyants des recommencements radicaux, des « coupures » et des tables rases, des réformateurs en tous genres, inventeurs de calendriers, précieux ou précieuses. L'incarnation et la crucifixion ont eu lieu. Et elles sont comiques, puisqu'il y a la résurrection. Charleston ! Pinceaux !

« Le monde réel, ce monde soi-disant réel
C'est simplement quelque chose dont on doit s'accommoder
Comme tout le monde.
La réalité est une corde raide.
Si je glisse, je me dis "tiens, c'est intéressant"
La plupart du temps, je glisse
Dans cette version fugitive, cet éclair. »

Des romans comme une succession d'éclairs. Le W du prénom devenant un M, et réciproquement. Les L, le K, les O, le N, le G, vous les voyez en train de déchirer l'espace au-delà de la sphère. Deux I.

WILLEM DE KOONING

Il semble que beaucoup d'artistes
Deviennent plus simples quand ils vieillissent
Ils ressentent leur propre miracle dans la nature
Le sentiment d'être de l'autre côté de la nature.
[...]
Je me réjouis de voir simplement
Que le ciel est bleu, que la terre est terre
C'est cela le plus difficile : voir un rocher quelque part
Et puis faire qu'il soit là, rocher, couleur de la terre
J'y arrive progressivement.
[...]
Il arrive un moment dans la vie
Où vous décidez de faire une promenade
Et vous vous promenez dans votre Paysage.
[...]

Les paysages de De Kooning ? *Untitled XIV* (1975), *Untitled I* (1976), *Untitled X* (1976), *Untitled V* (1977) — pour le dernier, je suis dans la région. Faites attention à ce *sans-titre* constamment décliné. L'intitré ? Relâchement de l'observation, c'est fatal. Si je vous dis : « Femme dans un paysage », « homme rouge », « cris de mouettes », « nom écrit dans l'eau », vous avez les sous-titres, vous voyez le film, vous entrez dedans. Mais à quel titre vous introduisez-vous dans l'*Untitled* ? Comment prendre sur soi, non pas tel événement précis, telle figuration en éclair, mais la multitude des éclairages au pinceau, les fusées rapides, la rapidité mouvante ? Le paysage n'est plus une impression ni le détournement plus ou moins réussi d'une photo (même la meilleure) ou d'une carte postale, nous ne sommes plus sur la côte normande en train de monter vers La Raspelière, dans l'étagement des virages et des perceptions. Le « paysage », ici, arrive tout à la fois, il est criblé au Nom dans tous ses états. C'est un ciel, de la terre, de l'eau dans la terre et à travers le ciel, et le contraire, et de nouveau le contraire, un spasme de spasme proposé à une méditation longue, profonde, d'autant plus que l'exécution aura eu lieu en passes de vitesse (*action-painting* : l'expression a un accent pénible, elle sent encore trop le travail et la mécanique, elle ne rend pas compte de tous les moments à l'affût sur les plages et dans les bois, des stations sur le pont de l'atelier, des nuits avec projecteurs, des va-et-vient de près ou de loin, sans parler des épisodes de consommation privée très lisibles, victimes consentantes, offertes, participantes, ouvrant l'espace puisqu'elles en sont non pas l'origine mais la serrure physique à tourner)... Pas d'emphase, pas d'élégie, un grand calme derrière un lyrisme dont on ne saisit pas tout de suite la clé, combien de souffles, de détentes, d'assouplissements, de « promenades », de coups d'œil, d'hallucinations triées, d'illuminations notées, de gribouillages parallèles, de sculptures imaginées en vol, de *rencontres* ? *Untitled V* (1977), donc : si je vous dis la fête en mer ? La fête en l'air ? La danse autour des vagues ou de l'explosion du soir quand le bleu plus sombre permet au blanc de jouir carrément ? De Kooning ne date jamais ses toiles, et, en même temps, impossible de s'y retrouver dans les tableaux sans les dater. Ce roman est un ensemble de poèmes qui composent un journal intime dont on ne peut déchiffrer l'énergie que comme un roman. Ce jour-là… Cet après-midi-là… Ce matin-là… (Je viens de me lever, il fait doux, j'écoute une cantate de Bach, le ciel s'ouvre lentement vers l'ouest dans un blanc de cendres.)… Étant donné ce qui s'était passé la nuit d'avant… Ou pendant la sieste… Ou dix ans auparavant… Etc. La *Woman I*, de New York, en 1950, devenue la *Seated Woman*, bronze au bord de l'eau, vous me suivez ? C'est assez *sorti*, explicite ? Mais non, jamais assez. Qui a dit, déjà, que la civilisation était comme l'assèchement du Zuydersee ? Flash hollandais de Freud, grise Vienne. Nous leur apportons la peste, là-bas, au nord de l'Atlantique ? La peste n'était pas le bon mot… Hollandais volant pour rattraper le plaisir-couleur… J'entends la voix de De Kooning dire Tintoret… *Tintoretto*… À cause des anges renversés en piqué, sans doute… Venise repart ? On s'y perd ? Non. L'ivresse est d'une sûreté magnétique, tout le monde ne peut pas être ivre avec précision, relâché-tendu, Van Gogh libéré, avec élégance. Quelle gamme. Quel plaquage d'accords.

Un peu de clavecin, à présent, pour s'éloigner. Et vite, dans tous les sens, bouquet, perspectives… Les jaunes, les bleus… Rouge… Vert… Et jaune, et toujours bleu… Le jaune accentué… Blanc magique…

Comment finir ? On a le sentiment que, depuis quelques années, De Kooning met l'ensemble entre parenthèses, ou, plutôt, entre guillemets, avec une attitude jusqu'au bout enfantine, refus du drame, après tout il ne s'agissait peut-être que d'une bande dessinée découpée, les aventures de Donald, bye-bye, torsion, échappée des lignes.

L'espace appartient aux vacances, allez.
Je suis une citation, semble-t-il dire. Je suis un classique.
Adieu Terre, Amsterdam, New York, Rome, Long Island.
Tout cela n'est pas grave.
Je te salue, jeune océan.

POST-SCRIPTUM :
En échange d'un De Kooning

Le manuscrit du « Livre des Rois » a été récupéré

L'un des manuscrits les plus précieux du monde, celui du « Livre des Rois » *(Chahmaneh),* datant du XVIe siècle, vient d'être récupéré par l'Iran, en échange d'une toile du peintre Willem De Kooning, *Woman Three,* qui avait été acquise par l'ex-impératrice Farah pour le Musée d'art moderne de Téhéran.

L'échange, a-t-on appris de source iranienne, s'est fait dans la plus grande discrétion le 29 juillet, au terme de longues négociations entre les autorités iraniennes et les héritiers de l'ex-président des Trusties of the Metropolitan Museum, Arthur Houghton. Ce dernier avait acquis le manuscrit il y a une trentaine d'années. L'élaboration de ce manuscrit, qui contient 118 miniatures, avait requis une vingtaine d'années.

Le Monde, juillet 1994.

Stratégie de Céline

Il faut peser les esprits, non les hommes.

Voltaire

Une date clé ? 1929. La crise mondiale est profonde, si pleine de conséquences, qu'il faudra des années de bouleversement et de destructions inouïes pour en mesurer l'ampleur. L'avons-nous enfin bien comprise, cette glissade globale dont la première guerre n'était que le lever de rideau ? On peut en douter. En 1922, à la mort de Proust, et après la publication de l'*Ulysse* de Joyce, tout un monde semble pourtant sauvé des eaux, tiré vers le haut, lumineux, rationalisé, intact. Mais le voici qui sombre à nouveau dans une brutalité et une obscurité sans espoir. Cette nuit nouvelle trouve immédiatement son écrivain. Il a travaillé pendant cinq ans à un gros roman enregistré sous le numéro 6127 aux Éditions de la N.R.F. Voilà, dit-il, très sûr de lui, « du pain pour un siècle entier de littérature et le prix Goncourt 1932 pour l'heureux éditeur ». Cet écrivain sorti de l'ombre, et qui se fera mettre sévèrement à l'ombre pour délit majeur, est encore aujourd'hui le grand spectre de notre époque : Céline.

Immédiatement, l'attaque : « Il me semble que j'arrive au plus mauvais moment pour me faire éditer, même " à compte d'Auteur ". » Le *Voyage au bout de la nuit* ? C'est « un récit romancé dans une forme assez singulière et dont je ne vois pas beaucoup d'exemples dans la littérature en général... Il s'agit d'une manière de symphonie littéraire émotive plutôt que d'un véritable roman ».

D'emblée, tout Céline est là : l'émotion, la musique. Il ne cessera pas de répéter ces deux mots pour se différencier de ce qui fera encore semblant de s'écrire. Curieusement, il appelle cette forme révolutionnaire du « communisme avec une âme », et c'est bien ainsi (on se demande avec quels sous-entendus) que son manuscrit est jugé au comité de lecture de la N.R.F. le 24 juin 1932 : « Roman communiste contenant des épisodes de guerre très bien racontés. Écrit en français argotique un peu exaspérant, mais en général avec beaucoup de verve. Serait à élaguer. »

Rendez-vous manqué (et non pas refus, comme on le croit communément). Céline veut bien prendre connaissance des « objections », mais il signe avec Robert Denoël, plus rapide : « Je n'ai rien à dire de la N.R.F... J'ai bien failli " en être "... à une demi-heure près... » (1947.)

Le *Voyage* n'aura pas le Goncourt. De cette publication vient, aux yeux de Céline, sa mise à l'écart définitive par les fonctionnaires de la représentation littéraire : « J'ai fait tout ce qu'il faut pour me les rendre hostiles à vie et à mort ! Dès 1932 ! Vieux compte ! »

Le roman, devenu « symphonie émotive », a un double but : instruire, amuser. Habilement, Céline le présente comme une machine de guerre contre l'amour « que je traque, abîme, et qui ressort de là pénible, dégonflé, vaincu ». L'hystérie amoureuse est un chantage social, « la femme de toujours devant un homme nouveau... elle le tue ». Autant dire que nous sommes aux antipodes de la poétisation intensive et de ce qu'on pourrait appeler le *femmisme* qui va déferler, à la romantique, dans l'imaginaire ambiant. Pas de romans, prononce le surréalisme ? Réalisme socialiste, dira-t-on bientôt ? Envers et endroit d'une même imposture, semble juger Céline. Il faut raconter vite le fond de l'escroquerie collective, le besoin caricatural de rôles, le mensonge des sentiments.

La N.R.F. vient donc de manquer un livre essentiel. Cet épisode va laisser dans les relations entre Céline et son futur éditeur des traces profondes. Comme si, en toute mauvaise foi (mais qu'est-ce qu'un écrivain sinon une foi inébranlable qui ne peut paraître que « mauvaise »), l'échec au Goncourt et la dérive ultérieure dans les pamphlets étaient d'une certaine façon imputables à ce premier retard, à cette hésitation initiale dans le Temple du goût. Céline n'en finira pas d'insister : tous ses ennuis avec la Société viennent du *Voyage*, si c'était à refaire il n'écrirait pas, son vrai crime est d'avoir renouvelé en direct le roman et sa langue, d'avoir bousculé en une fois des tonnes de conformisme. On l'a copié jusqu'aux fins fonds de la planète, on veut l'éliminer comme étant la preuve par l'original. Il est déjà le dernier des Mohicans français vivants en lutte contre Babel-langue morte. Paulhan a beau essayer, un peu plus tard, de rattraper l'affaire, non, Céline n'écrira pas, pas encore, et d'ailleurs jamais vraiment à l'avenir, dans la N.R.F. : « J'écris très lentement et seulement dans d'énormes cadres et dans le cours d'années. Ces infirmités me condamnent aux monuments que vous savez. »

Une autre histoire aurait-elle eu lieu si Céline avait été « légitimé » dès son premier livre ? Ce n'est pas impossible. En 1936, moment de *Mort à crédit*, roman violemment attaqué par la critique (un véritable « hallali »), on voit Céline, inquiet du Front populaire (Denoël va-t-il sauter ?), se demander s'il ne vaudrait pas mieux passer chez un éditeur plus stable. Mais non, le destin est là. Le grand voyage nocturne de Céline commence. Et nous ne le retrouvons ici qu'après la guerre, c'est-à-dire dans un autre monde, ayant traversé le feu, la prison et le déshonneur.

En 1947, donc, Céline est maudit, exilé, revenant fâcheux, condamné à une mort symbolique totale. Il sort de sa cellule de trois mètres sur trois mètres, à Copenhague, il vit dans des conditions misérables (voir *Féerie pour une autre fois*). Personne n'est plus à contretemps que lui (si l'on excepte Artaud au même moment, rescapé de l'enfermement psychiatrique). C'est le coupable intégral, le bouc émissaire rêvé. Il a eu la vie sauve, il lui reste à sauver ses livres. Et c'est là que s'engage une formidable partie entre un homme seul et pratiquement tout le monde.

Le correspondant principal de ce moment-là est Paulhan, dont la politique constante est une sorte de « juste milieu ». Après la catastrophe, de ce point de vue, le danger principal n'est plus le fascisme mais le communisme. Ce qui signifie, en littérature, la présence hégémonique de Sartre plutôt que celle d'Aragon. Pour les staliniens stricts (qui n'ont pas oublié le bref et terrible *Mea culpa*) comme pour les gaullistes, Céline est mort et enterré. L'affaire est entendue. Pour Sartre, en revanche, qui a subi son influence, le cadavre bouge encore (excellent diagnostic). Avec un flair infaillible, Céline comprend tout de suite le parti qu'il peut tirer de cette situation. La question de fond, dit-il, n'est ni politique ni morale. Le procès que l'on me fera n'aura qu'une seule cause : le style. La bataille pour son droit à l'existence — même honnie — va se confondre de plus en plus avec une revendication de langage. Antisémitisme, trahison ? « Procès en sorcellerie. » La vraie raison viscérale, qu'aucune juridiction ne peut poser ni avouer, est celle de la jalousie verbale, la littérature devenant ainsi une obsession universelle de vie ou de mort. Une telle position peut paraître commode, exorbitante, mégalomaniaque (et elle l'est, bien sûr), mais elle nous intéresse au plus haut point dans la mesure où elle va projeter l'œuvre de Céline dans une dimension renouvelée d'effervescence. Plus que jamais la Société est persuadée d'être bonne, sa tartufferie spontanée fonctionne à travers des stéréotypes autopublicitaires. Son ennemi principal ne sera donc pas, comme elle veut le faire croire, l'individu qui a de mauvaises pensées, l'extrémiste, le terroriste, mais bien celui qui s'exprime *autrement*, de façon plus nette, plus complexe. Céline lui-même est un virtuose parodique de la publicité, il en renverse et en détourne l'énergie, il sait, en bon stratège, qu'il faut toujours remplacer la justification par l'attaque. Repentez-vous ! Non. Il ne se défend pas, il s'explique à peine, et s'il se plaint, ce n'est jamais de son état psychologique mais de sa contrainte physique. Il ne sortira pas de là : conditions concrètes d'existence, pauvreté, poids lourd. « Faute d'argent, il faut s'alarmer de tout, avec on peut se foutre de tout, là est le drame, le seul. » Ou, en raccourci : « Tout est pèse en ce monde. » Mais il va plus loin : le bouc émissaire, au moins attend-on de lui qu'il soit grave, pénétré de sa faute, tragique, pathétique, responsable, confit en dévotion ou en repentir. Rien de tel chez Céline qui va développer (bien au-delà de l'acide du *Voyage*) une technique de comique bouffon, « féerique », visant à ridiculiser le monde entier comme s'il s'agissait d'un spectacle trafiqué exprès par des charlatans, des canailles ou des débiles mentaux. Vous me voulez coupable ? Je vous irréalise aussitôt en grotesques grimaces, en parasites sournois, en « agités du bocal ». Je vous montre en train de vivre à mes frais, vous êtes ma faune et ma flore intestinale, mes virus, mes microbes, les locataires de ma trouvaille rythmique, mes jaloux butés, bafouilleurs. Les juges se retrouvent exister grâce au criminel, envieux de lui jusqu'au fanatisme, et bientôt ce sera, sur un mode plus farceur encore, l'éditeur lui-même. En effet, le style, le fameux style qui va être la seule valeur métaphysique de Céline — son dogme, son arme atomique — est *gratuit*. Il ne peut pas être une valeur d'échange, il est une valeur d'usage constante, interne, inappréciable (on ne peut que la donner ou la faire payer très cher). C'est une force de travail permanente, mais aussi de jouissance, ne devant rien à personne. Céline ne s'offusque pas d'avoir été horrible (selon lui, il n'y a pas de justice neutre pour juger un écrivain, même pas une justice divine), mais il ne supporte pas qu'on dise qu'il a agi par intérêt. Affreux, si vous voulez ; stipendié, non. Et la preuve : il n'a pas d'argent, et par conséquent il peut se permettre de tout juger, lui, par ce levier explicatif. « Là, attention, je suis horriblement *cher*, et en *francs suisses*. Je suis ouvrier dans l'âme. Je donne ou je me fais payer à prix d'or. C'est tout l'un ou tout l'autre. » Gaston Gallimard n'a pas fini d'entendre ce disque : je monte avec qui me plaît, sinon c'est moi qui fixe les prix. Le sens sexuel est ici très clair, revendiqué comme tel, style et savoir faire la chose, c'est pareil : « Dans les boxons, c'était toujours la plus tocarde qui faisait le plus de pognon. Il faut se placer tocard. »

Céline, spécialiste de l'Enfer (« j'y suis fait à l'enfer »), se reconnaît donc idiot, mais innocent. « J'ai fait la connerie suprême, je me suis croisé pour des chacals. Vous voyez, Paulhan, je suis un folkloriste patriote effréné dans un pays de dégénérés, de laquais et de bâtards... » En effet, pourquoi avoir entamé une croisade aussi folle ? L'antisémitisme est « stupide » — voilà ce qu'on peut en dire de plus exact —, d'autant plus que « le Juif, c'est nous ». Le thème raciste-biologique, toujours présent, est sans cesse associé à une perspective formelle, mais il va prendre une fonction de plus en plus parodique (« les Chinois à Cognac »), comme un exorcisme. Le Blanc disparaîtra, le Noir et le Jaune engloutiront tout, à moins que le champagne noie cette apocalypse dans ses « bulles pétillantes », au point qu'on croira avoir rêvé ou déliré en plein brassage des corps. Les religions ? Des alibis du grand métissage. Le tissage réel, lui, s'obtient noir sur blanc, sur le papier, à la plume. En réalité, toute la comédie humaine se voit récusée à la pointe du mot, comme si Céline faisait de l'écrivain qui, à l'avenir, n'existera plus (en reste-t-il un ? oui ? où , qui ?) le dernier souffle vivant en face de l'ordure universelle. Encore une fois, c'est le fait qu'il en *rie* qui nous paraît énorme. La joie de Céline, son paradis infernal sont aussi inacceptables que son jugement renversé. « Je suis sauvage sur la pureté des textes. » En effet, il est bien trop tard pour l'être sur celle du sang.

« J'ai péché en croyant au pacifisme des hitlériens, mais là se borne mon crime. » Autrement dit : *Bagatelles pour un massacre* avait pour but d'empêcher un massacre et non de massacrer qui que ce soit. « On joue *avec grande canaillerie* sur le sens de mes pamphlets. » Mais pourquoi diable avoir cru — ou croire — au pacifisme de qui que ce soit ? Shakespeare aurait-il commis cette faute ? Amour des Français ? de « ces abrutis cochons vendus à toutes les charcuteries du globe » ? Ah, c'est vrai, « je suis effroyablement français » (*souligné trois fois*). Or la « croisade » n'était pas pour les individus regroupés sous ce nom, mais pour « Couperin, Gervaise, Janequin » (encore des musiciens). L'Allemagne ? « Elle me fait naturellement horreur. Je la trouve provinciale, lourde, grossière. Je m'y sens Déroulède... C'est la mort, la saucisse, le casque à pointe. » Bloy avait raison d'en comparer la langue à « un aboiement de chien et à un grognement de porc ». De plus en plus, comme s'il voulait effacer le populisme de ses débuts (vraie cause de son antisémitisme explosif), Céline appellera Louis XIV à figurer à l'improviste dans ses lettres. Pourtant, s'agissant de la haine dont il est l'objet — en quoi Sartre avait raison, en parlant de Genet, de dire que la société pardonne plus aisément les mauvaises actions que les mauvaises paroles —, c'est logiquement à Voltaire qu'il a recours : « Voltaire a tout dit de la haine de cette espèce. Je serais le premier à en rire si cette espèce n'était pas maintenant le Pouvoir, la Justice, la Vertu. Sous Voltaire, il y avait encore des Intendants de Police intelligents, et mettons *même* indépendants. L'Europe était vivable, elle ne l'est plus. »

Il faut se représenter d'où viennent ces lettres de la fin des terribles années quarante. J'ai vu les deux petites maisons à toit de chaume habitées par Céline et sa femme au Danemark. La Baltique en contrebas, falaise à pic, brume, un cygne sur l'eau. L'hiver, la neige. Une échelle pour monter à l'étage bas. Les photos ne disent qu'à peine l'extrémité du monde, le silence d'Elseneur, la solitude, la certitude du papier et de l'encre malgré la prison et la déchéance. Longs jours, longues nuits, malveillance rôdeuse, rares amis, lumière du courrier... Ulysse a commis la « connerie suprême ». Il est encagé là-bas. Il est français. Plus tard, il imaginera Gaston Gallimard transportant des colis « toujours des Joyce, jamais des Céline ». Proust, Kafka, Joyce, Céline. D'un château l'autre. Le vrai Procès celui que font au temps tout entier ces quatre cavaliers du Temps dans ses fibres.

Toutes les Inquisitions se ressemblent même si elles changent de forme. Voici incarnée celle d'aujourd'hui : « Ce complet idiot ne doute plus de rien. Il fabrique la VÉRITÉ, tout naturellement. Il n'est plus question de mensonge. Il est la vérité. Il est la mort. Sartre aussi. C'est la maladie du jour. Le con, maintenant, universellement, fabrique comme il pisse, comme il respire, de la vérité et de la mort. »

À une vérité stéréotypée, « sans mensonge » (de mort et pour la mort), va donc s'opposer le style connaissant son mensonge, dont Céline tient qu'il est, avant tout, vérité sexuelle. En quoi il provoque automatiquement, désormais, une jalousie convulsive de la sexualité elle-même. Ce serait l'enjeu de notre époque. Au moindre effet de style, crise de nerfs, de bouderie, de bile. Cette étrange substance de la vérité vivante, contre laquelle se dresse la Vérité devenue la Mort, se dit pour Céline plutôt en français pour des raisons historiques d'accumulation et de goût : « La guerre 39 me semblait imbécile... anachronique, grotesque. Je lui reprochais son mauvais goût. Le mauvais goût conduit au crime, prétendait Stendhal. » Cette marée noire du mauvais goût est ici prophétisée comme devant être le phénomène dominant de la fin du siècle. Mauvais goût, donc crime en soi. « La déesse du monde moderne c'est la SITUÂÂÂÂTION. La bourgeoisie n'est pas morte, ni son esprit. Elle a mis la Situââââtion à la place de tous les dieux précédents. » Ou encore : « Le monstre va devenir plus vicieux encore... Jeux de Cirque... Nouvelle Religion pour en guérir la foule. » Est-il besoin de donner des exemples actualisés ? Non, n'est-ce pas ? Quant à Céline, « empoisonné, spolié, saboté », il se ressent comme l'ultime habitant d'une langue disparue avec sa sensibilité et ses rêves : « Un nommé Irving Howe, professeur à Princeton, me prend à partie dans un journal de New York... Il me trouve insensible, et par là même nul. Ces étrangers sont des ânes présomptueux. Tout mon travail a été précisément de rendre la prose française plus sensible, raidie, voltairisée, cravacheuse et *méchante*, en lui injectant un langage parlé, son rythme, sa sorte de poésie et *la tendresse malgré tout*, du *rendu émotif*, le con ! » Con, peut-être, mais appliquant le programme qui est celui, planétaire, de l'information : la langue *doit* être morte, c'est un instrument de communication économique (le français mort est, pour Céline, celui de Romain Rolland, Jules Romains, Gide, mais vous pouvez allonger la liste). Nous voilà donc revenus, en plein « progrès », au quatrième siècle de notre ère, quand Ausone, Rutilius, Sidoine Apollinaire ne se « pâmoisaient qu'en latin mort ». Langue mortifiée, marchande, effondrement du goût, mais aussi confiscation sexuelle généralisée, frigidité d'office : « Cette nénéref m'agace comme les filles qui parlent toujours d'amour et n'ont jamais joui ! » « Autant de frigides qui dissertent à l'infini de stupre. » Et encore : « L'incompatibilité entre nos goûts est *totale*, irréductible, sans doute ce qui a existé entre les Impressionnistes et le jour d'atelier. Je trouve qu'aucun de ces bafouilleurs n'est “ *dans la chose* ”. Ils se branlent éperdument *à l'extérieur*. » Tout cela donne des romans horripilants, des « plans de romans », « on regrette, en les lisant, le film ». Oui, vous avez bien lu : le mauvais écrivain, produit forcé de l'élevage à perte-de-goût, ne sait pas *se branler à l'intérieur*. Le docteur Céline (au fait, un romancier fera mieux de devenir aussi, à partir de là, expert médical) n'est pas pour rien un homme qui donnait des conseils très crus à ses amies. « Dans la pratique, on reçoit en gros deux grandes espèces de clientes, celles qui voudraient à tout prix qu'on les avorte et celles qui voudraient à tout prix avoir un enfant. » Encore une fois, question de style : les femmes, comme les Muses, « ne rient que branlées » (formidable formule à faire sauter la mélancolie des siècles). D'où, plus tard, ce propos ironique à Gaston Gallimard : « Je vous remercie bien sincèrement pour tous les beaux romans N.R.F. que je reçois... Comme le talent court les rues ! » Ou, plus précis : « 300 millions par an à l'eau pour la publication de romans parfaitement inutiles, illisibles... » « Que d'argent dépensé dans la culture intensive, interminable, du navet ! » Et encore : « Ces romans récents... diable qu'ils semblent tous, pédérastes ou pas, avoir le sexe triste... pire, moralisateur !... Vive Paul de Kock ! » Basse époque, amnésie, langue dc bois, frigidité, inflation organisée, pléthore de marchandises falsifiées, tout le spectacle actuel est ainsi annoncé et radiographié par Céline (livres et lettres du même tissu), c'est-à-dire par un économiste radical, un spécialiste du taux de sensation juste dans le système nerveux. De toute façon, la mise systématique en images de la réalité ne laisse à l'écrivain que l'intérieur direct qui est donc redevenu le grand mystère, la denrée rare, puisque l'histoire entière est manipulée comme un film.

On comprend donc que le roman doit également raconter les conditions dans lesquelles il s'écrit. N'en déplaise à ceux qui veulent croire, infantilement, aux romans, cette vérification est exigible : le récit véridique met en scène la malversation de la société comme telle, à chaque instant. Ici, bien entendu, il y a Proust. Mais, justement, Céline ne craint pas la comparaison, il choisit, avec provocation, d'être « hénaurme ». Proust a écrit en « franco-yiddish », « hors de toute tradition française », c'est un « Juif enculé »,

« hanté d'enculerie » (même procès à Racine). Cependant, « je lui reconnais un petit carat de créateur, ce qui est rarissime ». Le sarcasme à propos de l'inversion sexuelle est d'ailleurs constant, il participe de la même logique de raisonnement : « Je tiens beaucoup à *Casse-Pipe*, sans *s* à Pipe. Je ne sais pas pourquoi, par goût. Casse-Pipes : ça ferait N.R.F. » Dans le même esprit, pas de photographes (« j'ai écrit, je crois »), ni de journalistes : « Ils ont le don de rendre bête ce qui est intelligent, méchant ce qui est bête, grotesque ce qui est méchant. » Les critiques, enfin : « chiens borgnes, bigles, oreilles fausses, tout faux ! ». Dans le monde renversé où nous sommes plongés, non seulement le vrai est un moment du faux, mais chaque prestation ressemble à celle des pseudo-écrivains de l'artificiel : « Ils pérorent, rhétorent, moralisent, maximent, mais de *musique* point *l'once*. La musique seule est un message direct au système nerveux. Le reste blabla. » Nous avons été condamnés à un immense blabla, à une gigantesque Tour de Blabla. N'espérez pas freiner Céline avec cet enrobage dérisoire : « Pas de blabla avec moi : j'en vends ! » Céline ouvre un livre de Genet ? Aussitôt, redéfinition de sa position : « Le maniaque d'une sorte de façon de penser que le Temps seul compte... celui de la minute qui passe, l'instant, et c'est fini ! Instantanéiste je suis. Le rendu émotif de la seconde, rien d'autre. Déjà c'est du passé... Je n'entends pas là danser le Temps, son air, sa magie, le secret de notre âme chantant... toujours en train de filer... Le mouvement de notre rigodon de vie... Sur le rouet des Parques... » Tout est fait maintenant pour dérober au sujet vivant son temps, le Temps. Plus de droit à la gratuité du temps : *time is money*, circulez !

« Français mignon, ludion d'alcool, farci gâteux, blet en discours, à basculer dans les Droits de l'Homme, au torrent d'Oubli, le cœur et l'âme tournés bourriques de dégoûtation d'obéir… » (*Guignol's Band*.)

Le Goncourt 1932 est allé à Guy Mazeline. Mais il est intéressant de voir les résultats d'un vote de 1950 portant sur les douze meilleurs romans français du demi-siècle. Paulhan est membre du jury. Le *Voyage au bout de la nuit* est présent au premier tour, mais éliminé au second. On trouve parmi les élus finaux Anatole France, Larbaud, Gide, Proust, Mauriac, Malraux, Bernanos, Sartre. Mais aussi la *Confession de minuit* de Georges Duhamel, *Silbermann* de Jacques de Lacretelle et *La Douceur de la vie* de Jules Romains. Ô classements ! Ô sondages ! Ô prix ! Ô jurys ! La *Confession de minuit* plutôt que le *Voyage au bout de la nuit* ! Faut-il avoir la cruauté d'insister ? Sourire de ce palmarès ? Nous aurions tort : il est probablement en train de reproduire la même erreur sous nos yeux. Céline, en protestant à l'époque contre l'ostracisme dont il est l'objet, n'hésite pas à se comparer à Courbet, exilé après la Commune : la littérature académique le trouve gênant à juste titre pour continuer sa restauration des pompiers. Bientôt, dit Céline, je ne serai plus présenté que comme le suiveur de Sartre, Miller, Genet, Dos Passos, Faulkner, « alors que je suis, moi, l'inventeur, le défonceur de la porte de cette chambre où stagnait le roman jusqu'au *Voyage*… ». Rien que de normal, pourtant. Vous attaquez la Société ? Elle se défend. Vous démasquez le mensonge ? Il redouble, il vous fabrique aussitôt des faux doubles. Après tout, devant une telle mauvaise foi, Céline aurait pu douter, se décourager. Mais non, il est lancé en pleine écriture, à nous deux Vingtième Siècle ! S'il le faut, il descendra jusqu'aux Enfers remuer les ombres (l'admirable début de *D'un château l'autre*), il traitera les vivants comme des déjà-morts qu'ils sont, pâles squelettes vicieux ambulants, passagers d'écume, ectoplasmes. Rira bien qui rira le dernier : « Je ne regarde que *l'imprimé*. Je me fous des individus, de leurs chichis trouducuteux... »

La vérité, c'est que les Français, depuis 1940, sont dans la honte et la haine d'eux-mêmes. « Cet accablement des vaincus, ce renchérissement sur le destin, me paraît monstrueux, invivable. » Les Français ont-ils donc été pour la plupart antisémites ? Collaborateurs ? Et leur progéniture, et la progéniture de leur progéniture ont-elles ce cadavre dans leur placard ? S'agit-il ici du massif et misérable secret des familles ? Nous savons bien que oui. Les survivants, les descendants vont donc tout faire pour effacer cette culpabilité mal sue, souvent à peine soupçonnée, rentrée, pourrissante, non dite. Céline sera le « bouc qui pue » idéal : « Vous verrez que je finirai par être l'auteur le plus maudit du siècle. » Honte et haine de soi, la mécanique, d'un conformisme et d'une bien-pensance à toute épreuve, est en marche. « Ils me décrivent, ils me pensent, comme ils sont eux-mêmes (ce qu'ils auraient fait à ma place !). Ils s'acharnent contre un fantôme de leur fièvre de haine. *Pas sur moi du tout* ! » « Ils m'outragent encore par l'ignorance de mon caractère, tout granit. » Le caractère « tout granit » de Céline ? « Je suis aussi fantasque dans mes livres que je suis expérimental, immuable, prosaïque, dans la vie. »

Rien de tel qu'une culpabilité familiale — père et mère destitués de toute valeur — pour engendrer la réprobation de sa propre langue et du libre jeu personnel dans cette langue. Par projection, Céline est donc l'auteur du récit à refouler sans arrêt : pas de manifestation du secret ! pas de mots pour ces choses ! ce que nous voulons, avant tout, c'est nous faire pardonner ! Surgirait-il un autre écrivain remuant français, on peut être sûr que les Français feraient le maximum pour le cacher, l'escamoter, le sous-estimer, lui prêter *a priori* les pires intentions, lui préférer deux cents traductions ou n'importe quel ronron pathologique maison plutôt que d'affronter ce rappel épineux de leur plaie à demi consciente. « Je suis tout à fait de votre avis pour ce qui concerne la censure occulte, l'ordre moral, l'anathème qui m'accable en France, en Argentine, ou en Chine... Mais en examinant bien cette censure occulte, je vois qu'elle ne s'exerce que contre moi... » France veut dire péché originel. Quand on pense à « cette Europe dont les montres ne prenaient que l'heure d'ici ! honte ! ».

Il faut donc se faire imprimer et réimprimer de toutes les façons possibles. La confiance de Céline est ici totale, la langue et sa mémoire ne peuvent pas être désintégrées, même s'il faut attendre quelques siècles (après tout, le grec a disparu pendant plus de mille ans et l'hébreu, lui, a tenu, c'est le moins que l'on puisse dire). C'est une question de *foi*, il le rappelle dans l'enregistrement de sa voix, avec une drôle d'émotion vibrante. « D'où vous me voyez en hâte d'être imprimé répandu. » Règle : échapper aux proches, aux amis, aux faux-amis, aux vrais-faux-amis, aux surveillants, aux contrôles. Obsession : faire rééditer le *Voyage* et obtenir la « Pléiade » de son vivant, « entre Bergson et Cervantès », de même que Malraux (« Dur-de-mèche ») et Montherlant (« Buste-à-pattes »). Céline sera « Moi-qui-râle ». C'est en insistant comme un sourd qu'il l'obtient, cette « Pléiade », comme s'il se méfiait, avec raison, des difficultés ou de l'impossibilité de la réaliser après sa mort. On n'est jamais trop prudent sur les calculs de durée, un carré tombeau blanc est vite arrivé. Sa demande est lancinante, coriace, ses réclamations ne se comptent plus. On ne le diffuse pas, on le dissimule, on l'enterre vivant (« L'essentiel semble être que moi et mes livres soient bien étouffés, annulés, oubliés, inexistants »), le complot est partout, immédiat, génétique (« Les saboteurs n'ont pas besoin de se concerter... ils agissent selon le même instinct... 25 ans d'expérience »). Paranoïaque, Céline ? Mais quand avez-vous vu un paranoïaque aussi gai, c'est-à-dire n'ayant pas besoin d'avoir raison pour avoir raison ? « D'où je sais tout ? Et bien plus encore ? Mais en écoutant mon petit doigt ! » Céline fait confiance aux ondes, ses livres existent *dans les ondes* à égalité avec l'imprimé.

Gaston Gallimard a beau lui répondre chiffres à l'appui, rien à faire, l'éditeur est fautif par définition, et cela nous vaut des échanges à la Molière, petits impromptus à mourir de rire. L'humour de « Gaston » est d'ailleurs à la hauteur de l'enjeu, ce qui n'est pas rien. « Vous n'écoutez pas vos interlocuteurs, dit-il à Céline, votre humeur n'est que de la rhétorique. » Eh, bien sûr ! Les lettres sont vraies, elles n'ont pas besoin d'être vraisemblables. Gaston, dans ce théâtre, sera tour à tour « pharaon des prix littéraires », « vieux chocolatier », « Père Déficit », « coffre-fort », « Gaston d'alibi », « merlan frit lubrique », « désastreux épicier ». C'est pourtant un homme responsable, et pour cause : « Gaston ne se vexe et n'a de chagrin que lorsqu'on lui fait verser du pognon. Le reste il s'en fout, et il a raison. » On sait comment tous ces thèmes se retrouvent dans les étourdissants *Entretiens avec le Professeur Y* et dans la trilogie de la fin, *D'un château l'autre, Nord, Rigodon* (26 127 exemplaires vendus de *D'un château l'autre*, ce n'est pas si mal). Le psychodrame ou la scapinade avec les Gallimard galvanise Céline, lui offre l'occasion inespérée de développer cette « écriture en direct » qui est sa grande trouvaille, épopée instantanée de l'Ulysse de Meudon et de sa fidèle Pénélope ramenée d'un voyage d'enfer. Imagine-t-on les rapports de Céline avec un autre éditeur raidi par l'esprit administratif et la surestimation de ses comptes ? Non. Il n'y a qu'à remarquer comment réagissent des personnalités aussi différentes que Malraux ou Paulhan aux algarades céliniennes. Pour Malraux, Céline est « un pauvre type », mais un « grand écrivain » (argument classique, mais qui évite de poser la seule question intéressante : comment peut-on être réellement un pauvre type si l'on est un grand écrivain ?). Pour Paulhan, pourtant si longtemps merveilleux avec Céline dans le contexte de l'après-guerre, la coupe sera bientôt pleine, il va se fâcher carrément. Il faut reconnaître que Céline a trouvé en lui — et dans sa revue — une tête de Turc, un « modèle » qui l'anime. « Partez en vacances, vacant ! J'œuvre, moi, pendant que vous pérorez ! » « Je vous embrasse, pauvre asservi ! » « Languide Anémone. » « Landru proustreux. » « Formidable limace. » « Vous fréquentez trop l'art abstrait ! » Quant à l'« esprit N.R.F. », celui de la « clique Brottin », il est profondément « décourageant ». « Ô entortillées algues sur fond de vase ! » « Smala d'abrutis minus ! » « Bande de tricheurs faux fuyeurs frôleurs... Tas de farceurs zéro ! » « Roueries inutiles, subtilités méfiantes, arrogance on ne sait d'où. » « Prêts à tout ! Gibelins alcooliques fédérés fous jaloux ! » Bien entendu, ces flatteuses descriptions s'appliquent immédiatement à n'importe quel milieu social de nos jours, vérification facile. N'empêche, Paulhan se rebiffe. Le 14 janvier 1955, il écrit à Céline de ne plus lui écrire et ajoute : « Vos lettres sont amusantes comme peuvent être amusantes des lettres d'enfant ou de fou. » Ce qui revient à récuser tout ce qu'écrit Céline depuis des années, et sans doute depuis toujours. Céline n'est évidemment ni un enfant ni un fou. Paulhan, pincé, montre là qu'il s'intéressait davantage au cas politique ou moral de Céline — à l'injustice dont il avait pu faire l'objet — qu'à sa littérature. Or, pour Céline, sa littérature est tout. D'où ce cri du cœur à Gaston Gallimard : « Eh, diable, vous êtes le seul homme d'esprit dans votre bazar ! Où irais-je ? » Gaston Gallimard a d'ailleurs sa vision personnelle — et très révélatrice — de Céline : « Vous avez toujours 18 ans, et c'est ce que j'aime en vous — et c'est ma faiblesse vis-à-vis de vous. » Pour Céline, c'est clair : une lettre de lui, ou un paragraphe de ses livres, c'est la même affaire : « Je tiens Musée, vous le savez, de toutes les injures possibles... » Ni pauvre type, ni enfant, ni adolescent, ni fou, Céline est un homme qui n'écrit rien au hasard, et c'est le moment de rappeler que *Féerie pour une autre fois, II (Normance)* est dédiée simultanément à Pline l'Ancien et à Gaston Gallimard. Un cadeau fondamental enveloppé d'injures, quoi de plus sincère, de plus tendre, de plus précieux ? Violent, Céline ? Le mot est faible. Ce qui ne signifie pas impoli : « J'ai longtemps, en médecin, fréquenté les Asiles, il y a là de quoi vous écœurer à vie de toutes les discourtoisies. »

Le correspondant de la confiance sans réserve sera, à partir de 1956, Roger Nimier. Encore le style. Pour Nimier, Céline sera Ferdinand et même Louis. Il sait le prendre à la légère et du tac au tac. Ne vous plaignez pas, dit-il à Céline, « les prosateurs ne sont plus lus que par les vicieux ». À Nimier, Céline envoie des « baisers évanescents », « goulus », et signe même un jour, plus logique que l'on ne croit, « bibliquement ». C'est la jeunesse, la fête. Céline peut trouver, en Nimier, l'acteur désabusé du monde technique et abruti qu'il vomit, chaos d'alcool et d'autos, « plus de sens… angines, enfants, vacances, et publicité sur le tout ». C'est Nimier, surtout, qui organise avec ténacité la mise en valeur de l'œuvre de Céline (« Que ce Nimier est admirable !… Les Temps sont venus ! »). Il y a du « chevalier » chez Nimier, et Céline l'a déjà noté : « Chevalerie d'abord ! Cela est français ! La Chevalerie était la grande création française chrétienne, à mon avis la seule !… » Lorsque Nimier lui annonce la naissance de sa fille Marie, il est étonnant de trouver en réponse, sous la plume du définitif incroyant Céline, une phrase du genre : « Oui ! oui ! oui ! Parfaitement ! " Marie pleine de grâce "… Qui trouve à dire ? » Ou encore, une autre fois : « Vous avez reçu, Dieu merci ! assez d'instruction chrétienne pour ne point méconnaître le plus subtil et perfide des péchés : *par omission*. »

Qu'au commencement Dieu ait créé le ciel et la terre n'a rien d'évident. Que le Verbe y ait participé reste à démontrer par le talent et la verve. Au commencement était l'action, dit Goethe. Au commencement, répond Céline, étaient l'émotion et le galop (encore une histoire de cheval). C'est cette allure d'avant la domestication qu'il faut retrouver, ce mouvement *raffiné* en tous sens, bonds, saut, vitesse, encolure, frisson, bride abattue — contre le trot, le bafouillage et la dialectique. On nous *fait avoir* le trot ou la marche, dressage des familles, de l'école, de l'armée, de l'argent. Paradoxalement, le « galop » ne se retrouve pas dans le naturel automatique mais dans une mise au point minutieuse, une vie de forçat. Il faut mille précisions pour raconter l'immédiat. Le roman et l'histoire, en accéléré par concentration, deviennent alors comiques, opéra bouffe du déluge, vaudeville grave par-delà le bien et le mal. L'esprit de sérieux, ce crime des crimes, se décompose, la chronique de la vie et des opinions est non seulement relativisée mais explosée dans l'instant. Les livres de Céline sont-ils de vrais romans ? demandent les militants de l'imaginaire compassé et lent. Et la poésie ? soupirent les confus précieux du sentiment. Réponse : « Le jazz a renversé la valse, l'Impressionnisme a tué le faux-jour, vous écrirez " télégraphique " ou vous écrirez plus du tout. » L'émotivité directe, le rendu émotif, les trois points qui font voltiger la page (la comparaison qu'en fait Céline lui-même avec le mesuré Seurat paraît artificielle), les rails profilés du métro, le bâton cassé avant d'être introduit dans l'eau, bref l'étude et l'utilisation de la *réfraction*, autant d'images pour indiquer un art qui rafle la surface au lieu de s'y traîner, qui traverse la réalité au lieu de la subir. L'illusion règne, le roman rétablit la vérité. Dans *Guignol's Band* :

L'Émoi c'est tout dans la Vie !
Faut savoir en profiter !
L'Émoi c'est tout dans la Vie !
Quand on est mort c'est fini !

Ou encore, plus focal : « Trouvez la palpite, nom de foutre !... Transposez ou c'est la mort ! » Il faut bien reconnaître que le don de « la palpite » ne court pas les rues. Bouffonnerie, horreur gaie, mobilité, excitabilité de chaque moment, c'est un autre récit du voyage humain qui s'ouvre ici et qui peut commencer n'importe où. Le Destin est romanesque et il s'agit bien d'être le Destin. Je suis un type dans le genre de Ben Gourion, finit par dire Céline, j'irai me faire éditer en Israël rien que pour emmerder Gaston, je ne lâcherai mon Sinaï (le manuscrit auquel il travaille) que contre un territoire sûr (la « Pléiade »). Les derniers noms qu'il évoque sont Balzac et Poquelin, présents en scène jusqu'au bout. Rien de plus émouvant que sa dernière lettre à Gaston Gallimard pour lui annoncer qu'il a terminé *Rigodon* (longtemps intitulé *Colin-Maillard*), et qu'il va lui réclamer un nouveau contrat. Nous sommes le 30 juin 1961 : « Je n'ai pas une minute à perdre, je veux passer la 70e borne en plein effort, en trombe, au diable le public ! » Le lendemain, il est mort. Il a pris ses risques. Il a vu et dit. Il a payé. Cartes sur table. Les dévots ne l'aimeront jamais. Lecteur de bonne foi, lis-le.

Physique de Genet

Comment se débarrasser de ce que des écrivains gênants ont écrit ? Voilà une question de tous les temps, un travail éminemment *social*. Autodafés, saisies, interdictions, tribunaux, scandales à rebondissements, tout cela relève cependant de la préhistoire, quand la Loi n'avait pas l'air de soupçonner qu'elle servait le désir et la connaissance en les réprimant. Or voici la nouvelle : *la Loi a compris*. Quoi ? Que dites-vous ? Impossible. La Loi est bête et refoulée par définition, je lui tends un chiffon rouge, elle fonce. Erreur. Le rêve maudit est terminé, renvoyé aux oubliettes médiévales, arrêtez d'appeler les procès de Flaubert et de Baudelaire à la rescousse, la Loi sait consciemment de quelle perversion elle est l'organe, elle l'exhibe, elle l'aime, elle avoue une fois sur deux sa complicité avec lui, elle a constaté qu'elle ne pouvait plus se tromper, elle a les moyens officiels et occultes de cette mutation génétique. Si vous voulez continuer à l'ignorer, bonne chance dans la rumination marginale et sans conséquence pour le futur, puisqu'il n'y aura plus de futur. Le Maître a tout simplement décidé qu'il n'était plus en dialectique avec l'Esclave. Quoi ? Répétez ? Vous affirmez que la Loi a enfin reconnu sa propre nature intrinsèquement perverse ? Qu'elle est en mesure de jouer simultanément sur les deux tableaux, donc de prévenir et de noyer tout discours qui n'est pas dans sa norme, en même temps qu'elle évacue, en connaissance de cause, la mémoire de tous ceux qui l'ont dérangée ? Oui. Plus de passé, plus d'événements, plus de ruptures, plus de révolutions (c'est bien le moins), plus de subversion, plus de transgression. La bouche sera fermée avant de s'ouvrir, le texte sera caviardé ou évaporé avant d'être imprimé. Allons plus loin. La censure s'en prenait traditionnellement à un objet, quel qu'il soit. Produisez donc maintenant le corps du délit : inutile, c'est dans le système nerveux de ceux qui sont là que la négation préalable opère. Vous pouvez accumuler des blasphèmes ou des obscénités inouïes, pousser des grognements à peine articulés pendant trois heures, publier une montagne de vice ou de scatologie, même résultat de torpeur, même indifférence. Pour boucler la boucle, il suffira de traiter le premier qui dira ce que je viens de dire de paranoïaque. Le pauvre Rushdie, par exemple, n'a nullement diffamé le Prophète : le Prophète fonctionne désormais comme paravent local du crime organisé, lequel se moque pas mal du sacré sous toutes ses formes. La condamnation à chaque instant du racisme ou de l'antisémitisme, pour sincère qu'elle soit, relève d'un détournement d'attention identique, de même que la prétendue lutte contre la drogue ou la séduction des mineurs. Sade est en vente libre ? Et alors ? Le Pape va nous ramener à l'obscurantisme ? Allons donc. Quand on contrôle directement la physiologie et les cerveaux, à quoi bon s'inquiéter des livres ? Il suffit d'organiser la non-lecture en visant sur la vente massive et la paresse mégalomaniaque du narcissisme humain. Chaque différence est taboue, aucun effort à faire. Êtes-vous « politiquement correct » (PC) ? vous demande-t-on déjà à tout propos aux États-Unis. C'est-à-dire : êtes-vous un *bon* homosexuel, une *bonne* femme, un *bon* malade, un *bon* Noir ? Prônez-vous ouvertement tout ce que la Loi falsifiée, hypocrite et ancienne sanctionnait ou ignorait ? Bien, vous êtes dans l'ordre. Et ne nous parlez pas d'une hiérarchie des valeurs ou d'un classement quelconque. Platon et Aristote, par exemple, sont de vieilles lunes (Aristote était misogyne, il n'en sera plus question dans nos cours). Des écrivains ? Lesquels ? Joyce, Kafka, Hemingway ? Dites plutôt : « Des auteurs mâles, hétérosexuels, blancs, morts. » Et ainsi de suite. Le Bien veille, on ne peut vouloir que ce Bien qui récuse l'autorité et l'oppression, tout est donc pour le mieux dans la meilleure des sociétés automatiques possibles.

Genet parlait de lui-même comme d'un pédé, mais il ne lui serait pas venu à l'idée de se présenter comme un pédé convenable. Il aurait trouvé ahurissant de vouloir être garanti ou respecté par la Loi, sauf pour la tourner davantage en dérision. Les revendications des installés de l'homosexualité, comme d'ailleurs de n'importe quelle sexualité ; l'exhibition bourgeoise ou le militantisme petit-bourgeois à ce sujet (la simple manie de dire « nous ») l'auraient fait hurler de rire (on peut aussi imaginer le sourire de Proust). Une société prétendant avoir *absorbé* son négatif (ce qui est très exactement la définition du Spectacle) ne l'aurait pas convaincu une seconde (pendant que j'écris ces lignes, un directeur de prison français vient d'être suspendu pour avoir fait subir à des détenus des « fouilles rectales poussées »). Comédien peut-être, mais ni saint ni martyr, encore moins candidat à une commémoration quelconque [1], il se serait rendu compte que personne, en définitive, ne connaissait plus ses récits. Oui, oui, le conte détaillé, concret, des aventures d'où il est sorti, et dans lequel il raconte sa vie sensible. Mais justement : le monde physique, désormais en cours d'expropriation, n'était vérifiable autrefois, avec son poids, son modelé, ses figures, son horizon de perceptions et de souvenirs, sa liturgie intime, sa présence réelle, que dans des récits et leur *sens*. Pour cette raison, le sens lui-même est devenu la cible de la censure (vous prétendez avoir accès au sens de votre existence ? allez donc le découvrir chez votre psychanalyste). Il n'est plus question que vous déteniez, seul, les clés de votre biographie. J'avance donc tranquillement que personne ne lit plus *Notre-Dame-des-Fleurs*, *Miracle de la rose*, *Pompes funèbres*, *Querelle de Brest* ou *Journal du voleur*. J'ai essayé d'en parler un jour en public. Quel froid ! Quel malaise ! Quelle consternation ! Chacun était avide de renseignements sur l'*image* de Genet, la façon dont il se comportait, par exemple pendant un enregistrement de télévision. Mais ce qu'il a écrit sur la prison, les macs, le meurtre, ses amants ; l'électri-

1. Rions un peu : « *Télérama*, hebdomadaire au tirage chiffré à 620 000 exemplaires, lance la campagne " André Breton, la beauté convulsive " avec la couverture et un dossier de 9 pages dans son numéro du 24 avril 1991. Il réalise un tiré-à-part de 16 pages tiré à 400 000 exemplaires qui sera distribué gratuitement aux visiteurs de l'exposition. *Télérama* soutient en publicité le déroulement de la campagne de l'exposition. »

cité du vol, de la prostitution, de la trahison ? Une autre fois, s'il vous plaît, du tact. Genet était un homme de théâtre, un pur poète, un défenseur de bonnes causes (pour les uns) ou, malheureusement, de mauvaises (pour les autres). Ses romans ? Écoutez, nous sommes pressés. Comment vit quotidiennement un écrivain ? Comment s'habille-t-il ? Et surtout : pense-t-il *bien* ou *mal* ? C'est ainsi que tout le monde se met à répéter des fiches de police, et peu importe qu'elles soient vraies ou fausses, le meilleur écrivain de l'avenir étant bien entendu le plus sage, le plus conforme, le plus photographié, le plus rentable *a priori*, le plus vendu d'avance, le plus soumis à sa femme, le plus désemparé, le plus appliqué, le plus moribond, voire le plus gâteux. « On me châtre, on m'opère de l'infamie. »

Genet insiste beaucoup auprès de Sartre (que cela intrigue) sur le fait que « les mots d'une œuvre littéraire ne sont susceptibles d'aucune transposition visuelle ». Ou bien ceci, dans *Miracle de la rose* : « À peine ce souvenir des fleurs m'eut-il visité que se précipitèrent *aux yeux de mon esprit* les scènes que je vais dire » (c'est moi qui souligne). Sartre souligne toujours l'ambition poétique de Genet plutôt que le romanesque de ses romans (« de faux romans ») avec, pour finir, cette déclaration de taille : « Pourquoi voudrais-je, *moi*, l'enterrer ? Il ne me gêne pas. » Mais bien sûr que si, Sartre, Genet vous gêne ; l'enterrement dans les formes est la grande obsession thérapeutique de votre vie ; la littérature est une névrose grave, elle a éloigné les meilleurs de la réalité historique (les familles pensaient de même, sauf qu'elles n'avaient pas le sens de l'Histoire) : il faut guérir rétrospectivement ces individus doués, comme vous avez su vous guérir vous-même. Pour une telle théologie protestante en action (confession publique), Genet est le merveilleux ingénu d'une rédemption sociale. Il est malheureusement trop tard pour traiter à *chaud* Baudelaire, Mallarmé ou Flaubert (que d'efforts à froid, pourtant), mais voici, en chair et en os, le cas idéal. À la fin du *Saint Genet*, le patient va d'ailleurs nettement mieux, il a relu ses propres livres et les a trouvés « très mauvais », on le voit plus calme, plus sociable, s'intéressant à la vie de ses petits amis, devenu presque conjugal, en somme. Sartre prophétisant, dès les années cinquante, le paternalisme psychiatrique du marché actuel égalisateur ? Sombre ironie. Et voici, en prime, le *retour des familles*. Après une longue période de réprobation ou de franche bouderie par rapport aux agités de l'écrit, l'heure de la réconciliation a sonné. La famille Sade ouvre généreusement ses archives. La famille Artaud revendique son oncle halluciné. La famille Lacan s'affaire. La famille Foucault et la famille Barthes se concertent latéralement. Sartre et Beauvoir eux-mêmes ont leur syndicat sourcilleux. Bien entendu, la palme revient au naufrage du pauvre Althusser récupéré illico par le sémillant aïeul Jean Guitton, ami de Paul VI et nostalgique de Pétain, dont le dernier ouvrage *Dieu et la Science* a pulvérisé les records d'adhésion. Dieu et la Science ! Qui l'eût cru ! On pensait qu'ils étaient brouillés ! Divine surprise ! Jean-Paul II souhaite à Jean Guitton un bon quatre-vingt-dixième anniversaire (je me permets d'en faire autant) et le remercie de ce livre « écrit en collaboration avec deux savants russes » (qui connaît les charmants frères Bogdanov ne se plaindra pas que les secrétariats du Saint-Siège soient un peu débordés en ce moment). Bien : tout le monde est-il rentré dans le rang ? Ce Georges Bataille, là, n'était-il pas un peu fasciste ? Oh non, commissaire, nous le défendrons *de gauche* ! Et Céline ? Ah non, pas celui-là, passons. Bref, la Restauration bat son plein, les Émigrés sont de retour, les Familles sont sûres d'elles-mêmes. Pendant leur absence, certes, des esprits courageux et lucides ont su louer et adopter ces génies tourmentés et trop libres, mais il est grand temps de rendre les clés aux propriétaires légitimes. Pourquoi, nous, les familles, qui avons été tellement choquées autrefois par toutes ces attitudes et ces pages sulfureuses, le serions-nous encore aujourd'hui ? Pourquoi s'opposer au sens puisqu'il a été déconstruit, pilonné, aboli ? Vous apercevez ces rangées de livres noirs sur ces étagères ? Eh bien, *c'est nous*. Et ces manuscrits pleins de sperme ou de sang séché, de concepts tordus, de cris étouffés, combien valent-ils à votre avis ? N'est-ce pas finalement ce qui compte ? « La Société, écrivait Sartre, s'accommode plus facilement d'une mauvaise action que d'une mauvaise parole. » C'était encore le temps, si proche et incroyablement lointain, où la Société n'était pas ouvertement celle de la corruption généralisée, laquelle doit noyer *d'abord* les mauvaises paroles. La mafia dégouline de bonne pensée, et pour cause : la mort est sa loi, qui se passe de toute narration. Genet avait eu cette perception étrange en passant par l'Allemagne nazie : dans « un camp organisé par des bandits », « chez un peuple de voleurs », le scandale était impossible, « je volais à vide », dit-il. Plus tard, c'est d'*écrire à vide* qu'il a sûrement eu l'impression. L'ambition de la nouvelle Loi, j'en sais quelque chose, n'est rien d'autre, à la limite, que de vous faire oublier à vous-même ce que vous avez écrit. Les familles, autrefois, étaient au moins tenues en respect par le sentiment confus de leur ignorance. Mais si tout le monde, y compris dans la représentation du savoir, est devenu ignorant ? Pourquoi se gêner ? Quelle sanction redouter ?

La passion qui consiste à vouloir désenchanter, désacraliser, laïciser à tout prix, n'a rien de désintéressé, on s'en doute : elle annonce simplement, avec nervosité et à son insu, une transformation de l'économie politique. Là où les formes traditionnelles s'effondrent (par exemple, ces temps-ci, au Japon), la criminalité légale prospère immédiatement (en revanche, dans une Italie décomposée, la vitalité du Vatican, elle, est logique). Or les livres de Genet sont des livres enchantés. Ce voleur vivant pauvrement, même devenu riche, est le contraire d'un truand financier. Ce pédé est à l'opposé de l'homosexuel institutionnel. Ce traître définitif n'a rien de commun avec un diplomate à contrats. Il doit donc être *oublié*, lui et sa prose, comme tant d'autres. Comme tous ceux qui ont vécu dans leur style ce qu'ils ont écrit, ou, pire, qui sont allés jusqu'à vivre certaines situations dans la seule perspective de leur style. Dire en faisant, faire en disant *d'une certaine façon* ? Une telle activité sera de plus en plus incompréhensible. Comment, vous soutenez que ces gens ont joui dans le langage ? Dans son intérieur même ? Nous ferons en sorte que cela ne se renouvelle plus. Ce que Genet a de particulièrement choquant ? La prolifération, dans son écriture, des métaphores eucharistiques (même si c'est pour en retourner la signification). Fontevrault ? « Ses murs conservaient — la custode conservant le pain — la forme même du futur. » Le tube de vaseline du *Journal du voleur* ? C'est l'objet d'abjection et de gloire qui, comme un ostensoir, révèle non pas l'absurdité du monde mais le triomphe caché de celui qui y est jeté. « J'étais en cellule. Je savais que toute la nuit mon tube de vaseline serait exposé au mépris — l'inverse d'une Adoration Perpétuelle — d'un groupe de policiers beaux, forts, solides... J'étais sûr que ce chétif objet si humble leur tiendrait tête, par sa seule présence il saurait mettre dans tous ses états toute la police du monde, il attirerait sur soi les mépris, les haines, les rages blanches et muettes, un peu narquois peut-être — comme un héros de tragédie amusé d'attirer la colère des dieux — comme lui indestructible, fidèle à mon bonheur et fier. » La morale voluptueuse de Genet est lisible dans chacune de ses phrases : « Un temps je vécus du vol, mais la prostitution plaisait davantage à ma nonchalance. » « De la beauté de son expression dépend la beauté d'un acte moral... Quelquefois la conscience avec laquelle nous aurons pensé un acte réputé vil, la puissance d'expression qui doit le signifier, nous forcent au chant. » Genet décrit l'opposé d'une nausée mélancolique, une extase permanente, au contraire, sorte de messe, d'action de grâces ou d'absolution gratuite. Un extrême *bonheur* respire dans sa façon d'être et de se parler, un frisson qui, dit-il chaque fois, signe sa rupture avec l'humanité entière. Le voici, et c'est sans doute l'explication de tout, entrant dans son nom : « Quand je rencontre dans la lande des fleurs de genêt, j'éprouve à leur égard une sympathie profonde. Je les considère gravement, avec tendresse. Mon trouble semble commandé par toute la nature. Je suis seul au monde, et je ne suis pas sûr de n'être pas le roi — peut-être la fée — de ces fleurs. Elles me rendent au passage un hommage, s'inclinent sans s'incliner mais me reconnaissent. Elles savent que je suis leur représentant vivant, mobile, agile, vainqueur du vent. Elles sont mon emblème naturel, mais j'ai des racines, par elles, dans ce sol de France nourri des os en poudre des enfants, des adolescents enfilés, massacrés, brûlés par Gilles de Rais. » La France de Genet, comme celle de Villon, est le lieu d'une transsubstantiation invisible, radioactive, irrécupérable. Déjà, à propos du tube de vaseline : « Je voudrais trouver les mots les plus neufs de la langue française afin de le chanter. » On comprend qu'il faille vite guérir cette clarté musicale illuminant jusqu'à l'acte le plus sale, le plus condamnable ; qu'il soit urgent d'enterrer ce geste d'approbation suspect : « J'arrivai la nuit à Alicante. Je dus m'endormir dans un chantier et vers le matin j'eus la révélation du mystère de la ville et du nom : au bord d'une mer tranquille et s'y plongeant, des montagnes blanches, quelques palmiers, le port et, dans le soleil levant, un air lumineux et frais (à Venise je retrouverai un moment pareil). Le rapport entre toutes choses était l'allégresse. » Assez ! Coupez le son ! Allons, Genet, au trou ! Dirai-je, moi, d'ailleurs, comment je l'ai connu et ce qu'il m'a dit ? Mais non, je préfère de beaucoup le lire, puisque tout se ramène désormais à cette incitation clandestine : « La France est une émotion qui se poursuit d'artistes en artistes, sortes de neurones de relais. »

Dans une note très importante de son *Saint Genet*, Sartre écrit : « Ou la morale est une faribole ou c'est une totalité concrète qui réalise la synthèse du Bien et du Mal. Car le Bien sans le Mal, c'est l'Être parménidien, c'est-à-dire la Mort ; et le Mal sans le Bien, c'est le Non-Être pur. » Cette identification de « l'être parménidien » avec la mort est stupéfiante. On pourrait montrer, en cascade, pourquoi elle constitue un contresens fondamental sur l'enjeu de toute la métaphysique (l'être, le néant et le reste). En vérité, on est au cœur du problème que pose Genet (ou la littérature en général) au clergé philosophique. Genet n'est pas dialectique comme il conviendrait de l'être ? En effet. Il s'oppose, par principe, à toute société ? Bien sûr, mais ni plus ni moins que les écrivains conscients de chaque siècle, et, au vingtième siècle, ni plus ni moins que Proust, Kafka, Joyce, Artaud, Céline. Le Non-Être, pour eux, est la Société elle-même, quelle qu'elle soit, et surtout lorsque, devenue Spectacle intégral, elle a la bonne idée de nous renseigner enfin sur sa nature. Dire, à la Parménide, que le non-être *n'est pas*, est donc, pour ces expérimentateurs de la pensée et du langage de l'être une nécessité radicale. « À vrai dire, écrit Sartre, les collectivités se défendent aussi longtemps qu'elles le peuvent contre les images : on charge des spécialistes nommés " critiques " de retarder leur admission. » Du moins en allait-il ainsi dans l'ancien système, avant la tentative actuelle de liquidation. Mais, pour Sartre, la Société est le seul lieu envisageable de l'être, et, d'ailleurs, que serait un philosophe, fût-il Heidegger, qui ne parlerait pas en fonction d'une communauté ? En revanche, l'écrivain, même s'il a la ruse de le dissimuler, est seul. Il est dans la solitude d'une Passion (c'est Sartre, avec justesse, qui insiste sur cette dimension christique). Il peut aller jusqu'à démontrer qu'il a « raison d'avoir tort ». Vous ne le prendrez pas au piège d'une dialectique communautaire, *et pour cause*, puisqu'il construit des « tourniquets » où le vrai et le faux, la vie et la mort, le bien et le mal, Dieu et le Diable, échangent sans cesse leurs fonctions et leurs places. En quoi, loin d'être une auto-négation (Sartre ne fait que reprendre ici Blanchot et toutes les théories terroristes du langage), la littérature reste au plus près de la description du non-être social en train de faire semblant d'être. Il s'ensuit qu'elle est très surveillée, ou, pour parler comme Hamlet, « terriblement suivie ». Sartre le reconnaît à propos de *Pompes funèbres* : on se trouve « embarqué dans le plus extraordinaire mélange de tragique et de pitrerie, de tendresse et de sadisme ». Sur quoi, il conclut : « Résultat : zéro. L'ouvrage s'annule : il n'y avait que des feuilles mortes. » Bien entendu, il n'en est rien, et c'est peut-être en repensant à ce jugement que Genet a écrit plus tard à propos des *Frères Karamazov* : « Il me semble, après cette lecture, que tout roman, poème, tableau, musique qui ne se détruit pas, je veux dire qui ne se construit pas comme un jeu de massacre dont il serait l'une des têtes, est une imposture. » Cela dit, Sartre perçoit bien le danger : Genet, contrairement aux romanciers du dix-neuvième siècle (Tolstoï, par exemple), n'invente pas pour écrire, il « écrit pour inventer », pour « se recréer ». Le pacte social, son contrat de représentation, risque donc d'être rompu, et du même coup retardée la réconciliation de la Société avec elle-même. Cette réconciliation pourra-t-elle d'ailleurs avoir lieu un jour ?

Le marxisme nous l'a dit, mais on connaît les résultats. Pourtant, c'est ce que toute métaphysique doit affirmer (y compris celle se voulant « finale » du Spectacle) sous peine de contredire sa propre logique. Un écrivain, lui, manifeste exactement le contraire : c'est un élément de discorde, non récupérable, par définition, par le non-être social. La Société ? Elle est fondée sur un crime commis en commun, dit Freud, et le reste s'ensuit. *Totem et tabou* est un livre à relire, ne serait-ce que pour éclairer ce que peut être un fils qui ne joue pas le jeu des frères par rapport au père, ce qui lui vaudra, de leur part (comme de leurs femmes auxquelles, finalement, la Société les réduit), une leçon constante de paternalisme. Un écrivain radical (Proust, Joyce, Kafka, Artaud, Céline, Genet) est toujours un criminel qui révèle le crime enfoui commis en commun (c'est le « bond hors des meurtriers » de Kafka), un criminel quant au crime. C'est un père suspect, un fils ayant absorbé sa mère, un très mauvais frère, un perturbateur-né de filles ou de sœurs. Un expert de la mort en vie, ni vivant ni mort, trop vivant, trop mort, bref quelqu'un qui, comme par hasard, prouve que l'Être n'a rien à voir avec le Non-Être. Platon et Hegel ne s'y retrouvent pas ? Tant pis. Et chaque fois qu'une incarnation littéraire un peu forte et complexe aura lieu, on peut parier qu'il y aura un fonctionnaire philosophe qui surgira sur la scène pour expliquer — sans toujours avoir, hélas, le génie de Sartre — que ladite incarnation est conjoncturelle, transitoire, symptomatique, et qu'on peut la *réincarner* en problématique sociale, morale ou métaphysique, c'est-à-dire la comprendre pour la surplomber. Un écrivain dérègle les axiomes, les évidences de contradiction et d'identité. Chez lui, le même est l'autre ; l'autre est le même ; une chose peut être elle-même, et son contraire ; rien n'est jamais à sa place, ni figé, ni exclu ; les situations, les personnages, les discours peuvent s'échanger, se compénétrer, se détruire pour exister davantage ; en somme, dans cette étrange substance, *la féminité circule*, mais est-elle fausse, vraie ; ni fausse, ni vraie ? L'Identité en jeu n'est pas ici celle de la Métaphysique, et c'est pourquoi elle ne cessera pas d'inquiéter : elle vient de plus loin et de plus près ; elle va plus loin et plus près.

En 1949, Cocteau et Sartre demandent la grâce de Genet au président de la République. La référence à Villon n'est pas oubliée. Sont pour la grâce, entre autres : Colette, Picasso, Claudel (oui, Claudel, vous avez bien lu). Sont contre : Camus, Aragon, Eluard. Genet sera gracié et préfacé par Sartre. À Cocteau, à qui il doit tant, il écrira un jour qu'au fond lui, Cocteau, ne s'est occupé que de cinéma industriel. De Sartre, si attentif, il mettra une sorte d'obstination à dire qu'il ne compte plus en politique. Quel est alors l'homme que Genet a le plus admiré ? Giacometti. Le seul ? lui demande-t-on. Oui, répond-il, le seul[1]. Un écrivain, un sculpteur. Beaucoup de silence. Le silence plastique de fond, en trois dimensions, atteint directement la question de l'Être (comme j'ai essayé de le montrer au sujet de Rodin). Mais dans une Société, la nôtre, où l'expérience intérieure est de plus en plus interdite et où l'art n'est plus que décoration ou animation culturelle, l'ap-

1. Cf. le *Genet* d'Edmund White, Gallimard, 1993.

proche de son propre corps, de tous les côtés à la fois, deviendra de plus en plus une rareté sensationnelle. C'est pourquoi les romans de Genet, avec leur ralenti spécifique, leur insistance sur les détails, les attitudes, les gestes, les démarches, les situations-limites, sont déjà sous censure presque complète. Ce n'est pas le sujet du récit qui est en cause (la pornographie homosexuelle, etc.) mais la dilatation précise du récit lui-même. « Genet écrit pour inventer » : en effet, il ne fait pas semblant de ne pas écrire, il rappelle sans cesse que son corps est là, en train de tracer ces mots. Or c'est cette invention simultanée d'un volume physique et verbal — cette incarnation — qui, dans le spectacle en deux dimensions permanent (publicité, feuilleton, magazine) représente l'insupportable lui-même. Incarnation dans l'invisible, que seule l'écriture voit et touche. Il s'agit d'un acte poursuivi jusque dans la contemplation. Les romans de Genet sont, de part en part, des romans d'actions. Les souvenirs, les fantasmes, les hallucinations, les fascinations pour telle ou telle apparence physiologique sont immédiatement agis dans les phrases conçues comme des mises en scène. Ce sont les situations de Genet qui sont importantes, non pas leurs conséquences morales (mais il y a une morale incessante des situations).

La littérature réellement *engagée* du vingtième siècle, il faut le répéter, a donc pour noms Proust, Kafka, Joyce, Artaud, Céline, Genet. L'invention corporelle est sa loi, ce qui revient à refuser tout dogme fondé sur un mannequin préalable. Sa nouveauté formelle est pourtant classique. Sa modernité s'inscrit au cœur de la tradition. Ses équivalents plastiques, avec les mêmes caractéristiques, s'appellent Picasso, Giacometti ou Francis Bacon. Cette littérature produit, par contrecoup, ses doublures puritaines évacuant d'un même mouvement — ou atténuant au maximum — l'effervescence sexuelle, le sens, le lyrisme et l'Histoire (par exemple, ce qu'on aura appelé le « nouveau roman »). C'est dans cette littérature-là, et non dans les productions réalistes socialistes, naturalistes, surréalistes, bourgeoises, mondaines ou formalistes, qu'on pourra indéfiniment lire la geste de notre temps, ses prétentions, ses répressions, ses camouflages sociaux, économiques, politiques. Par la seule force des situations et des images, nous aurons, sur nos mensonges et nos dissimulations, l'Instruction qui convient. Par rapport à cet immense champ de vérité, que d'inhibitions ou de phobies déguisées en minimalisme, que de légèretés maniérées, que d'angoisses et de mélancolies futiles, quelle pruderie de base, quel conformisme. Misère de la littérature, disent certains. Mais ce sont précisément les mêmes qui ne veulent ou ne peuvent pas lire Proust, Céline, Genet, etc. Par crainte du futur révélant le présent, on organise ainsi, dans l'affairement et la fausse plainte, l'oubli sourdement désiré du passé.

Déjà, dans l'analyse de Sartre, le romanesque propre à Genet a tendance à s'évaporer. Il est surtout question du Bien, du Mal, de l'Être, du Non-Être, de leur dialectique affolée par une écriture. D'autres docteurs sont venus, toujours aussi nihilistes : la littérature aurait pour essence sa propre disparition, la vérité ne pourrait pas toute se dire (mais pourquoi ?), ou encore, pour finir, dérobade précieuse : je vous dirai plus tard, peut-être (mais ce ne sera jamais vraiment le moment), ce que tout cela veut dire. La pensée a peur de *cette* pensée. Par défaut, on recherchera donc la *correction* sociale et politique, Genet, de son côté, n'ayant pas manqué, bien entendu, de se montrer incorrect jusqu'au bout. Il y a différentes façons d'être dans son tort, chacun son style. D'ailleurs, le style suffit, il est déjà une trahison de la bonne pensée sociale, il vous fait presque aussitôt passer pour un imposteur ou un salaud. Inversement, il ne suffit pas d'être un salaud pour avoir du style, contrairement à ce que croit la bonne pensée sociale toute prête à accorder du crédit littéraire (ça l'arrange) à des salauds au langage boursouflé et nul. Il faut que votre mauvaise réputation soit la conséquence de vos écrits et non de vos actes, débrouillez-vous. Sartre le voit bien : l'existentialisme de Genet n'est pas un humanisme, mais une variante insolite de la Théologie en mouvement, et, qui plus est, catholique : grâce incongrue, miracles bizarres, convocation et jugement des corps. Si les romans de Genet sont occultés, peu lus, mal étudiés, c'est aussi à cause de ce spectre qui, sans arrêt, les hante.

Mais voilà : les vertus antithéologales de Genet — le vol, la trahison, l'homosexualité — sont aussi impartageables, comme telles, par des criminels professionnels, que la foi, l'espérance et la charité le seraient entre l'écrivain qui les pratiquerait et un dévot ou une dévote. D'où l'intérêt de la démonstration. Il s'agit du vol pour Genet, de la trahison pour lui, de l'homosexualité pour lui, et lui seul. Foi, espérance, charité, vol, trahison, homosexualité, quel brouillard. « L'homosexualité », surtout, est trompeuse, comme s'il n'y en avait qu'*une*, ce qui permet d'imaginer qu'il n'y aurait qu'*une* hétérosexualité. Bavardages que Proust, déjà, dérègle, et que Genet interrompt brutalement, c'est le moins que l'on puisse dire. Quoi qu'il en soit, Dieu, dont les voies sont, comme on sait, impénétrables, peut donc se manifester à l'envers (c'est une mauvaise nouvelle pour les croyants de l'endroit sans envers, ou de l'envers sans endroit). « Le secret de la Providence, écrit Sartre, n'est rien d'autre que la sentence du Groupe, mais *à l'envers*... Genet et M. Mauriac sont d'accord : Dieu visait Genet à travers la condamnation sociale. » Dieu a même, c'est évident, une préférence pour Genet, et c'est cela, surtout, qui paraît étrange à Sartre. Le Groupe, en effet, peut être très indulgent pour le marginal ou le turbulent à condition que ses écrits soient finalement sentimentaux ou conventionnels. Il sera, en revanche, troublé jusqu'à la moelle s'il constate que le Bien se promène dans le Mal sous forme d'éthique sévère de la composition esthétique. Sartre encore : « Le Mal veut l'échec du méchant, le Mal veut du mal au Mal... C'est ce qu'il faut entendre par la formule de Claudel : " Le Mal ne compose pas ". » Bien vu. Or Genet *compose*, c'est même un virtuose de la composition, raison pour laquelle le Bien et le Mal de la religion laïque sont en grand péril : « Genet vole le nom que se donne la Société sacrée et la retourne contre la Société laïque. » Cela consiste sans doute, comme le dit Genet lui-même, à avoir « une certaine disposition naturelle à la féerie ».

Écoutons Genet : « La nuit, je sifflais. La mélodie était religieuse. Elle était lente. Le rythme en était un peu lourd. Par lui je croyais me mettre en communication avec Dieu : c'est ce qui se produisait, Dieu n'étant que l'espoir et la ferveur contenus dans mon chant. Par les rues, mes mains dans les poches, la tête penchée ou levée, regardant les maisons ou les arbres, je sifflais mes hymnes maladroits, non joyeux, mais pas tristes non plus, graves. Je découvrais que l'espoir n'est que l'expression qu'on en donne. La protection, de même. Jamais je n'eusse sifflé sur un rythme léger. Je reconnaissais les thèmes religieux : ils créent Vénus, Mercure ou la Vierge. » Ou encore : « Accroupi dans mon coin d'ombre, j'étais stupéfait d'être sous le ciel étoilé qu'avaient vu Alexandre et César, quand je n'étais qu'un mendiant et un voleur paresseux. J'avais traversé l'Europe avec mes moyens qui sont l'envers des moyens glorieux, pourtant je m'écrivais une secrète histoire, en détails aussi précieux que l'histoire des grands conquérants. » Il y a une Europe de Genet (Espagne, Pologne, Tchécoslovaquie, Slovénie, Hollande, Belgique, Italie, Autriche), qui n'est autre que celle des *Illuminations* de Rimbaud en train d'être engloutie par une barbarie dont nous voyons encore les effets. C'est une Europe des frontières, des exclus, des prisons, de la marche au hasard dans des paysages métamorphosés en tapisseries merveilleuses ; une Europe « des objets et des circonstances », où la misère, le vice, les complicités passagères, la lutte pour la survie se déploient dans une expérience dont les nantis n'auront jamais l'idée. Voilà pourquoi je m'obstine à parler d'une *physique* de Genet, minutieuse, instantanée, gravée, mélodieuse ; d'une pratique de l'espace et du temps en fonction du corps contraint de s'y recréer. Le vol ? « Je me pense du talon à la nuque. J'accompagne l'onde. » Ou bien : « Quels gestes pour aller plus vite ? Les plus lourds, les plus lents. » Ou encore : « Ce n'est plus mon cœur mais tout mon corps qui bat. Je ne suis qu'une immense tempe, la tempe bourdonnante de cette chambre pillée. » Genet, sur la pointe des pieds, opère à cerveau ouvert. Le mot *tempe* est admirablement choisi pour dire sa position d'effraction. D'un garçon qui ne saurait être voleur, il dira que sa nature n'est pas religieuse, que son allure n'est pas furtive, bref qu'il est *pudique*. Le corps qui s'éprouve en situation limite est spontanément religieux. En Espagne, pour se reposer, Genet entre dans les églises que, très jeune, nous dit-il, il rêvait de cambrioler. « À la messe du matin, en état de péché mortel, je communiai. » Mais le voici d'habitude : « Pour conserver la limpidité, l'acuité de mon regard, ma conscience doit effleurer tout acte afin que je puisse vite le corriger, changer sa signification. Cette inquiétude me tient en éveil. Elle me donne l'attitude étonnée du chevreuil arrêté dans sa clairière. » Si la propriété est un vol caché, le vol et la lettre volée ramènent au corps propre, par l'opération d'une animalité chassée qui chasse à son tour. Nier l'animalité capable de savamment se parler, telle est la fonction sociale. On échappe à cette négation en se laissant couler tout en bas de l'échelle, en trahissant, en s'évadant, en inventant sa propre contrenature, en passant, en *pensant* : « Trop de gens, me disais-je, pensent et qui n'en ont pas le droit. Ils ne l'ont pas payé d'une entreprise telle que penser devient indispensable *à votre salut*. » On doit attendre de la pensée qu'elle vous sauve et, à vrai dire, il n'y a pas de raison plus raisonnable d'ouvrir un livre : que l'auteur nous raconte donc comment il s'est sauvé, et cela suffit (*Journal du voleur* est un de ces livres).

Sartre a donc raison : Genet « parle de sa vie comme un évangéliste, en témoin émerveillé ». Ou encore il est « le Saint-Simon d'une cour des miracles ». Mais la position de l'évangéliste et celle du chroniqueur aristocratique du cancer social ne sont pas incompatibles, au contraire. C'est même la définition d'un rapport romanesque décisif à la vérité : révélation d'une complicité de nature entre Loi et Mensonge, Police et Crime. Notre siècle en a produit une figure monstrueuse et inédite : « Les Allemands seuls, à l'époque de Hitler, réussirent à être à la fois la Police et le Crime. Cette magistrale synthèse des contraires, ce bloc de vérité étaient épouvantables, chargés d'un magnétisme qui nous affolera longtemps. » Et ceci : « Policiers et criminels sont l'émanation la plus virile de ce monde. On jette sur elle un voile. Elle est ses parties honteuses qu'avec vous, cependant, j'appelle les parties nobles. » Un Évangéliste, Saint-Simon, Proust, Kafka, Artaud, Céline, Genet... Eux ne font pas comme si le diable n'existait pas. « Mercure, m'a-t-on dit, chez les anciens était le dieu des voleurs qui savaient ainsi quelle puissance invoquer. Mais nous, nous n'avons personne. Il paraîtrait logique de prier le diable, aucun voleur ne saurait le faire sérieusement. Pactiser avec lui serait profondément s'engager, tant il s'oppose à Dieu qu'on sait être le vainqueur définitif. L'assassin lui-même n'oserait prier le diable. » Dieu et le diable sont des réalités physiques en situation. La « sainteté » variable de Genet est d'abord « un endroit au fond de mon corps où je veille, où j'épie sous forme de petite flamme ». On peut se souvenir de Rimbaud, dans *Une saison en enfer* : « Les saints ! des forts ! des anachorètes, des artistes comme il n'en faut plus ! »

Je revois les livres que j'avais sur ma table en écrivant *Portrait du Joueur* : *Le Joueur* de Dostoïevski, *Portrait de l'artiste* de Joyce, *Journal du voleur*. Je revois aussi le visage de Genet tel que Giacometti l'a saisi : boule d'énergie angélique, effrontée, lancée comme de l'intérieur d'elle-même. On entend immédiatement ange dans *Jean Genet*, négation d'un côté (je n'ai, je n'est), naissance de l'autre (je nais). Tête de boxeur soulevée, donc, riante, douce, sarcastique, s'avalant par petits coups vers le haut, diction comme des séries de crochets du gauche. Une grande obstination, une grande concentration. Une grande volonté dansante. Ce n'est pas par hasard si l'on trouve dans ses livres les plus belles pages de la littérature sur le corps masculin, si interdit, au fond, si peu traité par les écrivains sinon par les sculpteurs et les peintres. Pourquoi cette absence ? Cette timidité ? Les hommes, finalement, sont les grands inconnus du roman (il faut faire une exception pour Melville, dont Genet, souvent, est si proche). Leur sexualité est rarement décrite, comme si nous savions *a priori* de quoi il retourne. Genet est parfois direct (« il banda »), mais la plupart du temps précautionneux, en attente, précis et complexe dans son observation, son dessin, ses couleurs. De même que Braque aurait été dans l'embarras pour peindre une femme nue, voyez Matisse : pas d'homme, ou alors une simple planche verticale *(La Conversation)*, ou encore une stylisation symbolique (saint Dominique). L'incarnation est difficile. Elle est tellement repoussée, scandaleuse, qu'il faut la reprendre de très bas, mendiants, forçats, voleurs, marins, marginaux ou déchets sociaux, comme on dit. Giacometti savait cela. C'est pourquoi Genet l'aime. Et, de Genet, on ne peut oublier ses portraits de Stilitano, Armand, Guy, Lucien, Java *(Journal du voleur)*, Érik, Paulo, Riton *(Pompes funèbres)*, Querelle, Robert, Nono *(Querelle de Brest)*. On dit que ce ne sont pas de vrais « personnages » mais des projections de Genet lui-même : cela est très faux. Ses récits sont peuplés de portraits différenciés. Chacun a son détail central (le crachat de Stilitano, les mains d'Armand, etc.), l'*attention* de Genet est extrême (« Toute grimace, si on l'observe avec minutie, se révèle composée d'une multitude de sourires, comme la couleur de certains visages peints contient une multitude de teintes »). Mimiques, cristaux d'attitudes, radiographies, pénétrations à l'intérieur des sujets pour dire ce qu'ils sentent et sont incapables de penser, Genet travaille en modeleur, le roman est pour lui un art, la prétendue « liberté des personnages » n'est pas son affaire, il serait plutôt d'avis, contre Sartre, que Dieu est un artiste à qui le diable prête main-forte pour les reliefs saisissants. Ses comparaisons sont toujours inattendues (« De Java, Stilitano avait la démarche en bloc, un peu chaloupée, fendant la bise, et s'il se lève pour partir, si Java se déplace, j'ai cette émotion que j'éprouve quand sous mes yeux passe, démarre en silence et en douceur une automobile de grand luxe »). C'est une attention extralucide qui permet à Genet d'éclairer la bouffonnerie d'horreur qu'est notre tragédie historique. Qui, à part Chaplin (*Le Dictateur*) et Picasso (*Songes et mensonges de Franco*) a mieux révélé de quoi se nourrit inconsciemment le fascisme ? Quoi ? La sinistre machinerie hitlérienne se résoudrait à un accouplement sexuel réversible entre une vieille folle et un voyou ? La clé diabolique et cloacale du monde serait celle de ce coït anal ? Nous voilà loin de *Corydon*, mais de nouveau tout près de Sade, avec une dimension de grotesque qui n'appartient qu'à Genet (mais qui lui vient aussi de Proust). C'est d'ailleurs cette dimension clownesque qui rend la narration plus terrible.

Céline, à chaque instant, veut subjuguer son lecteur, le submerger, le convaincre, l'entraîner avec lui : le lecteur est un abruti, soit, mais l'auteur et lui appartiennent à la même espèce. Avec Genet, rien de tel, pas de convivialité. Le lecteur, c'est vous, là-bas, toujours de l'autre côté du mur infranchissable. Vous n'y êtes pas, vous n'y serez jamais, car vous ne pouvez que refuser une incarnation aussi dérangeante. Vous aspirez au Pouvoir, donc à l'abstraction, à l'élimination des corps singuliers, à leur enfermement. Genet, lui, ne croit pas à la mort, il ne s'y résigne pas. La mort n'est pas une loi universelle, c'est un crime que la Société veut, entretient, maquille. Il s'en fera donc l'ordonnateur inversé, le metteur en scène vampirique et lyrique. « Le coït, remarque Sartre, est la mort de l'être aimé systématiquement poursuivie. » Oui, mais le Pouvoir réalisé n'aime personne, c'est la mort à l'œuvre qui n'a plus besoin d'aucun corps. « Je me demande pourquoi, écrit Genet, la Mort, les stars de cinéma, les virtuoses en voyage, les reines en exil, les rois bannis, ont un corps, un visage, des mains. » En effet, ils pourraient aussi bien s'incarner dans une boîte d'allumettes. Hitler sodomisé, c'est ce qu'il y a de plus vrai à en dire et, dès lors, sa sarabande infernale s'effondre. Le pape, lui, est plus fort. Ainsi dans la pièce de Genet, *Elle* : « Le pape (psalmodié) : En effet, me dis-je, s'il suffit que notre intervention — et la plus anodine — sanctifie n'importe quelle image, n'importe quoi sera notre image... Soit. J'établis que n'importe quel objet pourrait me représenter. Si n'importe quel visage, épaule, tempe, peuvent être du Pape, n'importe quoi le sera tout entier. Je cherchai quel objet donnerait de nous et de notre auguste absence une idée juste. Je songeai d'abord à un dé à coudre, à une girafe en peluche, à une brosse à habit, — notre humilité ne le dédaignant pas — à ce mégot caché — oui, nous eûmes l'idée que dès qu'un mégot est foutu en l'air, il devient le Pape et a droit aux égards pontificaux. Nous allâmes plus loin, et jusqu'à cette idée que nous-même n'étant pas, c'est un rien qui nous représenterait le mieux. » Telle est la révélation existentielle de Genet, il en parle dès *Journal du voleur* : « Découvrant le sens singulier de chaque chose, *l'idée de numération m'abandonnait* [c'est moi qui souligne]... Ainsi crois-je me souvenir que j'eus la révélation d'une connaissance absolue en considérant, selon le détachement luxueux dont je parle, une épingle à linge fixée sur un fil de fer. L'élégance et la bizarrerie de ce petit objet connu m'apparurent sans m'étonner. *Les événements eux-mêmes, je les perçus dans leur autonomie* [je souligne encore]. Le lecteur devine comme une telle attitude pouvait être dangereuse dans la vie que je menais, où je devais veiller chaque minute, risquant d'être pris si je perdais de vue le sens usuel des objets. » Ici, Genet s'amuse, il fait comme si le lecteur comprenait ce qu'il veut dire, alors qu'évidemment il n'y comprend rien. Il est peu probable qu'un voleur se perde dans une extase devant une épingle à linge, et d'ailleurs un voleur ne lit pas. Quant au lecteur, qui n'est pas un voleur, à supposer qu'une épingle à linge lui donne accès à une expérience de l'Être, il ne saura que faire de cette illumination, à moins de la transformer en vague évocation poétique. L'épingle à linge de Genet est une métamorphose active de la madeleine de Proust, ou encore un exercice spirituel à la Rimbaud, mosquée à la place d'une usine. Genet, c'est l'évidence, et c'est la raison du trouble qu'il provoque, continue le plus naturellement du monde le roman rimbaldien : « Encore tout enfant, j'admirais le forçat intraitable, sur qui se referme toujours le bagne ; je visitais les auberges et les garnis qu'il aurait sacrés par son séjour ; je voyais *avec son idée* le ciel bleu et le travail fleuri de la campagne ; je flairais sa fatalité dans les villes. Il avait plus de force qu'un saint, plus de bon sens qu'un voyageur — et lui, lui seul ! pour témoin de sa gloire et de sa raison » *(Une saison en enfer)*. Il est étrange que Sartre ne relève pas cet enchaînement avec Rimbaud (mais aussi avec Lautréamont et Baudelaire). Avec désinvolture, Genet parle bien de « connaissance absolue ». Notons qu'il s'agit de la perte de la signification usuelle des objets et de la *suite* des événements, d'une discontinuité éprouvée non dans l'absurde ou le non-sens mais dans une « éclatante lucidité ». Genet est déconditionné par rapport au Spectacle, il ne cesse de s'en flatter, comme il ne cesse de s'étonner de la passivité humaine et de la haine somnambulique qu'elle entraîne contre le mâle incarné, surtout s'il apparaît humilié (c'est-à-dire christique). Genet volera donc à son secours, contre tous. Ainsi dans la scène capitale vécue au cinéma dans *Pompes funèbres* : nous sommes en 1944, à la libération de Paris, le jeune ami communiste de Genet, Jean

Decarnin, vient d'être tué sur une barricade. Genet, en pleine dérive lyrique et hallucinée de deuil, entre dans un cinéma, regarde les actualités et voit sur l'écran l'image d'un jeune milicien arrêté : « Aux yeux féroces de la foule, désarmé, sale, éperdu, titubant, ébloui, vidé, lâche (c'est étonnant comme certains mots arrivent vite sous la plume afin de définir certaines natures et le bonheur que l'auteur lui-même éprouve à pouvoir parler ainsi de ses héros), las, le gamin était ridicule. » Le roman se construit ici immédiatement contre la salle de cinéma, on pourrait dire : contre le cinéma lui-même. Devant cette image du traître arrêté, une femme, non loin de Genet, hurle à la mort (à quelle mort hurlait-elle deux ans avant ?) : « La salle ressemblait à la femme. Elle haïssait mal. » Genet va donc aimer ce qui est mal haï : le personnage de Riton est né. *Pompes funèbres*, roman qu'on ne lâche pas, puisqu'il est à chaque instant une opération de « sorcellerie », de « magie » (magie noire contre magie noire), nous apprend bien des choses sur la France de ce temps-là, donc d'aujourd'hui ; sur son secret de polichinelle et son refoulé national; Genet sait donc ce qu'il fait en racontant comment, après avoir sodomisé Decarnin, il lui trace, avec le sang qui s'en est suivi, dans un geste d'espièglerie et de tendresse, une croix gammée sur la joue gauche, et, sur la joue droite, une faucille et un marteau. Voilà qui va plus loin que de longs discours au sujet du pacte germano-soviétique ou du dépeçage de la Pologne. Le nazisme, le stalinisme, c'était donc *cela* ? Un énorme truc ? Un pays entier, à quelques rares exceptions, y aurait souscrit sans vouloir le savoir, sous prétexte de travail, de famille, de patrie, d'ordre ? La suite au prochain numéro ? En réalité, les miliciens français exhibent la honte en plein jour : « Ils furent plus réprouvés que les filles, plus que les voleurs et les vidangeurs, les sorciers, les pédérastes, plus qu'un homme qui, par inadvertance ou par goût, aurait mangé de la chair humaine. Ils ne furent pas seulement haïs mais vomis. Je les aime. » Les nazis étaient le « peuple délégué par Satan », mais les miliciens, leurs aides, ont été plus coupables encore de s'être faits, contre leur propre peuple, les alliés de ce peuple. Nul doute que, pour Genet, la France *méritait* ce châtiment, cette dégradation. Il ne reviendra jamais là-dessus. Le Français, la Française ont été les jouets érotiques du pouvoir homosexuel nazi ou stalinien. Comment ne pas vouloir l'oublier et « rayer » ces quatre années (1940-1944) de notre histoire ? Comment s'étonner que la littérature qui suit soit débilitée par cette dénégation forcenée ? La queue allemande était celle de « l'or blond », celle « du plus formidable des guerriers, du seigneur de la guerre, de l'ange exterminateur », etc. Genet n'y va pas de main morte. La France s'est *travestie* pour son occupant, pourtant minable, si l'on considère Hitler au moment du coït avec son voyou français : « Se pouvait-il qu'une simple moustache composée de poils raides, noirs et peut-être teints par l'Oréal, possédât le sens de : cruauté, despotisme, violence, rage, écume, aspics, strangulation, mort, marches forcées, parade, prison, poignards ? » Et pourtant, c'est ainsi. La Société tout entière obéit à son émanation de fond : une vieille tante, une folle. Enculé par Paulo, pénétré jusqu'à l'os dans son « œil de bronze », Hitler laisse entendre « la plainte heureuse de Madame ». « Le Führer, écrit Genet, râlait doucement. » Toutes les figures de

Pompes funèbres, Jean, Érik, le bourreau de Berlin, Paulo, Riton, Genet lui-même (en scribe ironique), convergent vers cette identité fulgurante de la police et du crime, du diable et de l'homosexualité généralisée. Proust, dans son grand finale du *Temps retrouvé*, avait annoncé la couleur. Et Genet : « Arracher les racines du mal eût consisté à détruire le monde... Le monde était inoculé, le mal était dans le sang et la police n'y pouvait rien puisqu'elle-même faisait partie du monde. » Voilà donc décrit, comme il convient, le Prince de ce monde, avec ce qu'il faut de sarcasme pour que la description produise son effet de démystification : « Ce livre est sincère, et c'est une blague. » L'histoire après la Seconde Guerre mondiale ? « La délation était dans l'air du temps avec la trahison, le pillage et le meurtre. En effet, depuis les plus illustres chefs d'État (Hitler, Staline) jusqu'au plus simple journaliste, en voulant imiter sottement les hommes de la Renaissance, l'Arétin et les princes de Machiavel, on transforma la morale privée en apportant dans la morale publique les éléments destinés à la détruire. » Et, cependant, la France... « Ce jeu m'amuse de marquer ici la honte d'un pays auquel j'appartiens par la langue et par ces fils mystérieux qui me relient en son cœur et qui font monter au bord de mes yeux les larmes quand il souffre. »

« Le poète, écrit Genet, s'occupe du mal. C'est son rôle de voir la beauté qui s'y trouve, de l'en extraire (ou d'y mettre celle qu'il désire, par orgueil ?) et de l'utiliser. L'erreur intéresse le poète, puisque l'erreur seule enseigne la vérité. » Et ceci : « Tuer un homme est le symbole du Mal.

Tuer sans que rien compense cette perte de vie, c'est le Mal. C'est le Mal absolu. Rarement j'emploie ce dernier mot car il m'effraie, mais il me paraît s'imposer. Or, et les métaphysiciens le diront, les absolus ne s'ajoutent pas. Atteint une fois grâce au meurtre — qui en est le symbole — le Mal rend soudainement inutiles tous autres actes mauvais. Mille cadavres ou un seul, c'est pareil. C'est l'état de péché mortel dont on ne se sauvera plus. On peut aligner les corps si l'on a les nerfs assez forts, mais la répétition les calmera. C'est alors que l'on peut dire que la sensibilité s'émousse comme chaque fois qu'un acte se répète sauf dans l'acte de créer. » Ici, Genet se trompe : le meurtre ne conduit pas à un état de péché mortel dont on ne se sauvera plus. En bonne théologie, seul le mystérieux péché contre l'Esprit a cette conséquence définitive. Mais, au fond, il le sait : d'où la conclusion sur la répétition et l'acte de créer.

Encore : « Le seul crime serait de se détruire soi-même car du coup c'est tuer la seule vie qui compte, celle de son esprit. Je connais mal les théologiens, mais je les soupçonne d'être profondément de mon avis sur ce point. » Et encore : « Est-il vrai que le mal a des rapports intimes avec la mort et que c'est avec l'esprit de pénétrer les secrets de la mort que je me penche avec tant de ferveur sur les secrets du mal ? » Oui.

L'erreur seule enseigne la vérité : le récit est donc nécessaire.

Le style de Genet, sa force de frappe et de basculement, finalement, tout est là : « Je suis soudain seul parce que le ciel est bleu, les arbres verts, la rue calme, et qu'un chien marche, aussi seul que moi, devant moi. J'avance lentement, mais fortement. Je crois qu'il fait nuit. » Mais aussitôt après : « J'encule le monde. » Dans l'extraordinaire séquence de la fin de *Pompes funèbres*, Érik et Riton (le deuxième va tuer le premier) sont sur les toits de Paris : « Leurs bouches s'écrasèrent l'une sur l'autre, reliées comme par un trait d'union par un sexe de vide, sans racine, vivant seul et allant d'un palais à l'autre » (jeu sur le double sens du mot *palais*).

« Écrire, dit Genet, — et avant d'écrire entrer dans la possession de cet état de grâce qui est une sorte de légèreté, d'inadhérence au sol, à ce qu'on nomme habituellement le réel —, écrire m'oblige à une espèce de loufoquerie dans l'attitude, dans les gestes et même dans les mots. »

Voici la première phrase de *Querelle de Brest* : « L'idée de meurtre évoque souvent l'idée de mer, de marins. Mer et marins ne se présentent pas alors avec la précision d'une image, le meurtre plutôt fait en nous l'émotion déferler par vagues. » Étudiez cette phrase, laissez-la résonner et se développer dans son mouvement, notez les assonances, la place du mot émotion. Pourquoi est-elle si juste ? N'est-elle pas elle-même une vague ? Expliquez, commentez.

Ou encore, dans le même roman, la description des couvreurs : « Les couvreurs travaillent sur les toits des bâtiments de l'Amirauté. Ils sont à plat, couchés comme sur une vague, dans la solitude d'un ciel gris, loin des hommes qui marchent sur le sol. On ne les entend pas. Ils sont perdus en mer. Chacun sur un versant du toit, ils se font face, ils rampent, ils se mesurent du buste dressé, ils échangent du tabac. »

Le matelot Querelle, dans *Querelle de Brest*, est

une des plus grandes inventions physiques de Genet (le roman lui-même est probablement son chef-d'œuvre). On peut dire qu'il est un prétexte à la conscience nerveuse et cellulaire de soi, une leçon d'anatomie en mouvement, respiration, haleine, sens du terrain et des végétaux, crime et mortification, espace ressenti mètre par mètre, rôle de troubleur fondamental d'identités, « joker » : « Il sentait la présence silencieuse de chaque muscle s'accordant avec tous les autres pour instaurer une statue de houleux silence... » « Ses dix doigts avaient des yeux au bout. Tous ses muscles même en avaient. Il fut bientôt le mur et le demeura un moment, sentant vivre en soi tous les détails des pierres. »

Pour Genet, contrairement à l'imagerie courante, la virilité se caractérise par « la négligence, l'indifférence aux hommages, l'attente détachée du corps, qu'on lui offre du plaisir ou qu'on l'obtienne de lui ». Racontez ce qui vous paraît justifier cette proposition. Donnez des exemples.

Grande lenteur de l'écriture, grande vitesse :

« Comment surprendre le secret de la disparition des choses ? En se retournant très vite ? Non. Mais plus vite ? Plus vite que tout ?... Non, c'était inutile. Les choses ne sont jamais en défaut. Il faudrait tourner sur soi avec la vitesse d'une hélice d'avion. On s'apercevrait alors que les choses ont disparu, et soi-même avec elles. »

II

Mon cerveau et moi

De temps en temps, mon cerveau me reproche d'avoir tardé à lui obéir ; d'avoir sous-estimé ses possibilités, ses replis, sa mémoire ; de m'être laissé aller à l'obscurcir, à le freiner, à ne pas l'écouter. Il est patient, mon cerveau. Il a l'habitude des lourds corps humains qu'il dirige. Il accepte de faire semblant d'être moins important que le cœur ou le sexe (quelle idée). Sa délicatesse consiste à cacher que tout revient à lui. Il évite de m'humilier en soulignant qu'il en sait beaucoup plus long que moi sur moi-même. Il m'accorde le bénéfice d'un mot d'esprit, et prend sur lui la responsabilité de mes erreurs et de mes oublis. Quel personnage. Quel partenaire. « Sais-tu que tu ne m'emploies que très superficiellement ? » me dit-il parfois, avec le léger soupir de quelqu'un qui aurait quelques millions d'années d'expérience. Je m'endors, et il veille. Je me tais, et il continue à parler. Mon cerveau a un livre préféré : l'*Encyclopédie*. De temps en temps, pour le détendre, je lui fais lire un roman, un poème. Il apprécie. Quand nous sortons, je lui fais mes excuses pour toutes les imbécillités que nous allons rencontrer. « Je sais, je sais, me répond-il, garde-moi en réserve. » J'ai un peu honte, mais c'est la vie. J'écrirai peut-être un jour un livre sur lui.

Le classique

Très jeune, il vit à fond des sensations qu'il n'oubliera pas, nettes, cachées, débordantes. Même s'il est malade, interrogé, poursuivi, battu, il garde en lui cette mécanique lumineuse. Plus tard, il traverse le malheur du temps comme en rêve. On tente de le dissuader par tous les moyens, de lui inculquer les stéréotypes en cours : conformisme, académisme, modernisme, postmodernisme, dévotion à la laideur, haine de soi, pauvreté de la langue, soumission à la marchandise, analphabétisme, morosité, culpabilité, honte du passé, oubli de soi, peur de la mort, dieu, absence de dieu, amitiés, inimitiés, sentimentalité, angoisse, inhibition, pruderie, pornographie, sens de l'histoire ou fin de l'histoire, politique, alcool, drogue, argent, énervements variés, scènes de ménage et manèges de scène, presse, radio, télévision, voyages, violences, corps caressés et perdus, médecine, intimidations, publicité, critiques, bavardages, deuils, être, néant, pressions, dépressions. Il enregistre tout, filtre tout, s'enchante de tout, éprouve même un violent intérêt pour chaque phénomène à travers lequel il ne peut s'empêcher de discerner une loi. Il se souvient de

La Fontaine : « Il n'est rien qui ne me soit souverain bien. » Et de Retz : « Je suivis ma pointe et je trouvai des commodités merveilleuses. » Les phrases finissent par se former en lui naturellement ; le français n'arrête pas, logique, de le secourir. Il sait ce qui l'attend. Même le sommeil l'assiste. Ce matin, par exemple, il lit dans un journal cette notation de Michel Crouzet sur Stendhal : « L'*esprit* est un luxe spirituel, une *grâce*, et cette grâce c'est la *gaieté*. Valeur si fondamentale et si profonde qu'elle constituait le personnage de " Stendhal " comme son écriture : heureux pays que l'Italie où " triste " est une injure… »

Il sera lu en 2090.

Politique de Bordeaux

Un Bordelais conscient de l'histoire de sa ville est d'abord une sorte de Grec échoué là au début de notre ère. Il s'installe, navigue, va, vient, traverse les siècles, se réjouit de l'occupation anglaise et ne manque pas de visiter, à Canterbury, le gisant du Prince Noir. Très vite, le commerce du vin, c'est-à-dire du *claret*, l'occupe. Il est tantôt en Hollande, tantôt à Londres, mais aussi en Italie, en Espagne, avant de filer pour l'Amérique du Nord ou du Sud. Il se méfie du continent intérieur, de l'Hexagone, de Paris toujours trop centralisateur et pilleur (c'est automatique : quand la France se défait, c'est à Bordeaux, comme par hasard, qu'elle trouve refuge). Notre personnage, dans le temps, vote pour La Boétie, élit Montaigne au parlement et à la mairie, facilite à Montesquieu ses recherches. Il n'aime pas Jeanne d'Arc, résiste à Louis XIV et à l'Église gallicane (c'est un catholique anglais, un protestant modéré ou encore un Juif éclairé, souvent portugais ou espagnol). Il aime Louis XV, veut oublier l'esclavage, se tait lourdement sur les Jacobins, exècre Napoléon et les deux Empires. C'est un anti-dix-neuviémiste fanatique sous ses airs libéraux et joueurs. Girondin, donc, il a comme ennemis héréditaires les Bretons, les Bourguignons, les Alsaciens, les Auvergnats, les Corses. Il se souvient que Hölderlin a cru découvrir la Grèce en venant chez lui (« les femmes brunes sur le sol de soie ») ; que Baudelaire s'est embarqué dans son port pour une croisière sans lendemain ; qu'un poète et un logicien de génie, Isidore Ducasse, plus connu sous le nom de Lautréamont, venant de Montevideo, a débarqué ici autrefois. Il s'appuie sur Stendhal pour affirmer à tout propos que sa ville est la plus belle de France. Européen par définition, il ne veut connaître que l'Allemagne maritime, méprise Hitler et Pétain, mais aussi la convulsion stalinienne (rien de plus loin de lui que la Russie). En revanche, New York lui plaît, la Chine l'intrigue. Il prend de Mauriac le sens de la repartie, la causticité, le goût pour Pascal, la fidélité à Proust, la connaissance des sols. À la première occasion, il disparaît dans son arrière-pays que lui envie la Californie, petits châteaux, autre Toscane. Il approuve Hemingway d'avoir osé appeler sa petite-fille Margaux. Sudiste, mais Nordiste du Sud, il est sec, sensuel, expansif, secret, escrimeur, naïf, batailleur, lucide. Farouchement individualiste, il déserte volontiers les collectivités. Ni de droite, ni de gauche, et encore moins du centre malgré une sorte de verticalité obstinée, il peut, pour défendre sa tranquillité, déraper parfois aux extrêmes. Il en revient avec naturel, et se remet à lire les *Essais*.

Bref, ce sera toujours un frondeur.

La littérature, toujours

Rien n'est plus émouvant que la fièvre apportée par Proust, dans les deux dernières années de sa vie, à faire de la critique littéraire. Il est en train de terminer son Grand Œuvre, sa santé décline rapidement, mais pour lui, c'est la guerre. Thibaudet ose prétendre que Flaubert écrivait mal ? C'est grotesque : Flaubert, par sa seule vision grammaticale, a été cent fois plus important que Kant. Anatole France se met à chipoter sur Stendhal et à prêcher que le style s'est perdu depuis la fin du dix-huitième siècle ? C'est inepte. Daniel Halévy, nouveau sermonneur, justifie Sainte-Beuve dans son attitude méprisante à l'égard de Baudelaire ? Vite, il faut défendre Baudelaire, c'est-à-dire soi-même, c'est-à-dire la *Recherche du temps perdu*. Au fond, Proust vient de comprendre comment fonctionne un clergé social : il est en place, il est content de son sort ; il va essayer de gommer les reliefs dérangeants du passé, d'égaliser les traces. Ce sont donc non seulement les novateurs du dix-neuvième siècle qu'il faut louer comme des classiques, mais aussi les classiques (Saint-Simon, Sévigné) *à cause de leurs qualités modernes*. On parle de décadence ? La morosité règne ? L'ordre moral se cherche ? Il ne se passe plus rien ? Il n'y a plus d'écrivains ? Proust n'est pas du tout de cet avis, et pour cause.

La fin du vingtième siècle n'est pas si différente de son début. Proust n'est-il pas exagérément compliqué ? Et Joyce ? Et Céline ? Et Artaud ? D'ailleurs, le vingtième siècle avait-il lieu d'être ? Ne s'agit-il pas plutôt d'un rêve ou d'un cauchemar ? Voyons : la multiplication des marchandises nous assure que les récits complexes sont morts. Le public veut des histoires simplifiées, des idées consommables, une morbidité de bon aloi, du préadapté cinéma, un vocabulaire minimum. Vous êtes énervant, à la fin, de toujours parler de Littérature avec un grand L. Le français ? Ce sera bientôt, et pourquoi s'en plaindre, une langue morte comme le latin ou le grec. Non ? Vous n'êtes pas convaincu ? Vous tenez à votre certitude d'une énergie verbale sans fin renaissante ? Vous l'exprimez systématiquement, et contre l'évidence sociologique, chaque mois, dans un journal du soir ? C'est curieux.

Divine surprise

Tout allait pour le mieux dans le meilleur des mondes possibles. Les écrivains écrivaient, les maisons d'édition publiaient, les critiques faisaient semblant de critiquer, les jurys couronnaient, les intrigues fleurissaient, les potins potinaient, les foires foiraient, les télévisions tournaient. Certes, le niveau baissait, et le délit de littérature, le vrai délit d'initié, était de plus en plus rare. On commémorait, on s'arrachait les vieillards survivants, on les photographiait, on les interviewait, on repassait leurs anciennes bobines, on s'attendrissait sur le monde d'avant, ah le style, ah les caractères, ah les conceptions du monde, oh les rencontres d'autrefois au sommet, si pétillantes, si raffinées ! Qui reste-t-il ? Qui peut être comparé aux grands esprits de jadis ? Citez-moi un nom. Hélas, hélas. Un soupçon surgissait même de temps en temps : la lecture a-t-elle encore cours ? Ne nous enfonçons-nous pas dans un monde illettré ? Oui, il y avait un risque. Mais qui allait se plaindre du tassement général s'il signifiait l'abondance pour tous, la fin d'une trop douloureuse histoire ? D'accord, il y avait encore des interdictions, des arrestations, des autodafés. Retards que tout cela, accidents, vétilles, bavures. Les Turcs brûlaient les livres d'Henry Miller, le clergé catholique se ridiculisait, une fois de plus, à propos d'un film sans intérêt ; un fonctionnaire du ministère de l'Intérieur proposait régulièrement une campagne contre la pornographie et la drogue — bref les nouvelles courantes, rien de sérieux. Le Progrès s'accompagne toujours de légères convulsions obscures.

Et soudain, l'imam ! Millions de dollars offerts pour tuer un tranquille citoyen britannique, un Indien musulman ayant blasphémé contre Mahomet, donc contre un milliard de fidèles ! C'est une plaisanterie ? Une crise d'épilepsie ? Une grosse colère en cours de signature de contrat ? Vous n'allez quand même pas me dire que les affaires seraient perturbées par une lubie de ce genre ? Attendons et voyons. Ça va lui passer. J'étais à Berlin, en 1936, quand on brûlait quelques livres. Les *modérés* d'alors, dans l'entourage du chancelier, me téléphonaient souvent pour m'avertir que ce n'était là que divertissement de masse, folklore local, exorcisme joyeux, *catharsis*. Ne gênons jamais les modérés, ne les poussons pas dans les bras des Russes, telle est notre devise. Vous avez lu ce roman, vous ? Le Satanique ? Franchement, ça vous paraît méchant ? Quand on trouve chez nous Sade *en livre de poche* ? Nous publierons ce Satanique, soit, puisque notre abstention se verrait trop. Quoi encore ? Vous prétendez que plus personne n'ouvre un livre ? Ne ressent ce qui s'y déploie ? Que l'Infâme, pardon, l'Imam, est le dernier lecteur planétaire ? Mais il ne lit rien, pas plus que le cardinal Decourtray qui me disait hier : « Je n'ai pas vu ce film, mais il me blesse ; je n'ai pas lu ce livre, mais il choque profondément ma conviction de croyant. » Spectacle, mon cher, spectacle ! Je vous accorde que nous aurions dû prévoir que ce « Satanique » était une provocation. Eh bien, nous serons plus vigilants à l'avenir. Nous renforcerons une littérature *sans danger*. C'était notre programme ; il sera désormais appliqué sans faiblesse. Au fond, l'imam nous aide, le cardinal aussi. Nous retiendrons les manuscrits gênants *à la source*. Nous marginaliserons les irresponsables, les excités, tel cet écrivain qui s'écriait l'autre soir : « Écrivains de tous les pays, unissez-vous ! Vous n'avez rien à perdre que vos surveillants policiers, vos dictateurs commerciaux, vos assassins virtuels ! » De Gaulle avait tort : nous arrêterons Voltaire. Ou plutôt, nous l'étoufferons dans l'œuf. L'ordre régnera au Salon du livre comme à Francfort. Les croyances, toutes les croyances, seront respectées. Pas la moindre blessure. Nous connaissons, croyez-moi, les éléments corrupteurs, les meneurs. Les seuls livres permis seront la Bible, les Évangiles, le Coran, avec interdiction de trop se demander *ce que ça veut dire*. Pour le reste : gadgets évacuables, déluge eau de rose. Tout ira mieux qu'avant. Il y a eu des scandales, mais il n'y en aura plus. Je vous assure que Dieu pourra dormir tranquille, Lui, son Fils, sa Mère, ses Saints, ses Prophètes et leurs femmes, ainsi (bénédiction sur eux !) que tous ses employés consciencieux.

Sade, aujourd'hui

Quels nouveaux malheurs frappent Justine, aujourd'hui, en plein Paris, pendant qu'en surface on continue à célébrer, dans la plus parfaite inconscience, les droits de l'homme ? Ceci :

« Une fois arrivée au lieu du rendez-vous, elle a vite découvert ce qu'ils voulaient d'elle. Alignés et nus, les zoulous l'ont obligée à faire une fellation, sous les rires des copains invités à la petite fête. Une autre fois, trois blanches se sont fait kidnapper par des Black Dragoons à la Défense. Pendant soixante-douze heures, elles sont restées enfermées dans un sous-sol, sans eau ni nourriture, à la merci d'une cinquantaine de mecs déchaînés. Ils se sont relayés pendant trois jours. L'une des filles est actuellement soignée dans un hôpital psychiatrique [1]. »

Ou encore :

« Soudain, le zoulou a ouvert la porte et m'a poussée dans un réduit sombre. Un matelas était posé sur le sol. " Ton mec a violé ma nana. Comme il se cache, c'est toi qui va payer. " J'ai

1. *Paris-Match*, 29 novembre 1990.

crié, j'ai pleuré, j'ai supplié. Le Black Dragoon ne voulait rien entendre. " Ce n'est pas compliqué : ou tu te laisses faire, ou j'appelle les copains qui attendent en haut. C'est moi ou nous tous. À toi de décider. " La perspective de subir les brutalités de toute une bande m'effrayait tellement que je me suis résignée. Aujourd'hui, quand j'y pense, j'en frémis encore [1] ».

Charmant style elliptique ! Violence hypocrite des films ! Vulgarité mécanique de l'industrie pornographique ! Nous le devinons : tout cela peut aller infiniment plus loin, *en détail*. C'est pourquoi il est temps de réclamer à nouveau, avec la plus extrême énergie (comme l'ont fait, en leur temps, les policiers Restif de La Bretonne et Barras), l'interdiction des écrits du Marquis de Sade. On se souvient de la courageuse prestation d'Élisabeth Badinter, à la télévision, face à un quarteron d'intellectuels balbutiants et irresponsables et d'un descendant de Sade venant de fonder une marque de champagne sous ce nom. Elle a eu l'audace de lire d'une voix bien timbrée, quoique légèrement émue par l'atrocité du propos, la passion criminelle numéro cent onze des *Cent Vingt Journées de Sodome* : « Il lui arrache les couilles et les lui fait manger sans le lui dire, puis remplace ses testicules par des boules de mercure, de vif-argent et de soufre, qui lui causent des douleurs si violentes qu'il en meurt. Pendant ces douleurs, il l'encule, et les lui augmente en le brûlant partout avec des mèches de soufre, en l'égratignant et en brûlant sur les blessures. »

1. *Ibid.*

Comment se retenir de hurler contre de telles horreurs ? Le fait qu'elles puissent être légitimées, récemment, par un éditeur sérieux, dans une collection prestigieuse[1], est un événement qui en dit long sur la crise de notre société. N'existe-t-il donc plus aucune autorité dans ce malheureux pays ? L'archevêché de Paris, si prompt à s'émouvoir du fade film de Scorsese, peut-il feindre d'ignorer qu'on réimprime aujourd'hui, en France, parmi des centaines d'autres, des phrases de ce genre : « Il brise les crucifix, des images de la Vierge et du Père éternel, chie sur les débris et brûle le tout. Le même homme a la manie de mener une putain au sermon, et de se faire branler pendant la parole de Dieu » ? Pouvons-nous supporter, dans l'indignation fervente où nous laisse l'*après-Carpentras*, qu'on puisse donner à lire (je cite au hasard) : « Il le cloue par le trou du cul sur un pieu très étroit, et le laisse finir ainsi » ? Si une lâche acceptation générale devait suivre cette publication au grand jour (et avec publicité dans les journaux, s'il vous plaît : « L'enfer sur papier Bible » !), cela ne pourrait signifier qu'une chose : *que tous les crimes seraient désormais permis dans la mesure où personne ne saurait plus ni lire ni écrire*. Après tout, nous en sommes peut-être là. Mais alors, quel effondrement ! Déjà, les pouvoirs publics avaient laissé passer, l'année dernière, un pamphlet apocryphe de Sade clairement dirigé contre l'esprit intime de la Révolution[2]. Croyez-vous, Français, qu'au moment où un clip bien innocent de Madonna est interdit aux États-Unis, vous n'ayez pas à rougir de votre indifférence ? Pensez-vous

1. Sade, *Œuvres*, Gallimard, « Bibliothèque de la Pléiade », 1990.

2. *Sade contre l'Être Suprême*, Quai Voltaire, 1989 et 1992.

qu'une traduction arabe de ces supplices ivres de cruauté voluptueuse, pourrait paraître, sans soulever des émeutes, à Bagdad, Téhéran ou Alger ? Qu'une version en hébreu soit envisageable et propageable ? Sans parler d'une mise en vente en chinois ? Femmes du monde entier, féministes sincères, n'allez-vous pas enfin vous mobiliser devant ce tableau : « Il veut une femme grosse ; il la fait courber en arrière sur un cylindre qui lui soutient le dos. Sa tête, au-delà du cylindre, va poser en arrière sur une chaise et est fixée là, les cheveux épars ; ses jambes se trouvent dans le plus grand écartement possible, et son gros ventre extraordinairement tendu ; là le con bâille de toute sa force. C'est là et sur le ventre qu'il dirige ses coups, et quand il a vu le sang, il passe de l'autre côté du cylindre et vient décharger sur le visage » ?

Faut-il poursuivre ? N'est-il pas évident que nous sommes ici au-delà même des crimes nazis ? Pourtant, les éditeurs ont l'énorme aplomb d'affirmer : « Sans banalisation ni provocation, Sade a sa place dans la " Bibliothèque de la Pléiade ". » Jolie place, en vérité, à côté de la Bible ! Il suffit de citer : « Quinze filles passent trois par trois ; une fouette, une le suce, l'autre chie ; puis celle qui a chié fouette, celle qui a sucé chie, et celle qui a fouetté suce. Il les passe ainsi toutes quinze ; il ne voit rien, il n'entend rien, il est dans l'ivresse. » Ou bien : « Il est entre six filles ; l'une le pique, l'autre le pince, la troisième le brûle, la quatrième le mord, la cinquième l'égratigne et la sixième le fouette : tout cela indistinctement, partout ; il décharge au milieu de tout cela. » Je parle ici gravement, puisque Sade ne se cache pas de se modeler sur le démoniaque lui-même : « Le scélérat se promène dans son caveau aussitôt qu'il y est descendu ; il examine un quart d'heure chaque supplice, en blasphémant comme un damné et en accablant la patiente d'invectives. Quand à la fin il n'en peut plus, et que son foutre, captivé si longtemps, est prêt à s'échapper, il se jette dans un fauteuil d'où il peut observer tous les supplices. Deux des démons l'approchent, montrent leur cul et le branlent, et il perd son foutre en jetant des hurlements qui couvrent totalement ceux des quinze patientes. Cela fait, il sort ; on donne le coup de grâce à celles qui ne sont pas encore mortes, on enterre leurs corps, et tout est dit [1]. »

On peut s'étonner qu'un écrivain aussi sérieux et unanimement respecté que Marguerite Yourcenar (d'ailleurs publiée dans la même collection) n'ait pas su dénoncer le danger épouvantable que représente Sade. Elle écrit en effet, en 1967, à un ami : « Je vous confierai que je n'aime pas Sade à qui j'en veux de son manque de réalisme... Rien de moins physiologique que cet homme qui se croit préoccupé de sexualité. On ne flaire pas le sang chez cet auteur sanglant, ni aucune autre odeur d'excrétion ou de sécrétion humaine. » En effet : c'est bien pire.

De deux choses l'une : ou bien ce livre existe, et il est permis, par exemple, d'en lire des passages entiers à la télévision (aux journaux de vingt heures), à la radio (pendant la journée) ; d'en reproduire des pages dans les journaux (à la une) et les magazines (avec illustrations *fidèles*) ; ou bien il n'existe pas.

1. *Les Cent Vingt Journées de Sodome.*

S'il existe, pourquoi cette tolérance ? S'agit-il de poésie vertigineuse et pure, d'une prémonition surréaliste, comme certains illuminés n'arrêtent pas de le répéter ? D'un document pour médecins ou universitaires, aux mœurs suspectes, se chargeant de l'obscurcir par des explications lénifiantes afin de mieux corrompre l'atmosphère (pensons aux milliers de lycéens confrontés à ces élucubrations) ? Faut-il en déduire, plutôt, *que les mots n'ont plus, désormais, aucune importance* ?

S'il n'existe pas, pourquoi viens-je de le feuilleter ? Serais-je donc actuellement le seul, ici ou ailleurs, à ne pas rêver ?

Le désir

Le désir ? Tout le monde, désormais, se propose de m'y inciter, de m'y adapter, de me l'expliquer. Je suis harcelé quotidiennement de conseils, d'injonctions, de slogans, d'images, de bribes médicales ou chimiques, de suggestions surréalistes ou psychanalytiques reprises en publicité. Dans quelle situation suis-je ? À quoi correspond mon sexe ? Est-il normal, déviant, conformiste, audacieux, bien réglé ? Connaît-il vraiment son objet ? N'a-t-il pas l'intention, à mon insu, d'en changer ? Comment l'employer, le soutenir, l'encourager, l'acclimater, l'économiser, l'investir, le dépenser ? La Société du Spectacle a réponse à tout. Journaux, magazines, revues spécialisées, cinéma, télévision, radio, essais bâclés, romans vendus d'avance, c'est incessant, c'est direct, ça cogne. Le désir est une marchandise, c'est même la marchandise des marchandises, *vous devez désirer* ! Le désir et la science ? Soit. Nos statistiques sont là, nos laboratoires, nos sondages *in vitro*, versant masculin, versant féminin. Dieu, ce méchant, s'oppose-t-il au désir ? Colloque. Le désir est-il transformé par l'argent ? On ose le dire. Désir et

Pouvoir ? Débat du siècle. Désirer avec Freud, sans lui, malgré lui ? Nous en parlons tous les jours. Apprenez à désirer, perfectionnez vos désirs, éclairez davantage cet obscur souci du désir, entraînez-vous au dur désir de durer, voici notre enquête, villes, villages, vacances, voyages organisés, banlieues. Lisez vite nos propos rapportés, nos synthèses philosophiques, nos confidences de stars et de spécialistes. Le désir s'analyse selon l'âge, la profession, les différences affirmées, les perspectives culinaires, l'environnement culturel. L'homme idéal rencontre la femme idéale ? Étrangement, ce couple de l'année est chaque fois formé des deux présentateurs-vedettes de la télévision du soir. Trois sportifs et deux sportives célèbres rassureront d'ailleurs le public sur le bon état dynamique des corps.

Quelqu'un qui, aux deux questions suivantes : Qu'espérez-vous ? Que désirez-vous ? répondrait : « rien », commettrait un délit grave ou passerait pour fou. Le désir ou la dépression, il faut choisir. Désirez ! Délirez ! Voilà l'ordre. « C'est bien ainsi que se présente désormais la vulgarité de la planète spectaculaire. » (Debord.)

Le narrateur de *La Fête à Venise* dit à un moment : « Pour que les esclaves modernes acceptent, et même revendiquent, leur condition, il faut les droguer d'images et de racontars en permanence… Ça ne jouit plus, ou le moins possible : trop dangereux pour l'installation irradiée. Sans cesse excité, sans fin déprimé, tel sera le spectateur du spectacle. Il, ou elle, est une reproduction. Il, ou elle, sera utilisé comme reproduction de reproduction. »

Cette automatisation anonyme et programmée du désir, lequel est, par définition, toujours désir d'autre chose (d'une autre marchandise plus convaincante, plus comblante), fait étrangement de Pavlov le penseur le plus actuel. Stimulus ? Réponse ! L'originalité, ici, sera bannie, de même que l'invention atypique, tordue, vicieuse, joueuse. Tout devant être socialisé à l'extrême, et à chaque instant, la moindre trace de distance, de réflexion, d'incrédulité, d'ironie sera sévèrement jugée. D'interdit, le sexe devient obligatoire, ce qui revient à l'empêcher bien plus efficacement qu'en l'assimilant à l'enfer. Si tout le monde touche à la sexualité, la sexualité se dissout. Si chacun est homosexuel, plus personne ne l'est. Si l'on désire à la fois la loi et la transgression, il n'y a plus ni loi, ni transgression. Si la perversion est la norme, plus de perversion. On entre dans ce que j'ai appelé une perversation généralisée (comme on dit malversation). Ce qui touche au désir devient une valeur d'échange, l'usage est immédiatement rabattu sur l'échange, le désir manifesté ici ou là est donc, tout au plus, une information. Les retardataires du désir doivent le savoir : ils campent sur des positions minées d'avance. Non, il n'y aura pas de retour à la morale, à la religion, à la famille, à l'identité, à l'ordre musclé. Ce qui n'empêche pas qu'il faut toujours les faire craindre, pour accélérer la mise en place du dispositif nouveau. Attention, fascisme ! (Pêle-mêle : le pape, les intégrismes, les nationalismes, les racismes, etc.) La vérité est, d'ailleurs, que les anciennes figures du refoulement peuvent très bien s'accommoder de la surexposition du désir-marchandise, et même encourager ce dernier en en tirant les plus grands profits. Une seule règle : montrer sans relâche à quel point le désir est élémentaire, tout-puissant, naturel, épanouissant, partagé, constant. Cette pseudo-démocratie du désir le rend bête et laid ? Eh oui, sans doute, mais c'est bien la preuve d'un problème en voie de résolution (la pornographie *doit* être la plus moche et la plus idiote possible, il n'est pas question qu'elle s'exerce aux frontières de la conscience de soi : le sexe n'a pas à rendre intelligent ou à renseigner sur la beauté, il vous rappelle simplement que vous êtes *comme les autres*). Un magazine branché publiait récemment ma définition : « S., écrivain érotomane. » Ce qui veut dire : on vous pardonne d'être écrivain parce que vous êtes érotomane (et surtout restez-le, on vous a à l'œil). Le contrôle des stéréotypies sexuelles est un impératif du marché des choses comme des corps. Ne vous a-t-on pas déjà dit, autrefois, que vous étiez des « machines désirantes » ? Eh bien, ce que la machine veut, la Technique le peut. Non seulement pour vous, mais pour tous, et dans tous les sens.

Il est donc logique que l'inadmissible soit, de plus en plus, l'expression strictement individuelle du désir. Pour qui vous prenez-vous pour affirmer une singularité dans cette grande unanimité ? Vous êtes bien dans la classe des *ceci*, des *cela* ? Vous êtes bien un homme ? Ou une femme ? Ou un peu des deux ? Nous avons les réponses à vos questions, d'ailleurs inutiles. Soyez ce que vous voudrez mais pas *vous*. L'anesthésie du désir est prévue par son simulacre de satisfaction (les sondages ne sauraient porter sur les variations de jouissance, cela demanderait une élaboration verbale, et c'est l'aphasie qui est recherchée). Là encore, les attardés du vieux monde auront tort de parler de « décadence » (mollesse, désordre, ignorance, affaissement des valeurs). La décadence est depuis longtemps passée, nous vivons au contraire la construction énergique, inlassable, percutante, d'une nouvelle Tyrannie d'ensemble. Son but, qu'il ne faut pas une oreille bien fine pour entendre, est de populariser le désir de mort. Que reste-t-il à vouloir, pour un être humain convaincu de n'être qu'une reproduction de reproduction, sinon *s'effacer* ? Pour lui en donner le goût et la détermination, il conviendra de le maintenir en état constant d'énervement et de frustration. Comme le drogué, on lui révélera son désir pour le transformer en besoin, le tout finissant dans la plus banale des disparitions acceptées comme un soulagement nécessaire. Il y aura donc les Maîtres et les Esclaves, et c'est sans doute la raison pour laquelle on n'a jamais tant parlé de démocratie. D'un côté, la maîtrise des reproductions artificielles ; de l'autre, les numéros artificiellement reproduits. Cette nouvelle donne — qui fait déjà les beaux jours de la biologie — est particulièrement sensible dans le trafic d'art, comme dans l'organisation générale de l'analphabétisme et de l'amnésie historique. Quelqu'un qui ne sait pas lire (ou qui en a été dégoûté) ne peut plus, c'est l'évidence, atteindre son propre désir. Voyant toujours la même scène à la télévision ou au cinéma (dans un feuilleton américain, par exemple, il est rare qu'un baiser ne soit pas immédiatement suivi d'une discussion financière ou d'un coup de revolver), il aura l'impression que désir signifie punition ou dette. En effet, rien de gratuit. Le bien social par excellence sera d'ailleurs, au moment opportun, représenté par l'enfant qui ne peut pas ne pas découler de toute cette intrigue. Argent-Mort-Enfant : telle est la plaisante trinité d'acier de la religion tyrannique. On peut s'amuser, si l'on veut, en remarquant que cela fait AME. Argent, Mort, Enfant. Et, de nouveau : Argent, Mort, Enfant. Le sexe dans ce scénario ? Simple hameçon, voyons.

Supposons que j'apporte à un éditeur d'aujourd'hui le manuscrit d'*À la recherche du temps perdu*. Il y discernera d'abord, confusément, une pathologie du désir asocial, donc suspect. Outre qu'un tel livre n'est pas susceptible d'atteindre d'emblée une place de choix dans la liste des best-sellers (ce qui, après tout, est la seule façon de prouver son existence), sa volonté manifeste de s'arrêter sur des détails insignifiants, des événements infimes, des comportements obliques et codés lui donnera une désagréable impression d'anomalie. Les désirs de la narration, inutilement compliqués, s'attachant à des gestes, des parfums, des couleurs, des intonations, lui sembleront, à juste titre, l'expression d'un esprit réfractaire au choc pathétique ou publicitaire. Il est possible que le livre finisse par être publié, mais sans conséquences (ou alors, miracle : il a le Goncourt, tout le monde l'achète et personne ne le lit). Vous me dites que les œuvres de Sade sont en « Pléiade » et que, par conséquent, chacun peut y découvrir, quand il veut, les fondements vertigineux du désir ? Mais du temps que Sade était le Diable, on pouvait encore en parler avec cent amateurs. Aujourd'hui, deux, au grand maximum. Voilà ce qu'on peut appeler le devenir mort de la lettre. La lettre morte est le degré zéro du désir.

Eh oui, le désir humain est du langage, encore du langage, toujours du langage. Sans conversation, équivoques, phrases à double entente, variétés de registre et de vocabulaire, mélange trouble des significations, contrariétés, simulations, allusions, pas de désir, simple fonctionnement. On ne trouvera pas trace de désir (pas plus que de Dieu, d'ailleurs) dans le sous-sol ou le fond des mers, dans les galaxies ou les protons, dans la physique, la chimie, la paléontologie, la gynécologie, la statistique, la sociologie. En revanche, les bibliothèques en sont pleines, les musées en regorgent, la musique ne s'en lasse pas. Et c'est *précisément* pour cela qu'il est question de confisquer la lecture, la perception distincte, le *sens* de cette grande Archive. On ne brûle pas les livres, les tableaux, les disques, les partitions ? Non, on les met entre parenthèses, et le blanc se passe directement dans les cerveaux. Tout est disponible, presque rien n'est accessible. Le désir, c'est du langage chargé, potentiel, qui reçoit, ou non, sa réponse. La coïncidence de fantasmes conscients entre deux personnes est aussi improbable, aussi hasardeuse, que l'apparition ou la disparition, il y a des millions d'années, d'une espèce animale à la surface du globe. *Le désir est une tentative de littérature* (les mots y sont essentiels). Même mal écrite, instinctive, pauvrement obscène, elle vise à s'étendre, à se ramifier, à se complexifier, c'est-à-dire à vaincre l'inhibition comme la censure. On lutte contre son désir parce qu'on ne sait pas le dire. On lui en veut ou on le hait parce qu'il vous met en défaut de formulation. On va même jusqu'à s'en venger parce qu'il ironise sur la lourdeur de celui ou de celle qui l'éprouve. Montre-moi comment tu parles, je te dirai comment tu désires. Si tu ne trouves personne à qui parler (actes compris) le divan t'attend (c'est toujours mieux que le suicide ou la dépression brutale, tellement à la mode). Le désir est un projet de contre-société permanent. Ils sont peut-être en cours d'organisation, les nouveaux acteurs de ce terrible blasphème : rien pour la Société, tout pour nous. Ils passeront entre eux des contrats bizarres. Ils auront leurs signes de reconnaissance, leurs discrétions, leurs fausses indiscrétions. Des romans les décrivent peut-être déjà, qui échappent, comme par magie, à la police du Spectacle. Ils sont plus proches de la logique impeccable de l'amour courtois que des clichés indéfiniment ressassés de l'AME. Ils se désirent parce qu'ils se parlent tout en se touchant, dans une langue incompréhensible ou qui ferait dresser les cheveux sur la tête des fonctionnaires de l'illusion. Ils ne sont pas achetables, pas récupérables. De telles sociétés de plaisir ont, paraît-il, existé au dix-huitième siècle : l'Empire les pourchassa sans trêve, on n'a sur elles que peu de renseignements. Il semble qu'en ce temps-là les femmes n'hésitaient pas à exister pour elles-mêmes, avant de devenir la population privilégiée de la grande manipulation économique de masse. L'une de ces sociétés mystérieusement antisociales s'appelait : *Société du Moment*. C'est la grâce que je me souhaite.

La Bible, en français

À Paris, le lundi 23 novembre 1654, jour anormalement doux et bleu, vers dix heures et demie du soir jusqu'aux environs de minuit et demi, un homme très philosophe et très savant, mais qui, surtout, écrit mieux que personne, est seul dans sa chambre. Il vient de résoudre un problème complexe de géométrie que ses concurrents internationaux ne parviennent pas à boucler. Ses calculs ont été cette fois plus faciles et rapides que d'habitude. Il ouvre l'une des fenêtres donnant sur le jardin désert, rectangles noirs sur l'herbe, allées de gravier plus claires. Il se penche un moment au-dehors, puis revient s'asseoir à une autre table sur laquelle s'entassent des centaines de feuillets qui, pour un visiteur, signifieraient un grand désordre. Visiblement, il continue d'annoter un gros livre, se penchant sur lui, à intervalles réguliers, la loupe à la main.

Il écrit, par exemple : « Ce n'est point ici le pays de la vérité, elle erre inconnue parmi les hommes. Dieu l'a couverte d'un voile qui la laisse méconnaître à ceux qui n'entendent pas sa voix. » Ou encore : « Au lieu de vous plaindre que Dieu s'est caché, vous lui rendrez grâces qu'il s'est tant découvert. » Et ainsi de suite. Il s'arrête parfois pour consulter l'un des trois dictionnaires qui sont ouverts sur sa gauche, l'un latin, l'autre grec, le troisième hébreu. On a l'impression qu'il veut arriver à un classement méthodique et démonstratif de ses commentaires, lesquels, loin d'être patients, sont emportés par la vivacité de sa plume. Il lit, une fois de plus, son passage favori, Exode 3-14. Il est question d'un buisson qui brûle sans se consumer et d'une voix qui émane de lui pour décliner enfin le vrai nom de Dieu (qui en a plusieurs, comme chacun sait). Pas de doute, il faut traduire par : « Je suis qui je suis. » C'est un imparfait-présent, et même un futur. J'étais qui j'étais, je suis qui je suis, je serai qui je serai. Il est étonnant que le verbe être soit le Nom des Noms, à la première personne. L'erreur serait de dire : je suis celui qui suis, ou celui qui est. On tomberait dans le casse-tête de l'existence, et, l'évidence brûlante est là, soudain : Dieu n'existe pas, il est. Il est ? Non, *Je suis*. Pas moi, *Je*.

Blaise Pascal prend une feuille de parchemin, écrit la date et l'heure, et, en capitales, le mot : FEU. Ensuite : « Dieu d'Abraham, Dieu d'Isaac, Dieu de Jacob, non des Philosophes et des savants. » Ensuite : « Certitude. Certitude. Sentiment. Joie. Paix. » Et puis encore : « Père juste, le monde ne t'a pas connu, mais je t'ai connu. » Et enfin : « Joie, Joie, Joie, pleurs de joie », et aussi : « Éternellement en joie pour un jour d'exercice sur la terre. »

Il attend que l'encre sèche, puis il enlève sa veste. Avec des ciseaux, il découpe soigneusement la doublure, introduit le parchemin plié en quatre dans le pli ainsi ménagé et, muni d'une aiguille et d'un fil, recoud l'ensemble. Chaque fois qu'il changera de veste, il transférera le papier. Ainsi pourra-t-il le toucher, mince épaisseur, en s'habillant et en se déshabillant, ou bien dans la journée, de façon fortuite. On ne découvrira ce document qu'après sa mort.

Le voilà reparti dans ses notes : « Le fini s'anéantit en présence de l'infini et devient un pur néant… » Cette nuit, donc, pas question de dormir.

Rimbaud

C'est l'été. Je suis à Long Island. Je relis les *Illuminations*, le livre qui restera quand plus personne ne se souviendra de rien. En ce temps-là, seuls quelques rares passants pourront se promener dans l'après-monde comme s'il s'agissait d'un volume ouvert à chaque moment. Je vois des phrases, des mots, les syllabes me guettent, on dirait que les signes palpitent comme ce qui fut autrefois paysage et tableau. J'éteins la télévision. « À droite l'aube d'été éveille les feuilles et les vapeurs et les bruits de ce coin du parc. » Le mouvement du jour commence en effet par les arbres, c'est une fumée invisible, les bruits signalent le clair. « Les talus de gauche tiennent dans leur ombre violette les mille rapides ornières de la route humide. » Voir des ornières *rapides* (disque imprimé du passé, voyageurs, livraisons, fuites), ce n'est pas facile. « Défilé de féerie. » Voilà, j'en ai assez lu pour que la vision soit là, suffisante. « En effet : des chars chargés d'animaux de bois doré, de mâts et de toiles bariolées »...

Dans la maison où je suis, personne ne parle ni ne comprend le français.

J'allume la radio, je tombe sur la symphonie 85, *La Reine*, de Haydn. Je pense à la Loge Olympique, au profil gravé du comte Claude-François-Marie d'Ogny. Le titre complet de cette symphonie (1785) est *La Reine de France*. Je suis en train d'écrire un roman, *Le Lys d'Or*, dont le personnage s'appelle Reine. Marie-Antoinette a été guillotinée à l'âge de trente-huit ans.

« Au grand galop de vingt chevaux de cirque tachetés, et les enfants et les hommes sur leurs bêtes les plus étonnantes » —

Les chars sont aussi des bateaux, nous sommes après le déluge, quel cirque. Le retour des chevaux est toujours empreint, chez Rimbaud, d'une émotion particulière. Je pense à mon enfance à Bordeaux, à l'écurie de courses de mon grand-père. Une photo me montre, à deux ans, debout à côté de lui, chemin détrempé, traces de roues. Sa main est posée sur un museau noir.

J'ai regardé tout à l'heure une reproduction d'un tableau de Susan Rothenberg intitulé *Biker* (1985). Elle a peint beaucoup de chevaux (des « autoportraits »). Dans *Biker*, il y a un arbre et un cycliste fonçant vers le spectateur. Seule toile regardable d'un recueil accablant sur la peinture américaine des années quatre-vingt.

« Vingt véhicules, bossés, pavoisés et fleuris comme des carrosses anciens ou de contes, pleins d'enfants attifés pour une pastorale suburbaine » —

Bossés, pavoisés et fleuris : on entend l'os, la voix, le rire.

« Même des cercueils sous leur dais de nuit dressant des panaches d'ébène, filant au trot des grandes juments bleues et noires. »

Le tableau a été monté pour faire traverser la mort.

Splendeur de ces simples mots assemblés : *les grandes juments bleues et noires*.

L'aube éveille. Les talus tiennent. Chevaux tachetés. Ombres violettes.

Le poème s'appelle ORNIÈRES. On entend : or, nie, hier.

Bois doré. Pastorale. Mille rapides ornières. O bleu, A noir. Signature à l'envers.

L'or du Rhin
Le beau bleu
Le roi Arthur
L'or bleu beau
La mer allée avec le soleil
Arthur Rimbaud.

Et maintenant, *Guerre*, sans commentaire :

« Enfant, certains ciels ont affiné mon optique : tous les caractères nuancèrent ma physionomie. Les phénomènes s'émurent. À présent, l'inflexion éternelle des moments et l'infini des mathématiques me chassent par ce monde où je subis tous les succès civils, respecté de l'enfance étrange et des affections énormes. Je songe à une Guerre, de droit ou de force, de logique bien imprévue.

C'est aussi simple qu'une phrase musicale. »

Rimbaud a pris la peine, au Harar, de faire des photos.

« *Harar, 4 octobre 1883*

Chers amis,

Je reçois votre lettre effrayée.

Pour moi, je ne passe guère une poste sans vous écrire ; mais les deux dernières fois, j'ai laissé les lettres à votre adresse partir par la poste égyptienne. Désormais, je les enfermerai toujours dans le courrier.

Je suis en très bonne santé, et tout à mon travail. Je vous souhaite même santé, et prospérité. Cette poste est très pressée, la prochaine vous donnera une longue lettre.

Tout à vous.

Rimbaud. »

Enfant : ciel, optique, phénomènes.
Depuis : musicien, clé de l'amour.
Donc : l'inflexion éternelle des moments.
L'infini des mathématiques.
Logique bien imprévue.
Guerre.

Nietzsche et l'esprit français

Imaginons quelqu'un, aujourd'hui, dont l'instinct serait sans cesse porté vers ce qui est, selon Nietzsche, à la fois bon, noble, beau, heureux et aimé des dieux. Le ressentiment général l'accompagnerait pas à pas. Il serait l'objet d'une rancœur et d'une haine immédiates, d'autant plus fortes qu'il les ignorerait en les contournant. La rumeur malveillante et la calomnie seraient son lot, qu'il accepterait volontiers en riant ou en détournant la tête. Il ne réagirait même pas, sauf pour passer son chemin ou défendre son goût. Tout se passerait comme si l'affirmation dont il est, comme malgré lui, porteur n'avait aucun rapport logique avec la négation qui le vise. On lui dirait constamment qu'il est anormal, amoral, névrosé, fou, égoïste, odieux, pernicieux, vicieux. Il ne s'étonnerait qu'un instant, reconnaissant là la règle truquée du jeu, la comédie des surfaces. Je le vois seul, et français, ce scandale de l'heureuse nature, conscient de sa provenance comme on ne l'a jamais été : « La dernière noblesse politique de l'Europe, celle du dix-septième et du dix-huitième siècle *français*, s'écroule sous la poussée des instincts populaires du ressentiment. Jamais sur terre on n'avait connu d'allégresse plus grande, d'enthousiasme plus tapageur... » Nietzsche insiste : il s'agissait bien, avec ce soleil soudain, plus brillant encore que celui de la Renaissance, de l'« idéal antique en chair et en os ».

Nous sommes ici en 1878, et *Humain, trop humain* est ostensiblement dédié à Voltaire pour le centenaire de sa mort. Il faut lire ensemble la refonte dialectique des *Poésies* de Ducasse — « le passé hideux de l'humanité pleurarde » — et la brusque francophilie de Nietzsche trahissant l'Allemagne victorieuse de la guerre de 1870. Renversement des perspectives historiques : contre la Renaissance, la Réforme était déjà un « mouvement de ressentiment fondamentalement populacier ». La Révolution et surtout la Terreur, dans la foulée du même refoulement, ont été un détournement rétroactif de l'Antique, sa singerie théâtrale s'opposant à sa nouveauté réelle incarnée. Oui, une brutale *désincarnation* régressive a eu lieu, une vengeance spectaculaire à l'égard d'un idéal « en chair et en os ». Étrange inversion, qui se laisse déchiffrer, par exemple, dans la contradiction entre l'aristocratisme poussé à bout de Sade et la version péniblement emphatique « vieille Rome » des Terroristes[1]. Une pétrification morbide et abstraite « à l'Antique » *contre* la grande allégresse de la noblesse (et de son « mot d'ordre effrayant et enchanteur : *privilège de la minorité* »), voilà ce qui a été enseigné et propagé partout comme négation de Nietzsche, ce qui autorise maintenant à renvoyer dos à dos, gentiment, les moroses commentateurs « nie-

1. *Sade contre l'Être Suprême*, Quai Voltaire, 1992.

tzschéens » (il suffit de les regarder vivre) et les salariés « anti-nietzschéens », beaucoup de monde pour rien, des tonnes de livres et d'articles écrits par des « prêtres masqués », c'est-à-dire des philosophes. La prolifération du prêtre masqué serait ainsi la clé des dix-neuvième et vingtième siècles. Prêtre ? Masque ? Plutôt la névrose moderne par excellence : « Une disposition d'esprit prête à subir toutes les épreuves hormis celle de l'insouciance[1]. »

Je n'aurais, quant à moi, jamais pu écrire *Paradis, Femmes, Portrait du Joueur, Le Cœur absolu, Les Folies françaises, Le Lys d'or, La Fête à Venise, Le Secret*, si je n'avais senti en permanence planer près de moi la main dégagée, active, cruelle et indulgente de Nietzsche. Permission de *négliger* la propagande nihiliste et sa culpabilisation maniaque, de même que la mauvaise humeur déclenchée par celui qui s'obstine à suivre son bon plaisir : « Il n'aime que ce qui lui fait du bien ; son plaisir et son envie cessent dès qu'il dépasse la limite de ce qu'il lui faut. Si quelque chose lui nuit, il devine le remède ; il fait tourner la mauvaise fortune à son profit ; tout ce qui ne le tue pas le rend plus fort. » J'ai devant les yeux mon vieil exemplaire d'*Ecce Homo* à moitié déchiré, livre d'île déserte lu et relu, appris par cœur. Pour chaque instant de l'existence, il y a un réflexe Nietzsche, une indication Nietzsche, une fraction à saisir, retour sur soi, récapitulation, désillusion, guérison et affirmation. Je me revois en train de faire lire *Le Gai Savoir* à untel ou unetelle, très bon test, lèvres pincées ou non, épreuve beaucoup

1. Clément Rosset, *La Force majeure*, Minuit, 1983.

plus probante — mais du même ordre — que celle d'un livre obscène. Voici donc l'évangile du jour, missel (mais oui), liturgie, musique, s'adressant directement à la respiration et aux nerfs : « Quand on est assez riche pour s'en offrir le luxe, c'est même une chance d'avoir tort. » On choisit le fatalisme ou la guerre contre l'esprit de vengeance, de rancœur, de dépit, de « mauvaise digestion » : « Je n'attaque jamais les personnes, je me sers d'elles pour rendre visibles des calamités publiques latentes ou insaisissables. » Et voilà pour répondre à l'accusation d'écrire des romans « à clés » et autres murmures. « Je perçois physiquement la proximité d'une âme, que dis-je sa proximité ? Son tréfonds, ses entrailles mêmes. Je la " flaire ". » Le génie dans les narines, tel doit être le principe du romancier de la vérité. Ce n'est pas seulement Voltaire qui est ici célébré, mais aussi Stendhal — l'un des « hasards les plus beaux de ma vie ». Ils sont convoqués, en guise d'avertissement bouffon et solennel, contre la lourdeur allemande : « Partout où va l'Allemagne, elle corrompt la culture. » « Penser allemand, sentir allemand, je suis capable de tout, mais cela dépasse mes forces. Mon vieux maître Ritschl prétendait même que je concevais mes dissertations philosophiques comme un romancier parisien, c'est-à-dire d'une façon ridiculement captivante. » Et Nietzsche (toujours dans *Ecce Homo*, livre si méconnu) en rajoute : « C'est toujours à quelques vieux auteurs français que je reviens. Je ne crois qu'à la civilisation française et tiens pour victime d'un malentendu tout ce qui se croit " cultivé " sans elle dans les limites de l'Europe » (écrivons aujourd'hui : planète). Et encore : « Comme artiste, on n'a en Europe d'autre patrie que Paris »

(Nietzsche n'est jamais venu à Paris). Tout se passe comme s'il prévoyait, sous le nom d'« Allemagne », une catastrophe non seulement européenne mais mondiale, écrasement du Sud par le Nord, pesanteur, glaciation, volonté de mort. Deux guerres ravageantes, nazisme et stalinisme, stéréotypie et amnésie marchandes, n'auraient eu lieu, en somme, que pour continuer l'écrasement d'une physiologie spécifique (géographie, climat, alimentation, récréation). « J'ai quelque chose de Montaigne dans la pétulence de l'esprit et — qui sait ? — du corps. » Ralentissement, alourdissement et élimination du corps ? Mais « le rythme des échanges physiologiques est en rapport direct avec l'agilité ou l'engourdissement des organes de l'esprit ; " l'esprit " lui-même n'est, au fond, qu'une des formes de ces échanges ». Ce ne sont donc pas les Allemands (et encore moins les Russes ou les Américains qui ont avalé leur poison) qui ont le droit de s'appeler Grecs, mais bien les Français (n'en déplaise à Heidegger). C'est dans la tradition française la plus profonde qu'il faut retrouver, outre le sens des « petites choses à réapprendre », la grande synthèse des capacités contradictoires : « Une hiérarchie des capacités ; une distance ; l'art de séparer sans brouiller, de ne rien confondre, de ne rien " concilier " ; une multiplicité formidable qui soit le contraire du chaos... » Même chose pour la musique, et je crois qu'il faut prendre tout à fait au sérieux la préférence provocante de Nietzsche pour la *Carmen* de Bizet en opposition à Wagner : « Je veux que la musique soit profonde et gaie comme un après-midi d'octobre. » Ne nous répète-t-on pas, tous les jours, qu'il vaut mieux être lourd que léger, pathétique qu'ironique, obstiné que subtil, appliqué que désinvolte, austère que gai, crispé dans la souffrance authentique que détendu dans l'innocence de la jouissance? Réponse : « Je ne sais d'autre méthode que le jeu pour s'occuper des grands problèmes : c'est un des signes essentiels auxquels on reconnaît la grandeur. La moindre contrainte des traits, la moindre ride du front, le moindre grincement de la voix, autant d'objections contre un homme et combien plus contre son œuvre! » Ouvrons donc les journaux et, sauf exception, nous y lirons sans fin l'apologie de la contrainte de la ride sur le front, du grincement de la voix. Les moralistes sont au travail, et il n'existe pour eux de vrai écrivain que malade, pauvre, économe, soucieux, malheureux ou mort.

Immoraliste ne veut pas dire sans morale, bien au contraire, mais spécialiste des tartuferies que permet le déguisement moral. L'esprit français classique de Nietzsche scandalise, par sa seule présence (il nous le dit), le corps romantique et ses réflexes de vengeance contre la vie (« la lâcheté, la malpropreté, les rancunes sournoises tapies dans les entrailles »). « Un mot de moi fait monter au visage tous les mauvais instincts. » Oui, nous vivons cela, « nous les nouveaux, les-encore-sans-nom, les difficiles à comprendre »; nous dont les amis deviennent aussitôt « impersonnels » dès qu'il s'agit de juger un de nos écrits; nous que les belles âmes jugent toujours très en dessous d'elles; sans parler des « bourriques » (germanisées) qui trouvent qu'il y a des « passages », sans d'ailleurs pouvoir dire lesquels. Autre chose: « Tout " féminisme ", y compris chez l'homme, me ferme la porte. » Le féminisme, pour Nietzsche (et comme il a raison), n'est qu'une haine indirecte des femmes, la lutte contre l'homme n'étant « qu'un moyen, un prétexte, une tactique ». Le ressassement hypocrite et social du « cœur » est du même ordre : ignorance du *génie du cœur*, lequel est une « baguette magique qui révèle le moindre grain d'or enfoui dans la boue et le sable... » ; génie du style, art des gestes, « retour au grand naturel de l'image ». Le devenir-style passe ainsi par une « régénération de l'ouïe » que tout écrivain ou penseur-écrivain devrait ressentir lorsqu'il rentre dans le vrai monde du récit ou du jugement libres. La « chose en soi » a disparu, chaque phrase est une « victoire » ou un accord entre « profondeur et enjouement ». Qu'il n'y ait de véritable profondeur qu'*enjouée* est d'ailleurs la meilleure des bonnes nouvelles de Nietzsche, état où « tout être veut devenir verbe, et tout devenir veut apprendre de toi à parler ». Un tel volume orchestral — sous baguette magique — n'atteint à l'unité que parce qu'on a su « être beaucoup de choses en beaucoup d'endroits ». Le style : « C'est la guerre, mais la guerre sans poudre et sans fumée, sans attitudes belliqueuses, sans emphase et sans jambes cassées — tout cela serait encore de " l'idéal ". J'étends posément les erreurs l'une après l'autre ; je ne réfute pas l'idéal, je le congèle. »

Voici une belle matinée bleue. Je lis une fois de plus *Ecce Homo* à Venise. J'écris. La plume court, glisse, tourne, pénètre, s'arrête, repart, vole, danse, repart. Je suis un corps-plume. Rien d'autre que l'ouverture du présent, enrobée de tout le passé et de tout le futur : « On a fait un idéal de s'opposer à l'homme fier et bienvenu, à l'homme qui dit “ oui ”, qui est sûr de lui-même et qui garantit l'avenir —, on a fait de lui le méchant... Et on a cru à tout cela ! Et on l'a appelé morale ! *Écrasez l'infâme* ! »

Le Nouveau Monde de Góngora

En 1947, Picasso recopie à la plume des sonnets de Góngora et se met à dessiner dans leurs marges. Geste étonnamment rétroactif : trois cent vingt ans après la mort du plus grand et du plus controversé des poètes espagnols, un peintre espagnol en exil, se voulant poète lui-même, éprouve la nécessité de se replonger dans cette musique de mots, cette vibration vivante de langue. Picasso cubiste ? Surréaliste ? Communiste ? Indéfiniment moderniste ? Non, il est en train de dire quelque chose de beaucoup plus révolutionnaire et gênant : je perpétue, moi, Picasso, seul désormais, la tradition la plus haute de mes origines. Je ne l'ai métamorphosée, cette tradition, que pour mieux l'affirmer, répondant ainsi à la violente négation de l'histoire. Oui, oui, je suis l'héritier direct de Vélasquez, et Vélasquez parle avec la même énergie et la même délicatesse que Góngora, dans ce radieux printemps terrestre du début du dix-septième siècle. Sur scène : Shakespeare, Cervantès et, bientôt, la grande rafale classique française. Le point sûr, la certitude nerveuse sont là.

Qu'est-ce qui attire ainsi Picasso chez l'Homère ou le Pindare andalou ? La souplesse de la subversion technique et l'accent héroïque, la métaphysique des éléments irradiés sur fond de néant. Si une belle femme est morte, on dira qu'elle était « l'orgueil du soleil, les délices du vent ». À une jeune fille en fleur, on conseillera de jouir vite « du cou, du front, des lèvres, des cheveux » avant de devenir « fumée, poussière, ombre, rien ». On célébrera, en hommage à soi-même, sa propre cité natale (pour Góngora : Cordoue) « de tous temps glorieuse aussi bien par les épées que par les plumes ». On se confrontera enfin à la disparition totale avec une insolence inouïe :

Les urnes plébéiennes, les tombeaux royaux
Pénètre-les sans crainte, ô ma mémoire
Retourne tous ces signes de l'être mortel
Ces os dénudés, ces cendres froides
Puis descends dans l'abîme, le blasphème des âmes,
le bruit des fers et des pleurs éternels
Si tu veux, ô ma mémoire
Te libérer de la mort par la mort et vaincre l'enfer
par l'enfer.

L'ecclésiastique suspect qu'est Góngora nous le laisse clairement entendre : Dieu est mort ; tout est silence emporté ; les espaces infinis vont désormais en effrayer plus d'un, à moins de recourir à la discipline stricte de l'ivresse ; les récits, les fables, les romans n'ont plus aucune garantie stable ; l'Amérique est à nous comme une gigantesque hallucination niant l'Ancien Monde ; aucune inquisition, d'où qu'elle vienne, n'y pourra rien. Pas de sentiments : une nouvelle physique atomique. Pas d'érotisme simplement humain :

chaque passage de substance veut jouir de lui-même. Étrange chapelain, dont un rapport policier nous dit qu'il assiste rarement aux exercices du chœur ; qu'il parle trop pendant l'office divin ; qu'il a assisté, malgré les interdictions, à des combats de taureaux ; qu'il vit enfin « comme un tout jeune homme, s'occupe jour et nuit de choses frivoles, fréquente des acteurs et écrit des vers ». Police du temps, mais aussi opposition acharnée des écrivains plus réalistes de l'époque, Lope de Vega, Quevedo. À tout cela, Góngora oppose un terme magique : *soledad*. Une solitude telle qu'elle ouvre sur la représentation d'un opéra invisible et muet. *Gozar,* jouir ; *mudo,* muet : voilà les deux mots qui reviennent sans cesse dans sa poésie hautainement indifférente à la comédie sociale, au trafic des mœurs. Il module une fête douce, violente, bondissante, cascadante, tournante : nymphes, silènes, amazones, bacchantes, faunes, festin des dieux. Le but, toujours différé ? Un accouplement problématique, tordu, réclamant d'infinis préparatifs en tous sens. Pour le Solitaire (aux antipodes, on s'en doute, de ceux de Port-Royal), la réalité se déroule selon « la poudre du temps le plus strict », comme s'il fallait absolument vaincre, ou violer, une surdité de base. Il s'agit de forcer le silence dans ses retranchements, de faire advenir le verbe depuis son envers : « La mer n'est pas sourde, l'érudition trompe. » Le soleil, les oiseaux, les arbres, la brume, les ruisseaux, les rochers, les apparitions de corps sont uniquement tenus par le son. Orphée joue en espagnol, et il en a le droit puisque cet énorme continent insoupçonné est à lui. Une *solitude,* ce sont mille illuminations au sens de Rimbaud.

Écoutez : « Le nombre croît, les voix se multiplient. » On traverse un « froid tombeau bleu dans les cendres du jour ». Les îles, au loin, sont une « flotte immobile ». Le fleuve « fait de sa blanche écume autant d'oreilles qu'il lave de pierres ». Les garçons et les filles, dans ce théâtre insoucieux du péché, vont et viennent sans but et « il n'est pas de silence auquel l'écho à voix entière ne réponde ». Le paradis n'est ni céleste ni terrestre, mais suspendu. Ici « le mouvement prolixe est le bourreau des forces ». Comme dans les tableaux de Titien ou *La Tempête* de Shakespeare, le désir est une mécanique aérienne, sans cause et sans justification. *A batallas de amor, campo de pluma* : à batailles d'amour, champ de plumes. Tous les phénomènes, depuis toujours et pour toujours, convergent vers ce « champ », sous la discrète et puissante direction de Vénus. C'est ainsi que Góngora l'absolu, dans son pari sur la langue, devient le poète universel de l'« or intuitif », consacré par les « annales diaphanes du vent ». Le jeune-vieux satyre Picasso avait donc raison avec ses minotaures et ses mousquetaires : c'est Góngora l'anticipateur, depuis sa vision plus large que tous les massacres sourds du vingtième siècle, qui montre la voie de la dépense, gratuite et fulgurante, à l'Europe et au monde entier.

Le cas Sévigné

Quelle destinée! Providence! Providence!

On ne rend pas assez justice à Henri de Sévigné, mari hautement coupable. Sans lui, sans son caractère débauché et joueur; sans sa liaison avec Ninon de Lenclos et ses dépenses inconsidérées mordant dans la fortune de sa femme; sans sa mort scandaleuse, en duel, une épée de rival amoureux plantée en pleine poitrine, nous n'aurions sans doute pas la *décision* de Marie de Rabutin-Chantal, recherche éperdue d'un corps stable, graphomanie endiablée. Ce mari, retourné au néant, est la honte de la famille. Il faut tout rattraper, rédimer, rééquilibrer, reconstruire, venger. Une femme relève le défi : messieurs les libertins, en garde. Le cousin Bussy-Rabutin n'a lui-même qu'à bien se tenir. Mme de Sévigné, lorsqu'elle accouche, après sa future merveille de fille, d'un fils, en 1648 (elle a vingt-deux ans), ne le lui envoie pas dire : « Eh bien, je vous apprends, quand vous en devriez enrager, que je suis accouchée d'un garçon, à qui je vais faire sucer la haine contre vous avec le lait, et que j'en ferai encore bien d'autres, seulement pour vous faire des ennemis. Vous n'avez pas eu l'esprit d'en faire autant, le beau faiseur de filles. »

Les hommes sont indéfiniment remplaçables par d'autres hommes, il suffit de les fabriquer. Je suis plus homme que vous puisque je vous engendre. Mais il y a mieux : en écrivant, on peut noyer tous ces poissons parasites qui ont osé vous blesser ou vous prendre à la légère. Mme de Sévigné, ou la passion du redoublement. Bussy, dans son *Histoire amoureuse des Gaules*, décrit ainsi sa cousine (ce qui va la fâcher très fort) : « Mme de Chéneville est inégale jusqu'aux prunelles des yeux et jusqu'aux paupières ; elle a les yeux de différentes couleurs. » Sorcière, Sévigné, avec ses « yeux bigarrés » posant sur la réalité une double vue immédiate ? Oui, mais sérieusement masquée. Elle enregistre, elle juge, elle se tait, mais réagit vite et déborde : « Mais de croire que si vous répondez, je puisse jamais me taire, vous auriez tort, car ce m'est une chose impossible. Je verbaliserai toujours. Au lieu d'écrire en deux mots, comme je vous l'avais promis, j'écrirai en deux mille, et enfin j'en ferai tant, par des lettres d'une longueur cruelle et d'un ennui mortel, que je vous obligerai à me demander pardon, c'est-à-dire à me demander la vie. »

N'oublions pas que la marquise a perdu son père, tué par les Anglais dans l'île de Ré, quand elle avait un an. Pas de père ; un mari dissolu ; une mère au nom de rêve (Marie de Coulanges) qui meurt quand sa fille a sept ans ; une grand-mère paternelle, Jeanne de Chantal, fondatrice de la congrégation de la Visitation de Marie (encore Marie !), canonisée par Clément XIII en 1769. Les enjeux sont là : il faut prendre sur soi la guerre, la situation d'orpheline, le désordre, la trahison, la fragilité de la vie et des maladies, les simulations de la Cour et, de plus, l'hypothèse de l'existence de Dieu. À qui s'en remettre ? À moi ? À moi seulement ? Ou bien à cet autre si proche, une fille ? Un fils, c'est encore un homme, race suspecte, autre absolument autre. Difficile, voire impossible, de surmonter la haine spontanée des sexes (à Bussy : « Il vient encore des aigreurs au bout de ma plume ; ce sont là des tentations du diable que je renvoie là d'où elles viennent »). Une fille, pour cette mère-là, en tout cas, pourra devenir une vérification expérimentale de soi. Marie ne fera plus d'enfants, mais sa frénésie de lettres commence. Sans doute, le rapport mère-fille est tordu et empoisonné ; soumis à l'absurdité sociale, mariage, procréation, fortune. Mais la revanche s'annonce : on va fonder un ordre de transmission implacable de femme à femme, on va être la mère supérieure et minutieuse d'une vérité bafouée : « Le caractère de vérité que je maintiens toujours se fait voir avec autorité, pendant que le mensonge demeure accablé sous les paroles sans pouvoir persuader. » Qu'importe la famille du mari et le mari lui-même ? « Je suis assurée que mes vérités ont fait sur vous leur effet ordinaire. » Mme de Grignan aura un seul amant : sa mère, c'est-à-dire l'amant fidèle, instinctif, fiable, dévoué, discret, permanent, que sa mère a pu imaginer si souvent sans le rencontrer.

Mercredi, vendredi : jours de courrier, seuls jours de réalité complète. Je t'écris, je t'aime, il faut que tu m'aimes, dis-moi mieux que tu m'aimes, personne ne peut t'aimer plus que moi, tu ne me diras jamais assez que tu m'aimes. « Je ne veux pas que vous me disiez que j'étais un rideau qui vous cachait. » Mais si, justement, je suis un rideau, je te cache, notre couvent est d'une nouveauté inouïe, vois comme je me dédouble et te double, une femme avertie en vaut deux, nous savons, toi et moi, que les vrais événements sont au quotidien, climat, nourriture, purges, saignées, douleurs, bouffées de joie ou d'angoisse. Je t'aime d'ailleurs surtout quand tu n'es pas là, puisque alors je suis entièrement à moi, c'est-à-dire à toi. Si je ne t'écrivais pas, se passerait-il réellement quelque chose ? Pas sûr. Y a-t-il une histoire en dehors de ce qui s'en dit ? Fort douteux. Le monde est la comédie des pouvoirs mais rien ne peut entrer dans la façon dont mon cœur vampirique bat, et il ne bat que pour toi parce que ton cœur est mon sang lui-même.

Bien entendu, Mme de Sévigné s'écrit quand elle écrit ; elle se projette, se contracte, se dilate ; elle invente une mystique de la communication traçante dont la preuve est le retour de la lettre à son envoyeur. Voici le partenaire idéal, car quoi de plus légitime que d'aimer sa fille ? En tout bien tout honneur ? Savez-vous que vous m'êtes indispensable ? Que vos lettres « sont nécessaires à ma vie » ? Que vous participez à une expérience comme il n'y en a jamais eu ? Mme de Grignan se soumet. Le moyen de faire autrement ? L'amour de soi est dévorant, la révolte de l'autre est vite devinée, anticipée, matée, c'est une question de vision à distance, d'œil magique inquisiteur comme celui de Dieu. Dieu aussi peut tout savoir et tout voir, mais cela ne suffit pas : il faut lui dire ce qu'il sait déjà ; il est exigé de vivre à sa hauteur ;

de se confesser à lui ; de lui manifester sa reconnaissance. Dieu vous aime : il donnerait sa vie pour vous, il s'alarme de vos moindres actes, il les redoute, il s'en plaint, il veut des renseignements, des détails. Il vous communique ses sensations, ses récits, mais exige que vous lui rendiez la pareille, *en moins bien*, évidemment. Son érotisme irréprochable se donne à lire entre les lignes, il ne vous lâche pas d'un soupir. Il désire suivre votre circulation, vos humeurs, vos langueurs : être rassuré sur vos jambes, vos règles, vos grossesses (une femme est *grosse*, point final : pas d'usage du grandiloquent « être enceinte »). Il veut sentir sans cesse, Dieu, votre poitrine, votre gorge, votre démarche : « Je ne vois pas bien où vous vous promenez. J'ai peur que le vent ne vous emporte sur votre terrasse ; si je croyais qu'il vous pût apporter ici par un tourbillon, je tiendrais toujours mes fenêtres ouvertes, et je vous recevrais, Dieu sait ! Voilà une folie que je pousserais loin. » Les intrigues peuvent continuer, les fêtes se donner, les batailles se livrer, les affaires se nouer, rien n'est plus *intéressant* que cette télégraphie, ou plutôt ce fax, entre moi et ma créature : « Mon Dieu, ma bonne, que votre ventre me pèse ! et que vous n'êtes pas la seule qu'il fait étouffer ! » Une mère qui écrit ainsi à sa fille en parlant d'une autre femme : « Ses yeux sont étranges, son nez n'est pas comparable au vôtre, sa bouche n'est point finie, la vôtre est parfaite », n'y a-t-il pas là un énorme aveu ? Voyez plutôt cette piqûre de jalousie : « Je m'amuse à votre fille. Vous n'en faites pas grand cas, mais croyez-moi que nous vous le rendrons bien. On m'embrasse, on me connaît, on me rit, on m'appelle. Je suis *Maman* tout court, et de celle de Provence, pas un mot. » Donc : si vous, ma fille, ne m'aimez pas suffisamment, je peux aller jusqu'à préférer votre propre fille. « Pauline répond bien mieux que vous ; il n'y a rien de plus plaisant que la finesse qu'entend cette petite friponne à dire qu'elle sera friponne quelque jour. » Ah, si vous pouviez être plus « friponne », ce serait plus amusant. Songe-t-on que Dieu s'ennuie ? Qu'il attend des récréations de « friponnerie » féminine ? Quant au fils, non, décidément, il déçoit : « Je suis incapable de tout. Mon fils est revenu de Rennes. Il y a dépensé quatre cents francs en trois jours. La pluie est continuelle. » Ou, plus explicite : « Je mande à mon fils que je n'ai que faire de lui, que je me promène, et qu'avec cela je l'envoie promener. » Les hommes sont bien naïfs de croire que leur mère les adore. Sévigné, en s'adressant à sa fille, ne dit jamais « votre frère » mais « mon fils », comme s'ils n'étaient pas du même père. Et Grignan, le gendre ? Il compte à peine. Tous ces mâles sont des figurants. D'ailleurs, ils écrivent très peu, ou mal.

L'amour maternel est une fiction, il faut l'inventer de part en part. Mais, ici, aucun quiétisme, pas de « torrents spirituels ». Sévigné n'est pas Guyon, elle ne croit à aucune fusion entre les sexes, pas de Fénelon pour elle, son estime va au seul cardinal de Retz, ce frondeur. Il y a de l'animal, il y a de l'esprit, et, au milieu, une personne fugitive et un style. L'écriture de Sévigné est comme celle de ses musiciens, en Bretagne : « Ils font cent pas différents, mais toujours cette cadence courte et juste. » C'est un art d'improvisation et de condensation rythmique qui peut aller jusqu'à l'hallucination. Proust l'a bien noté en parlant de son « côté Dostoïevski ». « À propos, il y a des loups dans mon bois; j'ai deux ou trois gardes qui me suivent, le soir, le fusil sur l'épaule... Nous avons honoré depuis deux jours le clair de lune de notre présence, entre onze heures et minuit. » Ce n'est pas pour rien que Sévigné est, avec Saint-Simon, la clé de voûte d'*À la recherche du temps perdu*, le narrateur se faisant réengendrer, par elle, à travers sa grand-mère et sa mère. Le voici, grâce à cette substitution génétique, français au carré. La cadence qui fascine Proust ? Une lettre de Marseille, le 25 janvier 1673. Il la cite presque intégralement dans sa préface à *Tendres Stocks* de Morand : « Des aventuriers, des épées, des chapeaux, du bel air, des gens faits à peindre, une idée de guerre, de roman, d'embarquement, d'aventures, de chaînes, de fers, d'esclaves, de servitude, de captivité; moi qui aime les romans, tout cela me ravit et j'en suis transportée. » Outre la confidence sado-masochiste (qui vaut pour l'érotique de Proust lui-même, ou de Charlus), c'est la variété dans la répétition, le mouvement de danse verbale innée, la saturation en tous sens, qui le retient et qu'il juge, à juste titre, moderne. Pas de meilleur excitant pour écrire que cette prose électrique. Étonnante époque où Sévigné rencontre Mme de La Fayette le matin, La Rochefoucauld l'après-midi et son parent Retz le soir. Qui se lasserait de cette vie ? « Je voudrais qu'on eût cent ans d'assurés et le reste dans l'incertitude. » La marquise dit par conséquent des riens pour rien, pour s'étourdir et s'étudier, pour tâter son pouls, sa sensation d'être là en face de ce qui est là. Elle voudrait, chez sa correspondante, un peu plus de feu, de perversité, de méchanceté, de brûle-pourpoint. Hélas, Grignan manque de cynisme, elle est déjà bourgeoise, une « espèce », comme dira plus tard une autre marquise, Mme de Merteuil (sans Sévigné pas de *Liaisons dangereuses*). Du style ? Ou plutôt du *temps gagné* ? En voici : « Tout est gratté, tout est tondu, tout est disposé à vous recevoir. » C'est l'attaque directe au clavecin, harmonie, couleurs. « Je suis ravie, ma bonne, que vous ne soyez point grosse ; j'en aime de Grignan de tout mon cœur. Mandez-moi si on doit ce bonheur à sa tempérance ou à sa véritable tendresse pour vous, ou si vous n'êtes point ravie de pouvoir un peu trotter et vous promener dans cette Provence à travers des allées d'orangers, et de me recevoir sans crainte de tomber et d'accoucher. » Ou encore : « J'admire ce que c'est que d'aimer quelque chose comme je vous aime. » Ou enfin : « Ne croyez pas que vos belles actions ne soient pas remarquées, les beaux procédés méritent toujours des hommages. Continuez, voilà tout. » Sévigné est si parfaitement en accord avec son énergie verbale qu'elle va bien au-delà de tout jugement moral, très différente, en cela, des moralistes qui l'entourent. On le voit lorsque, par un geste d'autorité supérieure (soudain identique à celui de Lautréamont dans les *Poésies*), elle corrige un jugement de La Rochefoucauld. Celui-ci avait écrit : « Nous n'avons pas assez de force pour suivre toute notre raison. » Constat plaintif, donc. Mais Sévigné : « Nous n'avons pas assez de raison pour employer toute notre force. » Subversion philosophique, et ouverture originale, dont la marquise est fière : « Il n'y avait qu'à retourner sa maxime pour la faire beaucoup plus vraie. »

Transgressive, Sévigné ? Écoutons-la mieux, nous qui avons eu tant d'autres révélations sur la nature du désir. Comment ne pas penser à Sade en assistant à cette scène extraordinaire où Mme de La Fayette et elle se préparent des bouillons de vipères qui « redonnent une âme » : « On prend cette vipère, on lui coupe la tête, la queue, on l'ouvre, on l'écorche, et toujours elle remue. Une heure, deux heures, on la voit toujours remuer. Nous comparâmes cette quantité d'esprits, si difficile à apaiser, à de vieilles passions... » Sévigné n'est pas quiétiste, mais pas non plus janséniste (contrairement à l'opinion courante). C'est une catholique pratique, une physiologiste passionnée, une adepte de la présence réelle, aussi éloignée de la pruderie réformée que des états d'âme sans causes. « Frappée des illusions et des fantômes », peut-être, mais en revenant toujours, médicalement, organiquement, à leur source concrète. Le roi d'Angleterre, Jacques II, est mort ? « C'est un grand bonheur si, dans son cœur, il était catholique, et qu'il soit mort dans notre religion. » Au fond, la marquise ne connaît pas d'autre grâce que celle d'être née, elle la trouve complète. Les gémissements poétiques, pour elle, ne seraient que des sophismes. Elle pense nettement que les premiers principes sont hors de discussion. Elle sait d'instinct que la mélancolie et la tristesse sont déjà le commencement du doute ; que le doute est le commencement du désespoir, et que le désespoir est le commencement cruel des différents degrés de la méchanceté. C'est parce qu'elle ressent consciemment toutes les impulsions de la cruauté la plus vive, le Mal, qu'elle sait qu'on peut être juste si l'on n'est pas humain. Voilà de quoi faire frémir tous les rousseauistes futurs, à commencer par ceux qui, un siècle plus tard, l'auraient envoyée sans hésiter à la guillotine : « L'*inhumanité* que vous donnez à vos enfants est la plus commode chose du monde. » Cet amour de femme, si étrange, serait donc une conséquence de « l'inhumanité » révélée ? N'y a-t-il pas là une hérésie majeure ? Ou bien les hérésies ne sont-elles que l'incapacité à saisir ce paradoxe éclatant ? « Humain, trop humain », tel est bien le problème. Voyez le mépris de Sévigné pour M. de Luxembourg : « M. de Luxembourg est entièrement déconfit ; ce n'est pas un homme, ni un petit homme, ce n'est même pas une femme, c'est une petite femmelette. » Nous sommes là dans la brusque révélation des coulisses : l'affaire des poisons. La Brinvilliers aussi est marquise. Elle a empoisonné au passage son père et ses deux frères, mais c'est pourtant Sévigné qui écrit, dans une autre occasion : « J'aimerais les pays où, par amitié, on tue ses vieux parents, s'ils pouvaient s'accommoder avec le christianisme. » Voyons donc la lettre du 17 juillet 1676, chef-d'œuvre de sous-entendus : « Enfin c'en est fait, la Brinvilliers est en l'air, son pauvre petit corps a été jeté, après l'exécution, dans un grand feu, et les cendres au vent, de sorte que nous la respirerons, et par la communication des petits esprits, il nous prendra quelque humeur empoisonnante dont nous serons tous étonnés... » Quel frémissement, et quelle ironie de protestation, dans ces lignes ; quelle sourde sympathie pour la victime, même criminelle ; quelle répulsion pour la torture et le crime endémique social ; mais, en même temps, quelle excitation ! Brinvilliers avoue ses assassinats, « et toujours l'amour et les confidences mêlés partout ». Quant à la Voisin, elle a brûlé ou enterré plus de deux mille cinq cents enfants avortés : vérité enfouie de l'Histoire, dont on retrouve l'écho dans la *Juliette* de Sade. Sévigné est témoin, elle est attentive, elle ne bascule pas, elle, dans la folie noire, mais tout indique qu'elle *comprend*. Sa religion n'en est pas moins définitive : « J'ai toujours la Providence en tête... C'est là ma dévotion, c'est là mon scapulaire, c'est là mon rosaire, c'est là mon esclavage à la Vierge. » Être Sévigné, c'est être fatal, nécessaire ; la Providence est à ses yeux ce que sera le Saint-Esprit pour Saint-Simon : non seulement la lumière explicative des siècles, mais encore un soutien direct, personnel. « La Providence m'a conduite en ce lieu en tournant les volontés, et faisant des liaisons comme elle a fait... » La Providence est une hyperlogique mathématique : on traverse tout, on contourne tout, on est dans la main qui écrit, les lettres sont des marques tangibles de cette légitimité sans reste qui ressemble à une guerre joyeuse (« quelle belle victoire, pleine, entière, glorieuse et qui ne pouvait être placée plus à propos ! »). Les phénomènes passent, Sévigné cherche les lois. Elle les trouve d'ailleurs dans l'intensité même des phénomènes où chaque chose — là est son excellence, y compris tragique — vient à son heure : « Tout cela fait un composé qui fait circuler le sang plus vite qu'à l'ordinaire. » La marquise sait qu'elle est au cœur du Temps, et que celui-ci n'est jamais perdu. Nous pouvons vivre *avec elle* ce dimanche 25 février 1685 : « Bon Dieu, quel temps ! Il est parfait. Je suis depuis le matin jusqu'à cinq heures dans ces belles allées, car je ne veux pas du froid du soir. » Y a-t-il une autre question ? Oui : « Que faut-il donc pour ne pas mourir ? » Ou encore ceci, qui dit tout (elle parle d'un de ses neveux) : « Connaissez-vous la beauté de la machine toute simple qu'on appelle un levier ? Il me semble que je l'ai été à son égard. » Peut-on être techniquement plus conscient de soi ? Plus orgueilleux ? Plus modeste ?

Nous voici en 1696 : Mme de Sévigné meurt en avril et La Bruyère en mai. La Fontaine a disparu l'année précédente. Saint-Simon a vingt et un ans. Le futur auteur du *Siècle de Louis XIV*, lui, qui ne s'appelle pas encore Voltaire, a deux ans.

Bussy l'indiscret

Quand rendra-t-on enfin justice à Bussy-Rabutin, l'un des plus grands écrivains français ? Le scandale provoqué, en son temps, par l'*Histoire amoureuse des Gaules* semble ne pas s'être interrompu jusqu'à nous, puisque nous le connaissons à peine. Tout juste retient-on qu'il aura fâché sa cousine, Mme de Sévigné, par la peinture vive et acide qu'il a faite d'elle. Nous pensons donc qu'il est un mémorialiste mineur du dix-septième siècle, alors qu'il est un des romanciers français les plus importants. Au cœur d'une tradition qui est le système nerveux de la langue, il y a le roman satirique, dont Bussy est l'une des flammes. On a eu raison de le surnommer le « Pétrone français » : le *Satiricon,* surtout en cette fin de vingtième siècle, à la fois tragique et bouffonne, devrait être un de nos livres de chevet.

Le roman comme dévoilement de l'envers des apparences ? Oui, c'est lui qui donne les clés. Bussy écrit comme Brantôme, Retz, Tallemant, Saint-Simon, Voltaire, Marivaux, Laclos, Sade, Balzac, Stendhal, Proust, Céline, c'est-à-dire comme tous les esprits frondeurs qui ne renoncent pas à la vérité. L'écriture est une Fronde fondamentale, c'est toujours David contre Goliath, guerre, avec une plume, contre les machineries du Pouvoir. Action dangereuse : la prison ou l'exil sont souvent au bout du combat. Quoi de plus naturel, puisqu'on montre, comme en se jouant, la comédie des désirs, les illusions, les intérêts cachés, la corruption, les jalousies, les trahisons, les vengeances. Il y faut l'art des portraits, comme chez La Bruyère. Regardez Mme d'Olonne chez Bussy-Rabutin : « Elle était peu sincère, inégale, étourdie, point méchante. Elle aimait les plaisirs jusqu'à la débauche, et il y avait de l'emportement jusque dans ses moindres divertissements. » La vie ? Une loterie permanente, une négociation de l'ombre. Les confidences ? Elles sont fausses une fois sur deux, les aveux ou les lettres intimes sont des obligations du marché. Bref, comme toujours (ouvrez les yeux), les cabales et les complots pullulent, et les hommes ne sont le plus souvent (vieille histoire) que des pantins manipulés par l'argent, leurs maîtresses et leur vanité. Vanité des vanités, tout est vanité : Bussy, sans forcer le trait, est sage comme l'Ecclésiaste.

On n'oublie pas ses personnages : Mme d'Olonne, commerçante avisée de ses charmes ; Mme de Fiesque ; la duchesse de Châtillon. Et puis l'abbé Foucquet, Sillery, Marcillac, Manicamp, Vineuil, De Guiche, tous ces beaux noms français que Proust fera revivre dans son roman du *Temps retrouvé*. Bussy a seulement écrit pour divertir Mme de Montglas, la femme qu'il aimait : c'est ainsi, parfois, qu'on traverse les siècles.

La folie Saint-Simon

Saint-Simon est une passion : si on la contracte, elle n'en finit plus de grandir. On entend murmurer, ici et là, que l'édition en « Pléiade » serait surchargée de commentaires et de notes. Quel aveu de paresse, d'aphasie, d'ignorance, de désarroi ! L'océan Saint-Simon, c'est vrai, pourrait suffire à des années de promenades et d'études, une foule de diagonales revient avec lui, une énorme population de faits, de gestes, de discours, d'habits. Il faut se jeter à l'eau et nager. Remonter les courants, s'enfoncer, respirer tant qu'on peut à sa mesure. Voici donc le tome huit, et dernier, des *Mémoires*[1], aussi passionnant que les autres, et qui sera suivi (oui, encore !) d'un tome neuf d'œuvres diverses et de correspondance. Plus le temps passe, plus le duc s'impose et semble tirer tout à soi. Bonjour, spectre ! Salut, électricité céleste ! L'histoire à la lumière du Saint-Esprit ? C'était le projet, et il a été tenu jusqu'au bout, rafle, rafale. Ah, l'index des *Mémoires* ! Sept cent vingt-trois pages de noms en situation, un ruissel-

1. Saint-Simon, *Mémoires,* Gallimard, « Bibliothèque de la Pléiade » ; édition établie par Yves Coirault, 1988.

lement de corps avec leurs aventures en tous sens. Le temps retrouvé se lève, à travers le sang bleu, en masse. Proust *rentrant* dans Saint-Simon, voilà le vertige. On n'est pas étonné de trouver les noms de Charlus et de Mortemart, on est stupéfait de ne pas découvrir celui de Guermantes. Encore, encore. Comme dans la Bible, tout est à prendre, le moindre incident est révélateur. 1989 va être enfin la révélation pleine et entière, sous le masque commémoratif, de Louis de Rouvroy, plume à la main, crépitante, crissante. Lève-toi, soleil désiré ! Ruse fine ! Foudre intègre ! Système nerveux ramassé ! Feu de langue ! Tous les livres pour Saint-Simon ! Bien creusé, vieille taupe !

Une image du film ? Voici le duc sur un brigantin, à Bordeaux, en 1721. Vous avez oublié, bien entendu, qu'un brigantin est un bateau à deux mâts avec un seul pont. Vous voilà sans cesse devant des mots simples, et enfouis, fraîcheur soudaine : « La vue du port et de la ville me surprit, avec plus de trois cents bâtiments de toutes nations rangés sur deux lignes sur mon passage, avec toute leur parure, avec grand bruit de leurs canons et de celui du Château-Trompette. On connaît trop Bordeaux pour que je m'arrête à décrire ce spectacle ; je dirai seulement qu'après le port de Constantinople la vue de celui-ci est en ce genre ce qu'on peut admirer de plus beau. »

Stendhal, lui, penchait pour une comparaison avec Venise. Peu importe, c'est la phrase qui commande aux paysages, aux décors. Vous pouvez vous attarder avec le duc en Espagne, mais vous êtes pressés, je vous comprends, de revenir à Versailles, de rentrer la nuit par la petite cour de la Reine, de vivre en direct les intrigues du Régent, du cardinal Dubois, les péripéties du sacre de Louis XV ; vous êtes curieux de savoir ce que Saint-Simon a « vu et manié ». Poètes flous, disparaissez ! Rousseauistes de toutes natures, mélancoliques persuadés de la supériorité de vos états d'âme sur la vision précise de l'enfer aux vanités, passez votre chemin. Laissez-nous en tête à tête avec le frémissement vrai des affaires, la description du néant. Notre romancier est là (le plus grand, avec Sade, Chateaubriand, Proust et Céline). La mémoire est le seul roman. Plus elle est grande, aiguë, immédiate, complexe, plus elle rend les autres écrits inutiles, partiels, étriqués. Saint-Simon est une apocalypse d'acier, une machine infernale. Il a décidé un déluge. Tout va à la décadence, à la confusion, au chaos ? Déjà ? Depuis toujours ? La révélation qu'on en fait va provoquer une « convulsion générale » ? Le comble : il va s'excuser, pour finir, de son style. Lui ! « Je ne fus jamais un sujet académique ; je n'ai pu me défaire d'écrire rapidement. » Quelle arrogance ! Quelle insolence ! Quelqu'un me dit : « On comprend, à le lire, que la guillotine ait surgi. » Eh oui : trop de vérité, trop de matière emportée, trop de courant, coupez-moi ça, du calme. Il nous *noierait*, l'animal ! Sa stratégie ? Le tourbillon, la cataracte, et : « Faire surnager à tout la vérité la plus pure. » Mais qui a envie de « surnager » dans ces conditions ?

Saint-Simon, ou l'écriture de la légitimité radicale. Personne n'a été, et ne sera, sûr de son identité comme lui. C'est un mystère complet. Il faudra peut-être encore un siècle pour le comprendre. Au fond, comme Voltaire (ils sont très proches, et je sais que j'offusque la mémoire du duc en disant cela du fils du notaire de son père), il a la certitude d'avoir vécu quelque chose d'unique, un point du temps hors du temps. Les Grecs, la déchirure biblique, la Renaissance, le siècle de Louis XIV, les Lumières — et puis quoi ? Tunnel. Dire que la plupart croient connaître Machiavel et ignorent le duc dix fois plus serré sur le constat de dissimulation et le faux incessant en tous genres. Les Rohan, voyez. Ils mentent à tel point qu'on peut « douter avec raison s'ils ont soif à table quand ils demandent à boire ». Les rapports mère-fille (une des clés de la comédie) ? « Devenue grande elle plut ; et à mesure qu'elle plut, elle déplut à sa mère. » Vous glissez votre main dans la malle Saint-Simon, vous en tirez des pierreries à foison. Perles d'observation compactes, facettes implacables. « Ces gens-là, et malheureusement bien d'autres, comptent l'utile pour tout et l'honneur pour rien. » C'est bien ce que vous avez remarqué *aujourd'hui même* ? Ainsi que « le goût d'énerver tout » ? Il s'agit toujours de la même Odyssée ? « Il me faisait la grâce du Cyclope : en attendant ce que les conjonctures lui pouvaient offrir, il me réservait à me manger le dernier. » Traité de la marionnette humaine : « Je le sondai néanmoins ; je représentai ; je prouvai inutilement : je ne trouvai que de l'embarras, du balbutiement et un parti pris. »

Le duc a toujours raison, il avoue quelques erreurs de crédulité, jamais de principes. Il est « vérifié », et non à brevet. Vérifié par la naissance ? Allons donc. Par la seule force de sa parole. On a l'impression qu'il ne dort jamais, ne rêve pas ; qu'il voit d'emblée à travers les crânes, les tiroirs, les couloirs ; qu'il anticipe en se servant du passé ; qu'il a, une fois pour toutes, son passeport par-delà la mort. Il les regarde vivre et s'agiter, les autres, lâcher la proie pour l'ombre, se gorger de décompositions successives jusqu'au flop final. Dans les *Mémoires*, allez droit aux récits des morts : ils sont inoubliables. Les places sont truquées dans la vie ? On falsifie les cérémonies, les droits, les hiérarchies ? Eh bien, il y aura un secrétariat strict du dernier soupir : cabinet médical, papiers, autopsies. Il faut imaginer le duc, vers 1749, à la fin de son ratissage géant. Il pose sa plume, il a fait ses comptes, il a enterré tout le monde, il souffle sa bougie, il consent à se mettre au lit. Après lui, la nuit. Devant ses yeux fermés, l'éternité des liasses. Impossible de regarder sur la page ses pattes de mouche sans stupeur (encore une fois, où Proust ou Céline auraient-ils pris leur conviction héroïque — paperolles et pinces à linge — sinon chez ce procureur des siècles ?). Il y aura les bons morts et les mauvais, voilà tout (scènes finales de la *Recherche*, début de *D'un château l'autre*). Le père d'Aubenton, jésuite : « Il fut enterré en grande pompe et fort peu regretté. » Bal des vampires, cadrez, percutez. Un des danseurs vous attaque ? « Je pris la chose comme l'égratignure au sang d'un mauvais chat. » Vous êtes systématiquement méconnu ? « La vérité perce d'elle-même malgré tout l'art et l'assiduité des mensonges et de la plus atroce calomnie. » Notez le mot *assiduité*. Il fallait le trouver. Saint-Simon ne cherche pas, il trouve. Exemple de jugement définitif ? « Sa tête était incapable de contenir plus d'une affaire à la fois. »

Est-il seul, Saint-Simon ? Y a-t-il un génie de l'époque ? Le français, une fois, s'est-il parlé de lui-même à la perfection avant de s'alourdir en bouillie et banalité ? C'est une possibilité très sérieuse. Qui ne se souvient de cette attaque : « Mme de Castries était un quart de femme, une espèce de biscuit manqué »... Mais prenons la marquise de Prie, la « jument de prix », maîtresse de M. Le Duc (c'est son nom, rien à voir avec Saint-Simon). Journal de Mathieu Marais : « C'était une femme aimable de sa figure, spirituelle, intrigante, avare et très libertine. » *Mémoires secrets* de Duclos : « Elle cachait, sous un voile de naïveté, la fausseté la plus dangereuse : sans la moindre idée de vertu, qui était à son égard un mot vide de sens, elle était simple dans le vice, violente sous main de douceur, libertine par tempérament. » Pas mal, n'est-ce pas ? (et voilà pour la nécessité des notes en fin de volume). Scène enchantée : les personnages *sont* ce qu'on peut dire d'eux. Comment ne pas rêver trente secondes sur ce « violente sous main de douceur », ce « simple dans le vice »? Les expressions sont venues d'elles-mêmes, le style se donne ses corps. On a, ou on n'a pas, des affaires physiques, des « galanteries », et celles-ci ont, ou n'ont pas, une influence sur les affaires tout court. Saint-Simon ne s'occupe que des premières : « Une passion qui en moins de rien devint effrénée et qui dura toujours sans néanmoins empêcher les passades et les goûts de traverse. »

Saint-Simon a-t-il aimé quelqu'un ? Sa femme. Son rang. Et Philippe d'Orléans, d'une façon admirablement implicite. À l'égard du Régent que de tendresse sous les critiques (« des riens devenaient des hydres »), quelle émotion à peine contenue, que d'efforts de persuasion. Vis-à-vis d'un tel débauché impie, aux soirées scandaleuses, le duc, d'habitude si moral, est pris d'une admiration paradoxale. Il craint de raconter son apoplexie ; il se décrit, à l'annonce de la chute de son vieux complice, dans une agitation extrême (« je pétille après ma voiture, je me jette dedans ») ; il parle bientôt de « génie supérieur », de « discernement exquis », de « savante aisance à répondre sur-le-champ à tout, quand il le voulait ». On dirait qu'il s'incline devant son double dissolu, athée — reconnaissant en lui une même subtilité naturelle. D'un trait, voilà, il pardonne tout — et Dieu sait.

Proust va gagner

Apparemment, Proust, en 1920, a déjà obtenu le Goncourt (qui ira, cette fois, à Ernest Pérochon) ; il va être décoré de la Légion d'honneur ; il pense à l'Académie française (mais il faut faire vite car *Sodome et Gomorrhe*, non encore publié, est d'« une inconvenance inouïe ») ; il multiplie les messages et les invitations pour retourner ou séduire les critiques littéraires ; il conforte, grâce à l'inlassable Jacques Rivière, sa position à la N.R.F. ; il peut espérer que les résistances conservatrices ou socialistes à son œuvre vont finir par céder. En réalité, il n'a plus que deux ans à vivre et il le sait ; il existe dans « une espèce de mort coupée de brefs réveils » ; il use et abuse, jusqu'à s'empoisonner, de la caféine et du véronal ; il se tue littéralement au travail, corrigeant et recorrigeant ses épreuves ; il est sûr de lui et de son triomphe de fond, le disant ouvertement dans ses articles sur Flaubert et sur Baudelaire ; il sent de partout qu'il est le seul grand vivant d'une république ultraplate dont les présidents s'appellent, dans la même année, Paul Deschanel (qui tombe d'un train en marche) et Alexandre Millerand. Lionel Hauser, son vieil ami banquier avec lequel il est sur le point de se brouiller, lui écrit ce mot lumineux, condensé de vérité humaine : « C'est seulement depuis que mon personnel t'a cru ruiné qu'il a éprouvé pour toi une réelle admiration. Le comptable, Roger Lévy, a acheté *Du côté de chez Swann* 7 F 50. » Si le comptable a payé un exemplaire chez le libraire, en effet tous les espoirs sont permis. La guerre est-elle gagnée pour autant ? Pas sûr, jamais sûr. « On dit que dans mes livres je parle de tout au hasard, que c'est une salade. Or ce n'est pas vrai. Il n'y a pas un détail qui n'en annonce un autre dans le même volume ou dans les volumes suivants. » Cela pour répondre à la critique incessante (par exemple Vandérem) qui trouve son style « diffus, désordonné, quasiment informe ». L'autre attaque contre lui est qu'il n'écrit pas un vrai roman, mais seulement des mémoires d'avant-guerre, des souvenirs mondains. C'est avec une sorte de stupeur qu'on lit la lettre que lui envoie Jacques Rivière : « Si j'eusse conservé quelque doute sur l'importance d'*À la recherche du temps perdu*, il m'eût été enlevé par la petite émeute à laquelle nous venons d'assister. Seuls les chefs-d'œuvre ont le privilège de se concilier du premier coup un chœur aussi consonnant d'ennemis. »

Non, aucun doute ne semble effleurer Proust : il écrit, il réécrit, il persiste, il précise, il amplifie, il réclame ce qui lui est dû, il regarde la mort sans effroi, il plane au-dessus des pauvres créatures contemporaines qu'il métamorphose, à leurs dépens, dans la durée. Proust, ou le tribunal métaphysique à travers l'écrit. À Morand : « La littérature a pour but de découvrir la Réalité en énonçant des choses contraires aux vérités usuelles. » À Paul Souday : « Vous êtes trop gentil de dire que je suis très raisonnable. Au fond, je crois que c'est vrai. Je ne cherche qu'une chose, c'est à éclaircir. » Tout le monde fuit la réalité dans des vérités usuelles obscures. On ne trouve la lumière réelle que dans l'écriture *en profondeur*, « là où les lois générales commandent les phénomènes particuliers aussi bien dans le passé que dans l'avenir ». Quelle déclaration énorme : Moi, Proust, comme Dostoïevski, Flaubert, Baudelaire ou Racine, j'ai trouvé les équations de base qui me permettent de déchiffrer et d'intégrer n'importe quel événement ou comportement évanoui ou futur. N'est-ce pas fou ? Non. Le Temps est vraiment retrouvé et la mort vaincue ? Oui. À Jean de Pierrefeu : « Ne comptez pas trop sur ma mort qui vous semblait, dans votre article des *Débats*, la seule terminaison possible de mon ouvrage. Le dernier mot en était écrit en 1914. Donc tout est dit. » Le Livre existe en dehors du flux historique et biologique, il n'en finira pas d'être le sens de ce qui a lieu, a eu lieu et aura lieu de nouveau, sous une autre forme. Le mot qui revient sans cesse, maintenant, sous la plume de Proust, celui qu'il martèle à tous ses correspondants est : *classique*. Le novateur imprévu, contesté, méconnu mais inévitable, *parce qu'il est novateur*, est classique. « Une vérité ne s'impose pas du dehors à des esprits qu'elle doit préalablement rendre semblables à celui où elle est née. Manet avait beau soutenir que son *Olympia* était classique... le public ne voyait là qu'une dérision. » Comment, ce « petit Marcel » que nous avons connu et touché du doigt, avec ses manies, ses tics, ses complications, ses extravagances, *c'était* Racine ? Lui-même ? Ça alors !

Proust, une fois de plus, vient de dîner seul au Ritz. Il se demande si quelqu'un a remarqué les légers troubles de parole dont il est atteint. Il rentre dans sa chambre capitonnée, dans le lit aux draps tachés d'encre. La nuit va être terrible. Le souffle brûle, les yeux n'y voient plus qu'à peine, seuls les petits signes graphiques au bout de la main montrent la voie. Pour ceux qui veulent comprendre — mais qui ? — il pense faire jouer à son chevet un quatuor de Beethoven. Il relit les pièces condamnées des *Fleurs du Mal* (« Comme c'est plus audacieux que tout ce qu'on trouve audacieux »). Il peut sans doute, à travers la douleur, se répéter en parlant de lui-même la phrase formidable et étrangement pontificale de Baudelaire : « J'ai mis longtemps à devenir infaillible. »

Proust et l'expérience intérieure

Proust est allé une fois jusqu'à dire que la seule vie réellement vécue était la littérature, comme si toute autre perception de l'espace et du temps était partielle, partiale, illusoire, somnambulique. Si l'on a sans cesse envie de revenir à sa biographie, c'est que nulle autre n'aura été à ce point une « autobiographie créatrice » où chaque rencontre, chaque moment, trouve à plus ou moins long terme sa transposition en fiction. Pourtant, George Painter[1], pour justifier son livre monumental et magnifique (véritable roman dans le roman), en est encore à rappeler, en 1959 (tels sont les préjugés de l'époque), la célèbre formule de Keats : « La vie d'un homme d'une certaine valeur est une continuelle allégorie. » Certes, on comprend que les écrivains restreints, casaniers ou médiocrement aventureux propagent la méfiance sur l'importance de la vie concrète dans l'élaboration d'une œuvre. Ils seront sans cesse approuvés par les professeurs et les critiques qui, après avoir voulu que toute vie soit comprise comme élément social, ont préféré, pour finir,

1. *Marcel Proust*, Mercure de France.

qu'il n'y ait plus de vie du tout. Proust, d'ailleurs, était-il politiquement correct ? N'a-t-il pas été saisi d'un narcissisme décadent et exhibitionniste ? La littérature ne doit-elle pas d'abord servir au Bien commun ? Vieilles lunes sans fin de retour, sans cesse ramenées par les locataires de la condition humaine. À quoi Proust répond, en 1921 : « Un savant, pour instituer des expériences valables, ne doit se préoccuper ni du Bien ni du Mal, ni de faire plaisir à X ou Y. La plus sûre manière qu'elles servent ensuite au Bien, c'est qu'il n'ait pas pensé au bien. » Proust, ardent dreyfusard dans sa jeunesse, n'a-t-il pas été beaucoup plus ambigu sur la fin ? Sans doute. Exemple : « J'exècre la littérature du pauvre Péguy et n'ai jamais varié. » C'est Daniel Halévy qui l'avait convaincu de s'abonner aux *Cahiers de la Quinzaine* et « dès lors, mon appartement a été encombré par le plus insipide fatras des proses les plus inutiles que je connaisse ».

Eh oui, la vie d'un écrivain de quelque valeur est une passionnante allégorie pleine de replis, de contradictions, de pièges. C'est vrai, au vingtième siècle, de Proust, de Joyce, de Kafka, de Nabokov, de Céline, de Faulkner, d'Hemingway. Les événements de ces vies ne sont pas tous forcément spectaculaires, mais chaque bloc existentiel rayonne, dirait-on, de tous les autres ; les jours sont des fragments d'équations, une cristallisation en cours. C'est même une liturgie complexe qui, dans le cas de Proust, comporte un pôle fixe qu'il appellera étrangement « l'adoration perpétuelle ». Peu de ses contemporains ont compris l'enjeu : Jacques Rivière, certainement ; mais aussi le jeune Paul Morand, alors en poste à Londres

(« Proust est rudement plus fort que Flaubert »). Painter raconte qu'au moment où Léon Daudet, avec les meilleures intentions du monde, décrit Proust comme un enfant excentrique et bourré de talent, Henry James, lui, pense que Proust est en train d'écrire « le plus grand roman français depuis *La Chartreuse de Parme* ». On connaît le mot ahurissant de Barrès à Mauriac devant le cercueil de Proust : « Ah oui, c'était notre jeune homme ! » Mais on a le cœur serré de lire la lettre de l'auteur d'*À la recherche du temps perdu* à Sydney Schiff pour lui demander d'intervenir auprès du patron du Ritz : « Je loue une chambre pour le temps du dîner. Je voudrais qu'on m'évite les courants d'air et qu'on ne me dise pas : " Vous serez obligé de partir avant la fin du dîner si un Américain arrive par le bateau. " »

Composition musicale et redéfinition des corps : la vie savante de Proust s'organise, de plus en plus, selon ces deux axes. On ne se lasse pas de le voir mettre au point le passage du septuor de Vinteuil, en conviant chez lui, la nuit, des musiciens de quatuor. Ils viennent jouer dans sa chambre tapissée de liège, Céleste leur sert du champagne et des pommes frites ; les manuscrits de la *Recherche* sont sur le plancher. Proust veut observer de plus près les instrumentistes qu'il paie d'ailleurs royalement avant de les faire raccompagner en taxi. Le jour, on écrit ; le jour est une nuit profonde. La nuit, si les crises d'asthme le permettent, on sort pour d'autres expérimentations nerveuses, à l'hôtel Marigny, le bordel de Jupien, c'est-à-dire d'Albert Le Cuziat. Les salons de jeunesse sont loin, on y fait de temps en temps une apparition spectrale. Une société se décompose,

Proust est dans son laboratoire pour traiter et retraiter les particules dissoutes. Pour les renseignements, la police secrète à la Balzac, on peut compter sur Olivier Dabescat, un Basque, premier maître d'hôtel au Ritz. Mme Ritz, dans ses *Mémoires*, écrit avec une parfaite candeur : « On aimerait savoir de quoi ils pouvaient bien parler. » À Céleste, qui lui reproche sa fréquentation de Le Cuziat, Proust répond gentiment : « Vous avez raison, ma chère Céleste, mais il m'est indispensable en raison des renseignements qu'il me fournit. » Ce que Proust ne dit pas, c'est qu'il meuble l'hôtel de passe pour homosexuels de ce Breton avisé et érudit en généalogie avec les fauteuils et les canapés de ses parents. Dans ce théâtre noir à l'intérieur du théâtre officiel, il va d'ailleurs se livrer à des rituels de profanation de photographies privées et à des actes de sadisme sur des rats encagés. Painter, avec un humour involontaire très anglo-saxon, trouve « peu édifiants » ces moments capitaux de la vie de Proust. Il pense que nous devons lui pardonner comme à un pécheur, « notre frère », qui aurait eu besoin de ces bizarreries pour son « salut ». Du moins, il rapporte des faits incontestables, et c'est l'essentiel. Gide, interloqué, écrira plus tard : « Lors d'un mémorable entretien nocturne, Proust m'expliqua sa préoccupation de réunir en faisceau, à la faveur de l'orgasme, les sensations et les émotions les plus hétéroclites. La poursuite des rats, entre autres, devait trouver là sa justification ; en tout cas, Proust m'incitait à l'y voir. » Proust aimait scandaliser l'auteur de l'innocent *Corydon*. Lequel lui demande : « Ne nous présenterez-vous jamais cet Éros sous des formes jeunes et belles ? » Cruelle ironie de Proust : « J'ai fâché beaucoup d'homosexuels avec mon dernier chapitre. J'en ai beaucoup de peine, mais ce n'est pas ma faute si M. de Charlus est un vieux monsieur, je ne pouvais pas lui donner brusquement l'aspect d'un pâtre sicilien. » On atteint ici à une série de paradoxes où la vérité éclate. Rivière, en toute bonne foi, écrit à Proust, à propos de *Sodome et Gomorrhe*, qu'il a rarement vu « quelqu'un d'aussi sain et d'aussi équilibré ». Gide, lui, crie à la trahison, au camouflage, et traite Proust de « grand maître de la dissimulation ». Personne, au fond, ne veut voir que le sujet central de Proust est, à travers l'homosexualité, le snobisme et la cruauté, la permanence toute-puissante du péché originel. La réaction la plus divertissante est enfin celle de Natalie Barney, prêtresse du saphisme de ces années-là. Proust, séducteur, lui écrit que, dans ses livres, tous ses « sodomites sont affreux » mais que « toutes ses gomorrhéennes sont charmantes ». Peine perdue : Barney juge qu'Albertine et ses amies ne sont pas charmantes mais invraisemblables, et a cette merveilleuse phrase de puritanisme mystique : « N'enfreint pas qui veut ces mystères d'Éleusis. »

Aveuglement et refoulement d'un côté ; crédulité infantile de l'autre : on a l'impression que Proust est un des rares *adultes* de son temps. On le prend pour un chroniqueur, alors qu'il compose une formidable orchestration des apparences et de leur envers. Là où la plupart de ses contemporains vivent sur une actualité se déroulant sur une ou deux lignes, avec un passé réduit à une monodie, lui perçoit tout sur dix lignes superposées, avec présent-passé polyphonique anticipant sur le futur. « On est rattrapé par la vie », dit-il. Il vit, il se voit vivre, il invente sa vie, il transgresse le grand interdit qui veut qu'on perde sa vie sans retour ou qu'on la gagne par un sacrifice consenti au silence. Proust, impeccable et subversif, est bien cette figure inacceptable pour la représentation sociale (et cela, Georges Bataille, seul, l'a compris) : le saint débauché. Il reproche aux « vieilles philosophies » de trop séparer l'art de la science. Il est son propre cobaye : « Ce qui semble extérieur, c'est en nous que nous le découvrons. » Ou encore : « Tout ce qui peut aider à découvrir des lois, à projeter de la lumière sur l'inconnu, à faire connaître plus profondément la vie, est également valable. » L'introspection est une aventure de chaque instant, vérifiable aussi bien au concert qu'au bordel, dans un timbre vocal que pendant un bombardement, dans l'hémorragie imprévue de la mémoire comme dans le sommeil (le sommeil, grand personnage de la *Recherche*, puisqu'il s'agit de l'« examiner avec intelligence sans se réveiller »). On lui dit qu'il a inventé le « roman d'analyse » grâce à son « microscope » ? Mais non, sa trouvaille est le télescope intérieur, dit-il, il aperçoit des choses petites, certes, mais parce qu'elles sont situées à grande distance dans le temps : « J'ai eu le malheur de commencer mon livre par le mot " je " et aussitôt on a cru qu'au lieu de chercher à découvrir des lois générales, je m'analysais au sens individuel et détestable du mot. » Rien de plus troublant, pour les fonctionnaires collectivistes, qu'un *je* atteignant la généralité par sa singularité même. Qu'une vie se transforme en loi n'est pas prévu par la Loi.

Chaque publication d'un volume de lettres de Proust est un événement majeur, et on peut s'étonner que certains, animés d'un sentiment de supériorité incompréhensible, n'y voient que routine sans révélations. Voici l'exemple du contraire. Painter, pourtant très complet, n'utilise pas toutes les lettres de l'année 1921 (le tome vingt de l'édition de Philip Kolb). Cette année-là, un nouveau correspondant apparaît à l'horizon de Proust. Il s'agit de François Mauriac. Proust, lui parlant d'un de ses livres, *Préséances*, lui écrit : « J'ai reconnu cette manière particulière, énergique et charmante, que vous avez de dire les mots. » Mauriac va témoigner à Proust une admiration constante, alors qu'il est saisissant de constater à quel point le nom de Proust, après la mort de Rivière, est « oublié » par les écrivains et les intellectuels des années trente ou cinquante. Pas un mot chez Drieu ; rien chez Paulhan, Malraux ou Aragon ; rien chez Camus ; rien chez Sartre. Où est donc passé Proust ? L'Histoire, désormais, semble plus importante que lui. Non, décidément, il n'est pas politiquement correct. D'ailleurs, n'est-il pas immoral ? Mauriac, dès 1921 : « Qu'il ne soit plus, à propos de cette œuvre, question d'immoralité. Proust projette dans nos abîmes une lumière terrible. Son art a l'indifférence du soleil : tout est tiré de l'ombre et même ce qu'avant lui nul n'osait nommer. »

Mystérieux Proust. Il demande à Mauriac de dire à Francis Jammes de prier pour qu'il ait une mort douce, « bien que je me sente fort le courage d'en avoir une très cruelle ». Et puis, ceci : « Peut-être me sera-t-il permis de vous voir autrement qu'en esprit et en vérité. » Ici, nous sommes donc renvoyés à Jean IV, 24 (« Dieu est esprit, et ceux qui adorent, c'est en esprit et en vérité qu'ils doivent adorer »). Message clairement codé, donc, mais aussi définition personnalisée, secrète et inattendue, du Temps enfin retrouvé.

Derniers mots de Proust

Le lundi 1er mai 1922, Proust, qui va mourir en novembre, avale par erreur de l'adrénaline à sec : « J'ai eu le tube digestif brûlé comme par du vitriol, j'ai souffert pendant trois heures un véritable martyre. » Le martyre, dû à des crises d'asthme de plus en plus violentes et à l'urémie, il l'évoque constamment auprès de ses divers correspondants, comme pour les enfoncer davantage dans leur insensibilité à la souffrance de l'autre. Il sait que le sadisme plus ou moins conscient, et surtout le manque d'imagination, constituent le fond des êtres humains, même des meilleurs. Il prévoit donc très bien le plaisir automatique qu'il va provoquer chez eux, ou du moins la censure de l'information, comme quand Swann annonce sa mort prochaine à la duchesse de Guermantes. Elle se dépêche de ne pas l'entendre. Ce qu'il fallait démontrer.

À Cocteau : « J'ai été mourant toute l'année dernière, bien plus près de la mort que le Pape, et je pense que si j'en ai réchappé, je le dois à l'absence de cardinaux autour de moi. » À Gide : « Je suis resté sept mois sans me lever une heure, et n'en disons pas davantage. » Au duc de Guiche (là, nous sommes au comble du dandysme) : « L'approche de la mort est possible. C'est embêtant avant que mon livre soit fini. » À Gaston Gallimard : « Je ne sais pas si je vous ai écrit depuis que j'ai recommencé à tomber par terre à chaque pas que je fais et à ne pouvoir prononcer les mots. » À Rivière : « Un mélange d'évatmine et de kola me rend pour une heure la possibilité d'écrire (j'entends de tracer les caractères clairement). » À Gillouin : « Je n'ai eu ni sommeil, ni nourriture, ni respiration depuis six jours. »

Vers octobre, les mots griffonnés à Céleste Albaret seront encore plus éloquents : « Je viens de tousser plus de trois mille fois, et je n'ai plus ni dos, ni estomac, ni rien. C'est une folie. » À ce moment-là, Proust, toujours acharné à corriger et à développer son livre, ne s'alimente presque plus et refuse toute intervention médicale. Qu'il soit clair que le corps n'est rien, que l'esprit commande, et qu'on meurt la plume à la main, soutenu par une certitude et une ironie ravageantes. À Morand : « Céleste m'a apporté un rhume avec rapidité, comme si elle était pressée que je le prenne. »

Qui aime Proust ? Tout le monde, et personne. On lui témoigne de l'admiration, de l'estime, du respect, mais cela reste distant, empêché, bizarrement guindé et glacé. Tout se passe comme si les contemporains sentaient qu'il est en train de relativiser leur vie et leur mort, trop vivant, trop mourant (on pense à l'interminable agonie de Voltaire) pour ne pas préparer un très mauvais coup à l'égard du théâtre d'ombres agitées et bavardes où ils se meuvent tous.

Ils font ce qu'ils peuvent, les contemporains. Rivière est soucieux. Il manque d'argent, il va bientôt publier son roman *Aimée*. Proust : « J'adore Rivière, c'est l'être le plus noble, la plus lucide intelligence que l'on puisse imaginer. Mais très fatigué depuis la guerre (qu'il a faite d'une façon atroce), il m'a, par sa fatigue, sa distraction, l'oubli de recommandations notées sur de petits bouts de papier qu'il perd, causé plus d'ennuis que n'auraient pu le faire cinquante ennemis coalisés. »

Gide est cérémonieux, mais mal remis de son erreur initiale, et puis le portrait de Charlus le choque. Mauriac feint d'être effrayé : « On a l'impression que Sodome et Gomorrhe se confondent avec l'univers. Une seule figure de saint aurait suffi à tout rétablir. » Eh oui, il n'y a qu'une seule figure de saint dans la *Recherche*, et c'est Proust lui-même. Comment Mauriac ne le voit-il pas ? Mais c'est qu'il est en train, lui aussi, de publier un roman : *Le Baiser au lépreux*. Proust l'a-t-il lu ? Vous êtes mourant, soit, mais quand même pas au point de ne pas lire mon livre.

Morand, comme toujours, est affectueux et pressé. Cocteau a autre chose à faire. Léon Daudet, lui, pense que Proust est largement un malade imaginaire, son attitude est donc militaire : « Vous êtes unique et il faut vous conserver tel sans merci. » Très bien. Mais Proust : « Je ne connais pas une seule ligne de Pierre Benoit. Léon Daudet écrit de temps en temps que je suis le premier écrivain français, ce qui me fait un certain plaisir, et qu'après moi c'est Benoit, ce qui détruit le plaisir. » Le comble, c'est quand Gaston Gallimard se plaint de mener une vie « niaise ». Il publie la *Recherche* et il se plaint ? C'est trop fort :

« Vous me faites beaucoup de peine en me disant que votre vie est niaise. Elle est superbe. Vous avez attaché votre nom au plus marquant des mouvements littéraires de notre temps... Voyez la vie sous cet angle et vous serez fier et heureux [...]. Je connais des gens malheureux parce qu'ils calculent qu'ils ont un an de plus, ou des choses de ce genre. Le bonheur pris comme but se détruit à pleins bords. Il coule à pleins bords chez ceux qui ne cherchent pas la satisfaction et vivent en dehors d'eux pour une idée. »

Le mourant travailleur, caustique, sûr de lui, voilà qui n'est pas prévu au programme. Proust aurait donc la conviction d'avoir fait une découverte énorme et que ses livres sont à mettre au-dessus de tout ? C'est probable. Pourtant, il y a une circonstance aggravante. Le génie, passe encore, mais à condition qu'il soit méconnu tant qu'il est en vie. Soyez correct, postulez posthume. Or non seulement Proust se vend (de mieux en mieux), non seulement le *Times* souligne qu'il va au grand public « malgré » ses qualités rares, mais sa mégalomanie malicieuse ne cesse de croître. Par exemple, Camille Vettard, c'est très bien : il compare Proust à Einstein. La N.R.F. devrait faire de la publicité à Edmond Jaloux qui place la *Recherche* entre Montaigne et Rousseau. Et puis, d'ailleurs, c'est peut-être encore mieux ?

Proust ? Notre jeune homme ? L'original ? Le maniaque ? Il aurait une grande pensée ? Supérieure à celle de Bergson ? Anticipant même sur *Être et Temps*, de Heidegger ? Vous exagérez. « Mon livre est sorti tout entier de l'application d'un sens spécial (du moins je le crois) qu'il est bien difficile de décrire (comme à un aveugle le sens de la vue) à ceux qui ne l'ont jamais exercé. » S'agit-il pour autant d'analyses microscopiques, de minuties ? Mais non, c'est un « télescope braqué sur le temps ».

Voilà une autre dimension, n'est-ce pas ? Très en longueur, et solide. Les corps ne sont pas dans l'espace mais dans le temps. Qui a osé dire ça jusque-là ? Personne. À Ernst-Robert Curtius : « La mauvaise littérature rapetisse. Mais la vraie fait connaître la part encore inconnue de l'âme. C'est un peu le mot de Pascal que je cite à faux, n'ayant pas de livres ici : " Un peu de science éloigne de Dieu, beaucoup de science y ramène. " Il ne faut jamais avoir peur d'aller trop loin car la vérité est au-delà. »

Le milieu littéraire, le « sainte-beuvisme » endémique, rapetisse tout. Finalement, il vaut mieux compter sur les gens qui ne lisent pas vraiment et attendre : « J'ai été surpris de voir combien les Guermantes qui lisent mes livres ne se rendent pas compte combien c'est scandaleux. Les Guermantes femmes, fort vertueuses, font cercle autour de moi. » Et encore : « Je suis stupéfait de voir que les gens avalent *Sodome et Gomorrhe* comme une bondieuserie. » Paradoxe : le vice qui dit la vérité du vice est protégé par la vertu. Sinon, c'est la pseudo-compréhension, le soupçon. Les uns, en effet, sont consternés que l'homosexualité ne soit pas décrite de façon positive, sans conséquences, idyllique ; tandis que les autres crient au démoniaque. Les « gens », eux, sentent, et se trompent moins.

Sydney Schiff aime Proust. Ses lettres sont délicates et tendres. C'est probablement pour cette raison qu'il reçoit cet avertissement : « Vous ne lisez pas mon livre, parce que, comme tous les mondains qui ne l'aiment pas, à Paris vous êtes trop nerveux, à Londres vous êtes trop occupé, à la campagne vous avez trop d'invités... Cependant, dès le jour où il a paru, en métro, en voiture, en wagon, les vrais amis du livre le lisaient, ne voyant pas leurs voisins, oubliant les stations. Je néglige l'opinion, purement mondaine, que vous préférez l'homme à son œuvre. Je réfuterais ce sophisme en deux minutes, mais je suis trop fatigué. Du reste, je ne suis même pas sûr que vous aimiez l'auteur. » Implacable Proust. Là-dessus, toujours soucieux de damer le pion à son père, à son frère, à la médecine en général, il donne, lui, l'agonisant, quelques conseils de santé à Schiff. C'est Molière et c'est Plutarque. Irrésistible de comique et de grandeur.

Qu'est-ce qu'un écrivain ? Un insecte venimeux en cours de métamorphose sublime. Le 3 octobre, à Gaston Gallimard : « D'autres que moi, et je m'en réjouis, ont la jouissance de l'univers. Je n'ai plus ni le mouvement, ni la parole, ni la pensée, ni le simple bien-être de ne pas souffrir. Ainsi, expulsé pour ainsi dire de moi-même, je me réfugie dans les tomes que je palpe à défaut de les lire et j'ai à leur égard la précaution de la guêpe fouisseuse [...]. Recroquevillé comme elle et privé de tout, je ne m'occupe plus que de leur fournir à travers le monde des esprits l'expansion qui m'est refusée. »

Pas folle, la guêpe. Son cœur cesse pourtant de battre le samedi 18 novembre 1922, à six heures du soir.

Les aventures du roman

De tous les passages de *La Divine Comédie* de Dante, le plus souvent cité est sans doute celui du cinquième chant de l'*Enfer*, où Francesca da Rimini raconte comment elle a basculé dans sa passion pour son beau-frère, Paolo. Ils sont seuls, ils lisent un roman. De temps en temps, ils se regardent dans les yeux et se troublent. Peu à peu, ils finissent par imiter ce qui est écrit, c'est-à-dire qu'ils s'embrassent, et la suite. D'où le vers fameux : « Ce jour-là, nous ne lûmes pas plus avant. » Un tel roman dangereux, pornographique ; un tel poison de phrases qui finit par pousser à l'acte, n'est autre que le premier récit français en prose, *Lancelot du Lac*[1]. Est-ce un hasard s'il commence ainsi : « Aux confins de la Gaule et de la Petite-Bretagne, il y avait jadis deux rois qui étaient frères et dont les femmes étaient sœurs » ?

Incroyable puissance et influence, pendant très longtemps, de cette longue aventure du début du treizième siècle que nous pouvons enfin lire inté-

1. *Lancelot du Lac*, Le Livre de poche, 1991.

gralement dans la version actualisée de François Mosès. D'abord, le choc : cette langue que je parle et écris, là, tout de suite, provient donc de ce grand grimoire bourré de mots et d'expressions disparus ? Je peux retrouver ici une mémoire familière et étrangère comme si j'avais vécu en rêve une autre existence, d'autres valeurs que celles qui se décomposent ces temps-ci sous mes yeux ? Ce roman méconnu, premier chef-d'œuvre européen, me transmet, à travers mes propres mots français à l'état naissant, un passé oublié, plein de bruit, de douceur, de guerre, de fureur, « d'amour, de chevalerie, de courtoisie, de largesse » ? Mais que signifie désormais, dans une société d'accumulation et de destruction économiques, la « largesse », la « prouesse », la « débonnaireté », la « félonie » ? S'agit-il d'un monde que je peux encore comprendre, ou bien est-il définitivement englouti dans l'évolution renaissante, classique, moderne, postmoderne ? L'opinion courante est qu'il n'y a rien à entendre de ce côté-là, et que Cervantès, par exemple, a mis fin aux élucubrations de ce genre. Un chevalier ? Ridicule. L'amour courtois ? Grotesque. Allons, allons, pas si vite. Pourquoi se moquer de ce qu'on ne connaît pas (ce qui n'est pas le cas du *Don Quichotte*) ? Vous tenez absolument à vivre dans un monde désenchanté ? Soit. Mais au bout de ce préjugé, les preuves abondent, il y a la morosité, le dégoût, le désespoir, l'escroquerie généralisée, l'ennui. François Mosès, dans son introduction, a bien raison de rappeler La Fontaine : « Si Peau d'Âne m'était conté, j'y prendrais un plaisir extrême. » Faites l'expérience : il y a aujourd'hui un plaisir paradoxal, immédiat et extrême, à lire *Lancelot du Lac*.

Tout entraîne dans ce livre : la composition minutieuse en rebondissements et échos (la musique tranchante et fleurie de Josquin Des Prés s'annonce) ; la fraîcheur plastique des situations et des personnages ; la précision physique, organique, des descriptions de batailles ; l'ironie enveloppée des dialogues ; la foule mobile des événements ; l'énergie aiguë, scintillante, de la narration. Les histoires de Graal et de Table ronde, dérivées du roman arthurien et de Chrétien de Troyes (et, depuis, tarte à la crème des ésotéristes), sont ici ramenées et cadrées dans une réalité militaire, les tours de magie ont pour but l'éducation du héros depuis l'enfance jusqu'à la satisfaction amoureuse. Le nom du héros ? C'est justement la question des questions, il doit le découvrir peu à peu. Un corps cherche son nom qui lui sera révélé par sa jouissance. Tour à tour, Lancelot est « fils de roi », « riche orphelin », « beau valet », « blanc valet », « blanc chevalier », « chevalier noir ». Il est élevé chez la Dame du Lac qui est une fée victorieuse de Merlin, lui-même engendré par un diable (mais oui, le roman vient du diable). Ah, les diables ! « Lorsqu'ils furent faits anges, si beaux et si plaisants, ils prenaient plaisir à se regarder l'un l'autre jusqu'à échauffement de luxure ; et quand ils furent déchus avec leur malheureux maître, ils gardèrent sur terre la luxure qu'ils avaient commencée dans leurs divins sièges. » Quant aux fées, « elles savent la force des paroles, des pierres et des plantes » (comme le dira Céline en 1947, et je lui laisse la responsabilité de son propos : « Elles sont rares les femmes qui ne sont pas essentiellement vaches ou bonniches, alors elles sont sorcières ou fées »). Lancelot enfant ? Il a « le visage enluminé de naturelle couleur vermeille », « la bouche petite avec mesure », « les yeux riants et pleins de joie », mais « dans sa grande colère, il ne se souvenait de rien d'autre que de ce qui motivait sa colère ». Tous les matins, par enchantement, il trouve au pied de son lit un petit chapeau de roses. La joie est son élément, ce qui nous paraît absurde, puisque notre évangile concret est celui de la haine de soi et des autres. Tout n'est-il pas laid, dérisoire, misérable, odieux, affreux ? Lancelot parle toujours de sa « grande joie ». « Et, dit le roman, comme il en parlait avec tant d'assurance, beaucoup de gens le lui reprochèrent, croyant que c'était de l'orgueil et de la vantardise. Pourtant ce n'était rien de tel, mais seulement la grande confiance qu'il avait dans l'objet dont venait toute sa joie. » Le lecteur contemporain, freudien par définition, n'a pas besoin d'un long commentaire. Voici le dialogue qui résume tout : « Beau doux ami, que voulez-vous ? — Ce que je veux ? Je veux merveilles. » On ne saurait être, n'est-ce pas, plus à contre-courant. Bien entendu, un tel enfant-trésor est promis à la Reine mais, auparavant, il devra beaucoup tuer ici et là. À vrai dire, il n'y a pas que les massacres homériques ou bibliques : voyez un peu tous ces cavaliers en train de s'assommer et de s'étriper à coups d'épieux, de haches, de lances, d'épées. Que nous le voulions ou non, c'est là aussi notre mythologie, notre histoire. Et ces têtes, ces épaules, ces cous, ces poitrines, ce sang ont fait beaucoup parler et pleurer, chanter et imaginer. « Le cœur d'un chevalier qui aime d'amour fine ne doit tendre qu'à un seul but, qui est de surpasser tout le monde. » Lancelot est un vrai chevalier dans la mesure où il est bon avec les bons et, avec les méchants, plus méchant qu'eux. L'« amour fine » est une garantie de justice. Mais voici la nouveauté subversive : les hommes ont leur monde, les femmes le leur, le chevalier exceptionnel est celui qui connaît le passage secret de l'un à l'autre. Nous découvrons donc, pour la première fois, les deux côtés de la scène : luttes de prestige et de pouvoir d'une part ; de l'autre le calcul féminin, sa retenue, son sens de l'observation, ses ruses, sa concentration de forces.

L'amour courtois n'est pas ce qu'on croit : il implique toute une construction érotique dont il ne serait pas étonnant qu'elle revienne, après tant de confusion maladive, nous faire signe. Sans *Lancelot du Lac*, pas de *Princesse de Clèves*, mais pas davantage Laclos ou Sade, ou, plus tard encore, Proust, Joyce, Nabokov et Céline (il suffit de penser au seul titre de *Féerie pour une autre fois*). L'érotisme féminin ? « Elle prenait grand plaisir à remarquer, dans son attitude et ses paroles, le trouble dont il était saisi. » Voilà ce que Dante prend bien garde de ne pas nous dire et qui devait le remuer beaucoup : le moment essentiel est celui de l'initiative féminine. À cet instant la Reine « prend Lancelot par le menton et l'embrasse très longuement ». Étonnant et splendide finale qui mérite plus qu'une allusion dans l'*Enfer* : Paolo et Francesca auraient dû, même en faisant ce qu'ils ont fait, continuer à lire. D'autant plus qu'on assiste à cet arrangement inouï d'un homme (Galehaut) qui demande à une femme (la Reine) de prendre un autre homme pour amant (Lancelot), tandis qu'une femme (la Reine) impose de son côté à une autre femme (la dame de Malehaut) son partenaire masculin (Galehaut). À l'écart de la société légale, se fonde ainsi devant nous une contre-société de plaisir. Ils sont quatre (comme, dès le début, deux frères et deux sœurs), et le paradis existe bel et bien, il est dans le « petit bois ». « Ils demeurèrent longtemps dans cet endroit, et la matière de leurs entretiens ne fut qu'embrassements et baisers, dont ils avaient le plus ardent désir. » Comment ne pas aimer un tableau de ce genre : « Ils se lèvent. La nuit était complètement tombée, mais il faisait clair, car la lune était levée et toute la prairie était illuminée. » On y est. Quant à la bizarre morale de cette très romanesque affaire, la voici : « L'amour est une folie et les folies du monde ne peuvent être conduites sans péché. Mais cette folie est à honorer plus que toutes les autres, et il a bien raison d'être fou, celui qui, dans sa folie, découvre la raison et l'honneur. »

Le soleil noir de Bossuet

Comment oser parler de Bossuet aujourd'hui ? Quoi ? Cet obsédé totalitaire, ce cruel morbide, cet inquisiteur stalinien, ce dogmatique insensible pire que Jean-Paul II, ce persécuteur du tendre couple Fénelon-Mme Guyon, ce fanatique anti-protestant, ce valet de l'absolutisme, ce catholique si peu chrétien, cet obscurantiste ? Ah, un biographe, sur un tel sujet, a bien du mérite, et le livre de Jean Meyer[1] peut être salué d'emblée comme un acte de courage intellectuel. D'ailleurs, lui aussi s'excuse : Bossuet l'irrite, le fascine, le déconcerte, lui plaît quand même. Toujours la même question : comment peut-on être un aussi grand écrivain en ayant tort à ce point devant le tribunal de l'Histoire ? Comment un tel paradoxe est-il seulement pensable ? On ne s'attendait pas, d'ailleurs, que Bossuet ait eu une vie. Tant pis, la voici (1627-1704).

Diable de vie, en somme, dévorée par un ministère qui consiste à avoir charge d'âmes, c'est-à-dire à transborder des corps de la naissance à la

1. Jean Meyer, *Bossuet*, Plon, 1993.

mort conçue comme une entrée dans l'éternité. « Qu'est-ce que notre être ? » ne cesse de demander Bossuet, « qu'est-ce que notre être ? ». Voilà une interrogation d'une urgence et d'une inactualité frappantes. Le contemporain, n'est-ce pas, n'a guère le temps d'y penser. La méthode de Bossuet, à l'époque, est brutale : « Me sera-t-il permis aujourd'hui d'ouvrir un tombeau devant la cour, et des yeux si délicats ne seront-ils pas offensés par un objet si funèbre ? » Mais si, la cour est offensée. Où est-elle, d'ailleurs, la cour, de nos jours ? Balzac disait : « Aujourd'hui, Bossuet serait journaliste. » Et Chateaubriand, bluffé : « Le potentat le plus absolu du globe est obligé de s'entendre dire, devant des milliers de témoins, que sa puissance n'est que songe et qu'il n'est lui-même que poussière. » Il faut imaginer Bossuet tonnant en plein *reality show*. Mais, bien entendu, on ne lui donnerait pas la parole.

Jacques-Bénigne Bossuet est un Bourguignon, de bourgeoisie montante, très vite lucide et expert dans la mécanique des pouvoirs. Il est sérieux, emporté, coléreux, bonhomme, généreux, mesquin, rancunier, oublieux, charitable, fidèle, travailleur acharné, méditatif profond. On ne comprend rien à son aventure (ni à celle de son siècle), si on ne la replace pas dans cette étrange passion du langage que nous avons décidé d'oublier, d'aplatir, de commercialiser et d'anesthésier. « Bossuet est né de la Bible », dit Jean Meyer. Que devient alors la biographie de quelqu'un qui tend à se confondre à chaque instant avec un texte vivant ? Être prêtre et prédicateur permettait une telle coïncidence, une telle fusion. Car la Bible est écriture et parole en état de surenchérissement l'une par rapport à l'autre. Elle doit brûler si l'on s'y consacre, c'est un feu invisible, un souffle incessant. Convertir les autres à partir de là ? C'est la moindre des choses. En les bousculant ? Évidemment, puisqu'ils ne savent pas ce qu'ils disent. Discourir sur l'histoire universelle ? Comment faire autrement, surtout pour l'éducation des princes (Bossuet est précepteur du dauphin). Prononcer l'éloge des saints ? Il n'y a rien de plus naturel puisqu'ils sont, eux aussi, eux d'abord, des êtres de parole. Parallèlement, il y a lieu de tenir toute autorité terrestre dans la crainte de l'anéantissement, et c'est là que Bossuet est insurpassable. Sa lumière éclatante lui vient du soleil noir de la mort que, contrairement à la formule de La Rochefoucauld, il se met à regarder en face. La mort est sa grande alliée, sa force, sa couleur, sa joie, son théâtre. À partir d'elle, de la liberté et du déploiement inouï qu'elle permet, on peut porter la langue à une puissance d'évocation et de méditation supérieure. « C'est une entreprise hardie d'aller dire aux hommes qu'ils sont peu de choses. » Allons-y : « Si je jette la vue devant moi, quel espace infini où je ne suis pas ! si je la retourne en arrière, quelle suite effroyable où je ne suis plus ! et que j'occupe peu de place dans cet abîme immense du temps ! » On peut difficilement demander plus au français que ce que Pascal et Bossuet ont tiré de ce registre, lequel devrait décourager la polygraphie servile des temps.

Le 10 mars 1687, Bossuet prononce, à Notre-Dame de Paris, l'oraison funèbre de Louis de Bourbon, prince de Condé, ami et protecteur de sa famille. Le morceau lui permet d'aborder les descriptions de batailles. Il adore ça. Le prince est un aigle qui voit tout, entend tout, sait tirer parti de tout. On va le métamorphoser en aigle de mots : « En son camp, on ne connaît point les vaines terreurs, qui fatiguent ou rebutent plus que les véritables. Toutes les forces demeurent entières pour les vrais périls ; tout est prêt au premier signal ; et, comme dit le prophète : " Toutes les flèches sont aiguisées et tous les arcs sont tendus. " En attendant, on repose d'un sommeil tranquille, comme on ferait sous son toit et dans son enclos. » Énergie, précision, ampleur, rapidité : voilà Bossuet en train de se mesurer avec son écrivain préféré, Isaïe. Car sa vraie mesure est là, pas ailleurs, et c'est pourquoi il ne sert à rien de lui reprocher d'être réactionnaire, en deçà du mouvement scientifique de son temps. Des sciences, du savoir, des hypothèses, de la psychologie, sans doute, sans doute, mais qui me prouve qu'on ne dira pas un jour qu'il ne s'agissait là que de « vaine dialectique, de métaphysique outrée, de fausse philosophie » ? Autrement dit, où est la *vision* ? Le français a cette singularité d'être poétique surtout dans sa prose. Dieu, en français, est parlable simultanément comme sagesse et folie. Sa sagesse est raison et ordre de l'univers. Mais comme elle est sans arrêt méconnue, Dieu se met à faire le fou : « Il ne s'avance plus que par des démarches insensées, il saute les montagnes et les collines, du ciel à la crèche, de la crèche par divers bonds sur la croix, de la croix au tombeau et au fond des enfers, et de là au plus haut des cieux. » Si l'on ne saisit pas, donc, les deux mouvements en même temps on sera trop fou, ou trop sage. Le style de Bossuet est synthèse de rationalisme et de lyrisme : ce qu'il y a de plus simple et de plus compliqué.

La Bible, l'histoire, les saints, la mort. Reste à définir une autre constante : l'erreur. Elle aussi, au fond, se ramène au langage. L'affaire du quiétisme, par exemple, avec toutes ses implications de complot, peut se définir comme suit : « Il aurait fallu juger des paroles par les sentiments et non pas des sentiments par les paroles. » C'est peu dire que Bossuet n'est pas sentimental. Là, il devient implacable, voltairien. *La Relation sur le quiétisme* a eu autant de succès que *Les Provinciales*. Tir de Bossuet : « Je trouvai dans la Vie de cette Dame que Dieu lui donnait une abondance de grâces dont elle crevait au pied de la lettre : il fallait la délacer... On venait recevoir la grâce dont elle était pleine, et c'était là le seul moyen de la soulager. » Pauvre Mme Guyon ! Et pauvre Fénelon : « Je me retirai étonné de voir un si bel esprit dans l'admiration d'une femme dont les lumières étaient si courtes, le mérite si léger, les illusions si palpables, et qui faisait la prophétesse. » Encore Bossuet ne connaissait-il pas la correspondance secrète entre Fénelon et Mme Guyon, exhumée seulement en 1907. Mme Guyon, parlant du cœur de Fénelon à celui-ci :

Je n'y vois rien à désirer
Qu'un peu de souplesse
Qu'à tout je le puisse plier
Que j'en sois la maîtresse !

Et Fénelon, en réponse :

Reçois donc cher Amour les cris de ma douleur
Comme tu fis mon sacrifice
Le mal quelquefois me fait peur
Mais j'avale en paix ce calice.

Etc. Etc. On conviendra que, pour un évêque, ce genre de poésie n'était pas du meilleur aloi. Le mysticisme, soit, mais la rumination masochiste n'en est sans doute pas la plus juste figure. Nous avons décidé, depuis, d'être séduits par l'hystérie, les médiums, la psychose, les délires, les torrents sentimentaux. Bossuet nous est donc antipathique. On dira qu'il n'avait pas d'âme. Qu'il était autoritaire. Que la splendeur de sa vérité est impraticable. Qu'il ne se préoccupe pas assez des souffrances, des besoins, des désirs. Il en a pourtant beaucoup vu, jour après jour, dans son diocèse, mais il est vrai qu'il n'a pas pensé à en faire un plat. Incapable de mystique Bossuet ? Tout le contraire : « Par les mêmes démarches que l'Infini s'est joint au fini, par les mêmes le fini doit s'élever à l'Infini. Il doit se libérer et s'affranchir de toutes les règles de la prudence qui le resserrent en lui-même, afin de se perdre dans l'Infini ; et cette perte dans l'Infini, parce qu'elle met au-dessus de toutes les règles, paraît un égarement. » On a reconnu, bien entendu, saint François d'Assise.

L'enchanteur

Il y a des écrivains qu'on découvre dans un éblouissement et qu'on aime une fois pour toutes (Proust, par exemple), et d'autres qu'on se sent préférer de plus en plus. Nabokov est de ceux-là, vous entraînant lentement dans ses subtilités, ses spirales, ses doubles fonds calculés. Le voici, ces temps-ci, en train de se révéler en même temps que l'histoire qu'il a traversée à sa manière, à son rythme. De 1899 à 1977, quel voyage ! La Russie, l'Angleterre, l'Allemagne, la France, les États-Unis, la Suisse, qui dit mieux ? Changement radical de monde, deux guerres, une révolution et, cas unique de virtuosité, transformation positive de langue. Destruction, transplantation, continuité, triomphe. Comment et pourquoi a-t-il survécu et vaincu ?

La réponse est d'abord dans un des plus beaux livres de souvenirs jamais écrits : *Autres rivages* (le titre anglais est plus percutant : *Speak, Memory*). Il faut en conseiller la lecture à tous ceux qui n'ont de Nabokov qu'une vision fragmentaire, trouble, exagérée à contresens par le coup de force de *Lolita*, désorientée par une personnalité hautement insaisissable et légère aux antipodes des engagements lourds de notre siècle champion de lourdeur. Puisque tout, en un sens, commence et finit dans la politique de façon à éviter la littérature, voyons Nabokov politique. Eh bien, qui a eu plus que lui raison ? Son père, libéral aimé, assassiné en exil, à Berlin, par des fascistes. Sa surprise de rencontrer, à Cambridge, des démocrates progressistes lui donnant sans cesse, par ignorance, des leçons de soviétisme (dans *Autres rivages*, le personnage s'appelle Nesbit, mais on peut y reconnaître l'écho de son malentendu permanent, à New York, avec Edmund Wilson). Sa vie à Berlin, avec sa femme et son fils, alors que hurle, par les fenêtres ouvertes, la voix d'un dictateur « du Neandertal ». Sa solitude en France et en Amérique où, constamment, il va insister sur le fait que l'art ne peut s'expliquer que par l'art, quelles que soient les pressions sociales... Une vision singulière, une vie très singulière, répétant sans cesse l'importance du détail concret, de la sensation limitée et infinie, de la commotion nerveuse. Le secret ? L'enfance, maintenue envers et contre tout. N'est-il pas ahurissant d'entendre un écrivain parler du « charme de notre entente parfaite », à propos de son père ? Du « code secret des familles heureuses » lorsqu'il décrit sa complicité avec sa mère, hallucinations auditives ou cueillette de champignons ? De le contempler passionné par la naissance et le moindre geste de son jeune fils, comme s'il s'agissait d'un miracle improbable, celui de toute vie humaine ? Nous avons bien entendu l'habitude de chercher, dans l'existence d'un artiste, le plan névrotique ou traumatique, le manque, la blessure, causes de toute création. C'est la vulgate marxiste ou psychanalytique ou, plus simplement, collectiviste naturelle. Or Nabokov n'arrête pas de nous parler d'un noyau irradiant de joie, d'extase, de lévitation dans la perception privilégiée. Le jeu d'échecs, le tennis et les papillons sont inscrits sur son blason comme un défi à tout esprit de groupe. Partout, il a enregistré la même volonté d'aveuglement et de mort, le suicide volontaire de masse, la démission intellectuelle, la servitude revendiquée, le désir de ne pas savoir et de se tromper sur ses désirs. *La Vraie Vie de Sebastian Knight*, un de ses chefs-d'œuvre, nous montre cette passion peu connue (que *Don Quichotte* a pourtant fait apparaître dans la conscience moderne) : l'effort constant pour *ne pas* arriver à la vérité. Ou encore, dans *Feu pâle* (satire subtile et féroce de l'enfermement universitaire qu'il a si bien connu) : la manie du commentaire inutile et de l'idéalisation maniérée. Un écrivain traverse tout cela comme sur une pointe d'épingle, grâce au presque rien aimanté, à la vibration constante qui lui permet de « voir plusieurs choses à la fois ». Ouvrir un livre de Nabokov, c'est être immédiatement assailli par des plaques mobiles de descriptions simultanées, des superpositions, des enveloppements rapides. La phrase va, s'interrompt, reprend, saute, la musique intelligente est partout (la perception littéraire se fait directement, ou non, dans la « moelle épinière »). « L'échiquier est un champ magnétique, un système de forces et d'abîmes, un firmament qui s'étoile. »

Être papillon ? Et *réellement*, pas en rêve ? C'est prendre parti pour l'éphémère, le souffle, la solitude aux lisières, là où le temps vous glisse à l'oreille, en douce, qu'il n'existe pas. « J'avoue ne pas croire au temps » (décidément, tous les grands écrivains du vingtième siècle auront dit la même chose). Naturellement, les échecs ou les papillons sont là comme emblèmes de l'art romanesque : complexité incessante des opérations, chasse du spécimen le plus rare possible de l'émotion. Ainsi, dans *La Défense Loujine* (récit d'un suicide par perte au jeu) : « La partie s'amorçait en douceur : on eût dit des violons jouant en sourdine. » Et la partie se joue, en réalité, entre l'écrivain et le lecteur, dans l'acte magique d'écrire. Exemple d'analyse littéraire directe du style de Gogol : «Résumons-nous : l'histoire chemine ainsi : marmonnement, marmonnement, élan lyrique, marmonnement, élan lyrique, marmonnement, élan lyrique, marmonnement, apogée du fantastique, marmonnement, marmonnement, puis retour à ce chaos d'où tous étaient issus. À ce niveau extraordinaire de l'art, la littérature n'a bien entendu pas à se préoccuper de plaindre les opprimés ou de maudire les oppresseurs. Elle fait appel à ce puits secret de l'âme humaine où les ombres des autres mondes défilent comme les ombres de navires inconnus et silencieux. »

On sent cela, ou on ne le sent pas ; on est capable, ou pas, de se servir de la « loupe » du temps qui fait surgir, comme à volonté, comme un coup de baguette, telle ou telle séquence précise et sans bords. Nabokov ne croit pas à la mémoire involontaire et passive, au contraire : il poursuit, il s'insinue, il attend, il guette, il abat soudain son filet. Sa conviction est que les phénomènes font beaucoup de grimaces pseudo-adultes pour cacher une merveille sous-jacente, visible seulement pour des yeux exercés. Le monde est simulation et dissimulation, mais en même temps trouée d'informations pour qui sait les prendre. Le temps est une série de *fractions*. L'espace ne demande qu'à se ramener à un spasme. À leur intersection, en éclairs, il y a comme un crépitement : le langage. Et, confidence, il y a un *âge* pour cette découverte : « Un garçonnet de dix ans connaît bien, connaît jusque dans le détail chacun de ses genoux — l'ampoule grattée jusqu'au sang, les raies blanches laissées par les ongles sur la peau hâlée, et toutes ces égratignures qui sont comme les signatures des grains de sable, du gravier et des brindilles pointues. »

Bien entendu, aurait pu dire Nabokov, Lolita, c'est moi. Il faut arriver sur *Lolita*, île principale de l'archipel Nabokov, par cercles concentriques, en passant aussi bien par l'extraordinaire esquisse de *L'Enchanteur* que par les éclairages voulus d'*Autres rivages*. La silhouette de la petite Colette, à Biarritz... Les Français devraient être fiers d'habiter le pays d'origine de la *nymphette*, cette prise spéciale de Nabokov et qui suffit à sa gloire ; nymphette qui n'est pas du tout n'importe quelle petite fille, mais un lépidoptère poétique, démoniaque, fascinant et destructeur. D'ailleurs, *Lolita*, livre refusé par tous les éditeurs américains, à l'époque, n'a-t-il pas été publié pour la première fois à Paris ? En anglais ? Comme l'*Ulysse*, de Joyce, si longtemps interdit dans les pays anglo-saxons de pasteurisation dure ? Ah, Paris... la gracile Monique, près de la Madeleine... Nabokov parle quelque part de l'« État policier du mythe sexuel », et *Lolita* en est la subversion endiablée. La très spéciale aventure d'Humbert Humbert (sans parler de l'hilarante postface) est un défi à l'esprit de pesanteur. La « loupe » romanesque, échiquier flottant, filet à pétales, est une mise en crise de toutes les dimensions adultes et communautaires, de toutes les géométries physiques trop épaisses, elle rend petit ce qui est grand, déploie les particules, c'est une swifteuse, Humbert Humbert est un nouveau Gulliver.

Où cela conduit-il ? À la féerie. Ultime fête baroque de *Ada, ou l'ardeur*. Nabokov sait qu'il a tout refusé de notre monde, et les merveilleux détails vibrants viennent à lui, maintenant, il peut se reposer à Montreux, après avoir « encaissé » l'Amérique (laquelle n'en est pas encore revenue). Le passé ? L'avenir ? Papillons, papillons. Échec et mat. Dans son livre sur Eichmann, Hannah Arendt raconte cette anecdote bien étrange : « À Jérusalem, le jeune policier responsable du bien-être moral et psychologique d'Eichmann lui donna *Lolita* à lire pour se détendre. Deux jours plus tard Eichmann, visiblement indigné, le lui rendit : " *Das ist aber ein sehr unerfreuliches Buch* " — " Mais c'est un livre très malsain ", dit-il au policier. » Rien, par ailleurs, ne nous permet de penser que Heidegger ait lu *Lolita* avant de mourir.

Et maintenant ? *Lolita* va enfin, dit-on, paraître en Russie (dans la version russe de Nabokov, on l'espère), presque un siècle après la naissance de son auteur à Saint-Pétersbourg. Imaginons la scène, un soir : Madame et Monsieur Orthodoxie, au lit, ouvrant le livre. Musique : « Lolita, lumière de ma vie, feu de mes reins. Mon péché, mon âme. Lo-li-ta : le bout de la langue fait trois petits bonds le long du palais pour venir, à trois, cogner contre les dents. Lo.Li.Ta. »

L'islam voilé

Jamais une religion n'est aussi amusante que lorsqu'elle se mêle de codifier la sexualité humaine. Comme elle vient elle-même de l'embarras sexuel, ses efforts dans ce domaine dépendent de l'énergie de ses obsessions. Judaïsme, christianisme et islam sont évidemment intarissables sur cette affaire. Le bouddhisme, lui, est plus discret, mais il n'est guère à la mode. Il n'est pas question, semble-t-il, de l'introduire à l'école. Dommage, cela calmerait le jeu. Pauvre Freud suivant la polémique sur les foulards : il hoche tristement son crâne sage par-delà la tombe.

L'au-delà paradisiaque est le grand thème islamique. Ah, les *houris* ! Quel film ! « Leur corps est si diaphane, si transparent que l'on peut voir les os à travers la chair et la moelle à travers les os tout comme le buveur peut distinguer le rubis du vin à travers le cristal... La verge de l'Élu ne se replie jamais. L'érection est éternelle. À chaque coït correspond une sensation tellement inouïe en ce bas monde que si on l'y éprouvait on tomberait évanoui [1]. »

1. Cité par Abdelwahab Bouhdiba, *La Sexualité en islam*, PUF, 1975. Voir surtout le chapitre : « L'orgasme infini ».

Dans l'autre monde, comme une récompense, on voit tout et on jouit de tout. En revanche, sur terre, la vue du sexe est en général interdite parce qu'elle rend aveugle. Logique parfaite. Voilez-moi donc cette source tellement précieuse des plaisirs divins. Le foulard trouble la laïcité ? C'est qu'il est une promesse intense de lascivité. Du coup, on comprend l'invention des harems, paradis anticipés, camp d'entraînement pour les jouissances futures. Il faut détromper tout de suite ceux qui croient qu'ils n'existent plus : « Ils sont peut-être même plus nombreux depuis la vague intégriste qui, après avoir submergé l'Iran, se répand dans d'autres pays musulmans. » C'est du moins ce que nous dit Alev Lytle Croutier, l'auteur féminin et sensible de *Harems, le monde derrière le voile*[1]. Juste ciel ! Dieu s'occupe donc encore lui-même de la domestication des corps, de leur entassement calculé, des intrigues qui peuvent se nouer entre femmes se déshabillant entre elles ? Il participe personnellement aux secrets des odalisques modernes roulant en Cadillac à travers le désert ? Du pétrole aux hammams, une seule vision merveilleuse ? Aucun doute : il faut proposer, en même temps que l'étude négligée du Coran, des cours spéciaux sur les écrivains et les peintres qui ont rêvé sur le phénomène. La liste est impressionnante : Racine, Montesquieu, Voltaire, Flaubert, Gautier, Nerval. Et Ingres, Delacroix, Renoir, Matisse, Picasso. Il serait désolant que cette grande tradition se perde, et je suis moi-même prêt à partir en mission spéciale en Arabie Saoudite pour quelques croquis pris sur le vif. L'école

1. Alev Lytle Croutier, *Harems, le monde derrière le voile*, Belfond, 1989.

républicaine, en effet, nous dit peu de choses sur l'amour. Son credo se limite à l'injonction suivante : « Tu jouiras par tes propres moyens. » Oui, mais *comment* ? peut se demander à juste titre le lycéen ou la lycéenne. Ce n'est pas tout d'éviter le retour obscurantiste de Dieu, encore convient-il de dévoiler son programme caché de délices. Il y va aussi de l'enseignement du goût, l'Orient étant comme par hasard le lieu du kitsch le plus effroyable et des chefs-d'œuvre les plus incontestables (il suffit de regarder l'iconographie contrastée des livres en question). Chaque semaine, donc, une représentation pratique de *la danse de l'abeille* qui a tant impressionné Flaubert (une femme nue jouant d'un simple voile) permettra aux nouvelles générations de mieux apprécier *Salammbô*. Flaubert, qui écrivait à Louise Colet ces lignes cruelles : « La femme orientale est une machine et rien de plus ; elle ne fait aucune différence entre un homme et un autre homme. Fumer, aller au bain, se peindre les paupières et boire du café, tel est le cercle d'occupations où tourne son existence. Quant à la jouissance physique, elle-même doit être fort légère puisqu'on leur coupe de bonne heure ce fameux bouton, siège d'icelle. »

Répression intéressée des femmes ? C'est l'évidence. Mais n'oublions pas les eunuques d'autrefois qui nous en disent plus long que bien des traités théologiques sur les intentions divines. Voici un exemple : « L'appareil génital est tranché d'un seul coup de rasoir, un tube inséré dans l'urètre, la blessure cautérisée avec de l'huile bouillante, et le patient enfoncé dans un tas de fumier frais. Diète lactée. Taux de mortalité faible avant la puberté. » Dire que certains se demandent où le Marquis de

Sade est allé chercher ses tableaux ! Précisons cependant que l'islam interdisant la castration, les opérateurs étaient en général des Égyptiens chrétiens ou des Juifs.

Bains, chuchotements, danses dites du ventre et de bien autre chose, en présence du sacré pouvoir (tiens, voici Colette qui passe), crimes divers accomplis *en toute innocence*, non, l'histoire n'a pas fini de s'écrire sous le voile des apparences et de la rigueur.

Apologie de la marquise de Merteuil

Peut-être Laclos ne serait-il pas autrement surpris de voir ses *Liaisons* représentées au cinéma en anglais, et de déchiffrer sur les lèvres de la marquise de Merteuil glissée dans la belle, bleue, intelligente et un peu massive Glenn Close le mot *war* (entendez *ouarr* !) adressé à Valmont. On s'en souvient : il s'agit de la lettre 153. La marquise renvoie son ultimatum au vicomte avec cette seule annotation : *Hé bien ! la guerre*. Tout le livre est composé pour en arriver à ce *Hé bien* joyeux, mortel et intraduisible. « Livre essentiellement français », écrivait Baudelaire en 1856 (tiens, l'année de la naissance de Freud). Et encore : « Les livres libertins commentent donc et expliquent la Révolution. » Il serait énorme que le Bicentenaire de la Révolution française se cristallise dans cette résurrection sur grand écran de Laclos, et que l'étranger s'en occupe mieux que nous-mêmes.

On a beaucoup réfléchi sur *Les Liaisons dangereuses*, mais la plupart du temps avec gêne. Malraux, en 1939, semble vouloir dire qu'avec la Seconde Guerre mondiale, imminente, un monde s'achève, comme à la fin du dix-huitième siècle. Il souligne la grande nouveauté technique du livre, le fait que, pour la première fois, des personnages de fiction agissent en fonction de ce qu'ils pensent, d'où l'« érotisation de la volonté » qui les définit. Il a ce mot étonnant : « Le problème de Laclos reste entier, aussi intrigant peut-être que celui de Rimbaud. » Le poète visionnaire devenu un marchand consciencieux et soucieux d'économies en vue du mariage (Rimbaud), et le stratège littéraire de génie transformé en général conjugal rousseauiste (Laclos), voilà en effet de quoi nourrir une curiosité inlassable. Je m'en tiendrai à l'apologie du diable secret qui, s'il était compris, nous épargnerait sans doute bien des déchaînements diaboliques : la marquise de Merteuil. J'ai pour elle, je l'avoue, une passion fanatique. « Personnage féminin le plus volontaire de la littérature », dit Malraux, en remarquant, le premier, sa ressemblance quasiment mystique avec Loyola. Oui, les *Liaisons* sont des exercices spirituels, dans tous les sens de ce mot. Baudelaire, encore : « La niaiserie a pris la place de l'esprit... Ordure et jérémiades. George Sand inférieure à de Sade. » La marquise ? Voici son style : « Si vous n'avez pas cette femme, les autres rougiront de vous avoir eu. » Laclos est un expert en balistique ; il a inventé, à son époque, le *boulet creux*. Chacune de ses phrases a une courbe et une chute précises : elle vibre et explose en fins éclats pénétrants. Voilà une littérature conçue pour faire le plus de dégâts possibles. Qui dira que nous n'en avons pas besoin ?

La gêne que provoquent les *Liaisons* ? Elle se manifeste dans le désir d'*éviter* la Merteuil, de tout ramener à la Présidente de Tourvel. On oblige le livre à se conformer à la phase romantique qui a suivi. On gomme autant que possible la parodie et le blasphème qu'il accomplit froidement par rapport au sentiment racinien et à l'effusion de *La Nouvelle Héloïse. Il faut* que l'interprétation aboutisse le plus vite possible aux états d'âme et à l'oppression d'Emma Bovary, à ses tourments comme à ses vapeurs. « La marquise de Merteuil, c'est moi », aurait pu dire Laclos. Mais ici et maintenant, avec nos exploits de destructions scientifiques, ne sommes-nous pas plus que jamais au dix-neuvième siècle ? En dépit de Proust, Sainte-Beuve règne toujours, lui qui, préférant les *Mémoires* de Mme d'Épinay, rangeait Laclos dans la race « exécrable », d'un « orgueil infernal » de ceux qui salissent l'amour. Merteuil, c'est le mauvais œil, la mauvaise mère effrayante, la Méduse que personne ne peut souffrir (qu'elle soit défigurée et borgne, à la fin de l'aventure, est comme l'emblème de cette impossibilité de la regarder en face). Nous prenons pour argent comptant la conclusion « morale » de ce livre scandaleux et éblouissant, au lieu de comprendre en quoi elle n'est là que pour déjouer la censure. Les lettres de Laclos à Mme Riccoboni sont, de ce point de vue, un comble d'habileté et d'ironie. En vérité, ce roman est là pour démontrer à quel point tous les autres sont ennuyeux, inutiles. La raison en est simple : leur incapacité à trouver l'équivalence entre *dire* et *faire*. Les *Liaisons* sont une multitude de romans en un seul ; on devrait en tirer non pas trois ou quatre films, mais cent. Le guet-apens, par exemple (l'histoire de Prévan), se suffit à lui-même. Une série télévisée pourrait s'appeler : découverte de l'hystérie. On y verrait avec quelle minutie Laclos décrit les symptômes de la Présidente (la « Céleste Prude »), ses alternances touchantes et comiques de convulsions et de prostrations. La séquence du *pupitre* (ou comment écrire une lettre *sur le vif*) devrait être remise en scène à intervalles réguliers. Bref, il faudrait s'attarder partout, moduler les différentes *gaietés* (la marquise : « Il y a plus de six semaines que je ne me suis pas permis une gaieté »), les *bizarreries* (Valmont : « Il n'y a plus que les choses bizarres qui me plaisent »). Un film entier sur le thème de *la petite maison* serait un enchantement. Un autre nous expliquerait ce qu'est un « catéchisme de débauche » ou une « gazette de médisance ». Un autre encore nous montrerait l'art de la marquise voulant se débarrasser de Belleroche, à la campagne, en le surchargeant d'attentions pour le dégoûter. Un autre enfin nous ferait le portrait systématique des « espèces », des jeunes filles « machines à plaisir », des « facteurs », des « commissionnaires », des « manœuvres d'amour ». Le rebondissement permanent et calculateur de la fiction serait enfin traité et amplifié dans sa trame. Cent soixante-quinze lettres, du 3 août au 14 janvier, du plein été au plein hiver 17** : jamais le chiffre 17 n'aura eu une telle puissance mythique. Laclos au Panthéon, comme son ami Monge, autre spécialiste de géométrie descriptive ? Pour le Tricentenaire, espérons.

Le sexe, le cœur, l'esprit : de cette trinité discordante, la marquise est la seule à tenir jusqu'au bout le nœud. Les autres s'empêtrent dans leurs sensations, même Valmont, et c'est la raison de sa chute. Devenu faible, il veut faire le fort et, au lieu de plaire, s'imposer : il en meurt. La marquise, elle, ne meurt pas, elle s'abîme, pendant que son défi résonne indéfiniment en retrait : « Je suis mon ouvrage. » Elle emporte dans la nuit, pour longtemps, son secret *médical* : « L'amour est, comme la médecine, l'art d'aider la nature. » Ce grand livre de vérité, où l'on voit le mensonge s'expérimenter en et par lui-même, nous apprend qu'il n'y a d'aveuglement et de reniement de soi que par rapport au plaisir. Une femme unique ose dire qu'elle est tout un sérail à elle seule ; elle va jusqu'à nous léguer la précieuse formule chimique obtenue dans son laboratoire : « Ce délire de la volupté où le plaisir s'épure par son excès. » Laclos, plus tard, dira qu'il envisage d'écrire une suite « heureuse » des *Liaisons*. Mais il devait savoir que, pour y parvenir, il lui aurait fallu adopter sans discussion le système de la Merteuil. Or un tel aveu, très vite, il ne peut plus le faire à personne : ni au duc d'Orléans, ni aux Jacobins, ni au Premier consul en train de devenir Empereur, ni, bien entendu, à sa femme. La porte de lumière s'est refermée. Comme elle est forte, pourtant, la fameuse confidence de Londres, en 1790 : « J'étais en garnison à l'île de Ré... Je résolus de faire un ouvrage qui sortît de la route ordinaire, qui fît du bruit, et qui retentît encore sur la terre quand j'y aurai passé. » Sommes-nous toujours sur la même terre ? Sans doute, à moins que nous ne sachions plus ouvrir cette Bible, à jamais incompatible avec l'autre, et, simplement, la lire pour la pratiquer.

Éloge de la Fronde

La littérature française pourrait être essentiellement définie comme une suite unique de Mémoires, c'est-à-dire comme l'invention d'une première personne en acte, aussi vive à écrire qu'à se souvenir. Toutes les interrogations sur le roman ne peuvent pas cacher que c'est là, dans ce creuset effervescent, que la langue se déploie avec le maximum de couleur et de force. Saint-Simon, Voltaire, Chateaubriand, Stendhal, Proust, Céline (mais aussi Bataille, Genet, Malraux, le Sartre des *Mots*)... Serions-nous en train de perdre la conscience de cette large et contradictoire identité sans cesse renouvelée ? L'époque le suggère : ce serait étrange.

Raison de plus pour lire ou relire l'un des grands acteurs de ce théâtre de style : Paul de Gondi, cardinal de Retz (prononcez une fois pour toutes : *Rais*), l'âme, le corps et la plume de feu de la Fronde. *Fronde* est un beau mot. Je peux me vanter encore d'avoir eu régulièrement, au lycée, en marge de mon carnet scolaire par ailleurs plus qu'honorable, cette appréciation professorale pincée ou complice : « esprit frondeur ». La loi et le savoir sont défiés, contestés, contournés. La stabilité des pouvoirs est mise en cause. Heureuse époque que celle qui est désignée par ce nom ! L'histoire, alors, semble balbutier et hésiter entre plusieurs voies. Les complots foisonnent, les émeutes brûlent, la réalité sociale est d'une fluidité qui court d'instant en instant. Comme le dit Simone Bertière dans son livre : « La Fronde, tous partis confondus, a poussé très loin la provocation, l'intoxication, et ce que nous nommons la désinformation. Fausses rumeurs, fausses confidences, accusations mensongères ou forcées, attentats simulés, textes truqués imprimés comme authentiques, fausses lettres à faire saisir pour compromettre le destinataire présumé, substitution de document — autant de pratiques si courantes qu'elles finissent par passer pour naturelles »... Une reine énergique (Anne d'Autriche), un cardinal retors et brocardé (Mazarin), un roi enfant instrumenté (Louis XIV). Face à eux, nouant et dénouant leurs alliances, les princes (Condé) et ce prêtre sans vocation, coadjuteur de l'archevêché de Paris, futur archevêque et cardinal, présent partout, accélérant tout, transversal à tout, lettré, chef de parti, libertin naturel (« je ne me pouvais passer de galanteries »), pieux quand il le faut, formidable athée de la politique : l'auteur des *Mémoires* (trois mille pages écrites vers la fin de sa vie en dix mois).

Qui est-il ? Il fallait, en plus de sa version emportée, le récit objectif de sa vie pour vérifier à quel point il échappe aux opinions simples (cela choque, en nous, le dix-neuvième siècle acharné à vouloir classer le bien et le mal). Comment s'y retrouver, en effet, parmi tous les rôles qu'il semble pouvoir incarner (« il me fallut jouer, en un quart d'heure, trente personnages tous différents »), des barricades à l'église, des appartements de ses maîtresses aux Conclaves, du Parlement à la prison, des carrosses dissimulés dans la nuit au monastère ? « Je trouvai cette fourmilière de fripiers toute en armes. Je les flattai, je les caressai, je les injuriai, je les menaçai : enfin je les persuadai. » Tout Retz est dans cette série de verbes. Il peut utiliser tous les discours, c'est le triomphe de la rhétorique agissante *au moment même*. S'il perturbe la scène, les coulisses, les cartes et le dessous des cartes, c'est précisément à cause de ce débordement incessant du calcul. « Bréviaire des hommes politiques », a-t-on dit. Mais les hommes politiques sont de bien petits curés par rapport à ce grand seigneur qui snobe même les papes (d'ailleurs, il les fait élire). « Il est juste que je me soutienne en faisant du bien ou du mal, ce qui dépend du traitement que je recevrai. » Libelles, pamphlets, lettres dans toutes les directions, billets chiffrés (« l'indéchiffrable » avec la Palatine), conversations dans un sens puis dans l'autre, utilisation comme personne du latin et du grec, mobilité insaisissable d'une éloquence qu'on n'arrive pas à fixer ou à enfermer (Colbert : « se persuader que le Coadjuteur fixe son esprit est prétendre que l'eau s'arrête dans son penchant »), tel est ce profond et léger mathématicien des attitudes humaines. On l'arrête ? Il s'évade. On tente de l'assassiner ? Il change de voiture et passe. « Je ne compte le fer et le poison pour rien ; rien ne me touche que ce qui est dans moi ; l'on meurt également partout. » On le diffame ? Il se renforce (« en fait de calomnies, tout ce qui ne nuit pas sert à celui qui est attaqué »). Il est de toutes les affaires, les petites, les grandes, les secrètes surtout. Détaché : « [...] supérieur, écrit Suarès, au point qu'il s'amuse de ce qu'il méprise et se moque de ses plus dangereux ennemis[1]. » Il faut voir le manuscrit des *Mémoires*, cette grande écriture aiguë, sabrant la page : les échecs sont redressés d'un coup par une grâce qui donne « un plaisir incroyable ». Sévigné, tout en guignant pour sa fille son héritage, ne s'y est pas trompée : elle l'adore (« j'ai le cœur bien pressé de M. le Cardinal de Retz »). Son vieil ennemi La Rochefoucauld ne s'y trompe pas non plus, et pas davantage, en plus des marquises ou des duchesses, les simples filles d'auberge pendant sa clandestinité. Mazarin, lui, agonise en le vomissant. Mais Bossuet s'incline : « [...] d'un caractère si haut qu'on ne pouvait ni l'estimer, ni le craindre, ni l'aimer, ni le haïr à demi... Il remua tout par de secrets et puissants ressorts. » Puissance du langage : cet homme plutôt laid, « basané », myope et maladroit, enchante ou révulse son temps à bout portant. Il plaît aujourd'hui encore à sa biographe[2] qui n'évite pas toujours un agacement à notre avis singulièrement familier (« incorrigible coureur de jupons »). Un saint ? Non. Un monstre ? Non plus. Et la Fronde ? Une tragédie ? Non : une farce, « digne de Molière ». L'histoire ne serait donc pas un cauchemar ? Tout au plus, terrible blasphème, une comédie serrée et complexe ? Il a agi, il a perdu, il gagnera sur la page, mais (autre blasphème) il s'en moque (écrire ne saurait être une fonction pour un grand nom). Bref, il brille dans l'avenir

1. Andrés Suarès, *Âmes et Visages*, Gallimard, 1989.
2. Simone Bertière, *La Vie du cardinal de Retz*, Éditions de Fallois, 1990.

de toutes les révoltes individuelles. Jugement par lui-même : « La vérité jette, lorsqu'elle est à un certain carat, une manière d'éclat auquel on ne peut résister. »

L'Europe de l'esprit

Pourquoi les Français sont-ils le plus souvent indifférents à l'Europe ou traumatisés par elle ? C'est qu'à droite comme à gauche on ne leur dit presque jamais rien de leur propre histoire, quand l'Europe était bel et bien française, unifiée dans cette langue qui se confondait alors avec la liberté de vivre comme de penser. Quand donc cessera-t-on d'être suspect chaque fois qu'on parle du dix-huitième siècle ? Pour quelle raison vaut-il mieux être anglais pour le faire ? Combien de temps encore nous faudra-t-il ruminer la haine du fascisme pour les Lumières ou le sort tragique que le stalinisme a jeté sur elles ? L'Europe, dites-vous ? Oui, mais laquelle ? Celle du lait, du mouton, du racisme ordinaire, des guerres interethniques, de l'électronique, des satellites ? Sans doute, mais vécue par qui ? Réfléchie comment ? Avec quels mots ?

Prenez Charles-Joseph de Ligne (1735-1814) : qui le connaît ? qui le lit ? Quoi ? Un Belge ? Un prince ? Un maréchal autrichien ? Un courtisan d'influence à la fois stratège militaire et diplomate en tous sens ? Un débauché, un philosophe ami de

Voltaire, un artificier des conversations à Versailles, à Vienne, à Moscou ? Un acteur essentiel des coulisses ? Un ami intime de Casanova ? Et, en plus, un grand écrivain français ? Non, c'est trop, arrêtez, la scolarité n'y trouve pas son compte, l'université a la migraine. Trop de traversées de frontières, trop de codes secrets, trop de bals, de fêtes, de concerts, d'absence de préjugés, de chevaux, d'uniformes, de femmes ; *trop de relativité.* Qui aimeriez-vous être ? demande-t-on, un jour, à Ligne. Réponse : « Une jolie femme jusqu'à trente ans, un général fort heureux et fort habile jusqu'à soixante, un cardinal jusqu'à quatre-vingts. » Voilà en effet ce que peut concevoir sans efforts quelqu'un qui a été élevé de la manière suivante : « Il me semble que j'ai été amoureux de ma nourrice et que ma gouvernante a été amoureuse de moi. Mlle Ducoron, c'était son nom, me faisait coucher toujours avec elle, me promenait sur toute sa grosse personne et me faisait danser tout nu. »

Ligne (quel nom !), tout en jouissant de son château de Belœil, saute d'un royaume à l'autre et semble séduire tout le monde. Mme de Staël, son futur éditeur, dit de lui : « Il a passé par tous les intérêts de ce monde et s'entend singulièrement à bien vivre. » Catherine de Russie trouve qu'« il pense profondément et fait des folies comme un enfant ». Joseph II s'amuse avec lui. Pour Goethe, il aura été « l'homme le plus joyeux de son siècle ». Il est de tous les instants de Trianon, flirte avec Marie-Antoinette (« Elle faisait la Reine sans s'en douter, on l'adorait sans songer à l'aimer »), devient vite l'amant de Mme du Barry, pense que Mme de Pompadour déraisonne (« elle me dit cent mille balivernes politico-ministérielles et politico-militaires »). De sa fréquentation des souverains, il tire la conviction définitive que l'Histoire n'a pas d'autre sens que l'intérêt particulier, l'orgueil, l'ambition, la vengeance. Maréchal du Saint-Empire, il diagnostique vite l'ennemi principal : la Prusse. Libre-penseur, il n'en restera pas moins catholique pour des raisons politiques (contre la raison qui tourne au fanatisme et à la folie). Son biographe anglais [1] ne sait plus, à la longue, par quel bout le prendre et a des formules de puritanisme réjouissant : « Les visites du prince de Ligne à Paris se déroulaient dans un ouragan de sexe. » Ouragan ? Mais non, tout est souple, mélodique, aisé, ponctuel. On agit comme on pense, à l'improviste, et ce n'est pas un hasard si les maximes et pensées de Ligne ont pour titre : « Mes écarts, ou ma tête en liberté ». D'où le charme de son écriture et de ses *Mémoires* [2] : on ne développe pas, on attaque, on lance sa cavalerie par fragments, le réel est un miroir à facettes. Ligne, en somme, est cubiste, ses collages d'anecdotes sont nervurés à vif. « Je crois en tout, dit-il, surtout en ce qui m'est interdit. » Entre deux chevauchées, deux missions, il écrit ce qu'il appelle ses « livres rouges ». La vie est un rondeau vite bouclé, il faut savoir l'entendre et le danser sans manquer à sa morale personnelle : « J'ai fait attendre des empereurs et des impératrices, mais jamais un soldat. » Ou encore : « Je n'ai jamais fait de mal à personne. Si cela était, on m'aurait fait plus de bien. »

1. Philip Mansel, *Charles-Joseph de Ligne, le charmeur de l'Europe*, Stock, 1992.

2. Prince de Ligne, *Mémoires. Lettres et Pensées*, François Bourin, 1989 ; édition dirigée par Alexis Payne, préface de Chantal Thomas.

L'Europe se décompose et se recompose sous ses yeux ? Il écrit, il sait que la vérité est là : « C'est une bonne soirée, car j'écris dans mon petit pavillon de verre où la lune jette aussi ses rayons sur mon papier. » À propos, il est aussi marié, son fils Charles, qu'il aime, sera tué au combat. Mais il est heureux avec sa fille Christine, qu'il appelle Christ, et à qui il parle, de temps en temps, de ses maîtresses. Quand il repense à son existence passée, il se revoit ainsi : « Jeune, extravagant, magnifique, ayant toutes les fantaisies possibles... » Nous le croyons volontiers. Sa ressemblance avec Vestris, le grand danseur italien de l'époque, semble avérée. Il a été — et voilà une recommandation suffisante dans les siècles des siècles — le premier lecteur des *Mémoires* de Casanova (encore un auteur français). Casanova se demande s'il ne doit pas couper son récit ? Ligne lui écrit le 17 décembre 1794 : « Vous vous êtes si bien trouvé de n'être pas châtré, pourquoi voulez-vous que vos ouvrages le soient ? Laissez l'Histoire de votre vie telle qu'elle est. » Sage conseil. De son côté, il note, à propos de ses aventures à Paris : « Quelle charmante société que celle des *Brochettes* ! On appelait ainsi sept ou huit des plus aimables femmes qui ne se quittaient pas. » Inutile de préciser que, comme Casanova, il n'aura pas de mots assez durs pour la Terreur et sa conséquence : Napoléon (Ligne l'admire pour son génie militaire, mais le surnomme Satan Ier). Son amie Juliana de Krudener, inspiratrice de la Sainte-Alliance, veut le convertir au protestantisme ? Non, « le catholicisme est la seule religion aristocratique ». Même défiance à l'égard de Mme de Staël : « Son christianisme donne envie d'être païen, sa mysticité fait préférer la sécheresse, et son amour du merveilleux donne le goût de tout ce qu'il y a de plus simple et de plus vulgaire. » Staël, elle, trouve qu'il ressemble à son père, Necker : « Il remue des cordes de mon âme que je ne puis m'avouer et dont il ne se doute pas. »

Le 13 décembre 1814, à 10 h 30 du matin (en plein Congrès de Vienne dont il est, avec Metternich et Talleyrand, la vedette), Ligne s'éteint. Il avait dit qu'il voulait ne pas mourir, « nous verrons si cela réussira ». Un témoin raconte qu'à la fin il se mit à chanter, puis dit : « C'est fait. » Ce furent ses derniers mots. Il eut droit, selon son rang et son grade, à un cheval caparaçonné de noir derrière son cercueil. Les officiers qui défilèrent derrière ce qui restait de lui, et cela se passe de commentaire, venaient des armées autrichiennes, russes, françaises, anglaises, prussiennes et bavaroises. Un autre drame européen, dont nous sortons à peine (mais qui en est sûr ?), allait commencer.

Le swing de Morand

Reprenons vers les années vingt : tout aurait pu être différent, une autre histoire se laisse inventer dans l'ombre. À un bal chez les Beaumont, Marcel Proust fait une apparition. Le jeune Paul Morand, fils d'un artiste peintre, commence sa carrière protégée dans les ambassades, après avoir été employé au Chiffre pendant la guerre. Paris est le centre du monde : dadaïsme, cubisme, surréalisme, Picasso, Joyce, Stravinski. Le temps, la nuit et les femmes changent de profondeur ; une nouvelle civilisation se venge vivement du dix-neuvième siècle. La circulation déborde, devient folle. Morand (« En 1925, chacun sa drogue. J'avais pour stupéfiant le voyage »...) est partout et nulle part. On le voit à Londres, à Bangkok, au Japon avec Claudel, en Chine, à Venise, en Afrique, aux États-Unis. Image : en 1928, hommage rendu à Proust après sa mort, un bal a lieu chez le prince de Faucigny-Lucinge. Morand est déguisé en Charlus, sa femme en Mme Verdurin, Valentine Hugo (l'illustration manque) en Sodome et Gomorrhe. Morand ? Il est déjà reparti. En 1934, il est en Italie avec Josette Day, une actrice. Et puis en Égypte, en Arabie, au

Yémen, en Irak, en Syrie. En 1938, il représente la France à la Commission internationale du Danube, à Bled, en Slovénie. Le style, c'est l'homme ; mais l'homme est désormais très pressé. Tout bascule ? Non, le coup d'arrêt est donné tragiquement pendant cinquante ans ; Staline, Hitler, et la suite.

Morand, davantage par goût du confort conjugal que par conviction, se retrouve du mauvais côté de l'Histoire. Parmi d'autres signes pénibles, on est navré d'apprendre, par exemple, qu'il a renoncé, en 1942, à une adaptation cinématographique de *Nana* parce que le sénile Pétain trouvait Zola immoral. Morand est donc par la suite compromis, révoqué, mis à l'index, exilé, republié, réintégré, refusé puis accepté à l'Académie, mornes secrets, molle affaire. Admiré par les uns, censuré par les autres, jusqu'à ce que le combat cesse faute de combattants dans la grande indifférence mécanique de la marchandise. Et ses livres ? Après les années folles, celles de feu et d'abjection, celles d'explosion et de plomb, celles de corruption et d'annulation, les revoici devant nous. Sa prose a été l'occasion, dès le début, d'un des textes critiques les plus importants de Proust : la préface, en 1920, de *Tendres Stocks* (rien que cette préface, et ses sous-entendus, mériterait une longue analyse). La meilleure définition de son style est sans doute celle que lui écrit Claudel (qui sera choqué par *L'Europe galante* comme, plus tard, monseigneur Grente par *Hécate et ses chiens*) : « Vous allez vers les choses en trombe rectiligne. » Même André Breton est séduit par cette irruption rythmique (mais Breton n'aurait jamais imaginé une phrase de ce genre : « Je couche avec certaines femmes pour avoir avec elles des rapports apaisés et confiants »).

La nouvelle, dit Morand, est de l'os. C'est la situation d'un narrateur sans cesse aux aguets, multipolaire, immergé dans le système nerveux de l'époque : « Quand les mauvaises mœurs sont publiques, elles doivent l'être aussi dans les livres. » Une attaque descriptive ? Voici : « La matinée était très sucrée. La chaleur traversée d'un vent frais qui relevait les robes. Les coqs chantaient. Personne n'objectait rien à rien. » Clarisse, Aurore, Isabelle, Ursule, Daphné ont l'air de se réveiller ces jours-ci. Ce qui sent juste se conçoit clairement, et les phrases, pour le dire, arrivent aisément avec les mots qui conviennent. Ni pudeur, ni impudeur, aucun larmoiement. Avec son air de cavalier chinois, Morand est l'amant français idéal, aux antipodes du parvenu en limousine ou de l'empoté exotique. Il a l'électricité jazzée de Crébillon fils. Même brefs, les écrivains sont toujours trop lents, pathétiques. Qu'est-ce qui excite vraiment une femme ? Lisez *Céleste Julie* ! Comment peut-on être le même homme en étant décrit de façon si contradictoire par trois femmes ? Réponse dans *La Glace à trois faces*. Que dire, pendant un dîner, à la femme qui aime la même femme que vous ? Leçon dans *Les Amis nouveaux*. L'ironie est serrée, le dialogue souplement concurrent du récit, on entend les voix, on capte les attitudes, le non-dit est un élément moral. Cinq coups de pinceau : « J'eus la chambre 217. Elle était neuve et sentait la colle. Un cafard traversa sans hâte le tapis. Dans un tiroir on avait oublié un as de trèfle. Je commandai un dîner pour deux. » Proust a certainement lu avec étonnement cette séquence de *Clarisse* : « Dès que ma mère m'avait embrassé et bordé, je sortais de mon lit. La fenêtre ouverte donnait sur le balcon et sur la rue. Ce balcon était toute ma joie. Je sens encore sous mes pieds nus son plomb chauffé par le soleil qui s'y attardait jusqu'au soir ; j'ai encore sur la langue le goût frais de l'appui en fer que je léchais »... Morand se déplace, mais il garde le mouvement sur place, la relativité généralisée. C'est la situation elle-même qui regarde, écoute, dispose des volumes et des rapports de forces. « Elle est plus fermée qu'une jeune fille, qu'un prêtre. Le secret professionnel. Elle tient ses songes sous clef. Personne n'a jamais réuni contre elle de preuves ou commencements de preuve. Elle ment quand il le faut. » On peut, ces temps-ci, relire ce chef-d'œuvre : *Je brûle Moscou*. Mais toutes les nuits de Morand sont brûlantes : « J'habite en elles comme au creux d'une caverne, d'une noire erreur, seul, ou avec mes sœurs extravagantes. » Étrangeté de la simplicité immédiate : « Je me déshabillai. J'éteignis. Il faisait chaud dans le salon, une chaleur artificielle, sans agrément, au fond de laquelle je fus forcé de m'endormir vite. » Ou encore : « Je n'indiquerai pas toutes les conséquences que ce baiser eut pour moi. Il faut dire qu'il était exceptionnel. » Ou encore : « En public, elle témoigna délibérément que je n'existais pas. Jamais elle n'oublia de m'oublier. »

Morand est un des rares écrivains non somnambules ou non hypnotisés de ce siècle qui aura connu beaucoup de dormeurs et d'hallucinés. Peut-être à cause de cette confidence qu'on peut tenir pour autobiographique, dans l'*Éloge de la marquise de Beausemblant* : « Je suis une mer fameuse en naufrages : passion, folie, drames, tout y est, mais tout est caché. »

L'écrivain et la vie

En principe, l'affaire est entendue : Proust avait raison, et Sainte-Beuve avait tort, l'œuvre d'un écrivain n'est pas issue de son « moi social » mais d'une expérience le plus souvent insoupçonnable par ses contemporains, ses relations, ses amis, son entourage immédiat. Personne n'est plus dissimulé, fuyant, contradictoire, trompeur. Les livres viennent de la solitude, du silence, de l'inavouable, d'une ombre mobile et jalousement protégée. La sociologie a beau faire, la sociomanie se déchaîner dans un sens ou dans l'autre, personne ne pourra jamais établir *exactement* pourquoi M. X, à travers telle ou telle péripétie historique ou privée, a écrit ces poèmes-là, ces romans-là, ces phrases-là. Sartre explique merveilleusement toute l'époque de Flaubert et Flaubert lui-même dans cette époque, mais pas *Madame Bovary*. Même irritant problème avec Mallarmé, Baudelaire, Genet. Baudelaire était un dangereux subversif pour Sainte-Beuve ? Un attardé réactionnaire pour Sartre ? Le procès peut continuer, et à moins de trouver la solution finale (par exemple : plus personne ne lit ou ne sait lire), il n'a aucune raison de s'arrêter. Kierkegaard disait : « Le monde reste toujours le même, et ce qu'il ne supporte pas, c'est d'être contemporain de quelque chose de grand. » Nous savons maintenant, grâce au *politically correct*, que cette intolérance peut s'appliquer aussi à tout le passé (en quoi le *politically correct* n'est que l'héritier des grands mouvements totalitaires du siècle). D'une façon ou d'une autre, c'est un jeu d'enfant de démontrer que tous les écrivains, sans exceptions, ont été — et, donc, risquent d'être — coupables. Ils le sont assurément à un moment ou à un autre. C'est forcé.

Sociologie, psychologie, interprétation critique ou politique sont cependant d'excellentes choses. L'écrivain n'est pas un pur esprit, il ne naît pas n'importe où, son roman familial a la plus grande importance, les événements qui se déroulent autour de lui aussi. La curiosité biographique est pleinement légitime, ne serait-ce que pour démontrer qu'elle bute, non pas sur un mystère (rien n'est mystérieux dans la création), mais sur une façon de vivre autrement. Entre la réduction sociologique et l'idéalisme mystificateur, il y a place pour cette question, rarement traitée : Qu'est-ce que vivre avec pour premier souci le fait de le dire d'une certaine façon ? C'est bien cette *façon* qui fait problème pour tous les pouvoirs. La singularité est toujours inquiétante, elle peut apparaître comme une monstruosité inqualifiable au détour de telle ou telle tragédie collective, quand il n'est tout simplement pas supportable de s'affirmer en dehors du destin commun. Mais, à supposer que les livres soient de plus en plus préfabriqués et programmés en fonction de leur rentabilité, toute singularité obstinée devient alors un acte de révolte ou de mégalomanie. Allons plus loin : on peut imaginer qu'un jour le politiquement correct sera assimilé au génétiquement conforme. C'est au corps même de l'écrivain que s'adressera le reproche fondamental. Sa sexualité était déjà une source d'inquiétude. Mais le fait même qu'il existe pourrait devenir une question. Il ne se soumet pas au marché ? À la technique ? Mais pour qui se prend-il ? Marché, Technique : tels seront les nouveaux noms pour Dieu, race, prolétariat et autres causes d'ensemble, lesquelles ont fait couler beaucoup d'encre sur fond de censure et de crime. Staline, ainsi, est devenu le plus grand collectionneur de manuscrits de son temps : ce que ne soupçonnaient sans doute ni Romain Rolland, ni Aragon, ni Picasso, ni Sartre. Les corps disparaissaient, les livres ne voyaient pas le jour : jamais le Social n'en a autant dit sur lui-même. À quoi il faut opposer, comme d'habitude, l'œuvre de Sade et sa biographie de plus en plus passionnante (par exemple, l'existence d'un père précis). Ne pourra-t-on pas, d'ailleurs, dans le futur, étouffer ce risque d'écrivain gênant *dans l'œuf* ? Découvrir le chromosome agaçant qui le détermine ? Pourquoi pas ? On voit que, là, l'aventure devient pour le moins serrée. En attendant, Allah peut encore servir d'épouvantail. Mais tout cela se modernise, n'en doutons pas, à toute allure.

Claudel, lui-même influencé par Mallarmé, a écrit un jour : « L'objet de la littérature est de nous apprendre à lire. » Cette formule n'a l'air de rien, et elle est tout. Ce ne sont pas seulement l'éducation, l'école, le vécu, le social qui nous amènent à cette capacité redoutable, mais bien la littérature. En quoi elle sera éternellement suspecte. « La littérature, disait Hemingway, est en première ligne.

Quand la société va mal, c'est elle qui est la plus exposée. » Il faut croire, en effet, que la Société a une fâcheuse tendance à aller toujours mal, mais cette pente se développe d'une manière qui devrait nous sembler particulière. En effet, qui ne se croit pas aujourd'hui capable d'écrire ? Qui n'a pas une tête d'écrivain ? Personne, ou presque. Mais, parallèlement, qui sait encore lire ? Lire vraiment ? Cruelle question, à partir de laquelle on pourrait raconter anecdotes sur anecdotes. L'analphabétisme, l'illettrisme peuvent être surmontés, certes, mais savoir lire est une question d'une tout autre ampleur, et la perception de ce que nous appelons la vie en dépend. Savoir lire, c'est aussi pouvoir tout lire sans rejets et sans préjugés : Claudel et Céline, Artaud et Proust, Sade et la Bible, Joyce et Mme de Sévigné. Prouvez-le, montrez que vous n'êtes pas un esprit religieux. Savoir lire, c'est vivre le monde, l'histoire et sa propre existence comme un déchiffrement permanent. Savoir lire, c'est la liberté. La biographie des écrivains ? Mais oui ! Ce qu'on devrait y trouver, ce sont les traces de cette passion permanente. Voyez la vie quotidienne de Voltaire : quel roman fabuleux, risqué, sinueux, nerveux !

Contrairement à une opinion peureuse et reçue, un écrivain de fond n'a rien à craindre de sa biographie. Proust reprenait Sainte-Beuve sur le « moi social », parce que Sainte-Beuve se contentait d'apparences, de renseignements superficiels, reflétant simplement (comme c'est le cas de beaucoup de sociologues contemporains) sa propre existence banale. Mais qui soutiendra que la biographie ou la correspondance de Proust sont superflues ou dommageables à la lecture de la

Recherche ? Personne de bonne foi, ou alors ceux qui, se prenant pour des écrivains importants, ont avantage à cacher que leur vie n'a rien d'intéressant à révéler. Non, un écrivain n'a rien à redouter d'une enquête minutieuse sur sa vie et du récit de cette vie, *au contraire*. Une existence d'écrivain est, par définition, pleine de bombes à retardement. Ses ruses, ses dissimulations, ses mensonges, ses bonnes actions cachées, ses vices, ses lâchetés, ses abandons, son héroïsme, bref sa tactique et sa stratégie, font partie intégrante de ses livres. Comment, au moment où il écrivait ceci ou cela, il vivait cet autre ceci, cet autre cela ? Proust use de ses correspondants et les abuse ? Parfait : nous vérifions la prodigieuse vitalité immobile qui l'anime, même mourant. Joyce dépense sans compter l'argent de ses femmes-mécènes en les apitoyant sur son sort, en continuant à écrire des variations auxquelles elles ne comprennent rien ? Chapeau. Genet n'est pas le truand que l'on croit ? Sa puissance d'imagination nous étonne. Un professeur découvre tardivement, en Californie, la dédicataire, autrefois danseuse, du *Voyage au bout de la nuit* ? C'est important, d'autant plus que les relations entre Céline et Elizabeth Craig restent troubles. Et puis, inévitablement, les grandes questions : le Bien, le Mal. Là-dessus, on n'en finit pas, le débat reprend chaque jour, et c'est normal. Peut-on avoir été un grand écrivain et un salaud ? Un écrivain considérable et un individu répugnant, traître, irresponsable, aveugle et sourd aux souffrances de ses semblables ? Mais aussi : peut-on être un type bien sous tous rapports et un écrivain exécrable ? Toutes ces questions (sauf la dernière, jamais posée) sont increvables, roulez journaux, magazines, colloques, thèses, sermons !

Seule l'œuvre a de l'importance ? Mais non. Seule la vie ? Mais non. Les deux sont inextricablement liées, et c'est cela qui effraie. L'amour, le sexe, les voyages, l'alcool, les drogues, l'engagement politique, les amitiés, les brouilles (très important, les brouilles), les difficultés avec l'opinion, l'université, les éditeurs, les critiques, les cinglés, les copieurs, les jaloux, les photographes, les radios, les télévisions, la pratique des mondains, des banquiers ou des marginalités, l'exil, la prison, la clandestinité ou la façade de respectabilité, l'anarchisme maintenu ou le goût des honneurs — il y en a pour tous les clans, tous les partis, toutes les rêveries. Chaque épisode est décisif, le moindre déplacement de jeu, comme aux échecs, a une histoire apparente et secrète. L'écrivain a raison, il a tort, il met dans le mille, il se trompe, il sombre ou il se reprend. On l'ignore, on le célèbre, on le juge, on le condamne, on le réhabilite après sa mort ; on découvre un document inédit, des lettres ahurissantes, un dossier de police perdu, une tractation louche, une liaison incompréhensible, des actes de charité contraires à ses convictions, des dévouements ou des fidélités incroyables, des indifférences inexcusables, des atermoiements inexplicables. Et en même temps, il a été et il reste là, sous vos yeux, en train de vivre ses mots, donc ses sensations et ses idées, d'une autre façon que les passagers de l'existence. Sa vie est une œuvre *pour* l'œuvre, *en même temps* que l'œuvre. Proust est allé jusqu'à dire que la littérature était la seule vie réellement vécue. Proposition évidemment inacceptable, n'est-ce pas ? Et Dieu ? Et l'Humanité ? Et la Science ? Oui, oui, sans doute. Mais d'où vient cette émotion étrange en lisant un écrivain, ou en apprenant tel ou tel détail significatif de son parcours ? Quelqu'un a donc éprouvé l'espace et la durée de cette manière qu'on n'apprend jamais que de soi seul ? Il y a de l'infini dans l'instant ? Un univers dans trois lignes ?

La vie est tragique. La vie est comique. La vie a un sens. La vie n'a pas de sens.

J'ai toujours pensé qu'il fallait défendre les écrivains. N'en dire que du bien.

Voici la fin d'une nouvelle, écrite en 1936, par Scott Fitzgerald, *L'après-midi d'un écrivain* :

« Il traversa la salle à manger et il entra dans son bureau, aveuglé, un instant, par l'éclat de ses deux mille livres, dans le coucher de soleil. Il était assez fatigué — il allait s'allonger pendant dix minutes, et puis il verrait s'il pouvait démarrer sur une idée dans les deux heures qui lui restaient avant le dîner. »

Mozart devient Mozart

Suivez cette décoration de l'Éperon d'Or, donnée par Clément XIV à Mozart, c'est son talisman, son signe de différence qui va le protéger maintenant à travers ses voyages[1]. Nous allons vers Paris. Papa reste à la maison, c'est avec Maman qu'on s'embarque ; Papa vient tout de suite après Dieu, Maman en mourra. Mais réglons tout de suite la fameuse question scatologique : les Mozart, c'est ainsi (et ils ne devaient pas être les seuls), ressentaient leur intimité de famille à travers l'intestin et ses suites. Tout cela est pieux, sincère, prudent, innocent. Démonstration que la famille est avant tout fondée sur de la merde en toute bonne foi produite en commun ? Soit. C'est Maman qui écrit à Papa : « Pète au lit, et que ça craque. » Gentille Autriche. Agréable Allemagne. Wolfgang Amadeus, lui, qui aime signer Amadé ou Trazom (Mozart à l'envers), est donc appelé par ses parents mêmes au respect de Dieu ainsi que de la crotte et du cul. Ce n'est pas lui qui invente ce code pour sa petite cousine : c'est *à tra-*

1. W. A. Mozart, *Correspondance II* (1777-1778), Flammarion, 1987.

vers ces clichés qu'il doit essayer de se faire entendre (notons au passage que si Maman s'appelle Anna Maria, la petite cousine, Maria Anna, en est le verso rêvé). « Je dois maintenant aller aux cabinets où je vais peut-être faire une crotte. » Vingt et un ans, et écrire encore ça ! Quels enfants, ces braves gens ! Comme tout est en ordre ! Leopold, l'avisé, à la barre sociologique (discret sur la crotte, lui), Wolfgang à Augsbourg et Mannheim, jouant ici et là… « Tout à coup, j'ai improvisé une magnifique sonate en *ut* majeur — avec un rondeau final. » C'est aussi simple que d'aller aux chiottes. Non, la vie n'est pas si dure. Dieu nous aime, et papa aussi. Leopold : « Du fait de ton âge et de ton apparence, personne ne peut se douter du don divin incroyable qu'est ton talent. » Amen.

La petite cousine, dans cette atmosphère d'amour aux cabinets un peu étouffante, sert de respiration imaginaire. Papa, Maman et la sœur, bien. La défécation en commun, très bien. Mais, tout de même, quelle répétition affectueusement fastidieuse ! Quand Mozart, le 13 novembre 1777, écrit à Maria Anna : « Ma très chère Nièce ! Cousine ! Fille ! Mère, Sœur et Épouse ! », nous le comprenons. D'autant qu'un peu avant, il lui a demandé de s'habiller « à la française », ce qui, note-t-il, la rend « *5 per cento* plus jolie ». Il insiste : « J'espère que mon portrait sera comme je l'ai demandé, c'est-à-dire en costume français. » Et, toujours en français : « Je vous baise vos mains, votre visage, vos genoux, et votre — enfin tout ce que vous me permettez de baiser. » Remarquons la gradation insidieuse : on commence en famille par des histoires à chier et, peu à peu, on s'élance dans le décousu, le non-sens, la sonorité des mots, les transitions qui n'ont rien à voir, bref, vers *tout autre chose*. Croire en Dieu, parfait, aller à la crotte et réussir scrupuleusement dans la vie, voilà, mais il y a une autre dimension, que diable ! « Avant de vous écrire, il faut que j'aille aux cabinets. — Voilà, c'est fait ! Ah ! Je me sens de nouveau le cœur léger ! » Il s'ensuit que, maintenant, on peut écrire pour écrire et non pas pour donner des informations. Pourquoi ? Parce que « le bonheur consiste uniquement dans l'idée qu'on s'en fait ». Mot typique de compositeur. Froncement de sourcils de Leopold : « Dieu passe avant tout ! » Oui, oui, sans doute. Mais Dieu n'a jamais dit avec précision le genre de musique qu'il aimait. Ou plutôt, il n'a pas interdit d'être rapidement inspiré : « Le concerto, je me le réserve pour Paris. Là, je le gribouille d'un coup. » Tout le monde s'aime, chacun joue son rôle, mais l'oreille de Dieu reconnaîtra les siens. Est-ce que Wolfgang s'est confessé ? demande Leopold. Mais oui. Dieu, d'ailleurs, est surtout compatissant et miséricordieux, c'est le fils qui tient à le souligner. Il arrange tout, Dieu. Et Leopold : « Sois prudent etc. » Classique.

Et voici la chanteuse Aloisia Weber. Papa : « Ah, les femmes ! » Eh oui, c'est ainsi. Les lettres de Wolfgang à la petite cousine s'espacent. Et c'est celle du 28 février 1778, un chef-d'œuvre, avec l'histoire à dormir debout des onze mille moutons traversant un pont, vraiment n'importe quoi, ça bouillonne. Je cite : « Je suis, j'étais, je serais, j'ai été, j'avais été, j'aurais été, oh si j'étais, oh que je sois, plût à Dieu que je fusse, je serais, je serai, si je pouvais être, oh que je fusse, j'eusse été, j'aurai été, oh si j'avais été, oh que j'eusse été, plût à Dieu que j'eusse été, qui ? » Réponse : un con (*stock-fisch* : morue). C'est ce qui s'appelle faire le tour de la question, ou se dégager divinement en musique. Les commentateurs se cassent encore la tête pour savoir ce que veut dire *spunicunifait* : « Avez-vous encore le spunicunifait ? » Faut-il vraiment traduire ? Non. On sera attentif, en revanche, au fait qu'en quittant Mannheim pour Paris, Wolfgang Amadeus Mozart reçoit comme cadeau la traduction allemande des comédies de Molière. Les a-t-il lues ? Je dis oui. Entre-temps, il aura encore beaucoup joué, attendu, fait des visites, rejoué, discuté, donné des leçons, et écrit ses lettres à Papa pour lui raconter tout ça (aptitude immédiate au récit animé, aux dialogues).

Nous voici à Paris. Heureusement qu'il y a Grimm et Mme d'Épinay. Mais c'est quand même la déception. « Les Français sont loin d'avoir autant de politesse qu'il y a quinze ans. Ils sont désormais bien près de la grossièreté et affreusement orgueilleux. » Ils sont « incapables, et doivent toujours avoir recours à des étrangers ». On le trouve étonnant, ce Mozart, mais sa carrière traîne un peu : « J'ai ici et là des ennemis. Mais où ne les ai-je pas eus ? C'est toutefois bon signe. » Musicalement les Français sont nuls, dit-il, la langue est affreuse, les chanteurs braillent sans aucune nuance, « pour ce qui est de la Musique, je suis entouré de bêtes et d'animaux ». Charmant. Mais, entre nous... « Faites que je revoie bientôt l'Italie afin que je puisse revivre. » Maman, à Paris, est triste, seule, l'appartement est sordide, la nourriture exécrable. Finalement, elle préfère mourir. Leopold, depuis Salzbourg, la pressait déjà pour qu'elle se fasse saigner. « Peut-être l'a-t-on trop peu saignée ? » dira-t-il, à la Molière. On va pleurer beaucoup et se consoler vite, grâce à Dieu. « Disons un fervent Notre-Père — et tournons-nous vers d'autres pensées, chaque chose en son temps », écrit ce bon catholique de Wolfgang qui, décidément, n'est pas du genre mélancolique. Célèbre lettre du 3 juillet 1778. Sa mère vient de mourir, et voici ce qu'il dit : « J'ai dû écrire une symphonie (*ré* majeur K 297 — la Parisienne). Elle a été interprétée le jour de la Fête-Dieu et applaudie unanimement... Après la symphonie, je me suis rendu tout joyeux au Palais-Royal — j'ai pris une bonne glace — ai dit le chapelet que j'avais promis — et suis rentré à la maison. »

Attention, rassurons Papa : on rentre à la maison parce qu'on est un bon Allemand et un bon chrétien. D'ailleurs, étrange coïncidence : « Voltaire, ce mécréant et fieffé coquin, est crevé, pour ainsi dire comme un chien — comme une bête... Voilà sa récompense ! »

Décidément, ce concert était très réussi.

Maman est morte, et Voltaire aussi. Dieu reçoit la première entre ses mains et punit le second. Les glaces du Palais-Royal sont excellentes. Finalement, Paris... Leopold s'incline. « Plus tard, lorsque je serai mort, tu m'aimeras de plus en plus. » Dieu aide Wolfgang : « Par une grâce particulière de Dieu, j'ai pu tout supporter avec fermeté et calme. » La famille est dissoute. Personne ne parlera plus de cabinets. Symphonie parisienne ? Dieu a abattu ses cartes. Le grand Mozart commence.

Différence de Miles Davis

Il est toujours ailleurs, distant, plus loin que ce qu'on entend, et c'est cela qu'il veut dire : l'au-delà de la pression, l'appel au-dessus de la ligne d'horizon, simple ponctuation décalée, parfois, au milieu de l'immersion ou de la décomposition globale. Pour cela, il faut la trompette, instrument du réveil et de la résurrection. Les saxophones ont beau agiter la vie, la tordre, la tourbillonner en tous sens, il se retrouve avec la batterie et la basse, allons, allons, on n'est pas obligé de se rouler indéfiniment dans les ondes, le bruit, le cri, la profusion psychique. Il attend, il se fait attendre, va-t-il jouer la prochaine note, ce n'est pas certain. Il reste acide, mat, violent-pondéré, il compte de l'autre côté, à l'envers, il ne retombe pas dans le thème. Sa trompette bouchée est l'écho d'un écho, un métal au deuxième degré, comme si elle était obligée de traverser une énorme masse liquide (les préjugés, les clichés, l'expressivité répétitive). Son obsession est le son qui n'existe pas. Eux jouent la virtuosité qui déborde, ils se ressoudent par rapport à lui, ils le haïssent, ça les fait marcher, ce sont ses hystériques. Il les écoute, il les traite de façon détachée, flottante. Il les laisse à leurs organes et à leurs pulsions, il y touche à peine, il dérape, il revient à la raison de tout ce trafic, je suis la tête, je suis la joie du concept. L'émotion est plus forte d'être un peu sardonique, pas de pathos, j'y suis, j'y suis toujours : *Bye bye blackbird*, 4 juillet 1958, Newport.

Miles Davis, anarchiste chinois, travaille dans le noir et blanc radical. Il me fait penser à Apollinaire, un soir de demi-brume à Londres (« Je ne chante pas ce monde ni les astres, je chante toutes les possibilités de moi-même hors de ce monde et des astres »). Pas de plainte, ni maître ni esclave, jamais banal. La révolte totale se marque dans l'art des fractions. Je traîne le son pour le rendre à sa rage vraie, je le fais éclater de manière rentrée. Les phénomènes passent, je cherche les lois. Un tel retrait féminin est un comble de virilité qui féminise les mâles à vue d'œil. Je persiste dans l'engloutissement, je fais signe *quand même*. S'il le faut, je mettrai en scène l'incroyable mauvais goût de l'époque, juste pour dire, à un moment donné : attention, la Cour. Jugement tranchant, sans emphase. Si la mort parle, ce doit être, au fond, sur ce ton.

Le lieu et la formule

Haydn est le musicien qui ne cesse de revenir dans ma vie.

En quatuors, en sonates.

Après avoir réécouté tous les grands préférés — Gesualdo, Purcell, Monteverdi, Scarlatti, Vivaldi, Bach, Haendel, Mozart —, c'est lui, de nouveau, qui fait signe au moment du plus grand silence. Il reste dans son secret, *non omnis moriar*.

Je pense à un monde reconstruit selon lui, redressement harmonique : par-delà le bien et le mal, la mort et son faux dieu, selon la série trouvée des substances et des densités. Mercure, billes. On le touche à peine, il répond, il tourbillonne en cascade — saut, arrêt, saut, intermittence —, il s'éclipse, glisse, roule, troue, repart. Phrases où il n'y aurait que des verbes. Haydn est un jazz de durée, sans dépression, sans espoir. Armstrong l'a écouté ? Miles Davis ? Et Charlie Parker, Billie Holiday, Count Basie, Monk ? On décide de l'imaginer. La plus grande variété rythmique : museau, doigts, éclaircies, fourrés, pluie d'acier.

Il n'y aura jamais de commémoration romantisée de Joseph Haydn, que Mozart, ce Christ, appe lait « papa ». Une messe catholique pour célébrer Trafalgar comme victoire ? Oh oui ! Qu'on en finisse une bonne fois avec la Terreur et Napoléon ! C'est la *Nelson*, soprano surexcitée, coups de canons, cordages, boulets rouges, paquets de mer, fouet du joyeux message. Encore Londres : c'est Mallarmé qui compare les lettres de Voltaire à Haydn : « Le concis, ou le dégagé. » Voici donc la raison même, enfin réaccordée à la création, aux saisons.

Wunderbar !

« Haydn s'était fait une règle singulière dont je ne puis rien vous apprendre, sinon qu'il n'a jamais voulu dire en quoi elle consistait. » (Stendhal, *Vie de Haydn*, lettre VIII.)

Comment concilier le nom de Dieu et la génétique ? Vieux et pénible problème, résolu ici comme par enchantement : YAH. ADN.

Rien de plus proche d'une *Illumination* de Rimbaud qu'une sonate de Haydn.

Pour vous en convaincre, écoutez Rudolf Buchbinder (le relieur) jouer celle en *la* bémol majeur (N° 31), 1768. Seize minutes, vingt-cinq secondes. La poésie qui discute les vérités nécessaires est moins belle que celle qui ne les discute pas. Repoussez l'incrédulité : vous me ferez plaisir. Je me figure Elohim plutôt froid que sentimental.

Ce *presto* !

Chambre vide, soleil, matin, n'importe où, après que l'idée de déluge se fut rassise, quelqu'un est là, réfléchit, pointe, articule, s'élance, pique, ponctue. Le temps est en cercle, éternel retour, quadrature de la sphère au cube. Cerveau à la touche, direct. Il n'y a rien à faire d'autre que de communiquer la gratuité du calcul. Qui bat là ? D'où viennent ces brusqueries, ces suspens, cette rage, ce velours ? Le dé, abolissant le hasard, bornant l'infini, éclairé de tous les côtés à la fois, transparente source en train de tourner sans déborder : est-ce possible ? Yah !

Andreas Streicher à Griesinger, Vienne, 2 juillet 1809 : « Trois jours avant la mort de Haydn, le 24 mai à deux heures de l'après-midi, alors que Haydn faisait sa sieste, un officier de hussards français est venu le voir pour faire sa connaissance. Haydn l'a reçu, a parlé avec lui de musique et en particulier de *La Création*, et s'est montré si vif d'esprit que l'officier lui a chanté en italien l'air " *Mit Würde und Hoheit angethan* " (l'air en *ut* majeur de la création de l'homme et de la femme de la deuxième partie). L'officier a chanté d'une voix si noble, si sublime, avec tant d'expression et de goût, que Haydn n'a pu retenir des larmes de joie, déclarant au chanteur lui-même et ensuite à d'autres personnes que non seulement il n'avait jamais entendu cet air interprété d'une telle façon, mais qu'à sa connaissance, jamais aucune voix ni aucun chant ne l'avaient ravi à ce point. Au bout d'une demi-heure, l'officier est remonté à cheval pour marcher contre l'ennemi. Il a laissé son adresse, qui est (pour autant qu'on puisse le deviner) : Sulimy, *Capitaine des Hussards*. Souhaitons que ce noble monsieur apprenne un jour que c'est lui qui a procuré à Haydn sa dernière joie musicale, car après, il n'a plus entendu la moindre note. »

Céline au clavier

Tout le monde s'est fabriqué un Céline, génie ou épouvantail, c'est vague, vérifiez, personne n'a rien lu ou presque. Rumeur… Posons donc le sujet :

« Et puis préserver mes brouillons… enfin brouillons… mieux ! des rendus… rendus émotifs !… déjà en presque formes venues… des dix vingt mille heures de travail. Que c'est des mises à jour les œuvres. Ça se débrousse comme le temple d'Angkor. C'est de l'acharnement de terrassier… de terrassier d'ondes… tout petit trait de scalpel près, le temple fripe, effrite, s'efface… Vous attrapez plus rien, rien vient… C'est la magie… La plume est un scalpel de mage… de mage en terrasse… Tout est enfoui dans l'atmosphère… Faut fouiller plan par plan… souffler, oh si doucement… que le sable envole… C'est horrible, n'est-ce pas, c'est horrible… je veux dire de délicatesse d'effleurement… C'est un travail de fée c'est tout, où l'homme périt damné, perd l'âme, la bonne gentillesse, la bite, tout… tourne chiffe, lavette à songe, épuisée loque, hagard terrassier, titubeur de mirage à l'autre, brandit sa pauvre ardoise de tête, qu'il a vu des plans, la comète, passée de cent millions d'années... qu'il a dit qu'il a l'étincelle, du météore enfoui devant que la lune naisse. Oh ! c'est du tourment pas dicible... »

Bon. Je tire cette citation de *Maudits soupirs pour une autre fois*, un « brouillon », en effet, mais peut-être dix fois plus « réussi », étourdissant, que le texte définitif de *Féerie*. « La plume est un scalpel de mage » : cette formule, comme il en est tant chez Céline, indique l'enjeu, la possibilité d'une *physiologie de la lecture*, étude à écrire, physiologie au sens où Balzac parlait, par exemple, d'une physiologie du mariage. Vous qui n'avez pas de corps, n'entrez pas ici. Un corps ? Mais quel corps ? C'est là où les difficultés commencent. On se souvient que pour résumer son opinion définitive sur les humains, Céline disait : « Ils sont lourds. » Autre comparaison : la société tout entière comme lieu d'élevage où l'on supprimerait systématiquement les animaux les plus doués, pour ne garder que le niveau moyen. L'écrivain, au sens médical enchanté où Céline l'entend, n'est d'ailleurs pas là pour faire valoir une quelconque supériorité, mais pour se sacrifier en public. Pour montrer jusqu'où le sacrificiel gratuit est possible. Nouveau saint, nouveau martyr — mais comique —, le « terrassier d'ondes » va tout perdre dans sa tentative (la *bite* est évidemment le mot clé de la confidence) avec, comme horizon, le « qui perd gagne » évangélique partout sous-entendu, flagrant. Le résultat est une mystique un peu particulière, sans Dieu, sans au-delà, sans récompense comme sans vanité, uniquement dédiée à la légèreté comme absolu sur une pointe d'épingle. Il est faux, ou, pour mieux dire, indécent, de parler de Céline sans en faire entendre un fragment : le choc des syllabes, le dérapage des volumes (comète / scalpel), la tournure, l'accent tordu, les emboîtages (« lavette à songe ») ne sont pas, comme chez d'autres écrivains, des trouvailles heureuses mais la pulsation atomique d'un *autre corps* en train de radiographier la lourdeur accablante des vivants (et des morts). Prétention si exorbitante, qu'on ne voit pas comment la communauté ressentirait ce coup d'air autrement que comme une agression dissolvante. Maudit, Céline ? Mais : *par définition*. Là où il y a un mot, il pourrait y en avoir vingt autres. Une image n'est que l'ombre portée d'une série. Les ailes de la ponctuation entraînent un tourbillon sur place. Rien n'est plus grotesque que de parler de la « viscéralité » de Céline, comme le font — convergence révélatrice — beaucoup de ses admirateurs comme l'ensemble de ses détracteurs. Intestinal authentique ? Abject ? Mais non, souffle, effleurement… Arriver à faire prendre un zéphyr pour un coup de tonnerre, un chuchotement en pente pour un tremblement de terre, c'est tout l'art du malentendu voulu, infligé, la preuve par neuf de la terrible puissance littéraire. Pourquoi terrible ? Parce que l'hypothèse est bel et bien là, évidente : les corps ne sont pas vécus dans leurs organes apparemment réels, une virevolte *écrite* du système nerveux est la seule preuve que la vie est vraiment vécue. Quoi, ce cœur qui bat dans les mots serait le cœur même du somnambule humain qui est sûr de sa présence patente ? Le « rendu émotif » irait plus loin que la plus violente émotion ? Poussez l'éventualité, la comédie humaine s'effondre et les livres, les romans, deviennent un enjeu décisif, cimetière contre cimetière, temps retrouvé contre temps perdu, flux de populations disparues contre temple d'Angkor. Un temple d'Encore, voilà l'écriture. Les bibliothèques sont des piles radioactives à jamais.

Je prends un autre exemple. Dans *Rigodon*, Céline raconte comment il recherche l'air musical qui lui restituerait intégralement l'« océan d'incendies » et les « houles de flammes » de Hanovre sous les bombes. Toute une ville détruite à faire passer en quatre notes :

« … Je suis monté chez les demoiselles, les danseuses là-haut… moi-même, à onze heures du soir… J'étais sûr, je l'avais entendu !… c'était assez, trois… quatre notes… Personne là-haut, onze heures du soir… je savais ce que je voulais… symphonies !… j'effeuille les disques… y en a !… vous me croirez si vous voulez je trouve presque tout de suite… celles qu'il me faut… oui !… non… oui !… un clavier maintenant ! l'autre bout du studio… peut-être d'y avoir pensé si longtemps… je tapote… ça y est !… presque juste, oui !… oui !… le *la* d'un clavier comme il est… j'y suis !… aucun prodige ! vous vous maltraitez la tête pendant vingt ans, du diable si vous trouvez pas !… si borné, si peu mélodieux que vous soyez !… Je redescends, j'ai les quatre notes… *sol dièse* ! *sol la dièse* !… *si* !… retenez !… »

Ici, la provocation (comme dirait n'importe quel journaliste contemporain) atteint à son comble. Non seulement les ravages de la Seconde Guerre mondiale se retrouvent réduits à quatre petites notes de musique (irréalité des carnages, substance du son), mais encore le langage tout entier devient une boîte à musique, un clavier, où il suffit de *piquer* un air pour retrouver une nébuleuse de récit intarissable. De même que la madeleine de Proust (le gâteau, l'église, le prénom) suffisait à faire exister un monde dans la saveur, un *sol dièse* et voilà l'enveloppe de milliers d'événements portée à l'incandescence. Il est inévitable que l'on pense, à ce moment-là, avoir affaire à un fou. « J'ai réussi, disait Freud, là où le paranoïaque échoue. » Idée modeste de la réussite : un écrivain, prenant sur lui la réprobation sociale (rien que de très naturel : il est en effet inadmissible d'avoir en soi la clé, non pas des songes, mais des réalités les plus quotidiennes, voire, pour prendre au sérieux Balzac, l'ensemble de l'état civil), pousse la « réussite » beaucoup plus loin, comme d'ailleurs tout le monde le pressent et s'en effraie par avance. À juste titre. Il est drôle que ce secret soit si bien gardé. Céline est le seul à pouvoir *prouver* qu'il a bien assisté aux bombardements de l'Allemagne. Les photos ou les films n'y changent rien. Les enregistrements sonores non plus. *Sol dièse* ! Toute une vie, toute une histoire explosive retrouvées dans un disque. Et ainsi de suite. Sans fin. On voit que rien n'est moins évident, naturel ; que ce genre de plaisanterie exige au contraire une ascèse de tous les instants (vingt ans !), une concentration pour ainsi dire tibétaine. Supposez que vous tombiez dans la rue sur un passant en train de crier : « L'Océan des âges est à moi ! » Vous ne donnerez pas cher de sa liberté de mouvement dans les minutes qui suivent. Mais si vous lisez cette affirmation chez Céline, vous êtes obligé de la considérer comme une hypothèse sérieuse, *énorme*, car si cela est vrai, qu'est-ce qui est vrai ? Et si Proust a vraiment retrouvé le Temps ? Si l'état civil est réellement dans Balzac ? Si Prague n'existe pas sans Kafka ? Dublin sans Joyce ? La Grèce en dehors d'Homère ? Buenos Aires et Genève en oubliant Borges ? Le torrent des générations sans la récitation biblique ? La question ne porte plus sur le bien ou le mal, le vérifiable ou le fabuleux, mais sur la *corde* même du réel. Qui était là ? Qui vivait ? Qui avait des yeux, un souffle, une oreille ?

Céline était pleinement conscient de sa découverte : absolument singulière (quelques petits trucs de perception et de notation), elle rejoint des dizaines d'autres certitudes du même ordre, chacune dite et pensée dans une forme qui n'appartient qu'à un temps et un espace précis. C'est pourquoi les sociétés humaines n'ont pas fini de faire ce mauvais rêve qui s'appelle un écrivain. Celui-là, et celui-là, et encore de nouveau un autre, vont, dans le détail et non pas dans la proclamation abstraite, redire le blasphème intégral, le grand cauchemar ébloui : vous êtes seul, entièrement responsable du monde entier, personne ne vivra votre vie à votre place, cela se passe tout de suite, ici, sans arrêt.

Montaigne, voyageur masqué

Le 22 juin 1580, à quarante-sept ans, un bizarre voyageur, entouré d'une douzaine de compagnons, quitte la région de Bordeaux, en emportant dans ses bagages deux exemplaires d'un livre auquel il tient beaucoup et dont il est l'auteur. On s'étonne qu'un film n'ait pas encore été réalisé à partir de cette idée-force : un écrivain décide d'aller vérifier la réalité universelle de ce qu'il a écrit et de faire reconnaître son originalité par les plus hautes autorités de son temps. Un des exemplaires est destiné au roi Henri III, l'autre au pape Grégoire XIII. Parallèlement, le voyageur compte soigner son corps qui lui donne bien des soucis. Sur sa route, il cherchera des sources, des bains, de l'eau salutaire contre la gravelle, colique douloureuse et pierreuse qui n'en finit pas de voiler sa vision. Rentrera-t-il guéri ? Peut-être. Reconnu ? On peut l'espérer. Le roi, ce n'est pas trop difficile. Mais le pape ? Est-ce bien celui qui vient d'approuver l'horrible massacre de la Saint-Barthélemy contre les protestants ? Le pape de la Contre-Réforme active ? Celui, enfin, du calendrier grégorien aboli, plus tard, pendant la Terreur française, avant d'être rétabli autoritairement par

Napoléon ? Montaigne va s'agenouiller, son livre à la main, devant Grégoire XIII, en cette fin de siècle chaotique, ruinée par le fanatisme, le doute, les guerres de Religion ? Mais oui.

Le *Journal de voyage* est le supplément secret des *Essais*[1]. Depuis sa découverte, en 1770, il dérange un peu tout le monde. Les philosophes du dix-huitième siècle, immédiatement intéressés, auraient préféré qu'on en publie seulement des extraits. C'est que le *désir de Rome* de Montaigne a de quoi gêner la pensée de l'époque, comme, sans doute, de toute époque : « J'ai eu connaissance des affaires de Rome longtemps avant que je l'aie eue de celles de ma maison... J'ai su le Capitole avant le Louvre et le Tibre avant la Seine. » La Rome de l'Antiquité, passe encore, et l'on peut s'amuser au passage de cette volonté de l'auteur des *Essais* d'exhiber, avec une vanité qu'il reconnaît lui-même, son diplôme (obtenu à grand-peine) de citoyen romain. Mais la Rome catholique ? Qu'est-ce que cela veut dire pour un sceptique (paraît-il) comme lui ? A-t-il été investi par le roi de France d'une mission diplomatique cachée ? On peut toujours l'imaginer, mais rien ne le prouve. Quoi qu'il en soit, voici le moment culminant du film. Nous sommes à Lorette. Là, se trouve, nous dit-on, la maison de la Vierge qui, selon la légende, aurait été directement transportée par des anges, *via* la Dalmatie et au-dessus de l'Adriatique, jusqu'à ce lieu de pèlerinage. Montaigne, le raisonnable et calme Montaigne (ici, froncement de sourcils de d'Alembert, lecteur du

1. *Journal de voyage de Michel de Montaigne*, PUF, 1992 ; édition présentée, établie et annotée par François Rigolot.

manuscrit), sort de ses bagages un *tableau* qu'il est venu accrocher en cet endroit de crédulité populaire. « Un tableau dans lequel il y a quatre figures d'argent attachées : celle de Notre-Dame, la mienne, celle de ma femme, celle de ma fille [...] Nous fîmes dans cette chapelle nos pâques, ce qui ne se permet pas à tous. Un jésuite allemand m'y dit la messe et donna à communier. »

Voici donc une scène incroyable : Montaigne, discrètement mais ouvertement, est en train de voter pour la Contre-Réforme. Si je me permets d'insister sur cette séquence, c'est que je n'en ai jamais entendu parler, en écoutant, jour après jour, mes professeurs de Bordeaux, aux lycées Montesquieu et Montaigne. Par la suite, pas davantage. Il y a, dans ce Montaigne communiant près de son tableau, quelque chose de choquant et de désolant, comme si nous le découvrions, abdiquant toute dignité, à Lourdes (mais Lourdes, c'est trois siècles plus tard). Et pourtant, oui, c'est bien lui. Un exemplaire des *Essais* pour le pape de la Saint-Barthélemy, un ex-voto familial pour la Vierge. Il faut croire que les « innovations calviniennes » avaient fini par le fatiguer, de même que les discours abstraits des philosophes « certitudiniens ». La Rome pontificale comme préservatrice du doute et de la relativité ? Voilà un paradoxe que notre histoire récente, peut-être, permet de mieux comprendre. En réalité, Montaigne est d'abord pratique. Il y a lieu de rendre hommage, dans la Rome de toujours, à un pape dont les dépenses sont justifiées « en ports, en havres, fortifications et murs, en bâtiments somptueux, en églises, hôpitaux, collèges, réformations de rues et chemins ». N'oublions pas que La Boétie, dont l'ombre plane sur toute l'aventure, aurait préféré naître à Venise que dans le Périgord (et cela pour des raisons très précisément politiques). Montaigne, à son retour d'Italie, rajoutera, dans les *Essais*, que son ami « avait raison » sur ce sujet. Alors ? Cette grande affaire du siècle et des suivants ? Protestantisme ? Catholicisme ? J'ai lu récemment qu'un spécialiste de Montaigne reconnaissait, comme à regret : « Il s'est dit catholique, pourquoi ne pas le croire ? » Eh oui, pourquoi pas ?

Contrairement aux idéologues pressés, de toutes tendances et de tous partis, Montaigne ne se déplace et ne parle jamais sans rappeler son corps. Cette respiration rythmique donne à ses notes — ou à celles de son secrétaire, qui écrit sous ses ordres — une fluidité sans hiérarchie qui est sa trouvaille, sa puissance romanesque de style. Tout est également important, ce qui peut vouloir dire aussi que tout est également dérisoire. Le *voyage*, au sens de Montaigne (voyage au bout de la conscience de soi), ne « trace aucune ligne certaine, ni droite, ni courbe ». La désinvolture qui anime le voyageur accable d'ailleurs ses accompagnateurs à qui « il répondait qu'il n'allait quant à lui en nul lieu que là où il se trouvait ». On retrouve ici la fameuse proposition du livre III des *Essais* (et l'on est prié de se souvenir de la signification ancienne du verbe « branler » qui signifie « mouvoir ») : « J'entreprends seulement de me branler quand le branle me plaît. Et me promène pour me promener. » Ou encore : « Mon dessein est divisible partout. Il n'est pas fondé en grandes espérances ; chaque journée en fait le bout. Et le voyage de ma vie se conduit de même. » Montaigne, tout « coliqueux » qu'il soit, nous dit qu'il peut rester à cheval jusqu'à huit ou dix heures. « La vie est un mouvement matériel et corporel, action imparfaite de sa propre essence, et déréglée ; je m'emploie à la servir selon elle. » Soit. Mais si, finalement, l'Italie, y compris le pape, est préférable à tout, c'est qu'on peut s'y arrêter n'importe où au milieu de jardins, de fontaines, de jets d'eau, de grottes féeriques, et que Rome, « ville rapiécée », fait que chaque étranger se sent chez soi. Contrairement à l'idée reçue, Rome est un lieu d'ouverture, et les jésuites sont « une pépinière de grands hommes de toutes sortes de grandeur ». C'est le mélange qui compte : les prostituées abondent en même temps que les processions, les bénédictions, les excommunications. On peut tout voir à Rome. Le 28 janvier 1581, le secrétaire de Montaigne note : « Il eut la colique, ce qui ne l'empêcha de ses actions ordinaires, et fit une pierre assez grossette, et d'autres moindres. » Et le 30 : « Il fut voir la plus ancienne cérémonie de religion qui soit parmi les hommes, et la considéra fort attentivement et avec grande commodité : c'est la circoncision des juifs » (suit une description dont la minutie et la neutralité ont de quoi étonner, aujourd'hui encore). Là-dessus, Montaigne croise Ivan IV (le Terrible) qui se trouve là en ambassade (ici, dans le film, on peut faire intervenir Eisenstein). Après quoi, il va visiter la bibliothèque du Vatican et vérifier qu'on y trouve bien Sénèque, Virgile et Plutarque, mais aussi « un livre de Chine, le caractère sauvage, les feuilles de certaine matière beaucoup plus tendre et pellucide que notre papier ». Il regarde l'écriture de saint Thomas d'Aquin, laquelle lui inspire un commentaire pas précisément modeste : « Il écrivait mal, une petite lettre pire que la mienne. » Bref, les *Essais* seront peut-être là, un jour, en sécurité (ailleurs, rien n'est sûr). Bien qu'on lui fasse gentiment remarquer que certains mots ou certaines propositions de son livre pourraient être corrigés, rien de grave : des objections pour la forme, c'est la règle du jeu, aucune condamnation, et même des encouragements à continuer.

La superstition ? Certes, elle pullule (voile de Véronique ; fer de lance de la crucifixion conservé dans une boule de cristal ; foules énormes, la nuit, avec des flambeaux ; flagellants plus ou moins payés pour s'écorcher dans l'allégresse), mais, comme c'est étrange, Montaigne, oui, Montaigne, n'a pas l'air autrement troublé. On est loin de la crise nerveuse de Luther, et, d'ailleurs, le sac de Rome, en 1527, avec irruption de soudards luthériens allant écrire avec la pointe de leurs épées le nom de Luther sur les *stanze* de Raphaël, doit être encore dans toutes les mémoires[1]. Voyez, en revanche, cette notation d'un Montaigne charmé : « Le dimanche des Rameaux, je trouvai à vêpres, en une église, un enfant assis à côté de l'autel sur une chaise, vêtu d'une grande robe de taffetas bleu, neuve, la tête nue, avec une couronne de branches d'olivier, tenant à la main une torche de cire blanche allumée. C'était un garçon de quinze ans ou environ, qui par ordonnance du pape avait été ce jour-là délivré des prisons, qui avait tué un autre garçon. »

Il y a des exécutions ? Bien sûr. Mais Montaigne note que le condamné est d'abord étranglé (dans l'indifférence générale) avant d'être découpé en

1. André Chastel, *Le Sac de Rome, 1527. Du premier maniérisme à la Contre-Réforme*, Gallimard, 1984.

morceaux par le bourreau (ce qui émeut fort le peuple). Il en déduit une sorte d'humanité dans les supplices, ainsi qu'une intelligence didactique dans la mise en scène. Il est aussi question de Portugais « qui s'épousaient mâles à mâles à la messe, avec mêmes cérémonies que nous faisons nos mariages, faisaient leurs pâques ensemble, lisaient le même évangile des noces, et qui couchaient et habitaient ensemble... ». Cette innovation d'exagération conformiste produit sa sanction : « Il fut brûlé huit ou neuf Portugais de cette belle secte. »

Tout est mystérieux dans le *Journal*. Le moment où Montaigne passe à la rédaction en italien, par exemple (on pense à Stendhal), pour raconter son séjour à Lucques et ses souffrances diverses, dont une violente rage de dents. Le changement de langue est-il dû à la pudeur ? Sans doute. À la déception que le pèlerinage de Lorette (si insolite) n'ait pas produit la guérison attendue ? « J'offris à plusieurs prêtres de l'argent : la plupart s'obstina à le refuser ; et ceux qui acceptèrent, ce fut avec toutes les difficultés du monde. » Décidément la Contre-Réforme est bien là ; plus de trafic d'indulgences. Quant au corps, il est insurmontable, on est pris dedans. Il aurait fallu mourir là, en voyage, loin de chez soi, pour ne pas avoir à supporter la proximité toujours trop bavarde de ceux qu'on connaît ou qu'on aime. « Vivons et rions entre les nôtres, allons mourir et rechigner entre les inconnus. » Il va falloir revenir, se plier à la simagrée sociale, jouer au maire de Bordeaux, faire le sage, l'humaniste, l'éclairé, le modéré, que sais-je. Ne pas s'expliquer, en tout cas, ne pas se plaindre : « Il faut étendre la joie mais retrancher la tristesse. Qui se fait plaindre sans raison est homme pour n'être pas plaint quand la raison y sera. « La mort ? Oui. Pour finir, il y a Rome, et la mort. « Cette partie n'est pas un rôle de la société, c'est l'acte à un seul personnage. » Il faut rentrer. Il faudra écouter les opinions vides des uns et des autres, leurs approximations, leurs désirs illusoires et précipités, leur oubli de soi passionné. Un exemplaire des *Essais* laissé là-bas… Un si bizarre tableau… La morale du voyage, donc, sera de se tuer à écrire. Montaigne voulait une confirmation et une réponse ? Il les a.

Subversion de La Fontaine

Il y a des jours où l'on aimerait écrire, en parodiant un titre célèbre, le pamphlet suivant : « Littérature de la misère, misère de la littérature ». On y décrirait la curieuse promotion, partout présente, de la lassitude et du désespoir, de la pauvreté d'imagination et de style, ou encore de l'irrationnel au service des managers (la dernière trouvaille consistant à vous demander d'appeler *Divinitel* pour trouver, grâce à votre horoscope, l'emploi convenable à votre apparition sous les astres). On essaierait d'analyser les causes de ce désarroi menant à l'amnésie ou à l'exotisme, au populisme précieux, à la perte de vocabulaire sur fond de fascination pour la douleur. On y ferait à l'inverse, et quitte à provoquer le scandale, l'apologie du détachement et du goût. On citerait en exergue ce mot d'un écrivain français s'étant présenté autrefois sous un masque grec (« un homme subtil et qui ne laisse rien passer ») : « Hâte-toi mon ami, tu n'as pas tant à vivre. Je te rebats ce mot, car il vaut tout un livre. Jouis. » On oserait même écrire son nom pour le dénoncer au mépris public : La Fontaine.

Voici le livre enchanté d'une subversion masquée permanente. On pense ce qu'on veut de la « Pléiade », mais la voici à son vrai niveau incomparable : papier et vignettes, gravures et texte, présentation et notes nécessaires, trésor complet[1]. C'est d'autant plus important, pour les *Fables* et les *Contes*, que trois siècles sont venus se mesurer ici en images. Observez les changements d'interprétations au cours du temps. Les contemporains voient tout de suite la simplicité bouleversante de la leçon de La Fontaine (Chauveau, Oudry et Cochin). Cette leçon peut se résumer ainsi : je change les dimensions du discours et de la pensée, je parle à partir du bas dénié, je multiplie calmement mes identités, cigale, fourmi, éléphant, grenouille, rat, chat, loup, agneau, renard, lion, cigogne, hirondelle, pigeon, serpent, poule. Autant de voix contradictoires, de notes, de tours, de tromperies, de ruses, d'équations. Je m'oppose à l'expropriation cartésienne des animaux : non, ce ne sont pas des machines, l'animal vit en moi, je le reconnais, il parle mon langage, et d'ailleurs il n'est rien dans l'univers qui n'ait le sien comparable au mien. Je suis chêne, je suis roseau, de la même façon qu'aigle ou singe. Quand ce lien multiple et animé est brisé, alors, en effet, la régression commence. Chassé du paradis cruel et lucide de La Fontaine (qui éclate encore dans les merveilleuses fantaisies de Fragonard pour les *Contes*), je vais rentrer dans le fantastique (Grandville, Gustave Doré), c'est-à-dire, de plus en plus, dans le ténébreux, le phobique, l'halluciné, le toujours-déjà surréaliste. Ce n'est pas un hasard si

1. La Fontaine, *Œuvres complètes*, I, Gallimard, « Bibliothèque de la Pléiade », 1991.

deux des grandes psychanalyses de Freud s'intitulent *L'Homme aux rats* et *L'Homme aux loups* : on y voit faire retour, en rêve, l'animal refoulé, le désir chassé de son corps. La Fontaine (« nous sommes l'abrégé de ce qu'il y a de bon ou de mauvais dans les créatures irraisonnables ») sait, lui, qu'il faut commencer par les commencements, c'est-à-dire les mathématiques : « Comme par la définition du point, de la ligne et de la surface, et par d'autres principes très familiers, nous parvenons à des connaissances qui mesurent le ciel et la terre, de même aussi, par les raisonnements et conséquences que l'on peut tirer de ces fables, on se forme le jugement et les mœurs, on se rend capable des grandes choses. » Ne jouez pas au grand, puisque vous serez trahi par ce que vous avez de petit. N'espérez pas nous abuser ni vous abuser vous-même en faisant du bruit pour cacher votre bestiaire intime. Dites-nous plutôt comment vous vous sentez être corbeau à fromage, âne chargé de reliques, geai paré des plumes d'un paon, poule aux œufs d'or ou pigeon amoureux. Cela s'appelle : ne pas mettre de « faux milieux » entre la chose et vous. La vérité, en somme.

Il n'y a pas de bonne Création ni de bonne Société, et ceux qui disent le contraire sont les éternels charlatans des siècles. Le bon sens est la chose du monde la moins partagée. Des montagnes d'argent accouchent de souris polluées qui, d'ailleurs, ne sont que du vent. Le bon n'est pas souvent camarade du beau, raison pour laquelle si peu d'amours durent. « Tout est prévention, cabale, entêtement, point ou peu de justice : c'est un torrent ; qu'y faire ? il faut qu'il ait son cours.

Cela fut et sera toujours. » Inlassablement, sous mille angles divers, les *Fables*, comme de nouveaux Évangiles, répètent la même philosophie musicale (celle de Molière, et aussi la seule qui vaille). On s'amusera, en passant, d'apprendre que Napoléon, à Sainte-Hélène, anticipant par là sur Paul Eluard, trouvait la fable *Le loup et l'agneau* « immorale » et « de trop d'ironie pour être à la portée des enfants ». Quant aux contemporains, que leur conseiller ? *Les animaux malades de la peste* ? Sans doute.

Le pouvoir des fables est souverain. Si personne n'écoute plus personne, commencez-en une : les oreilles se tendront peu à peu. C'est pourquoi « on ne saurait trop égayer les narrations », ce qui n'est pas donné à tout le monde. La ronde des péchés capitaux s'équilibre alors sous le charme d'une logique harmonique, le génie des sons s'empare du reste : « Tout est mystère dans l'Amour, / Ses flèches, son carquois, son flambeau, son enfance. » Ou encore : « Bien purs, présents du Ciel qui naissent sous les pas. » Le raisonnement de la « langue des dieux » est dans ce balancement du rythme. La mémoire humaine est obligée de le retenir et d'en faire des lois. Tout le monde répète du La Fontaine : il suffirait de le comprendre, mais rien de plus difficile qu'une évidence portée à ce point ; « J'ouvre l'esprit et rend le sexe habile. » Ou, plus carrément, et c'est Apollon qui parle : « Je vois de loin, j'atteins de même. »

Le style et l'amour

Que Crébillon fils soit encore à ce point méconnu est un scandale étrange. Comme l'écrit Étiemble, dans sa belle préface aux *Égarements du cœur et de l'esprit*[1] : « Allons, censeurs grognons, convenez que ce qui chez Crébillon vous révolte, peut-être même vous ennuie, c'est qu'on n'y traite jamais que de l'amour, de l'amour sous toutes ses formes : l'amour fou et l'amour goût, l'amour vénal et l'amour désintéressé, les débauches de la femme qu'on disait alors " insensible " (celle que nos sexologues ont baptisée " frigide "), les fiascos du semi-babilan et les exploits des amants inspirés. Dans une civilisation, la nôtre, où le métier, l'argent, la politique ont pris le dessus, quelle place reste-t-il pour les longs loisirs sans lesquels point d'amour ni de Crébillon fils ?... En ce temps qui ne peut supporter l'image du bonheur vrai, et qui se venge en inspirant aux zozottes la presse du cœur, aux gens intelligents une littérature de dérision et d'échec, Crébillon joue les trouble-ennui. On le lui fait bien voir. »

1. Crébillon fils, *Les Égarements du cœur et de l'esprit*, Gallimard, « Folio » n° 891.

On le lui fait bien voir, c'est-à-dire qu'on en fait un auteur secondaire, alors qu'il mérite une des premières places dans l'éblouissante fête de langue qui entraîne Voltaire, Diderot, Marivaux, Laclos, Sade. Jean Dagen, dans sa présentation de la nouvelle édition (enfin !) des *Lettres de la marquise de M*** au comte de R****[1], a raison de parler de ces « pages stendhaliennes où l'émotion coexiste avec la perception de l'artifice qui devrait l'abolir ». Comme nous sommes, oui, dans une époque lourde, analphabète et triste (celle du populisme précieux), tout doit avoir l'air authentique et démagogique, alors que règne, sous couvert de « cœur », une froideur rentabilisée. La brutalité d'un côté et le sentimentalisme de l'autre ont remplacé la sensibilité et l'ironie du goût. Il faudrait donc s'ennuyer ? Ce serait un dogme ? Eh bien, non.

Soixante-dix lettres d'une femme à son amant, choisies par une autre femme, voilà ce qu'imagine, en 1732, cinquante ans avant *Les Liaisons dangereuses*, un jeune auteur de vingt-cinq ans : coup d'essai, coup de maître. La lettre est pressée, véhémente ; elle est intéressée, passionnée, tactique, stratégique ; elle se nourrit d'exclamations et d'interrogations répétées ; elle dit le roman électrique d'une vie dissimulée et battante. La suppression de la correspondance privée, dans notre froide comédie informatique, est une négation du temps intérieur. Ne plus écrire, lire de moins en moins, obéir aux injonctions des images et des

1. Crébillon fils, *Lettres de la marquise de M*** au comte de R****, Desjonquières, 1990 ; édition établie et présentée par Jean Dagen.

chiffres manipulés, tel est le programme de la tyrannie qui s'installe. D'où l'extrême fraîcheur de ce message qui nous parvient à travers la tartufferie ambiante. Voyez cette phrase : « Je vais où je veux, j'écoute qui je trouve, je réponds à qui me plaît, je joue et je perds. » Ou celle-ci : « Je vous écris que je vous aime, je vous attends pour vous le dire. » Ou encore : « Venez dîner avec moi, je n'ai été de ma vie ni si belle, ni si folle. Que je vous plains ! » L'amour, dans sa guerre sombre ou joyeuse, est la continuation du style par d'autres moyens. Partout le dialogue, l'échauffement de la conversation, l'arrière-pensée qui s'annonce, la double entente, la préparation clandestine des rendez-vous : « Vous me demandez si je reste chez moi, je voudrais bien vous répondre non, mais vous ne méritez pas ce mensonge. Vous voulez savoir si j'y serai seule, je pourrais bien vous le dire, mais ne pouvez-vous rien deviner ? » Mots couverts, devinettes, scansion entre les lignes : c'est une activité de services secrets.

Crébillon connaît ses classiques, y compris pour les parodier : *La Princesse de Clèves*, les *Lettres de la religieuse portugaise*, Sévigné, Racine. Quatre mouvements dans les lettres : l'accrochage, avec refus de céder physiquement ; le moment de la chose (mais ici, censuré ou, plutôt, relief négatif) ; la mise en perspective dans la durée (chauds et froids, séductions et reproches) ; et enfin, la séparation et la mort (« adieu, adieu, adieu pour jamais »). La première partie, jusqu'à la lettre vingt-neuf, est la plus captivante. Il s'agit, pour la marquise, de bien s'assurer que le comte est mis sous pression : « Je serais seule avec vous dans tout l'univers que je ne serais pas encore rassurée sur votre inconstance. » L'amant, par définition, est réduit au silence. On lui répond, on l'agace, on l'égare, on le défie, on ne croit jamais ce qu'il dit sauf pour lui demander d'en dire plus, sa parole est de toute façon en défaut, l'esprit est délégué aux femmes pour donner des leçons aux hommes, quoi qu'il arrive. Crébillon, ou l'art d'inventer les femmes qu'il faut pour en apprendre davantage sur soi-même. Le lecteur, subjugué par l'énergie verbale, rajoutera les habits, les décors, les dates, le climat. Il pourra imaginer ces corps comme sortant des toiles de Watteau, le seul espace, sans doute, où une femme peut dire de son mari : « Je pardonne généreusement à mon ingrat son libertinage. » Le seul, aussi, où une femme est capable de recommander à son amant de favoriser, afin d'être tranquille avec lui, la passion qu'éprouve son mari pour la cousine dudit amant. Incroyables Français ! Acharnés à se punir, depuis, de ces aventures que le monde entier leur envie, tout en prétendant, bien entendu, le contraire ! Personne n'échappe donc à la loi de la force amoureuse *écrite* ? Non. « Les femmes qui paraissent si sévères ne sont pas les plus inaccessibles aux désirs ; et celle-ci, en lisant les romans, n'en a que mieux connu la nécessité de les abréger. » *Abréger les romans*, tout est là, sans quoi, nous le savons bien, la vie est mortelle.

Les ennuyeuses et les ennuyeux s'ennuient, et c'est normal. Faut-il pour autant, cédant à leur réprobation constante, renoncer à sentir et à s'amuser de peur de les déprimer ? La réponse de Crébillon, à travers sa petite marquise, est aussi implacable que simple : « On s'ennuie quand on aime médiocrement. »

Kafka tout seul

On ne s'étonnera jamais assez des constructions mythologiques transformant un écrivain en référence obligatoire pour définir ce qui échappe à la réalité, surtout lorsqu'elle devient de plus en plus réelle. « Biblique », « homérique », « dantesque », « shakespearien », « sadien », « balzacien », « kafkaïen »… Cependant, il arrive assez rarement que la référence, d'obligatoire devienne aussi contradictoire : des tonnes d'interprétations de Kafka semblaient le cantonner dans le cauchemar, l'absurde, l'horreur quotidienne administrative — et voici qu'on nous dit de plus en plus souvent que la bonne clé serait le comique. Kafka devient un joyeux garçon athlétique, un simulateur expert en canulars, un plaisantin à dormir debout. *Le Procès, Le Château, La Métamorphose*, mais c'est à se tordre de rire, d'ailleurs Kafka lui-même riait aux éclats en les lisant à ses amis… D'une exagération à l'autre ? Appelons *Kafka*, en effet, ce point d'excès et d'incertitude, cette vibration inquiète de la critique, tantôt déprimée, tantôt trop gaie pour être gaie. Où est le vrai Kafka ? Prophète du malheur indicible des camps, comme de la ruine de l'Europe centrale ? Théosophe ? Kabbaliste ? Intelligence suprême du roman inutile ? Fonctionnaire de l'absurde ? Farceur ? Juif honteux ? Juif essentiel ? Malade ? Tranquille employé d'assurances ? Habitué des bordels ? Amoureux transi ? Séducteur rusé, serpentin ? Halluciné complet ? Analyste froid et lucide ? Kafka bouge, s'évanouit, revient ; son regard vous transperce, vous hante : yeux brûlants des photos, dandy noir lumineux...

Mon hypothèse est qu'on ne *veut* rien savoir de Kafka. Ou le moins possible. C'est un déclencheur automatique de perturbations d'identités. Par rapport à lui, nous nous sentons immédiatement coupables, « nous l'avons tous tué », son histoire nous dépasse, vertige, migraine, amnésie, nausée. Rire nerveux. Frisson angoissé. Personne ne veut d'un Kafka simple dans sa complication apparente, ni d'un Kafka compliqué parce que sa simplicité touche à une évidence toujours niée : la littérature. Vous vous intéressez à la littérature ? Mais non, ce n'est pas vrai, JAMAIS. Ce qu'est venu dire Kafka, c'est cela, rien d'autre. La Bible, tenez, est une énorme opération de littérature qui, d'ailleurs, se continue sous nos yeux. Attention, pas n'importe comment ni à travers n'importe qui. Kafka est le dossier brûlant de QUI a écrit la Bible — ou plutôt de qui continue à écrire malgré elle. Il a gagné d'être presque un nom imprononçable (bien que répété sans cesse), sous la forme d'une initiale : K. C'est Monsieur Bible en cavale : « Dieu ne veut pas que j'écrive ; mais moi, je dois. »

Bien sûr qu'il est complètement désespéré, Kafka — et à juste titre. D'abord, il y a la bêtise de toujours, indéracinable et pyramidale. On imagine très bien les littérateurs lents de son temps, à Prague, lui disant sans arrêt : « Vous êtes trop intelligent pour être romancier. » Sa famille, elle, le trouvait déjà trop intelligent pour être normal. L'ennui, avec l'intelligence (c'est Flaubert qui parle), c'est qu'elle a des limites, tandis que la bêtise n'en a pas. Or, précisément, la littérature pratiquée de façon intensive rend de plus en plus intelligent parce qu'elle peut jouer d'un océan de bêtises, il s'agit d'une malédiction qui ne laisse rien dans l'ombre, surtout pas le fait, par exemple, que Dieu ne semble pas avoir envisagé la bêtise comme étant une dimension radicale de sa créature. Dieu lui-même est-il bête ? Voilà une possibilité rarement évoquée. On le trouve existant, inexistant, inconscient, absent lorsqu'il devrait être là, ou ayant réponse à tout depuis toujours — mais *bête* ? « Dieu n'est pas romancier », disait Sartre pour embêter Mauriac. Que voulez-vous, il y a des gens béats d'admiration devant l'histoire humaine. Quelle richesse, pensent-ils, quelle invention ! Ce n'est pas le cas de Kafka. Il trouve tout ça filandreux, glauque, empêché, vulgaire, et lent, et lourd — d'une lenteur ! d'une lourdeur ! On dirait un mauvais rêve, et je vous le prouve *en détail*. Des romans ? Mais j'en ai des milliers dans mes tiroirs, je peux vous en faire autant que vous voulez, il n'y a qu'à démarrer et la suite vient toute seule, lisez *Préparatifs de noces à la campagne*, le laboratoire de Monsieur K., le recueil de ses préparations subtiles et empoisonnées, son studio de métamorphoses. Le narrateur a vraiment, en un tour de phrases, la possibilité d'emprunter telle ou telle apparence, telle ou telle intériorité, il est éveillé en rêve, il rêve en pleine rue, parmi vous, il se retrouve dans un buisson incompréhensible ou bien en voyage, il change de fonction, de formes, c'est beaucoup plus grave qu'une banale histoire d'insecte, il peut se dire de tous les points de vue à la fois.

Exemple I : « C'est ma vieille ville natale et j'y suis revenu. Je suis un bourgeois aisé, je possède dans la vieille ville une maison qui a vue sur le fleuve. C'est une vieille maison à deux étages avec deux grandes cours. J'ai une entreprise de charronnage et, dans ces deux cours, on scie et on tape toute la journée. Mais dans mes appartements, sur le devant de la maison, on n'entend rien de tout cela, un profond silence règne, et la petite place qui borde la maison et qui, fermée de tous côtés, ne s'ouvre que vers le fleuve, cette petite place est toujours vide. Les pièces que j'habite, de grandes pièces parquetées un peu obscurcies par des rideaux, sont meublées avec de vieux meubles ; enveloppé dans une robe de chambre ouatée, j'aime bien aller et venir entre eux. » (On s'y croirait, n'est-ce pas, inutile de continuer, Kafka s'arrêta là. Vous avez bien lu « tout un roman » en dix lignes ?)

Exemple II : « Don Quichotte dut émigrer, toute l'Espagne se moquait de lui, il s'y était rendu impossible. Il voyagea dans le sud de la France où il rencontra çà et là de braves gens avec lesquels il se lia d'amitié ; en plein hiver, au milieu des pires fatigues et des plus grandes privations, il franchit les Alpes, puis il parcourut les basses plaines de l'Italie du Nord, où toutefois il ne se sentit pas à son aise, et arriva enfin à Milan. »

C'est tout. Un mauvais écrivain en aurait fait un livre.

« Je suis une mémoire devenue vivante, dit Kafka, d'où l'insomnie. » Il faut lire Cervantès et Kafka *ensemble*. Kafka est du Cervantès accéléré.

S'il parle si souvent, dans son *Journal* ou ses lettres, de son sentiment d'effondrement, d'incapacité, de paralysie ; de sa sensation permanente d'être « guetté » — c'est qu'il a mis en marche un engrenage d'une grande rapidité (*Le Verdict* écrit en une seule nuit) et qu'il redoute la vengeance de l'esprit de pesanteur, le Diable lui-même (digression, frein, retard, allusions incompréhensibles et sans doute stupides, malentendus, maladies et malveillances comme organisées, on n'arrivera jamais, il neige, « il y a un but mais pas de chemin, ce que nous nommons chemin est hésitation »). Quelqu'un de né pour la vitesse pure et condamné au métier d'arpenteur ? Un séducteur inné obligé de penser au mariage ? Un voyageur tous terrains forcé de vivre à Prague — horloge arrêtée ? Un juif tchèque parlant le yiddish et virtuose de l'allemand entendant par avance *dans* l'allemand sa propre destruction programmée par la chape de plomb philosophique ? Tout cela, tout cela, et bien d'autres choses encore. L'expérience de K. est urgence. « L'évolution humaine : une croissance de la puissance de mort. »

Kafka est le romancier du péché originel (qui n'est pas du tout un péché courant). Qu'on l'appelle, avec Freud, « refoulement originaire » ne change que la manière de le percevoir. Les gens, les habitants, les passants pourraient peut-être faire un effort de conscience ? Se réveiller ? Briser l'envoûtement ? Prendre une décision ? Mais non. Ils ne mentent pas, ils *sont* mensonge. Et pourtant : « Tout le monde ne peut pas voir la vérité, mais tout le monde peut l'être. » Mais comment ? « Il me semble parfois que je comprends le péché originel mieux que personne. » La réponse se trouve dans les *Lettres à Milena,* elle est fantastique, comment personne n'y a-t-il pensé avant lui ? Ève, dit K., a cueilli la pomme et l'a montrée à Adam parce qu'elle la trouvait belle. Le péché a seulement été de la mordre. « Jouer avec n'était sans doute pas permis, mais n'était pas interdit non plus. » Il fallait jouer, et non pas avaler la pilule de reproduction mortelle. Milena n'arrête pas de psychologiser sa relation avec Kafka (son mari, etc.), mais il est imbattable en psychologie, et pour cause, c'est un tacticien et un stratège de première grandeur, et, parfois, le jugement tombe : « Ta jalousie, au bout du compte, n'est qu'un souhait de mort. » Manger la pomme et souhaiter la mort sont une seule et même passion. *Préférer la mort,* n'est-ce pas étrange ? Pourquoi ? Parce qu'elle égalise. Et ceci, qui est terrible : « Une chose, pourtant : n'oublies-tu pas, parfois, quand tu parles de l'avenir, que je suis juif ? [Ici, Kafka écrit deux mots en tchèque : *jasné, nezapletené,* ce qui signifie : *simple, clair.*] Il reste dangereux d'être juif, même à tes pieds. » (Milena, l'audacieuse et progressiste Milena, mourra à Ravensbrück le 17 mai 1944 à la suite d'une opération du rein pratiquée trop tard.) Le jeu de Kafka ou de K. avec les femmes (inoubliable Frieda du *Château*) est le suivant : ce sont des alliées parce qu'elles sont internes à la mécanique, mais ce sont en même temps des ennemies parce qu'elles ne peuvent pas — ne peuvent pas vouloir — en démasquer le fonctionnement. Et voilà pourquoi le crime est innocent et interminable, tandis que l'innocence est criminelle par définition. C'est tragique, en effet. Et aussi, mais en abîme, très comique. Et d'ailleurs, cette histoire de Paradis serait à reprendre de fond en comble (espérons que quelqu'un s'en occupera un jour) : « Si ce qu'on prétend avoir été détruit dans le Paradis était destructible, ce n'était rien de décisif. Si c'était indestructible, nous vivons dans une fausse croyance. » Kafka se prenait-il pour le Messie ? Mais bien sûr. Aucun grand écrivain ne peut d'ailleurs faire autrement, c'est logique : « Parfois, dans son orgueil, il a plus peur pour le monde que pour lui. » Comme j'aime cette phrase griffonnée comme par hasard : « Nous sortons des tombeaux et nous voulons aussi parcourir le monde, nous n'avons pas de plan précis »...

Que pouvait penser Milena en recevant des lettres de ce genre : « J'ai été envoyé comme la colombe de la Bible ; je n'ai rien trouvé de vert, je rentre dans l'Arche obscure » ? Trouvait-elle, malgré son amour pour K., qu'il exagérait peut-être *un peu* ? Et nous ? Savons-nous lire ? N'avons-nous pas besoin de nos imbéciles romans ? Notre vie n'est-elle pas un roman impubliable ? Comparable à tous ceux qui se publient *pour rien* ?

Il est là, Kafka, comme d'habitude, immobile, mais sa main court sur le papier, dans la nuit. La chambre de l'Arche l'emporte au-delà de nous, ce n'est pas demain qu'il y aura quelque chose de *vert* dans les parages. Sauf... Peut-être...

« Il n'est pas nécessaire que tu sortes de ta maison. Reste à ta table et écoute. N'écoute même pas, attends seulement. N'attends même pas, sois absolument silencieux et seul. Le monde viendra s'offrir à toi pour que tu le démasques, il ne peut faire autrement, extasié, il se tordra devant toi. »

Dante au paradis

Il peut exister plusieurs paradis, y compris ceux qui sont désormais les nôtres, les artificiels. Paradis réel veut dire : victoire sur le temps et la mort, perpétuité vivante, connaissance ultime. Tout le monde connaît l'enfer, sa lourdeur, sa répétition, la damnation d'être coincé dans un corps, l'absence d'issue, le mensonge. Mais le paradis ? Qui en parle encore ? Qui oserait y croire ? À quel prix ? Mieux vaut ne pas interroger sur ce sujet un théologien. Le pape lui-même ? On ne peut pas dire qu'il soit très prolixe sur ce sujet. Restent les universitaires qui nous parlent de Dante, comme s'il s'agissait d'une question de cours. Cependant, il n'est pas interdit d'aller droit au texte, de l'écouter, de le voir se déployer devant nous comme une construction grandiose. Le voici en français, simple, direct, sans manières. Pour quelle raison une jeune femme d'aujourd'hui a-t-elle passé tant d'années à vouloir nous le faire relire ? Mystère [1].

1. Le *Paradis*, de Dante. Troisième volet de *La Divine Comédie*, Flammarion, 1990 ; édition bilingue ; traduction, introduction et notes de Jacqueline Risset. À quelques réserves près, la traduction de Jacqueline Risset est au-dessus de l'éloge, surtout si on la compare au galimatias médiévaliste de Pézard (la

Le premier mot du *Paradis* de Dante est *gloire*. Le premier mot du dernier vers : l'*amour*. Entre les deux se déroule par séries d'accélérations fulgurantes le plus fabuleux voyage de tous les siècles, impliquant la transformation progressive de l'expérimentation. Nous sommes à Pâques, en 1300, mais aussi bien aujourd'hui si nous le voulons. Tout est printemps, la prétention du cosmonaute intérieur est de donner le fin mot de Dieu, du désir, de l'univers, de l'histoire et de la jouissance malgré l'enfer permanent (notre faute) et le purgatoire lent (notre chance de salut).

Il s'agit d'atteindre le *sommo piacer*, la pointe extrême du plaisir et du savoir (l'un prouvant l'autre). Vous qui n'avez pas envie de comprendre parce que vous ne jouissez pas, n'entrez pas. Les mots qui — avec celui de *mouvement* — reviennent ici sans cesse sont : joie, délectation, bonheur, bien, fête, allégresse, rire. Une orgie sans fin, qui semble n'avoir rien d'humain. Dante appelle cet état : *trasumanar*. Il n'est pas question cependant d'« outrepasser l'humain » (comme nous le dit la traductrice), et encore moins d'arriver à une quelconque surhumanité, mais bien de passer *à travers* lui sans cesse et de nouveau, pour vérifier à quel point il ne fait qu'un avec le divin.

« Pléiade »). C'est donc un événement en français. Les notes, en revanche, auraient gagné à être développées, voire seulement relues. Exemple, note 10 du chant 32 : Sarah n'est pas la fille d'Abraham, mais, bien entendu, sa femme. Ruth n'est pas non plus la fille de David, mais son ancêtre. À en croire, par ailleurs, la bibliographie, aucun autre auteur français n'aurait écrit sur Dante, ce qui semble douteux.

Bien entendu, cela n'a de sens que dans la dimension de l'Incarnation et de tout ce qui s'ensuit. On n'est pas obligé d'accepter ces coordonnées. Mais si on les admet, alors la logique de l'ensemble se démontre dans ses plus profondes conséquences, là où (autre expression forgée par Dante) « *gioir s'insempra* ». Là où la joie s'éternise ? Sans doute, mais « s'éterniser » a pris malheureusement pour nous la couleur de l'ennui. Dante dit : quand la joie *se fait toujours*, se transforme en toujours. L'adverbe devient verbe, comme si j'inventais le mot *toujouriser*. Joie d'amour dure toujours. On devrait chaque fois écouter Monteverdi en lisant Dante, l'insistance de sa musique sur *semper* (*nunc et semper*).

Le *Paradis* est avant tout une expérience musicale intérieure sous ses masques amoureux, cosmologiques, historiques, religieux. Le spectacle que voit Dante, les vérités qu'il comprend sont chaque fois, il insiste, des métaphores d'une autre réalité incommensurable avec laquelle, pour finir, il doit se confondre par-delà les images. C'est aussi, très curieusement, une *vendetta* contre la « compagnie mauvaise, stupide, ingrate et toute folle » qui se sera dressée contre lui, ce qui nous vaut le vers célèbre, dernier aveu politique : « Il sera beau pour toi, alors, d'avoir fait un parti à toi seul. »

Plus il monte, avec Béatrice, vers le Premier Mobile et l'Empyrée ; plus il approche du but et plus il est sûr de sa vengeance. Contre quoi ? Leitmotiv de *La Divine Comédie* : « La cupidité, qui noie les mortels sous elle. » Marx, qui n'a jamais été marxiste, aimait Dante, et on espère ne pas trop compromettre ce chef-d'œuvre en le rappelant.

Le paradis impose qu'on abandonne toute possession, et l'une des expressions les plus fortes se trouve sans doute au chant 14 : « De tout mon cœur, je m'offris en holocauste » (la récompense de grâce illuminante ne se fait pas attendre). Une seule erreur d'appréciation, et ce serait le masochisme mystique. Mais non, le paradis est démonstration et raison.

Raison perdue de la poésie ? Il reste à s'enchanter de ce grand texte du ciel, de son art des transmutations et des métamorphoses : les braises sont de la musique ; les lumières vivantes, des personnes et des chants ; un murmure de fleuve, une voix multiple et argumentée ; le feu et l'eau, les rayons et les étincelles, se changent en fleurs ou en pierres précieuses, topazes, saphirs, rubis. Tout converge vers la rose immense constellée de figures, vers l'énigme de la « Vierge, fille de son fils » (a-t-on jamais donné une définition aussi parfaite de l'inceste, « terme fixe d'un éternel dessein » ?).

Les vers sont comme des cercles décrivant une route, une horloge, dont le thème constant et varié est : encore, encore. Encore, toujours plus, jusqu'à la nervure intime de la Trinité (« Ô lumière éternelle qui seule en toi réside, / seule te pense, et par toi entendue, / et t'entendant, rit à toi-même, et t'aime. ») Enfin tutoyée dans son fonctionnement intelligent et incompréhensible. La substance et les accidents se confondent dans un seul livre, un nœud (*nodo*), dont le récitant jouit (*godo*) du seul fait de le dire (*dicendo questo*). Nous sommes chez les anges, de façon ivre et distincte. Sacrée quadrature du cercle et « bien sans fin, qui n'a que soi pour mesure ».

Splendeur de Tacite

Qui, à part les spécialistes, se souvient du bienheureux Gaffiot ? Félix Gaffiot, l'auteur du dictionnaire latin-français, dont j'ai gardé jusqu'à aujourd'hui un exemplaire plein de soulignages bleus et rouges ? Je lui dois un carrousel de phrases rythmées, toutes mieux choisies les unes que les autres, chez Lucrèce, Virgile, Cicéron, Salluste, Tite-Live, Horace, Quintilien, Pline l'Ancien... Mais quel est le prosateur qui se détache, là, entre tous ? Le plus cru, le plus net, le plus coupant ? L'aristocrate provincial maître en rhétorique, sénateur, préteur, consul, proconsul d'Asie et, en même temps, membre du collège des quindécemvirs chargé des sacrifices, gardien des livres sibyllins et des rites ? Nous sommes à la fin du premier siècle de notre ère, et celui-là, enfin, va nous révéler le fond des choses : Tacite[1].

Au commencement de l'art de la condensation historique, il y a les Grecs et Thucydide, bien entendu, mais Rome est un continent noir d'une

1. Tacite, *Œuvres complètes*, Gallimard, « Bibliothèque de la Pléiade », 1990 ; édition de Pierre Grimal.

autre nature. On comprend qu'Hollywood n'ait pas cessé d'y puiser des mises en scène, foules, guerres, orgies censurées, exécutions simulées en tous genres. En réalité, toute notre histoire est hantée par l'incroyable cirque romain. À nous Vespasien, Titus, Domitien, Trajan, Nerva, Claude, Hadrien ! À nous, surtout, Messaline, Poppée, Néron ! Voyons tout de suite la mort d'Octavie, femme de ce dernier, à côté duquel les monstres modernes font figure d'amateurs vulgaires : « On l'attache, on lui ouvre les veines de tous les membres et parce que, retenu par la violence de son effroi, le sang ne coulait que lentement, on la porte dans un bain bouillant, dont la chaleur la tue. »

Ah, ce *présent* de Tacite ! Cette puissance de silence, tout à coup, au fond de la tragédie ! Comme il fait voir les lieux, les gestes, les sentiments mêlés, les dissimulations, les derniers moments fatidiques ! « C'était une nuit brillante d'étoiles, calme, sur une mer tranquille, que l'on eût dite envoyée par les dieux pour rendre le crime évident. » Néron est en train d'assassiner sa mère incestueuse, Agrippine (voilà qui change de la fastidieuse affaire Œdipe). Tacite a, en effet, cette énormité unique à nous raconter. Il a attendu longtemps : les *Histoires* écrivent la période d'après Néron, alors que les *Annales*, composées plus tard, reviennent à lui, c'est-à-dire au cœur du dérèglement. Va-t-il se décider à dire l'essentiel ? Oui. « Néron a-t-il regardé sa mère après sa mort et fait l'éloge de sa beauté ? Il en est qui l'assurent, d'autres qui le nient. » À vous de choisir.

Le décor est à la mesure de l'Empire. Légions en Germanie, en Bretagne, en Espagne, en Syrie. Présages, comètes, tremblements de terre, naissances anormales, entrailles chiffrées. Et puis la ville des villes : temples, villas, jardins, forum. Là-dedans, ils s'amusent, s'espionnent, se corrompent, se volent, se dénoncent, s'exilent les uns les autres, s'empoisonnent, se poignardent, se coupent la tête (si l'on veut se faire ensevelir *en entier*, il faut parfois racheter la tête à ceux qui veulent la vendre). La servilité et la délation sont récompensées, les gens de bien par définition persécutés : « Ils haïssaient en lui son énergie et son intégrité, comme si c'étaient des crimes » (voilà qui n'arriverait plus de nos jours, n'est-ce pas ?). Oui, oui, le christianisme va être une bouffée d'air, mais Tacite n'en sait rien, cela l'étonnerait beaucoup de connaître la suite (qui ne saurait venir, croit-il, de ce Jérusalem où un temple, ne comportant pas d'images, n'était donc rien). Pour l'instant, c'est comme au cinéma, les chrétiens sont en croix, avalés par les lions, ou enduits de poix pour servir de torches et éclairer les banquets (imaginez la scène dans les jardins du Vatican, par exemple). « Fixées à des perches (tiens, nous reverrons cela plus tard), les têtes étaient portées en l'air, parmi les étendards des cohortes. » Ou encore : « Finalement, ceux qui n'avaient pas d'ennemis étaient abattus par leurs amis. » Encore mieux : « Les dernières volontés de Pison furent respectées parce qu'il était pauvre. » Pourquoi ne pas commencer une histoire du vingtième siècle sur ce ton : « J'aborde un ouvrage empli de malheurs, ensanglanté de batailles, déchiré de révoltes et, au sein même de la paix, féroce » ? C'est pourtant un homme que l'on sent heureux qui écrit ces lignes. Le formidable artiste qu'est Tacite ne souffre pas, ne juge que rarement (« sans colère ni faveur, sentiments dont les raisons sont bien loin de moi »), et son roman (bien préférable à tout romanesque) est le développement d'une fermeté inébranlable à travers la science du discours. Texte d'attaque et de siège, patient, serré ligne à ligne, compact et rapide, fouillé, retranché, impérieux, et frappant, quand il le faut, comme l'éclair. Exemple : « Cette action abominable fut osée par un petit nombre, souhaitée par un plus grand, et soufferte par tous » (une telle perfection ne se retrouvera, comme par hasard, qu'en français : Saint-Simon). Dans les *Annales* il est difficile de ne pas avoir envie d'apprendre par cœur les passages à juste titre célèbres (l'incendie de Rome, la mort de Sénèque), dans le sillage destructeur de Néron « désirant toujours l'incroyable ». Voici : « Les embarcations furent ornées d'or et d'ivoire, les rameurs, des mignons, rangés selon leur âge et leur spécialité dans l'érotisme... Sur les rives de l'étang, il y avait des lupanars remplis de dames de la noblesse, et, en face, on voyait des prostituées nues... Tout fut donné à voir, et même quand il s'agit d'une femme, ce que recouvre la nuit... »

L'envers de cette féerie, visant à tout dégrader, sont les litanies de supplices et de suicides qui, Tacite le note, pourraient conduire au dégoût. Mais non : il est important que tout soit décrit en détail (Sade, lecteur ébloui de Tacite). Les figures sortent de la nuit et s'imposent, avant d'être noyées par le flot de la narration concurrente de ce fleuve de sang. Un hommage particulier à Épicharis, une femme, une affranchie, disloquée par la torture, mais qui se comporte mieux, en s'étranglant elle-même avec son soutien-gorge, que des chevaliers et des sénateurs, lesquels, sans avoir été torturés, « trahissaient chacun ceux qui lui étaient les plus chers et les plus précieux ». Ou encore Thrasea, stoïcien, offrant, selon la coutume, son sang coulant à terre comme une libation à Jupiter Libérateur : « Regarde, jeune homme, tu es né pour vivre à une époque où il est utile d'affermir son âme par des exemples de fermeté. » Allons, notre préférence ira aux écrivains : ils meurent en exerçant jusqu'au bout leur art, comme s'il était plus réel que la réalité où ils sont forcés de disparaître. La parole répond de tout et traverse tout. Tacite semble nous dire que l'enfer du Tyran (et c'est bien le cas de Néron) sera toujours de n'être pas un bon écrivain ; que seul l'écrit se dresse, souverain, contre le Maître local, fût-il Empereur (Chateaubriand et Napoléon). Sénèque dicte à ses secrétaires tant qu'il en a la force ; Lucain, par un geste inouï, reprend à haute voix, pour définir son agonie, les vers qu'il a écrits autrefois sur la mort d'un soldat, style : j'avais raison, c'est bien ça, je persiste, je signe. Pétrone, enfin, l'auteur du *Satiricon*, l'« expert en voluptés », a une conduite plus effarante encore : faisant durer son saignement et tout en écoutant des poèmes, « il mit par écrit les abominations du prince, en les attribuant à des débauchés et à des femmes, et en indiquant le caractère inédit de chaque accouplement ; puis il scella le livre et l'envoya à Néron ». À la tienne !

Rodin et la main de Dieu

En somme, la ruse de l'Histoire est la suivante : grâce au féminisme et à sa reconstruction des passions, Camille Claudel sort justement de l'ombre. On découvre un sculpteur, une sculpteuse exceptionnelle, dans cette jeune femme écrasée par sa famille, son frère, son amant. Les livres se multiplient, la rumeur monte, l'émotion est grande. Le bovarysme regronde, les psychiatres font des mises au point. Était-elle vraiment folle ? N'incarne-t-elle pas, au contraire, la victime idéale d'un siècle ? N'a-t-elle pas été profondément spoliée, séquestrée, volée ? Chemin faisant, on est bien obligé de s'interroger sur ces deux monstres : Paul Claudel, Auguste Rodin. On les croyait morts, classés, pétrifiés, ils revivent. Le pilier de Notre-Dame est de nouveau diaboliquement aimanté. Et Rodin ? Ah, Rodin ! Combien de statues qu'on croyait réduites en silence, dépassées par la mise à plat de l'abstraction et de « l'art moderne », et qui ne demandent qu'à nous reparler ! Allons plus loin : on ouvre ses cartons à dessins [1], on publie enfin sa corres-

1. Philippe Sollers et Alain Kirili, *Rodin, dessins érotiques*, Gallimard, 1986.

pondance[1]. Et, peu à peu, l'évidence est là : la génialité de Rodin ressuscite. Une génialité telle qu'on ne peut rien comprendre à la véritable aventure plastique du vingtième siècle (Matisse, Picasso) sans la déchiffrer à nouveau. On n'a presque rien dit sur lui, l'évaluation commence.

C'est un cas énorme. Le théâtre de Rodin comprend non seulement la tragédie et l'épopée passionnelle et spirituelle (liaison de quinze ans avec Camille, conversion de Paul comme pour faire contrepoids), mais aussi Rilke, les Institutions, les ombres magnétiques de Hugo et de Balzac, les gouvernements successifs, les mystères de Paris, l'histoire entière de la sculpture, des Grecs à Michel-Ange, et jusqu'à nos jours. Vous ajoutez en coulisses une brûlure érotique intense, et vous avez l'opéra. « Bourreau ! » a, paraît-il, crié quelqu'un devant *L'homme qui marche*. Oui. Il faut aller à l'hôtel Biron devant *La Porte de l'Enfer*. Je ne m'en lasse pas. Toi qui regardes, retrouve l'espérance. Prendre Dante et ses visions à bras-le-corps, les déployer en relief aux sources de la création, être aussi à l'aise avec Ève, Adam, saint Jean-Baptiste, les damnés en tous genres dans leurs attitudes coulées et leurs convulsions, suppose une énergie et une délicatesse obtenues par un travail incessant. Rodin n'arrêtait pas. On a tout essayé avec lui : la réticence et la résistance (affaire du *Balzac*), les honneurs et la gloire, l'oubli relatif, la digestion feinte — et le re-voilà plus explosif que jamais, accablant de finesse. « Quand on a l'expérience de son art, écrivait-il, on doit tra-

1. Auguste Rodin, *Correspondance*, Éditions du musée Rodin (publication commencée en 1985).

vailler d'autant mieux, et c'est à ce moment que le public voudrait inconsciemment que nous devenions des entrepreneurs et des mondains. » Rodin, ou l'anarchiste jusqu'au bout, couronné, libre. D'où lui vient cette amplitude raffinée et sauvage dans une époque de plein conformisme (comme la nôtre, soit dit en passant) ? Cette souveraineté ? Il y a un livre essentiel qui peut le faire comprendre, celui sur ses relations avec les photographes de son temps : Bulloz, Steichen. Ouvrez-le : quel film [1] ! Plâtres, bronzes, marbres — et lui là-dedans comme un démiurge compact à l'œil clair. Dieu et satyre. *La Main de Dieu* : oui, il est allé jusque-là (on peut tourner autour pendant une heure au musée, jusqu'à ce qu'elle apparaisse comme un Himalaya de force en train de se façonner elle-même). Rodin n'a pas hésité devant l'affirmation mégalomaniaque : il a vécu avec ses moyens (« mes moyens naturels sont la terre et le crayon »), la comédie dans son ensemble : divine, humaine, légende à travers les siècles. L'aventure qui me touche le plus c'est de le voir intraitable dans son acte *pour* la littérature — écriture et sculpture, comme deux mains — contre la Société des gens de lettres. Voici : « Le Comité des gens de lettres a le devoir et le regret de protester contre l'ébauche que Monsieur Rodin expose au salon et dans lequel il se refuse à reconnaître la statue de Balzac. » En effet, comment le Comité pourrait-il *physiquement* reconnaître Balzac ? Lui accorder sa stature ? Et la réponse de Rodin : « La statue de Balzac est le développement logique de ma vie d'artiste. J'en prends la complète responsabilité.

1. Hélène Pinet, *Rodin sculpteur et les photographes de son temps*, Philippe Sers, 1985.

Et mon désir est d'en rester le seul possesseur. » De là viennent les grandioses photographies de Bulloz et de Steichen : le *Balzac* de Rodin, blanc et noir, planant, à Meudon, en exil, le jour et la nuit, sur l'horizon de Paris, comme venu d'une autre planète, Moïse solitaire et défiant le temps. Le promeneur d'aujourd'hui, au carrefour Vavin, se doute-t-il, en passant devant la statue, qu'il côtoie un scandale aussi révélateur que « l'Affaire » ? Non, il ne perçoit plus rien. Et pourtant il se dresse le Rodin-Balzac ! Enceint de vide et dégagé ! Avec sa tête de contre-état civil ! Creusé à fond dans la non-mort ! Admiration de Cézanne pour Rodin : on comprend pourquoi, dans les plis, le modelé, les trous, l'équilibre en déséquilibre. Montagne Sainte-Victoire en plein Paris. Même New York ne réussit pas à tasser cette statue fabuleuse, autobiographique, et c'est à New York, d'ailleurs, que je l'ai découverte, un jour de brouillard, au MOMA.

Rodin disait : « Quand on commence à comprendre la nature, les progrès ne cessent plus. » C'est sa déclaration de *work in progress*. La « nature » ? C'est le langage de l'époque, beaucoup plus réservé que l'image. Il est aussi trompeur que les titres donnés aux statues et qui sont, le plus souvent, comme des voiles jetés sur leur éclatante impudeur. *Le Baiser* ? Oui, sans doute, mais pas du bout des lèvres. *L'Éternel Printemps ?* Soit, mais quelle poigne fraîche repoussant le marbre comme un inutile soleil ! *La Danaïde* ? Si vous voulez, mais quelle souplesse pornographique (dont on mesure mieux la provenance concrète en feuilletant les dessins secrets de femmes « en situation » dans son atelier) ! *Pygmalion et Gala-*

tée, Niobé, Fugit Amor... Allons, allons tout cela est très explicite, comme si Rodin avait voulu dire : le paradis est là, nulle part ailleurs, dans cet orgasme cruel et précis, l'enfer vient seulement d'en ignorer la beauté et le mécanisme. *Les Danseuses cambodgiennes* ? Qui les a vues de son temps, comme lui ? Sans fin, il parle d'« enchantement », d'« ivresse ». Sous pression, il écrit des lettres pleines de fautes d'orthographe, sans ponctuation, mais d'un lyrisme inouï. Celle-ci, à Georgette Leblanc : « Ma belle artiste je ne suis pas toujours au pair avec moi-même et pour cela indigne de vous entendre Je vis avec le souvenir d'art que vous m'avez donné belle comme une colonne grecque immobile comme elle, déliée cependant vers le chapiteau vos bras et votre buste, belles volutes belles feuilles en rosaces que je vois des choses avec vous que mon ami Mallarmé a été heureux de vous voir »... Ou encore, à Hélène Wahl : « Quelle beauté partout autour de moi sitôt que je regarde, je suis frappé de la nouveauté de ce que je vois tous les jours, soit la lumière, soit mon esprit, aux différentes heures tout a changé, tout. » Et, après la rupture tragique avec Camille qui va, semble-t-il déclencher chez lui une liberté redoublée (les dessins les plus audacieusement sexuels sont de la fin de sa vie) : « Je sens que je suis heureux ou que je vais l'être, car la jeunesse me reprend j'ai la tête pleine d'enthousiasme, et les tyranniques passions me semblent bien passées je n'en aime pas moins les femmes, mais d'une autre façon, et je puis dire comme mes sœurs divines, et dont j'admire toujours la fine ciselure ; du corps et du cœur le grand fondeur qui nous a fait vous a certainement mieux patiné que nous. » Ou, enfin, cet incroyable poème (toujours à Hélène Wahl) : « Protégé par un vase étrusque orné de dessins et devant mes yeux l'enfant à l'oie tronqué des jambes, dans un demi-jour charmant, mêlé à la couleur jeune salade des murs, je crois avoir un peu joie. »

Le musée Rodin près des Invalides ? C'est tout dire.

L'opium, mode d'emploi

Rêvons : c'est l'été, le temps se prête à une expérience en profondeur, vous êtes seul à la campagne ou dans une grande ville, avec beaucoup de musique. Vous ouvrez *Les Confessions d'un mangeur d'opium anglais* [1]. Votre vie peut en être changée.

Il ne parle pas seulement des effets magiques de la drogue, ce livre, il en est une. « Incomparable » pour Baudelaire (qui le traduit et le recopie en se l'appropriant encore plus que Poe), « prodigieux » pour Melville, son influence chimique s'étend clandestinement partout. Qui donc écrit, d'autre part, en rapportant une sensation de demi-sommeil après lecture : « Il me semblait que j'étais moi-même ce dont parlait l'ouvrage : une église, un quatuor, la rivalité de François Ier et de Charles-Quint » ? De Quincey ? Baudelaire ? Non : Proust. Que sont, d'ailleurs, la mémoire involontaire, la trouvaille du cerveau comme palimpseste, la madeleine résurrectionnelle, sinon des *dérivés* efficaces de cette vaste scène intérieure pour la

1. Thomas De Quincey, *Les Confessions d'un mangeur d'opium anglais, Suspira de profondis, La Malle-Poste anglaise*, Gallimard, « L'Imaginaire », 1990 ; traductions de Pierre Leyris ; nouvelle édition revue et augmentée.

première fois révélée ? Pour la contrôler, cette scène, on fera des guerres, on organisera des systèmes d'illusions substitutives. « La loterie est l'opium de la misère » (Balzac). « La religion est l'opium du peuple » (Marx). Nous pourrions dire aujourd'hui : la planétarisation du Spectacle est l'opium de la prétendue fin de l'histoire. Le mot *opium* semble donc condamné à désigner les états d'aliénation, de passivité, d'hypnose. Or De Quincey dit tout autre chose : voilà un produit très ancien qui provoque, *si on sait parler sa langue*, une connaissance bouleversante. Continuons le jeu. Qui a écrit, en parlant de l'opium : « Toi qui, par ta puissante rhétorique, désarmes les résolutions de la rage » ? Ou encore : « Le rêve est à lui-même sa propre loi » ? Lautréamont ? Freud ? Non : De Quincey. On pourrait aussi faire apparaître Antonin Artaud, et tant d'autres. Homère lui-même se droguait, affirme notre érudit et ironique anglais mangeur de livres.

Les *Confessions* ont d'abord paru, signées X.Y.Z., dans le *London Magazine* en 1821. De Quincey a trente-six ans. « À treize ans, note-t-il avec désinvolture, j'écrivais le grec avec aisance. » Plus vous serez cultivé, prévient-il, et plus l'opium aura des conséquences éblouissantes (voilà un excellent argument en faveur de la lecture, et l'on peut s'étonner que les pouvoirs publics ne l'utilisent pas). Tout ce qui est su, lu, écouté, vu, se transforme, là, devant vous, en réalité dynamique, émotive. À quoi bon, dès lors, le pauvre spectacle collectif si vous êtes pour vous-même une multitude en acte ? Comme un mourant volontaire, vous assistez à la récapitulation de votre vie dans ses moindres détails. Vous devenez un opéra fabuleux, un bateau illuminé, ivre. Vous avez plus de souvenirs que si vous aviez mille ans. Longtemps, sans le savoir, vous avez habité sous de vastes portiques. La musique vous prend comme un océan aux vagues de cristal. Regardez De Quincey décrivant un dimanche de pluie à Londres. Il souffre de l'estomac, il entre dans une pharmacie, il achète sa petite bouteille de laudanum, il rentre chez lui, et c'est la « surrection de l'esprit intérieur du tréfonds de ses abîmes », une série d'« extases portatives », le « secret du bonheur », « les clés du paradis ». Bien entendu, les tortures attendent leur moment, et ce sont elles que l'opinion vague retient pour dissuader les enfants sociaux de se connaître. Le sexe ne rend-il pas malade ? La drogue n'est-elle pas mortelle ? Sûrement. Je me garderai bien, d'ailleurs, d'en faire l'apologie, de peur de tomber sous le coup de la loi. Je me demande même si ces *Confessions* de Thomas De Quincey ne devraient pas être interdites d'urgence par notre époque radieuse où le tabac et l'alcool sont considérés comme des agents de dégradation. La télévision, n'est-ce pas, sera suffisante. Mourir sain et intoxiqué d'images, voilà le programme. Là où l'on constate que l'auteur est dangereux, c'est quand il précise : « Nul ne développera jamais ses facultés intellectuelles s'il ne contrôle sa vie avec l'aide de la solitude. Tant de solitude, tant de force. » Ou bien : « L'organe du rêve, conjointement au cœur, à l'œil et à l'oreille, compose le magnifique appareil qui force l'infini à entrer dans les chambres du cerveau humain. »

De Quincey est un explorateur rigoureux. Il ne cache pas les terreurs, les angoisses, les efforts pour se distancier de la « noire idole ». Un huit juillet, il prend trois cents gouttes de laudanum. Le vingt-cinq du même mois, zéro. Mais le lendemain, deux cents. Entre-temps, il se retrouve dans des situations inextricables en Égypte, guetté par des crocodiles ; à Rome dans des péripéties sorties de Tite-Live ou des « prisons » de Piranèse ; en Angleterre, deux siècles auparavant, à un bal *réel* où il voit danser des femmes dont il sait, par ailleurs, qu'elles sont décomposées dans leurs tombeaux. L'espace s'amplifie toujours plus, le temps devient « infiniment élastique », toute mesure est abolie. C'est ce savoir positif de l'incommensurable (et non pas de l'indicible poétique) qui fait époque dans son livre. Savoir qui *ne s'oppose même pas* à la philosophie (d'où l'humour froid et ravageur des *Derniers Jours d'Emmanuel Kant*). Tout s'écrit, l'oubli est impossible. « Le redoutable livre de comptes dont parlent les Écritures est en fait l'esprit de chaque individu. » Comment n'être pas dans la compassion et l'ironie les plus vives lorsqu'on a trouvé — grâce à une « manière pénétrante et féminine » et une « pensée naturellement spirale » — les preuves sensibles et vécues de la relativité généralisée ? Compassion et ironie : deux attitudes à proscrire, pour propager le sérieux borné et la malveillance inlassable, ce que Baudelaire, au vu des nécrologies dédaigneuses des journalistes à propos de De Quincey et de Poe, appelle déjà la « grande folie de la morale » ou encore l'« esprit envieux et quinteux du critique moral ». Reste ce livre sublime, l'un des rares où l'on est obligé, en même temps que l'auteur, de trembler lucidement de douleur ou de joie.

Breton Manifeste

Comme tout va vite : Breton en « Pléiade », c'est aussi la première fois que cette collection reproduit des photographies [1]. Voici les visages de Benjamin Péret, de Desnos, d'Eluard et de Breton lui-même, l'homme qui, pour dire son dégoût des descriptions, introduisit des illustrations dans ses récits. Et, soudain, le doute : Sommes-nous bien en 1988 ? Soixante ans après la parution de *Nadja* ? Ou bien 1928 sera-t-il plus proche de nous dans vingt ans, en 2008 ? Ne serait-il pas nécessaire, d'une façon ou d'une autre, de reprendre à l'improviste l'idée révolutionnaire désormais annulée partout dans un paysage qui ressemble sans doute à celui, bouché, automatique, qu'un certain nombre de jeunes gens, après la Première Guerre mondiale, avaient décidé de bouleverser sans retour ? L'avenir le dira ou non. Mais peu importe : il me semble impossible de ne pas relire le *Manifeste du surréalisme* (ces phrases sues autrefois par cœur) sans un serrement de gorge. J'en garde précieusement une vieille édition para-

1. André Breton, *Œuvres complètes*, Gallimard, « Bibliothèque de la Pléiade », tome I, 1988.

phée de la fine écriture soignée disant : « À Philippe Sollers, aimé des fées. » J'ai envie d'y croire. Un peu de magie, donc, pour changer.

« Tu as le sens de l'infini, calme et stupéfiant, comme un doigt pointé sur une ligne de ta propre écriture. » Et ainsi de suite. L'opération « sacrée » menée sur le langage par Breton, en continuité avec sa volonté de rassembler de partout l'expérience poétique, a déclenché l'histoire souterraine de notre siècle. Les épisodes de cette histoire sont très connus et peut-être très méconnus. Breton est l'homme qui a pu rêver, de leur vivant, de Picasso et d'Apollinaire. Il a pensé que le grand matin était arrivé où pourraient se nouer la volonté révolutionnaire, l'ouverture de l'inconscient accomplie par Freud, la vie vécue comme poésie permanente. Il a été l'acteur principal de cette synthèse impossible *dans la réalité*, et, assez vite, il a dû devenir l'exégète des déceptions éprouvées. Nous ne le savons que trop aujourd'hui : non, la révolution sociale n'entraîne pas forcément la reconnaissance de Rimbaud et de Lautréamont. Non, l'inconscient freudien ne ressuscite pas l'alchimie et l'occulte, bien au contraire, et Nicolas Flamel est décidément introuvable dans les rues de Paris. Non, la morale n'est pas la garantie suprême de l'invention littéraire, et l'écriture automatique ou les rêves n'engendrent pas le merveilleux promis. Et pourtant... Ce que le premier universitaire venu pourrait savamment désigner comme les *erreurs* de Breton est sans doute préférable au sommeil où nous sommes. Contresens ? Si vous voulez. Engagement contredit par le temps ? Soit. Mais *vous*, là, que proposez-vous ? Qu'avez-vous à nous dire ? Que faites-vous de vos journées, de vos nuits ? À quoi mène votre vie encadrée de cadre ? Que peut-il vous *arriver* ? Pas grand-chose, n'est-ce pas ? Commémorons, commémorons, commémorons, commémorons, chrysanthémons et mourons.

Étonnante *disponibilité* de Breton et des autres dans ces années décisives. La rue est à eux. Un incident minime, une rencontre peuvent changer le cours de l'existence. Le hasard est enfin observé de près. Les hystériques sont à la mode, on s'imagine qu'elles pourraient avoir du génie. Une femme, un oracle. Un lapsus, une phrase de demi-sommeil : trésors. La pensée parle, elle se dialogue toute seule. Le *Bureau de recherches surréalistes* doit centraliser les informations, il est ouvert à tous vents. L'histoire est suspendue, les nouvelles sont cryptées, le journal découpé au petit bonheur produit des poèmes. La perception est modifiée, elle va le rester, si nous le voulons, aujourd'hui même. Exemple, je lis les titres suivants : *Le pompiste voulait être payé en liquide français. Décents ces maillots de l'été. Aurélie peut-être enlevée par plusieurs personnes. La guerre des pousse-pousse. Le cargo de la peur. Énigme à la Edgar Poe : un homme retrouvé le sexe tranché : suicide ?* (*Journal du Dimanche*, 15 mai 1988, page 3). Autrement dit, le surréalisme est là dès que vous le décidez. Le coup de Breton a réussi *dans la trame* au-delà de toute espérance. Question de saccade, aurait-il dit, de diagonale en sursaut. Il n'est pas interdit de tenter le jeu, ce sera toujours aussi bien, que dis-je, beaucoup mieux, que la rumination télévisée quotidienne. Votre partenaire écrit une question, vous y répondez sans la connaître. Artaud : « Qu'est-ce qui vous dégoûte le plus dans l'amour ? » — Breton : « C'est vous, cher ami, et c'est moi. » Breton : « Qu'est-ce que le viol ? » — Péret : « L'amour de la vitesse. » Quel jeune homme ne rêvera pas longtemps, toujours, d'avoir pour amis à admirer, à injurier, à exclure, Breton, Aragon, Bataille, Artaud ? Quel jeune homme n'a pas déjà ses suicidés *qui le jugent*, et qui s'appellent définitivement Vaché, Crevel ou Drieu ? Qui n'a pas plus ou moins envie d'organiser un procès Barrès (changez le nom) ou de signer cette définition de Jeanne d'Arc, on ne peut mieux venue ces temps-ci, mais datée de 1926 : « Oh Monsieur, quelle femme que cette Jeanne d'Arc ! Je crois que l'impudicité même avait établi toutes ces flammes dans le con de cette putain royale, la coquine était toute *en feu* et le foutre exhalait par ses pores » ? (Le journal *Le Monde* peut reproduire ce propos en toute sérénité puisqu'il est imprimé sur papier bible en « Pléiade ».) Oui, lequel ? Ou alors, résignons-nous à la montée du fascisme qui existait bel et bien à l'époque dont nous parlons et dont nous avons cru nous débarrasser en rêve. Le surréalisme, Breton, ne sont pas des questions d'époque, mais un état d'esprit. « C'est vivre et cesser de vivre qui sont des solutions imaginaires, l'existence est ailleurs. » « Le seul mot de liberté est tout ce qui m'exalte encore. Je le crois propre à entretenir, indéfiniment, le vieux fanatisme humain. » C'est un homme de vingt-huit ans qui écrit ces lignes. Rien à faire : le *Manifeste* est splendide. Il a une force, une alacrité renversante. Amusez-vous : « Se faire inscrire la veille des élections, dans le premier pays qui jugera bon de procéder à ce genre de consultations. Chacun a en soi l'étoffe d'un orateur : les pagnes multicolores, la verroterie des mots. Par le surréalisme, il surprendra dans sa pauvreté le désespoir… Il promettra tant que tenir si peu que ce soit consternerait. Il donnera aux revendications de tout un peuple un tour partiel et dérisoire… Incapable de défaillance, il jouera sur le velours de toutes les défaillances. Il sera vraiment élu et les plus douces femmes l'aimeront avec violence. » Qui a dit que le surréalisme a *vieilli* ? Qu'il est seulement la proie des collectionneurs et des érudits ?

Les conseils pour écrire des faux romans me semblent aussi d'une actualité brûlante, ils sont toujours susceptibles de fâcher très fort l'industrie. Mais j'en dirai autant, une fois sautés les essais toujours un peu laborieux d'« écriture automatique » (ça marche une fois sur vingt), des simulations psychiatriques de *L'Immaculée Conception* (écrite en collaboration avec Eluard). Débilité mentale, manie aiguë, paralysie générale, délire d'interprétation, démence précoce, la folie est de toute façon en vous, sachez la reconnaître, *distanciez-la*. Derrière ces désordres, l'esprit philosophique de Breton veille. Il n'est d'ailleurs jamais meilleur que dans l'humour noir qui lui va mieux que l'amour. Il se surpasse dans l'invective et faiblit dans l'occultisme. Moins il s'éblouit, plus il vise juste en étant injuste. « Il n'est pas admissible que la pensée soit aux ordres de l'argent. » Éternel problème, n'est-ce pas, plus convaincant que la prise au sérieux de l'astrologie ou des voyantes. Mais voici les fantômes de Trotski, de Lénine, qui n'ont toujours pas pu pénétrer les arcanes rhétoriques des *Chants de Maldoror*. On a tout essayé avec ces fortes natures : peine perdue, ils n'ont jamais voulu apprendre le français électrisé. Que de malentendus ! Quelle énergie gaspillée ! Enfin, la chose devait être tentée quand même. « Tout est à faire, tous les moyens doivent être bons à employer pour ruiner les idées de *famille*, de *patrie*, de *religion.* » Il est curieux que Breton n'ait pas ajouté le mot *travail* à cette trinité abhorrée. Ici, nous sommes en 1930. On sait ce qui s'est passé dix ans plus tard.

Et c'est bien là l'émouvant, si l'on songe au mouvement surréaliste comme à tous ceux qui avaient refusé le *pli*. Breton exilé (il ne rentrera jamais tout à fait), Desnos déporté, Artaud enfermé, Aragon en résidence de parti surveillée, Bataille enfoui en province… Mais, en 1928, tout semble encore possible. Nadja, « l'âme errante », nous révèle Paris sur fond d'hallucination noire. Le surréalisme a-t-il été, comme il se le proposait, un « vice nouveau » ? Oui, et c'est pourquoi il faut sans cesse réinventer le vice. J'aime ce moment où Breton écrit ni plus ni moins que *Contre la mort* : « Le surréalisme vous introduira dans la mort qui est une société secrète. Il gantera votre main, y ensevelissant l'M profond par quoi commence le mot Mémoire. » Gardons la mémoire, le temps n'est rien.

Limites d'Aragon

Le lecteur veut tout savoir, tout de suite : *Le Con d'Irène* mérite-t-il sa réputation ? Fallait-il l'interdire, le saisir, le désavouer, l'éditer sous le manteau, le transformer en mythe érotique ? Aragon était-il sur la voie d'un roman sans précédent brûlé dans l'égarement d'une nuit de 1927, à Madrid, aux côtés de Nancy Cunard et sous l'œil invisible de l'inquisiteur Breton ? Entrons-nous enfin, avec *La Défense de l'Infini*, dans la vraie coulisse du surréalisme ? Toutes ces questions font partie de la seule façon, à mon sens, de concevoir la littérature : comme une histoire mobile de la censure, sans cesse déplacée, sans cesse renouvelée. « Aujourd'hui ? Mais il n'y a plus de censure ! » — « Plus de littérature ? » — « Ah oui, c'est possible, après tout. »

C'est le moment où Aragon, d'abord, essaie plusieurs styles sans s'arrêter définitivement à aucun. Rimbaud et Lautréamont d'une main, Zola de l'autre. *Le Con d'Irène* (et c'est ce qui rend son interdiction et son désaveu si étranges) est avant tout un constat d'*échec* de l'érotisme. Nous sommes dans l'Est, dans la toute petite province, le bordel est pauvre, empâté, dérisoire, vaguement nauséeux. Aragon s'ennuie, les figures sexuelles sont caricaturales, pompières. « Quelle sacrée tristesse dans toutes les réalisations de l'érotisme ! » « J'envie beaucoup les érotiques, dont l'érotisme est l'expression. Magnifique langage. Ce n'est vraiment pas le mien. » S'il y a un aveu d'Aragon, c'est bien celui-là. Qu'est-ce que la censure a visé ? Cet aveu ? Ou bien des phrases de ce genre : « La province française. La laideur des Françaises. La stupidité de leurs corps, leurs cheveux. Petites rinçures. Bon. »

Bizarrement, *Irène* est finalement l'apologie de l'amour paysan, d'une famille de ferme. La campagne inspire Aragon : « Le soir, enfin, avec sa grande odeur violette. » Ici, deux portraits de femmes : Victoire, la mère lesbienne, et Irène, sa fille aux amants tournants, nymphomane précise. Le morceau de bravoure sur l'organe féminin est un morceau de naturalisme poétisé, c'est beau, rien de grave. Quant à Irène *elle-même*, on perçoit, dans sa description, la posture sensuelle d'Aragon (qui se laisse lire comme une clé de toute son œuvre) : l'identification féminine. Ce qu'il aime, c'est être voyeur d'une femme avec ses amants. Être le chien soumis d'une femme ou bien cette femme en soi, voilà son rêve : « Il flotte autour d'elle un grand parfum de brune, de brune heureuse, où l'idée d'autrui se dissout. » (Au passage, inutile d'insister sur la beauté de ce type de trouvaille.) Premier diagnostic : jamais le *je* du *Con d'Irène* n'est décrit activement par rapport à un corps féminin. Les hommes sont soit des mannequins, soit des spectateurs romantiques. Seules les femmes semblent savoir ce qu'elles font, de l'intérieur. Où sont passés Casanova ou Sade ? Envolés. Le début du vingtième siècle, après le tunnel victorien du dix-neuvième, se réveille dans la mélancolie organique, il s'est passé quelque chose, mais quoi ? La chair est triste, hélas, il ne reste plus qu'à essayer des artifices rhétoriques. On comprend que, bientôt, l'idée révolutionnaire s'imposera comme seule issue. Drôles d'années vingt. Il y a pourtant *Ulysse*, ce monument interdit, lui, par les Anglo-Saxons pendant quinze ans ; monument dont les surréalistes se garderont bien de parler bien qu'il soit là, en plein Paris, avec son monologue de Molly qui s'enlève bien au-delà de l'« écriture automatique ». Est-ce parce que Joyce n'écrivait pas en français qu'*Ulysse* n'a pas été interdit en France ? Question intéressante. Un étranger, c'est autre chose, n'est-ce pas.

Aragon, pourtant, n'a pas envie d'être mélancolique. Voici un des textes majeurs de *La Défense de l'Infini* : il s'intitule « Je te déteste, univers ». On y lit : « Je suis un homme très gai, optimiste. Comme il n'est pas permis. Que c'en est honteux. Je suis un joyeux luron, et l'on m'apprécie en compagnie. Un optimiste. C'est joli la bonne humeur. Et puis c'est rare, un tel degré d'optimisme.

« Crétins, crétins.

« Mes amis sont tous des crétins. »

De telles propositions, on le sait, déprimaient profondément Breton. La doctrine du groupe sera bientôt « l'amour » et la merveilleuse femme indicible-idéale. Aragon devra se plier au credo, adieu Irène, adieu Nancy.

En 1930, à l'occasion d'une préface aux *Onze Mille Verges*, d'Apollinaire, Aragon aura un dernier regret, comme en témoigne cette belle déclaration sur fond de porte qui se referme (et pour longtemps) : « Il reste à faire de la liberté des abus divers, et précieux. »

Ce programme reste d'actualité, il me semble.

Maintenant, le lecteur veut savoir ce qu'il en est des *Aventures de Jean-Foutre La Bite*. S'agit-il d'un des grands scandales écrits de tous les temps ? Nullement. Pochade ubuesque. Très peinture surréaliste. Comique un peu laborieux. L'érotisme n'est pas non plus au rendez-vous de cette mise en scène rapide. Le meilleur, chez Aragon, comme on le sait par *Le Paysan de Paris,* c'est encore son sens topographique de Paris et du Paris souterrain. Pour ce qui est du libertinage, le livre qui porte ce titre reste la référence solide, notamment *La Femme française* que l'on peut relire en ces temps de conformisme généralisé et d'affaissement formel. Oui, après tout, lisez Aragon si vous n'êtes pas persuadés que le frisson du réel peut venir d'une redécouverte fantôme de l'adultère en province. Il n'y a plus de censure ? Allons donc. Elle est dans les têtes, partout.

Non, l'essentiel n'est pas là, mais dans deux textes, eux, alors, magnifiques. Magnifiques est le mot. Courez les lire, je les garantis. *Entrée des succubes*, d'abord, dédié insidieusement à André Breton. Les succubes ? « Je fréquente beaucoup de femmes laides, à cause de cette curiosité que j'en ai. Je dois même avouer qu'on trouverait là le point de départ de certains entraînements qui déconcertèrent plusieurs fois mes amis, et qui leur donnèrent à penser que je devenais fou, perverti, que sais-je ? » Aragon spécialiste du *succubat* ? C'est probable. Évident. Je le crois. Quel dommage qu'il ne nous ait pas laissé des Mémoires dans ce sens, quelle ne serait pas l'histoire de France avec ce témoignage majeur !

L'autre texte est *L'Instant*. Le grand Aragon est là, il n'aurait jamais dû s'arrêter d'écrire de la sorte, il est dans le métro, c'est son théâtre d'opérations, c'est lui le vampire discret et sensible de la ligne Italie au printemps. Le voilà dans sa vraie nature. Succube, bien sûr. « Je voudrais pénétrer cette intimité-là chez toutes les femmes : rien ne m'enivrerait comme de surprendre les grossièretés machinales qu'elles doivent avoir dans les mots employés pour elles seules. Comment pensent-elles aux hommes ? Le type de queue qu'une femme donnée a devant les yeux... » Voilà, si j'ose dire, nous y arrivons. Aragon aurait dû être condamné à rester toute sa vie dans le métro et à envoyer à son éditeur dix pages par jour sur ses expériences. Lisez, lisez. La seule description de jouissance vraiment libre est dans ces pages. Aragon est collé derrière une femme. Une autre, plus loin, le regarde. La géométrie est parfaite. Grand moment de transport. « Je vis brusquement se dilater les prunelles qui me fixaient, comme si un gouffre se fût ouvert sous la banquette. » C'est beaucoup plus beau que *Le Con d'Irène*, léger, fluide, emporté ; ça roule tout seul, mais la peur, il faut croire, guette déjà sa victime. La peur ou la réprobation ambiante qui peut ramener un écrivain, s'il se laisse intimider, à des années-lumière en deçà de son point d'inspiration dérobé. Ici, dans *L'Instant*, plus de poétisation abusive et « automatique » (pénible succession de mots minéraux) mais le contact direct avec son propre fantasme, infiniment renouvelable et variable. « On donnerait cher pour savoir ce qu'elles pensent. Celles qui veulent ne pas être touchées. Celles qui veulent qu'on les laisse faire. Celles qui veulent qu'on les saisisse lentement. Celles qui veulent frémir, celles qui veulent frôler. Celles qui ne savent pas ce qu'elles veulent. Les habituées. Les novices. Celles qui ne comprendront pas comment elles auront une fois dans leur vie permis cela. Les désespérées. Les folles. Toutes les femmes sans mémoire, toutes les femmes sans lendemain… »

Il faut tout recommencer, en somme.

La défense Nabokov

La vie d'un grand écrivain est amusante quand elle s'achève dans une sorte de jugement dernier. Par rapport à une œuvre puissamment et vicieusement poursuivie, méditée, orchestrée, menée à bout malgré tous les obstacles, il y a, en définitive, les Bons et les Méchants. Peu de Bons, beaucoup de Méchants ? Ça ne rate jamais, et c'est ça qui est drôle.

Voyez Nabokov. Les représentants, contre lui, de la lourdeur et de la mort collective s'appellent : les fascistes russes (qui assassinent son père, en 1922, à Berlin) ; les nazis (son frère cadet meurt en déportation) ; les communistes (« je n'aime pas les communistes à cause de l'idée qu'ils se font de la photographie ») ; les émigrés (qui le jalousent) ; les anti-émigrés (qui le prennent pour un aristocrate méprisant) ; les intellectuels occidentaux progressistes (qui suivent la propagande stalinienne) ; les écrivains réalistes, naturalistes, populistes (qui le jugent trop raffiné) ; les psychiatres et les psychanalystes (qui sont choqués par cet irresponsable, adepte suspect du principe de plaisir) ; les professeurs et les universitaires (de quel droit nous enseignerait-il quoi que ce soit ?) ; les juges et les tribunaux (c'est un pornographe) ; les pornographes (il écrit des choses trop intelligentes) ; les éditeurs (ne pourriez-vous pas transformer votre nymphette Lolita en petit garçon ?) ; les féministes (sa description de la mère américaine n'est-elle pas férocement misogyne ?) ; les anticommunistes professionnels (qui n'ont aucun intérêt pour la littérature et finissent par ressembler si étrangement à leurs adversaires) ; — sans parler de la police officielle ou secrète, mais très concrète, des différents pays où il se faufile, changeant de domicile et de langue jusqu'à la métamorphose triomphale du russe en anglais (et réciproquement).

L'existence écrite, quel sport !

« Durant l'été 1953, dans un ranch des environs de Portal, Arizona, dans une maison louée à Ashland, Oregon, et dans divers motels de l'Ouest et du Midwest, j'ai trouvé le moyen, tout en chassant les papillons et en écrivant *Lolita* et *Pnine*, de traduire en russe *Speak, Memory* avec le concours de ma femme... Cette remise en forme, en anglais, d'une remise en forme en russe de ce qui avait été au départ une restitution en anglais de souvenirs russes, s'est révélée être une besogne infernale, mais je me suis quelque peu consolé en me disant que de telles métamorphoses à répétition, familières aux papillons, n'avaient encore été tentées par aucun humain. »

La partie d'échecs se déroule dans la réalité directe : avancées, reculs, illuminations, fatigue, sacrifices de pions, mouvements des fous et des cavaliers, débordement par les ailes, concentration sur chaque point, attaques brusquées, longues et sinueuses défenses. Nabokov se sera montré un défenseur hors pair, jusqu'à l'attaque fulgurante de *Lolita*. L'essentiel est de ne pas se retrouver encerclé, coincé, suicidé (thème de ce merveilleux livre de jeunesse qu'est *La Défense Loujine*[1] : « Vers la fin du chapitre quatre, je joue un coup inattendu dans un coin de l'échiquier »). Au fond, c'est ainsi que nous devrions étudier les inventions *vitales* des grands maîtres de notre époque destructrice : Proust, Joyce, Nabokov, Céline. Contre qui jouent-ils ? Contre tout le monde. Qu'est-ce qui les soutient ? La force du malentendu. Que veulent-ils sauver à tout prix ? Leur mémoire, leurs sensations, leurs accumulations, parfois inavouables, de *détails*. « Le véritable écrivain devrait ignorer tous les lecteurs sauf un, celui de l'avenir qui, à son tour, n'est nul autre que l'auteur réfléchi dans le temps » (les Méchants : « Quel incroyable narcissime ! »). Maîtrise du temps auquel nous ne nous croyons soumis qu'à cause de « notre perception barbare » ? Et à travers de simples jeux de langage ? Oui.

Il y a plus grave : un écrivain conscient est responsable de toute la culture de son pays, il peut arriver qu'en période de détresse il soit seul à l'assumer, sans garantie, sans espoir, sans illusions, dans un tourbillon de ténèbres. Que serait l'Irlande sans Joyce ? Et la Russie sans Nabokov ? Sur le moment, presque personne ne s'en aperçoit : il semble se passer des choses tellement plus importantes ! Comme dit Zina, à la fin du *Don* : « Je crois que tu deviendras un écrivain comme il n'y en a jamais eu auparavant et la Russie sera folle de toi quand elle reviendra trop tard à son bon sens. »

1. Réédité chez Gallimard, « Folio », 1991, avec une préface de l'auteur.

L'enchantement qu'on éprouve à lire Nabokov vient de son lyrisme ironique. Toutes les vertus de la grande poésie sont là (fidélité à Pouchkine), mais portées à l'incandescence critique d'un calcul sans cesse en éveil. Il fait longuement rêver (la promenade en forêt du *Don*, les plages émotives de *Lolita*), mais il montre que la rêverie se referme sur elle-même, dans un rire hors temps, parce qu'elle est de plus en plus interdite dans le monde humain. Pas seulement interdite, mais intransmissible sauf par le secret littéraire : « Deux caractéristiques distinguaient Leonard Blorenge, président du Département de langue et littérature françaises : il détestait la littérature et il ne savait pas le français. » (*Pnine*.)

Nos hommages à Nabokov ? Ils arrivent bien tard, treize ans après sa mort, à la suite de tonnes inutiles de mauvais romans, de sottises poétiques et de banalités sociologiques. Pour la société, et pour cause, il n'existe d'écrivain exceptionnel que mort. On se souvient du soupir de Joyce en 1939 : « Ils feraient mieux de lire *Finnegans Wake* que de faire la guerre. » Mais une petite phrase palpitante et mystérieuse de Nabokov lui répondait déjà : « Comme un fou se croit Dieu, nous nous croyons mortels. »

La religion de la mort

Il y aura bientôt deux mille ans, dans les années soixante de notre ère (ainsi calculée en fonction de la naissance, contestée par certains, de Quelqu'un qui préoccupe encore la planète) ; juste avant la destruction du deuxième temple de Jérusalem (représentée, comme un fait parmi d'autres, en haut de l'arc de Titus), la plus extrême boucherie régnait à Rome : Néron en avait décidé ainsi. On manquera toujours d'assez d'imagination (malgré des tonnes de films ou d'actualités massacrantes) pour sentir la bizarrerie de la situation. Ouvrons Tacite : « Les maisons s'emplissaient de cadavres, les rues de cortèges funèbres ; ni le sexe ni l'âge n'étaient à l'abri du danger... » Parmi les victimes suicidées d'office : Sénèque, le grand Sénèque, l'ancien précepteur de l'empereur ; Sénèque dont nous pouvons lire aujourd'hui, dans une édition merveilleusement présentée et annotée, *La Providence*, *La Constance du Sage*, *La Tranquillité de l'âme*, les *Lettres à Lucilius* [1].

Voici un écrivain riche, influent, célèbre. Un

1. Laffont, « Bouquins », 1993 ; présentation et notes de Paul Veyne.

philosophe de la secte stoïcienne, c'est-à-dire un Sage, ou du moins quelqu'un qui tient à se présenter comme tel en faisant la leçon aux autres. Son petit élève Néron est devenu grand et s'est lancé dans une carrière criminelle sans précédent. La débauche la plus abjecte est la règle. La dérision et l'inversion des valeurs sont systématiquement exhibées. Sénèque, « le prude Sénèque », comme l'écrit Paul Veyne, « le grave sénateur romain qui aurait sûrement long à raconter sur un divan de psychanalyste », se retire pour dicter sa doctrine. Le tyran, qui a déjà assassiné son propre frère et sa propre mère, est inéduquable ? Très bien, un autre moi-même fera l'affaire. La philosophie est une formation de maître à disciple, et Sénèque est un maître déçu par son élève devenu son maître. Le thème fondamental de sa prédication ? La mort, la mort, la mort sans fin recommencée, dont il faut vaincre l'omniprésence démocratique et la peur qu'elle inspire. Qu'est-ce qu'un vrai maître, sinon une sorte de mort-vivant qui contemple déjà l'immortalité à laquelle son disciple aspire ? Le disciple ? Il est interpellé rudement : « J'estime qu'il te faut quitter ou ton genre de vie ou la vie. » D'ailleurs « il y a dans la mort une nécessité égale pour tous et invincible. Qui peut se plaindre d'une obligation à laquelle personne n'échappe » ? Il est en somme interdit d'emblée de douter de la toute-puissance de la mort. C'est plus qu'une évidence : un dogme. On a beaucoup insisté sur le cosmopolitisme stoïcien (« l'univers entier est ma patrie »), sans se demander si cette patrie n'était pas avant tout celle de la mort universelle. Un dévot, dit La Bruyère, est quelqu'un qui serait athée sous un prince athée. Il serait de même un fonctionnaire zélé de la mort sous un prince dont ce serait l'obsession majeure. Sénèque, au fond, est ce dévot. « Pense à la mort toujours pour ne la craindre jamais. » Oui, mais comment ne pas voir que la pensée, à partir de ce point fixe, se transforme en restriction de pensée ? Comment ne pas constater qu'un beau style se met aussi à être ennuyeux, compassé ? La joie elle-même devient une « chose sérieuse ». Le Sage est en sécurité (« loin de redouter la mort, nous lui devons de n'avoir plus rien à redouter »), mais il lui est interdit de s'écarter de la mort, elle est son soleil noir qu'il transmute en lumière harmonieuse, la preuve étant que son disciple le croit. Le pouvoir tyrannique de la terreur pense la même chose ? Peut-être, mais le Sage est son contre-miroir abstrait supérieur. Sénèque écrit des tragédies et des traités de morale philosophique : c'est la logique même. Pas d'Histoire, des exemples. Pas de roman, des exhortations. L'Histoire et le roman sont impurs, suspects, incrédules. Ici, au contraire, la vérité se fait jour sous le joug de la destruction, l'âme s'élève comme un feu, l'Homme occupe tout le terrain (pas de femmes), un homme doit en rejoindre un autre dans le sacrement du « moment ultime ». Un Dieu des vivants seuls et non pas des morts (biblique, donc) est absurde, de même que toute représentation de résurrection personnelle. Notre âme, délivrée du corps-prison, subsistera jusqu'à la remise en chaos du monde par le Dieu dont nous ne sommes qu'une parcelle. Le corps du Sage est un animal sacrificiel qu'on égorgera s'il le faut. Voilà ce que Paul Veyne a raison d'appeler un « masochisme du grandiose », sublime, certes, mais à condition que le jeu de la mort ne soit pas truqué, et ses dés pipés.

Tacite nous raconte la fin digne et calme, conforme à ses principes, de Sénèque : elle ne cessera pas d'inspirer les penseurs, les artistes. L'historien n'en formule pas moins le jugement suivant sur un autre figurant : « Un personnage, acheté pour provoquer la perte de son ami, se parait du crédit dont jouissait la secte stoïcienne, entraîné à donner, par son attitude et son visage, l'image de la rectitude morale, mais, dans son cœur perfide, traître, dissimulant son avidité et son goût du plaisir. » On pouvait donc *contrefaire* le stoïcien, comme un dévot de Molière ? Sénèque avait eu à réfuter ces attaques sur les contradictions de la vie du Sage. Les propos qu'il a dictés en mourant ne nous sont pas parvenus. C'est dommage. Tacite parle aussi d'un autre acteur important qui « à la différence de tous ceux qui périssaient ne flatta aucun des puissants ». Celui-là, en se tuant, refuse de parler de questions sérieuses de manière « à se faire une glorieuse réputation de fermeté ». Pire : toute son attitude consiste à *dévaloriser* la mort, comme pour mieux insulter le pouvoir. « Il ne se pressa pas d'abandonner la vie, il se fit ouvrir les veines et, selon son caprice, se les fit bander, puis de nouveau ouvrir... Il écoutait non des propos sur l'immortalité de l'âme et les théories des philosophes, mais des poèmes légers et des vers faciles. » Qui est ce blasphémateur ? Cet athée de la mort si peu romain, si évidemment grec ? « Il se mit à table, se laissa dormir pour que, bien qu'elle lui fût imposée, sa mort eût l'air d'être l'effet du sort. » Refuser au tyran (mort lui-même en 68) de se glorifier dans votre mort, voilà peut-être l'acte d'accusation et de liberté suprême. Oui, qui est cet « expert en voluptés », et qui ne se cachait pas de l'être ? Ce metteur de points sur les i ? Un romancier, lui, un épicurien, Pétrone, dont le *Satiricon* est sans doute, avec *Candide*, le plus utile des livres en nos temps troublés.

La Chine, toujours

Si la Chine, aujourd'hui plus que jamais, dans l'hypocrisie générale, est enfermée dans un carcan policier, il nous revient de retrouver en nous, pour l'avenir, sa philosophie et sa littérature profondes, sans cesse méconnues, seulement écoutées par quelques isolés obtinés. On ne le dira jamais assez : la Chine est *aussi* une expérience intérieure, universelle, qui devrait être accessible à tous ; une recomposition de l'espace et du temps, de l'audition et du geste, que notre civilisation planétaire, monomaniaque, affairiste, puritaine et morbide, ne peut que vouloir déformer et nier. Si nous voulons aider les Chinois dans leur dur combat pour la démocratie, commençons par être un peu plus chinois nous-mêmes : ouvrons les fenêtres, de l'air.

Cette poésie est une des plus merveilleuses de l'Histoire. Oserai-je dire la plus nette, la plus convaincante ? C'est mon sentiment depuis toujours. Elle frappe directement au cœur, comme si le corps tout entier, ici, à travers le poignet, le son et le souffle, trouvait, de façon instantanée, sa juste place oubliée. Il faudrait relire l'ensemble de la poésie mondiale depuis l'expérience chinoise (c'est, en somme, ce que propose Claude Roy dans son étincelant *Voleur de poèmes* [1]). Comme le dit Han Yu (768-824) : « Les hommes cherchent ce qui les fera le mieux résonner. Le langage est l'essence de la parole, la littérature est l'essence du langage, et les plus experts à les utiliser sont choisis par l'humanité pour rendre le son qu'elle cherche à exprimer. »

Voyez ce poème de T'ao Yuan-Ming (365-427) :

Je lis la chronique des temps très anciens,
Je regarde les images du vaste monde.
Je dis oui à l'univers. Si cela n'est pas
Le bonheur, où donc est le bonheur ?

Ou encore ce chant improvisé de Li Po (701-762, toujours dans la traduction de Roy) :

Un flacon de vin au milieu des fleurs.
Je bois seul et sans compagnon.
Je lève ma coupe. Lune, à ta santé ;
Moi, la lune, mon ombre : nous voilà trois.
La lune, hélas, ne boit pas.
Mon ombre ne sait qu'être là.
Amis d'un moment, la lune et mon ombre.
Le printemps nous dit d'être vite heureux.
Je chante et la lune flâne.
Je danse, et mon ombre veille.
Avant d'être ivres nous jouons ensemble.
L'ivresse venue, nous nous séparons.
Puisse longtemps durer notre amitié calme.
Rendez-vous un jour dans la Voie Lactée.

1. Claude Roy, *Le Voleur de poèmes*, Mercure de France, 1991.

Ou encore, et je ne crois pas que le lecteur pourra me reprocher de citer ce poème fabuleux de Po Kiu-Yi (772-846) :

On dirait une fleur. Ce n'est pas une fleur.
On dirait une brume. Ce n'est pas une brume.
Cela vient à minuit.
Cela part au matin.
Cela vient comme un rêve de printemps
qui s'efface au réveil.
Cela vient comme un nuage du matin.
Vous ne trouverez cela
nulle part.

Simplicité, concentration, méditation, aucun embarras psychique, détachement, pas d'effet inutile. La vibration chinoise s'écrit comme d'elle-même, elle *laisse passer* la pointe d'évidence de l'être-au-monde atteint par la « Triple Excellence » : poésie, calligraphie, peinture (on retrouve cette présence si étonnante de la main et des caractères dans le livre de François Cheng [1] à qui nous devons le rappel de tant de trésors). Je vois en même temps que je trace, j'entends ce que je vois, la respiration maintient les intervalles et les fait vivre, je fais tourner et disparaître la composition dans le souffle qui vient du paysage et de moi. Le taoïsme, sur quoi tout cela repose en secret, n'est pas une « religion », mais, soudain, l'évidence. Quelle joie de dire qu'on a été là comme si la seule chose à faire était d'être là :

1. François Cheng, *Entre source et nuage, la poésie chinoise réinventée*, Albin Michel, 1990.

Au loin le monde entier se fait la guerre.
Assis sur mon lit, j'écoute et réfléchis.
(Tou Fou, 712-770)

Huitième siècle en Chine ? Fin du vingtième siècle en Amérique ? Non : ici, tout de suite.

De la mystique « qui n'a l'air de rien » au roman érotique, le passage, à travers une immense littérature technique analysée par Henri Maspero[1], est à la fois logique et, pour nous Occidentaux, bizarre. On ne comprendra rien aux fictions classiques chinoises comme le *Jin Ping Mei*[2], si on n'a pas présentes à l'esprit, outre « La Voie » (Tao), la dialectique permanente des deux principes féminin et masculin, yin et yang. Ce qui nous déconcerte le plus, c'est la crudité des relations sexuelles toujours analysées comme rapports de pouvoir. Peu de littératures, d'ailleurs (sauf la française du dix-huitième siècle), où les femmes aient autant de place consciente et agissante. Les héroïnes jouent aux échecs, elles savent chanter des poèmes, elles s'intéressent passionnément aux « plaisirs du vent et de la lune », aux « nuages et pluies », autrement dit à l'amour physique considéré comme un affrontement interne des éléments. L'histoire, dans le roman, n'a pas grande importance (quel soulagement), ce sont les *scènes* qui comptent, la gradation des exemples, leur capacité de surprise et d'échauffement, la découverte inlassable, par des corps toujours nou-

1. Henri Maspero, *Le Taoïsme et les religions chinoises*, Gallimard, 1971. Voir aussi Van Gulik, *La Vie sexuelle dans la Chine ancienne*, Gallimard, 1971, et, bien entendu, Marcel Granet, *La Pensée chinoise*, Albin Michel, 1968.

2. *Jin Ping Mei, Fleur en Fiole d'Or*, Gallimard, « Bibliothèque de la Pléiade », 1985 ; traduction d'André Lévy.

veaux, des effets du plaisir sur la pruderie vaincue. L'imagination chinoise déborde et tisse un mouvement de métaphores toutes plus fantastiques et précises les unes que les autres. Comment se définit la séduction ? « Voler le parfum et dérober le jade. » Le sexe féminin ? « La chambre fleurie », ou « Le cœur de la fleur. » Le sexe masculin ? « La poignée de jade. » Le gland du pénis ? « La tête de tortue. » Le combat érotique ? « Déployer les étendards et frapper du tambour. » Le coït anal ? « Porter le feu de l'autre côté de la montagne. » La position de la femme sur l'homme pendant l'acte ? « Le faisan se renverse et le phénix tombe. » Est-il besoin de traduire « le dragon noir qui pénètre puissamment dans la mer profonde » ? Les personnages n'apparaissent, en somme, que pour remplir ces fonctions mythiques strictes, ce qui est propre à dérouter ou à dégoûter profondément nos habitudes d'amour fusionnel idéalisé. L'escroquerie sexuelle est, pour la Chine, une donnée de base réglée, il s'agit de la faire tourner en lucidité. Le plaisir est décrit dans ses variations mais aussi sa finalité qui, au-delà de la procréation ou des perversions, au-delà des intrigues sociales, consiste, pour chaque sexe, à se compléter grâce à l'autre (quitte, justement, à lui *voler* ce complément). La narration avance par des lectures communes, la contemplation de tableaux érotiques à imiter, l'absorption de pilules aphrodisiaques ; le résultat étant, soit la ruine physiologique, soit, au contraire, une possibilité d'immortalité. Voyez « le lion qui fait rouler la balle brodée ». Il s'agit, nous dit-on, d'une « technique amoureuse où les mouvements de l'amant sont comparés à ceux d'un lion, symbole de puissance jouant avec une balle brodée, symbole de l'univers et de la terre ». Puissance ? Oui, mais retenue, distanciée, en douceur.

Nous appartenons à une vieille histoire de péché qui nous plie à considérer le sexe comme une affaire de mort. Ce délire récurrent, et d'ailleurs fondé, atteint probablement de nos jours, un nouveau maximum. Les romans chinois nous montrent autre chose : oui, la mort habite le sexe, le désir de domination et de meurtre fait partie de lui. Mais la sexualité ouvre aussi, de façon dérobée, sur la vraie vie en acte. Un Occidental peut-il lire tranquillement cette règle énoncée par un traité taoïste : « Il faut changer de femme après chaque excitation ; c'est en changeant de femmes qu'on obtient la Vie Éternelle » ? Peut-il imaginer ce passage insensible où « les os deviennent d'or et la chair de jade » ? Que peut vouloir dire pour lui « faire revenir l'essence pour réparer le cerveau » ? Et voici que même la fidélité est prévue comme possibilité ultime : les amants deviennent alors des « canards mandarins », « unis comme glu et laque ». Rêvons sur tout cela, donc, comme sur le nom étrange du Saint taoïste en chinois : « Homme Véritable selon son Bon Plaisir. »

Mai 68

Il faut que quelqu'un se dévoue pour dire que Mai 68 a été, avant tout, une histoire d'amour. Que cette histoire soit le plus souvent recouverte, et par les acteurs eux-mêmes, par des tonnes de commentaires politiques, sociologiques, idéologiques n'y change rien et, au fond, tout le monde le sent. La nostalgie de Mai, la peur rétrospective et confuse qu'il inspire est là. « Mystique », a-t-on été jusqu'à prophétiser. Mais c'est détourner pudiquement l'attention d'une réalité très simple, vibrante, élémentaire. Une des femmes que j'aime, par exemple, *c'est 68*. On se comprend à demi-mot sur mille choses éclatées, on a définitivement échangé une expérience de l'immédiat. Tout a vieilli ou s'est effondré (le jargon, la langue de bois, l'utopisme, le révolutionnarisme, le « maoïsme »), mais rien ne s'est usé de la *note* de Mai, celle qui n'avait pas besoin, au fond, d'être traduite, expliquée, critiquée, rationalisée. Vingt ans après ? Non. Vingt minutes. Irrécupérables. Comme les affiches des Beaux-Arts qui gardent et garderont leur fraîcheur explosive, leur graphisme incompatible avec la politique publicitaire, quelle qu'elle soit.

En Mai, nous avons fait ce qui nous plaisait. Le

Spectacle s'est arrêté, la ville a été suspendue, renversée, ouverte. Dans mon roman, *Les Folies françaises*, je cite, à un moment, cette lettre de Courbet du 20 avril 1871, en pleine Commune de Paris : « Malgré tout ce tourment de tête et de compréhension d'affaires auxquelles je n'étais pas habitué, je suis dans l'enchantement. Paris est un vrai paradis. Pas de police, pas de sottise, pas d'exaction d'aucune façon, pas de dispute. Paris va tout seul, comme sur des roulettes. Il faudrait pouvoir rester toujours comme cela. » J'entends d'ici des voix crier au paradoxe. Comment ? Pas d'exactions ? Pas de disputes ? Pas de sottises ? Dans ce chaos de violence et de destruction gratuite ? Vous plaisantez ? Eh bien, non. Je garde de Mai le souvenir d'un grand calme. Nous parlions tout le temps, nous ne dormions pas, nous avions des théories exacerbées, nous n'arrêtions pas, de groupe à groupe, de nous contredire et de nous insulter, et pourtant ces jours de beauté convulsive en « explosante fixe » (pour reprendre ici André Breton qui le mérite plus que personne ; la parution de son œuvre en « Pléiade » est l'occasion d'en mesurer la grandeur) sont une mémoire d'harmonie. La formidable leçon de Mai est dans ce silence au troisième degré. Que peignait Courbet ? *Paresse et Luxure, Le Sommeil, Les Dormeuses*... Au-delà des affrontements, l'aventure singulière de chacun, j'en suis sûr, a été une fête sensuelle, plus ou moins consciente, de tous les instants. Les ciels au petit matin, les rues vides, les courses pour échapper aux charges des CRS, les incendies de voitures, les corps au hasard, les phrases vite transmises entre inconnus, les rires. Mai 68 comme fait de société ? On pourra le répéter sans fin, mais le résultat est comique. En réalité, tout le monde a été seul *en même temps*, au moins une fois, dans le luxe du passé renvoyé et de l'avenir désert. Mai n'était pas fait pour durer ? Comme vous dites, chers économes. Il a fait plus : il a révélé la corde même de la durée.

Le vrai style de Mai est apparu peu à peu comme irréversible. Ayant brûlé, par overdose, le pathos idéologique (le parti communiste ne s'en relèvera pas ; le féminisme a eu la vie plus dure, mais sa momification est fatale), ce style, très différent de la diffusion surréaliste, a imprégné l'art et la communication. Il y a des écrivains d'*avant* ou d'*après*, comme des cinéastes, des peintres ou des journalistes. Ironie, désinvolture, insolence, cadrage imprévu, condensation et mobilité — est-ce que ces qualités — ô stupeur ! — ne sont pas « de droite » ? N'a-t-on pas reparlé de plus en plus souvent, depuis 68, de Céline, de Morand ? Or la droite et l'extrême-droite-Jeanne-d'Arc, ainsi que la gauche institutrice et répétitive, ont l'air unies dans la même réprobation de cette façon de jouer. Mais alors, d'où vient-elle ? D'une autre planète ? Peut-être. Nous sommes les premiers *Mayens*. Aucune fin ne justifiera plus jamais les Mayens. Leur redoutable efficacité est d'être partout divisés, éparpillés, non localisables, souvent ennemis pour rire et semer un trouble vicieux. Un Mayen est aussi à l'aise avec la télévision qu'avec un problème d'érudition pure, il lit à la fois Kafka et Sade, il est classique, moderne, post-moderne et de nouveau classique. Il paraît frivole, il est très sérieux. L'affaire Heidegger le laisse impassible. La technique ne le déprime pas. Il ne va nulle part. Il voyage, y compris sur place. C'est une particule inclassable, un quark de printemps.

1988

14 juillet

Saint-Just a dit, paraît-il : « La Révolution s'arrête à la perfection du bonheur. » Corrigeons-le : elle s'achève avec la perfection du Spectacle.

Non qu'on ne puisse aller beaucoup plus loin : mais juillet 1989 représente, à n'en pas douter, un tournant. Terminée, la révolution ? Plus que terminée, mise en Thermes. Therminée. On pourra s'agiter davantage, mais guère chauffer plus. Jamais les feux d'artifice n'auront été aussi beaux, magiques. Les Tuileries sous une mer blanche, la foule rêvant, le soir d'été, les amoureux et les enfants ravis, la grosse Jessye noire tricolore chantant à pleins poumons *La Marseillaise* adossée à l'obélisque égyptien, la planète présente et stupéfaite, bravo, c'est fini, l'humanité a trouvé son point d'orgue, elle n'ira pas plus loin, sauf dans les étoiles, le reste, sur terre, est rattrapage douloureux parfaitement superflu. Le Liban à l'agonie ? La répression en Chine ? La Pologne problématique ? La Russie au bord du chaos ? Les Irlandais toujours là ? Le trafic des otages ? Les Palestiniens tués au jour le jour ? Les carmélites d'Auschwitz ? Le type du commando-suicide contre Israël qui voulait tuer l'auteur des *Versets sataniques* ? Les prochaines convulsions de l'islam ? Les intégristes débiles du 15 août ? Les pèlerins de Saint-Jacques-de-Compostelle ? Les aboiements de Le Pen ? Le chômage ? Les bulldozers contre les mosquées en province ? Les rabbins voulant interdire *Penthouse* ? Les incendies et les pyromanes ? Les viols de petites filles ? Les opérations en Bourse ? La progression du sida ? Épiphénomènes. En réalité, plus rien ne se passe, et il était bon que cela fût dit.

La France l'a dit. On n'écoute pas assez la France. La preuve : deux siècles pour s'apercevoir qu'elle a tout pensé, prévu, calculé. Qui a dépassé les Droits de l'homme ? Personne. Mal interprétés, forcés, détournés, ils n'ont entraîné que des catastrophes, mais le moment est enfin venu où chacun y revient comme à une source intarissable et pure. Oui, malgré le dépit anglais, il faut le répéter haut et fort : les tables de la nouvelle loi sont françaises, il est bon que l'univers s'en souvienne à chaque instant. Deux siècles, ce n'est rien, à peine une histoire de chemin de fer, voilà ce que la locomotive de Goude nous disait sur les Champs-Élysées, éclipsant et exorcisant, par sa seule présence, tous les défilés militaires (y compris ceux de la place Rouge). Tant pis pour les réalistes frileux : la Révolution française était surréaliste dès le départ, jamais Breton et ses amis n'auraient osé imaginer une telle apothéose au cœur de la capitale. Pauvre Léon Bloy qui attendait l'arrivée des cosaques et du Saint-Esprit ! Pauvre Céline avec ses Chinois à Cognac ! Les voici, Russes, Chinois, place de la Concorde, tambour, patinoire, neige simulée, danseurs sous fausse pluie, éléphants, ours, tigres, crocodiles, danseuses indiennes, carnaval à Rio-sur-Seine ! Paris centre surréel mondial ! Afrique fantôme ! Retour imprévu du Congo ! Triomphe de Raymond Roussel et de ses *Nouvelles Impressions* ! Apocalypse ? Déluge ? Mais non, grand écran radieux harmonieux ! Fontaines, pyramide, pyramidions, Arche ! Quelle injustice dans certaines réactions, quelle mesquinerie, quelle étroitesse d'esprit ! Quelle petitesse dans les critiques de la réalisation télévisée, comme si la réalité n'était pas déjà télévisée en elle-même ! Et comme s'il pouvait en être autrement !

« Les Français n'aiment pas leur Révolution », me dit une Américaine enthousiaste des *human rights* et qui, parfois, me chante d'une voix fraîche à l'accent troublant le « ah, ça ira ! » (il faut entendre le charme que prend « à la lanterne » dans sa voix). Ce n'est, hélas, que trop vrai. Mais à partir de 1989, tout change. La réconciliation nationale dans des idéaux indubitables progresse. Une atmosphère de fête nouvelle et permanente envahit le pays (à l'exception peut-être, cela est troublant, des gendarmes) et, de proche en proche, la terre entière. Dès que l'aurore a paru, les jeunes filles vont cueillir des roses. Un courant d'innocence parcourt les vallons, les capitales, secourt l'intelligence des poètes les plus enthousiastes, laisse tomber des protections pour les berceaux et les embryons surnuméraires, des couronnes pour la jeunesse, des croyances à l'immortalité pour les vieillards. Le 14 juillet est éternel. J'ai donc décidé de faire un effort particulier en son honneur. Un couplet de *La Marseillaise* chanté par la forte personnalité de Jessye Norman m'en a donné l'idée. « Amour sacré de la patrie » ? Non, cela ne convient plus. « Conduis, soutiens nos bras vengeurs » ? Non, non, assez. « Le sang impur » (enfant, à cause de la liaison, j'imaginais je ne sais quelle guimpe ou guipure, *guimpure* souillée et sanguinolente) est déjà difficilement supportable. Je revendique sèchement mon sang que je sens impur. « Liberté, liberté chérie », oui, cent mille fois. Il fallait donc réécrire ce quatrain. Oh, comme il sera beau, l'année prochaine, d'écouter une de nos grandes cantatrices (je la verrais bien japonaise) s'avancer tout contre le déchiffrable phallus de Louxor ! Elle entonnera dans la nuit chaude, après les fusées multicolores, ce pur morceau de poésie, enseignement secret de la prise de la Bastille, célébration sourdement postfreudienne des Thermes révolutionnaires, quintessence de l'acte radical français votant la liberté du monde :

Amours profanes, folles orgies,
Nous n'oublierons pas vos douceurs !
Volupté, volupté chérie,
Décompose tes agresseurs ! (bis)

Rideau.

1989

La guerre selon Guy Debord

Jamais, on le voit, la puissance et l'arrogance de la marchandise n'ont été aussi fortes et aussi fragiles. Une perturbation à Wall Street, et c'est la convulsion, annonçant un écroulement possible (comme l'annonce fièrement la presse : « 200 milliards de dollars partis en fumée en une heure »). Si le Krach final ne se produit pas, c'est qu'il est probablement permanent et sans fond. Dans ce tourbillon de plus en plus fictif, mobilisant l'argent comme spectre efficace, qu'est-ce qu'un livre ? Que sont encore des phrases imprimées pour quelqu'un qui revient de la *Buchmesse* de Francfort où, dans un horizon de trottoirs roulants et de robots pressés, une trentaine de personnes se jettent des centaines de milliers ou des millions de dollars à la tête en parlant d'écrivains morts ou plus ou moins enfermés sous contrôle ? Et qu'est-ce qu'un tableau dans le feu roulant des ventes officielles ou parallèles ? Mieux vaut ne pas y penser, vive la fuite en avant. Mais je veux quand même parler d'un livre dont personne ne parlera, ou à peine ; d'un livre aussi destructeur et invisible en plein jour que la lettre volée d'Edgar Poe ; d'un livre qui dit la vérité dont personne ne veut, coup d'épingle dans l'énorme baudruche des échanges. Ne le lisez surtout pas si vous voulez continuer à rêver ou à courir dans les tunnels de l'époque. Comme l'a dit un philosophe génial dont il vaut mieux désormais ne pas prononcer le nom : « Le processus de l'échange s'est identifié à tout usage possible, et l'a réduit à sa merci. » Et Debord, aujourd'hui : « Pour la première fois, les mêmes ont été maîtres de tout ce que l'on fait et de tout ce que l'on en dit. »

Il faudrait bien des pages pour décrire les activités clandestines de Guy Debord, écrivain français dont quelques amateurs savent qu'il est, de loin, le penseur le plus original et le plus radical de notre temps. Un lecteur à Jérusalem, un autre à Stockholm, un autre encore à Sydney, deux à Paris, cinq ou six autres ailleurs, cela suffit amplement. Laissons donc de côté l'Internationale Situationniste et les thèses fameuses de *La Société du Spectacle*, thèses corrigées et approfondies dans les *Commentaires* de 1988[1]. Voici maintenant *Panégyrique*[2], premier tome des Mémoires de quelqu'un qu'on croyait définitivement voué à l'impersonnalité de la critique révolutionnaire. Mais enfin, qui est ce Debord ? Vous le connaissez ? Où peut-on le rencontrer ? L'interviewer ? Le photographier ? Le filmer ? Comment vit-il ? Qui le paye ? Pourquoi sa maison d'édition n'adresse-t-elle pas ses livres aux journalistes ? Pour qui se prend-il ? Pourquoi nous méprise-t-il ? N'est-il pas mégalomane ? Paranoïaque ? Il nous oppose un

1. Guy Debord, *Commentaires sur la Société du Spectacle*, Éditions Gérard Lebovici, 1988, et Gallimard, 1992.

2. Guy Debord, *Panégyrique*, Gérard Lebovici, 1989, Gallimard, 1993.

silence d'acier ? Passons-le sous silence. Il ne sera pas dit qu'un individu échappe à notre surveillance de fin de l'histoire. Car l'histoire est bien finie, n'est-ce pas ? Le miracle démocratique est bien éternel ? Nos trésoreries sont en éveil vingt-quatre heures sur vingt-quatre ? Nos fax aussi ?

DEBORD, Guy : écrivain, penseur stratégique et aventurier français né à Paris en 1931, dans une famille bourgeoise ruinée par la crise. Nihiliste dès l'âge de vingt ans. Contrairement à la plupart de ceux qui ont joué un rôle déterminant dans l'explosion de 1968, n'a rien renié de ses idées, de son comportement, de son style. Vit dans l'obscurité totale, ce qui suffit à faire de lui un exemple de caractère éclatant. N'a reçu aucune distinction. Ne paraît pas achetable. A osé ce mot incroyable : « Mon entourage n'a été composé que de ceux qui sont venus d'eux-mêmes et ont su se faire accepter. » Auteurs de prédilection : Thucydide, Machiavel, Retz, Gracián, Lautréamont. Se désintéresse du vingtième siècle et semble ne rien attendre du vingt et unième. Déclenche automatiquement un certain nombre de rages plaisantes. S'intéresse surtout à l'art de la guerre qu'il identifie à celui de l'écriture. Avoue sans aucune gêne son goût effréné pour la boisson et la violente ivresse (« une paix magnifique et terrible, le vrai goût du passage du temps »). Parle admirablement de François Villon. A beaucoup vécu en Italie et en Espagne, mais aussi dans une maison perdue de l'Auvergne (quelques descriptions de paysages, pages d'anthologie). Portraits de femmes rapides. Préfère le bourgogne au bordeaux, choix discutable. Prévoit calmement des catastrophes inouïes. Pense que la servitude est plus que jamais volontaire et le démontre sur un ton dégagé. A fait republier quelques livres capitaux. A formulé une théorie des jeux qu'il assure appliquer dans sa vie personnelle. Homme de pari, mais sans au-delà. Partisan fanatique de la connaissance historique qu'il confond, avec raison, avec la démocratie. Diagnostique la fin, sous nos yeux, de ladite démocratie au moment même où elle célèbre son apothéose spectaculaire. Pense que la falsification est désormais générale. Sensibilité extrême soulignée par une feinte froideur. A perdu dix batailles mais pas la guerre. Style hyper-classique voulu, comme si le français devait être bientôt une langue morte. Très facile à lire, très difficile à comprendre. A été interrogé par diverses polices. Se moque du mot « professionnel », mais écrit : « J'ai été un très bon professionnel. Mais de quoi ? Tel aura été mon mystère aux yeux d'un monde blâmable. » Ne figure dans aucun dictionnaire. N'écrit dans aucun journal. N'est jamais apparu à la télévision. Exemple de période oratoire : « L'esprit tournoie de toutes parts et il revient sur lui-même par de longs circuits. Toutes les révolutions entrent dans l'histoire, et l'histoire n'en regorge point ; les fleuves des révolutions retournent d'où ils étaient sortis, pour couler encore. » Précision : j'ai acheté ce livre de quatre-vingt-douze pages pour quatre-vingts francs, je l'ai lu immédiatement dans la rue, acte impensable pour tout autre auteur vivant. D'où mon avis aux comploteurs du marché fantôme : hausse fulgurante et incontrôlable à prévoir — pas nécessairement de façon posthume.

1989

La littérature et ses juges

Un spectre hante, depuis toujours, les cerveaux de la mécanique sociale : l'immoralité de la littérature. Que faire ? Veiller. Le drame, on ne l'étudiera jamais assez, s'est noué à Paris, au milieu du dix-neuvième siècle[1]. Transposé de nos jours, voici à peu près quel serait le tableau : une femme étrange, raffinée, très publicité, très bon chic bon genre, mais inquiétante, entre soudain nue sur un plateau de télévision pendant le journal du soir. Elle est diabolique et désirable, seulement coiffée d'une couronne de fleurs du mal. Son nom ? Emma Bovary. Elle se met aussitôt à réciter, d'une voix chaude, des phrases de ce genre : « Elle se sentait frissonner sous le souffle tiède de ses narines qui lui descendait dans la chevelure. » Et puis : « Elle se déshabillait brutalement, arrachait le lacet mince de son corset qui sifflait autour de ses hanches comme une couleuvre qui glisse. » Ou encore : « Tes nobles jambes, sous les volants qu'elles chassent, / Tourmentent les désirs obscurs et les agacent, / Comme deux sorcières qui

1. Yvan Leclerc, *Crimes écrits. La littérature en procès au XIXe siècle,* Plon, 1991.

font / Tourner un philtre noir dans un vase profond. » Ici, *à cause des mots*, le malaise devient intolérable. Un homme sensible se dresse pour protester, condamner, au nom de ce qu'on appelait autrefois les bonnes mœurs et la morale publique (ses expressions, désormais, sont « dignité de la femme, des opprimés, des minorités sexuelles ou religieuses »). Il s'appelle Pinard, comme l'accusateur public de 1857. Emma Bovary est remise en liberté, avec avertissement. Les fleurs du mal les plus vénéneuses, elles, sont saisies. L'ordre est rétabli, mais, hélas, pas pour longtemps.

On ne saura jamais trop que le jugement contre Baudelaire n'a été cassé, avec embarras, qu'en 1949. Que les « pièces condamnées » ne figuraient toujours pas dans une édition de 1984 patronnée par l'Académie Goncourt. Que le roman de Flaubert reste une telle énigme que Sartre a passé une grande partie de sa vie à essayer de le décrypter. Que le mot comique de Simone de Beauvoir « Faut-il brûler Sade ? » (Sade, dont on sent planer l'ombre délétère sur tous les prétoires de l'époque) est toujours actif, sous dénégation, dans les imaginations. On croit ces affaires réglées, universitairement entendues, mais rien de plus illusoire. Pinard, comme la censure, est immortel. Il s'habille autrement, voilà tout. Zola : « Ah, l'éternelle comédie ! Ce qu'on peut dire ne peut s'écrire. Silence sur nos ordures ! Le mot est donné à l'humanité... Faites, mais n'écrivez pas. » Flaubert : « Le style, l'art en soi, paraît toujours insurrectionnel aux gouvernements et immoral aux bourgeois. » Baudelaire : « Naturellement, les uns prônent la morale bourgeoise, les autres la morale socialiste. Dès lors, ce n'est plus qu'une question de propagande. » Éternelle comédie ? Bien sûr. Il suffit d'être attentif aux changements d'intrigues, de rôles, de décors. La Loi ne bouge pas mais elle évolue, elle apprend, elle ne tient pas à répéter ses gaffes les plus voyantes. Où en est Pinard aujourd'hui ? Débordé, battu, ridiculisé pendant plus d'un siècle, soumis à l'invasion de l'immoralité publique et à la dissolution des mœurs, il rumine sa vengeance. Il a déjà d'ardents partisans, pour des raisons apparemment contradictoires, aux États-Unis ou en Iran. *Madame Bovary* et *Les Fleurs du Mal*, par exemple, ne souillent plus les campus, le mouvement PC — *politically correct* — les rejette en bloc. Pur et démoniaque Pinard ! On l'a vu derrière les bûchers, les lettres de cachet, les prisons, la guillotine, les asiles, les journalistes dénonciateurs, les polices noires ou rouges, les tribunaux, les camps, les mouchards de toutes espèces, les réseaux. Mais maintenant ? Comment agira-t-il dans notre radieuse démocratie planétaire ? Eh bien, il a décidé de frapper un grand coup. Son humiliation périodique doit prendre fin. Des procès ? Flaubert et Baudelaire, ces pervers, n'en ont retiré que trop de publicité. Non, ce qu'il faut, c'est se taire, noyer le poisson par le fond. Pinard laissera l'islam régler ses comptes avec le pauvre Rushdie. Il est, lui, Pinard, un homme d'affaires pragmatique, moderne. Il suit avec intérêt la montée de l'analphabétisme, les romans sont toujours dangereux *surtout s'ils sont bien écrits*. Il a fait une grande découverte : ce n'est pas le sexe qui est immoral, mais la forme. Le style, voilà l'ennemi ! Flaubert : « Plus que jamais je crois à la haine inconsciente du style. Quand on écrit bien on a contre soi deux ennemis :

1) le public parce que le style le contraint à penser, l'oblige à un travail ; et 2) le gouvernement, parce qu'il sent en nous une force, et que le pouvoir n'aime pas un autre pouvoir. Les gouvernements ont beau changer, monarchie, empire, république, peu importe ! L'esthétique officielle ne change pas ».

Pinard, donc, ne dira plus, naïvement, que l'*Olympia* de Manet est un nu scandaleux. Il préférera avancer que c'est un tableau parmi d'autres, peut-être même n'est-il pas *si bien peint qu'on le dit.* Pinard ne rugira plus que X ou Y sont des pornographes et qu'il faut les interdire ; il prononcera froidement : « Il n'y a plus de grands écrivains. » Entendez-vous le soulagement unanime que, de la sorte, il provoque ? Oui, oui, le style seul est coupable. C'était tout simple à trouver. Sera donc automatiquement censuré, en douce, l'auteur qui risque, par son obstination, de perturber la grande moralité du profit. Disparu, l'arrière-grand-père Pinard avec ses fantasmes ! Une nouvelle pruderie collective, libérée, épanouie, vous accueille à la foire du livre de Francfort. Le groupe international *Pinard,* dont toutes les hôtesses dynamiques s'appellent Scarlett, souhaite bonne chance dans l'au-delà à messieurs Baudelaire et Flaubert.

L'éternel Sainte-Beuve

Devant la réédition apologétique d'œuvres choisies de Sainte-Beuve[1], la première réaction d'un contemporain peut être la malignité : après tout, Proust, en traitant ce saint patron de la critique littéraire de « vieille bête » et de « vieille canaille » ; en allant jusqu'à lui consacrer tout un livre a pu se tromper et exagérer. Peut-être était-il pressé de s'affirmer de façon provocante, ou plutôt (c'est le sujet du *Contre Sainte-Beuve*) voulait-il convaincre sa mère qui devait admirer cette grande et sage figure de la culture modérée. Mme Proust soupçonne-t-elle que son petit Marcel, son « loup », comme elle l'appelle, son « crétinos », son « petit crétin », risque d'être, en retrait, un génie novateur et sulfureux de la même envergure que Balzac (qui lui fait froncer le sourcil), Stendhal (qui a eu le tort de dire des choses cruelles sur sa propre famille), ou que Baudelaire (qu'elle n'aime qu'à demi) ? Oui, c'est cela : Sainte-Beuve, pour Proust, est la figure paternelle res-

1. Sainte-Beuve, *La Vie des lettres*, Hermann, coll. « Savoir » ; anthologie établie et présentée par Pierre Berès ; quatre volumes : *Moyen Âge et Renaissance* ; *Le Siècle de Versailles* ; *Les Lumières et les salons* ; *Le Siècle du progrès*.

pectée et haïe qui influence sa mère ; l'oracle des journaux (*Le Constitutionnel* hier, *Le Figaro* aujourd'hui) ; l'égal de Taine et de Renan dans la religion laïque de l'époque. En somme, nous surprenons Proust en flagrant délit œdipien. C'est ce que suggère d'ailleurs le scrupuleux préfacier de ces quatre volumes ; Proust, « écrivain merveilleux », a perdu une belle occasion de se taire. Le même nous précise aussitôt, comme pour nous désarmer, que Sainte-Beuve, le mal-aimé, était « hypospade », c'est-à-dire « doté d'un pénis défectueux ». *Volupté*, le roman du grand critique, « contient un passage où trois lignes de suspension imprimées voilent la précision anatomique ». Loin de nous l'idée absurde que la plupart des critiques littéraires sont des romanciers médiocres à tendance *hypospade*. La question n'en est pas moins émouvante et méritait d'être posée.

Eh bien, ce n'est pas si mal, Sainte-Beuve ; c'est même souvent remarquable. À un moment où presque personne ne sait presque plus rien sur rien et où l'enseignement des lettres atteint des abîmes d'oubli, on s'en voudrait de ne pas en conseiller la lecture. Voilà un bon professeur, souvent banal mais jamais ennuyeux ; il écrit clair, classe juste, compose, informe et ne manque pas de courage (par exemple dans cet article de 1833 sur Casanova qui choque le fondateur de la Congrégation des Frères de saint Vincent de Paul). Sa manie, cependant, partout présente, est de faire la morale aux grands écrivains. En quoi il est on ne peut plus actuel : expansion de la critique journalistique paternaliste. Montaigne a un sens prodigieux de la « métaphore toujours renaissante » ? Oui, mais il manque de cœur.

Rabelais est un « railleur incomparable » ? Sans doute, mais on se gardera de le lire à haute voix devant les femmes, car ce serait les obliger à traverser « une vaste place pleine de boue et d'ordures ». Villon a de bonnes et agréables qualités ? Certes, mais il reste le plus souvent polisson, embarrassé, obscur, capable tout au plus de quelques perles dans un fumier : « Ses espiègleries ne peuvent nous donner que du dégoût. » Cette *moralisation sociale* de la littérature qui est, de tout temps, la plaie de la critique (de droite comme de gauche) éclate surtout à propos de Balzac et, comme par hasard, au sujet des femmes. L'auteur de la *Physiologie du mariage* est « graveleux et sans morale scrupuleuse ». Il est « fantasque, orgiaque, asiatique », trop physique, trop *anatomiste*. Sa puissance est peut-être une fausse puissance, un exhibitionnisme de mauvais aloi. Comment Balzac a-t-il pu écrire qu'un artiste « vivait en concubinage avec la Muse » ? Sainte-Beuve, l'amant idéalisant d'Adèle Hugo, le reprend aussitôt : une Muse est d'abord « chaste et sévère ». Il n'est pas sans talent dans la peinture des caractères, ce Balzac, mais chez lui la « sève de l'impur déborde ». C'est un « pêle-mêle effrayant ». George Sand écrit mieux. Quant à Mérimée, il a plus de « tact ».

Même procès à Chateaubriand, trop désinvolte avec les femmes qu'il a aimées : « Il n'était pas de ceux qui portent dans l'amour et dans la passion la simplicité, la bonté et la franchise d'une saine et puissante nature. » Flaubert ? « Il a du style, il en a même un peu trop. » Ce *trop* est le terme essentiel de la critique beuvienne. La morale littéraire se méfie des débordements qui entraîneraient des détails « scabreux ». *Madame Bovary* est plutôt une réussite, mais le « bien en est trop absent » (Sainte-Beuve connaît, en province, une jeune femme mariée sans être mère qui a adopté des enfants). Qu'est-ce qu'un véritable écrivain ? Quelqu'un comme Hugo ou Renan : « [...] pur, grave, honorable, désintéressé, mesuré, élégant, respectueux toujours. » Ce n'est, hélas, pas le cas de Stendhal, trop ironique : « Son ironie très marquée constituait un travers qui barrait bien des bonnes qualités et qui brisait même le talent. » De plus, Stendhal n'est pas un romancier « large et fécond », son intelligence le gêne, ses personnages sont des « automates ». S'il parle d'amour, il en fait encore trop. C'est l'occasion, pour Sainte-Beuve, impatienté par l'amour-passion stendhalien, de faire l'éloge d'un « amour où il reste un peu de sens commun, où la société n'est pas oubliée entièrement, où le devoir n'est pas sacrifié à l'aveugle et ignoré ». Le but de la littérature est social, et la société est un *devoir*. Sainte-Beuve croit à l'achèvement de l'Histoire : il y a eu Bossuet, Molière, La Fontaine, Sévigné, Saint-Simon, Diderot (et il en parle plutôt bien), mais maintenant c'est fini, tout le monde se calme. L'idéal, c'était les salons du dix-huitième siècle : là, Sainte-Beuve s'échauffe, se déploie, il *devient* Mme du Deffand, Mme du Châtelet, Mme d'Épinay, Mme Geoffrin, Mlle de Lespinasse amoureuse du médiocre M. de Guibert. Sainte-Beuve héros du salon Verdurin ? C'est le diagnostic de Proust, au fond, qui voit dans cette attitude « la vie spirituelle prise à l'envers, par ce qui ne donne aucune idée d'elle ». À la fin de l'Histoire, les élus éclairés savent tout, rien ne peut les surprendre, rien ne peut plus se passer d'important qui renouvellerait la connaissance de la comédie humaine. On sera entre soi, « en petit comité », on surveillera les finances et les vies privées, on fera en sorte que les éléments « trop physiques » soient maintenus au-dehors. Comment un individu seul, ne puisant qu'en lui-même, pourrait-il inventer quoi que ce soit et venir déranger le Cercle ? Sainte-Beuve, nous dit Proust, a parlé favorablement de quantité d'imbéciles. Qu'importe, c'était la convivialité nécessaire (et tous ces feuilletons à propos de noms inconnus ne figurent pas dans les œuvres choisies). Et voilà comment on refuse un article à un « gentil garçon, qui gagne à être connu, poli, fait bonne impression ». Il ne s'agissait, en effet, que de Baudelaire.

Éloge de la luxure

La luxure a-t-elle existé un jour ? Où ? Quand ? Comment ? Au paradis terrestre ? À la Renaissance ? Pendant le dix-huitième siècle français ? Force est de constater qu'il n'en reste rien, ou presque. Le mot lui-même a vieilli, il ne garde qu'une vague trace théologique et personne ne semble plus le mériter aujourd'hui. De tous les « péchés capitaux », voici donc le plus rare, le plus combattu, le plus vaincu. Les deux grands vices étalés de notre époque, et c'est tout dire, sont l'avarice et l'envie. À quoi on peut mesurer l'extrême misère contemporaine : famines d'un côté, crispation possessive de l'autre. Quant au spectacle dépressif du sexe, la marchandise s'y emploie, merci.

Ce mot ! D'abord, il laisse entendre *lux*, lumière. Mais l'origine en est *luxus*, excès, débauche, splendeur, faste, luxe. *Luxuria* : exubérance et surabondance (en parlant des plantes) ; fougue (s'il s'agit d'animaux) ; et, en général, somptuosité, profusion. Étrangement, la signification humaine devient « vie molle et voluptueuse ». Pourquoi faudrait-il que l'énergie végétale ou animale se transforme, dans notre espèce, en fade relâchement ?

S'il y a un péché originel, c'est bien d'interpréter ainsi. Dans « Mauvais sang » (*Une saison en enfer*), Rimbaud qualifie soudain la luxure de « magnifique ». On se souvient peut-être (mais non, personne ne sait lire Rimbaud) qu'il a, juste après, cette formule fulgurante : « Les criminels dégoûtent comme des châtrés : moi, je suis intact, et ça m'est égal. »

Le luxurieux, s'il existait, n'aurait aucun des défauts classiques. Orgueilleux ? Non, la débauche ne peut enseigner que la modestie. Gourmand ? Pas davantage, puisque la conscience du plaisir réclame une lucidité d'ascèse. Paresseux ? Impossible, l'acte exige un éveil constant. Avare ? Voilà quelqu'un qui respire dans la dépense. Envieux ? La luxuriance est par définition tolérance (« il y a des maisons pour ça ! »). Coléreux ? Comment se livrer à la colère si l'on a joui ? Conclusion : tout le monde est naturellement orgueilleux, gourmand, avare, envieux, paresseux, coléreux, mais très peu d'individus sont luxurieux. C'est un don, une grâce divine aussitôt diabolisée par ceux qui en sont incapables et qui provoque, si elle se manifeste, un ressentiment inlassable. Voici une vérité paradoxale d'expérience : en réalité le diable, contrairement à ce qu'on pense, est très puritain, alors que Dieu (nombreux exemples dans la Bible) aime bien se cacher dans la luxure. Il y aurait un dieu luxurieux sans cesse rejeté par l'humanité ? Je le crois. Quand saint Paul s'exclame : « Là où le péché a abondé, la grâce a surabondé », de quoi parle-t-il sinon de la *luxuria* ? Éternellement, d'ailleurs, l'énervant christianisme (en fait : le catholicisme) sera fondé sur le conseil insistant, obsédé, indirect, d'aller voir là si vous vous y retrouvez. *Munificentissimus Deus*, tel est le titre de la plus folle des bulles papales, celle sur l'Assomption. Ce n'est pas « *Non serviam !* » que dit Lucifer, mais plutôt (vérifiez) « *Non gaudiam !* », « Je ne jouirai pas ! ». Pour une démonstration d'envergure des ravages de l'ascétisme, voir *La Tentation de saint Antoine*. Magnifique luxure ! Comme elle dit la vérité ! Comme elle angoisse l'hypocrisie économe et sa profonde fécalité ! Comme elle va débusquer le diable jusque dans les grimaces des dévotions supposées ! Parfois, de splendides et rares vipères, ou hyènes dactylographes, peuvent écrire, comme Sade : « Heureux, cent fois heureux, sont ceux dont l'imagination vive et lubrique tient toujours les sens dans l'avant-goût du plaisir. »

Avec le temps, je me rends de mieux en mieux compte que tout ce que j'ai vécu et écrit n'a eu que la luxure pour objet, d'où des ennuis divers et une réprobation de base, aussi bien cléricale que laïque. La censure morale peut prendre mille masques et même s'habiller de pseudo-profondeur, l'essentiel pour elle, le péché des péchés, la vertu intolérable, est là. Comme la plupart des écrivains sont donc lâches, peureux, ennuyeux, engoncés, coincés, lents, exotiques, nostalgiques, étriqués, soumis, ramollis ! Comme les mauvais romans s'accroupissent aux étalages ! Un roman sans luxure est illisible, *la luxure c'est le roman*. Ils en rêvent tous, dit Freud, nouveau Copernic ; ils en rêvent tous, chaque nuit, mais ils n'y arrivent pas. *Peccato !* Dommage ! La luxure, c'est à la fois l'action, la contemplation, la méditation ; la multiplicité, la variété, la relativité ; l'école pratique de l'espace et du temps ; le don des langues ; la mathématique vibrante des nerfs et de l'invention ; la victoire toujours renouvelée sur la mort et ses légions d'hystériques pleureuses ; bref, le jazz, *le grand jeu*. Les surréalistes se sont arrêtés à cette limite : à la place, occultisme-écran et poésie-feuille de vigne. Un tableau convaincant pour célébrer la luxure ? N'importe quel Picasso de la fin de sa vie. Ou, si vous préférez, Delacroix, *La Mort de Sardanapale*. Comme conclusion, une pincée de Nietzsche, prise dans ce livre brûlant d'actualité qu'est *La Généalogie de la morale* : « Si la morbidité est tellement normale chez l'homme — et la chose est incontestable —, on devrait d'autant plus hautement estimer les rares cas de puissance de l'âme et du corps, les *coups heureux* du genre humain, et plus sévèrement protéger les êtres réussis de l'atmosphère mauvaise, celle des malades. Le fait-on ? »

Le fait-on ?

Non.

Mystérieux Voltaire

Vous êtes déprimé, vous avez envie d'y voir clair. Vous trouvez l'époque confuse, grégaire, corrompue, bassement commerciale, lâche, fade, criminelle, nulle, absurde. Vous allez à la bibliothèque, vous choisissez des livres de la « Pléiade ». Vous emportez avec vous treize tomes de la *Correspondance* de Voltaire[1] et un volume de ses *Contes*. Vous ajoutez un Rabelais, un Montaigne, un cardinal de Retz, un Pascal, un La Bruyère, un La Fontaine, deux Molière, un Bossuet, trois Sévigné, deux Montesquieu, huit Saint-Simon, un Diderot, un Sade, deux Chateaubriand, deux Stendhal, quatre Proust, quatre Céline. En tout, cinquante volumes. Quoi, uniquement des auteurs français ? N'êtes-vous pas suspect de sympathies nationalistes réactionnaires ? Vous ignorez l'objection. Vous disparaissez le temps qu'il faut, vous vivez modestement en zappant ferme votre télévision, vous ne cessez pas de lire. Puis, vous revenez : la cure a été sévère, mais la France vous paraît maintenant un paradis méconnu.

1. Voltaire, *Correspondance*, Gallimard, « Bibilothèque de la Pléiade » ; dernier tome paru en 1993.

Vous êtes guéri, souple, léger, insoupçonnable. Le bruit, la vulgarité, la bêtise vous laissent de marbre. Tout est pour le mieux dans le pire des mondes possibles.

Vous êtes étonné, par exemple, que Voltaire, à propos de qui vous avez entendu tant de lieux communs, tienne si bien le coup. Pas une ride, une énergie constante. Dans le treizième et dernier tome de sa *Correspondance*, vous avez consulté l'index général des personnes et des personnages, environ quatorze mille noms. Quel roman ! Quel tissu animé ! Quelle comédie humaine (tiens, vous auriez pu emporter aussi une douzaine de Balzac) ! Quelle vie de bizarre saint rusé ironique ! Quelle leçon de style endiablée ! Si votre pays a disparu en apparence, du moins vivez-vous intensément dans sa langue qui est, à elle seule, un immense pays dans le temps, un continent immortel. Que d'intrigues on vous cache ! Comme on vous ment tous les jours ! Mallarmé avait raison : une fois évacuées les tragédies illisibles (à part *Mahomet* qu'il faudrait remonter ces temps-ci en plein Paris en hommage à Rushdie), on doit placer les lettres et les contes de Voltaire au « tabernacle pur des livres français ». Tabernacle ? Quel mot ! Mais encore Mallarmé : « Le concis, ou le dégagé, égale, dans tel billet, la grâce du mobilier bref de l'autre siècle, ou les accords d'Haydn... Jeu (avec miracle, n'est-ce pas ?) résumé, départ de flèche et vibration de corde, dans le nom idéal de — *Voltaire*. » « Tabernacle » ? « Miracle » ? N'insistons pas.

Faut-il que le dix-neuvième siècle (et le vingtième, donc !) ait été décevant, meurtrier, morbide et gluant pour que Mallarmé ait rêvé de Voltaire ! Mais il n'est pas le seul. En 1878, Nietzsche dédie *Humain, trop humain* à l'« un des plus grands libérateurs de l'esprit ». Il est encore plus explicite et violent, contre Wagner et la religiosité pangermanique ambiante, dans *Ecce Homo* : « Voltaire était avant tout, au contraire de tout ce qui a tenu la plume après lui, un grand seigneur de l'intelligence : juste ce que je suis aussi. Le nom de Voltaire sur un de mes écrits, c'était vraiment un progrès... vers moi-même. »

Pourquoi cette passion et cette nostalgie de la part de deux exceptions aussi marquantes ? Il y a donc eu un temps où l'Europe était française ? Les Français, aujourd'hui, seraient les derniers à en être conscients ? Drôle d'histoire. Les Français ? Des *Welches*, dit Voltaire, c'est-à-dire des ignorants prétentieux et apathiques, frivoles, méprisant les lettres, bornés, égoïstes, superstitieux. On devra redouter le pire d'un front national welche. Mais, de toute façon, un écrivain français n'a rien de bon à attendre de ses compatriotes, seulement des cabales, des malveillances ou des calomnies. Dans le monde littéraire, c'est le règne de l'« immense canaille des écrivains subalternes ». Il vaut mieux s'y habituer, c'est ainsi.

Diversité des correspondants, mobilité et variété des tons, conscience aiguë de soi et des destinataires, art de la relativité et des situations, auto-ironie piégée, fausse modestie, immédiateté du propos, prestesse du geste : chaque lettre de Voltaire, même la plus fonctionnelle, est un plaisir d'instinct. C'est une forme en soi, une enveloppe rapide, issue d'une tradition de conversation comme il n'y en a jamais eu. Comme l'écrit René Pomeau, l'admirable biographe de Voltaire :

« Ceux qui se délectent dans les moiteurs de l'âme ne peuvent pas aimer cette vivacité décharnée. » Le sentimentalisme et la cruauté cynique sont la majorité ? Voltaire est tout le contraire : sécheresse feinte, sensibilité cachée. Son grand ennemi, dans tous les domaines, le Faux, l'Infâme, n'est rien d'autre que l'esprit d'inertie, de sommeil, de retard, d'indifférence, d'emphase creuse, de bigoterie. Il veut, lui, « donner à son âme toutes les formes possibles ». Il sait que le « monde est rempli d'automates qui ne méritent pas qu'on leur parle ». Sa polémique acharnée contre un christianisme ensablé est-elle irréversible ? Sans doute, mais quelqu'un comme Renan a raison de se méfier. Il y a, dit-il, plus d'affinités qu'on ne croit entre le catholicisme et Voltaire. Finalement, dans la ligne Rousseau, l'avenir devrait être plutôt le protestantisme libéral qui, en Allemagne, à travers Herder ou Fichte, a connu une « merveilleuse éclosion ». Renan ou Nietzsche ? Kant ou Voltaire ? On devine l'enjeu pour la suite. En vérité, nous en sommes toujours là.

Regardons Voltaire dans ses deux dernières années, 1777 et 1778. Ce qui saute aux yeux, c'est sa lucidité, son pessimisme, la constante précision de sa présence physique. À Condorcet : « Je vous aime et vous respecte en esprit et en vérité. Je me meurs, mais il n'y a pas grand mal. » À d'Alembert : « Les charlatans en tout genre débiteront toujours leur orviétan. Les sages en petit nombre s'en moqueront. Les fripons adroits feront leur fortune. On brûlera de temps en temps un apôtre indiscret. Le monde ira comme il est toujours allé; mais conservez-moi votre amitié mon très cher philosophe. » Comment ne pas être ahuri en lisant, par exemple : « J'ai été longtemps sur le point de passer du règne animal au règne végétal. Mon vieux et faible corps a été tout près de faire pousser les herbes de mon cimetière ; sans cela, je vous aurais remercié plus tôt. » Ou encore, quelques jours avant sa mort (à d'Alembert) : « Je voulais courir à l'Académie. Deux maladies cruelles me retiennent. Je vous recommande, à vous et à mes respectables confrères, les vingt-quatre lettres de l'alphabet. »

Un classique inconnu : Isidore Ducasse

Quelle bonne idée d'avoir réédité les *Poésies* d'Isidore Ducasse[1] comme elles doivent l'être, c'est-à-dire *sous son nom*, et non pas en éternel appendice rectificatif de Lautréamont et des *Chants de Maldoror* ! Quelle bonne et vicieuse idée, et quelle démonstration que cela n'intéresse pratiquement personne ! Vous connaissez l'un des plus grands penseurs et écrivains français, Isidore Ducasse ? Qui ? Pardon ?

On peut considérer comme prouvé que ce livre de logique pure est secrètement fait pour six ou sept (maximum) individus par siècle : « Le théorème est railleur de sa nature, il n'est pas indécent. » À qui vais-je conseiller, donc, ce petit recueil sacré, tranquille, violent, sec, ample, drôle, imperturbable, sifflant, compact, tournoyant, ramassé, lumineux, noir, tellement évident qu'il paraît incompréhensible ? À peine a-t-on décidé d'en parler que la phrase se refuse à continuer. Je m'aperçois que je le connais par cœur, qu'il fonctionne en moi ou plutôt moi en lui, comme la rhétorique elle-même, principe de relativité générali-

1. Isidore Ducasse, *Poésies*, Éditions Tristram, 1989.

sée. Moi aussi, chaque jour, même s'il n'y paraît pas, je remplace la mélancolie par le courage, le doute par la certitude, le désespoir par l'espoir, la méchanceté par le bien, les plaintes par le devoir, le scepticisme par la foi, les sophismes par la froideur du calme et l'orgueil par la modestie. Sans cesse, je repousse loin de moi la poésie moite des langueurs qui s'étale partout, pareille à de la pourriture. N'ai-je pas déjà répété dix mille fois, en vain, que le goût est la qualité fondamentale qui résume toutes les autres ; qu'il est le *nec plus ultra* de l'intelligence ? Le grand malentendu vient du fait que, si je suis malheureux, je ne le dis pas au lecteur, je garde cela pour moi. C'est mon droit, même s'il irrite, de préférer proclamer le beau sur une lyre d'or. Mais qui s'en aperçoit ? Qui me rend justice ? Qui a reconnu que, dans mon cas, le génie garantissait les facultés du cœur ?

Je viens de faire ce que Ducasse recommande : le plagier à la première personne, dans l'acte volontaire du discours. Tout romantisme épuisé, toute approximation névrotique morte, il parle ainsi dans la mesure où il a sondé (comme Nietzsche, avec lequel il rime souvent) l'immense maladie du ressentiment et sa poétisation illusoire, la vanité des spéculations psychologiques, le bavardage métaphysique ou pseudo-historique incessant. C'est un spécialiste du Démoniaque en tout genre passé à l'ennemi, au Bien qui ne peut être touché par le Mal ; un traître et un docteur abrupt qui opère la raison de son désir inavoué d'être vaincue par le délire. Renversement, détournement, retournement, développement : n'importe quelle proposition peut être englobée dans un raisonnement bref, plus profond et plus efficace. Imaginez la mémoire humaine la plus chargée à votre disposition (la Bible, la Sagesse des Nations) : vous choisissez, vous rectifiez, vous confirmez, vous niez, vous poursuivez, vous sautez. On a fait l'étude des auteurs utilisés par Ducasse, le principal est Pascal, les *Poésies* sont construites en fonction des *Pensées*. La découverte est simple, elle équivaut à se munir d'un ordinateur. On prend le maximum de condensation déjà organisée, on ajoute des boucles au circuit. Exemple : « Si la morale de Cléopâtre eût été moins courte, la face du monde aurait changé. Son nez n'en serait pas devenu plus long. » Ou encore : « L'univers ne sait rien : c'est tout au plus un roseau pensant. »

L'exercice est du plus grand sérieux parce qu'il élimine, justement, l'esprit de sérieux. On prend la loi et l'autorité pour ce qu'elles sont, dans tous les domaines, on les élève à la puissance que leur donne la négation dont elles sont l'objet. Au fond, l'esprit de sérieux est partagé par le Maître comme par l'Esclave, ils se nourrissent du même respect pour la douleur, le malheur, et leur exploitation dans des sens opposés. La loi énonce et dénonce, la contestation revendique, elles sont d'accord, perversement, sur le même faux Bien. D'où le procès naïf fait souvent à Ducasse d'être « réactionnaire » (le même préjugé viscéral considérera Sade ou Nietzsche comme « nazis »). Est-ce un redoutable dictateur, un Hitler, un Staline, qui écrit : « En son nom personnel, malgré elle, il le faut, je viens renier, avec une volonté indomptable et une ténacité de fer, le passé hideux de l'humanité pleurarde » ? Ou bien quelqu'un qui nous apprend, *au contraire*, sans que nous voulions l'entendre, à faire l'économie sarcastique de la mécanique objective de la répression ? Est-ce un policier paranoïaque qui s'exprime dans cette énumération hilarante de ce qu'il va combattre : « Ce qui est somnambule, louche, visqueux, phoque parlant, équivoque, poitrinaire, spasmodique, aphrodisiaque, anémique, borgne, hermaphrodite, bâtard, albinos, pédéraste, phénomène d'aquarium et femme à barbe » ? Ou bien, *au contraire*, un esprit réveillé qui dérègle et déconsidère à la fois le pouvoir et son adversaire apparent voulant se mettre à la place de ce pouvoir ? Est-ce un rationaliste fanatique qui attaque méchamment la sensiblerie rousseauiste, ou bien un subtil chirurgien libérant la force refoulée de l'énergie poétique en montrant la symétrie entre raison étroite et sentimentalisme nigaud ? Voilà, semble-t-il dire, le malentendu définitif, le péché de lecture au premier degré, qui engendreront sans fin la glu religieuse (« les religions sont le produit du doute »). Ses maximes à la gloire de la grandeur de l'homme et de son immortalité en progrès peuvent paraître un comble de dérision, et pourtant une béatitude parfaite les habite. Mais qui veut désormais de la béatitude ? Seul l'imbécile est heureux, nous souffle le malaise de la rage idiote ; envie, puissance, jalousie. Faut-il s'étonner alors que Spinoza figure en premier dans la liste que Ducasse fait, avec révérence, des philosophes ? « Dieu s'aime lui-même d'un amour intellectuel infini ». Allez donc prêcher cet évangile, de nouveau, par les temps qui courent ! Indifférence totale garantie. Oui, décidément, l'hiver de l'avenir sera rude, mais pour les quelques amateurs de présent intégral, je peux rappeler, à tout hasard, les lectures qu'ils doivent conserver en poche :

L'Éthique de Spinoza ; les *Maximes* de La Rochefoucauld (« La faiblesse est plus opposée à la vertu que le vice ») ; *Le Gai Savoir* de Nietzsche ; et enfin les *Poésies* d'Isidore Ducasse, ce jeune homme de vingt-quatre ans mort parfaitement inconnu, en 1870, pendant la Commune de Paris ; découvert en 1920 par les surréalistes ; et, depuis, malgré quelques avertissements pour la forme, reparti, semble-t-il, dans l'oubli.

Sade dans la vie

Voici comment le Marquis de Sade apparaît en 1772, à trente-deux ans, aux témoins de « l'affaire de Marseille » qui lui vaudra d'être une première fois condamné à mort et exécuté en effigie puisqu'il est en fuite : « Taille moyenne, cheveux blonds, jolie figure, visage rempli, frac gris doublé de bleu, veste et culotte de soie couleur souci, plumet au chapeau, épée au côté, une canne à pommeau d'or à la main. » Il est *sur le terrain,* en somme. Sa passion est le corps humain, celui des autres et le sien ; ses tableaux seront les livres les plus intraitables et les plus inspirés jamais écrits sur la jouissance que peut procurer cette substance. Mais laissons parler le préfet Dubois qui a eu la chance, avant de les faire brûler, de lire les dix volumes manuscrits des *Journées de Florbelle ou la Nature dévoilée,* écrits trente-cinq ans plus tard, en 1807, par le vieux prisonnier de Charenton devenu obèse : « On accumulerait les épithètes les plus épouvantables qu'on ne caractériserait pas cette infernale production. » Ce monstre d'écriture est pourtant issu d'une des plus anciennes familles de France qui compte en son sein Laure, l'inspiratrice de Pétrarque. Voici ses armes : « De gueules à l'étoile de huit rais d'or chargée d'une aigle éployée de sable, membrée, becquée, onglée, diadémée de gueules. » Tout un programme, dont le moins qu'on puisse dire, donc, est qu'il a été vertigineusement *détourné*.

On croit tout savoir de Sade, par réaction automatique et abstraite, effrayée ou vaguement idolâtre, mais le temps fait son œuvre, les découvertes concrètes s'accumulent, l'histoire dissout les fantasmes et le rend, lui, de plus en plus visible et plus mystérieux. Ainsi, nous ne savions rien de son père, Jean-Baptiste, amateur de littérature, libertin résolu sous Louis XV, franc-maçon reçu en même temps que Montesquieu à Londres. Le voici ressuscité dans ses intrigues et ses liaisons multiples, adorant son fils et aimé en retour par lui. Sade ? L'anti-Œdipe radical : « Uniquement formé du sang de nos pères, nous ne devons absolument rien à nos mères. » Peut-on imaginer, surtout aujourd'hui, déclaration plus scandaleuse ? Déjà, voici quelqu'un d'incompréhensible, hors nature et hors société. Élevé par les maîtresses de son père, Donatien-Alphonse-François de Sade apparaît d'emblée à ces femmes vives et spirituelles (il suffit de lire leur correspondance) comme un « singulier enfant ». « Le drôle d'enfant ! » : telle est aussi l'expression spontanée de sa belle-mère, la Présidente de Montreuil, sa grande persécutrice au nom des familles devenant de plus en plus matriarcales et bourgeoises, comme c'est sans doute leur destin chimique, de haut en bas et de bas en haut. La Présidente a-t-elle désiré sourdement son « petit gendre » ? On ne peut s'empêcher de le penser devant un tel déploiement d'énergie face à un homme qui non seulement, malgré ses débordements, se fait aimer de sa fille (elle lui écrit : « Mon bon petit ami que j'adore mille fois ») mais qui, en plus, lui emprunte son autre fille, chanoinesse de vingt ans, pour un voyage en Italie qui risque de la rendre inmariable. Des aventures avec des actrices, des bordels, des débauches cruelles à blasphèmes, des perversions en tout genre, soit : cela peut toujours s'étouffer. Mais deux filles, deux sœurs ! Quelle mère s'y résoudrait ? D'autant plus que celles-ci sont consentantes, actives. Lettre de la femme du Marquis : « Ce qui la pique le plus (sa mère, Mme de Montreuil), c'est de voir que mes idées et propos viennent de moi et non de M. de Sade qu'elle pensait qui me soufflait comme un perroquet. » Enfermé à Vincennes puis à la Bastille, Sade écrit à sa femme les lettres les plus étourdissantes de virtuosité qu'on ait jamais lues, pleines d'imprécations, de revendications, de plaintes, mais aussi d'humour, de tendresse. Comment l'appelle-t-il ? « Ma lolotte », « jouissance de Mahomet », « tourterelle chérie », « porc frais de mes pensées », « aiguillon de mes nerfs ». Et elle qui, pourtant, a été témoin des orgies du château de La Coste : « Rien ne me fera changer que le bien de mon mari. C'est mon unique but, l'univers ne m'est rien sans cela. » C'est à elle que Sade confie, le plus naturellement du monde, sa philosophie de base : « Je respecte *les goûts, les fantaisies.* Quelques baroques qu'elles soient, je les trouve toutes respectables, et parce qu'on n'en est pas le maître, et parce que la plus singulière et la plus bizarre de toutes, bien analysée, remonte toujours à un principe de délicatesse. Je me charge de le prouver quand on voudra : vous savez que personne n'analyse les choses comme moi. »

Et encore : « Ce n'est pas ma façon de penser qui a fait mon malheur, c'est celle des autres. »

La Bastille engendre, à travers Sade, *Les Cent Vingt Journées de Sodome* ; la lettre de cachet se retourne en écriture cachée ravageante. Sade, à la lettre, fait sauter les coulisses et les caves de tous les Pouvoirs. « Détenu sous tous les régimes », pillé, diffamé par la presse et par l'opinion (peut-être parce qu'il n'a jamais été criminel jusqu'au bout), bouclé et jamais jugé, on peut dire que c'est la Société elle-même, dans son insondable hypocrisie et ses formes toujours changeantes, qui a été et reste sadique avec Sade. « Il n'y a plus que de la cruauté sans profit... Pourquoi ceux qui me persécutent me prêchent-ils un Dieu qu'ils n'imitent pas ? » Le formidable déni de justice dont il est l'objet nous renseigne à ciel ouvert sur le vrai trafic des arrangements collectifs.

Un point capital : il n'est plus possible, romantiquement, surréalistement, de faire de Sade, pendant la Terreur, un militant enragé, ultra-révolutionnaire. « Rien ne lui répugne davantage, écrit justement Maurice Lever, que l'égalité des jouissances, le mépris de la culture, le terrorisme légal [1]. » La participation de Sade à la Révolution est on ne peut plus ambiguë, pour ne pas dire comique. Ainsi de la « farce patriotique » sur fond de têtes tranchées, pour célébrer les mânes de Marat et de Le Pelletier. « L'auteur des *Cent Vingt Journées*, dit encore Lever, n'a pu prononcer de telles inepties sans un ricanement noir et glacé — tout intérieur, bien entendu, qui n'appartient qu'à lui. » Il se mêle étroitement aux événements ? Il

1. Maurice Lever, *Sade*, Fayard, 1991.

agit, il parle, il en rajoute ? Sans doute, mais il est suspect par définition. Va-t-il dénoncer les Montreuil, ses persécuteurs d'Ancien Régime ? « Un mot de moi, et ils étaient malmenés. Je me suis tu : voilà comment je me venge ! » C'est en pensant à Sade que Robespierre va attaquer l'athéisme comme « aristocratique » et tenter d'instaurer le culte de l'Être Suprême (ce qui nous conduit d'ailleurs à conclure que tout athéisme qui n'est pas aristocratique n'en est pas un). Et voici une énigme résolue : si l'on n'a pas trouvé Sade le 8 thermidor à Picpus pour être mené à la guillotine sur ordre de Fouquier-Tinville, c'est tout simplement qu'il a trouvé dans l'actrice Constance Quesnet — surnommée par lui « Sensible » — une complice idéale permanente (toujours ces femmes qui aiment Sade !), laquelle a pu emprunter de l'argent et payer. La corruption se pratiquait beaucoup, bien entendu, sous le masque de l'épuration vertueuse : elle n'a peut-être jamais si bien fonctionné que sous l'Incorruptible lui-même, ce qui permet de mieux comprendre ce mot du Marquis : « Ma détention m'a ruiné. »

La Présidente, Robespierre, Napoléon : voilà la trinité refoulante qu'on pourrait dire virtuelle en tous temps. Ses employés, fonctionnaires de censure, sont ceux que Sade appelle « les scrutateurs, les abréviateurs, les commentateurs, les réformateurs ». Quelle dérision de voir l'un des plus grands écrivains français écrire à Fouché, en réclamant une fois de plus d'être « *libre* ou *jugé* », cette formule terrible : « Toutes les lois de la raison sont méconnues en ce qui me concerne. » Sade, dans le théâtre aliéné de Charenton, n'est plus, selon l'expression du sinistre Barras, qu'une

« anomalie au milieu de l'espèce humaine ». Anomalie extrême parce qu'il a écrit *Justine* et *Juliette*, mais surtout, rien ne réussissant à le briser, parce qu'il *continue* sans fin à écrire, malgré les surveillances constantes, les délations, les vexations, les perquisitions, « les bêtises, les platitudes ». Il ne cède pas sur son désir, il mobilise chaque occasion de plaisir, et même s'il se plaint (et pour cause), nous savons aussi qu'il s'amuse. Les manuscrits sont saisis et détruits ? Tant pis, c'est comme s'ils existaient dans une autre réalité, au-delà des murs et des pages. Deux personnes l'ont rencontré vers la fin de sa vie à Charenton, un soir de spectacle donné par les fous sous sa direction. Un journaliste se rappelle « un vieillard à la tête penchée, au regard de feu... Il me parla plusieurs fois avec une verve si chaleureuse et un esprit si varié qu'il me fut très sympathique ». Et puis une jeune actrice, débutante à Paris, Mlle Flore : « Il avait conservé de grandes manières et beaucoup d'esprit. »

Génie de Chateaubriand

En avril 1961, Mauriac, dans son *Bloc-Notes*, rapporte une anecdote racontée par Simone de Beauvoir dans *La Force de l'âge* : « Le tombeau de Chateaubriand nous sembla si ridiculement pompeux dans sa fausse simplicité que, pour marquer son mépris, Sartre pissa dessus. » Cette « miction sartrienne », ajoute Mauriac, est « aussi importante pour moi dans l'histoire littéraire que, pour Goethe, le canon de Valmy : c'est une ère nouvelle qui commence, celle des crachats ou du pipi sur les tombes illustres ».

Mauriac se trompait. On peut penser, au contraire, que pisser sur le tombeau de Chateaubriand était encore, de la part de Sartre, un hommage, sans doute un peu appuyé, à un écrivain envié ; une façon de marquer sa propre ambition territoriale face à son intellectuelle et aristocratique compagne. À part Claudel, dont quelques tarés sont allés, il y a quelques années, déranger les ossements, ce genre de délassement n'est heureusement pas devenu l'habitude. Tout à l'opposé, nous sommes respectueux des écrivains du passé, nous les commémorons volontiers, d'autant plus que nous avons trouvé le moyen de nous débarrasser de les lire. Il y a eu une vague Hugo, une déferlante Rimbaud, bientôt ce sera Voltaire. Aucune importance : images, clichés, bavardages et, vite, au suivant. Le pêle-mêle, style « fin de l'histoire » ou « tout est dans tout, et réciproquement » est désormais notre lot. Les morts peuvent dormir tranquilles : leurs corps n'ont pas plus existé que leurs œuvres, et nous nous chargeons de les irréaliser sous forme de publicité pour une démocratie pressée.

Des masses de faux livres, mais très peu d'écrits ; énormément d'informations et de bons sentiments, mais le moins possible de pensée et de mémoire réelles, tel est donc le programme. C'est pourquoi, une fois de plus, des petits volumes, signaux dans la nuit, sont si nécessaires aujourd'hui. À la limite, il suffirait de quelques phrases, comme des coups de baguette susceptibles d'éveiller les contemporains d'une profonde hypnose. Voici, de Chateaubriand, *Réflexions et aphorismes*, très bien présentés par Jean-Paul Clément[1]. De là, si vous êtes saisis, vous pouvez aller à la réédition des *Grands Écrits politiques*, notamment à ce chef-d'œuvre insolite de mars 1814 : *De Buonaparte, des Bourbons, et de la nécessité de se rallier à nos princes légitimes, pour le bonheur de la France et celui de l'Europe*[2]. Stupeur et délectation garanties.

Pas un écrivain français conséquent qui ne soit obsédé par Chateaubriand, tout le dix-neuvième

1. Chateaubriand, *Réflexions et aphorismes*, Éditions de Fallois, 1993 ; textes choisis et présentés par Jean-Paul Clément.
2. Chateaubriand, *Grands Écrits politiques*, Imprimerie nationale, coll. « Acteurs de l'Histoire », 1993 ; deux volumes présentés par Jean-Paul Clément.

siècle le prouve. Et ensuite ? Proust ? C'est l'évidence. Mais on sait moins que Céline, en 1946, dans sa prison de Copenhague, recopie sur un cahier d'écolier, pour se consoler et tenir, des passages des *Mémoires d'outre-tombe*. Celui-ci, par exemple : « Une nation infirme demeure longtemps sur son lit avant d'expirer. » Ou bien : « Selon la doctrine indienne, la mort en nous touchant ne nous tue pas, elle nous rend invisible. » Ou bien : « Une vertu tout entière et qui vaut toutes les autres : la charité. » Céline, à ce moment-là, est en train de penser à *Féerie pour une autre fois*. Il s'identifie à Chateaubriand et l'appelle René : « Le pauvre René n'était qu'un enragé sentimental patriote passéiste, dans mon genre après tout... » Et encore : « René rêve la France, l'âme de la France, je l'ai rêvée aussi, moi, barbet misérable... »

La France ? De quoi s'agit-il ? De bien des choses, sans doute, mais d'abord de sa langue. Non seulement le « français » au sens des méritoires efforts pour l'empêcher de disparaître dans l'océan de communication anglo-saxon ; non seulement une « exception culturelle » hypocritement revendiquée par ceux-là mêmes qui font tout pour l'affadir et la liquider, mais d'abord la langue de ses écrivains fondamentaux, c'est-à-dire sa musique, ses courbes, son énergie, son silence, son intelligence. Croire sans cesse à l'importance prédominante de l'économie, des rapports sociaux, des révolutions, des guerres, c'est vouloir oublier qu'une fois le tumulte retombé les vraies réponses se trouvent dans des portraits, des mouvements de phrases. Or le français, on ne le répétera jamais assez, est une prose enchantée d'Histoire. L'abolition du sens historique signifie sa négation cellulaire. Pour plus de sécurité, Chateaubriand savait qu'il fallait écrire « du fond du cercueil » et anticiper sur la « poudreuse famille des sourds ». Sa longue lutte avec Napoléon est une lutte de sépultures. Avec quel plaisir il évoque l'exhumation de l'Empereur (« ses ongles avaient poussé après la mort; ils étaient longs et blancs; une de ses bottes était décousue et laissait passer quatre doigts de ses pieds d'un blanc mat »)! Décidément « l'outre-tombe » (Pascal, Bossuet, Saint-Simon) est le genre littéraire français par excellence. Vous croyez régner? Vous pensez m'imposer cette histoire-là? On verra.

En réalité, depuis deux siècles, tout l'imaginaire de ce pays tourne, comme une ellipse, autour de deux foyers : la Terreur, le Christianisme. Le coup de génie de Chateaubriand a été de comprendre que Celle-là justifiait Celui-ci. Et de parier là-dessus : « Quant à moi, je ne me sens aucun enthousiasme pour une hache. J'ai vu porter des têtes au bout d'une pique et j'affirme que c'était fort laid. J'ai rencontré quelques-unes de ces vastes capacités qui faisaient promener ces têtes; je déclare qu'il n'y avait rien de moins vaste : le monde les menait, et elles croyaient mener le monde. » Et ceci : « Vous aurez beau broyer la mort, vous n'en ferez jamais sortir un germe de liberté, un grain de vertu, une étincelle de génie. »

Céline, lui aussi, se trompait. Chateaubriand n'était nullement « passéiste ». Ce qui nous frappe, au contraire, c'est la sûreté de la plupart de ses prophéties. Il a vu que le despotisme monarchique était le secret de la Révolution : « La Révolution était achevée lorsqu'elle éclata; c'est une erreur de croire qu'elle a renversé la monarchie ; elle n'a fait qu'en disperser les ruines. » Il a osé écrire que « le christianisme, stable dans ses dogmes, est mobile dans ses lumières » ; et que « sa transformation enveloppe la transformation universelle ». Or cela ne nous paraît plus ni absurde, ni fou. « Il n'est pas ici-bas chrétien plus croyant et homme plus incrédule que moi » : une telle formule n'est peut-être pas sans avenir. Il a cru sincèrement à une « nouvelle Pâque » du catholicisme dont tout, pourtant, aurait dû le faire douter. Le 15 avril 1829, ambassadeur à Rome, il écoute, à côté de Pie VIII, qui va bientôt mourir, le *Miserere*. Nous sommes à la chapelle Sixtine : « Le jour s'affaiblissait ; les ombres envahissaient lentement les fresques de la chapelle et l'on n'apercevait plus que quelques grands traits du pinceau de Michel-Ange. Les cierges, tour à tour éteints, laissaient échapper de leur lumière étouffée une légère fumée blanche, image assez naturelle de la vie que l'Écriture compare à une *petite vapeur*... »

Ainsi écrit-on en français, parfois, de l'autre côté du monde.

Une prophétie de Bataille

Jour après jour, maintenant, nous évoquons le cataclysme de la Seconde Guerre mondiale et son double cœur meurtrier : le nazisme, le stalinisme. Mais savons-nous pour autant expliquer cette explosion noire dont nous condamnons l'horreur ? Le vingtième siècle, on s'en doute de plus en plus, aura été celui de la mort programmée. Nous sentons pourtant que cette boucherie froide se distingue de toutes les autres. Mais en quoi exactement ? Les historiens peuvent-ils répondre ? Ou encore les timides freudiens socialisés ? Voici un roman qui nous renseigne mieux que tout discours sur cette ténébreuse et massacrante histoire. Écrit en mai 1935, il a été publié seulement en 1957. Le revoici soudain devant nous. Qui l'a vraiment lu ? Qui osera le lire ?

Avec *Le Château* et *Le Procès*, *Voyage au bout de la nuit* et *Mort à crédit*, *Journal du voleur* et *La Nausée*, *Le Bleu du ciel* [1] est sans doute le plus prophétique des récits d'avant la catastrophe. Regardons le paysage littéraire entre 1925 et 1940.

1. Georges Bataille, *Le Bleu du ciel*, Gallimard, « L'Imaginaire », 1991.

Proust est mort, le temps retrouvé est aussitôt reperdu. Dans les œuvres fortes de l'époque, la mort s'annonce à chaque instant, insiste, grimace, introduit sa suffocation sombre dans chaque repli de la narration. L'absurde, le non-sens sont maîtres du jeu. L'acteur le plus compromis dans cet effondrement généralisé est bien celui que Bataille met en scène : il est sans cesse hors de lui dans un vertige fiévreux, il pleure, il s'observe, il vomit, son corps ne lui répond plus, mais il persiste à trouver la situation comique, terrible et comique. « Comment nous attarder à des livres auxquels l'auteur, sensiblement, n'a pas été *contraint* ? » C'est là, nous dit Bataille, la fonction sans égale du roman qui « restitue la vérité multiple de la vie » et nous « situe devant le destin ». Il faut raconter l'écœurement, le trouble, la déchéance, le mensonge criant, la douleur, pour retrouver un « bonheur affirmé contre toute raison ». Tel est l'anti-héros de Bataille : il doit surmonter, page après page, comme dans la vie devenue invivable, une sorte d'invitation permanente à la décomposition. Son diagnostic est celui-ci : la société tout entière est devenue une énorme sexualité ratée, les hommes et les femmes ne peuvent plus se jouer qu'un ballet sinistre et dégoûté d'incompatibilité radicale. Cette impasse mène droit à la répression brutale, *c'est elle, au fond, qui est désirée.* Les intermédiaires de cette révélation ? Des femmes.

Trois femmes, en tout cas, inoubliables. D'abord Lazare, figure de l'anti-résurrection (et transposition très reconnaissable des rapports ambivalents de Bataille avec Simone Weil). Elle est l'« oiseau de malheur » dont « la démarche saccadée et somnambulique » implique « un contrat qu'elle aurait accordé à la mort ». Sainte renversée, inconsciente de son vrai désir, elle rêve et croit agir pour une révolution socialiste. Xénie, ensuite, mondaine hystérique, qui est ici comme un animal pris au piège. Dorothea, enfin, *Dirty*, un des plus étonnants personnages féminins de tous les romans, qui exprime ouvertement la vérité glaçante du goût pour la mort. *Le Bleu du ciel*, d'emblée, est aux antipodes de la fascination romantique ou surréaliste pour « la femme » et sa poésie supposée. Rien à voir avec Nadja ou Elsa. Le voyage, de Londres à Paris, de Paris à Barcelone, puis de Barcelone à Trèves, en Allemagne, est celui de la révélation d'une nécrophilie de plus en plus dure, endiablée. Lazare, sous couvert d'activisme révolutionnaire, est une pure mécanique sacrificielle. Xénie est une pauvre fille qui ne comprend rien, mais finira, comme malgré elle, par faire tuer un homme. Dirty, enfin, ne s'excite que dans la représentation avouée de la destruction cadavérique. Cette trinité féminine semble concentrer en elle tous les maléfices à l'œuvre, en secret, sous les apparences historiques. Le narrateur, entre elles, va, titubant, ivre, mais décidé à aller jusqu'au bout, à retrouver, quoiqu'il lui en coûte, une certitude, une « ironie noire » souveraine et neuve : « J'avais ri *de la même façon* quand j'étais petit et que j'étais certain qu'un jour, *moi*, parce qu'une insolence heureuse me portait, je devrais tout renverser, de toute nécessité tout renverser. »

Tout est noir, donc, mais dans l'expérience intérieure poursuivie par cet aventurier buté et qui veut savoir, la nuit s'éclaire comme en plein midi, ciel bleu et soleil, dans une extase jamais vue qui traverse la dépréciation systématique des autres et de soi. La débauche négative et sale avec Dirty, la maladie endurée en présence de la pauvre et ridicule Xénie, l'agitation insurrectionnelle et morbide avec Lazare ouvrent, chaque fois, sur un rire navré mais cependant triomphal. « Elle devint hideuse. Je compris que j'aimais en elle ce violent mouvement. Ce que j'aimais en elle était sa haine, j'aimais la laideur imprévue, la laideur affreuse que la haine donnait à ses traits. » Dès 1935, Bataille, comme Picasso dans *Guernica, comprend la suite*. Non pas de façon abstraite, « politique », mais dans la convulsion intime, bars, chambres d'hôtel, nudité des corps. Tout le monde est d'accord, au fond, pour interdire la jouissance et réclamer, sans le dire, la « marée montante du meurtre ». La mort est l'ersatz de la jouissance sexuelle quand celle-ci est bloquée de tous les côtés. Cette lucidité visionnaire — si rare — est acquise dans la scène capitale du roman (une des plus belles jamais écrites), à Trèves (la ville où Marx, enterré à Londres, a été « petit garçon »). Scène d'amour ? Oui, dans un cimetière où brûlent des bougies, la nuit : « La terre, sous ce corps, était ouverte comme une tombe, son ventre nu s'ouvrit à moi comme une tombe fraîche. Nous étions frappés de stupeur, faisant l'amour au-dessus d'un cimetière étoilé. Chacune des lumières annonçait un squelette dans une tombe, elles formaient ainsi un ciel vacillant, aussi trouble que les mouvements de nos corps mêlés. » Et plus tard (il s'agit toujours de Dirty) : « Elle colla sa bouche fraîche à la mienne. Je fus dans un état d'intolérable joie. Quand sa langue lécha la mienne, ce fut si beau que j'aurais voulu ne plus vivre. »

Résultat : Bataille y *voit*. Et ce qu'il voit, peut-être seul de son temps, est l'ignominie qui va venir. Dans cette gare allemande, une parade de jeunes nazis « raides comme des triques » avec, à leur tête, « un gosse d'une maigreur de dégénéré, avec le visage hargneux d'un poisson ». Il aboie des ordres. Il tient sa canne de tambour-major comme « un pénis de singe ». Ils sont tous en transe, « envoûtés par le désir d'aller à la mort ». Le temps des assassins est là. Et pour cause. Voilà donc ce qui, dans l'ombre, *se voulait*.

Et aujourd'hui ? Qu'est-ce qui se veut de nouveau ? Le savons-nous clairement ? Pouvons-nous l'entendre ?

Aucune issue collective ? interroge Bataille. Non, mais le ciel est bleu.

Le cardinal Joyce

Dimanche après-midi, fin 1926, à Paris : un écrivain de quarante-quatre ans, déjà scandaleusement célèbre dans le monde entier comme pornographe, convoque cinq personnes pour leur lire un fragment de son nouveau livre. Eugène Jolas, un de ses futurs amis les plus fidèles, raconte la scène en 1948 : « Il lut avec une voix bien modulée, musicale, et le sourire lui venait aux lèvres quand il arrivait à un passage particulièrement gai... Il était évident que nous étions en face d'une œuvre littéraire unique, devant laquelle devaient être abandonnés les critères critiques habituels[1]. » Joyce commence donc, à cette époque, à dévoiler l'énorme bonne nouvelle, tendre, vibrante et comique, qu'est son *Finnegans Wake*. Il a prévu, dans sa stratégie, que son existence elle-même, bizarre logique, va devenir une source incessante d'enseignements et de réflexions : grand projet de langage, grand intérêt des plus minuscules détails de la vie. Lire Joyce, c'est aussi déchiffrer les signes de sa biographie, voulue comme une mise

1. Eugène Jolas, *Sur Joyce*, Plon, 1990 ; préface de Marc Dachy.

en scène. Où nous pouvons de nouveau vérifier :

1) « Son indifférence implacable aux événements », aux relations humaines et à la psychologie en général, *mais* son dévouement à ses amis, son opposition intransigeante aux manipulations fanatiques du siècle (c'est lui qui permet à Hermann Broch d'échapper au nazisme), sa préoccupation dramatique pour la folie de plus en plus évidente de sa fille, Lucia.

2) Sa réserve, ses silences (« son être était condensé, serré et mû par une volonté d'acier »), son retrait monosyllabique (qui a tellement impressionné le jeune Beckett), *mais* son amour du chant, sa passion insistante pour le ténor Sullivan, son goût des fêtes où il se met soudain à danser « avec des éclairs de gaieté qui frôlaient une sorte de délire ».

3) Son éloignement de toute croyance apparente, ses sarcasmes répétés contre la religion, la philosophie, la psychanalyse (même si Freud lui paraît préférable à Jung), son intérêt pour l'histoire des mythologies et les connaissances scientifiques, *mais* son obsession de la liturgie, sa présence à Notre-Dame pour les sermons de carême du père jésuite de la Boullaye de Pinard (un nom prédestiné pour jeu de mots joycien), sa tristesse devant la campagne menée contre lui aux États-Unis par les milieux catholiques qui le traitent d'hérétique (pourquoi diable Lacan a-t-il repris cette accusation contre Joyce en 1975 ?), sa joie, au contraire, en lisant l'article favorable sur lui de *L'Osservatore Romano* du 22 octobre 1937, article dont il s'enchante à plusieurs reprises, le soir, au Fouquet's, en buvant du champagne. « Nous, catholiques errants », dit-il à Jolas, médusé. Ce dernier croyait, comme tout le monde le croit

encore, que Joyce poursuivait une simple révolution formelle. Étonnement et émotion, donc, de voir Joyce, presque aveugle, se recueillir longuement en Normandie sur la tombe du premier évêque de Dublin, Laurence O'Toole. Et ahurissement de l'entendre en même temps comparer un Christ enfant du *Livre de Kells* (l'évangéliaire irlandais médiéval et enluminé) à un jeune garçon qui viendrait de voler des œufs dans un poulailler.

4) La solitude extrême de Joyce en plein Paris littéraire, artistique, intellectuel. Les surréalistes sont hostiles, la N.R.F. plus que distante (malgré Larbaud), Gide a traité Ulysse de « faux chef-d'œuvre », la pensée théorique s'imagine qu'elle a autre chose à découvrir, le réalisme socialiste déferle, les engagements fascistes aussi. C'est la nuit bavarde de l'histoire, faite de la même étoffe que les rêves (« l'histoire est un cauchemar dont j'essaie de m'éveiller »). Sommet d'aveuglement ? Gertrude Stein, encore elle, disant à Jolas, choqué : « Joyce est un politicien irlandais de troisième ordre. »

5) Un rêve de Joyce : Molly Bloom, gigantesque, est assise sur une montagne et lui hurle : « Et toi, James Joyce, j'en ai plus qu'assez de toi ! » La phrase, rapportée par Jolas, devait être certainement plus crue. Quant à Joyce, il prétend avoir oublié ce qu'il répondait, en dormant, à sa créature. Peu probable. Or le secret est là. Il est même énoncé en toute clarté dans la fameuse lettre à Miss Weaver : « Je suis en train de construire une machine à une seule roue. Sans rayons, bien sûr. Une roue parfaitement carrée. Vous voyez où je veux en venir, n'est-ce pas ? Je parle sérieusement, attention, n'allez pas croire que c'est une histoire stupide pour les enfants. Non, c'est une roue, je le

dis à l'univers. Et elle est carrée. » Bien entendu, Mme Weaver ne voit pas du tout où Joyce veut en venir. « Je le dis à l'univers » ? Rien que ça.

6) Paris est donc la ville où écrivirent au vingtième siècle Proust, Céline et Joyce. Ce dernier est apparu, à ses rares intimes, comme un saint inexplicable. Ils sentaient pourtant que quelque chose de très important avait lieu (« il lisait des ouvrages gnostiques et s'intéressait au contraste manichéen entre la lumière et les ténèbres »). Pour s'amuser, mais aussi de façon sérieuse, Joyce, dans une publication fameuse (et, comme par hasard, encore inédite en français), désignera ces mêmes amis comme ses douze apôtres. Ils auraient pu dire de lui, sans guère s'interroger plus : « Oui, il a vécu parmi nous, plein de traces et de vérités, comme la voix du réveil dans la nuit éternelle. »

Nora, la belle Irlandaise

Elle s'appelait Nora Barnacle, son nom évoquait l'oie sauvage, c'était une belle Irlandaise de vingt ans, cheveux brun-roux, yeux bleus, voix grave et sonore, air androgyne, démarche balancée et fière. Elle était serveuse dans un hôtel de Dublin. Dans la rue, un jour, elle rencontre un homme de vingt-deux ans, mince, raffiné et mal habillé, qui lui déclare aussitôt qu'il a du génie. Ils s'enfuient ensemble vers la Suisse, l'Italie et Paris, ne se marieront que vingt-sept ans plus tard, auront deux enfants à la destinée terne et tragique, vivront constamment en exil dans une solidarité tumultueuse, comme deux anarchistes déterminés et, malgré leurs malheurs, très gais. Ce curieux compagnon de Nora est écrivain, elle a seule le droit de l'appeler Jim. Il l'empêchera le plus souvent de dormir. Pourquoi ? « Jim est là à écrire son livre. Je me mets au lit et cet homme s'installe dans la pièce à côté et continue à rire de ce qu'il écrit. Alors, je frappe à la porte et je lui dis : “ Allons, Jim, arrête d'écrire ou arrête de rire. ” »

Comme tous les grands écrivains, Joyce a choisi sa manière d'être incompris de son vivant pour être indéfiniment interprété après sa mort. Sa singularité est d'avoir suscité des dévouements féminins passionnés : des femmes lui donnent de l'argent pour écrire, même si ses livres leur paraissent scandaleux ou obscurs. Nora, dans ce dispositif, est l'actrice essentielle et longtemps négligée. À méconnaître son rôle, et le livre de Brenda Maddox[1] le démontre, on se condamne à ne pas plus deviner Joyce qu'un puritain victorien du début du siècle ou un universitaire de nos jours. En emmenant sa Pénélope avec lui, ce nouvel Ulysse à l'envers confisque à la fois son pays, l'histoire de ce pays, et les racines de sa langue. Un corps et un accent de femme condenseront le tout jusqu'au mythe universel. Molly Bloom, Anna Livia Plurabelle : Nora se trouve tissée dans ces grandes partitions par rapport auxquelles Emma Bovary ou Louise Colet deviennent des personnages d'opérette provinciale. Nora, qui aimait la musique comme son impossible mari, fera composer pour l'enterrement de celui-ci, en 1941, une couronne de feuillage en forme de harpe. Elle ne l'aura pas lu, mais parfaitement entendu.

La scène la plus extraordinaire de ce roman privé se situe en 1909 : c'est la correspondance obscène entre Nora et James publiée seulement en 1975. Elle va violemment troubler et choquer les spécialistes, la famille et les amis de la famille, notamment Samuel Beckett. Nous sommes dans le cœur de la centrale nucléaire d'*Ulysse* : « Mon petit oiseau fouteur »... « Ma douce petite pute »... Et voici : « Dis-moi les plus petites choses sur toi, pour autant qu'elles sont obscènes et secrètes et

1. Brenda Maddox, *Nora*, Albin Michel, 1990.

dégoûtantes. N'écris rien d'autre. Que chaque phrase soit pleine de sons et de mots sales. Ils sont tous également charmants à entendre et à voir sur le papier, mais les plus sales sont les plus beaux. »

Le plus étonnant n'est pas que Joyce ait écrit ces lettres à Nora, mais qu'elle lui ait répondu sur le même ton, « en pire ». Les lettres de Nora sont perdues ou dissimulées. Une bombe. Mais leur reflet permet de saisir sur le vif le projet de Joyce d'inventer un nouvel alliage entre langage ininterrompu trivial (le fameux manque apparent de ponctuation) et l'épopée lyrique. L'« oiseau fouteur » est aussi « ma splendide fleur sauvage des haies, ma fleur bleu nuit inondée de pluie ».

C'est Nora, indubitablement, qui permet à Joyce un renversement du *Faust* de Goethe (et de toute la tradition démoniaque en théologie). Quand Molly est définie comme « la chair qui toujours dit oui » (au lieu de : « l'esprit qui toujours nie »), il s'agit d'une découverte sans prix. Lorsqu'il épousera Nora, en 1931, par convenance juridique, Joyce, pour définir sa profession d'époux, n'écrira pas : « écrivain », mais « rentier ». Sa découverte ? La chair dit toujours oui en surface pour mieux dire non en profondeur. Et en effet, Nora pouvait, à la rigueur, accepter le langage d'*Ulysse* en privé, mais pas en public. Elle ne lira pas le livre, et Joyce le lui reprochera (à tort) : elle sait trop bien d'où il vient.

« Nora, écrit Brenda Maddox, était totalement libre de tout sentiment de culpabilité, l'une de ses plus grandes séductions aux yeux de Joyce. » Tous les témoignages concordent : elle gardait son ironie à son égard, un homme n'est qu'un homme, mais elle l'aimait. Ce qui ne l'empêchait pas de dire, de temps en temps : « Je voudrais n'avoir jamais rencontré quelqu'un du nom de James Joyce. » Une autre fois : « Mon mari est un saint. » Les témoins de cette dernière remarque (les Jolas) concluent aussitôt que Nora veut parler de son absence de relation sexuelle avec lui, ou encore que Joyce est devenu impuissant. C'était aller un peu vite dans le sens de leur propre désir (mais il est vrai que, comme d'autres protestants, ils seront scandalisés — que de scandales ! — par le retour de Nora, pour finir, à l'Église catholique).

Que sa femme ait été souvent excédée par la vie nomade de Joyce, son ivrognerie impassible, son écriture incessante, sa manie de distribuer des pourboires exagérés, sa mégalomanie (justifiée) qui va coûter la raison à leur fille et sa vie sociale à leur fils — nul doute. Et pourtant elle le suit, s'enchante de son moindre cadeau, l'accompagne à l'opéra et au Fouquet's, et, lorsque le cercueil, à Zurich, descend dans la tombe laissant le visage visible à travers la lucarne, elle s'écrie, à l'étonnement général : « Jim, que tu es beau ! » Après quoi, ce qu'elle a à dire aux visiteurs curieux de l'œuvre de son partenaire se résume à ceci : « Il doit aimer le cimetière où il est. C'est tout près du zoo. On entend rugir les lions. »

Sublime Molly, sublime Anna Livia : il suffit de rouvrir ces pages avec leur *accent* pour renvoyer sur-le-champ au néant la plupart des balbutiements qui encombrent encore, infantilement, les romans. Comme si, à travers la fureur du siècle, une femme libre avait permis de démontrer que seul l'amour en musique est important, et non pas « la force, la haine, l'histoire et tout ça » (*Finnegans Wake*). Dernière image : le banquet de 1939 pour fêter la parution du livre. Joyce a offert à Nora une aigue-marine chargée pour lui de toute la puissance symbolique de ses phrases. Elle se lève et dit : « Jim, je n'ai lu aucun de tes livres, mais je suppose que je vais être obligée de voir comme ils se vendent bien. » Brenda Maddox commente : « Personne ne rit. Chacun sentait le poids des anciennes années de faim, de pauvreté et de maladie que les deux Joyce avaient traversées ensemble. »

L'éthique de Beckett

On ne s'intéresse pas assez au corps des écrivains : il a la même importance que leurs livres. Leurs livres ? On fait semblant de les connaître, d'en parler, ils sont en réalité l'objet d'une négation de plus en plus ouverte, marchandise, images, fiches sociologiques, illettrisme, amnésie. Encore heureux si, de s'obstiner dans sa concentration physique, l'écrivain ne s'attire pas, comme d'habitude, la dérision ou l'injure. Beckett, dans son livre de jeunesse sur Proust, écrivait déjà : « Le mépris qu'éprouvent une demi-douzaine — ou un demi-million — d'imbéciles sincères pour un homme de génie devrait nous guérir à tout jamais de notre susceptibilité absurde et de notre faculté d'être blessé par cette calomnie lapidaire que l'on nomme une insulte. »

Le corps, donc, pas l'image. Ce corps-là, cet ensemble de gestes ou d'intonations-là, ce système nerveux-là. Est-il comme les autres ? Non. Biologiquement réductible ? Si l'on veut, mais pas vraiment. Fonctionne-t-il de façon normale ? Tout indique le contraire. Sait-il donc quelque chose d'autre, d'essentiel ? Oh oui. La très singulière expérience que nous raconte l'admirable petit livre d'André Bernold tient dans cet étonnement simple : pour la première fois à ce point, quelqu'un observe, avec précision et délicatesse, un écrivain en train de vivre [1] . Bernold, quand il rencontre Samuel Beckett, à la fin des années soixante-dix, est étudiant à Paris. Il a lu les livres de Beckett, il l'admire, il lui écrit, puis il le voit et l'écoute régulièrement jusqu'à sa mort. Aucun projet dans ces entrevues, la gratuité même. Ou simplement ceci (de part et d'autre) : prouver, implicitement, qu'il y a bien continuité de tissu et de rythme entre les livres et la façon dont le corps qui les a écrits marche, parle, se tait, apparaît, disparaît. Nous sommes donc aux antipodes de la propagande habituelle : un écrivain est peut-être grand, ou génial, mais après tout, c'est un être humain comme les autres, avec ses erreurs, ses faiblesses, ses ridicules, ses vices, sa petitesse, sa névrose et, parfois, sa monstruosité.

Bernold commence par noter l'extrême beauté, évidente, de Beckett. Mais cette beauté est immédiatement contredite par une surprenante « puissance d'effacement ». Voilà un homme célèbre, mondialement connu, prix Nobel de littérature, qui manifeste une « étrange aisance à n'être rien ». Premier rendez-vous, une heure de mutisme : « Je crois me rappeler que nous étions un peu penchés pour ausculter l'ample respiration de ce silence. » Voilà, d'emblée, un acte doucement et violemment antisocial. Il s'ensuit une amitié, c'est-à-dire un roman où l'espace et le temps sont, semble-t-il, convoqués pour eux-mêmes. Qu'est-ce que se rencontrer *pour rien* ?

1. André Bernold, *L'Amitié de Beckett*, Hermann, 1992.

Sans volonté d'aboutir à quoi que ce soit ? Qu'est-ce qu'échanger deux présences en pure perte ? Pour le seul usage d'être là ? « Les amis, écrit Bernold, sont de légers mobiles vocaux. » Voilà, il s'agit de musique. À la question : « Pourquoi écrivez-vous ? », Beckett répondit un jour : « Bon qu'à ça. » Et, une autre fois (« Qu'auriez-vous fait si vous n'aviez pas été écrivain ? ») : « J'aurais écouté de la musique. » Bernold écrit : « Vers ses quatre-vingts ans, il s'était remis au piano, demandant à ses mains de déchiffrer quelques sonates de Haydn, “ exclusivement ”, précisait-il. Il me disait : “ Le temps passe... c'est merveilleux... et c'est si beau. ” »

Première constatation : Beckett n'arrêtait pas de travailler *simplement en existant*. « Il restait à l'affût des possibilités, à gagner sur l'habitude, de refuser tout ce qui venait à l'esprit. » Au lieu du bavardage ou de la régurgitation des clichés collectifs, une extrême vigilance, pourtant détendue, à ne rien penser de banal ou d'appris. Pas d'association libre : une dissociation contrôlée, une dislocation du figé. « Un certain pessimisme, le plus vif, essentiellement allié à l'humour, entre en rapport avec l'inflexion, compose un art de l'inflexion. » Rien de plus à contre-courant, désormais, que l'ironie et son double radieux : la bonté. « Je me demande quand Joyce écrivait, dit Beckett. Sans doute la nuit. » Chaque heure est un événement intérieur, une hypothèse, un fragment de raisonnement, une possibilité de récit. Rien n'arrive, rien ne paraît avoir lieu, et tout, cependant, résonne ou vibre, sans forcer. Quand c'est fini, c'est fini, on s'en va, on passe à autre chose : « Personne n'était plus prompt à disparaître avant d'être parti. » Pas d'impatience, pas de colère (« la désapprobation, il ne l'exprimait guère en paroles, elle le contractait tout entier »), une ponctualité sans défaut, une certaine manière de rire sans rire, de murmurer, de dessiner des diagrammes, de chercher une solution d'équation, de se mesurer sans arrêt à la pantomime humaine (qui est une malédiction, mais aussi une grâce, comme dans les marionnettes de Kleist). « Le laconisme est une disposition de l'esprit et du corps, une affection non seulement du langage mais de toute la personne. Il y avait, dans l'allure même de Beckett comme une indéfinie exclamation muette, toujours la verticalité, l'à-pic, l'oiseau. »

On dit parfois de tel ou tel personnage (et c'est alors une condamnation) : « C'est un homme de théâtre. » Beckett, qui s'est beaucoup occupé de faire sauter l'imposture théâtrale, a surgi ainsi comme l'ange exterminateur de la prétention et de la bouffissure du spectacle. Pas de jugement, pourtant, et c'est pire. Il dit une fois à son traducteur allemand : « On n'en saura jamais assez, mais pas pour juger. » Une anecdote résume cette position : il est chez lui en train de travailler avec un ami, il se lève brusquement pour aller faire des signes à la fenêtre, répondant ainsi à un prisonnier de la Santé qui émet des signaux avec un miroir. La suspension de jugement s'accompagne d'ailleurs d'une faculté d'oubli « jaillissant, insurrectionnel », s'appliquant aussi à lui-même. On peut imaginer la surprise d'un jeune interlocuteur entendant l'auteur unanimement respecté de *L'Innommable* (et d'autres livres d'abord refusés par tous les éditeurs) déclarer à son propre sujet :« Ça m'est devenu totalement étranger, je ne connais pas cet auteur. » C'est vous Samuel Beckett ? Bien sûr que non. Je ne suis pas la simplification que vous croyez.

Bernold, qui a *écouté* les livres de Beckett avec l'oreille du musicien, revient sans cesse sur cette identité entre corps et langage, ce qui consiste à reposer la question (abîme chez l'auteur de l'extraordinaire *Pas moi*) de l'Incarnation. Impossible incarnation ? Horreur et limite ? Chez un mauvais écrivain (ou un médiocre), on sent aussitôt la distance entre ce qu'il écrit et ce qu'il est. Mais Beckett est bien, en personne, cette « irréductible incantation impersonnelle », ce « quelque chose d'inlassablement rotatif, immanent et salvateur » qui parle dans ses textes ou ses pièces. À l'inverse de l'opinion lourde courante (« l'absurde », « le désespoir », etc.), il est ainsi d'une souveraine légèreté, d'une paradoxale énergie constante. Personne n'est moins résigné, passif, dépressif, effondré. La récusation « angélique » de toute domination se marque par une inflexible résistance à la crédulité fabriquée. « Il y a une clarté de Beckett, vive et mélodieuse », écrit Bernold, sachant bien que le malentendu est, et sera de plus en plus, là (ce que prouve la malveillance volontaire de tant de mises en scène de son œuvre). Beckett est d'abord un *acousticien*. Ange dépeupleur pour les uns, qui ont raison de redouter la compression et la décomposition de leur puissance abritée de mensonge. Mais pour d'autres, forcément en petit nombre, il est l'ange exorciste manifestant une incroyable lueur. « Il reste un monde à découvrir », dit-il. Pas d'espoir ? Aucun désespoir. On sent une espérance inouïe, mais les temps sont pourris, on se tait, on suggère, on laisse entendre, on marche en oblique, on se détourne, on annule. Aucune attitude oraculaire : ce serait pitoyable. Pas d'emphase, d'air inspiré, de prophétisme. Simplement l'ironie, le pas gagné, les doigts sur le clavier, la bonté. Il s'agit de clore ce siècle d'enfermement et de torture, ce siècle de grands mots et d'effets meurtriers, et pour cela il faut vider la marionnette, la passer à la « voix blanche », à l'« ombre vocale », à la négation radicale qui devient enfin compassion. Cette voix apparemment désincarnée est aussi un « murmure de félicité ». Cette « fugue statique » est une « antigravité », un vol. « J'ai toujours écrit pour une voix », disait Beckett. Et Bernold : « Il abondait en traits d'esprit : ultra-courts. » Étrange de penser que les deux plus grands poètes du vingtième siècle (qui avaient l'air de tout, sauf de poètes) — Joyce, Beckett — sont ces deux Irlandais venus ainsi veiller sur nous, à Paris.

Hemingway sur le front

Mieux que toute biographie, les lettres[1]. Année par année — et quelles années, l'histoire en direct. Deux guerres, des foules, des génies, des femmes, l'Amérique, l'Italie, des armes, des bateaux, l'Afrique et, là-dedans, un corps parlant, se défendant, attaquant. Et précis, du début à la fin. D'une grande et subtile précision de tireur d'élite. Ernest Hemingway.

Monsieur Ernest Hemingway, jeune homme, embarque le 27 mai 1918 sur le *Chicago*, pour Bordeaux. Dans les jours suivants, il est à Milan, les jambes en sang. « Je suis le premier Américain blessé en Italie. » Tout un programme. On ne va pas trop s'éloigner de ce point central.

Donc : on commence par une infirmière. Agnès von Kurowsky. « Je l'ai aimée et ensuite elle m'a pigeonné. Et je ne la blâme pas. Mais je me suis employé à cautériser le souvenir que j'avais d'elle. Et j'y suis parvenu grâce à une cure de gnôle et grâce à d'autres femmes et maintenant tout est oublié. »

Blessures : comme si, dès le début, on était en

1. Ernest Hemingway, *Lettres choisies*, Gallimard, 1986.

pleine guerre continue, l'humaine et l'animale, sans oublier le dessous des mers. Vision directe du vingtième siècle. Il faut donc des armes (pistolets, carabines), de l'alcool, un entraînement physique intensif (la boxe). En 1921, Paris : « Eh bien, nous sommes là. »

Qui est là ? Tout le monde. « Le restaurant du Pré-aux-Clercs, au coin de la rue Bonaparte et de la rue Jacob, est notre cantine habituelle. » Hemingway habite au 74, rue du Cardinal-Lemoine, dans le cinquième. Celui qui est plus *là* que les autres — et cela jusqu'à la fin de la vie d'E.H. — est Joyce. « Joyce vient de publier un sacrément beau livre. » Et voici le restaurant Michaud où déjeune « cette bande de Celtes ». La famille Joyce est un idéal très fort. L'autre pôle d'attraction est rue de Fleurus, chez Gertrude Stein. Pound est là. Picasso aussi. Le temps est reparti à toute allure.

La Suisse et l'Allemagne pour le ski. Déjà Pampelune pour les taureaux. Le Canada où, en pleine prohibition, E.H. introduit quelques exemplaires clandestins d'*Ulysse*. On ne le dira jamais assez : l'Odyssée de Joyce est vraiment une grande affaire, elle se passe à Paris, le problème est de violer l'Anglo-Saxon. Molly Bloom est, depuis Emma Bovary, la première touche de vérité radicale. L'Amérique est un désert puritain, l'Europe a évidemment raison sur tous les plans, le drame commence. « L'Espagne est le plus beau pays du monde. Elle est intacte et incroyablement dure et magnifique. » L'Italie, elle, vient d'être interdite par Mussolini (première cassure avec Pound : la lucidité politique d'Hemingway, constante, aimantée, est un des grands thèmes qu'on pourrait traiter. Pas une erreur, c'est bizarre. Pas une erreur historique, jugement sûr, la fiction incessante comme boussole ? À voir).

1924 : au 113, rue Notre-Dame-des-Champs.

Pas d'argent. Espagne :

« Ayant été entubé financièrement et littérairement par mes amis, je prends un grand et non intellectuel plaisir aux triomphes immédiats de l'arène avec leur récompense en ovations. L'alcoolisme, être montré du doigt dans la rue, le respect général et les autres choses que les types littéraires doivent attendre d'avoir quatre-vingt-neuf ans pour y avoir droit. » (À Ezra Pound.)

« J'ai prié pour toi. Non que tu en aies besoin, mais comme je me trouvais à la messe sans rien à faire, j'ai prié pour mon gosse, pour Hadley, pour moi-même et pour ton concert. » (*Id.*)

Ici, il faut commencer à entendre crépiter la machine à écrire d'E.H., arme par excellence, vérifiable dans la vie courante à travers des menaces de cornes et les coups de poing.

« UN ÉCRIVAIN DOIT ÉCRIRE. » C'est vrai, ça. Bien que le nombre d'écrivains qui n'écrivent pas soit devenu de plus en plus considérable. Des chasseurs qui ne chassent pas ? Des pêcheurs qui ne pêchent pas ? Des nageurs qui ne nagent pas ? Polémique avec Scott Fitzgerald : peut-on jouer au football seulement *dans sa tête* ? Voilà l'apport simple et capital d'E.H. La preuve est *dehors*.

Dehors ? Comme Cézanne.

« Dans quelques-unes de mes histoires, je suis parvenu à réussir à la fois les gens et le décor. Quand on peut faire ça on se sent bien. Ça vous donne l'impression d'avoir atteint un sommet. » La question était « d'écrire en 3 dimensions et si possible en 4 ».

Sauf que cette façon de se comporter avec son corps et l'espace n'est pas prévue au programme :

« L'intelligence est si sacrément rare et les gens qui la possèdent en voient si souvent de dures à cause d'elle qu'ils deviennent amers ou propagandistes et alors elle ne sert pas à grand-chose. » (Et voilà résumées toutes les péripéties des intellectuels ou artistes par rapport au fascisme et au stalinisme, pas besoin de trop se perdre dans les épisodes du film.)

Rendez-vous compte quand même qu'on est encore à une époque où un écrivain est obligé de se demander s'il peut, ou non, écrire un certain nombre de *mots*. Exemple : *Bitch*. C'est permis ou pas ? Le traducteur des lettres d'Hemingway, aujourd'hui, nous apprend, en note, que *Bitch* signifie « salope ou chipie ». « Chipie » ? Mais toutes les salopes — heureusement — ne sont pas des chipies, et très malheureusement, toutes les chipies ne sont pas des salopes. D'ailleurs, « chipie » ne s'emploie plus, même à Lisieux, tandis que *Bitch* et *pute* se portent très bien. Comme quoi tout cela n'est pas simple.

Ici doit apparaître le personnage sans doute central dans la vie tumultueuse d'E.H., et c'est bien entendu Scott Fitzgerald :

« Pour moi le paradis devrait être une vaste arène avec moi occupant deux places de barrera et une rivière à truites à l'extérieur de ladite arène dans laquelle personne d'autre n'aurait le droit de pêche et deux jolies maisons en ville : l'une où j'aurais ma femme et mes enfants et serais monogame et les aimerais fidèlement et bien, et l'autre où j'aurais mes neuf ravissantes maîtresses, chacune à l'un des 9 étages... »

Hemingway est en train de quitter Hadley pour

Pauline. Son fils s'appelle Bumby. Du côté de la paternité lucide (très rare, et pour cause, chez les écrivains), on ne trouve sans doute que Joyce et lui :

« Il m'aime beaucoup et quand je lui demande ce que fait papa pour l'entendre dire papa est un grand écrivain comme dans les coupures de presse, il dit : " Papa ne fait rien. " Alors je lui ai appris à dire " Bumby entretiendra papa ", ce qui fait qu'il dit ça tout le temps. Que fera Bumby ? Bumby entretiendra papa en Espagne avec les taureaux. »

Papa ou Docteur. La mythologie d'Hemingway est déjà en place. Il écrit *Le soleil se lève aussi*, on est au cœur de son aventure avec Fitzgerald : le fameux diagnostic des toilettes du restaurant Michaud. Hemingway ne s'est pas lassé de raconter cette histoire. Résumé : E.H. pense que Zelda est folle et jalouse du talent de Scott — donc fera tout pour le démolir. Or Scott n'a jamais couché avec une autre femme que Zelda. Zelda lui a dit qu'il avait un pénis trop petit pour la satisfaire. Ernest examine le pénis de Scott et le trouve de dimension normale. Voilà quand même une des scènes primitives les plus saisissantes du roman américain. « Ah Fitz, ce que nous pouvons être profonds, nous autres manieurs de mots... »

Un écrivain doit écrire. À la réception, un type parfait : Maxwell Perkins, chez Scribner. Le grand homme efficace et discret de cette Correspondance.

Dos Passos vient de publier *1919* : « Tu écris si sacrément bien que je tremble à l'idée que quelque chose pourrait t'arriver — lave bien et pèle tous les fruits que tu manges. »

Mais Dos Passos (comme bien d'autres) va commencer à confondre morale et littérature. Là est l'erreur, le péché :

« Au nom du ciel n'essaie pas de faire le bien. Continue de montrer les choses telles qu'elles sont. Si tu réussis à les montrer telles qu'elles sont réellement tu feras le bien. Si tu essaies de faire du bien tu ne feras pas le moindre bien pas plus que tu ne montreras ce qui est bien. »

Phrase à faire apprendre par cœur à tous les écrivains et qui résout la question de l'éthique littéraire (ou de « l'engagement » comme on dira vingt ans après).

« Il y aura des histoires à écrire *telles qu'elles se sont passées* tant que je vivrai. »

Magnifique.

Entre Key West et La Havane, 1932...

Résumons les enjeux littéraires :

1) Joyce : « Personne ne peut écrire mieux techniquement. »

2) Pound : Les *Cantos* sont « pleins de plaisanteries éculées et de conneries », mais aussi d'une « poésie que personne ne peut surpasser ».

3) Gertrude Stein : « A perdu tout son bon sens de lesbienne du fait de cette bonne vieille ménopause... L'idée lui est venue que quiconque valait quelque chose devait être homosexuel et que s'il n'en avait pas l'air c'est tout simplement qu'il le cachait. Mais ce qui a été pire c'est qu'elle s'est mis dans la tête que tous ceux qui étaient homosexuels ne pouvaient être que de bons écrivains... Elle est devenue effroyablement patriotique en ce qui concerne le sexe. »

À ma connaissance, Hemingway est l'inventeur du concept de « patriotisme sexuel » comme critère du délire humain. Clé très utile.

4) Scott Fitzgerald : bien, mais n'écrit pas assez

régulièrement. « Scott, les bons écrivains s'en sortent toujours. Toujours. »

Conclusion : « La littérature est toujours de la littérature, quand elle en est, peu importe qui l'écrit et ce que croit l'écrivain. »

Deuxième conclusion (elle vise tous les alibis extralittéraires, Pound comme Dos Passos) : « Quelle que soit l'époque où j'aurais pu naître, j'aurais pu me débrouiller si je n'avais pas été tué. Un écrivain est comme un gitan... Comme un gitan, un écrivain est un éternel étranger. Il ne peut avoir une conscience de classe que si son talent est limité. S'il a assez de talent il est à l'aise dans toutes les classes. Il leur prend à toutes et ce qu'il donne est la propriété de tout le monde. »

De son côté, Faulkner : « Le meilleur lieu pour un écrivain serait d'être tenancier de bordel. »

Au Kenya, maintenant. E.H. a trente-cinq ans. Maturité des écrivains américains par rapport aux européens. Explication de bien des choses. Regardez la *punition* que s'inflige, par exemple, le jeune Aragon pendant cinquante ans. Comparées à celles de Faulkner, ou d'Hemingway, les vies de Sartre, Aragon, Camus et même Céline sont de longues histoires de coinçages ou d'autocensures, ou encore de résistance raidie contre une impitoyable répression sociale (intériorisée ou non).

Au passage, une confidence : « Je préférerais avoir un seul ennemi honnête que la plupart des amis que j'ai eus. »

Tendre est la nuit est un événement. Mais le chef-d'œuvre, pour cette époque, me paraît être plutôt *Les Vertes Collines d'Afrique. Les Neiges du Kilimandjaro*, modèle d'économie narrative.

Chance d'E.H. : avoir été « incarné » par Gregory Peck et Gary Cooper. Ne pas oublier que, durant toute cette époque, Hemingway se déclare « catholique ». Ça lui passera plus tard, il va vers un anarchisme radical. Mais la transition est intéressante (on retrouve Gary Cooper chez le Pape, si mes souvenirs sont exacts).

En Espagne, E.H. change de femme, c'est maintenant Martha Gelhorn, nous sommes en route pour la dernière légitime : Mary Welsh.

Les critiques, maintenant : « Je ne pense pas que ce soit de la manie de la persécution ou de l'égotisme si je dis qu'il y a un tas de critiques qui ont vraiment l'air de me haïr prodigieusement et qui aimeraient bien me mettre au chômage. Et ne pensez pas que c'est par prétention que je dis qu'il y a beaucoup de jalousie dans tout ça ; je fais ce qu'ils voudraient bien faire, et je fais ce qu'ils ont peur de faire ; et c'est pour ça qu'ils me haïssent. Maintenant il y a aussi la politique. Je pense donc que la meilleure chose, *c'est de publier un livre contenant tant de choses intéressantes à lire et si manifestement bon qu'on les aura de toute manière sur la qualité et sur le volume.* »(C'est moi qui souligne.)

Bon. Guerre d'Espagne, guerre tout court, campagne de France, libération de Lipp et du Ritz, passons. Retour à Cuba et, le 25 avril 1945 : « Maintenant que nous avons dégagé Bordeaux et que les transports s'améliorent progressivement, le problème nourriture va être OK. »

Alcool, nourriture, maigrir, écrire. C'est tout.

« Les lois de l'écriture en prose sont aussi immuables que celles de la trajectoire, des mathématiques, de la physique... La géométrie vous rattrape toujours. »

« Dos Passos était un écrivain de deuxième ordre parce que manquant d'oreille. Un boxeur de deuxième ordre n'a pas de main gauche, même chose que l'oreille pour un écrivain. »

Et enfin, nous arrivons à Venise. Décembre 1948. Cœur de l'affaire Hemingway. Cœur pas vu. *Au-delà du fleuve et sous les arbres*, son plus grand roman. Le projet de société secrète avec Adriana Ivancich (elle a dix-neuf ans quand E.H. fait sa connaissance, elle s'est pendue à un arbre il y a quelques années. J'en parle, pas si mal je trouve, dans *Portrait du Joueur*).

Lettre capitale à Charles Scribner, son éditeur, les 6 et 7 septembre 1949 :

« Ça n'a été que lorsque j'ai eu la moitié de cent ans que je me suis rendu compte que je n'avais jamais lâché la bride au cheval pour le laisser courir. À présent il va courir jusqu'à ce que le fils de pute se casse quelque chose ou meure. »

C'est très sérieux. Ce qui n'empêche pas :

« Ai une charmante nouvelle putain si belle qu'elle vous briserait le cœur, et trois fort belles Comtesses à Venise. »

Musique ? « Fats Waller et Mozart. »

Très belles lettres à Bernard Berenson. « Parfois, je peux fabriquer des gens parce que, comme écrivain, j'ai presque une oreille parfaite. »

« Depuis que Joyce est mort, je n'ai pas connaissance d'un écrivain qui soit un type bien. » (Le « seul écrivain vivant que j'aie jamais respecté ».)

L'Affaire Pound : Hemingway admirable. Son témoignage au procès. Ses efforts incessants pour faire libérer le vieil Ezra (fin à Venise).

La médaille Nobel ? Au sanctuaire de la Virgen del Cobre, à Cuba. Sans commentaire.

Au Kenya ? « Le lion est très bon à manger. »

Paris ? Devrait être une fête. À vous de jouer.

Un dernier type intéressant ? Ordoñez.

Impossible d'écrire, le corps lâche ? Fusil de chasse Boss à deux coups, le dimanche matin tôt, 2 juillet 1961, crosse sur le sol, front contre les canons, plus de voûte crânienne. Il n'y avait plus que le psychisme, donc aucun intérêt.

Moralité globale : « Nous devons apprendre à fréquenter des emmerdeurs sans perdre notre entregent. »

Liberté d'Henry Miller

Henry Miller aurait cent ans aujourd'hui. Il y a cinq ans, lors d'une vente chez Sotheby's, à New York, le manuscrit de *Tropique du Cancer* s'est vendu soixante-cinq mille dollars. Ce livre qui, comme *Voyage au bout de la nuit*, de Céline, a bouleversé la littérature du vingtième siècle, est resté interdit aux États-Unis pendant vingt-sept ans, de 1934 à 1961. Ces chiffres, ces dates, disent bien une vérité, mais laquelle ? Celle-ci, en tout cas : Miller n'a été célèbre dans son propre pays qu'à l'âge de soixante-dix ans. Cela suffit, sans doute, pour comprendre son peu d'enthousiasme pour l'Amérique.

Sans *Tropique du Cancer*, écrit dans la misère à Paris, pas de *Portnoy et son complexe* de Philip Roth ; pas de *Festin nu* de William Burroughs ; pas de Mailer, de Durrell, de Ginsberg, de Kerouac ; probablement pas de *Procès-verbal* de Le Clézio ni de narrateur masqué en américain dans *Femmes*. Le scénario est, hélas, classique : censure, pseudo-récupération publicitaire et, enfin, rentabilisation financière. Ainsi fonctionne le système nerveux du puritanisme qui va de la répression à la tentative d'oubli en passant par les surenchères des collectionneurs. La société n'aime pas que la vie physique s'écrive surtout s'il s'ensuit une condamnation sans appel de sa dissimulation exhibée ou sombre. Miller, ou la vérité du sexe américain. Après l'avoir trouvé obscène et blasphématoire, puis exotique, on dira donc aujourd'hui qu'il est phallocrate, machiste et réactionnaire. Le tour est joué.

Miller a échappé à plusieurs négations conjuguées. D'abord à l'atmosphère de sa naissance presbytérienne et pauvre (ivrognerie paternelle, brutalité maternelle, sœur débile). Ensuite au harcèlement hystérique de sa femme June flanquée de son amie lesbienne Jean Kronski. Puis aux manœuvres plus subtiles d'Anaïs Nin : celle-ci commence par le financer avant de l'exploiter pour sa propre célébrité. Enfin, vient l'isolement et la précarité quotidienne avec différentes épouses, dont la moins pire (qui lui permet d'écrire un peu calmement en Californie) semble avoir été Ève. À peine devient-il célèbre, cependant, que les campagnes contre lui reprennent : il devient le bouc émissaire idéal du féminisme, lequel débouche, de nos jours, sur le mouvement « politiquement correct ». Accusation pleinement justifiée, d'ailleurs : quel écrivain américain aura été plus « incorrect » que Miller ? Comme le confie un juré Nobel, en 1976, à Lawrence Durrell : « Nous attendons qu'il devienne respectable. » Autant se prononcer pour sa mort : elle a fini par venir.

Les biographes de Miller sont un peu perdus dans la jungle de cette existence effervescente. Mary Dearborn[1] le suit pas à pas, fiches en main,

1. *Henry Miller*, Belfond, 1991.

mais juge (catéchisme féministe oblige) qu'il n'a rien compris en répétant sans arrêt son amour des femmes. « Le problème n'est pas là », tranche-t-elle. Si le problème n'est pas là, on se demande où il est. Béatrice Commengé [1], dans son beau livre sensible, accorde au moins l'essentiel à ce bizarre animal : il s'est toujours défini comme écrivain, à chaque instant, il n'a jamais dissocié sa liberté de vivre de celle d'écrire : « J'écris, c'est cela l'important. Non pas *ce que* j'ai écrit, mais le fait d'écrire en soi. » Et, juste avant de passer de l'autre côté, en 1980 : « Je peux écrire jusqu'à la mort. Pas mal, quoi ! » Éprouver son corps et l'écrire en même temps serait donc le grand péché : vivez mais n'en dites rien, ou pas trop ; écrivez, mais vivez le moins possible. Or Miller, de plus en plus, exalte simultanément sa sensation d'exister et le fait, comme miraculeux, de pouvoir l'exprimer dans l'instant. Ainsi : « Quelle chose stupéfiante que la voix ! Par quel miracle le magma brûlant de la planète se transforme-t-il en ce que nous appelons la parole ? » Ou encore : « Ce que j'essaie de décrire se passe en ce moment même, juste sous mes yeux. » Que le verbe puisse se faire chair est déjà assez pénible ou troublant à penser, ne nous accablez pas en suggérant que la chair pourrait se faire verbe, sans cesse. Et pourtant, chacun l'éprouve plus ou moins confusément, la ligne capitale, le « tropique », est bien là, au cœur du « cancer du temps qui nous dévore ».

Né un 26 décembre, Miller a toujours pensé qu'il était une sorte de nouveau Christ rédempteur, crucifié, peut-être, mais en rose. La plus

1. *Henry Miller, ange, clown, voyou*, Plon, 1991.

grande partie de ce qu'il écrit touche à cette transmutation permanente de la misère en beauté, du dénuement en abondance, de l'abandon en communication universelle, de la tristesse en joie. Personne n'a été plus sensible à la trivialité sexuelle transformable en une grandeur radicale. Ouvrons *Jours tranquilles à Clichy* ; tout de suite, le charme opère : « J'écris, la nuit tombe, les gens vont dîner. » Au Wepler, place Clichy (bonjour Céline !), voici Nys, prostituée raffinée : « Sa voix était encore plus séduisante que son sourire ; harmonieuse, assez grave et rauque, c'était la voix d'une femme heureuse d'être en vie et qui aime le plaisir, d'une femme sans souci ni argent, mais prête à tout pour conserver le peu de liberté qu'elle possède. » Comment oublier, d'autre part, cette poétesse surréaliste qui poursuit son inspiration dans la situation suivante : « Je me demandai si elle continuerait d'écrire si je lui glissais un doigt dans la fente. Je fis ça très gentiment, comme si j'explorais les pétales délicats d'une rose. Et elle continua de griffonner sans le moindre murmure approbateur ou désapprobateur, se contentant d'ouvrir les jambes pour me faciliter l'accès. » Le bonheur d'improvisation de Miller à Paris (quand il habite Villa Seurat) se comprend encore mieux quand on sait qu'il écrit en 1927 à New York : « L'Amérique produit des gangsters et des magnats de la bière. La littérature est laissée aux femmes. Tout est laissé aux femmes, sauf la féminité. »

Voilà les phrases, parmi les plus douces, que les douanes des États-Unis avaient pour fonction de saisir sur-le-champ. Récits libres d'un homme libre dans une ville encore libre. Plus tard, dit Mary Dearborn, « les caricatures le présentaient comme un voyeur lubrique griffonnant sur un petit carnet. Quand il se mit à passer à la télévision, on lui posa plus de questions sur sa vie que sur ses livres. » Bien sûr, bien sûr. Ah, ces carnets ! Les voici, dans *Printemps noir* : « Les notes sont écrites en style cryptique. Une simple phrase peut contenir les luttes d'une année. Quelques-unes des lignes sont devenues indéchiffrables pour moi — mes biographes s'en occuperont. »

L'innovation de Miller est là : situation telle qu'elle est, telle qu'elle *arrive*. Comme les surréalistes à l'époque, mais avec cent fois plus de crudité (Breton et Aragon, en comparaison, ont l'air de clergymen), il dit ce Paris fabuleux, cette ville qui n'a pas fini d'étonner le monde (à commencer par les Français qui ne savent pas s'en servir). Miller est concret et lyrique, pas romantique : « Il n'était pas *romantique*, comme disait toujours Vanya. Un homme qui ne se tuait pas alors qu'il avait toutes les raisons de se tuer était un homme décevant. » Oui, on ne saurait trop remercier Henry Miller d'avoir identifié ce qu'il appelle « la trinité de la mort : culpabilité-doute-peur ». C'est le sens de sa torrentielle trilogie *Sexus-Plexus-Nexus*, parfois fastidieuse : revenir inlassablement sur les empêchements, les obstacles, les ruses du refoulement, les inhibitions programmées, faire sauter les barrages contre la simple extase d'être là. En quoi ses livres sont des classiques de l'anti-nihilisme : grossiers, souvent ; sincères, toujours. *Nécessairement grossiers*. « Sachez avoir tort, lui écrivait Céline à propos de *Tropique du Cancer*. Le monde est plein de gens qui ont raison, c'est pour cela qu'il écœure. » La devise énergique de Miller restera celle de Walter Whitman : « Je me contredis ? Eh bien, je me contredis. »

Le meilleur livre de Miller ? Le plus éloigné de sa caricature en voyeur lubrique ? Sans doute *Le Colosse de Maroussi*. Fuyant l'Amérique et son « cauchemar climatisé » il aggrave son cas, en pleine guerre. C'est un déserteur définitif de cinquante ans qui scandalise, aujourd'hui plus que jamais, le culte de la puissance de mort. « Ne pas dire un mot de toute la journée, ne pas lire de journal, ne pas entendre la radio, ne pas écouter de commérages, s'abandonner absolument, complètement, à la paresse, être absolument, complètement indifférent au sort du monde, c'est la plus belle médecine qu'on puisse s'administrer. » Encore des déclarations inadmissibles : « La presse engendre le mensonge, la haine, la cupidité, l'envie, la suspicion, la peur, la malveillance... Ce qu'il nous faut, c'est la paix, la solitude, le loisir. » À Athènes, Mycènes, Épidaure, Cnossos, Thèbes, Delphes, dans le tombeau d'Agamemnon, il se prête un serment de fidélité à lui-même. En voici la leçon : « Quiconque prétend brûler de faire autre chose que ce qu'il fait, ou d'être ailleurs que là où il est, se ment à soi-même... Il est des êtres qui, lisant ces lignes, comprendront nécessairement que la seule chose à faire, c'est de transformer leurs désirs en actes, jusqu'au bout. »

Eh oui, jusqu'au bout. Il est de bon ton d'ironiser ou de ricaner de façon apitoyée sur le vieillard Miller qui, à quatre-vingt-quatre ans, entre une Japonaise et une Chinoise, s'éprend d'une jeune beauté sudiste, actrice de seconde zone mais, semble-t-il, très compréhensive. Quelle obstination sénile, n'est-ce pas ; quel mauvais goût ! Je ne partage pas cette hypocrisie. Les lettres à Brenda Vénus sont directes, drôles, fraîches, obscènes (en français), sans aucun tremblement. Miller, presque infirme, téléphone, lit, recommande, conseille, divague, rêve, note ses fantasmes. Il est toujours attentif au moindre événement excitant, beaucoup moins spiritualiste qu'on a bien voulu le dire, sorte d'Hokusaï couché dans une jeunesse sans fin. Et voici un dernier message à sa correspondante, comme pour approuver et contresigner le beau mot de *Sécession*. « Les " rebelles " (vous tous) étaient admirés, même des yankees, pour leurs charges intrépides, leur fougue, leur folle *témérité*. Voilà ce que tu es. »

Les ruses d'Hemingway

La seule chose dont un véritable écrivain puisse être à peu près sûr, au cours de son existence, c'est que tout le monde essaiera plus ou moins de l'empêcher d'écrire[1]. Famille, école, armée, argent, magma politique, amis, ennemis, proches ou moins proches, critiques, pressions du marché, sous-Hollywood généralisé, bref, pas de place, ou très peu, pour cet acte, le plus solitaire de tous : se mettre, avec des mots, à la mesure de la vérité qu'on ressent. Le premier travail d'un écrivain consiste donc à se protéger. Les cas diffèrent, les techniques aussi. Cela peut aller de la maladie à la perversion, en passant par le double jeu, l'identité d'emprunt, les virages inopinés, la retraite mutique, l'abjection revendiquée, l'alcool, la drogue ou la frivolité simulée. Hemingway, de ce point de vue, aura été un maître. Sa science de la protection rapprochée et de la désinformation de l'adversaire (l'adversaire étant l'incessant bavardage social) aura été un cirque de tous les ins-

1. Ernest Hemingway, *Défense du titre*, Belfond, 1992 ; entretiens réunis et présentés par Matthew J. Bruccoli ; traduit de l'américain par Iawa Tate.

tants. Quand le système n'a plus fonctionné : une balle dans la tête. De toute façon, un seul credo : « Tout passe et tout lasse, les nations, les individus qui les composent, autant en emporte le vent... Il ne reste que la beauté, transmise par les artistes. » (*Les Vertes Collines d'Afrique*.)

Hemingway utilise d'emblée les grands moyens de l'extraversion supposée. Il est tout le temps dehors. Soldat ou reporter dans des guerres (la première mondiale, l'Espagne, la seconde mondiale) ; sur des rings de boxe ; dans des arènes de corridas ; en train de chasser le lion ou l'éléphant en Afrique ; sur différents bateaux, occupé à pêcher l'espadon dans le Gulf Stream ; dans les bars, enfin, dont le mythique *Floridita* de La Havane, battant des records de descente accélérée et impassible de cocktails. De temps en temps, en plus, il change de femmes, fait des enfants, et mérite même le surnom impossible de « Papa ». Comment imaginer qu'il lui reste du temps ou de l'énergie pour écrire ? Mais c'est justement ce qu'il faut démontrer. Les nouvelles s'accumulent, les romans paraissent et ont un retentissement immense, en qualité (invention de la littérature américaine, influence mondiale sur le récit) comme en quantité (best-sellers et déclenchement de toute une légende cinématographique). Par rapport à l'image dix-neuviémiste de l'écrivain inspiré ou confiné dans une prêtrise laïque vouée aux professeurs de l'avenir, l'irruption d'Hemingway, *au présent*, fait figure d'énorme blasphème (on le lui reproche encore). Mais il y a pire : la nouvelle substance des relations humaines est désormais, il est un des premiers à le comprendre en profondeur, la communication resserrée et simplifiée des journaux. Clarté, concision, précision, utilisables, d'ailleurs, pour la vérité comme pour le mensonge ; obsession du classement fixe. C'est sur ce terrain qu'Hemingway se bat d'abord. Qu'est-ce qu'une littérature qui, sans cesser d'être un art subtil et délicat, serait aussi forte que le journalisme universel ? Au fur et à mesure que les années passent, le conflit entre Hemingway et la presse (qu'il provoque en effet sur son terrain) ne fera qu'augmenter, d'où l'intérêt de suivre ses attitudes successives. La position est schizophrénique. D'un côté : moi ? mais je suis un corps solide et blessé sans cesse en mouvement, avions et fusils, Europe, Chine ou Amérique. De l'autre : moi ? mais je ne suis qu'un écrivain au travail (pénible) dès le lever du soleil, et *seulement* un écrivain. De quoi affoler, donc, les stéréotypes religieux (la fonction sacerdotale et désincarnée de l'artiste ascétique) mais aussi le nouvel ordre publicitaire (le sport, la richesse, l'exploit). C'est l'un ou l'autre, écoutez : pas les deux à la fois !

Hemingway est d'abord ce jeune Américain de Chicago qui a reçu deux cent vingt-sept éclats d'obus sur le front italien en 1917. Premier soupçon : n'a-t-il pas vécu, là, un traumatisme sexuel (l'impuissance), traité dans *Le soleil se lève aussi* ? Son exhibitionnisme viril ultérieur n'est-il pas la compensation d'une blessure cachée ? Ce macho, ce gros porc à carabines et cannes à pêche n'est-il pas un infirme ou un refoulé déguisé ? « On a tout dit à mon sujet, tout inventé, aucun délire ne m'a été épargné. Si, un seul : pour l'instant, j'ai échappé au délit d'homosexualité... Ça viendra, et, ce jour-là, je n'aurais plus qu'à tirer l'échelle. » L'affaire de la gifle donnée à Max Eastman, à New

York, dans les bureaux de Scribner's, a fait beaucoup de bruit. Eastman avait écrit, dans le *New York Times*, en 1937 : « Cessez de vous réfugier derrière la toison artificielle qui orne votre poitrine, Ernest. Vous êtes démasqué depuis longtemps. » Cette question *physique* d'Hemingway va devenir une vraie scie de l'information. Comment est-il vu ? Il est « puissant, une carrure de demi de mêlée », c'est aussi un « tribun élégant, cheveux noirs et moustache altière », mais en même temps il est « timide, gauche, doux ». En réalité, le plus gênant est qu'en pleine montée du fascisme européen il énerve l'Amérique endormie (elle mettra longtemps à se réveiller) par ses déclarations de guerre : « Le sort de la démocratie se joue en Espagne » (*Los Angeles Times*, 12 juillet 1937). Peu d'écrivains, n'est-ce pas, ont été aussi nets et définitifs que lui au Congrès des écrivains américains de l'époque : « Le fascisme est une imposture fabriquée à grand renfort de mensonges colportés par des brutes. Un écrivain soucieux de vérité ne peut ni vivre ni travailler sous un tel régime. » Admirable Hemingway ! Relisons-le donc *aujourd'hui* (en plein massacre toléré de Sarajevo, par exemple), puisqu'il semble que nous pataugions toujours dans la question de savoir si, oui ou non, le fascisme était, en ce temps-là, clairement *visible* (et quant à son alter ego stalinien de la même époque, relisons Orwell et tant d'autres). Pour qui sonnait le glas ? Pour tout le monde, comme claque actuellement, pour tout le monde, la condamnation à mort de Rushdie. Pourtant, c'est le même homme qui, revenant du front militaire, trouve le moyen de dire : « Pour l'endurance, le courage, le romancier est comparable à un coureur de fond, avec cette différence que l'effort doit se prolonger pendant deux ans. » Ou bien : « Personne ne comprend qu'un écrivain doit s'astreindre à une discipline. » Ne nous dites pas, quand même, que l'on peut à la fois *agir* et écrire une œuvre d'art, ou plutôt ne nous dites pas que l'art est un acte aussi important qu'une bataille, et pas une rêverie sans conséquences. Ici, petit commentaire amusant d'un journaliste, en 1941 : « La postérité donnera peut-être tort à Hemingway mais, à ses yeux, William Faulkner domine de très loin ses contemporains. » Le jugement littéraire d'Hemingway ? Évidemment très sûr. En 1946 : « Le recueil de nouvelles de Sartre, *Le Mur*, est éblouissant. »

Au moment où presque personne ne voulait agir, Hemingway agit. Puis le décor change. Il faudrait maintenant (après la catastrophe) s'engager, militer, délivrer des messages, construire l'univers meilleur de l'humanité, penser à bien penser. Or c'est le moment où Hemingway, au contraire (toujours à contre-courant), insiste exclusivement sur la littérature. Les mêmes qui étaient indifférents au fascisme font maintenant l'apologie du Bien ? Mais le Bien, devenu consensuel et abstrait, est une forme ravalée du Mal. En 1947 : « Pour ceux qui ont du talent, la bombe atomique n'est pas plus menaçante qu'une hémorragie cérébrale ou la sénilité. Qu'ils continuent à faire leur travail sans s'occuper du reste. » Et, en 1954 : « L'Homme avec un H majuscule ne m'évoque rien. » Mais il n'y a pas que le déluge de la bonne pensée automatique, il y a aussi (envers et endroit) l'expansion de la marchandise. Question : Ne pensez-vous pas que l'argent facile, Hollywood, la radio, les magazines de luxe, peuvent distraire les écrivains de travaux personnels ambitieux ? Réponse : « Les prostituées ont-elles besoin d'encouragements ? » Ou encore : « Le monde, il est vrai, file un mauvais coton, mais son infortune ne date pas d'hier. » Quand même Hemingway, vous avez bien quelque chose à déclarer ? sur la politique ? « À fuir. Quand elle m'a frôlé, j'ai ressenti le genre de malaise qu'on éprouve après avoir bu par mégarde dans le crachoir du voisin. » La poésie ? « Certains écrivent, d'autres triturent des mots. De toute façon, leur maître à tous est Ezra Pound, un misérable, un traître. » (Cela dit, évidemment, avec la plus grande admiration et tendresse pour Pound.) Juger les autres écrivains ? Finalement, non. Tous les écrivains devraient être solitaires : « Je revois Joyce, un soir... » À force, les choses se gâtent. Au moment de la publication d'*Au-delà du fleuve et sous les arbres*, Hemingway est éreinté par la critique et *Time* parle de la « faiblesse évidente du livre » (qui est pourtant son chef-d'œuvre). L'Amérique est choquée qu'il mette en question des généraux de 1944 en leur reprochant d'avoir commandé une « boucherie » ; que le narrateur se promène dans Venise avec une jeune aristocrate italienne ; que le titre du livre, enfin, soit ouvertement « sudiste ». Hemingway n'avait rien arrangé en déclarant : « Mon nouveau roman est formidable, je l'ai relu deux cent six fois. » Ou, encore plus provocant : « D'une certaine manière, je suis passé par l'arithmétique, la géométrie et l'algèbre. J'en suis aujourd'hui au calcul infinitésimal. » Pratiquement tout le monde trouve le livre « vide » et qu'il ne s'y passe rien. Hemingway laisse tomber : « Ce livre est écrit pour ceux qui, connaissant le prix de la vie, fuient la mort de toutes leurs forces » et aussi « pour les amoureux à qui la révélation du bonheur donne des ailes ». Grand froid. Il faudra *Le Vieil Homme et la mer* pour forcer l'Académie Nobel, laquelle enregistre, ainsi, le plus bref discours de son histoire, lu par l'ambassadeur des États-Unis. Le thème ? « Écrire de son mieux, c'est se condamner à la solitude. » Cet Hemingway ne fait décidément aucun effort.

Une des rares fois où Hemingway a l'air en confiance à La Havane, c'est avec un professeur, Fraser Drew. Il critique les essais écrits sur lui, l'un psychanalytique, l'autre hypersymboliste, un autre encore d'un « écrivain raté, doublé d'un agent du FBI tout aussi raté ». Et puis, tout à coup : « J'aime l'idée d'être catholique. » Drew note : « Il me parle avec beaucoup de chaleur du catholicisme, n'oubliant pas d'inclure dans cette célébration son ami prêtre basque, rencontré en Espagne : " Il prie pour moi tous les jours, et moi je prie pour lui. " » *Time* venait justement de publier un article pour se moquer de ce « catholicisme » non pratiquant d'Hemingway (qui s'était converti en 1927 en épousant sa deuxième femme Pauline Pfeiffer). Il semble que Drew soit un des rares visiteurs qu'Hemingway ait insisté pour retenir à dîner. Il lui offre des éditions de ses livres en espagnol, italien, français. Pensait-il à cette « *moveable feast* », à cette fête mouvante dont il aura écrit que la capitale était Paris ? Dernier masque ? Peut-être, mais pas le moins étonnant. « Les gens qui ont vraiment le sens de l'honneur, tranche-t-il, un jour, n'en parlent jamais. » Et, avant d'en finir, une dernière carte postale à un ami : « On s'est quand même payé du bon temps ! » C'est cela l'honneur : le bon temps, les livres.

Le paradis brisé d'Ezra Pound

Qui fera vraiment l'histoire du vingtième siècle ? De ses tours, détours, explosions, abjections, inventions ? De ses placards murés et de ses contradictions ténébreuses qui font, par exemple, qu'un président de la République a longtemps navigué entre deux gerbes commémoratives, l'une en faveur d'un maréchal de 1914, l'autre contre le même maréchal de 1940 ? Qui a fait plus de victimes : Hitler ou Staline ? Qui a eu le moins tort : Breton, Aragon, Picasso, Céline ? Dieu est-il encore là pour reconnaître les siens ? Ne vaut-il pas mieux déclarer l'Histoire *finie* pour oublier les redoutables questions qu'elle pose ? Faut-il adhérer mécaniquement à un humanitarisme de principe ? Au télégâtisme ? Au nouveau catéchisme ? L'habitant de cette fin de parcours sanglant devine que ses connaissances sont de plus en plus simplifiées et réduites, de même que ses réflexes usés en tous sens. Exemple : peut-on avoir été un très grand poète et, simultanément, un fasciste convaincu et un antisémite acharné ? Non, n'est-ce pas ? Et pourtant si. Voilà le problème.

« Si Ezra Pound n'avait pas existé, écrit Humphrey Carpenter[1] dans sa monumentale biographie (à ce jour la plus détaillée et la plus objective), il aurait été très difficile de l'inventer. » Peu de vies d'écrivains sont en effet aussi extravagantes, diversifiées, emportées. Un visionnaire génial ? Un traître à sa patrie ? Un fou ? Un illuminé ? Un fanatique ? Oui, mais aussi, et peut-être d'abord, un artisan précis, un découvreur généreux, un érudit autodidacte sans cesse original, un révolutionnaire de la perception et du langage, un créateur et un animateur d'une partie essentielle de la littérature et de l'art de ce temps chaotique. Peut-on préférer, à un grand artiste qui pense *mal*, un médiocre fonctionnaire des lettres qui pense *bien* ? Cela se voit tous les jours, et pourtant la terre tourne. Par-delà le bien et le mal, alors ? Non, l'analyse est possible. Essayons d'en démêler les fils principaux :

Le Paradis, voilà quoi j'ai tenté d'écrire
Ne bougez pas
Laissez parler le vent
Le paradis est là
Que les dieux pardonnent ce que j'ai fait
Que ceux que j'aime tentent de pardonner ce que j'ai fait.

Pound naît en 1885 dans l'Amérique profonde, moyenne-bourgeoise et légendaire, presbytérienne, puritaine, utopiste, prêcheuse, biblique mais antibancaire. Les prénoms sont prophétiques, mais son père, lui, se nomme Homer. « J'ai

1. Humphrey Carpenter, *Ezra Pound*, Belfond, 1992 ; biographie traduite de l'anglais par Jean-Paul Mouflon.

été le fils de mon père, en opposition à ma mère. Mon cas est aussi éloigné que possible du complexe d'Œdipe. » Toute sa vie, Pound aura les meilleures relations avec ses parents qui seront, pour lui, des alliés. Ils sont fiers de sa vocation précoce de poète, ils l'encouragent à écrire, ils le lisent (on croit rêver !), ils l'envoient très tôt en Europe (en 1908, à vingt-trois ans, Pound est déjà à Venise, la ville qui sera sa capitale intérieure et où il est enterré). Il aura une femme légitime : Dorothy Shakespear (sans *e*), et un fils : Omar. Mais il y aura aussi Olga Rudge, la violoniste avec laquelle il ressuscitera la musique de Vivaldi, et une fille : Mary. Deux ménages constants, sans drame, tantôt l'une, tantôt l'autre. Rien, aucune aventure, ne viendra perturber cet ordre privé dont, d'ailleurs, Pound ne parle jamais. La bataille qu'il engage se situe ailleurs.

Dès l'université (où il a comme ami William Carlos Williams), il se passionne pour la littérature provençale et pour Dante. Le grec, le Moyen Âge : le voilà convaincu que la tradition a été perdue et doit être renouvelée de fond en comble. Il n'est pas le seul à penser que le dix-neuvième siècle, à quelques exceptions près, a marqué une décadence complète de la civilisation. Pour en donner l'idée, il faut se rappeler qu'à Londres, en 1910, une exposition rassemblant des tableaux de Manet, Cézanne, Van Gogh et Gauguin suscite, selon les propres termes de Virginia Woolf, un « paroxysme de rage et de rire ». Pound est là, en plein obscurantisme victorien. S'il vient ensuite à Paris, comme tant d'autres à l'époque, c'est que là, au moins, on est en première ligne d'exploration et de définition du nouveau. Le nouveau subversif est *aussi* redécouverte de tout un passé censuré : on exhume, on fouille, on réévalue, on traduit, on désoublie. Voici, coup sur coup, deux continents remis en vive lumière : l'Italie, la Chine. Imagine-t-on aujourd'hui une société qui n'aurait jamais entendu parler, ou à peine, de Vivaldi, de Monteverdi, d'Homère, des troubadours, de *La Divine Comédie*, de l'existence millénaire des idéogrammes ? C'était pourtant le cas à la veille de la Première Guerre mondiale. Et c'est bien en anglais et en français que le mouvement de création le plus énergique se produit alors. Pour l'anglais : Eliot écrit *The Waste Land* ; Joyce, depuis son exil, à Trieste, commence à envoyer les signaux considérables d'*Ulysse* ; Gertrude Stein regarde Picasso ; Hemingway règle son tir. Pound, lui, après les expériences londoniennes de l'imagisme et du vorticisme (« un art chargé d'intensité »), et la lecture illuminante de Fenollosa (« la méthode idéogrammatique »), a commencé à écrire sa grande épopée des *Cantos* : « Une épopée, c'est un poème qui inclut l'Histoire. Personne ne peut comprendre l'Histoire à moins qu'il n'ait d'abord compris ce que c'est que l'Économie. » Comme l'écrit Denis Roche, premier traducteur des *Cantos pisans*, dans sa préface à l'édition française complète parue seulement en 1986 [1] : « C'est la langue en action d'un seul homme. La polyphonie universelle par sa seule voix. » *Ulysse*, les *Cantos, Finnegans Wake* : quel soulèvement, quelle négation positive de l'horizon étroit et lent de la vision dix-neuviémiste ! Il faut bien le réaffirmer sans arrêt, puisque tout le monde voudrait faire, aujourd'hui, comme si rien ne s'était passé.

1. Ezra Pound, *Cantos*, Flammarion, 1986.

Pound dans l'arène ? Il est partout, écoute et lit tout, soutient les uns et les autres. Joyce : « Pound est un miracle d'effervescence et d'entrain, un paquet d'électricité aux décharges imprévisibles. » Hemingway (qui apprend à Pound à boxer) : « Ce grand poète consacre un cinquième de son temps à la poésie, et le reste à aider ses amis du point de vue matériel et artistique. Il les défend lorsqu'ils sont attaqués, les fait publier dans les revues et les sort de prison. Il leur prête de l'argent. Il vend leurs tableaux. Il organise leurs concerts. Il leur consacre des articles. Il les présente à des femmes riches. Il fait accepter leurs livres par les éditeurs. Il reste avec eux toute la nuit quand ils croient être à l'agonie. Il leur avance les frais d'hôpital et les détourne du suicide. En fin de compte, il y en a quelques-uns qui s'abstiennent de le poignarder à la première occasion. »

Hemingway (qui viendra témoigner de façon souveraine et bouleversante en faveur de Pound enchaîné) dira aussi : « C'était une sorte de saint. Il était irascible, mais beaucoup de saints ont dû l'être. » Peu importe, donc, le malentendu ultérieur entre Pound et Joyce (l'« inflation Joyce », dit Pound, qui ne comprend pas l'« amphigouri » de *Finnegans Wake*). En ce temps-là, tout le monde est à l'attaque, une extraordinaire Renaissance semble se profiler malgré des nuages de plus en plus menaçants. Et c'est là que Pound, happé par l'obsession « économique », va déraper et commettre sa grande erreur (comme d'autres, dans l'autre sens). Il se met à croire à un homme dont son ami Hemingway, plus lucide, dit aussitôt qu'il est « un grand bluff » : Mussolini. Pound l'appelle « le Boss », lui écrit, veut le convertir aux idées du « Crédit Social ». Antisémitisme et fascisme : l'une des deux maladies nerveuses ravageantes du temps. L'antisémitisme ? « Stupide préjugé banlieusard », dira Pound, pour finir, au jeune poète juif Allen Ginsberg venu le voir à Venise. N'empêche : le « stupide préjugé » envahit ses pensées, ses fantasmes de régénération monétaire, ses jugements, de plus en plus excités, contre Roosevelt et l'Amérique. L'usure : tel est, pour Pound, le serpent venimeux omniprésent, le Mal radical qu'il dénonce dans une prédication de pasteur, aussi bien dans ses lettres que dans son grand poème fulgurant. La guerre éclate, Pound se lance dans la radio (technique qui le fascine), déblatère, depuis Rome, contre les États-Unis, ne veut rien voir ni entendre, est arrêté pour trahison et enfermé dans une cage métallique à Pise. Il est ensuite transféré à Washington dans l'enfer psychiatrique. Un médecin note : « Son fonds d'information sur les sujets historiques, géographiques, politiques, économiques et artistiques, ainsi que d'autres encore, est apparemment de niveau supérieur. Intelligence apparemment tout à fait supérieure. » Ce diagnostic, ici, fait irrésistiblement penser à la notation d'un psychanalyste célèbre après observation d'Antonin Artaud à Sainte-Anne : « A des prétentions littéraires. »

Voilà donc Pound (là encore comme tant d'autres, Wilhelm Reich notamment) traité de paranoïaque. Oui ? Non ? À l'époque mieux vaut qu'il passe pour cinglé, et cela lui sauve sans doute la vie. Autre remarque d'un psychiatre : « Sa production mentale est extrêmement difficile à suivre. Il parle par entassements d'idées. » Pound, en effet, *est exactement comme il écrit*, c'est-à-dire comme dans les splendides *Cantos pisans* écrits dans les « cellules de la mort », à Pise (où il imagine être au pied du mont Taishan, en Chine).

Comme une fourmi solitaire hors de sa fourmilière détruite issu du naufrage de l'Europe, ego scriptor

Mais n'est-il pas fou, en réalité, celui qui pensait que « le cerveau est, dans son origine et son développement, un grand caillot de fluide génital », et que « cette hypothèse expliquerait l'énorme contenu du cerveau comme fabricant ou préservateur d'images » ? Celui qui, d'ailleurs, a introduit ce vers de son invention dans le Canto 36 : « Sacrum, sacrum, inluminatio coïtu » (« sacrée, sacrée, l'illumination dans le coït ») ? N'est-il pas dément, celui qui laisse entendre que « tout un corps de doctrine fine et subtile » court depuis les mystères d'Éleusis, et à travers les troubadours, jusqu'à lui ? Pound : « Les mystères d'Éleusis. Des choses dont on ne doit pas parler, sauf en secret. Les imbéciles ne peuvent que les profaner. Le sot ne peut ni pénétrer le secret, ni le divulguer aux autres. » Et aussi : « Dès l'instant où vous proclamez que les mystères existent, vous devez reconnaître que 95% de vos contemporains ne comprendront pas, et ne peuvent pas comprendre, un seul mot de ce que vous voulez dire. »

Le « paganisme » de Pound, issu d'une réaction violente au calvinisme, explique bien des choses. À Eliot, il écrit que le christianisme est « merdique ». Par ailleurs, la Bible (dont il tire son prénom) est pour lui le livre empoisonné par excellence (il va même jusqu'à recommander, avant la guerre, la lecture des *Protocoles des Sages de Sion*). Hystérie du siècle et, peut-être, de chaque siècle. « Il est difficile, avait-il dit, d'écrire un paradis quand tout semble vous pousser à écrire une apocalypse. Il est évidemment beaucoup plus facile de peupler un enfer ou même un purgatoire. » Et aussi :

Le paradis n'est pas artificiel
mais spezzato apparemment
il n'existe qu'en fragments inattendus

Spezzato, en italien, veut dire : coupé. Il y a, dans les *Cantos pisans*, un double mouvement d'expiation :

Rabaisse ta vanité
Que mesquines sont tes haines
Nourries dans l'erreur

et d'orgueil :

D'avoir fait naître de l'air une tradition vivante
Ou d'un vieil œil malin la flamme insoumise
Ce n'est pas là de la vanité
Ici-bas toute l'erreur est de n'avoir rien accompli
Toute l'erreur est, dans le doute, d'avoir tremblé

Pound, donc, admettra l'erreur (« Il y a quelque chose de pourri derrière les *Cantos* »), mais restera insoumis. Il répétera — fierté ultime ? tactique chinoise rusée ? — que les *Cantos* sont un « gâchis » ou du « bousillage », un « tissu d'ignorance ». Et puis, ce sera le style mutique de ses dernières années à Venise (où je le revois, en effet, sous ma fenêtre, si beau au bord d'un canal, regardant fixement ses mains et les pétrir l'une contre l'autre, comme dans l'attente d'un embarquement vertical). Un soir, à Paris, il montre un des personnages de *Fin de partie*, de Beckett, dans sa poubelle, et dit : « C'est moi. » On lui demande où il vit, et il répond : « En enfer » en montrant son cœur. Il ne parle plus : « Je ne suis pas entré dans le silence, c'est le silence qui m'a pris. » Il voyage encore, va voir la tombe de Joyce, à Zurich, écrit quelques mots du genre : « J'ai pris le symptôme pour la cause. Le problème n'est pas l'Usure mais l'Avarice. » Il laisse aussi tomber : « J'avais tort. Tort à 90%. J'ai perdu la tête dans un orage. » En 1946, il avait murmuré aussi à Charles Olson : « J'ai toujours dit ce qu'il ne fallait pas, et renversé autour de moi toute la foutue porcelaine. »

Il meurt doucement à Venise le vendredi 3 novembre 1972. Les bénédictins de San Giorgio font ce qu'il y a à faire. Puis gondole rituelle jusqu'à l'île des morts, une plaque avec son nom, rien d'autre. En ouvrant aujourd'hui les *Cantos*, ce prodigieux piège à rêverie et à mémoire instantanées, vue directe et musique, « danse de l'intellect parmi les mots », le lecteur peut se rappeler simplement ce que Pound lui-même a dit d'un de ses héros, Sigismundo Malatesta : « Un échec qui vaut toutes les réussites de son époque. »

Casanova intégral

Enfin ! Enfin une édition en un seul volume des deux mille pages des *Mémoires* de Casanova[1], l'équivalent d'*À la recherche du temps perdu*, huit millions de signes, et quels signes ! Enfin un seul bloc de féerie qui méritait d'être aménagé, soit, mais pas censuré ! L'affaire est complexe, mais finalement assez simple. Casanova (mort en 1798) écrivait un français souvent maladroit. Le manuscrit se retrouve en Allemagne, il est d'abord traduit en allemand. Puis, en 1826, publication en « bon français » mais avec atténuations, voilages, additions intempestives. Le manuscrit original, lui, attend 1960 (!) pour être connu. D'où, maintenant, nécessité d'adopter un principe unique d'édition : lisibilité de la mise au point grammaticale, et intercalation entre crochets, dans le récit, des points de censure. Voilà qui est fait, et bien fait. Le résultat est proprement fabuleux.

Jean Laforgue, le professeur français qui a « mis en forme » les *Mémoires*, ou plutôt l'*Histoire de ma vie*, est un excellent exemple de goût scru-

1. Casanova, *Histoire de ma vie*, Arléa, 1993, et Laffont, « Bouquins », 1993.

puleux et de refoulement laïque. C'est tout le dix-neuvième siècle qui s'exprime à travers lui et qui vient ainsi, fasciné, sérieux, s'allonger avec ferveur sur le divan de Casanova. Laforgue connaît bien sa langue, mais il ne faudrait pas qu'en se dévoilant beaucoup grâce à un autre elle en dise trop. Voici sa première intervention : « Quant aux femmes, j'ai toujours trouvé suave l'odeur de celles que j'ai aimées. » Casanova, pourtant, a écrit : « J'ai toujours trouvé que celle que j'aimais sentait bon, et plus sa transpiration était forte, plus elle me semblait suave. » Cette répression de la transpiration est tout un programme. De même, pour la nourriture. Casanova ne cache pas ce qu'il appelle ses « gros goûts » : gibier, rougets, foie d'anguille, crabes, huîtres, fromages décomposés, le tout arrosé de champagne, de bourgognes, de graves. Laforgue préférera le plus souvent parler de « soupers délicieux ». Casanova se décrit-il en mouvement, pieds nus, la nuit, pour ne pas faire de bruit ? Laforgue, immédiatement, prend froid, et met à son héros des « pantoufles légères ». Nous assistons ainsi, par petites touches, ou parfois par paragraphes entiers, à l'habillage supportable du corps qui hante les imaginations coupables et déprimées depuis la disparition du dix-huitième siècle. Le corps trop cru, trop présent, trop en relief, voilà le danger. L'aventure d'un corps singulier, non collectivisable, ses gestes, ses initiatives, ses postures, déclenchent une inquiétude permanente (Baudelaire et Flaubert en ont su quelque chose, sans parler des péripéties souterraines du texte de Sade). Certes, Laforgue est globalement honnête : il sait qu'il participe à un explosif littéraire (succès garanti), il aime son modèle, il l'admire. Mais il ne peut s'empêcher d'intervenir, et c'est cela qui est pour nous si passionnant. Car Laforgue est un bien-pensant toujours actuel. Le mot « jésuite », par exemple, le fait frémir, il en rajoute dans le sarcasme, là où Casanova se contente de l'ironie. Le souvenir de la monarchie est une blessure ouverte. Comment concilier le fait que Casanova est ouvertement hostile à la Terreur et regrette, après tout, l'Ancien Régime, avec ses aventures subversives qui, donc, devaient aller dans le bon sens, celui de l'histoire ? On laissera passer l'apologie de Louis XV (« Louis XV avait la plus belle tête qu'il soit possible de voir, et il la portait avec autant de grâce que de majesté »), mais on supprimera la diatribe contre le peuple français qui a massacré sa noblesse, ce peuple qui, comme l'a dit Voltaire, est « le plus abominable de tous » et qui ressemble à un « caméléon qui prend toutes les couleurs et est susceptible de tout ce qu'un chef peut lui faire faire en bon ou en mauvais ». Les odeurs, la nourriture, les opinions politiques : cela se surveille. Si Casanova écrit le « bas peuple de Paris », on lui fera dire le « bon peuple ». Mais ce sont évidemment les précisions de désir sexuel qui sont les plus épineuses. À propos d'une femme qui vient de tomber, Laforgue écrit que Casanova « répare d'une main chaste le désordre que la chute avait occasionné à sa toilette ». Qu'en termes galants ces choses-là sont dites. Casanova, lui, est allé « baisser vite ses jupes qui avaient étalé à ma vue toutes ses merveilles secrètes ». Pas de main chaste, on le voit, mais un prompt regard. Laforgue « craint le mariage comme le feu ». Est-ce pour ne pas choquer Mme Laforgue qu'il ne reproduit pas la phrase de Casanova : « Je crains le mariage plus que la mort » ? Plus abruptement, il ne faut pas montrer deux des principales héroïnes, M.M. et C.C. (les deux amies de l'une des périodes les plus heureuses de la vie de Casanova, dans son casino de Venise) dans une séquence comme celle-ci : « Elles commencèrent leurs travaux avec une fureur pareille à celle de deux tigresses qui paraissaient vouloir se dévorer. » En tout cas, pas question d'imprimer ceci : « Nous nous sommes trouvés tous les trois du même sexe dans tous les trios que nous exécutâmes. » Après une orgie, il paraît naturel à Laforgue de faire ressentir à Casanova du « dégoût ». Rien de tel.

Si Casanova écrit : « Sûr d'une pleine jouissance à la fin du jour, je me livrai à toute ma gaieté naturelle », Laforgue corrige : « Sûr d'être heureux... » Une femme, pour Laforgue, ne saurait être représentée couchée sur le dos en train de se « manuéliser ». Non : elle sera « dans l'acte de se faire illusion ». Voilà, en effet, comment une main reste chaste. De même on dira « onanisme » là où Casanova emploie ce mot merveilleux : « manustupration ». On évitera des notations sur le « féroce viscère qui [...] donne des convulsions à celle-ci, fait devenir folle celle-là, fait devenir l'autre dévote ». Casanova aime les femmes : il les décrit comme il les aime. Laforgue les respecte : c'est un féministe qui les craint. Pas question non plus que Casanova parle de taches suspectes sur sa culotte : on lui nettoie ça. En revanche, on le dotera, de temps en temps, de formules morales. La correction en arrive parfois au ravissement. M.M (« cette femme religieuse, esprit fort, libertine et joueuse, admirable en tout ce qu'elle faisait ») envoie une lettre d'amour à son Casanova. Version Laforgue : « Je lance mille baisers qui se perdent dans l'air. » Casanova (et c'est tellement plus beau) : « Je baise l'air, croyant que tu y es. »

D'où vient, cependant, l'enchantement constant à lire, même dans la version Laforgue, ces *Mille et Une Nuits* d'Occident ? C'est qu'il s'agit simplement d'un des plus beaux romans de tous les temps, racontant une performance alchimique dont chacun rêve mais que peu atteignent : faire de sa vie un roman. Si les romans servent à imaginer les vies qu'on n'a pas eues, Casanova, lui, peut affirmer tranquillement : « Ma vie est ma matière, ma matière est ma vie. » Et quelle matière ! « En me rappelant les plaisirs que j'ai eus, je les renouvelle, j'en jouis une seconde fois, et je ris de peines que j'ai endurées et que je ne sens plus. Membre de l'univers, je parle à l'air, et je me figure rendre compte de ma gestion, comme un maître d'hôtel le rend à son maître avant de disparaître. » (Notez que Casanova ne dit pas que le maître doit disparaître.) Il s'est organisé une fête de tous les instants, rien ne l'empêche, rien ne le contraint, ses maladies mêmes et ses fiascos l'intéressent ou l'amusent ; et toujours, partout, à l'improviste, des femmes sont là pour rentrer dans son tourbillon magnétique. Comme par hasard, ce sont souvent des sœurs, des amies, quand cela ne va pas jusqu'à la mère et la fille. « Je n'ai jamais pu concevoir comment un père pouvait aimer tendrement sa charmante fille sans avoir du moins une fois couché avec elle. Cette impuissance de conception m'a toujours convaincu, et me convainc encore avec plus de force aujourd'hui, que mon esprit et ma matière ne font qu'une seule substance. » Formidable déclaration d'inceste revendiqué (et d'ailleurs pratiqué et raconté, lors d'une nuit fameuse, à Naples). Il faut insister : « Les incestes, sujets éternels des tragédies grecques, au lieu de me faire pleurer, me font rire. » Voilà de quoi troubler ou scandaliser à jamais toutes les sociétés, quelles qu'elles soient. Les aventures de Casanova, l'aimantation qu'elles dégagent, viennent sans doute de cette « substance » qui le constitue. À cause d'elle, et de la détestation de la mort qu'elle entraîne, les portes s'ouvrent, les ennemis disparaissent, les hasards heureux se multiplient, les évasions de prison sont possibles, les parties de jeu tournent bien, la folie est utilisée et vaincue, la raison (ou du moins une certaine raison supérieure) triomphe. L'histoire « magique » avec la marquise d'Urfé (qui attend de Casanova, super-sorcier, d'être transformée en homme) est une des plus ahurissantes jamais vécues. Charlatan, Casanova ? Sans doute, quand il le faut, mais charlatan qui s'avoue, précisant chaque fois la vraie cause des crédulités (comme Freud, au fond, mais en plus comique).

Il rencontre des stars ? Pas de problèmes. Voltaire ? On lui récite l'Arioste, on le fait pleurer. Rousseau ? Manque de charme, ne sait pas rire. Frédéric de Prusse ? Saute d'un sujet à un autre, n'écoute pas les réponses qu'on lui fait. Catherine de Russie ? On voyage avec elle. Le cardinal de Bernis ? C'est un ami de débauche, à Venise. Le pape ? Il vous donne la même décoration qu'à Mozart, en passant. À propos de pape, la métaphysique de Casanova a encore de quoi surprendre. Il commence ainsi l'*Histoire de ma vie* : « La doctrine des stoïciens et de toute autre secte sur la force du destin est une chimère de l'imagination qui tient à l'athéisme. Je suis non seulement monothéiste, mais chrétien fortifié par la philosophie, qui n'a jamais rien gâté. » La Providence, dit-il encore, l'a toujours exaucé dans ses prières. « Le désespoir tue ; la prière le fait disparaître et, quand l'homme a prié, il éprouve de la confiance et il agit. » Casanova en train de prier : quel tableau ! Étonnante profession de foi, en tout cas, pour l'homme qui jette en même temps à la face de ses semblables cette phrase destinée à être comprise par ceux qui « à force de demeurer dans le feu sont devenus salamandres » : « Rien ne pourra faire que je ne me sois amusé. »

Casanova est présent. C'est nous qui avons dérivé loin de lui et, de toute évidence, dans une impasse fatale. Un jour, à Paris, il est à l'Opéra, dans une loge voisine de celle de Mme de Pompadour. La bonne société s'amuse de son français approximatif, par exemple qu'il dise ne pas avoir froid chez lui parce que ses fenêtres sont bien « calfoutrées ». Il intrigue, on lui demande d'où il vient : « de Venise ». Mme de Pompadour : « De Venise ? Vous venez vraiment de là-bas ? » Casanova : « Venise n'est pas là-bas, madame, mais là-haut. » Cette réflexion insolente frappe les spectateurs. Le soir même, Paris est à lui.

Le pape et les femmes

Pour tout spécialiste du langage, les discours ou les voyages du pape sont une bénédiction.

Le rituel et la diplomatie du Vatican sont de la rhétorique à l'état pur. Rencontres de chefs d'État, messes, assemblées de jeunes, « monde du travail », messages aux assemblées, percées œcuméniques (juifs, orthodoxes, musulmans, protestants), encycliques, lettres pastorales, pèlerinages, prières, re-messes, quel travail.

Au lieu de s'interroger sur le fait de savoir si le pape a raison sur telle ou telle question, on devrait, à mon avis, considérer ce prodigieux fonctionnement dans toutes les langues. Chacun reçoit son message, tactique ou stratégique, au moment qui correspond à tous les autres moments. C'est articulé, complexe, huilé, transversal, plein de sous-entendus et, me semble-t-il, d'humour. Enfin, moi, c'est le fonctionnement qui m'intéresse. La technique de l'absolu dans le relatif. Les catholiques ont de la chance : Jean-Paul II est un acteur de premier ordre, ils peuvent se reposer sur lui.

Dernière manifestation d'envergure : les femmes. Ah, les femmes ! Quel progrès depuis l'interrogation sur la possibilité de leur âme ! Sont-elles à l'origine du péché ? Ont-elles un contrat de base avec le serpent, le démon ? Ne sont-elles pas tout entières sous la domination du sexe, *tota mulier in utero* ? Graves questions, millénaires. Adam était-il de force à refuser de manger la pomme ? Aurait-il pu résister à la séduction ? Et les sorcières à travers les âges ? Les sabbats ? Les bûchers de l'Inquisition ? Les secrets des couvents ? Les religieuses galantes ? Que de livres savants, de sommes théologiques, de manuels de confession, de latin pudique pour désigner les organes et les choses intimes de l'amour — bref, quelle bibliothèque agitée !

Eh bien, c'est fini. *Dixit* le pape. Les femmes sont des êtres humains normaux, aussi dignes d'estime que les hommes, à égalité avec eux. La femme n'est pas un objet mais un sujet. Quelle découverte ! On n'en revient pas.

Bon, bon, direz-vous, mais cette révolution ne va pas encore assez loin. Les droits de l'homme, les droits de la femme, soit. Dieu a créé le genre humain avec les deux sexes, la côte d'Adam est un morceau de choix (peut-être le principal, après tout ?), mais pourquoi s'arrêter en chemin et ne pas accepter qu'elles puissent devenir *prêtres* ? Nous n'en sommes pas là. Les anglicans ne seront pas suivis sur ce point. Est-ce théologiquement fondé ? Je veux bien le croire. Personnellement, pourtant, je le regrette sur un point : rien ne me serait plus agréable que d'aller me confesser à une femme. Oui, je l'avoue sans honte : à l'idée d'un confessionnal occupé par une jolie prêtresse, je frémis. Je redeviendrais pratiquant ! J'attendrais ce moment avec ferveur ! Obtenir mon *absolution* d'une femme serait un rêve ! Mais ne serait-elle pas horrifiée par mes récits ? Pourrais-je tout lui avouer ? M'écouterait-elle jusqu'au bout ? Avec les détails ? Chez les protestants, pas de confession, pas de trouble. Chez les juifs, encore moins. Quant à l'islam, n'en parlons pas, le tchador a encore de beaux jours devant lui. Enfin, attendons : un siècle, peut-être ? Deux ? J'ai bien peur de ne pas pouvoir être là à temps.

On dit que le philosophe marxiste Althusser voulait absolument rencontrer le pape pour lui donner des conseils sur la façon de sauver la planète. Le rendez-vous était pris. Malheureusement, avant cette entrevue décisive, il étrangle sa femme. C'était avant la position officielle de l'Église, avant *Mulieris dignitatem*. Quel dommage. Un philosophe catholique français, Jean Guitton, nous explique aujourd'hui que son ami Althusser a commis ce crime dans un délire d'amour et que, d'ailleurs, sa femme était une sorte de Mère Teresa. C'est peut-être pousser l'humour noir un peu loin. Mais qui sait ? Les voies de la grâce sont impénétrables.

Les Américains et surtout les Américaines vont être déçus. Les prêtres ne se marieront pas demain, les femmes ne pourront pas dire la messe, administrer les derniers sacrements, devenir *cardinales*. Ah, ces catholiques ! Ils croient encore à la différence sexuelle ! Déjà qu'ils ne veulent pas légitimer l'homosexualité, la contraception, l'avortement, l'insémination artificielle — toutes ces merveilles ! Le pape reconnaît la pleine humanité des femmes, mais il bloque encore le progrès, notre progrès biologique dont nous sommes si fiers. Madame l'archevêque, madame l'évêque, ce serait pourtant joli et un jour, pourquoi pas, même, *madame le pape* ! La papesse ! Fantasme universel ! *Habemus Mammam* ! Fumée rouge ! Pour les libertins aussi, c'est un jour de nostalgie. Ai-je besoin d'expliquer pourquoi ?

Mes musulmanes

Ces voiles, ces foulards, ces cornettes d'un nouveau genre m'enchantent. Avec les préservatifs, la mode sera donc maintenant *couverte*, éjaculation limitée, révérence à l'égard de Dieu, calotes et kipas, chapeaux et papillotes, grande austérité d'une humanité en panne devant ses valeurs. Espérons que, dans la foulée, reparaîtront soutanes, tonsures nettes, chasubles, surplis et replis, encens, aubes, dentelles, étoles, mitres et toute la gomme. Les professeurs, à l'école, changeront trois fois par semaine de déguisement. Tantôt bibliques purs, tantôt coraniques, ils seront aussi polonais stricts, confessant les élèves, tous sexes confondus, pendant les récréations. *Sursum corda ! Habemus ad Dominum !* La laïcité a vécu : place au cirque.

Pauvres protestants, revêches pasteurs ! Admirables francs-maçons illuminés en civil ! Quel défi à l'intériorité raisonnable, aux lueurs dans la nuit, aux colonnes, aux tabliers, à l'équerre, au compas, au fil à plomb, au triangle optique ! Et vous, féministes cherchant à faire voter enfin vos lois antisexistes, n'avez-vous pas honte de laisser vos sœurs musulmanes seules dans ce dur combat pour la manifestation de leur foi ? N'avez-vous pas prôné, les premières, le port du tchador mental ? Oui, vous avez été les vraies préparatrices des voies de l'islam. Je revois vos châles, vos collants, vos emmitouflages sombres. Je réentends vos condamnations pincées du phallus. Musulmanes, vous l'étiez avant ces jeunes filles vierges venues du désert dans nos métropoles du vice ou, comme vient de le dire le charmant Decourtray, du « dévergondage ». Sais-tu que c'est adorable, ça, cardinal, d'avoir réemployé ce mot qui disparaissait ? « Dévergondage » ! Mais c'est le bon vieil érotisme qui revient ! Sur mes genoux, petites dévergondées voilées aux regards fiévreux d'odalisques ! Souples bayadères d'Alger ! Figurantes tremblantes et dodues de bain turc ! Déshabillez-vous, mais gardez vos foulards en présence du mystère sacré que je vais vous révéler dans quelques secondes ! Il est bon, il est juste et bon, que la France réapprenne ses peintres de harem ; qu'elle devienne algérienne avant d'être carrément iranienne, puisque c'est la seule façon de ramener les Lumières, clandestinité, bulletin ronéotypé, conviction intime ranimée de force. Tant que les nouvelles générations ne seront pas obligées de lire Voltaire pour survivre, le foulard vaincra. Tous ceux qui pensent encore aujourd'hui que la société est, ou devrait être, une *affaire sérieuse* sont des foulardistes en puissance. Je note, au passage, que personne n'a considéré ma proposition, pourtant évidente, de rejouer à Paris *Mahomet*, histoire de voir si la pièce serait interdite pour atteinte à l'ordre public. Ce serait beau : Rushdie sur scène ! Moi en Séide ! Bordel plus assuré que Genet ! Batailles rangées devant l'Odéon ! SOS CRS ! Fantasia ! Super 68 ! Vous seriez là en masse, musulmanes intraitables et crieuses ! Ô frigides d'Allah ! Moutonnes de la transcendance ! Faux trous, hélas cohérents, de la Prophétie fumeuse ! Cachez-moi cette tête que je ne saurais voir ! Ce crâne poilu ne nous annonce que trop la mort inéluctable, ô fabricatrices obstinées de squelettes futurs, pécheuses de fémurs dans l'océan du temps sablonneux ! En avant les sourates ! Récitez-moi par cœur la 29, *L'araignée* : « Dieu sait parfaitement que ce qu'ils invoquent en dehors de lui n'est rien, il est le Puissant, le Sage ! » Psalmodiez-moi l'interminable numéro 4 *Les femmes* : « Admonestez celles dont vous craignez l'infidélité, reléguez-les dans des chambres à part et frappez-les, Dieu est élevé et grand ! » Et la numéro 16, *Les abeilles*, ah, *Les abeilles* ! « Il a créé l'homme d'une goutte de sperme, et voilà que celui-ci se montre querelleur ! » À mort Voltaire ! Satan, juif, nazi, antisémite, machiste, sexiste, français, blasphémateur, renégat, corrupteur, maçon sur le tard au hideux sourire ! Tolérance, il y a eu des maisons pour ça ! Caillot de sang prétentieux ! Fagot de géhenne ! L'Évangile est éternel : oui, nous voulons l'ignorance, la peur, le malheur ; la trique métaphysique au semblant de jouir !

Profond Marivaux

Allez à Berlin, désormais ville ouverte : vous circulez d'Ouest en Est, vous vous demandez pourquoi, depuis presque un siècle, a eu lieu ce grand théâtre massacrant, ces hurlements bruns, ces rafales rouges. Tout est calme, maintenant, électronique, technique. Vous entrez dans le palais de Charlottenbourg, vous montez, et la réponse est là, puissante, insolente, discrète : *L'Enseigne de Gersaint, L'Embarquement pour Cythère*. Watteau avait donc raison à ce point ? Oui, il n'y a rien d'autre à voir à Berlin. En quelle langue parlent donc ces petits personnages de tableaux, vifs, fragiles, passionnés, indestructibles ? Pourquoi semblent-ils soudain si réels ? Regardez, écoutez. Voilà, les voix vous parviennent. C'est du Marivaux [1]. Le Marivaux est une langue en soi, ce qui prouve bien qu'un grand écrivain est inséparable de la peinture et de la musique de son époque, et que cette époque, justement, saisie comme il faut, n'est pas du passé, mais du présent intégral, du

1. Marivaux, *Théâtre complet*, Gallimard, « Bibliothèque de la Pléiade », tome II, 1994 ; édition établie par Henri Coulet et Michel Gilot.

temps à l'état pur. Marivaux n'écrit pas une langue donnée, il écrit *en plus* dans la langue de tous les écrivains de cette langue. Il s'agit du français ? Eh oui, on n'y peut rien. Le pacte germano-soviétique a oublié ce détail. L'anglais publicitaire n'y change pas grand-chose. Du français, donc, qu'il faudrait apprendre aux Français comme à tout le monde. Nous avons là une preuve : qui aurait pu imaginer que Watteau triompherait à Berlin ?

En 1697, Louis XIV, poussé par la pieuse et morne Maintenon, chasse les comédiens italiens. Ils sont trop mobiles, ironiques ; ils risquent d'entraîner des désordres. Le Régent les rappelle dès 1716. On ne dira jamais assez de bien de la Régence. On n'insistera jamais assez sur le fait que le fond des choses se joue sans cesse entre puritains et libertaires, le puritanisme se manifestant bien entendu *aussi* par l'utilisation de la caricature pornographique. Question de goût. D'un côté, tragédie, pathos, religiosité, morbidité, grands sentiments, brutalité, folie, confusion, lourdeur. De l'autre, improvisation, égalité spontanée des sexes, conversations rapides, échanges complexes et précis, profondeur par légèreté, relativité, plaisir. Le théâtre français était endormi : attitudes conventionnelles, diction pesante, vanité des acteurs (Marivaux les décrit ainsi : « Ils ont mieux aimé commettre dans leur jeu un contresens perpétuel qui flattait leur amour-propre, que de ne pas paraître entendre finesse à leur rôle »). Les Italiens, eux, sont d'abord des corps. Ils ont des mimes, des acrobates, ils partent de la féerie des gestes, ils inventent des répliques, ils ne sont pas prisonniers du texte. Marivaux surgit dans cette contre-offensive physique. Arlequin trouve sa philosophie : « Je cours, je saute, je chante, je danse. » C'est à Paris, et nulle part ailleurs, qu'Arlequin se met à penser l'espace comme une nouveauté de chaque instant. Picasso, plus tard, ne dira pas autre chose.

Oui, oui, Saint-Simon, Watteau, Marivaux, Fragonard, Voltaire, Diderot, Laclos, Sade — et tous les autres : rien à faire, l'histoire tragique de l'Europe ne les touche pas. Et ne dites pas que c'est du passé, seuls les programmes de mort passent. C'est *Le Triomphe de l'amour* qu'il fallait aller jouer à Sarajevo, et non pas *En attendant Godot*, comme a cru bon de le faire un écrivain-femme américain, avec autant de perversité inconsciente que d'indécence. Hitler et Staline ont cru Watteau sans pouvoirs ? Ils ont eu tort, comme ont tort aujourd'hui Milosevic, l'intégrisme islamique ou le déluge publicitaire populiste. Une dirigeante féministe ralliée à Tapie ? Sans commentaire. Ou plutôt : ce qu'il fallait démontrer. Dans tous les cas de figures et quelle que soit la rage à se débarrasser de l'intelligence incarnée, l'extrême profondeur de la légèreté jouée est inaltérable. Dans *Le Spectateur français*, Marivaux écrit : « Penser naturellement, c'est rester dans la singularité d'esprit qui nous est échue... Avec ce génie-là, on est nécessairement singulier et d'un singulier très rare. »

Démontrer le corps par la langue, et réciproquement, voilà la grande affaire. Nous ne savons pas d'avance ce que nous pensons, croyons, ressentons : il faut le dire, il faut répondre à ce qui est dit. Enchaînons les titres des pièces publiées dans ce deuxième volume de la « Pléiade », nous obtenons un roman : la réunion des amours, le triomphe de l'amour, l'heureux stratagème, la méprise, les fausses confidences, la joie imprévue, l'épreuve, la dispute, le préjugé vaincu. Au fond, peu importent les situations, les variations, les personnages. Tout se passe dans une ivresse lucide de parler, d'insinuer, de simuler, de dissimuler. C'est ici le jeu même de la vérité, c'est-à-dire du hasard, c'est-à-dire d'une nécessité plus forte que la prétention humaine. On trouve devant soi « de la jalousie, du calme, de l'inquiétude, de la joie, du babil et du silence de toutes couleurs ». Le dialogue est la pierre de touche de la justesse cachée, celle qui lève la malédiction du soi-disant abîme entre les sexes (le fascisme, au fond, n'a pas d'autre cause). Un garçon dit à une fille : « J'ai beau être près de vous, je ne vous vois pas assez. » Elle répond : « C'est ma pensée ; mais on ne peut pas se voir davantage, car nous sommes là. » Marivaudage ? Mais non, petites unités de désir, division des pulsions, art de la touche qui disqualifient les mauvaises natures en encourageant les dons. « Je ne les endors pas, je les réveille, dit Cupidon ; ils sont si vifs qu'ils n'ont pas le loisir d'être tendres ; leurs regards sont des désirs ; au lieu de soupirer, ils attaquent ; ils ne demandent pas d'amour, ils le supposent. Ils ne disent pas : faites-moi grâce, ils la prennent. » La civilisation de la raison passe par ce feu qui favorise, bien entendu, certaines femmes. Liberté féminine élue égale liberté tout court. Il faut lire *La Colonie*, la pièce la plus « féministe » de Marivaux. Faire confiance au langage et à ses nuances est la seule loi. Tout le reste s'ensuit : une faute de langage est une faute d'amour. « Accoutumez-vous à penser que vos soupirs ne m'obligent pas à les accompagner des miens », dit durement la comtesse dans

L'Heureux Stratagème. C'est la même, d'ailleurs, qui lance le merveilleux « ce n'est pas ma faute », dont Laclos, dans *Les Liaisons dangereuses*, se souviendra si bien.

Silvia, la célèbre actrice italienne dont Marivaux exploitera toutes les finesses, se plaint, au début, de ne pas bien entrer dans le rôle qu'on lui donne à jouer. Elle ne connaît pas encore Marivaux. Il va dans sa loge et lui lit des morceaux de la pièce. « Ah, dit-elle, je comprends tout. Mais vous, vous êtes le diable ou l'auteur. » Marivaux répond : « Je ne suis pas le diable. » Il est beau, je trouve, que ce soit elle qui l'ait reconnu, à la voix, comme étant ce diable d'auteur.

L'Égyptien de la famille

Rimbaud et Nietzsche ont eu leurs sœurs abusives, expertes dans les mises en scène posthumes. Flaubert, lui, a eu sa nièce, Caroline, qui trouvait que son oncle, autrefois, avant de partir pour l'Orient en désespérant sa mère, aurait pu éviter ce genre de phrase : « Le même soir, j'allai chez la mère Guérin et y fis passablement d'ordures avec deux garces nommées Antonia et Victorine. » Caroline supprime donc ce fragment inconvenant. Elle barre aussi toutes les allusions que son parent glorieux, mais spécial, fait à ses « crises nerveuses ». Elle coupe, elle ratisse, elle aménage. *Le Voyage en Égypte* ne doit pas apparaître comme un texte brut, saccadé, direct ; le *corps* de Flaubert y serait trop présent. Elle habille, elle gomme, elle recoud, elle enchaîne. Voici donc un manuscrit de collectionneur qui va attendre cent quarante ans pour être publié dans sa forme réelle[1]. Nous sommes en juin 1851, « Gustave » (comme dira Sartre) vient de rentrer d'Égypte. Il a trente ans,

1. Gustave Flaubert, *Voyage en Égypte*, Grasset, 1991 ; édition intégrale du manuscrit original établie et présentée par Pierre-Marc de Biasi.

on n'insistera jamais assez sur le fait qu'il est très beau et grand (1,83 m, taille rare à l'époque). En cinq semaines, il écrit cent quatre-vingt-sept pages pour que ses souvenirs restent devant lui, frais, nets, dressés. Il fait lire sa copie à Louise Colet, sa maîtresse, qui est très choquée. Après *La Tentation de saint Antoine* à laquelle ses amis les plus proches n'ont rien compris, il faut décidément trouver autre chose, quitte à y revenir plus tard (*Salammbô*). En septembre 1851, donc, après avoir rangé son travail, Flaubert entame son attaque frontale contre la machine à censure et l'idiotie des familles : ce sera *Madame Bovary*.

L'Orient ? Flaubert n'a jamais oublié son impression, à l'âge de douze ans, en voyant passer sous ses yeux, à Rouen, le *Louxor* qui ramenait à Paris l'obélisque de la Concorde. Tout se passe comme s'il avait pris, alors, la décision d'aller se mettre à sa place *là-bas*. Son expérience en Égypte est le contraire d'un mirage exotique ou poétique. Il n'est ni voyageur au sens classique, ni archéologue, ni photographe (comme Maxime Du Camp), encore moins touriste. Comme d'autres écrivains français, après lui, iront, sous des prétextes divers, en Afrique ou en Chine, il est d'abord à l'intérieur de son système nerveux, chez lui. Il note ce qui lui arrive au ras de la sensation, bateaux, chameaux, animaux, désert, indigènes, couleurs changeantes, profondeur des plans, silences, nappes de visions, reliefs. Il est peintre, il est musicien, il marche, il tire au fusil, il respire. Sa phrase se fait dure, carrée, rythmée comme un hiéroglyphe. « Tout est gris et noyé dans un grand ton rose » — « Le vent chaud vient du midi, le soleil a l'air d'un plat d'argent bruni » — « Les nuages marbrent le Nil de grandes plaques bleu pâle ». La recherche de la verticalité et de la certitude des mots se marque par un emploi constant du tiret, on est devant une sculpture. De temps en temps, il s'ennuie, les temples l'embêtent, sa grande affaire est de savoir pourquoi et comment il jouit. Et voici : une tempête de sable brun-rouge tourbillonne, une caravane flotte à côté de lui comme une ligne fantôme. « Je sens quelque chose comme un sentiment de terreur et d'admiration furieuse me couler le long des vertèbres — je ricane nerveusement — je devais être très pâle et je jouissais d'une façon inouïe. » La crise se fait conscience de soi, Œdipe peut enfin répondre au Sphinx devant Thèbes : « Au moment où je regardais trois plis de vagues qui se courbaient derrière nous sous le vent, j'ai senti monter du fond de moi un sentiment de bonheur solennel qui allait à la rencontre de ce spectacle, et j'ai remercié Dieu dans mon coeur de m'avoir fait apte à jouir de cette manière. » Flaubert souligne : il ne pense à rien mais il est soudain « fortuné par la pensée » dans une volupté intime de tout son être. Il est en pleine révélation, en soi et pour soi.

Voilà qui demande une vérification concrète. La voici. Elle s'appelle Kuchiouk-Hânem. C'est une danseuse célèbre, une prostituée professionnelle. Quand Flaubert la rencontre, il est ébloui. « Elle venait de sortir du bain — sa gorge sentait frais, quelque chose comme une odeur de térébenthine sucrée. » La grande Égypte pierreuse s'incarne ici à son intention (ses amis de voyage ne se rendent compte de rien). C'est une déesse envoyée exprès pour lui : « Elle a sur le bras droit, tatouée, une ligne d'écritures bleues. » Tout le passé vertigineux vivant s'adresse à Flaubert dans cet instant, il est mystérieusement *choisi* pour en rendre compte : « Les nuits avec Kuchiouk et Saphia Zougairah (« très corrompue, remuant, jouissant, petite tigresse, je macule le divan ») sont une naissance définitive : « Second coup avec Kuchiouk — je sentais, en l'embrassant à l'épaule, son collier rond sous mes dents — son con me polluait comme avec des bourrelets de velours — je me suis senti féroce. » Il la regarde dormir en pensant à toutes les autres femmes qu'il a contemplées pendant leur sommeil, à toutes ses nuits blanches. « À 2 h trois quarts, elle est réveillée — recoup plein de tendresse — nous nous serrions les mains — nous nous sommes aimés, je le crois du moins — tout en dormant elle avait des pressions de mains ou de cuisses machinales comme des frissons involontaires. » Mais voici le plus grave : « Je m'amusais à tuer sur les murs les punaises qui marchaient et ça faisait sur ce mur blanchi de longues arabesques rouge-noir. » Devant cette notation, Louise Colet s'indigne : décidément, Flaubert « dégrade » tout. Il lui répond : « Cela me rappelle Jaffa où, en entrant, je humais à la fois l'odeur des citronniers et celle des cadavres ; le cimetière défoncé laissait voir les squelettes à demi pourris, tandis que les arbustes verts balançaient au-dessus de nos têtes leurs fruits dorés. Ne sens-tu pas comme cette poésie est complète, et que c'est la grande synthèse ? » Non, Louise Colet *ne sent pas*. Personne ne pense à la « grande synthèse ». Il faudra donc écrire froid, hiératique, implacable, taillé. Ce sera long, terrible mais triomphal. Voila pourquoi on peut s'étonner que la République n'ait pas encore célébré, par une plaque ou un petit obélisque, la mémoire du Kuchiouk-Hânem. Ce serait pourtant la moindre des choses : « À Kuchiouk-Hânem, la littérature universelle reconnaissante. » Allons, un bon mouvement, place de la Concorde, dans un coin.

Borges le magicien

« J'ai remarqué, au cours des ans, écrit Borges, que la beauté est chose fréquente. Pas un jour ne s'écoule sans que nous ne vivions, un instant, au paradis. »

Atlas est le recueil d'instantanés de cette expérience. Quelques photos de voyages, où l'un des grands poètes de ce siècle nous donne à contempler ce qu'il ne pouvait plus regarder. Il est là, enfermé dans le « clair brouillard que voient les yeux des aveugles » et il nous ouvre Istanbul, l'Irlande, le Japon, Buenos Aires, sa ville natale, et Genève, sa ville de sagesse ultime et de mort. Aucun pathétique : une souriante jeune femme l'accompagne, japonaise et argentine, Antigone prévue de cet Œdipe serein qui rêve d'Homère, Borges a dicté l'accompagnement de ces photos (qui ne sont même pas de « belles photos », donc d'autant plus touchantes), comme il le faisait de ses derniers poèmes tirés de la nuit et des rêves. On y retrouve ses thèmes de prédilection : le Temps, la Bibliothèque, le Hasard, les Échecs, le Labyrinthe. Le ton est celui d'une résignation mélodieuse et lucide. La mort est là, mais dans une lumière de bonheur.

Voyez ce vieil homme en ballon, quelque part en

Californie. Ou bien à Épidaure. Chaque moment d'espace correspond pour lui à un chiffre secret, et il l'a voulu ainsi. Au coin de la rue Raymond-Lulle à Majorque, par exemple. Ou encore près d'un tigre qu'il aurait sans doute aimé être dans une autre vie. Borges a réussi à faire de la métaphysique un ensemble d'anecdotes et de fables simples, directes. Son érudition est incessante, et pourtant elle ne pèse jamais. Pour qui l'a entendu une fois, fragile, puissant, penché en avant, sortir de sa voix des visions multiples, il ne fait aucun doute qu'une certitude l'habitait, celle de l'efficacité magique du langage, encore possible, même à notre époque de chaos, pourvu que le choix soit précis, la diction claire et vibrante, la complexité vaincue. Une promenade sur la planète avec lui, et vous êtes aux côtés de Tchouang-Tseu, de Platon, de Virgile, de Dante ou de Joyce, ses ombres préférées, ses contemporains dans le fleuve de mémoire et d'oubli. Il nous rappelle, en passant, la vie latente des langues, l'action de la métaphore et ce que signifie pour toujours ce mot en grec : *translation*. Le voici à Paris, ou encore au café Florian, à Venise, « Venise de cristal et de crépuscule », un « crépuscule éternel et léger, sans avant ni après ». Dans *Les Conjurés* et *Le Chiffre*, on sent la même obsession que dans l'inoubliable *Aleph* : atteindre le point où tout apparaîtrait simultanément, les détails les plus intimes de l'existence et les replis vertigineux de l'Histoire et de la pensée. Enfer, sans doute, mais qui peut virer à une méditation extatique.

Ferme, subtile, modeste, orgueilleuse, la figure de Borges est pour moi une des plus émouvantes. C'est une émotion inexplicable que provoque, entre autres, ce chef-d'œuvre de dix lignes, intitulé *Le Désert* :

« À trois ou quatre cents mètres de la Pyramide, je me suis baissé, j'ai pris une poignée de sable, je l'ai laissé couler silencieusement un peu plus loin et j'ai dit à voix basse : *Je suis en train de modifier le Sahara.* Le fait était minime mais, dans leur banalité, mes mots étaient exacts et je pensai qu'il m'avait fallu toute une vie pour pouvoir les prononcer. Le souvenir de cet instant est l'un des plus significatifs de mon séjour en Égypte. »

Stendhal l'Italien

En juillet 1817, paraît à Paris, en deux volumes, une étrange *Histoire de la peinture en Italie* [1]. Elle est signée des initiales M.B.A.A., qu'il faut déchiffrer : Monsieur Beyle, ancien auditeur. En septembre de la même année, voici un autre livre du même auteur : *Rome, Naples, Florence*. Mais, cette fois, la signature a changé : c'est Stendhal.

Où en est Stendhal en 1817 ? Politiquement, après l'épopée napoléonienne, c'est pour lui l'exil, ou presque. Le souvenir de l'Empereur prisonnier à Sainte-Hélène s'éloigne (mais la courageuse dédicace ne le trahit pas : « Vos plats ennemis ne seront connus que par le bonheur qu'ils auront eu d'être vos ennemis. »). La Restauration est partout, c'est-à-dire l'argent, l'hypocrisie, les intrigues, les places. L'Histoire s'est rendormie. Stendhal se sait suspect, socialement mais aussi personnellement.

Il sent autrement, il raisonne autrement, il aime d'une façon qui n'appartient qu'à lui, il a besoin

1. Stendhal, *Histoire de la peinture en Italie ; I — Autour de Léonard de Vinci ; II — Autour de Michel-Ange*, Seuil, « L'école des lettres », 1994.

d'admirer, il veut devenir admirable. Il a trente-quatre ans. Il ne va pas bien. Il est entre Angela (qui le trompe) et Métilde (qui sera la grande passion de sa vie). L'Italie ? Ah oui, plus que jamais, la France est invivable, déluge de soupçons, de petitesses, de règlements de comptes feutrés provinciaux. L'art ? De plus en plus, puisque c'est la même chose que l'amour. Mais quel art, maintenant ? Pour dire quoi ? Et avec quels corps ? Retour aux Grecs, comme d'habitude, après les grands effondrements ? Sans doute, mais les Italiens (on les connaît encore si mal) ont fait autre chose que le mauvais goût néo-classique révolutionnaire ou impérial. On ne doit pas imiter l'Antique, on ne doit pas vouloir autre chose que ce qu'on est. Alors ?

Stendhal a un faible pour la physiologie. Au commencement est le *tempérament*, le reste en découle. Voyons, il y a le sanguin, le bilieux, le flegmatique, l'athlétique, le nerveux, le mélancolique. Stendhal est déjà romancier, il observe, il note, il classe, il trace des portraits, il s'amuse : « Des mouvements gênés, des déterminations pleines d'hésitation et de réserve, décèlent le mélancolique. Ses sentiments sont toujours réfléchis, ses volontés semblent n'aller au but que par des détours. S'il entre dans un salon, il se glissera en rasant les murailles. » Le *sanguin-bilieux* est le tempérament le plus heureux (c'est celui des Français, tant mieux). En revanche, le « bilieux-mélancolique, variété si commune en Espagne, en Portugal, au Japon, me semble, au contraire, le tempérament du malheur sous toutes ses formes ».

La situation historique est mélancolique ? On va donc la rappeler à l'ordre par l'esprit logique et mathématique (c'est celui que Stendhal se veut) mais capable en même temps d'aller au fond du sentiment (c'est ainsi que Stendhal se rêve). Un mot résume cette synthèse originale qui risque de disparaître dans l'apathie et la recherche d'intérêts médiocres : l'*énergie*. Ainsi, on fera l'apologie, sinon de Napoléon (après tout, trop de morts pour rien et trop d'Administration), du moins de François Ier (l'« énergie de la Ligue sème des grands hommes »). François Ier, contre Louis XIV qui ne comprend pas Bernin, est « italien ». La preuve ? Léonard de Vinci. Louis XIV, et la suite, c'est peut-être une erreur par rapport à Rome. Quoi ? Rome ? Les papes ? Eh oui, Jules II, par exemple, mais il n'y a pas que lui.

Et puis, bien sûr, la Florence de Laurent de Médicis : « Ses poésies dévoilent une âme passionnée pour l'amour, et qui aima Dieu comme une maîtresse, alliance que la nature ne met que dans ces âmes qu'elle destine à être unies aux plus grands génies. Il avait coutume de dire : " Que celui-là est mort dès cette vie, qui ne croit pas en l'autre. " Avec le même style enflammé, tantôt il chante des hymnes sublimes au Créateur, tantôt il déifie l'objet de ses plaisirs. »

Et voici le grand héros de ces deux volumes éblouissants de netteté, de jugement et de sensation (non, non, personne ne les a lus, inutile de dire le contraire) : Michel-Ange. Le goût pour Michel-Ange renaîtra, dit Stendhal (qui ne pouvait pas imaginer l'existence, un jour, de Rodin). Il faut voir comment il tente de comprendre les lignes de force qui amènent un tel résultat humain, concentré, unique. Stendhal n'a pourtant pas la fibre biblique, il « lisait Voltaire à douze ans ». Mais la

Sixtine le prend, le fascine, l'inquiète. « Un sot paraît dans la chapelle Sixtine, et sa petite voix en trouble le silence auguste par le son de ses vaines paroles ; où seront ces paroles ? où sera-t-il lui-même dans cent ans ? Il passe comme la poussière, et les chefs-d'œuvre immortels s'avancent en silence au travers des siècles à venir. »

Il s'agit bien ici de Stendhal, pas de Chateaubriand. Prophétie ? Non : des faits physiques. Stendhal est à cinq heures du matin dans Saint-Pierre de Rome (« On prévient le portier la veille »). Il essaie d'analyser pourquoi *cette* histoire (avec ses débordements, ses effusions de sang, sa mysticité, ses blasphèmes) a pu engendrer *ces* œuvres-là. Stendhal et le culte des grands hommes ? Bien entendu, et comme il a raison. Comme matérialisation d'« énergie », il faut dire que Léonard et Michel-Ange sont à mettre à part : « Michel-Ange employa plusieurs mois à dessiner à la chapelle de Masaccio. Là, comme partout, il fut supérieur, ce dont, comme de juste, il fut récompensé par un sentiment général de haine. »

Ce qui passionne Stendhal, qui est tout sauf un amateur ou un critique d'art, c'est la lutte entre pouvoirs temporels et spirituels : le jeu, ici, est bizarre, puisque le pape incarne le temporel et Michel-Ange le spirituel. Or, dans ce cas, le spirituel *s'impose* « Dès cet instant, Jules III l'aima presque autant que Jules II autrefois... S'il lui survivait, comme l'ordre de la nature semblait l'annoncer, il voulait le faire embaumer, afin que son corps fût aussi immortel que ses ouvrages ». Drôle de projet pour un artiste de la part d'un pape, n'est-ce pas ?

Voilà Stendhal en train de naître en Italie. Cela le conduira assez loin, on le sait. « L'essentiel, pendant que nous y sommes, est de fuir les sots et de nous maintenir en joie. » Et ceci, stendhalissime : « L'Amour est en Italie, non aux États-Unis d'Amérique ou à Londres... En Angleterre, faire une partie de piquet le dimanche ou jouer du violon est une impiété révoltante. Le capitaine de vaisseau qui portait Bonaparte à Sainte-Hélène lui fit cette burlesque notification. »

Volonté de Balzac

Contrairement à ce qu'auront pensé un certain nombre de modernes racornis et précieux, Balzac est plus actuel que jamais. Pourquoi fait-il peur ? Trop d'Histoire et d'histoires. Demandez à un romancier français où en est sa méditation historique, celle de son temps et de tous les temps. Il balbutiera, se dérobera, deviendra vite formaliste, populiste, moraliste ; il vous répondra en se prenant très au sérieux, tout en dissimulant son ignorance. La société ? Connaît pas. Le passé ? Confus. Le présent ? Chaotique. Pas étonnant, donc, qu'on ne puisse pas parler de futur.

Une biographie de Balzac [1] ? Oui, surtout pour vérifier, comme pour tous les grands écrivains, que l'essentiel est dans l'œuvre. Certes, il est important de savoir que Balzac s'appelait en réalité Balssa ; que son père, voltairien et rusé, s'est glissé à travers la Révolution et l'Empire (Honoré, en devenant de plus en plus monarchiste et catholique, aura donc été un parfait Œdipe) ; que sa mère — point capital — était un monstre (« elle me haïssait avant que je fusse né ») ; que ses deux

1. Roger Pierrot, *Honoré de Balzac*, Fayard, 1994.

sœurs, Laure et Laurence, auront sans doute été ses deux amours principaux. Tout cela compte, infléchit l'ensemble de son aventure. Mais voici, très vite, le personnage majeur : la lecture. Balzac, d'emblée, est une prodigieuse machine à lire, telle est sa vraie naissance, peu à peu transformée en industrie d'écriture. Ouvrons *Louis Lambert*, c'est une autobiographie à peine déguisée : « L'absorption des idées par la lecture était devenue chez lui un phénomème curieux ; son œil embrassait sept à huit lignes d'un coup, et son esprit en appréciait le sens avec une vélocité pareille à celle de son regard... Il possédait toutes les mémoires : celle des lieux, des noms, des mots, des choses et des figures. Non seulement il se rappelait les objets à volonté ; mais encore il les revoyait en lui-même situés, éclairés, colorés comme ils l'étaient au moment où il les avait aperçus. Cette puissance s'appliquait également aux actes les plus insaisissables de l'entendement... » Louis Lambert, le « jumeau spirituel » de Balzac, comme dira Baudelaire, n'a que douze ans. C'est un « théoricien de la volonté » (et donc de la volonté de puissance, thème capital chez l'auteur de *La Comédie humaine*). Bien entendu, au départ, personne ne remarque rien, on met l'enfant en pension, il n'est ni bon ni mauvais, il poursuit seul ses expériences, rien de ce qu'on lui enseigne ne vaut l'entraînement auquel il se soumet lui-même pour devenir un monde parallèle au monde. Tout se passe d'ailleurs comme si la formidable mutation du dix-huitième au dix-neuvième siècle l'avait élu, lui, comme faculté de déchiffrement et de concentration. La société a commis un crime ? Voici le secrétaire qui va nous dire pourquoi et comment. Un secrétaire minutieux, précis, archiviste ; un bénédictin, un moine (il en prendra bientôt, par provocation, l'habit et les habitudes). Il y aura un Balzac ethnologue de jour, mondain, curieux, affairiste, cloisonné ; et un Balzac de nuit, dont on imagine (mal) la légende : « Moi, de minuit à midi, je compose, c'est-à-dire que je suis 12 heures sur mon fauteuil à écrire, à improviser, dans toute la force du terme ; puis de midi à 4 heures, je corrige mes épreuves. À 5 heures 1/2 je suis au lit, à minuit réveillé. » Déjà, on pense à Proust, et bien entendu, c'est la même sublime folie en acte. Le jeune Balzac ? Il est dans une mansarde, avec ses livres : « Je ne sors que rarement, mais lorsque je *divague*, je vais m'égayer au Père-Lachaise, et tout en cherchant des morts, je ne vois que des vivants. » Balzac rime déjà avec Rastignac, à nous deux, donc, pseudo-réalité cachant ses racines. On va mettre tout ça à découvert, pan par pan.

Un romancier ne doit pas trop penser ? Quelle misérable propagande des salariés du diable ! Au contraire, la philosophie est nécessaire ; sans elle, pas de récit informé. Spinoza n'est accessible qu'en latin ? Balzac entreprend une traduction de *L'Éthique*. Comme ça. Mais voici la référence insistante : Buffon. On ne s'y attendait pas. Les hommes sont des animaux dont il faudrait faire le classement par espèces, la radiographie en mouvement. L'Histoire est à la fois une « résurrection globale du passé » et une observation de l'envers du présent sous toutes ses formes. *La Comédie humaine*, dira Balzac en 1842, a d'abord été un rêve, une chimère. Et puis, elle est devenue réelle. Peu à peu, l'Humanité a pris le contour d'une vaste Animalité dévoilée. L'écrivain est un conteur, mais aussi un archéologue, un nomenclateur, un enregistreur. Il a un sens spécial pour deviner la question clé, celle à laquelle on donne le nom de « femme ». Balzac, non content de scandaliser son siècle par la fameuse formule : « J'écris à la lueur de deux vérités éternelles : la Religion, la Monarchie », a cette pointe merveilleuse d'ironie : « L'écrivain catholique trouve une femme nouvelle dans chaque nouvelle situation. » Oui, oui, l'écrivain « protestant » n'en est pas capable. Résultat : Rome le mettra à l'Index, mais quelqu'un l'entendra d'une autre oreille : Marx. Les femmes dans la vie de Balzac ? Quel truc! Mme de Berny comme mère de substitution ; sa sœur, Laure ; la duchesse d'Abrantès (tiens, elle s'appelle Laure elle aussi) ; bien d'autres (et souvent par lettres) ; Louise de Brugnol ; et enfin l'incroyable Ève Hanska épousée en Ukraine (mais que diable est-il allé faire dans cette galère ?). Mettons à part la *contessa*, Mme de Visconti, une Anglaise. Elle est blonde. Elle s'appelle Sarah. Balzac, qui n'arrête pas de déménager et d'emménager (rien que cet aspect de sa personnalité est digne d'une étude spéciale), vit avec elle clandestinement près de Chaillot. La duchesse d'Abrantès (qui a été la maîtresse de Metternich) est une mine d'informations sur les secrets de l'histoire. Mais c'est pendant sa liaison avec Sarah que Balzac écrit un de ses chefs-d'œuvre : *La Fille aux yeux d'or*.

Au fait, de quoi a-t-il l'air ce Balzac ? Les témoignages convergent : corpulence ; grand front ; gros nez carré (à David d'Angers qui fait son buste : « Prenez garde à mon nez ; mon nez c'est un monde ») ; grosse bouche avec de mauvaises dents ; cheveux noirs rejetés en arrière ; attitude de franchise, de bonté, de naïveté ; perpétuelle bonne humeur (le côté Rabelais). Mais tout le monde est frappé par ses yeux : ils sont bruns, « remplis d'or ». Théophile Gautier : « Les yeux avaient une vie, une lumière, un magnétisme inconcevables... c'étaient deux diamants noirs qu'éclairaient par instants de riches reflets d'or... Des yeux à faire baisser la prunelle aux aigles, à lire à travers les murs et les poitrines, à foudroyer une bête fauve furieuse, des yeux de souverain, de voyant, de dompteur. » Me comprendra-t-on si je dis que l'extraordinaire sculpture de Rodin exprime précisément, à l'aveugle, cette puissance optique ? Oui, c'est bien ce Balzac héroïque, dont la société des gens de lettres ne voulait à aucun prix. Balzac surplombant Paris et son ventre, son grouillement, ses passions, ses replis. Balzac romancier, penseur, journaliste, aventurier, magnétiseur et démagnétiseur. Balzac poursuivi pour dettes. Balzac snob, simple, érudit, mystique, amoureux attentif. Balzac physiologiste obligé de vendre séparément ses trouvailles et ses dissections, alors qu'il ne pense qu'à l'unité de composition dont personne ne semble deviner l'ampleur : « J'ai un diamant de cent cinquante carats, mais comme on ne veut pas me le payer, je le scie et j'en vends des parties. » Balzac en froc, gorgé de café, mangeant des côtelettes et de l'oseille. Balzac architecte disposant ses « fragments, fûts, chapiteaux, colonnes, bas-reliefs, murs, coupoles ». Balzac monument. Toutes les situations doivent trouver leur place : physionomies, caractères, manières de vivre, professions, zones sociales, pays, enfance, vieillesse, âge mûr, politique, justice, banque, guerre. « Les *mœurs* sont le *spectacle* ; les *causes* sont les *coulisses et les machines* ; les principes, c'est *l'auteur*. » La biographie de

Balzac se confond de plus en plus avec la hantise de l'œuvre complète. Comment faire ? Comment rassembler toutes ces scènes, ces études, cet énorme cancer de plume ? Solitude de Balzac. Sainte-Beuve minaude. Un seul autre écrivain semble pourtant se détacher du lot médiocre et gris, mais Sainte-Beuve minaude toujours. Cet autre, dit Balzac, à écrit « le plus beau livre écrit depuis cinquante ans ». Celui que « Machiavel écrirait de nos jours s'il écrivait un roman ». Son nom ? Stendhal. Son roman ? *La Chartreuse de Parme*. Balzac est seul à le défendre. Il y a quand même Hugo, Vigny (qui seront les seuls à voter pour l'auteur de la *Comédie* à l'Académie française). Il y a Berlioz. Mais rien à faire : il faut continuer à s'enfermer seul, la nuit : « Le moment exige que je fasse deux ou trois œuvres capitales qui renversent les faux dieux de cette littérature bâtarde, et qui prouveront que je suis plus jeune, plus frais, plus grand que jamais. »

Le 14 juillet 1843, Balzac obtient son visa pour l'Ukraine à l'ambassade russe de Paris. Il va rejoindre Ève, la persuader de l'épouser, il y aura des legs réciproques, il va, comme par hasard, être de plus en plus malade du cœur. Cette Polonaise est bizarre. Le secrétaire de l'ambassade, Victor Balabine, note, à propos de Balzac, dans son Journal : « Un petit homme gros, gras, figure de panetier, tournure de savetier, envergure de tonnelier, mine de cabaretier, et voilà. Il n'a pas le sou, donc il va en Russie ; il va en Russie, donc il n'a pas le sou. » Balzac reviendra en Ukraine après la révolution de 1848, laquelle, après le pillage des Tuileries, le laisse froid et hostile (Flaubert ne sera pas plus tendre, on le sait, avec la Commune de Paris).

L'histoire a-t-elle un sens ? Peut-être, mais « un roman est plus vrai que l'histoire ». Pas n'importe quel roman, bien sûr. « J'aurai porté une société tout entière dans ma tête. » Un témoin décrit Balzac à trente-quatre ans : « Il est content d'être au monde dans une époque aussi fertile en événements. » En 1850, l'année de sa mort, Balzac a cinquante et un ans. On se frotte les yeux. Proust, lui aussi, disparaît à cinquante et un ans. Tous les livres en si peu de temps ? Les paresseux d'aujourd'hui en tremblent. Finalement, sur Balzac, la réserve des contemporains est générale. Il n'aura comme éloges que ceux de Barbey d'Aurevilly et d'Hugo. Hugo est allé le voir mourir. Comme Chateaubriand vient aussi de sombrer, la voie est libre. Au Père-Lachaise, en prononçant son hommage à Balzac, Hugo sait qu'il prend le temps aux cheveux : « Tous ses livres ne forment qu'un livre, livre vivant, lumineux, profond, où l'on voit aller et venir, et marcher et se mouvoir, avec je ne sais quoi d'effaré et de terrible mêlé au réel, toute notre civilisation contemporaine. » Sans doute, mais Sainte-Beuve minaude toujours : Balzac ? N'exagérons rien. À la messe d'enterrement, à Saint-Philippe-du-Roule, Hugo est assis à côté du ministre de l'Intérieur, Jules Baroche. « C'était un homme distingué », dit le ministre. « C'était un génie », répond Hugo. Derrière le cercueil, ensuite, les observateurs de l'époque ont noté la présence de très nombreux ouvriers typographes. Cela, j'imagine, aurait fait plaisir à Balzac.

Le goût des classiques

On peut assister aujourd'hui au paradoxe suivant : plus l'ignorance publicitaire et télévisuelle augmente, plus le mauvais goût se déchaîne en étant sûr de son impunité, et plus les classiques deviennent des auteurs surprenants, révolutionnaires, fous, surréalistes. Paradoxe ou ruse de la raison ? En tout cas, le phénomène est là, il grandit peu à peu, il s'impose. Dans une société où tout le monde croit pouvoir devenir écrivain et où presque plus personne ne sait lire, le moindre passage de Pascal ou de La Bruyère prend soudain des allures de vertige. Les jeunes générations les découvrent avec stupeur. Personne ne leur en a parlé ; elles ne peuvent en parler avec personne. La vulgarité et l'immoralité sont d'ailleurs devenues si intenses, si arrogantes, qu'un jeune homme éveillé se jettera, juste pour respirer, sur n'importe quel volume du passé. Mais les classiques, il y en a tant, c'est si long, que préférer, par où commencer ? Voici donc venu le temps des hameçons, des appâts, des signaux dans la nuit, bref des petites collections choisies, des joyaux mis en évidence, volumes brefs et pas chers pour gens assoiffés et pressés voulant avoir en main un effet qui dure. L'époque de l'anti-marchandise débute. C'est l'avenir.

Montesquieu, par exemple, l'*Essai sur le goût*[1]. Publié après sa mort, on peut s'amuser, en passant, de savoir que cet essai inachevé a été sauvé de la destruction par le secrétaire du fils de Montesquieu, Jean-Baptiste de Secondat, qui voulait le brûler en 1793. Pourquoi ? C'était un document compromettant qui risquait d'apporter des ennuis à sa famille. Le goût, pas plus qu'aujourd'hui, n'avait bonne réputation, il pouvait même vous coûter la tête. Trop de logique, de syntaxe, de vocabulaire, de nuances, de connaissances, de références ? Suspect. « Le goût n'est autre chose que l'avantage de découvrir avec finesse et avec promptitude la nature des plaisirs que chaque chose doit donner aux hommes. » Montesquieu insiste tout de suite sur la rapidité du goût, sur son intelligence innée consistant à appliquer des règles qu'il ignore. Lautréamont, un siècle plus tard, après avoir pleinement apprécié les ravages romantiques du dix-neuvième siècle, ne dira pas autre chose dans les *Poésies* : « Le goût est la qualité fondamentale qui résume toutes les autres qualités. C'est le *nec plus ultra* de l'intelligence. Ce n'est que par lui seul que le génie est la santé suprême et l'équilibre de toutes les facultés. » Or, déjà, Montesquieu : « L'esprit consiste à avoir des organes bien constitués relativement aux choses où il s'applique. »

Rapidité, condensation, application immédiate d'une théorie inconsciente. Pour se faire com-

1. Montesquieu, *Essai sur le goût* , suivi d'un texte de Jean Starobinski, Rivages, « Petite bibliothèque », 1993 ; postface et notes de Louis Desgraves.

prendre, Montesquieu recourt naturellement au latin. Ainsi, Florus veut résumer toutes les fautes commises par Hannibal (la formule vaut pour n'importe quel chef militaire ou stratège) : « *Cum victoria posset uti, frui maluit.* » On traduit, mais c'est aussitôt trop long : « Lorsqu'il pouvait se servir de la victoire, il préféra en jouir. » Efficacité ramassée du latin : « *Oderint, dum metuant* », « Qu'ils me haïssent pourvu qu'ils me craignent. » Le goût est d'abord une architecture, un sens vif et secret de l'ordre. Il y aura donc ces plaisirs de l'ordre, mais aussi ceux de la variété et de la surprise, le but étant toujours l'excitation. Un bon écrivain est celui qui « excite dans l'âme le plus de sensations en même temps ». Ou encore : « Pour que notre âme soit excitée, il faut que les esprits coulent dans les nerfs. » Il y a enfin le *je ne sais quoi*, charme invisible, grâce naturelle, qui n'est pas forcément la beauté admise, stéréotypée (celle, maintenant, du mauvais goût fanatique des magazines), mais un élément qu'on n'attendait pas et qui peut se manifester même dans la laideur : « Une femme ne peut guère être belle que d'une façon, mais elle est jolie de cent mille. » Le moment essentiel est, en somme, celui de la progression dans la surprise. Le modèle que choisit ici Montesquieu est plus que bizarre : la basilique de Saint-Pierre de Rome : « Si elle était moins large, nous serions frappés de sa longueur ; si elle était moins longue, nous le serions de sa largeur. » Ordre, variété, surprise, règle qui bascule dans l'exception (Michel-Ange), tout cela n'est d'ailleurs que le résultat d'une création constante de soi par soi : « Un homme d'esprit se crée, à chaque instant, sur le besoin actuel ; il sait et il sent le juste rapport entre les choses et lui. » Jean Starobinski, à propos de Montesquieu, a raison de parler d'un désir de clairvoyance qui correspondrait au déplacement instantané de la lumière. On dit « les lumières », et c'est pour oublier la vitesse qui les définit. Le mauvais goût est toujours lourdeur et lenteur, vaine exhibition agitée, contre-excitation à vide. L'obscurantisme (et c'est pourquoi il peut se manifester dans n'importe quelle famille de pensée) est le mauvais goût lui-même. Il ne peut y avoir de politique du goût, pas plus que de bons ou de mauvais sentiments à son sujet. Il est ou il n'est pas. Il est injuste par sa justesse même.

Et voilà pourquoi il ne s'agit pas de convention, de contemplation, de conservation. Le goût mène directement à la subversion sociale. La preuve : cet autre texte de Montesquieu, *Histoire véritable* [1]. Ce court roman, dit Roger Caillois, est « d'un cynisme délibéré, impitoyable, sûr de soi ». Il s'agit de métamorphoses, de métempsycose. Montesquieu, là, se montre aussi rusé que Kafka. Le narrateur est d'abord, en Inde, le valet cupide d'un philosophe ascétique. Il meurt, il est jugé dans l'au-delà et condamné à se réincarner en animal. Le voilà transformé en insecte, puis en perroquet qui se croit supérieur aux hommes. Puis en petit chien (« J'étais si joli que ma maîtresse m'estropiait tout le jour et m'étouffait toute la nuit »). Autres transmigrations : loup, bœuf sacré en Égypte, éléphant adoré comme un dieu. Le plus frappant, c'est la désinvolture de Montesquieu à l'égard des vies, des morts, du temps, de l'espace, des limitations de forme physiques ou idéolo-

1. Montesquieu, *Histoire véritable*, suivi de *Critique de l'Histoire véritable*, de Jean-Jacques Bel, Édition Ombres, « Petite bibliothèque Ombres », 1993.

giques. Le voici devenu homme, il a dix-huit ans, il est pendu. Il est ensuite l'époux d'une femme qui a eu beaucoup d'amants. Il prend donc une maîtresse, mais celle-ci entretient un homme de guerre ; l'homme de guerre entretient une prêtresse d'Apollon ; la prêtresse d'Apollon un joueur de flûte ; le joueur de flûte une courtisane ; la courtisane un laquais. Quelle chaîne ! « Je fis d'un seul coup, dit le narrateur, tomber tous ces ménages. » S'agissant des hommes et des femmes, ou plus généralement de ce qu'on appelle l'amour, Montesquieu nous parle surtout d'argent, en quoi l'auteur des *Lettres persanes* anticipe sur celui de Juliette. Autres conditions humaines visitées : mauvais poète, courtisan, officier, femme de vingt-cinq ans, eunuque, fillette de douze ans en cours d'émancipation (« Je devenais plus chère à mesure que je valais moins... J'eus tant d'aventures et de tant de façons que la famille de mon mari, qui était des plus obscures, commença à être connue »), petit-maître, prude niaise, écrivain (« Je fis un livre, mon ouvrage eut un grand succès... J'avais été jusque-là l'ami de tout le monde. Mais bientôt j'eus une infinité de rivaux et d'ennemis qui ne m'avaient jamais vu et que je n'avais jamais vus aussi »). À la fin de cette odyssée à travers les corps des deux sexes, de tous les âges et de toutes les conditions sociales, le héros régresse de philosophe à pauvre barbier désabusé. Tout, en chemin, aura été relativisé, moqué, révoqué. Tel est le sage Montesquieu et son très mauvais esprit dévoilant les lois qui régissent l'aventure humaine. Inconséquence, bêtise, jalousie, vanité, intérêt, cupidité : mauvais goût, finalement, à tous les étages.

Autre petit livre sur lequel se précipiter ? Les *Mémoires*[1] de Voltaire écrits vers 1758 à Ferney (Voltaire a soixante-quatre ans, c'est comme s'il en avait vingt-cinq). L'écriture est celle, fulgurante, de *Candide* : « J'étais las de la vie oisive et turbulente de Paris... des mauvais livres imprimés avec approbation et privilège du roi, des cabales des gens de lettres, des bassesses et du brigandage des misérables qui déshonoraient la littérature [...]. » On peut difficilement être plus actuel. Voltaire règle ses comptes à toute allure. Avec Frédéric de Prusse, d'abord, qu'il humilie savamment en décrivant la grossièreté de son père, son avarice, sa violence, et en présentant le fils comme un maniaque de la mauvaise poésie, à demi châtré : « Il ne pouvait jouer les premiers rôles ; il fallait se contenter des seconds. » On a cependant une sympathie compatissante et ironique pour ce prince puisqu'il a le bon goût de vous admirer. Sans-Souci était quand même un château où la liberté de parole atteignait un niveau exceptionnel : « Jamais on ne parla dans aucun lieu du monde avec tant de liberté des superstitions des hommes, et jamais elles ne furent traitées avec plus de plaisanteries et de mépris. » Complots, diplomatie secrète, pamphlets de couloirs, lutte des places avec Maupertuis ou La Mettrie, incident de Francfort (Voltaire et Mme Denis en résidence surveillée sur ordre du roi de Prusse), tout est enveloppé de la même ironie mordante, rien n'a d'importance parce que c'est moi, Voltaire, qui le dis et en décide ainsi par-dessus les pouvoirs et les apparences. Voltaire est le contraire du hargneux,

1. Voltaire, *Mémoires*, Seuil, « L'école des lettres », 1993 ; postface et notes de Louis Lecomte.

pas le moindre ressentiment (ce serait de mauvais goût), n'insistons pas, le style ne le permet pas. Le contraire, aussi, de l'hypocrite : voyez comme mon amour de l'humanité est grand, voyez comme je me drape dedans. Non : honneurs, grâces, disgrâces, voyages, guerres, batailles religieuses, médiocrité des confrères (« les excréments de la littérature »), petitesse des cours (Pompadour, après tout, n'est que la « demoiselle Poisson »), bref, l'histoire, la trompeuse histoire qu'on nous somme de révérer, tout est retourné et renvoyé à l'inanité. Damiens ? Un pauvre cuistre muni d'un canif et qui n'a fait qu'effleurer Louis XV. La condamnation de l'*Encyclopédie* par le parlement ? Une affaire ridicule à propos d'un livre d'ailleurs plein d'insuffisances, une comédie où le parlement s'est appuyé sur un charlatan comme Abraham Chaumeix : « Abraham Chaumeix, ci-devant vinaigrier, s'étant fait janséniste et convulsionnaire, était alors l'oracle du parlement ; Omer Fleury le cita comme un Père de l'Église. Chaumeix a été depuis maître d'école à Moscou. » Là encore, comme chez Montesquieu, le fond de l'affaire est que les hommes sont incurables et qu'on ne le sait pas vraiment si on s'en plaint ou si on ne transforme pas ce constat en gaieté : « Comme je ne pouvais assurément ni rendre les hommes plus raisonnables, ni le parlement moins pédant, ni les théologiens moins ridicules, je continuai à être heureux loin d'eux. » Deux choses, seulement, comptent : le repos et la liberté. Pour cela, il faut l'indépendance financière (Frédéric se réconcilie rapidement avec Voltaire lorsqu'il s'aperçoit qu'il n'est pas ruiné) et une existence incontrôlable, toujours aux frontières : « On me demande par quel art je suis parvenu à vivre comme un fermier général : il est bon de le dire, afin que mon exemple serve. J'ai vu tant de gens de lettres pauvres et méprisés, que j'ai conclu dès longtemps que je ne devais pas en augmenter le nombre. » Tout cela, donc, pour en arriver à cet incroyable communiqué : « J'entends parler beaucoup de liberté, mais je ne crois pas qu'il y ait en Europe un particulier qui s'en soit fait une comme la mienne. Suivra mon exemple qui voudra ou qui pourra. »

Liberté du roman

Ouvrons une caverne aux trésors : Crébillon fils, Duclos, D'Aucour, La Morlière, Voisenon, Boyer d'Argens, Fougeret de Monbron, Dorat, Nerciat, Vivant Denon[1]... Ce ne sont pas seulement des livres mais toute une population qui revient brusquement vers nous, parle, agit, intrigue, jouit, médite. Dirons-nous, comme Calvin en son temps, qu'il s'agit de la « secte fanatique et furieuse des libertins qui se veulent spirituels » ? Ou encore, comme le janséniste Nicole, que ces « faiseurs de romans sont des empoisonneurs publics » ? Au fond, il n'y a peut-être dans toute l'histoire de la littérature qu'un seul vrai débat : refoulement ou franchise. Sous toutes les théories ou visions du monde, il faudrait savoir maintenant retrouver cette contradiction. Et convenir enfin que l'expression « dix-huitième siècle français » est un pléonasme : le dix-huitième siècle est français par définition. Marivaux : « Paris, c'est le monde, le reste de la terre n'en est que les faubourgs. »

1. *Romans libertins du* XVIII*e* *siècle*, Laffont, « Bouquins », 1993 ; textes établis, présentés et annotés par Raymond Trousson.

Retrouver Paris à découvert, c'est retrouver le roman lucide du monde contre tous les pouvoirs et tous les clergés (le clergé d'affaire, laïque et rousseauiste, n'étant pas, avec celui des mollahs, le moins répressif).

Furetière : « Un écolier est libertin quand il ne veut pas obéir à son maître. Une fille est libertine quand elle ne veut pas obéir à sa mère, une femme à son mari. » On ne saurait mieux dire : le maître, la mère, le mari, voilà ce que la liberté d'expression et d'expérimentation physique déstabilisent. Qu'on soit libertin, licencieux, érotique, pornographique, obscène *en sachant le dire*, et la comédie sociale, dans son ensemble, est remise en question. Sade, qui porte ce mouvement de connaissance aux extrêmes, en donne la meilleure définition dans *Juliette* : « Le libertinage est un égarement des sens qui suppose le brisement total de tous les freins, le plus souverain mépris pour tous les préjugés, le renversement total de tout culte, la plus profonde horreur de toute espèce de morale. » Un roman qui ne communiquerait pas cette énergie ne devrait pas être écrit.

Crise du roman ? Mais non : crise profonde de la liberté de vivre. Les textes des différents auteurs que nous lisons dans ce recueil sont inégaux ? Qu'importe. Pour contrecarrer l'incessante propagande romantique et dépressive, ou simplement la platitude marchande populiste, il y a urgence. Comment l'esprit peut venir aux débutants et aux débutantes, à condition qu'ils soient doués pour cela, telle est la seule question philosophique sérieuse, et le roman est là pour la faire vibrer. D'où l'importance de la substance *femme* (« l'éternelle ironie de la communauté », dira Hegel), centrale dans ces amoncellements électrisés de discours. Ah, si Emma Bovary, au lieu de se bourrer de romans sentimentaux, avait pu feuilleter le *Portier des Chartreux* ! Par rapport au tunnel dixneuviémiste, aggravé au vingtième siècle, le rappel de la Régence fait l'effet d'une grande bouffée d'air. La Terreur a sanctionné le siècle du romanesque précis ? Sans doute, mais elle finira bien par être sanctionnée à son tour. La Régence, époque inouïe. *Les Égarements du cœur et de l'esprit*, chef-d'œuvre à relire, la décrit ainsi : « On disait trois fois à une femme qu'elle était jolie, car il n'en fallait pas plus ; dès la première, assurément elle vous croyait, vous remerciait à la seconde, et assez communément vous récompensait à la troisième. » Allons, l'éducation allait vite, la conversation n'était pas sans objet.

Deuxième chef-d'œuvre inconnu, ou presque : *Thérèse philosophe*. Déclaration liminaire : « La volupté et la philosophie sont le bonheur de l'homme sensé. Il embrasse la volupté par goût, il aime la philosophie par raison. » Tel est le roman nécessaire, celui qui fait tourner les pages parce qu'on s'amuse à savoir. Seront donc antiromanesques les embarras insensés et la rumination malheureuse par inaptitude à la volupté. C'est clair, agaçant, insupportable, mais c'est ainsi. L'auteur nous prévient d'ailleurs de son pessimisme : sur cent mille personnes, vingt à peine savent penser, et à peine quatre sont susceptibles de penser par elles-mêmes. La compréhension de la philosophie romanesque n'est donc pas à la portée de tous, pas plus qu'il ne saurait y avoir de démocratie sexuelle : « Ces vérités ne doivent être connues que des gens qui savent penser, et dont les passions sont tellement en équilibre entre elles qu'ils ne sont subjugués par aucune. » La pédagogie libertine ne peut se faire sans secret. D'où l'art des doubles sermons, l'importance accordée à la lecture qui produit des effets d'excitation directe, une science du voyeurisme et de la peinture, une discipline qui dénonce toute passivité. « Les désirs, écrira Denon, se reproduisent par leurs images » : interdire les images ou les stéréotyper manifeste toujours une volonté de tuer les désirs. De ce point de vue, puritanisme et pornographie lourde sont du même ordre.

Encore un chef-d'œuvre ? Mais oui, *Margot la ravaudeuse*, de Fougeret de Monbron. Cette fois, ce sont les coulisses de la prostitution, le Palais-Royal, l'Opéra, les manies, les emportements, les remèdes. Voilà un livre dont la destruction a été ordonnée en 1815, 1822 et 1869 : tout un programme. Vous pourrez y apprendre, par exemple, ce qu'était la pommade astringente, dite Du Lac, qui « opère son effet en moins d'un quart d'heure et donne un air de nouveauté aux choses qui ont le plus servi ». Fougeret de Monbron, grand voyageur européen et auteur du *Cosmopolite*, effrayait Diderot et se moquait de Platon. Esprit libre, il ne s'est jamais caché de haïr les hommes. Sa politique est simple : « Les grands ne sont généralement grands que par notre petitesse ; et c'est le respect aveugle et pusillanime, qu'un ridicule préjugé nous inspire pour eux, qui les élève à nos yeux. Osez les envisager ; osez faire abstraction du faux éclat dont ils sont environnés, le prestige s'évanouira. » Conseil à suivre, sagesse financière.

Enfin, un diamant : *Point de lendemain*, de Vivant Denon. Là, en quelques pages, quel art!

Rapidité de la narration (« on va vite avec l'imagination des femmes »), variation des paysages et des décors (la nuit, le moment, les terrasses, les jardins, les bancs de gazon, les corridors, les portes dérobées, les canapés, les coussins), vivacité des dialogues, tromperie et retournement des rôles... Résumé de l'efficacité romanesque : « Chaque mot était en situation. » Là encore, une femme mène le jeu souterrain, nerveux. Mais l'ironie sérieuse exigeait que l'exergue vînt d'une Épître aux Corinthiens, véritable adresse aux écrivains conscients du futur : « La lettre tue, l'esprit vivifie. » Ainsi soit-il, dans les plus irrespecteux des romans possibles.

Naissance de Sade

Un préjugé courant, démocratique et romantique, veut que les hommes de génie n'aient pas eu de père, du moins pas de père remarquable. À cette règle égalitaire, il fallait une exception énorme, renversant les idées reçues. Non, il ne s'agit pas de Jésus-Christ, mais de Sade. Le Marquis, en effet, n'est pas tombé du ciel, sa naissance a été *préparée*, il est en tous points le contraire d'un Œdipe. Un Jean-Baptiste le précède, comte, dont les archives, conservées par son fils, sont à tous égards stupéfiantes. Roman familial ? En voici un, propre à déprimer gravement les névroses. Sade, le monstrueux Sade, a donc eu un père extraordinaire, à la fois diplomate, philosophe, soldat, libertin ? Un père aimant son fils et aimé de lui ? Traumatisme ! Scandale !

Enchantement, plutôt. Ces lettres de famille, brusquement ouvertes et qui arrivent ainsi, après deux siècles, à destination, sont une mine de révélations pour les historiens[1]. Tout le dix-huitième siècle s'y déploie, y bat, s'y débat. Le comte Jean-

1. « Bibliothèque Sade », *Papiers de famille. 1 — Le règne du père (1721-1760)*, Fayard, 1993 ; publié sous la direction de Maurice Lever.

Baptiste de Sade se mêle de tout et est mêlé à tout : guerre, ambassades, théâtre, galanteries, intrigues. Ses correspondants l'informent constamment du moindre mouvement militaire, de la plus significative agitation des coulisses. Anonymes ou célèbres (parmi eux : Voltaire, le maréchal de Richelieu, d'Argenson), ils écrivent tous comme s'ils devaient être publiés un jour. Ils ont un talent du diable. Parfois, en marge, l'écriture du Marquis pour un bref commentaire. Exemple : « Lettre de mon père à l'une de ses maîtresses. » On croit rêver. Celle-là, c'est Mlle de Charolais, dont voici le style à l'égard du comte : « Ne doutez jamais de la délicatesse d'une femme qui sait attendre son amant quatre ans... Bonjour, coquin. »

Jean-Baptiste de Sade a comme ami, entre cent, le maréchal de Saxe (rien que pour la description détaillée des combats et de la stratégie du temps, ce volume est une merveille). Il lui écrit : « Faites-moi part de vos amusements. Je souhaite qu'ils soient médiocres pour vous revoir plus tôt... On mange, on chasse, on joue, on couche partout. Mais ce n'est qu'en France qu'on jouit de tous les délices de l'amour, même sans en prendre infiniment. » Le ton est donné. On se parle à toute allure, mais avec précision, de sièges, de tranchées, d'attaques et de contre-attaques. De mariages arrangés et de liaisons tournantes. De bêtises et d'agonies. De promotions et de destitutions. De publications ou de comédies récentes. Un de ses correspondants, en campagne, écrit ainsi au comte (nous sommes en 1743, le petit Donatien a trois ans) : « Je ne suis pas étonné que le bal vous ait produit quelques bonnes fortunes.

Pour moi, je fais grand cas de celles du bas étage : je les trouve beaucoup meilleures. Il y a ici une très jolie petit fille qui vient me voir presque tous les soirs. La conversation n'est pas vive, mais elle n'a que treize ans, sa figure est charmante. La musique est ma plus grande ressource. » En ville, le soir, on joue au cavagnole, au piquet, à la manille, au pharaon, au biribi (sorte de loto). Le plus étonnant est que la langue est tellement crue, déliée, vivante, qu'elle a l'air de se servir elle-même des corps comme conducteurs ou acteurs plus ou moins doués. On ne respecte rien ni personne. Les grand hommes du temps ? Voltaire ? « Il faut qu'il se batte toujours avec quelqu'un : général ou goujat, tout est égal pour lui ; la brochure d'un polisson qui lui refuse ses hommages le fait s'évanouir. » Marivaux ? Pas mal, mais peut faire mieux. Montesquieu ? Du génie, sans doute, mais trop avare. Les personnages de la pièce, publique ou intime, s'appellent le cardinal de Fleury, Conti, Tencin, Breteuil, Belle-Isle, Bernis. Mme de Pompadour est là, et Crébillon fils. Les variations érotiques de Louis XV n'empêchent pas qu'il soit « le meilleur des rois » (Damiens en saura quelque chose). Les batailles font rage entre jésuites et jansénistes ? Sans doute, mais quelle importance ? En 1745, le père du Marquis écrit cette phrase : « Je jouis de tout et ne m'aveugle de rien. » Une autre maîtresse du comte ? Voici Anne Charlotte de Salaberry, marquise Romé de Vernouillet. Elle lui écrit : « Vous êtes charmant. Vous parlez toutes les langues avec une égale facilité. Poète, philosophe ou galant : on a toujours du plaisir à vous entendre. » Et aussi : « Je bannis la jalousie : elle rend le commerce épineux et enlaidit celui qui en est tourmenté. Je ne la trouve pardonnable que dans l'excès d'une passion, parce que l'ivresse excuse tout. » L'ivresse excuse tout : c'est déjà Juliette.

Les peintres de l'époque sont Quentin de La Tour ou Chardin. Mlle Clairon chante à L'Opéra. Les lieux disputés sont Fontenoy, Rocoux, Lawfeld. « Les ennemis n'ont pas cru que les Français entreprissent une manœuvre aussi audacieuse : la témérité de la chose en a fait la sûreté. » Quand le comte de Sade raconte une de ses aventures, il s'exprime ainsi : « Je cessai de parler, j'agis, je triomphai. » La philosophie générale des esprits conséquents peut se résumer par cette notation : « Je ne puis pas souffrir qu'on se serve de la religion pour nuire. » Tous ces interprètes ont lu les moralistes du Grand Siècle, le clavier fondamental. Ils sont au courant des intérêts de l'amour-propre et de la vanité menant le monde. On ne les étonnera pas, on ne les effraiera pas. Quand il le faut, les décisions sont vite prises : « Le vicomte de Rohan, dès qu'il a su qu'il avait la petite vérole, a fait son testament, reçu les sacrements, et a fait faire de la musique jusqu'au moment de sa mort. » Bien entendu, dans l'ombre, les dévots enragent. Ils dénoncent, intimident, tentent de terroriser. Comme ils ont l'air extérieurs à la vie, pourtant ! La vie véridique vibre, en douce, dans ce qui est sans doute la révélation la plus forte de cette malle aux trésors : Mme de Longeville, autre maîtresse du comte de Sade. Elle lui écrit : « Rien n'égale votre vivacité que ma tendresse... Adieu, mon Sade. C'est dire tout ce que j'aime de dire "mon Sade". » Quant au futur auteur de *La Philosophie dans le boudoir*, elle l'appelle « notre enfant », « notre fils ». Il est chez elle en vacances, en même temps que Mme de Vernouillet dont il est amoureux comme un chérubin. Il a treize ans. Mme de Vernouillet dit de lui : « C'est un singulier enfant. » Mme de Longeville, elle, écrit au comte : « Savez-vous qu'il est bien embelli ? Je l'ai débarbouillé avec de l'huile d'amandes douces, car je crois l'avoir fait et j'aimais à l'embellir : cela ne gâte point. » Oui, oui, ce petit aura « autant de courage que d'esprit ». C'est aussi l'avis de son commandant de cavalerie : « Il a une douceur extrême dans le caractère qui le fera aimer de tout le monde. » Pourtant, un autre témoignage nous assure que le jeune Marquis a un cœur ou plutôt un corps « furieusement combustible ». Qu'en pense son père ? Il le dit à sa maîtresse (et n'oublions pas que *sade* veut dire le contraire de *maussade*) : « J'ai quelquefois vu des amants constants ; ils sont d'une tristesse, d'une maussaderie à faire trembler. Si mon fils allait être constant, je serais outré. J'aimerais autant qu'il fût de l'Académie. » On connaît la suite.

De Quincey et la subversion du sujet

En 1791, un garçon anglais de six ans perd sa jeune sœur. C'est l'été, la mort se révèle à lui en pleine effervescence figée de la nature. Il est habité par la Bible, et le drame qu'il ressent alors lui semble lié à une foule d'images évangéliques venues de Jérusalem. Il est là, seul, avec le cadavre dans la chambre mortuaire. Il est une heure de l'après-midi. La fenêtre est grande ouverte, le soleil brille, un vent étrange se lève. Pour lui, à ce moment-là, tout se joue.

Quelque temps après, même solennité décisive : son père de trente-neuf ans, qu'il connaît à peine, rentre des Antilles en Angleterre dans un état proche de l'agonie. C'est encore l'été, la nuit tombe, les enfants sur la pelouse attendent l'arrivée de la voiture, puis partent à sa rencontre. Ils entendent enfin le martèlement des sabots des chevaux. « La première annonce visible de cette approche fut la soudaine émergence des têtes de chevaux à travers l'obscurité profonde du chemin ombreux ; la suivante, la masse d'oreillers blancs contre lesquels on avait allongé le mourant. »

Le style de De Quincey, c'est cela : une vision

capitale, violente, ralentie, de l'irruption de la mort dans la vie ; le renversement des coordonnées habituelles qui nous servent à raconter ce que nous appelons la vie. Baudelaire le remarque immédiatement : « La biographie servira à expliquer et à *vérifier*, pour ainsi dire, les mystérieuses aventures du cerveau. » Et encore : « Le génie n'est que l'enfance nettement formulée. » Pourquoi ce don est-il si rare ? Si difficile à entretenir, à développer ? L'opium ? Sans doute, mais comme toute drogue, s'agissant d'un écrivain, il est d'abord ce qu'on peut en dire. Le défi de la drogue s'adresse au langage tout entier si ce dernier se rend capable d'affronter logiquement une ouverture et une complexité vertigineuses, une contestation radicale de l'espace et du temps. Maîtriser l'effondrement, le délire, la perte d'orientation, l'altération d'identité, l'hallucination, demande un calcul constant. Beaucoup d'appelés (et dans notre société affolée, de plus en plus), mais peu d'élus. De Quincey, comme Poe, Coleridge, Gautier (si méconnu) [1], Baudelaire, Balzac, Rimbaud, Artaud, Michaux, a été élu. Grâce à lui, nous allons de révélations en révélations, lesquelles, d'ailleurs, ne sont pas contradictoires avec les découvertes de ce spécialiste imprévu de la cocaïne : le docteur Freud lui-même.

Les *Esquisses autobiographiques* [2] ont été écrites entre 1833 et 1851 pour un journal, le *Tait's Maga-*

1. Théophile Gautier, *La Mille et Deuxième Nuit*, Seuil, « L'ecole des lettres », 1994 ; postface et notes de Gérard-Georges Lemaire.

2. Thomas De Quincey, *Esquisses autobiographiques*, José Corti, « Domaine romantique », 1994 ; présentation et traduction de l'anglais par Éric Dayre.

zine. C'est une série de textes bizarres et parfois trop longs, aux antipodes du récit ordonné et chronologique. La pensée de De Quincey, dit encore Baudelaire, est « naturellement spirale ». À peine a-t-il abordé un sujet que les digressions et les notes en bas de page abondent. La narration est en crise. Le sujet de la métaphysique, celui que nous sommes immédiatement malgré nous — le sujet de la représentation — est mis à chaque instant en question. Nous sommes pressés, nous voulons saisir la nature et le caractère de quelqu'un, sa définition ramassée, son dossier, sa fiche, son archive. Or De Quincey, avec un humour imperturbable, se dérobe, s'étend, s'arrête sur des détails qui peuvent paraître insignifiants, raconte la vie de ses frères à la place de la sienne, revient, s'en va de nouveau. Loin d'être homogène, l'homme est « une créature intermittente, qui finit et qui recommence à neuf ; son unité est, dans cette mesure, coextensive au mouvement particulier auquel la passion appartient ». Le sujet humain, irréductible au discours tenu sur lui, est formé d'une « puissante et essentielle solitude ». Des années d'existence peuvent ainsi avoir moins d'importance qu'un moment fulgurant. Les parents ou les proches peuvent s'éterniser dans quelques traits fondamentaux. D'ailleurs, à y regarder de près, la folie, une folie domestiquée, normative, est la règle du monde humain, et seuls quelques-uns la remarquent. Les rapports de police, pourtant, devraient à chaque instant nous convaincre de la « colossale culpabilité et de la colossale misère du cœur humain ». Mais non, nous passons, nous oublions, nous ne voulons pas savoir en quoi chaque individu flotte sur un abîme. Il nous est demandé d'ignorer notre enfance et sa vérité indestructible, toujours à contretemps. Voyez comme De Quincey insiste sur ses aventures avec les mots, la lecture. Ce que l'opium ne fera que confirmer, démultiplier, c'est ce sentiment de présence musicale et verbale, constamment niée par le bavardage social. « Même les sons articulés ou brutaux du globe doivent être, tous autant qu'ils sont, des langages et des chiffres qui possèdent quelque part la clé qui leur correspond — une syntaxe et une grammaire qui leur sont propres ; et c'est ainsi que les moindres choses dans l'univers doivent être des miroirs secrets pour les plus grandes. » Ce qui est essentiel, ce n'est pas le sujet, mais les *connexions* qu'il met en œuvre. Avant d'être moi, je suis un réseau de réseaux, un enchevêtrement de chemins qui ne vont pas forcément quelque part, une éclaircie fugitive de l'Être, une phrase ou une citation dans un palimpseste obscur et illimité. Ainsi l'« arène incommensurable et océanique que Shakespeare parcourt — coinfinie à la vie elle-même, et qui contient quelque chose de plus que la vie ». Avant mon apparition biologique, il y a donc cette multiplicité d'enjeux symboliques que De Quincey définit ainsi : « Une partie des effets de ce qui est symbolique dépend du grand principe catholique *Idem in alio*. Le symbole restaure le thème, mais sous de nouvelles combinaisons de forme et de couleur ; restitue, mais change ; restaure, mais idéalise. » Et Baudelaire : « Il y a une jouissance singulière et nouvelle à voir s'épanouir ici cette mysticité ardente et délicate qui ne fleurit généralement que dans les jardins de l'Église romaine. »

Comme tout grand écrivain, De Quincey est une société secrète à lui seul [1]. « Rester caché dans la foule est sublime ; passer de génération en génération, ignoré de la multitude, est doublement sublime. » Tout ce qui est énigme, envers de l'histoire officielle, indication furtive, raisonnement inaperçu, l'enchante. Le christianisme, ainsi, devient pour lui, contre toute attente, un comble de dissimulation organisée, à côté de laquelle les mystères d'Éleusis ou la franc-maçonnerie sont des amusettes. L'Église primitive est la société secrète par excellence. S'agissant de philosophie, d'autre part, on connaît ses sarcasmes constants à l'égard de Kant. La vérité qu'il dit détenir, lui, se montre et se cache : elle n'a pas à s'imposer dans le temps, puisqu'elle est une autre expérience du Temps.

L'Angleterre puritaine, on s'en doute, voit mourir De Quincey, en 1859, sans regrets. Baudelaire, qui prévoyait l'expansion de « la grande folie de la morale », rappelle ce jugement d'un journal de l'époque : « La mort a mis fin à la carrière triste et sans utilité du "Mangeur d'opium anglais", retirant du monde une intelligence qui resta active jusqu'à la fin, mais qui n'avait jamais rendu de grands services à ses semblables. »

1. Thomas De Quincey, *Les Sociétés secrètes*, Gallimard, « Cabinet des lettrés », 1994 ; présentation et traduction de l'anglais par Liliane Abensour et Ann Grieve.

Kierkegaard et le paradoxe absolu

Voici un bourgeois de Copenhague, né de la faute, réparée par le mariage, d'un père notable avec une jeune servante. Ce fils, donc, vit dans l'aisance, a plusieurs bureaux dans ses appartements, et, sur chacun de ces bureaux, la nuit, une bougie allumée. Il écrit vite, d'une pièce à l'autre, comme un musicien ou un acteur changeant de rôle selon l'inspiration du moment. Il est tantôt mystique, tantôt sensuel ironique, tantôt philosophe sarcastique, tantôt romancier accéléré, tantôt polémiste virulent contre l'Église de son temps. Écrire, oui, jour et nuit, tel est son choix, son pari, sa respiration, sa vie plus vivante que la vie, sa certitude. De lui, un certain Kafka, à Prague, dira plus tard : « Son cas est très semblable au mien. En dépit de différences essentielles, il est situé pour le moins du même côté du monde. Il me confirme comme un ami. »

Kierkegaard, comme Kafka, n'est rien d'autre que littérature, mais c'est là que ce terme en apparence inoffensif prend tout à coup un pouvoir redoutable. À la médiocrité endémique des petites grimaces mondaines ou mercantiles ; au pseudo-sérieux clérical qui n'est que l'autre face de la même hypocrisie, il vient rappeler que les jeux sont rapidement faits et qu'on sait en réalité, très tôt, si une œuvre, oui ou non, s'impose. Kafka meurt à quarante et un ans. Kierkegaard à quarante-deux. Pascal à trente-neuf. Spinoza à quarante-cinq. Baudelaire à quarante-six. Nietzsche, lui, s'effondre spirituellement à quarante-cinq. On mourait plus jeune à l'époque ? Allons donc. Bavards ou traînards d'aujourd'hui notez-le, et évitez, si vous le pouvez, le désespoir de n'être, en fin de compte, que vous-mêmes. Vous préférez ne pas y penser ou, plus suicidairement, renoncer à penser. Cela se comprend.

Voici donc mille trois cents pages du grand Kierkegaard, reprenant les traductions mémorables de Paul-Henri Tisseau[1]. L'intelligence, la souplesse sérieuse, la drôlerie insidieuse, une foi magnifique y éclatent à chaque instant. Ah, c'est toute une histoire d'habiter le Danemark dans la première moitié du dix-neuvième siècle ! Il y a quelque chose de pourri derrière le rideau : le dire, ne pas le dire, tel est le problème. Un royaume chrétien ? Vous voulez rire. Ils se disent tels, les figurants, mais l'imposture est là : « Ô Luther ! Tu as malgré tout une immense responsabilité, car je vois de plus en plus clairement qu'à la place du pape tu as mis le public. » Le protestantisme, vu de l'intérieur par Kierkegaard, c'est : le diable comme alibi, le mariage pastoral comme escroquerie, un calmant pour consciences angoissées, une maladie désormais sans médecin, la transformation de la structure ecclésiale en parti,

1. Søren Kierkegaard, *Ou bien... Ou bien* ; *La Reprise* ; *Stades sur le chemin de la vie* ; *La Maladie à la mort*, Laffont, « Bouquins », 1993. Édition établie par Régis Boyer.

un « sabbat politique » animé par des fonctionnaires, des parjures, des cannibales ; un encouragement permanent au mensonge collectif là où seul l'individu devrait être pris en considération. Le défi de Kierkegaard, premier paradoxe, sera de montrer qu'en ne se disant pas chrétien, il l'est, lui, davantage que tous ceux, ministres du culte compris, qui prétendent l'être. Pourquoi ? Parce qu'il « ose être l'extraordinaire », autrement dit l'exception. « Si l'on veut exactement étudier le général, il suffit de chercher autour de soi une exception fondée : elle éclaire tout beaucoup mieux que le général. » Socrate ? Oui. Mais il y a mieux, un scandale et une folie uniques, le paradoxe cette fois porté à l'absolu : le Christ, vrai Dieu et vrai Homme, l'absurde, l'incroyable, l'indéfendable, le pôle de toutes les dénégations. Or si je prends cette exception au sérieux, je deviens immédiatement une énigme et un inconnu pour moi-même, obligé de m'interroger de tous les côtés à la fois : « On ne dois pas être énigmatique vis-à-vis d'autrui seulement, mais encore de soi-même. Je m'étudie. Quand j'en suis las, je fume un cigare pour passer le temps et je me dis : Dieu sait quelle a été son intention à mon égard, ou ce qu'il a voulu tirer de moi. »

Kierkegaard est sans cesse amusant, profond, enflammé, le contraire de la légende de l'« auteur religieux » ou du « précurseur existentialiste ». Avec des classements de ce genre, on l'anesthésie, on le tue. Les livres de ce traître radical au protestantisme (autrement dit à l'esprit moderne) peuvent s'ouvrir à n'importe quelle page, vous êtes aussitôt embarqués. Il utilise des pseudonymes, Constantin Constantius, Victor Eremita,

Anti-Climacus ? Il se présente comme l'éditeur de ses personnages ? Bien sûr, puisqu'il s'agit de devenir un romancier de la pensée, un metteur en scène toujours en mouvement, en situation. Le mensonge a mille ruses ? La vérité en aura mille et trois. Le clergé (pasteurs, intellectuels, professeurs, journalistes) est, par rapport au penseur, dans la situation de Leporello par rapport à Don Juan. « Je me sens indiciblement heureux d'avoir compris Mozart et d'avoir deviné son bonheur... » Ou encore : « Je fonde une secte qui, non content de placer Mozart au pinacle, n'admet encore personne d'autre que lui. » *Le Journal du séducteur*, comme tout *Ou bien... Ou bien...*, est à méditer sur fond de cette musique « puissante comme la pensée d'un dieu, animée comme la vie d'un monde, émouvante en sa gravité, frémissante en son plaisir, écrasante en sa terrible colère, tonifiante en sa joie de vivre ». Il ne s'agit pas, comme on le croit trop souvent à propos de Kierkegaard, d'aller de Don Juan ou Faust à Abraham, de l'esthétique à l'éthique avec, pour finir, un saut christique dans le religieux, mais d'embrasser la totalité d'une expérience, celle du musicien comme celle du « chevalier de la foi ». Du moment qu'on n'accepte pas l'abstraction du Système qui élimine la contradiction (Hegel), celle-ci se met à vivre librement et infiniment dans la sève du paradoxe, c'est-à-dire dans la puissance de l'instant. « L'intelligence de l'instant n'est pas chose facile, et qui s'y méprend fait, habituellement, provision d'ennui pour le reste de ses jours. L'instant est tout, et c'est dans l'instant que la femme est tout. » L'angoisse, le doute, le désespoir sont des erreurs à la fois sur Dieu et sur le féminin ; une façon de ne pas savoir manier l'ironie, l'humour et le saut dans l'absurdité paradoxale. Se tromper sur l'instant, c'est manquer l'expérience cruciale où « le temps coupe constamment l'éternité et où l'éternité pénètre constamment le temps ». Est-ce en écrivant sans arrêt que Kierkegaard en a eu la révélation ? C'est probable. Il est encore plus précis dans ce texte étourdissant qu'on appelle *La Répétition*, mais qu'il vaut mieux, selon Tisseau, traduire par *La Reprise* : le monde, selon Dieu, est une reprise, et ni le ressouvenir ni la réminiscence ne peuvent en indiquer l'intérieur. D'où, parfois, ce débordement de bien-être où Kierkegaard laisse aller sa plume comme peu d'écrivains ont su le faire : « Mon corps avait perdu sa pensateur ; il me semblait l'avoir dépouillé, car toute fonction jouissait d'une satisfaction complète ; chaque nerf se délectait en lui et à l'unisson de l'ensemble, et chaque battement de cœur ne témoignait de l'inquiétude de l'organisme que pour rappeler et rendre sensibles les délices de l'instant. Je marchais en planant, non comme l'oiseau qui s'envole, fend l'air et quitte la terre, mais comme le vent ondulant sur les moissons, comme la vague langoureuse sur la mer, comme le nuage qui glisse en rêvant. Mon être était transparent comme l'abîme profond des flots, comme le silence de la nuit, comme le calme monocorde de midi... » Et, à un autre moment : « On se met au travail. Il est minuit passé. On éteint la lumière, on allume la veilleuse. Le clair de lune brille sans mélange. Une ombre apparaît encore plus noire, un bruit de pas met plus de temps à s'effacer... » Voilà pour quels moments on a renoncé à Régine Olsen, mais aussi à toute respectabilité en ce monde. La Société n'est rien. Kafka, en 1922 : « Je n'ai aucun sentiment de la parenté et je ne vois dans les visites qu'une méchanceté littéralement dirigée contre moi. Un mariage ne pourrait pas me changer, pas plus que mon emploi ne peut le faire. »

Mais voici Kierkegaard médecin, dans son dernier grand livre : *La Maladie à la mort*. Le « saut » dans la foi n'est en effet possible qu'en échappant au vertige du désespoir, et ce saut, autre paradoxe, existe dans la possibilité même de la mort. Le désespoir est la « maladie à la mort » parce qu'il est une « maladie du moi qui consiste à mourir sans cesse, à mourir sans mourir, à mourir la mort. Car mourir signifie que tout est fini, mais mourir la mort c'est vivre le mourir, et le vivre un seul instant, c'est le vivre à jamais. » Le désespéré ne « peut pas la mort », il s'en tient au *mourir* (le sien et celui des autres). Il s'agit d'une autoconsomption, « d'une inflammation, d'une gangrène, d'un corrosif dont l'action s'exerce toujours vers le dedans et pénètre toujours plus dans l'impuissance à se consumer... » Écoutez bien : les désespérés gais ou mélancoliques vous parlent, ils voudraient se défaire d'eux-mêmes, mais c'est impossible. Le désespéré est « cloué à son moi », « il est contraint d'être le moi qu'il ne veut pas être ». Or rien n'est plus précieux que le moi, « infime concession faite à l'homme et en même temps exigence de l'éternité sur lui ». Soit j'oublie ce moi dans une sentimentalité abstraite, narcissique, fantastique, illimitée qui finit par invoquer « l'humanité », en justifiant par là n'importe quel gaspillage de vives humaines (quand ce ne sont pas des massacres) ; soit je confonds ce moi, en me résignant à être « spirituellement châtré » avec les exigences des autres, de la foule, en n'étant plus, donc, qu'un « numéro, un homme de plus, une répétition nouvelle de la même uniformité ». La maladie à la mort est donc emphase humanitaire sur fond de tuerie, ou consentement à l'aplatissement mécanique : on croirait lire la définition de notre époque. Par rapport à cette description aussi exacte que percutante, Kierkegaard, avec audace, pose la possibilité d'un héroïsme chrétien : « L'héroïsme chrétien, et vraiment il est assez rare de le rencontrer, consiste à oser devenir entièrement soi-même, un homme individuel, cet homme précis que je suis, seul devant Dieu. » Car voici le jugement dernier : « Quand un jour se sera vidé le sablier de la temporalité ; quand les bruits du monde se seront tus et que l'agitation fébrile ou oiseuse aura pris fin ; quand tu seras environné du calme de l'éternité ; qui que tu sois, homme ou femme, riche ou pauvre, heureux ou malheureux... l'éternité te demandera, comme à chacun de ces millions de millions d'humains, une chose uniquement ; elle te demandera si tu as vécu désespéré ou non... Et si tu as vécu désespéré, que tu aies gagné ou perdu, tout alors est perdu pour toi ; l'éternité ne te connaît pas, elle ne t'a jamais connu ou, chose plus terrible encore, elle te connaît comme tu es connu, elle te rive à ton moi dans le désespoir ! » Amen.

Le peintre

Rien n'y fera : Rembrandt reste le roi de la nuit, ses tableaux sont à découvrir par surprise, comme si nous passions dans une ruelle obscure et que, soudain, une porte ou une fenêtre entrebâillée nous projetait dans ce que nous n'aurions pas dû voir. Cela, en suspens, relief déchiré, intimité violée, protection, attitude interdite, bénédiction, fortune, explosion. Je serai toujours le premier à deviner la tête humaine engouffrée en haut, à droite, du *Bœuf écorché*. Rembrandt troue l'histoire de la peinture, il l'éventre, leçon d'anatomie sur soi, sang et or. Picasso disait, paraît-il : « Tout peintre se prend pour Rembrandt. » Et pour cause.

Commentons, radiographions, classons, reclassons, changeons les attributions d'atelier ou d'entourage, troublons les catalogues, les musées, la banque : voilà donc le peintre qui ne se serait pas pris pour un peintre. Mais alors pour *qui* ?

Un écrivain nous avertit. Il y a là, et là seulement, « quelque chose d'assoupi, de confiné et de taciturne, une espèce de corruption de la nuit, une espèce d'acidité mentale aux prises avec les ténèbres et qui sous nos yeux continue indéfiniment sa rongeante activité ». Ce remous a lieu dans « les soubassements du temple de Jérusalem », en vue de la « demeure inénarrable en haut de la colline de la Vision dont il a puisé l'émerveillement et la soif au cœur des vieux rabbins ». Oui, c'est Claudel qui parle et trouve ici sa formule de « l'œil écoute ». L'œil entend, l'oreille discerne, le nez se souvient, les mains savent tout et se frayent un chemin à travers le rideau-théâtre. Le nombre d'autres qu'on est dans la transmission ! Je suis qui je suis, je serai qui je serai : Aristote contemplant le buste vivant d'Homère, David jouant de la harpe, Bethsabée moulée de satisfaction et de regret, Lucrèce, Saskia, le premier venu dans la ronde d'ombres, mon propre visage en cours de jugement, cette vieille femme devenue livre, des fiancés juifs intérieurs, un orage de résurrection. Encore Claudel : « Il ne suffit pas que le spectacle ne passe pas, il faut qu'il nous ôte l'envie de passer. Il faut qu'on sente le tableau jouir, pour ainsi dire, de lui-même. » Rembrandt ? Placard de l'instant, aucune société, pas d'idole, aucune convention, nerf de Bible.

Le feu de Titien

On ne sait de quoi il faut le plus s'étonner chez Titien : sa longévité légendaire, sa maîtrise des événements et des puissances, son sens stratégique des affaires ou, tout simplement (tout simplement !), son génie en peinture résumant celui de Venise et projetant sa lumière intérieure sur tous les tableaux après lui. Contre tous ceux qui ne peuvent voir de vraie réussite que dans l'échec, la réussite absolue de cette vie paraît invraisemblable, elle semble une insulte à nos valeurs religieuses de mort, d'empêchement sentimental, de pauvreté ou de malédiction suicidaire. Rien ne lui fait obstacle : sa croissance est celle du temps lui-même. Comme dans un mythe parfait, jusqu'à sa date de naissance prête à controverse et il est le premier à la dissimuler. Le mystère est pourtant simple : Titien était déjà plus qu'excellent étant jeune (il se vieillissait donc pour paraître sérieux et emporter les commandes), et comme il reste incomparable devenu très vieux, il en rajoute pour avoir la paix, stupéfier ses contemporains et poursuivre à l'écart ses toiles les plus secrètes. Il passera donc pour le « grand vieillard » centenaire qui continue jusqu'au bout à peindre, alors qu'il meurt seulement (seulement !) à quatre-vingt-six ans, en pleine épidémie de peste, en 1576.

Il faut imaginer ce théâtre du seizième siècle dont Shakespeare se souvient dans *Othello* : Venise, ville des villes, capitale des échanges internationaux et de l'édition (entre 1495 et 1497, 1821 livres édités en Europe, dont 477 à Venise et 181 à Paris) ; sanctuaire de la peinture moderne, c'est-à-dire axée sur la couleur, en compétition avec Rome et Florence ; République Sérénissime où l'Inquisition stricte ne pourra jamais s'implanter ; liberté comme il n'y en eut jamais ; inventions dans tous les domaines (architecture et musique, navigation, armes, commerce, vêtements et prostitution). Les nouvelles vedettes, après Vinci, Raphaël, Michel-Ange, s'appellent déjà Giorgione et Titien, bientôt Véronèse et Tintoret. Rome n'est plus dans Rome, sa rivale s'affirme.

Que fait Titien ? Il comprend, comme personne avant lui, la situation des pouvoirs. Les princes, les empereurs ? On fera leurs portraits à jet continu, on les convoquera sur la toile, on les tiendra par l'image en utilisant leur narcissisme, leur mégalomanie automatique, leurs rivalités. Des ducs de Ferrare, de Mantoue ou d'Urbino à Charles Quint ; des papes à Philippe II, rien de plus simple. Vous croyez exister vraiment ? Moi seul, Titien, peut vous en donner la garantie en volume, en couleur. L'Église ? Elle sera le lieu multiple du vote populaire. Quelles sont les peintures qui ont le plus de succès ? Celles qui sont les plus *implorées* par la dévotion des fidèles ? Les plus efficaces, donc ? Réponse : *L'Assomption*, tellement insolite, audacieuse, rouge, enlevée, ivre, qu'elle emporte aussitôt, si l'on peut dire, le morceau. D'un côté le pari aristocratique (les portraits sont immédiatement très célèbres), de l'autre le plébiscite démocratique. Les biographes, fascinés à juste titre, écrivent : « Aucun artiste avant lui n'a jamais osé s'adresser avec autant de clarté et d'insistance à un souverain pour réclamer de l'argent[1]. » Titien sait que la domination par la peinture est une question technique qui prend l'être humain à sa racine. Il invente l'atelier de cette domination, aidé en cela par la plume mobile de l'Arétin, son ami et complice constant, plume acérée et caustique qui fait trembler les coulisses. Quel couple ! Rien ne leur résiste : ils s'activent, ils divisent, ils règnent, pour la plus grande gloire du pinceau.

Les puissants renâclent bien un peu, mais s'inclinent. Titien sera exempté d'impôts. Ses toiles dictent les identités et l'espace, plus vrai que la réalité, des cours, des amours, des paysages et des caractères. Luther, ce « moine fatal » (Nietzsche), avait bien raison de s'inquiéter, comme ne manqueront pas de le faire, à travers les âges, les puritains ou les iconoclastes de tous bords. En effet : une révolution est en marche. Titien ne se soumet à rien : ni à la religion des masses ni au spiritualisme néo-platonicien des élites. Intraitable sur les affaires, il dispose de ces surimpositions que sont les croyances mythologiques ou philosophiques, il se joue des titres, des systèmes, des sacres, des conciles. Une Pentecôte, une Annonciation ? Mais bien sûr. Des Vénus nues comme on n'ose pas les penser si nues ? Avec plaisir. Des mises au tombeau ? Oui, et avec une sincérité frémissante, encore. Marié ? Père de famille ? Soucieux de la

1. Flavio Caroli et Stefano Zuffi, *Titien*, Fayard, 1991.

carrière de ses proches ? Aucun problème. Des dîners avec courtisanes ? Lettre de l'Arétin à Titien, en 1547 : « Une paire de faisans et je ne sais quoi d'autre vous attendent à dîner, en même temps que la signora Angiola Zaffetta et moi ; alors, venez donc, car, en nous voyant prendre continuellement du bon temps, la vieillesse, espionne de la mort, ne rapportera jamais à sa maîtresse que nous sommes vieux. » En 1540, c'est l'historien Jacopo Nardi qui était chez Titien avec l'Arétin et le sculpteur Sansovino : « [...] dans le jardin, dans la partie la plus extrême de Venise, au-dessus de la mer... Avec un millier de petites gondoles, ornées de ravissantes dames, où résonnaient diverses harmonies et musiques de voix et d'instruments qui, jusqu'à minuit, accompagnèrent notre joyeux dîner. »

Titien travaille lentement, et parfois très vite. Ses femmes sont déjà les seules que tout le monde veut avoir, un certain roux diffus et sensuel les impose. Ses Dionysos, ses festins de dieux sont éclatants, ses « exquises obliques » finissent d'encercler ses contemporains qui ont l'impression (fondée) d'être les premiers humains à se découvrir et à découvrir la nature. L'Arétin : « Si j'étais peintre, je serais désespéré. » Goethe, plus tard : « Il plaît à tous parce qu'il sait tout dire. » Il n'y a rien de plus différent d'un tableau de Titien qu'un autre tableau de Titien, ce qui fait de lui le plus varié des peintres. « Je voudrais pouvoir, écrit-il un jour à Philippe II, mettre sur la toile l'image de mon cœur. » Il l'a fait. Le cœur est couleurs. Lettre de l'Arétin, 1548 : « Messire Titien me presse avec les plus vives instances et m'enjoint de vous écrire pour prier de bien vouloir sans tarder, par amitié, lui faire parvenir une demi-livre de cette laque si ardente et splendide dans sa véritable couleur écarlate qu'à côté d'elle le cramoisi du velours et du satin paraît moins beau. » Voici donc « l'alchimie chromatique » dont tous les grands peintres voudront retrouver la clé : Rubens, Van Dyck, Vélasquez, Bernin, Caravage, Rembrandt, Watteau, Goya, Manet, Delacroix, Cézanne... « Il se consacre avec passion à l'amalgame des pigments, comme le montre son très célèbre aphorisme selon lequel il suffit de savoir manier le blanc, le rouge et le noir. » La clé ? Elle se trouve dans l'inscription que Titien a disposée dans sa plus forte *Annonciation* : « Un feu qui brûle mais ne consume pas. » Le buisson ardent du désir lui-même, avec Dieu dedans. Dieu *au bout des doigts*, pulsation directe. Le dernier Titien, en effet, peint de plus en plus avec les mains : « D'une traînée des doigts il mettait une couleur sombre dans un angle, pour le renforcer, en plus d'une traînée rougeâtre, presque comme une goutte de sang. »

Le sadisme, pourtant explicite, des tableaux de la fin, semble échapper aux commentateurs. Ils y voient, bien entendu, plutôt de l'angoisse que de la jouissance (*Diane et Actéon, Apollon et Marsyas, Tarquin et Lucrèce*). La forêt du pinceau de Titien n'arrête pas de brûler, pendant que des incendies éclatent à Venise et détruisent certaines de ses œuvres les plus importantes. Feu contre feu. La République se bat à la fois contre les Turcs et contre l'hérésie protestante (Titien soutient bien entendu le catholicisme, c'est-à-dire le moindre mal pour sa palette). Le feu s'éteint ? Non, il est plus ardent sous la braise. Pour conclure donc, dans la ville ravagée une nouvelle fois par la peste, Titien, dont la maison sera pillée le soir même de sa disparition, obtient d'être inhumé dans la basilique des Frari, son ultime rideau inachevé étant l'incroyable *Pietà*, puissante, monumentale, fidélité à la Vierge, peut-être, mais surtout à lui-même, toujours.

Réserve de Poussin

Tout le monde a fini par être d'accord : Poussin est une exception dans l'histoire proliférante de la peinture ; il faut le *revoir* plutôt que le voir ; il est l'écart, faussement évident, dissimulé en pleine lumière, trompeur, rationnel, violent, retenu, enchanteur par en dessous, bizarre. Le mot fameux de Cézanne : « Je veux faire du Poussin d'après nature », n'arrange pas la compréhension de cette anomalie. « Du Poussin » ? On dirait qu'il s'agit d'une formule chimique particulière et c'en est une, en effet : de la pensée en peinture. Vous voulez dire une peinture littéraire, historique, philosophique, ésotérique, symboliste, spiritualiste, présurréaliste ? Non. De la pensée en peinture atteinte seulement par les moyens et la logique de la peinture. Mais de quelle pensée s'agit-il ? Rien de spectaculaire, en tout cas, d'où le fait qu'on lui préfère souvent, avec nervosité, des mises en scène d'effets. Comme s'il avait prévu, ce peintre, les malheurs très actuels de la surexposition des images, la fureur et les déconvenues de leur marché agité. Rentrons donc un instant dans la pénombre et le retrait qu'il nous offre. Quel calme, soudain. Ici Rome : un Français réfléchit, par gestes, plans et couleurs, le discours muet. La nature de toute surface se révèle, une équation de volumes que vous retrouverez, langue natale perdue, retrouvée et tordue, chez Picasso. Le silence de Poussin vous absorbe immédiatement, vous refait un corps de méditation ouverte. Quand l'usure du temps est trop grande, je vais voir au Louvre cette merveilleuse lettre volée, dernier tableau inachevé : *Apollon amoureux de Daphné*. Le dehors, d'emblée, est aboli. Plus de circulation, d'événements, de fausses informations, de cotations, de psychisme abusif ou d'hystérie inutile : Poussin interrompt, il rompt.

Il écrit ironiquement de Rome en 1649 : « C'est un grand plaisir de vivre en un siècle où il se passe de si grandes choses, pourvu que l'on puisse se mettre à couvert en quelque petit coin pour pouvoir voir la comédie à son aise. » Et, plus sérieusement, en 1665 : « C'est le rameau d'or de Virgile que nul ne peut trouver ni cueillir s'il n'est conduit par la fatalité. » Une fatalité se poursuivant *à couvert* : voilà la note constante. Le professionnel des « choses muettes » vise à obtenir une liberté totale par rapport à toute croyance, tout système, toute interprétation. À qui s'adresse-t-il ? À un souverain ? Visiblement pas. À un responsable religieux ? Pas davantage. À « l'honnête homme » ? C'est beaucoup plus ambitieux que cela, puisqu'il y a une mysticité de Poussin qui se confond avec celle de ses paysages, une énergie d'allusion omniprésente qui ne se laisse pas résumer. L'enseignement a pour but la délectation : vous ne saurez que ce que vous avez senti, rien d'autre. Prenez *La Naissance de Bacchus* : le récit mythique n'est pas « raconté », il s'incarne, s'articule en sous-main, en sous-bois, il se fait discret à l'intérieur même de la matière comme la métamorphose naturelle d'où il vient et qu'il veut seulement suggérer. Mercure ? Un manteau rouge inexplicable. Narcisse stérile ? Un écho bleuté. Des nymphes ? Sans doute, mais surtout une force de végétation et de rêve. Même « leçon » avec le célèbre *Orion aveugle* : voici comment vous y verriez d'instinct si vous étiez guidé, corps à la fois très grand et très petit, par l'intuition globale habitant le ciel. *Les Saisons* ? Certes, le printemps prolifère en vert, l'été barre les yeux dans le blé frontal, l'automne *exagère* (grappe de raisin géante au premier plan), l'hiver noie et annule : mais que donnent ces quatre tableaux *vus en un* ? Une fois l'intention dite avec des mots, tout s'enfuit ou devient interminable (cycle de la vie et de la mort, etc.). Sauf qu'avec des feuilles, des corps nus submergés, un soleil voilé, quelques repères bibliques et une barque qui chavire, c'est tout autre chose : Poussin veut qu'on prouve ce qu'on croit savoir. Dites-nous une sensation qui démontre une idée, et pas le contraire. Je perçois et je sens, donc je pense. Je suis, donc ma pensée a simultanément plusieurs sens dont un certain mutisme à la clé.

On ne se libère pas des images en fermant les yeux puisque le sommeil en abuse. On ne s'en débarrasse pas non plus par l'attitude prude du sage. On les déroute en les piégeant dans une construction étagée. Violence ? Enlèvement des Sabines ? Massacre des Innocents ? Juste pour dire que le viol ou le meurtre sont des épisodes de l'immobilité de base. Funérailles ? Une tache vite escamotée mais qui pourtant reste là, sous le soleil, blanc de linceul passant, petite poussière de cendres. Une bacchanale ? L'ivresse ou la mort ne troubleront pas longtemps les bosquets, c'est-à-dire la palette, les pinceaux, les touches. Là, tout n'est qu'ordre et beauté d'autant plus poignants (Borges : « les secrètes aventures de l'ordre ») que la morsure d'un serpent, souvent, les menace et les empoisonne (*Orphée et Eurydice*). Et pourtant, intégrée à la scène, la destruction inévitable a pour conséquence un retour au tableau, à son imminence, à ce qu'un jeune écrivain a appelé autrefois son *inclamation*. Poussin : « Le bien juger est difficile si l'on n'a pas, en cet art, grande théorie et grande pratique jointes ensemble. » Poussin est un technicien de la *présence* définie ainsi par un philosophe dont il faudra reparler un jour : « La présence est ce qui, nous attendant, est au-devant de nous, venant à notre rencontre ; c'est ce qui attend que nous nous y exposions ou que nous nous y fermions, c'est l'à-venir rigoureusement pensé[1]. » Pour la même raison essentielle, la peinture de Poussin signe sans cesse la contradiction : « Anéantir le principe de contradiction pour sauver la contradiction comme statut de la réalité du réel[2]. » Grand mouvement en tous sens, grande stabilité. Grande concentration, grande diffusion. Ici, triade évidente : Poussin, Cézanne, Picasso.

Poussin *détourne* la peinture. Rien de plus amusant que de le voir répondre à une commande de « belles filles » par un *Eliezer et Rebecca*, c'est-à-dire par une frise de statues traitées sur fond de cylindre et de sphère. On lui réclame un « sujet bachique » ? Voici *Le Ravissement de saint Paul*. Pas de transcendance ? Eh non, l'immanence se soulève d'elle-même et assompte toute seule

1. Heidegger.
2. *Idem*.

comme un rocher extasié qui tiendrait de lui-même dans sa masse d'air. La *Sainte Famille à l'escalier* est un clavier cubiste. Personne n'est plus physiquement inhumain, la physique étant la métaphysique en acte que nulle psychologie ne freine. Vous qui espérez, n'entrez pas. Vous qui ne pouvez pas vous voir en peinture, laissez s'accomplir les mystères. Ici, nulle recherche de sens unique, d'addition, de cumulation. Rien de conclu, tout inclus.

Poussin, ou l'envers traité comme endroit : le seul peintre à vous donner l'impression d'avoir *retourné* ses tableaux, comme le montre l'extravagant autoportrait de 1650 (le plus bel autoportrait de peintre *en tant que peintre*). Il vous scrute depuis l'autre côté des cadres, il n'aime pas regarder vers vous, pauvres images d'images, et c'est comme s'il disait : je ne suis que mon nom et ces toiles ; seuls la peinture et mon visage, qui en est l'autre face, conduisent ma main. La peinture ? On l'entrevoit, à gauche, profil de femme coiffée d'un diadème avec un œil supplémentaire, prête à être embrassée. Noblesse, raison, folie de raison. Pseudo-Longin : « Quand le sublime vient à éclater où il faut, il renverse tout comme une foudre, et présente d'abord toutes les forces de l'orateur ramassées ensemble. » C'est le cas ici.

Je reviens à cet *Apollon et Daphné*, clairière du Louvre. Quel paradis profond et frais, quel concert. Le cercle qui en forme le centre n'en finit pas de s'enchanter des figures incompatibles qui le bordent, toutes occupées à une action rentrée. Contradiction : l'arc et la lyre. Présence : qui ne se ressemble pas, et ne se ressemblera jamais, s'est rassemblé dans un temps suspendu de flèche. Le rouge appartient au dieu. Les deux nymphes, la bleue et la jaune, perchées dans les arbres, ont une insolence de bonheur énigmatique dont tous les esprits libres se souviendront.

Poussin ? Aux autres, tant qu'ils veulent, la puissance ou le bruit des richesses. À lui, la sûre jouissance de la gloire secrète, comme de la vérité qui se tait.

L'expérience intérieure de Francis Bacon

Eh quoi ? Serais-je donc, moi,
du sang de ma mère ?

Oreste,
dans *Les Euménides*
d'Eschyle

Bacon est un criminel avoué. Le triptyque inspiré par *L'Orestie* d'Eschyle nous prévient d'emblée : nous allons voir resurgir le théâtre de cette vieille et sanglante histoire en plein dans nos cubes d'habitations transparentes : nous allons réentendre le « hurlement sacré ». Voici donc, devant nous, comme une gifle de pâte et de couleurs vives, « la pitoyable charge d'entrailles et de viscères » qui fonde notre tragédie froide. Écoutons Clytemnestre parler de son meurtre : « Le sang qu'il rejette avec violence m'inonde de ses gouttes noires aussi douces pour mon cœur que la bonne rosée de Zeus pour le germe au sein du bouton. » Ce sont bien *ces mots-là*, pas d'autres, que Bacon a voulus comme légende. Mais *L'Orestie* est aussi, comme par hasard, un titre de Georges Bataille, autre référence revendiquée par ce peintre qui ne s'embarrasse pas de précautions oratoires. Bataille : « Comme je fixais le vide devant moi, une touche aussitôt violente, excessive, m'unit à ce vide. Je voyais ce vide et ne voyais rien, mais lui, le vide, m'embrassait. Mon corps était crispé. Il se contracta comme si, de lui-même, il avait dû se réduire à l'étendue d'un point. Une fulguration durable allait de ce point intérieur au vide. Je grimaçais et je riais, les lèvres écartées, les dents nues. »

Touche violente, fulguration durable, corps crispé dans le cri : c'est un homme quelconque, ou un pape, qui est rendu à l'expérience de la crucifixion et, à travers elle, à une très ancienne affaire de viande tordue et niée. « Si je vais chez un boucher, dit Bacon, je trouve toujours surprenant de ne pas être là, à la place de l'animal. » Et aussi : « J'espère être capable de faire des figures surgissant de leur propre chair. » Et encore : « Si la vie vous excite, son opposé, telle une ombre, la mort, doit vous exciter... Votre nature sera totalement sans espoir, et pourtant votre système nerveux sera fait d'une étoffe optimiste. » Et enfin : « C'est une question très serrée et difficile de savoir pourquoi une peinture touche directement le système nerveux. » La négation du système nerveux, telle est l'entreprise de tyrannie nouvelle : non, l'argent ne va pas se plaquer sur l'art pour lui rendre hommage, l'argent achète de l'argent *avec* de l'art. Van Gogh premier ciblé : logique. Toujours Bataille, dans ce livre que personne ne connaît plus, *L'Expérience intérieure* : « En raison de la servilité croissante en nous des formes intellectuelles, il nous revient d'accomplir un sacrifice plus profond que ceux des hommes qui nous précédaient. »

Lavabos, robinets, toilettes, salles de bains, tuyaux qui s'enfoncent dans le fond de la toile, seringue de l'instant cloué, arène centrale devenue étal, lit, disque tournant d'orgie, montre-bracelet du penseur sous lampe électrique — c'est ainsi que se joue sans cesse le tourniquet convulsif de la chair. Des journaux, comme écrits en braille, traînent par terre, le spectateur de la peinture, Œdipe, est aveugle par définition. Il ne veut pas se voir dans son lieu intime, son vomissement, son spasme massif. La rationalité « excitée » de Bacon est extrême. Quand il met des flèches, on entend : « Oui, c'est là, c'est bien là ! » Encore une fois ! Toujours ! Il désigne l'endroit, et cet endroit est une coupure. La peinture est le Sphinx. Vous n'avez pas la réponse. Le peintre, Œdipe triomphant, englobe la scène, vite, à la main, et les yeux ouverts. Il a fallu du temps à Ingres avant d'oser son *Bain turc*. Bacon, lui, *enjambe* le tête-à-tête figé du Sphinx et d'Œdipe, exhibe le pied blessé, devient Oreste matricide, persiste malgré la tragédie, arrive enfin à ces torses inouïs, jamais vus, avant lui, par personne.

Torses sur tables, adossés à la table de la Loi comme à un grand livre rouge. Torses enfin déchiffrés, sexe apparent, jambières de joueurs de base-ball. « C'est là ! C'est bien là ! »

Apollon, parlant aux marchands : « Débarrassez le sanctuaire prophétique... Votre place est aux lieux où la justice abat les têtes et arrache les yeux, où l'on ouvre les gorges, où, pour tarir leur fécondité, la fleur de leur jeunesse est ravie aux enfants, où on mutile, où on lapide, et où gronde la longue plainte des hommes plantés sur le pal... »

Quel artiste fallait-il être pour se donner le droit, après la Seconde Guerre mondiale, de faire crier le pape, comme un sphinx, dans un studio d'enregistrement ? Bacon ne s'est pas trompé de sujet. « C'est là, c'est bien là ! » Le monde est un abattoir troué par le sexe. La peinture ne l'a pas dit souvent. C'est fait. À partir de là, réaction immédiate : un dessin humoristique pourra montrer un banquier confortablement assis dans un fauteuil devant un coffre-fort fermé : « Il regarde son Bacon », dira-t-on (ou son Cézanne, son Manet, son Picasso). Le public, effrayé, ne réagira pas. L'expérience intime de sa viande lui est interdite par les salariés du Spectacle.

Bacon : « Il y aurait un trottoir qui s'élèverait plus haut que dans la réalité, et sur lequel les figures pourraient se mouvoir comme si c'était de flaques de chair que s'élevaient les images, si possible de gens déterminés faisant leur tour quotidien »... Dans *Le Supplice* (partie centrale de *L'Expérience intérieure*), Bataille raconte : « Je revenais je ne sais pas d'où, tard dans la nuit... Je tenais à la main un parapluie ouvert et je crois qu'il ne pleuvait pas. (Mais je n'avais pas bu : je le dis, j'en suis sûr.) J'avais ce parapluie ouvert sans besoin... Un espace constellé de rires ouvrit son abîme obscur devant moi... Je niais ces murs gris qui m'enfermaient, je me ruai dans une sorte de ravissement. Je riais divinement : le parapluie descendu sur ma tête me couvrait (je me couvris exprès de ce suaire noir). Je riais comme jamais peut-être on n'avait ri, le fin fond de chaque chose s'ouvrait, mis à nu, comme si j'étais mort. Je ne sais si je m'arrêtai, au milieu de la rue, masquant mon délire sous un parapluie. J'ai peut-être sauté (c'est sans doute illusoire) : j'étais convulsivement illuminé, je riais, j'imagine, en courant. »

On se souvient des derniers mots de *Giacomo Joyce* écrit à Trieste : « *Love me, love my umbrella.* » Un jeune Anglo-Irlandais, du nom de Francis Bacon, lit, dans les années trente, la revue de Georges Bataille : *Documents*. Gilles Deleuze, dans son livre *Logique de la sensation*, consacré à Bacon, ne cite pas une seule fois Bataille. Leiris était l'ami de Bataille. Il est celui de Bacon. Qui a lu *L'Orestie* ? Qui ose penser ce que pense Oreste ? « Alors, dit quelqu'un à Bacon, le pape, c'est le père ? » Et lui : « Je ne comprends pas très bien ce que vous voulez dire. » Mais une autre fois, il laisse tomber : « Je déteste le gâchis de la peinture d'Europe centrale »... Faut-il tenir pour un détail secondaire que le pape de Vélasquez radiographié par Bacon s'appelle Innocent X ? Autoportrait ? Bien sûr. L'innocence crie (*Le Massacre des Innocents* de Poussin, autre référence de Bacon) et on l'entendra toujours à travers l'horreur. L'innocence ne sait plus se dire sans violence ? Cette question est désormais la même que : pourquoi la peinture vaut-elle si cher ? Ou encore : qu'est-ce que le corps humain lorsqu'il est vécu ?

Le paradis de Piero

De même que, fatigué de musique, on sait qu'un madrigal de Monteverdi peut encore s'écouter comme si on ne l'avait jamais entendu ; de même, sans plus aucune envie de peinture, on peut aller un jour droit à un Piero della Francesca : la vision se rouvre, la corde de l'œil se tend, l'espace résonne.

Le chapitre que Roberto Longhi [1] consacre à la fortune historique de Piero jusqu'en 1927 (date de son essai) peut surprendre : « L'histoire du goût, écrit-il, prouve que le succès de Piero della Francesca a été très en dessous de ce que sa valeur laissait supposer et que le peintre a même été desservi par une indéniable hostilité. » Qui a peur de Piero ? Le faux mouvement, l'immobilité trompeuse, le préjugé biologique des générations, l'absence d'affirmation, la psychologie. Son paradis est mathématique et, en même temps, d'une sensualité inouïe. Le calcul logique comme comble de la jouissance, voilà ce qui laisse interdit, chassé du lieu où un mystère comme supra-humain s'accomplit. J'ai toujours pensé que si la fameuse

1. Roberto Longhi, *Piero della Francesca*, Hazan, 1989.

invocation des *Chants de Maldoror* aux mathématiques avait besoin d'une illustration, on pourrait choisir *La Flagellation*, par exemple. Voici « la source plus ancienne que le soleil », « le vent chassant le damier », « l'haleine latente», « les mines de diamants », « les pyramides modestes qui dureront davantage que les pyramides d'Égypte ». Piero est le peintre dont je me dis que si toutes ses toiles étaient détruites, *elles existeraient quand même*, comme des formules invisibles et passées dans l'air. Au jeu des surfaces que l'on aimerait habiter pour en finir une bonne fois avec l'incohérence du monde (être enfin dans ce Giotto, ce Bellini, ce Manet, ce Cézanne), celle qui s'impose est, pour moi, la *Nativité* de Londres, au point qu'elle vient doubler sans cesse, comme une hallucination, des coins de champs, des fins de routes, des fixités de matins ou d'après-midi. Piero est le grand médecin de la représentation : pas de drame apparent, pas de pathos, pas de crucifixion, une flagellation de lumière, un baptême constant, une naissance qui n'en finit pas, fondée sur une résurrection interminable. C'est la preuve du vrai pinceau de la pensée sous le masque de la vraie croix. La mort peut donc être surmontée, le chaos évité ? L'architecture est la même pour les paysages, les corps, les sensations et les villes ? Les dimensions et les substances sont donc capables de s'inverser et de se métamorphoser en vous devant vous ? La pierre est vivante comme un cou, un bras, une jambe ? L'individu est une colonne possible ? Oui. La pierre est peinte, le corps est peint, mais la pierre dans la peinture devient corps au-delà de la peinture et cette couche colorée accrochée au mur est plus réelle et plus solide que n'importe quel mur. Déshabillonsnous, lavons-nous, respirons, entrons. C'est le moment d'un enseignement lustral.

Longhi lui-même parle de « paradis de couleurs », d'un « éclat minéral » et d'un « prix indicible de la matière qui revêt la forme et, imbibé d'un soleil perlé, la substance ». On sent qu'il s'est astreint à trouver le mot-fleur, la phrase-mosaïque exacte, ce qui fait de son essai une sorte de poème mental (tout écrit sur l'art devrait l'être, mais n'insistons pas). Il sait que Piero est une face, mais aussi un profil ; une réussite cubique (et non pas cubiste) ; un ensemble de plaques dont chacune est centrale ; une « tranquille aisance de champs ». Nous assistons à une sortie d'Égypte emportant avec elle le secret de la construction (« une vision d'humanité impassible au milieu d'une architecture impassible ») vers cette terre promise et atteinte : l'Italie. Petit pays, royaume éternel, résumés de temps perdus et sauvés, mémoire d'un « événement homérique dans l'atrium d'une cour égéenne ». L'énigme de Piero est là : il rassemble des moments fabuleux, luxueux, magiques, peut-être terribles, qui auraient tourné à la contemplation cristalline. Retournement généralisé, comme si nous n'avions pas cessé d'être là. Certes, nous avons le droit de penser que la joie et la tranquillité monumentale qui l'animent sont « chrétiennes », mais si le christianisme lui-même avait disparu de notre horizon, sa quintessence et sa racine positive persisteraient ici, dans ce prisme. Une toile de Piero est bien entendu splendidement achevée, et pourtant toujours potentielle, vierge. Elle semble rester colloïdale, un œuf d'œil, une immaculée conception. Rien d'éthéré, au contraire, et là est la contradiction incompréhensible. On sera donc obligé de recourir à des balancements d'expressions : violence et retenue, massivité et transparence, calme et force, etc. Longhi a cette remarque : au contraire de Léonard cherchant son inspiration songeuse dans les taches des murailles, Piero, lui, voit naître ses figures « dans les cages muettes des théorèmes euclidiens ». L'œuvre est une poussée du raisonnement incarné, détaché. D'où cet aspect de *transparition* des personnages et leur articulation fluide et stricte, un enchantement d'équation. Ah, les *pieds* de Piero ! Les pieds, oui, comme dans la versification de Dante ou de l'Arioste, voyez le *Baptême du Christ*, dix jambes, dix pieds, plus une jambe-pied de bois-pierre, l'arbre, harmonie immédiate, eau-miroir, coquille, colombe-nuage — la musique emporte tout, vous êtes immergé, soufflé de clarté (je m'aperçois qu'une reproduction de cette toile me suit partout, depuis vingt ans, dans mes papiers).

Intervalles, contiguïtés : « Fraîcheur de lumière coagulée. » On pourrait parler d'un principe de coalescence : tout est distinct, tout est mélodiquement soudé. Il va se passer quelque chose dans l'architecture même, dans son mutisme qui est comme le discours trouvé du mutisme. Une tête est un chapiteau, un doigt levé une colonne (*L'Annonciation* du cycle d'Arezzo). La croix n'est là que comme équivalent général du bois dans tous ses états : poutre, madrier, bélier, pilier, armature de toitures sorties hors du marbre. Une bataille, elle, est un vaste rituel d'évacuation figée (la sauvagerie vient uniquement de l'enchevêtrement des chevaux, des oriflammes et des armes ; de l'embarras du nombre qu'il faut traverser pour en arriver à la méditation de fond, à quelques-uns). Et surtout, constamment, cette « lumière rasante d'un après-midi toscan, l'heure où les événements les plus majestueux, les miracles mêmes, sont surpassés par l'omniprésente sublimité du jour ». Apprécions le travail de Longhi : il s'agit de la *Résurrection*, où le Christ est audacieusement défini comme un « farouche manant ombrien s'arrêtant à contempler du bord du sépulcre les propriétés qu'il possède en ce monde », et où les quatre gardiens renversés, au sommeil musical, sont les « quatre quartiers d'un fruit ». Voici : « Voyez, en tant que pure beauté d'intersection de formes colorées, au centre, ce logogriphe des chausses, qui s'éclaircit toutefois à l'instant où, se détachant en partie du sol, elles y laissent imprimées les longues semelles de l'ombre. Et tout cela dans un chromatisme dont on ne sait s'il est plutôt savant ou populaire ; un manteau vert d'herbe qui tourne au rouge brique, et puis des roses, des verts et des bais comme dans les estampes d'un jeu de tarot. Ajoutez à cela que ces simples correspondances bien vite se muent en d'autres plus savantes, celles des reflets roses que répand le Christ et qui semblent toucher jusqu'au ciel dans ces nuages couleur de crocus. » L'évidence de la peinture de Piero force aux synthèses brusques. La prière des personnages ? Longhi : « Ils prient scientifiquement. » Les dimensions ? « Conciliation de l'infinitésimal et du volume. » L'éclairage ? « Lumière éblouie et quasi lunaire de midi. » Une trouvaille : « L'acuité d'intention. » La description que fait Longhi du diptyque des ducs d'Urbino — un des grands défis de Piero à l'iconographie, comme cette crèche de la *Nativité* dominant l'espace — est d'une minutie et d'une énergie impeccables. Il a un respect ponctuel et renouvelé de ce dont il parle : c'est un écrivain. Son *Piero* est l'œuvre de toute une vie traversant la folie humaine. Pas de plainte ; un constat désabusé, parfois : « Tandis que, au début des années cinquante, on restaure les musées touchés par la guerre, et que l'on organise des expositions itinérantes d'un grand prestige politico-diplomatique, les éditeurs s'obstinent à demander aux cultures germanique et anglo-saxonne des livres de synthèse sur l'histoire de l'art qui soient à la fois brillants et faciles d'accès »...

Avoir choisi, pour le voyage ici-bas, de séjourner dans le paradis de Piero doit consoler de bien des choses. C'est un yoga comme un autre, avec cet avantage de pouvoir être dit à chaque instant. La *Nativité* est alors une extase sans limites, pourvu qu'on n'oublie rien de son auvent mangé de mousse, de sa déclivité de ruine aimantée, de ses cinq anges au cœur de luth et, parmi eux, de cette bouche ouverte qui transmue la gueule de l'âne en train de braire. Trois hommes et deux animaux de sang marron d'un côté ; un chœur à cinq voix de l'autre, le madrigal vous salue dans un univers d'îlots fait de taches et de sauts, dans un « éparpillement ravi de soleil ». La *rousseur* d'insolation de l'événement (une poupée de cire dans un pli de manteau bleu, petit lac, par terre) est la marque cuite et sonore d'un accès « hors de tous les temps ». L'œil ne suffit pas pour écouter, il faut une entente du corps tout entier, le sang brassé devenu présence. Qu'il est « chinois », ce Piero ! Qu'il montre bien l'égalité du plein et du vide respirant ensemble ! Comment *tient* cet œuf du retable de Brera au bout de sa chaîne d'or ? Et cet enfant central, de biais, en équilibre instable ? Ce prophète de flamme nous le dira-t-il ? Oui et non, l'énigme s'enfonce en elle-même en rejaillissant sur la joie de chaque parcelle déposée à la fois de près et de loin. Comment parvient-on à être aussi « solennellement pacifique » ? Et lui, Piero, l'homme dont on ne sait presque rien, comment a-t-il vécu la composition de ce tombeau de gloire, jour après jour, nuit après nuit, jusqu'à l'extinction de ses yeux (il meurt aveugle) ? *In hoc signo vinces* : les initiales de l'apparition célèbre donnent IHSV, le monogramme du Christ intégrant celui de la Vierge, tu vaincras dans et par ce signe, parce que la peinture est le signe des signes. Constantin dort sous sa tente rouge et or, une tente semblable à celle que découvrent deux anges offrant à la vue la Vierge enceinte et fendue (*Madonna del Parto*). Il dort aussi sous le manteau de miséricorde englobant le théâtre entier, ses millions de suppliants promis à la mort. La peinture prend tout sous ses ailes, nul besoin de sacrifice sanglant. Et, de nouveau, le flash-nativité se reproduit : jour au-delà du jour dans la nuit profonde, les temples ne feront que commémorer cette scène à l'écart, ce lieu de pauvreté fastueuse sur un plateau à pic. Elle baisse les yeux sur ce souvenir, la Madone de Senigallia gardée par ses anges inflexibles, rien ne pourra effacer sa forme intériorisée, hors-monde. Vous qui regardez Piero, trouvez la certitude. Il vous la transmet gratuitement, jusqu'au bout.

La guerre de Paolo Uccello

Revenons vite en Italie, où tout s'est passé et où tout s'explique. Voici Florence, et la naissance symbolique qui n'en finit pas de nous traverser. Voici surtout le peintre qu'on n'arrive pas à cadrer, qui échappe aux investigations les plus érudites. S'il y a une exception rebelle et énigmatique, c'est lui. Il inquiète, dérange, déborde ; il ne se livre pas, il est la cruauté puissante de la Perspective elle-même dans son questionnement ouvert et compact. Ce livre d'images nous le redonne magnifiquement à voir et tente de le situer dans son temps et son lieu complexes[1]. Mais, une fois de plus, nous sentons que le sens profond de son œuvre n'a pas été abordé.

Oui, Paolo Uccello, né en 1397 et mort en 1475, participe de la formidable émergence du Quattrocento toscan. Oui, il est là, en même temps qu'Alberti, Ghiberti, Brunelleschi, Donatello, della Robbia et tant d'autres. Oui, on peut étudier sa rivalité avec le lumineux Piero della Francesca, dans le mouvement d'une civilisation, la nôtre, que le nom des Médicis fait encore rêver. Il est

1. Franco et Stefano Borsi, *Paolo Uccello*, Hazan, 1992.

juste de l'approcher à travers cet invraisemblable surgissement d'églises, de palais, de coupoles, de cloîtres, de fresques, de marbres sculptés, de portes, de vitraux, d'horloges, de machineries et de calculs évoquant autant d'assassinats que d'extases. La vision se construit et se réfléchit, le monde s'ordonne, le proche et le lointain, les volumes et les couleurs se calculent et se vivent comme jamais. Pourtant, au milieu de cette agitation logique, sensible et géniale, un silence sombre et massif se maintient : Uccello. On a immédiatement l'impression qu'il a pris sur lui tout le négatif de l'époque, qu'il refuse d'aboutir, d'embellir, d'idéaliser. Sa position ressemble à une déclaration de guerre. Les historiens d'art sont aussi nécessaires qu'inessentiels : ils ne rendent pas compte du choc. Or Uccello n'est rien d'autre qu'une obstination, en bloc, dans le choc. Il a eu ses raisons physiques, sans doute, pour ne pas sanctifier l'espace.

On ne sait presque rien de lui, sinon que, vieux, il s'enfonce de mieux en mieux dans des chefs-d'œuvre. À cinquante-six ans, il épouse une jeune fille de dix-neuf ans, et a deux enfants, un garçon, une fille. L'anecdote la plus connue (rapportée par Vasari) veut que sa jeune femme, le soir, le priant de venir dormir, s'entendait le plus souvent répondre par son artiste immergé dans le dessin : « Oh, quelle douce chose que cette Perspective ! » Il faut croire que la disposition, sur un plan, de la possibilité contrastée des plans, était une jouissance suffisante, un sommeil réparateur logique. Uccello ne veut pas du point de fuite unique, ce qui est déjà un blasphème par rapport au sens immédiat commun. Il nie l'objectif photographique ou cinématographique, c'est-à-dire l'œil simplificateur qui est devenu notre Dieu, et c'est sans doute pourquoi il nous est si proche (comme s'il avait prévu la catastrophe plate et fade du Spectacle généralisé). Sa profondeur à lui reste multiple, irréconciliable, farouchement contradictoire, explosant à chaque instant dans la prédation, le combat, la chasse, le crime rituel, la fatalité. Épopée et roman, il s'agit d'un art stratégique qui ne s'éteint jamais dans le Bien, encore moins dans la poésie, mais s'accroche à la nuit tendue rouge et noir, remuante, hérissée, du Mal se mangeant lui-même. En maintenant la vision binoculaire (comme s'il fallait éviter une sorte de devenir-borgne ou aveugle de la représentation), il obtient une « vision oblique et non plus perpendiculaire, variant selon les mouvements de l'œil, les mouvements de l'observateur, selon ses ajustements automatiques ou volontaires ». Une telle « complexité physiologique » est en réalité une agression continue contre la dictature de l'Idée, elle-même oblitération du sujet capté en miroir, mensonge de toute peinture voulant se débarrasser de la peinture. Chaque image devient morte et pieuse, et ce n'est pas la piété, on s'en doute, qui anime ce calme furieux. D'où la bizarrerie flagrante de ses panneaux, « miniatures colossales » dressées comme des rêves apocalyptiques. Qui, mieux que lui, a compris de l'intérieur ce que pouvait être le Déluge ? La lutte entre saint Georges et le Dragon ? Ou si l'on préfère, en termes modernes, la dislocation de tous les repères fermes, la terreur de la castration ? Voyez ce blanc-vert des corps déjà noyés, cette tempête coincée entre arche et cercueil, cet arbrisseau fouetté par le vent, ces damnés sublimes plaqués contre l'étranglement des surfaces. Voyez ce vagin-grotte, ce cavalier trouant le ciel gris, cette femme minuscule devant sa piteuse caverne de carton-pâte, cette lance à cheval directement dans l'orbite de la Bête ailée s'achevant dans un crachat de sang. Ah, il ne nous parle pas de rédemption, de contemplation ou de vie éthérée, Uccello ! Nul hasard dans le fait qu'au début du siècle André Breton le croie « surréaliste » et introduise dans *Nadja* (1928) une reproduction d'un détail du *Miracle de l'hostie profanée* — carte postale qu'Aragon lui envoie alors d'Italie (« La voix surréaliste, celle qui continue à prêcher à la veille de la mort et au-dessus des orages »). Pas de hasard non plus dans le fait qu'Antonin Artaud s'identifie carrément à lui dans un de ses textes les plus étranges, *Paul les Oiseaux*, comme si Uccello était le meilleur acteur d'une nouvelle exploration charnelle de la vie mentale (« être au niveau des objets et des choses, avoir en soi leur forme globale et leur définition du même coup »). Uccello en avance sur la crise de notre siècle, et la dépassant de toutes parts à la verticale ? Voilà une évidence inattendue, loin du dictionnaire bien-pensant, définissant sa subversion comme un pur jeu intellectuel. En vérité, Uccello fait peur. *La Bataille de San Romano* suffit à expliquer pourquoi. Certes, elle a eu lieu en 1432, mais nous devinons qu'elle est éternelle. Les piques, les étendards, les heaumes, les armures, les chevaux (ô les chevaux d'Uccello, cabrés, pressés, renversés, ruant, harnachés, *pensant* !) ; les riches bérets gonflés, cerclés, damassés à damier (serpents de volupté et de meurtre) ; les arbalètes et les chasses latérales, avec soldats isolés et lapins sauteurs, pendant qu'on se massacre au premier plan ; tout cela —

brides, foule, argentures, dorures — exprime, jusque dans le visage du mélancolique tueur à l'épée, une indifférence radicale au fond de destruction du Temps. Cette profanation de l'hostie, devenue sanglante, a-t-elle d'autre part eu lieu ? A-t-on réellement pendu une femme sacrilège et brûlé une famille juive (enfants compris) ? C'est, hélas, probable. On ne sait si Uccello veut commémorer l'événement ou plutôt accuser l'Église de célébrer de bien curieuses messes noires. Le tout dans un rouge cinabre si violent qu'il fait sentir la masse énervée du cœur. Et enfin, *La Chasse d'Oxford* : là, c'est l'apothéose des lignes, des fuites, des récits simultanés fuyants. On entend les cris, les appels, les aboiements ; on touche le torrent bleu coulant sur la droite ; on entre par tous les côtés à la fois ; on est dans l'affolement des cerfs et des chiens, dans la vénerie cachée qu'est la vie humaine. La forêt vert sombre est interminable. La battue n'aura pas de fin. Et vous, vous avez pour toujours ces bâtons, ces épieux, ces lances, ces grands compas terribles plantés en plein dans les yeux. Que voulez-vous, c'est l'Histoire.

Saint Warhol

Le 22 février 1987, un certain Bob Robert, cinquante-huit ans, mourait dans un hôpital de New York. En principe, l'opération de la vésicule biliaire qu'il venait de subir n'aurait pas dû entraîner de conséquences fatales. Mais l'infirmière de nuit, Mme Min Chou, au lieu de surveiller le patient, est restée toute la nuit dans sa chambre à lire la Bible. C'est du moins ce qu'elle dira aux enquêteurs. De très nombreuses négligences du personnel soignant sont alors constatées. Pas de preuves formelles, affaire classée. Bob Robert avait demandé, en entrant à l'hôpital, s'il y avait des gens plus célèbres que lui en traitement dans les différents services. Réponse : non. Il faut insister : rien d'extraordinaire, une simple opération de routine. Le patient n'avait pas non plus la maladie que vous savez. Bob Robert n'était autre qu'Andy Warhol.

Le 1er avril 1987, à Saint-Patrick, la cathédrale catholique de la 5e Avenue, devant deux mille personnes très connues et peu familières de ce lieu où le drapeau américain, dans la nef, fait face, à égalité, à celui jaune et blanc du Saint-Siège, une messe solennelle est célébrée à la mémoire de Andrew Warhola, fils d'immigrés tchèques. Sa mère, Julia, était très croyante. Pendant le service religieux on entend des extraits de *La Flûte enchantée* et *L'Hommage à l'immortalité de Jésus* d'Olivier Messiaen. L'assistance est stupéfaite d'apprendre, par le sermon du prêtre (poisson d'avril ou révélation ahurissante), que l'homme le plus *in* de la société de représentation financière, le diable organisateur souterrain de toutes les transgressions désinvoltes, l'archange sulfureux de la publicité d'art, le peintre des boîtes de soupe Campbell's, des Marilyn et des Mao multiples, allait à la messe et s'occupait de nourrir lui-même les clochards. Comme par hasard, un de ses derniers grands tableaux présenté à Milan un mois auparavant s'appelait *The last supper*. Oui, *La Cène* de Léonard de Vinci, reprise et réinterprétée, avec une drôle de colombe, *dove*, traversant la toile très claire, classique. Dove, aux États-Unis est une marque de savon. Les lettres GE, General Electric, sont là aussi, manifestation pour le moins étrange du Saint-Esprit. Tout se complique donc, dans une scène comme somnambulique. Qui pense, à ce moment-là, au soir de juin 1969, lorsque Warhol a été *descendu* à bout portant par Valérie Solanas, tueuse féministe de choc ? Qui songe à établir la logique des événements ? Quand j'ai vu, cette année, la rétrospective du MOMA et que je me suis étonné de voir ces nouveaux Vinci, ces résurrections de Vierges à l'Enfant de Raphaël, ce blanc élégant tourné vers la plus haute mythologie dégagée, j'ai entendu dire autour de moi : « Vous trouvez ça intéressant ? Vraiment ? » Silence. Gêne. Une exception tout de même : Robert Rosenblum (toujours lui) comparant finalement Warhol à Manet. Portraits, dandysme, morale intraitable. Il faudra sans doute du temps pour admettre cette vérité (mais l'argent s'en chargera, plus lucide en cela que les hommes).

« Me voilà, disait Warhol, il n'y a rien dessous. » Le marché de l'art, comme on dit, ne cache rien d'autre que l'art comme pensée possible du marché généralisé. « Quand un miroir se regarde dans la glace, qu'est-ce qu'il y a à voir ? » Et quand une montagne de dollars contemple une autre montagne de dollars ? Très vite, Warhol a traité en priorité la question du pouvoir, montrant aux artistes, facilement soumis, la voie de la guerre directe (il y a le mot guerre dans son nom). L'image, partout présente et hypnotique, est désormais la substance de la société de conditionnement planétaire, la matière de la mort sans profondeur qui vit. Nous vivons en différé permanent : « Les gens qui racontent leurs problèmes ne savent plus s'ils ont vraiment des problèmes ou s'ils jouent la comédie. » Certes, tout le monde aspire à être célèbre pendant un quart d'heure, mais trente secondes suffiront amplement. Voyez Warhol : avec une intuition infaillible, il va droit aux grandes concentrations symboliques (billets de banque, visages de stars, célébrités mondiales et, pour finir, trésors des musées dans un geste à la Picasso, mais tout autre). Il insiste sur la répétition, la multiplication, la série mécanique, pour mieux montrer une indifférence active à l'égard de la machine à mourir. Longtemps, il s'est entraîné en coulisses : enregistrements constants (polaroïds, magnétophones, caméras tournant sans arrêt), observation distanciée des perversions et des délires, drogues diverses — expériences sur l'espace conçu comme damier et sur le temps très ralenti ou instantané. On le croit submergé par la marchandise, mais non : il la retourne, au contraire, la dévoile dans son nerf morbide (ce qui n'est pas le cas de la naïveté *pop*). C'est un financier de l'anti-illusion, un banquier maniaque de l'inversion monétaire, aussi prompt dans le choix que dans l'exécution élégante de la négation. Qui, à part lui, s'est montré capable de mettre sur le même plan le haut et le bas, la richesse et la misère, le visage humain et n'importe quel objet utilitaire, la gloire et la catastrophe ? Liz Taylor est un crâne à peine amélioré, Mao une fleur, Elvis Presley un accident d'ambulance, Marlon Brando ou Jackie Kennedy des chaises électriques couleur lavande, le tout culminant dans des autoportraits fabuleux (il est le seul Américain à avoir traité et imposé son image). Tantôt bavard, tantôt parfaitement muet ; à l'aise aussi bien dans *Vogue* que dans une orgie à la *Factory* ; radiographiant en rétrovision les puissants et les paumés coincés par les mêmes pseudo-valeurs (ne serait-ce que celle, supposée, du sexe, alors que « *sex is so nothing* »), il a attaqué de front l'illusionnisme esthétique (d'où l'hostilité des expressionnistes abstraits, sauf de De Kooning, exception notable). Qu'a-t-il vu en définitive ? Ceci : « Les gens passent sans s'inquiéter vraiment que quelqu'un soit mort. » Le cinéma n'arrête pas une minute, bien que personne ne semble remarquer l'équivalence entre un chef d'État et un gangster, une boîte de soupe et une femme du monde, dans un tourbillon de plus en plus travesti (l'utilisation des travestis par Warhol demanderait toute une étude, y compris l'invraisemblable discipline imposée à son propre corps). Tiens, voici des vaches sur les murs et, au-dessus d'elles, des nuages argentés gonflés à l'hélium : vous êtes des vaches regardant passer le train fantôme du Spectacle et, quant aux nuages, « on ouvre une fenêtre, on les laisse s'envoler, et ça fait un objet de moins ». Ou encore, on publie une revue, la célèbre *Interview*. Qui la lit ? « Nos amis, et la personne qui est sur la couverture. » Mais enfin, vous nous livrerez bien une pensée ? « L'achat est un acte plus américain que la pensée, et je suis américain jusqu'au bout des ongles. » Pas hypocrite pour un sou, ce faux cynique au-delà de l'humour. En marge d'un de ses derniers dessins, il note : « L'enfer et le paradis ne sont qu'à un souffle de distance. » Comme tout est lourd, soudain, à côté de lui ; lourd et empêtré, et crédule, et vain, et volontairement abusé par le marionnettisme cataleptique de la publicité devenue destin ! Regardez les *Camouflages* : art du combat masqué, sans rien au-delà du masque. Ainsi respirent et s'effacent les vrais héros de notre époque, froidement boursière. Cela vaut bien une messe, non ?

Crucifixions

C'est aux artistes plus qu'aux religieux, aux savants ou aux philosophes, qu'il faut demander une preuve sur le corps de la pensée, et les mythes qui s'y rattachent. Vivre ce corps, l'*intimer* sous une forme toujours singulière, pourra faire la démonstration que ces mythes n'ont pas surgi et n'ont pas été élaborés pour rien. Exemple : Watteau est en train de mourir, on lui tend un crucifix, il le repousse. Pourquoi ? Par conviction idéologique ? Pas du tout : « Il est mal sculpté », dit-il.

Qui a pu croire que cette histoire de crucifixion était terminée et bouclée ? Qu'elle relevait désormais du Musée ? La voici reparue, transformée, chez au moins trois spécialistes du mouvement et du spasme subjectif : Picasso, De Kooning, Bacon. Chacun à sa façon, ils vont chercher cette croix de la représentation, ils la sortent du poncif où on a voulu la fixer. Plus rien à voir avec l'ostentation frontale proposée à la génuflexion ou à la méditation d'une collectivité : il s'agit ici d'une expérience personnelle obligée d'inventer le code où elle se déroule. C'est pourtant bien de crucifixion qu'il est question, pas d'autre chose. Simplement, l'épreuve est réactivée, déplacée, les coordonnées ne sont plus les mêmes, un autre vertige est à l'œuvre. On reprend le drame par l'intérieur, et peu importe qu'une telle transgression paraisse un blasphème à ceux qui ont pris une assurance sur la souffrance devenue cliché ou à ceux qui ne peuvent pas voir (tradition ou timidité) un crucifix en peinture. Personne n'est content ? Tout le monde est troublé ? Voilà l'art. Voyez cette Marie-Madeleine de Rodin pâmée sur un Christ jamais vu ainsi en trois dimensions. Révélation brusque de l'érotisme en jeu ? Oui, mais débordement de justice.

Picasso, comme d'habitude, va radiographier le sujet. De Kooning, lui, dans ses dessins « les yeux fermés » nous avertit qu'une telle vision est en effet retournée et fait trembler le mythe sur ses bases. Le Christ est un pauvre type ahuri mal cloué au milieu des bras, sexué par erreur, effondré par ce qui lui arrive. Position hagarde et comique. En bas, sarabande de femmes plutôt putes, nouveauté dans le scénario. Elles s'amusent, elles sont bien entendu nécrophiles, elles incarnent la volonté sociale de base : eh, eh, celui-là, au moins, on l'a eu. Bacon, de son côté, part de la même invention goyesque : le sommeil de la raison engendre sans cesse des monstres, et tout au fond de ce sommeil la bête mange son corps de viande tordue. Contrairement à ce qu'on croit, tout cela n'a pas de rapport avec le surréalisme ou l'expressionnisme. Non, non, il ne s'agit ni de cruauté ni de cri (oubliez Munch !), ni de terreur, ni d'angoisse, ni de boucherie mais d'*intuition* (le mot constant de Bacon), et finalement de délicatesse. Paradoxe ? Pas vraiment. L'exécution est une expulsion, une évacuation, et le vide qui contient cubiquement l'opération compte autant que la figure. Exorcisme, répète sans cesse Picasso. Mais exorcisme de quoi ? De quel envoûtement nouveau ?

La petite crucifixion de 1930 ! Ce jaune, ce rouge, cette confidence extrême rentrée dans un coin ! Que se passait-il pour Picasso, à Paris, le 7 février de cette année-là ? Quelle accélération de sa vie privée, ou plutôt de la connaissance qu'il sait prendre, à travers elle, de la répétition animale-humaine ? Sept ans avant *Guernica*, voici une des couches fondamentales de *Guernica*. Cette toile exiguë est un réacteur nucléaire, tablette plutôt que tableau. Comparez avec un grand Tintoret : mesure de la *contraction* en cours. Ah, il est en train de se passer une drôle d'affaire historique ! La mâchoire du temps est sur nous, les dieux ont soif, le vinaigre gonfle l'éponge devenue pierre levée, l'amertume est un cancer concentré, on change d'échelle ! Tout se mêle et s'imbibe, l'œuf tourne, l'axe se décompose. La mise à mort reprend sa signification de toujours, déjà indiquée dans *Crucifixion et étreintes* (1903, Barcelone). La libido des artistes ? Une vraie croix pour les regardeurs. Picasso ne se dérobe pas, voici son diagnostic : l'impasse sexuelle conduit droit à la crucifixion qui en est la clé. Pas d'impasse *pour lui*, mais pour ses amis morts : Casagemas, Pichot (dont l'ombre apparaît dans les *Trois Danseurs*). *La Femme au filet avec pêcheur crucifié* du 20 décembre 1937 ne fait que souligner le thème, digne d'un nouvel exercice spirituel à la Loyola. Méditation qui vient de loin, chez Picasso, aussi bien de son enfance catholique que de l'illumination cubiste (comme le prouvent les étonnantes mines de plomb de 1917). L'impressionnant équilibre et la souveraineté de son intervention s'explique *aussi* par cette présence, en arrière-fond, de la verticale et de l'horizontale christiques. Aucun dolorisme, pourtant, mais une seule raison d'agir : la haine de la mort.

Les *dates* de Picasso sont autant de romans. La scène restreinte et capitale du 7 février 1930, donc. Les très énigmatiques 19 septembre et 7 octobre 1932. Là, Picasso attaque, pousse son avantage, traverse le mur à la plume et à l'encre de Chine, jusqu'au magnifique 21 octobre, de Boisgeloup à Paris. Cette fois, l'exorcisme est allé jusqu'au bout, l'anatomie est vaincue, plus le moindre soubresaut d'organes, on est dans la préhistoire du corps humain. La ressaisie du supplice est désormais réfractaire à toute mise en scène spectaculaire, plus de film privé ou public, on est au creux du Totem, les ossements sont des rocs en état d'apesanteur, des bois de rennes, des vestiges polaires. La crucifixion n'est plus une garantie d'image pieuse, elle signe l'*omnispection* qui est la grande révolution de Picasso. C'est une vue tactile venant de partout, de l'intérieur devenu extérieur, pneumothorax projeté, dépassement du squelette et de sa terreur, résurrection en forme de mégalithes. Plus d'agonie, plus de mort, mais l'épure de l'incarnation elle-même et de son meurtre dans la nuit glaciale. Impossible de se livrer encore à une spéculation sadomasochiste. Fin de la passion et de la passivité. Le problème sera désormais : comment retrouver un corps, et lequel ?

Eh bien le voici. Nous sommes cette fois le 3 mars 1959. C'est la crucifixion corrida. Le picador Picasso, nouveau saint Paul, a eu son chemin de Damas, il gît sur le sol de l'arène sous son cheval renversé. Le taureau fonce de droite à gauche. Le Christ, bras gauche cloué à sa croix, bras droit libre, se sert de son pagne comme d'une cape ou d'une muleta. Il est devenu le torero impossible. Il est à la fois crucifié et ressuscité en action, son linge enlevé suffit à aveugler et à faire tourner l'Animal. L'idée est évidemment géniale : « Je ne cherche pas, je trouve. » Et voici enfin son visage : furieux, concentré, barbe et couronne d'épines, maître du terrain où la comédie continue, dominant l'espace et le temps comme l'éternel retour du temps en lui-même. Le regard perce. Picasso s'est une fois de plus reconnu dans son énergie.

La Porte de l'Enfer

Comment traverser la mort en envoyant son siècle en Enfer [1] ? Ou encore : comment nier les forces d'agrégation et de désagrégation qui sont dans le temps comme si elles étaient le Temps, alors qu'elles n'en sont que les grimaces, les convulsions transitoires, la crise négative opposée à l'éternité physique ? Vous qui entrez ici, sachez que la pensée peut répondre. Elle a l'air de se tasser, de s'assombrir, de s'appesantir, elle prend même la forme abrupte et rébarbative d'un chimpanzé concentré rugueux, mais en réalité elle troue, trie, discerne, elle pèse et dissout les figurants de la pièce, elle tient son cerveau dans sa main, elle pense donc elle façonne immédiatement son penseur et l'objet qu'il pense. Non, non, il ne s'agit pas d'idée, de notion, d'opinion, mais de la quatrième dimension elle-même en train d'évaluer les trois autres comme des ombres. Ici. Maintenant. Dans l'insistant relief du présent. On a trouvé l'entrée, la porte dissimulée depuis si longtemps au fond du jardin, caverne préhisto-

1. Texte, dit par l'auteur, dans un film sur Rodin réalisé en collaboration avec Laurène L'Allinec (1991).

rique sous terre ou sous mer, elle ne s'ouvre que pour un seul à la fois, elle va se refermer aussitôt, peut-être pour des milliers d'années. En vérité, elle ne s'ouvre même pas, on s'y cogne et elle vous renvoie sur-le-champ à l'endroit métamorphosé où vous êtes. Pensée d'outre-tombe ? Pensée, par définition, sans tombe.

Passez, sociétés, institutions, gouvernements, actualités, familles, fantômes, guerres, intérêts, décors, hiérarchies, privilèges, prostitutions, inconscients affublés trompeurs, sexes mélangés, morales, prisons, déclamations, polices, comédie humaine, trop humaine. Passez, religions, mythes, légendes, universel racontar, images, cadrages, rouages, engrenages, élevages, broyages ; passez, passez, pauvres reproductions enchaînées ; disparaissez donc, simulacres sans fin simulés : la Justice est ici enfin dans son Palais, elle tranche.

Par moi l'on va dans la cité dolente,
Par moi l'on va dans le deuil éternel,
Par moi l'on va parmi la gent perdue,
La justice inspira mon divin artisan,
Je fus édifiée par la toute-puissance,
La suprême sagesse et l'amour souverain.
Il n'a été créé, avant moi, que les choses
Éternelles, et moi, éternelle, je dure.
Vous qui entrez, laissez toute espérance.

Parole, sculpture, écriture, le modelé est une langue qui parle toutes les langues et leurs voix, tous les poèmes et leurs lois, les récits racontant la pensée qui se pense. Nous sommes ici, surprise, en français creusant l'italien, le latin, le souvenir de l'hébreu et le grec. Arche de Noé, dit Rodin lui-même. Certes, la Porte peut prendre un aspect terrible, avertissement bouclé, verrouillé. En principe, on ne la franchit qu'une fois mort. Un vivant peut-il malgré tout y avoir accès ? Par exception ? D'accord.

Il faut ici déposer toute crainte,
Il faut qu'ici toute lâcheté meure ;
Tu vas voir les foules douloureuses
Qui ont perdu le bien de l'intellect.

Remarquez, que le guide de Dante pose ici sa main sur la sienne « d'un air joyeux », tout en le faisant pénétrer dans « les choses secrètes ». Vous ne devriez pas voir ce que vous allez voir. C'est vraiment une grâce que l'on vous fait. Un cadeau empoisonné, peut-être. La Porte peut rendre fou, et surtout folle. L'Enfer *se retourne*. Impossible donc de ne pas comprendre que si c'est l'Enfer que vous désirez, vous l'aurez.

Iliade, Odyssée, Bible, Évangiles, Énéide, Divine Comédie, Comédie humaine, Légende des siècles, Upanishad, Bardo Thödol, Livre des morts égyptien, Coran, Ramayana, Pérégrination chinoise vers l'Ouest : du calme, le nerf de l'épopée agit ici en silence. Prétexte pour que les corps se montrent de tous les côtés, groupes, grappes, guirlandes, fresques, mouvements rotatifs, pleins et creux, en cours d'étreintes et d'extases, de ratages et de décomposition, engendrements, sauts, renversements, écarts, séduction, corruption, dévoration — et re-séduction. Le diable est une fonction découvrable, son puritanisme est fatal sous les Tentations, on le traite de l'intérieur, adhésion et détachement logique. « La raison cubique, dit Rodin, est la maîtresse des choses, et non pas l'apparence. » Pourquoi en revient-on toujours ici à la question *femme* ? Au duel direct passionnel ? Voici les informations, elles sont nettes, jamais on n'aura vu autant de corps féminins à l'affût, la sculpture les concerne au plus haut point, duchesses, élèves, danseuses, ouvrières, bourgeoises, modèles. Le lit de Rodin se projette en porte debout. Génie noir cassé de Camille, souffrance de Sophie : théâtre, cinéma, scènes. Rodin leur écrit, par exemple : « Oh vous, mon amie, vivez dans la nature qui chérit les femmes de votre âge, et pensez que vous êtes heureuse. » Ou encore : « Je vous demande et vous ordonne de jouir du beau temps et de prendre des forces. Si vous obéissez, vous savez que cela me rendra content. Il y a toujours votre volonté que vous suivez, faites un peu la mienne. Toujours sans volonté sur vous-même, cela est mauvais pour vous et pour moi. » Ou encore : « Je vis comme je peux et n'ai pas besoin de chagrin... Prenez une force et un caractère, c'est cela qui peut vous sauver des exagérations mauvaises... Quel dommage que vous n'obéissiez pas, et quel besoin de vous faire des imaginations... Vous cherchez toujours des scènes, c'est pour cela que je vous ai dit que vos lettres m'étaient indifférentes. » C'est évidemment toujours la même litanie, le même mauvais roman tentant de s'approprier, d'entraver, de détourner, de fixer la révélation vraie du roman. Eh bien, Rodin continue, il impose sa scène, c'est un monstre obscène. La radiographie bronze ou plâtre, vert sombre ou clair, blanc jaune blanc, est alternativement dramatique ou élégante, tunnel ou radeau, plaisir décidé constant. La pensée jouit de se savoir jouissance de l'être, et tout le monde devrait vouloir qu'il en soit ainsi, mais voilà, la mort, le retour à l'inanimé paraît préférable aux coupables cherchant des coupables. Rodin est implacablement innocent. Aussi innocent que Sade. Tout est Paradis dans son Enfer. Les dieux tremblent, les humains qui, malgré leurs dénégations, se prennent pour eux, ne se doutent de rien. Évidemment, ce Balzac souverain qu'on leur jette à la figure n'est pas de leur goût. On sent bien qu'il a la prétention de remplacer tous les habitants de la planète. De quel droit ? N'est-ce pas un homme ? Non ? Mais alors qui ? quoi ? Rodin n'est pas au Panthéon, il *est* le Panthéon lui-même surplombé en acte. La Porte, ne donnant sur rien, dit calmement que l'Enfer est ici-bas, chez vous, dans votre faux présent de mensonge. Pas d'au-delà ni de spéculation sur lui ; la sculpture est sans au-delà. Ici. Ici même. Votre apparition en ce monde a moins de réalité qu'un livre ou qu'une statue vivante. Dieu, paraît-il, a tiré Ève d'une côte d'Adam ? On les sépare, ces deux-là, on les met côte à côte, le résultat de leur dissymétrie est la vérité de la forme. Nous sommes en pleine conjuration, en plein exorcisme majeur : l'Enfer, c'est les autres, et vous, parmi eux, en train d'être perçu comme un autre. Dans les têtes, votre effacement est déjà voulu, boîte squelette classique, urne de cendres éphémères.

« Je travaillais alors à ma statue *Ève*. Je voyais changer mon modèle sans en connaître la cause. Je modifiais mes profils, suivant naïvement les transformations successives des formes qui s'amplifiaient. Un jour j'appris qu'elle était enceinte ; je compris tout. Les profils du ventre n'avaient changé que d'une manière à peine sensible, mais on peut voir combien j'ai copié la nature avec sincérité en regardant les muscles des lombes et des côtés. »

Les vrais écrivains, donc, sont des sculpteurs. Dante, dit Rodin, « parle par gestes aussi bien que par mots ; il est précis et complet, non seulement dans les sentiments et les idées, mais dans les mouvements du corps ». Ou bien : « Ma seule idée, c'est celle de la couleur et de l'effet. Il n'y a pas d'intention de classification, ni de méthode pour le sujet, ni de schéma pour illustrer un dessein moral concentré. J'ai suivi mon imagination, mon propre sens de la disposition, du mouvement et de la composition. Ça a été depuis le début, et ce sera jusqu'à la fin, simplement et uniquement une affaire de plaisir personnel. » Dante, Balzac, Hugo, mais surtout Baudelaire qui écrit précisément la position du Penseur : « Et son ventre et ses seins, ces grappes de ma vigne / S'avançaient plus câlins que les anges du mal / Pour troubler le repos où mon âme était mise / Et pour la déranger du rocher de cristal, / Où calme et solitaire elle s'était assise. » Le Penseur, si elle n'arrive pas à le déranger, met la matière en fureur. Il est inadmissible qu'il se conduise simplement et uniquement en vue de son plaisir personnel. Comment ? Le sexe n'est pas un contrat ? Il ne doit pas être rentabilisé ? Qu'il soit donc puni. Même pas ? Scandale. L'artiste est un profiteur diabolique, un vampire inexcusable, le démon des boudoirs où il vient philosopher en secret, crayon en main, arrière-pensée incessante. « Un sculpteur donne lentement ses coups d'outil sur une figure couchée en marbre, car il pense en même temps ; les ombres solides qui apparaissent autour de lui sont ses pensées ; l'image palpable de son imagination qui travaille évoque, bien qu'il travaille, une autre figure ; c'est ce qui marque pourquoi il n'est pas absorbé par l'œuvre en train. » Autrement dit, il est inabsorbable. On ne peut rien non plus lui faire avaler. Le diable est doublé. L'enfer dédoublé, saqué. Une autre fois, Rodin parle de la « grandeur des Grecs » : « Il y a un équilibre, un merveilleux équilibre et une sérénité dans leur sculpture, non pas la sérénité du style académique qui est l'absence de la nature, mais celle de la force, de la puissance consciente, une impression qui résulte de la maîtrise de l'esprit sur la chair. »

Je sculpte, j'écris, je sculpte ce qui s'écrit et se vit, je touche à coup sûr le sexe qui est en cause, je montre comment l'erreur sur ce point conduit à la mort, donc je peux représenter la pensée qui se pense, et comment je peux lui demander, moi, image brouillée et vite zappée, si *je suis*. Le corps délégué de Rodin est un œil à main qui vous juge depuis son tombeau factice. Tiens, il y avait à l'époque un régime social, un empire, une république, des révolutions, des contre-révolutions, des passions ? Mais, jette Flaubert en privé, « le Phallus est la pierre d'aimant qui dirige toute cette navigation ». On peut, sans insister, noter que Freud est contemporain de Rodin, et pas le contraire. Que se passait-il, déjà ? Une foule de choses, toutes plus dramatiques et urgentes les unes que les autres. Mais vous savez bien qu'au fond tout était, comme d'habitude, plat, bête, tantôt bon enfant et tantôt canaille, nuisible, nuisant, nuiséeux, ressentimental, cafouilleux. Ah le temps perdu et mal retrouvé, les voyages au bout de la nuit, au cœur du délire ; ah les hôpitaux où la maladie immortelle dure, s'incruste, crie très bas ce que chacun et chacune chuchote là-haut — sans parler de l'hystérie qui tient le bout de la corde et le démoniaque dans l'art contre l'art. Un artiste, un écrivain, éprouve comme résistance, la paranoïa du grand dessous, la possession infernale du corps social acharné à nier ce corps-là, *hoc est corpus*, oui, précisément *celui-là*, pas un autre. On comprend qu'il devienne un spécialiste de la chute des corps, mais aussi de leur remontée, gravitation ou lévitation possible, dans une mise à nu répétée. La forme-femme est ici centrale, toujours en risque d'idéalisation ou de manipulation marchande, et le péché originel n'est rien d'autre : on va donc le sonder par le volume et ses variations. Le péché ? Il est consentement au poids effondré, préférence accordée à l'illusion psychique contre la pensée. Le psychisme est constamment en révolte contre la physique, il souffre de la sculpture, il se sent martyrisé par elle. Question d'être. *To be or not to be ?* Mais cette question n'en est pas une en réalité, et la plus haute pensée grecque l'affirme dans une révélation où, étrangement, apparaît aussi une Porte : « *L'être est ; le non-être n'est pas.* »

Les cavales qui m'emportent m'ont entraîné
Aussi loin que mon cœur en formait le désir,
Quand, en me conduisant, elles m'ont dirigé
Sur la voie très parlante de la Divinité
Qui, à travers les cités, porte l'homme qui sait.

Des jeunes filles nous indiquaient le chemin
L'essieu brûlant des roues grinçait dans les moyeux

Jetant des cris de flûtes, les deux cercles des roues
tournant vite.
Les filles du soleil, délaissant les palais de la Nuit,
Couraient vers la lumière en me faisant cortège,
Écartant de la main les voiles
Qui masquaient l'éclat de leur visage.

Là se dresse la Porte
Donnant sur les chemins de la Nuit et du Jour
Un linteau et un seuil de pierre la limitent
Quant à la Porte même, élevée vers le ciel,
Elle est pleine, elle a des battants magnifiques,
Et la Justice aux nombreux châtiments
En détient les clés dans les deux sens,
Contrôlant le passage...

Dans la vision pensante et mobile de Parménide, la Porte menant à l'être, qui est la même chose que la pensée, s'annonce par un afflux féminin : cavales, jeunes filles, déesses. Le verrou, grâce aux « caressants propos », va s'ouvrir « un petit instant », faisant basculer les battants dans un « large espace ». Les gonds de bronze pivotent. Le char *s'engouffre* à toute allure dans cet intervalle, la Déesse reçoit « avec bienveillance » celui qui a osé emprunter cette voie hors des sentiers communs. Il va savoir et connaître « le cœur exempt de tremblement de la vérité bellement circulaire ». *L'être est*. Il est « non-né, indestructible, tout d'une seule masse, inébranlable, non-à-terminer, tout-entier-tout-à-la-fois-présent, un et d'un seul tenant ». L'être est, tandis que le non-être, indicible et impensable, n'est pas. Toute la pensée et toute l'histoire de la philosophie se jouent en ce lieu. Comme l'a dit un philosophe à propos de Parménide : « Ce qu'on ne se lasse pas d'admirer, ce n'est pas seulement la sûreté naturelle de ce rapport fondamental à l'être, c'est aussi en même temps la richesse de sa figuration dans la parole et dans la pierre. » Ou encore : « Ces quelques mots sont là dressés comme les statues grecques archaïques. » Voici donc la « vérité qui se tient avant toute autre et transparaît à travers toutes les autres ». Rodin, en pleine expansion du nihilisme, a retrouvé lui-même, avec sûreté, la voie dérobée. Heidegger est contemporain de Rodin, et pas le contraire. « Mes dessins sont un peu français du dix-huitième siècle mais toujours avec un fond de formes qui touche au grec. » Et aussi :

« Maintenant j'ai fait une collection de dieux mutilés... Ce sont des morceaux de Neptune, de femmes déesses ;

et tout ceci n'est pas mort, ils sont animés et je les anime encore plus, je les complète facilement en vision, et ce sont mes amis de la dernière heure,

tous de la belle époque grecque, car ils viennent de Grèce. »

Le mot *impavide* signifie « inébranlable, intrépide, qui n'a pas peur ». Beaucoup mieux qu'impassible ou imperturbable, il est l'attribut de l'homme dans sa justice, son endurance, sa ténacité. Horace : « *Justum et tenacem propositi virum.* » « *Impavidum pereunt ruinae* » : les ruines du monde le frapperont sans l'émouvoir. Parménide dit : « Les choses absentes, prends-les par la faculté de penser comme fermement présentes, car tu ne scinderas pas l'être de sa continuité avec l'être, ni en le dispersant ni en le rassemblant » Et aussi : « Peu importe où je commencerai, puisqu'en ce lieu aussi je reviendrai. » Le Penseur, dans sa jouissance d'être, indique une résurrection toujours déjà là. Dieu et le Diable n'y peuvent rien, et encore moins le monde, l'histoire, la société des ombres hésitant sans fin entre être et non-être. Le non-être n'est pas. L'être est. « Même chose sont l'être et le penser. » C'est dit, refermons la Porte.

Staccato

La guerre a lieu, désormais, entre l'individu et la ville, entre l'individu et le Spectacle *dans son ensemble.*

Pas une ville entre autres, mais toutes.

Les sociologues n'y voient que du feu. Le phénomène des bandes ? Pas plus tôt apparu que disparu. Chacun est seul, les dénominations fleurissent et s'effacent (les dernières, pendant que j'écris : TSD — *Tout Simplement Doué* ; ou TSM — *Tout Simplement Mortel*). À peine localisé, le corps est déjà ailleurs. L'antagonisme classique entre masses éphémères et police se change peu à peu en incompatibilité radicale entre corps apparus dans la rue et journalistes de dénonciation. Je ne veux pas de vos photos, de vos plans télé, de vos radios-commentaires, de vos analyses pseudopolitiques ou économiques. Je suis un trou noir. Nous sommes des trous noirs. Vous qui vous croyez maîtres des discours et des reflets, vous n'êtes tout au plus qu'une banlieue.

Une amie photographe me raconte ce que des lycéens lui ont dit : « Casse-toi, ou on te casse. »

C'est clair.

Comme d'habitude, la manifestation de nouveaux actes de langage révèle la situation. Le tag ? Pourquoi pas. Le rap ? Si vous voulez.

« J'ai été victime d'un crime social où tout le monde a trempé le doigt ou, mettons, le cil d'une paupière. »

De qui est-ce ?

D'Antonin Artaud, en 1946, plus présent que jamais.

« Mon intelligence, c'est mon corps et rien de plus. »

Par exemple.

Je n'ai pas le même corps à Paris, à New York, à Tôkyô, à Venise ou à Rome. Être à Paris comme si on était en plein désert peut devenir un exercice spirituel. C'est dans la mesure où j'écris tel ou tel passage de fiction que la journée ou la nuit se découpent, que les trajets ou les rencontres prennent leur sens.

La ville, où qu'elle soit, n'est plus qu'un tourbillon irradié par l'information directive. La terre ne tourne plus, elle est en cours de tournage. De même, la télévision n'est pas un spectacle mais une arme des maîtres (parmi d'autres) pour orienter les lambeaux du spectacle qu'est devenu le monde.

Le sexe reste, bien entendu, la meilleure manette de zapping. Verbalisé *ad hoc*, il ouvre sur le surplomb que recherchent, artisanalement, tagueurs et rapeurs. Verticalité de l'instant, de la voix, des plans.

Tous les vieux trucs dadaïstes ou situationnistes se retrouvent intégrés à la bombe. Immédiateté : moins médias, tu meurs.

Artaud, toujours : « Le complot contre la conscience est une pièce minutieusement réglée où l'on passe le mot, de maison en maison, de ville en ville, de continent en continent, comme une immense télégraphie animée. »

Ou encore : « Le corps est plus grand et plus vaste, plus étendu, plus à replis et à retours sur lui-même que l'œil immédiat ne le décèle et le perçoit quand il le voit. »

Ou encore : « Nous sommes dans un monde et une vie de tartuffes, et une société d'anciens affranchis qui n'ont jamais eu qu'une idée en tête ; se dissimuler derrière un ordre terre à terre, où il est interdit à quiconque de dire qu'il y voit plus loin que le bout de son nez. »

Le moment est venu où l'acte le plus *violent* (*réellement violent*) que l'on puisse accomplir dans une ville consiste à ouvrir un livre et à le *lire* (par exemple, les *Pensées* de Pascal).

Y a-t-il dans le simple fait de parler ou d'écrire une force qui peut retourner l'envoûtement ou le tic universel, le pavlovisme généralisé en cours ? Oui. Peut-elle passer, cette force, à travers les murs, habiter l'inhabitable, traverser le luxe, la misère, le sommeil, les rêves, les désirs, la propagande publicitaire, les ruissellements de Bourse ? Oui. S'agit-il du nerf toujours plus confisqué de la guerre secrète ? Oui encore. Développement à venir.

Écrire contre l'oubli

J'aime le mot *amnistie,* et la façon dont Hugo, par exemple, l'emploie dans cette phrase : « Je mets en liberté toutes les mouches et tous les papillons que je trouve pris dans les filets autour de moi, petite amnistie obscure qui, comme toutes les amnisties, ne fâche que les araignées. » Sans doute, Hugo ne prévoyait-il pas que les araignées, un jour, pourraient s'amnistier elles-mêmes aux dépens des mouches et des papillons. Quoi qu'il en soit, cette grande innovation athénienne est inséparable des fondements de la démocratie : effacer un fait punissable, empêcher ou arrêter des poursuites, anéantir des condamnations, voilà, bien évidemment, le travail même de la raison. Amnistie ne veut pas dire amnésie, au contraire. Dans un monde, le nôtre, de plus en plus voué au secret et à l'oubli systématiques — effacement de l'histoire et du passé afin de célébrer l'éternel présent de la marchandise publicitaire —, il sera de plus en plus nécessaire de se souvenir afin, non pas de condamner, mais, précisément, d'amnistier. Les États disent une chose et en font une autre ; la dissimulation est leur loi. Ils peuvent très bien parler sans arrêt de liberté ou de droits de l'homme pour mieux cacher leurs exactions en interdisant ou en bloquant les informations (l'exemple récent de la Chine est l'un des plus éclatants). L'amnésie internationale est désormais un travail constant : l'économie la veut, la programme. Nous signons des contrats, nous disons : « N'oubliez pas les droits de l'homme ! », on nous répond en souriant : « Bien sûr, bien sûr ! », et la comédie continue. Les otages sont des produits commerciaux, les prisonniers politiques sont compris dans la balance des échanges. Pauvres mouches ! Pauvres papillons !

Le harcèlement d'écriture inventé par Amnesty International est une invention magnifique. Elle suppose que « l'araignée » de l'oubli et du secret est sans cesse à l'œuvre, qu'elle sécrète spontanément le mépris des corps. L'économie politique est la négation achevée de l'homme ? Nous en avons partout, et à chaque instant, le spectacle. Il faut donc sans arrêt rappeler que X, Y ou Z est en prison ou en camp, jugé dans des simulacres de procès, souvent soumis à la torture. Moi, citoyen privilégié, libre de ses mouvements, je vais donner un nom et une profondeur à ce matricule de la comptabilité policière. Je vais lui restituer une vie symbolique irréfutable, comme si je le connaissais personnellement. La Société se croit toujours innocente, elle a ses bonnes raisons, et ses chiens de garde raffolent des proclamations abstraites. On peut avoir une certitude : sous couvert d'abstractions religieuses, morales, idéologiques, l'Humanité est régulièrement plus criminelle qu'elle ne veut le savoir. Sa température constante est le ressentiment, la vengeance, la haine, le plaisir d'humilier l'autre ou de le briser. Combien de petits chefs obscurs, de ratés ruminants, de flics butés dans toutes les administrations visibles ou invisibles du monde ! Insistons donc. Par écrit. Nous sommes en affaires ? Libérez donc *cette* personne-là, *ce* visage-là. Voyez-vous, c'est désormais quelqu'un de *connu* qui pourrait même devenir célèbre. Les fonctionnaires de l'Anonyme sont très sensibles à cet argument. Une simple lettre à leur adresse les inquiète. Des centaines commencent à les ennuyer vraiment. La répétition, surtout, les trouble. De même qu'un particulier n'aime pas, à juste titre, recevoir des lettres anonymes sur sa vie privée, les Bureaux détestent qu'on se glisse, en signant, dans leur courrier. Quoi ? Des gens identifiables s'intéressent à cet ouvrier, à cette étudiante, à ce professeur d'université, à ce simple soldat, à ce paysan, à cette infirmière, à ce savant philosophe, à cet écrivain hors de la ligne ? Nos détenus existeraient donc en dehors des listes ? Ils auraient un volume et un poids réels ? Quelqu'un de Paris, de Rome ou de Londres ose me déranger dans mon bunker de Shanghai pour me réclamer des renseignements à propos des numéros 666 et 1984 ? Les numéros sont malades et mal soignés ? Ils ne mangent pas à leur faim ? Ils voudraient communiquer avec l'extérieur ? Publier leurs impressions ? Et puis quoi encore ? De quel droit des étrangers viennent-ils interpeller nos Organes ? Les relations entre États et Entreprises ne suffisent-elles pas à la bonne marche de l'informatique ? N'avons-nous pas fait, hier encore, un beau discours officiel ?

Un écrivain digne de ce nom (cela devient rare) est, par définition, complice de cette action de dérangement. Pour lui, en effet, un individu, avant d'être un homme ou une femme de telle ou telle nationalité, croyance ou couleur, est d'abord un événement vivant *en ce moment même*. Écrire contre l'oubli ? Mais c'est son travail et sa respiration, jusque dans le rêve. Il connaît le mensonge, l'hypocrisie, le désir de nier. Il les étudie sur lui, il les devine sans effort chez les autres. J'écris, donc je *vois* ce prisonnier, je ressens sa douleur du temps. Les morts sont présents comme ils l'étaient hier. Comme je ne m'acharne pas sur les coupables, je trouve naturel d'élargir ceux que des intérêts inavouables déclarent tels. Ce sentiment a été dit pour toujours par un écrivain français dont nous avons le plus grand besoin : Voltaire. Si Amnesty International a eu un fondateur légendaire, c'est bien lui. Il ne reste qu'à le multiplier par mille, dix mille, ou cent mille.

SOS infirmières

Elles sont là, elles s'obstinent à dire que quelque chose ne va pas, elles descendent dans la rue, elles manifestent, on fait semblant de les écouter, on les renvoie, on les disperse, elles recommencent. Les agriculteurs, bon, on a l'habitude, et puis ce sont des hommes solides, violents. Mais ces femmes indispensables ? Qui n'arrêtent pas de dire, sur tous les tons, que la société est malade ? Voilà qui est gênant. Très gênant. Quoi ? Encore elles ? Mais qu'est-ce qu'elles ont donc ? Allons, rentrez dans vos hôpitaux, vos cliniques. Allez travailler. On n'a jamais vu un mouvement aussi *têtu*, il me semble. Forcément, des femmes... Et c'est ainsi qu'on commence à y voir plus clair.

Nous sommes dans une société d'irréalisation constante. Un théâtre de publicité autorégulée, dont le slogan permanent est la performance dans tous les domaines. Tout le monde doit être beau, sportif, décideur, actif, positif, gagneur. Être fatigué, sceptique, rêveur est déjà un mauvais point dans votre dossier. Être malade est presque une honte. Une image n'a pas à douter d'elle-même, sauf dans un film sentimental. Dans la réalité, c'est déjà une insubordination, une insolence. Le simple fait d'avoir un corps en trois dimensions est quasiment superflu. On doit paraître ou disparaître. La mort ? Quoi, la mort ? Quelqu'un était là et puis soudain, n'est plus là. On ne va pas en faire une affaire. D'ailleurs, les affaires n'attendent pas. Nous sommes pressés, un hôpital est une usine comme une autre. Autrefois, il paraît, la médecine était au service des êtres humains. Désormais, c'est le contraire. La douleur, les soins, l'agonie sont des péripéties industrielles qu'il importe de penser rationnellement, avec économie. Qu'est-ce qu'une infirmière ? Un corps qui s'occupe de corps improductifs. Tout cela coûte trop cher. Des corps nouveaux, on peut techniquement en fabriquer à la chaîne. Donc, ne nous attardons pas indéfiniment sur ceux qui sont usés, usagés, en transit pour le néant et s'accrochant quand même à la vie.

Voilà ce qu'il y a dans la tête des responsables qui, par définition, ne sont jamais coupables. C'est vrai : le système commande, les individus ne sont là que pour certifier qu'il fonctionne. Mais les infirmières, elles, sont les prolétaires de la nouvelle inhumanité. Elles ne peuvent pas oublier les chairs, les respirations, les regards, les plaintes, les cris, le sang, le grand silence de la souffrance, *la nuit*. Elles sont débordées, pas assez nombreuses, sincères. Elles ne peuvent pas prendre une personne pour une image. Elles sont dans l'impossibilité de *zapper*. L'hôpital n'est pas un spectacle, et si vous voulez savoir ce qui se passe vraiment au fond des choses, vous n'avez qu'à y aller faire un tour. Dans un roman terrible et merveilleux, *La Leçon d'anatomie*, Philip Roth raconte comment son personnage veut brusquement devenir médecin afin de retrouver un sens à son existence. Rude choc, qui le transforme à jamais. Il faut sans doute être écrivain pour comprendre de l'intérieur l'enfer quotidien de la question. Les hommes politiques, les financiers, les professionnels de la communication, eux, n'ont pas le temps d'y penser. Cela leur fait peur. La vie d'une infirmière n'est pas une information. Quoi, vous dites que la santé tombe en ruine dans un monde qui clame partout que la santé rayonne ? Peu importe, place aux figurants suivants !

Nouvelle nuit, nouveau brouillard

Ainsi, nous n'avons pas tout vu, la mort programmée suit son cours. Assassinats, déplacements de populations, exécutions sommaires et extrajudiciaires, « purifications ethniques », chaque année nous apprenons de nouvelles destructions répondant à des innovations techniques de domination, de terreur. Les États, de plus en plus cyniques, ont leur double langage : affaires d'abord, « droits de l'homme » ensuite. On pense irrésistiblement à Voltaire que nous feignons de commémorer pour mieux l'enterrer : « L'univers est un chaos d'absurdités et d'horreurs ; j'en ai des preuves. »

Que faire ? D'abord, et toujours, savoir. Le cancer des *disparitions*, par exemple, indique une transformation de la répression. Les grandes machines totalitaires du vingtième siècle (nazisme, stalinisme) sont, là encore, des matrices d'invention noire. On connaît trop peu la décision hitlérienne de *Nuit et brouillard*, matérialisée par le maréchal Keitel en février 1942 : « Les prisonniers seront transportés secrètement en Allemagne. Ces mesures auront un effet dissuasif car *a*) ces prisonniers disparaîtront sans laisser de traces ; et *b*) il ne pourra être donné aucune information sur le lieu où ils se trouvent ni sur leur sort. »

Partout, donc, aujourd'hui, dans le monde, des êtres humains « disparaissent ». Cet « effacement » a commencé par l'Amérique latine (Argentine, Brésil, Colombie), puis s'est étendu peu à peu à presque toutes les parties du globe, jusqu'à se rapprocher — stupeur et scandale — de l'Europe, avec les événements récents dans l'ex-Yougoslavie. Nous, donc, Européens frileux et inquiets, nous découvrons que le sida n'est pas seulement une tragédie de nos cellules physiques mais un véritable phénomène spatial. La « disparition » n'est pas vraiment la mort, même si la mort en est la conséquence la plus constante. Il s'agit d'un vol du corps, d'un vol de la mort, d'un enfoncement dans le vide chargé de frapper l'imagination des proches et des communautés visées. Faire disparaître quelqu'un (pour le torturer et le tuer ensuite), maintenir le secret sur ce qui est arrivé, est une façon d'affirmer une toute-puissance beaucoup plus efficace qu'un massacre direct, au grand jour. L'action fait moins de bruit, elle ne laisse pas de traces (sauf des cadavres défigurés et calcinés découverts un jour ou l'autre dans des charniers), elle introduit une menace permanente, invisible, sur les villes, les villages, les cerveaux, les sommeils, le temps quotidien. Vous disparaissez ? Et alors ? Vivez-vous encore, quelque part, dans un cachot ? Allez-vous resurgir dix ans après, en tenant à peine debout sur vos jambes ? Ou êtes-vous déjà brûlé dans un terrain vague ou un fossé ? Qui est appelé à disparaître ? Un peu tout le monde, et, par enchaînement, ceux qui oseront demander ce que vous êtes devenu. Le tissu social est ainsi tenu en suspens : on oublie plus vite, d'une manière plus stable, un mort qu'un disparu pouvant revenir. La disparition est un procédé à fabriquer des fantômes. Peur, angoisse, culpabilité, troubles, malaise endémique : les vivants deviennent des disparus virtuels, des spectres possibles. Le travail du deuil est entravé, il s'agit d'un empoisonnement lent, d'une bombe psychique à retardement. L'identité est altérée, elle tourne à l'hypnose.

Qui est coupable ? Responsable ? Écoutons cette ahurissante déclaration d'un ancien président du Guatemala, en 1985 : « Nous n'allons pas pouvoir enquêter sur le passé. Il nous faudrait mettre l'armée tout entière en prison. »

« Tout individu, dit la charte des Nations unies, a droit à la liberté et à la sécurité de sa personne. » Très bien. Mais quel est le statut exact d'une personne « disparue » ? Vous exigez des renseignements. On ne vous les donne pas. Vous êtes renvoyé de non-réponses en non-réponses. Le silence et la dérobade règnent. Vous protestez, vous manifestez, donc vous risquez de disparaître à votre tour. Des professionnels viennent, vous emmènent. Votre curiosité est fatale. Et telle est, en effet, la pédagogie de la terreur : apprenez à ne pas poser de questions, à ne plus vous étonner, à rester tranquille dans votre coin même si un membre de votre famille a été escamoté en votre présence. Cela a lieu constamment au Pérou, au Liban, en Irak, en Inde, au Sri Lanka — et parfois tout près des touristes. Mais nous sommes aussi en Bosnie, au Rwanda, au Burundi, au Koweit, au Soudan, en Somalie, au Kenya. Et même en

Irlande. Je peux disparaître à cause de mon ethnie, de ma religion, de ma philosophie, de mes fréquentations, d'une bribe d'opinion — peu importe. La communauté internationale, comme on dit, va s'émouvoir si elle trouve un argument économique. Ainsi pour Saddam Hussein, devenu criminel seulement après son initiative dans le Golfe. Mais que cent mille Kurdes aient été gommés de l'existence auparavant n'avait pas soulevé de passions. « Ces gens ont été sérieusement punis, a dit ce dirigeant finalement toléré par les puissances civilisées, ils ont été en enfer. » Ces « gens », donc, étaient kurdes, arabes, turkmènes, sunnites, chiites, chrétiens, membres de partis politiques interdits, opposants présumés, militaires, déserteurs, intellectuels mécontents, parents de déportés, amnistiés ayant eu la naïveté de revenir chez eux. Disparus, disparus. Comme on ne peut pas filmer un gigantesque rassemblement d'absents, les disparus, à l'heure du Spectacle intégral, sont comme s'ils n'avaient jamais existé. Tout ce que la télévision n'est pas susceptible de montrer ou d'exhiber sur-le-champ a une réalité douteuse. L'opinion, désormais, c'est l'écran. Une grande famille devant l'écran, spasme d'audimat émotif, voilà le théâtre. Si rien n'est diffusé, organisé en images prescrites, c'est que tout est supportable. Enfin, quoi, il n'y a pas le feu. La disparition devient ainsi le *petit feu* du crime, son adaptation distillée à l'époque de la sensation de masse. Vous dites que X a disparu ? Montrez-moi ça. Vous ne pouvez pas ? Il faut donc attendre, rien ne presse, cela va peut-être s'arranger, d'ailleurs les autorités nous l'ont promis, elles font une enquête, elles ont pris un engagement formel, soyons discrets, pas de publicité sans preuves, vous avez peut-être rêvé après tout.

La négation, la dénégation sont donc, maintenant, un système de gouvernement. Il y a une loi pour l'apparence, et une autre pour l'ombre ; une vérité pour ce qui est constatable, et une autre pour ce qui ne l'est pas. Le légal et l'illégal entrent dans une complicité inédite. Les « escadrons de la mort » portent des noms poétiques : « main blanche », « chats noirs ». Leurs adversaires ont d'ailleurs les mêmes méthodes, aucune illusion là-dessus. Je suis bouddhiste, communiste, catholique, protestant, musulman, juif, orthodoxe ; j'ai le tort d'être blanc, noir, jaune, rien ne m'assure plus d'une tranquillité quelconque. « Otage » ou « dissident officiel » passe encore : j'ai un prix. Mais je peux, à chaque instant, passer de l'autre côté des ténèbres, égorgé ici, parti en fumée là. Tortures, viols sont monnaie courante. La loi, pourtant, est formelle : « Nul n'a le droit de torturer un être humain, quelles que soient les circonstances. Nul n'a le droit d'assassiner, qu'il soit soldat de l'armée régulière ou rebelle. » C'est très beau, mais voilà : la loi, depuis longtemps, sait comploter contre elle-même, elle a appris le jeu de l'apparence et de la désapparence. Il suffit de doser, tout est là. En réalité, l'idolâtrie de la Société envers elle-même (tout est bien exclusivement « social », n'est-ce pas ?) conduit de plus en plus à trier, sélectionner, éliminer. On s'occupe des embryons, pourquoi pas des physiologies déjà existantes ? Il suffit de poser la définition d' « individu socialement indésirable ». Elle peut varier selon les contextes, mais une « purification » s'ensuit. « Nettoyage social » : l'expression est devenue banale. L'ethnie ? La religion ? Mais on peut détailler : homosexuels, prostituées, toxicomanes, vagabonds, enfants des rues, malades mentaux, handicapés, déviants potentiels, on n'a que l'embarras du choix. Ajoutons à cette liste le terme *écrivain*, depuis que Salman Rushdie — et combien d'autres avec lui — a eu l'honneur d'être étatiquement condamné à mort.

Dix-sept mille personnes ont disparu au Liban entre 1975 et 1990. Cinq mille Kurdes, dans l'indifférence quasi générale, ont été tués à l'arme chimique avant l'invasion du Koweit. Nous *assistons* aux massacres en Bosnie, en Afrique. Que de nobles discours, cependant, que de commémorations émouvantes à propos des tragédies élues du passé ! L'impunité des responsables actuels est, pendant ce temps, massivement assurée par le secret ou l'amnistie. La mise au secret de l'humanité semble, de plus en plus, une courbure de la vie mentale. Quoi, dites-vous, mais non, nous savons de mieux en mieux, la transparence s'étend ! C'est faux. Ou plutôt, c'est en même temps vrai et faux, et la ruse nouvelle est là, dans ce calcul pervers à l'échelle de la planète. *Pas de passé* (sauf celui que nous imposons), telle est la formule de base. Ce qui veut dire : *passivité* à peu près certaine des États moralistes, ceux qui doivent ménager leurs opinions publiques. Car l'Opinion, ici, est une substance centrale, d'ailleurs pleinement évaluée par les fonctionnaires de la Terreur. D'où les dérobades, les opacités, les atermoiements (dépendants des contrats en cours), les promesses, les retournements, les éclairages brusques et bientôt oubliés. L'Opinion ne demande pas mieux que d'être rassurée après avoir été choquée, elle veut de l'espoir, elle veut condamner mais surtout dormir, se réconcilier avec une nature humaine supposée être bonne, sans quoi où irait-on. Il faut donc se raccrocher à cet espoir fragile : qu'il y ait toujours une information, c'est-à-dire une presse indépendante capable de parler, de révéler, de chiffrer, de nommer, de décrire les faits. Cela signifie : indépendance économique et idéologique des journalistes et des intellectuels, conscience, chez eux, d'une obligation absolue, transcendance d'indignation, tradition des siècles. Disparition ou liberté de l'information : il faudra choisir, le problème est là. Cette information, nous savons qu'elle est fragmentaire, sans cesse à susciter, à réitérer, dans l'immense insensibilisation générale mise en place par la Marchandise. La liberté économique entraîne-t-elle la liberté tout court ? On l'affirme, mais des signaux terribles nous en font douter. Cependant , il faut le croire, sinon pourquoi écrire et pourquoi penser ? La lutte pour écrire et penser est la même que celle contre la disparition des corps. La Terreur, elle, veut, *du même geste*, éliminer les corps et abaisser l'écriture, la pensée. Ainsi va le sombre trafic du monde.

Encore Bordeaux

Vivre, c'est défendre une forme.
Hölderlin

Où que je me trouve, je peux revenir soudain à Bordeaux par la couleur ou par le vin, par un signal lumineux sombre ou par un certain parfum dans la bouche. Avant d'être la ville où je suis né, Bordeaux est ainsi une information diffuse, distribuée dans les tissus (« une écharpe bordeaux ») ou le contenu des bouteilles. Le mot de *bordeaux* lui-même, en dehors de l'étymologie, évoque pour moi la rive, le lieu stable d'où l'on pourrait voir, indéfiniment, couler l'espace et le temps. L'eau, le vin, le sang transformé en vin, le bord de la durée physique, et voilà une idée de ce que peut être un port dans l'aventure du corps, « le port de la lune », en plus, avec son croissant bienveillant et oriental, comme ce poinçon des mille et une nuits en cours de sommeil.

Lisons : « Autre particularité de la Lagune : son sol. C'est le seul cru classé tributaire des graves mindéliennes, fines et presque sableuses. Cette belle propriété d'un seul tenant culmine à seize mètres alors que cette croupe comporte une dénivellation d'une dizaine de mètres. »

L'année préférable pour un Château La Lagune ? 1966. « Souple élégant, plein. » Mais en 1978 : « proche des 1966 ; élégant ; plus souple que les 1975. »

En quelques mots, voici donc la mise en rapport des sols et des années, c'est tout un roman. La ville est entourée par des centaines de contes de fées protégés. Bordeaux est le château principal des châteaux environnants, une sorte de *coffre* un peu en retrait de l'océan dont la pression douce se fait sentir. Au sud : le brasier permanent des Landes. Au nord-ouest : l'ouverture atlantique. Entre le feu résineux et l'espace maritime incurvé : une ville tempérée qui résume tous les climats. Supposons maintenant que je sois à New York, à Tôkyô, à Amsterdam ou à Londres : j'ouvre cette bouteille de La Lagune, je la bois lentement, je vais dormir, et le lendemain matin, je sais que j'ai été filtré par Bordeaux. Il faut *dormir* le vin pour le comprendre. C'est d'ailleurs plutôt lui qui vous comprend, qui vous accepte ou qui vous refuse. N'est pas dans le bordeaux qui veut. N'entend pas les cellules du temps qui veut. Un Bordelais est souvent bavard, mais c'est pour mieux cacher son silence. Personne n'est aussi trompeur sans avoir à le faire exprès. Cette gaieté ? Peut-être une mélancolie profonde. Cet art de vivre ? Sans doute une conscience aiguë du néant. Bordeaux, ou la contradiction : comme une relativité généralisée, d'ailleurs concentrée dans le livre par excellence, les *Essais* de Montaigne, « que philosopher c'est apprendre à mourir », pages lues au lycée, commentées, relues et apprises par cœur. Avec les *Lettres persanes* et

L'Esprit des Lois, avec le *Discours de la servitude volontaire*, on a l'inspiration libérale et juridique de la cité frondeuse par excellence, ville de dissidence par rapport au pouvoir central, ville où on préfère les Anglais à Jeanne d'Arc et à Napoléon, Louis XV à Louis XIV, ville du « Prince Noir » et de la belle Aliénor. « Esprit frondeur » : je retrouve cette annotation à l'encre rouge sur mes bulletins d'écolier, et, avec le temps, je me rends compte qu'il s'agissait plutôt d'un éloge, d'un encouragement discret sous la réprobation d'apparence. La Boétie, Montesquieu, et, plus tard, pendant la Révolution, le parti Girondin, si mal connu et réhabilité par l'histoire. « Les Girondins de Bordeaux », l'appellation persiste au moins dans les championnats de football. L'Aquitaine, pays des eaux. Mais aussi le mot *girond, gironde* : « beau, gentil, mignon ». *Gironde* veut dire aussi : « joyau en forme de médaillon, comme une broche ». Bordeaux, Gironde : le langage, en jouant, dit une vérité oblique. Les syllabes sont encore un vin.

Impression de Bordeaux sur les écrivains : c'est Stendhal qui note que « sans contredit, Bordeaux est la plus belle ville de France ». Il la compare à Venise, d'autres à Versailles. C'est Hölderlin, qui parle « des montagnes de raisin d'où la Dordogne descend, où débouchent le fleuve et la royale Garonne, larges comme la mer, leurs eaux unies ». Ici, Baudelaire a embarqué sur le paquebot des *Mers-du-Sud*. Ici, Lautréamont a débarqué un jour, portant avec lui toute une sauvagerie d'Amérique. La place de la Bourse (ex-place Louis-XV), les entrepôts Lainé (devenus musée d'Art moderne) sont la mémoire de ce temps passé. Comme les deux grandes colonnes rostrales, évoquant la Piazzetta de Venise, consacrées l'une au Commerce, l'autre à la Navigation. Échanger, circuler : c'était, ce sera de nouveau le destin de Bordeaux. Je ne lis jamais sans émotion ces phrases de Montesquieu dans son *Projet d'une histoire physique* adressée aux savants du monde entier : « Il faut adresser les mémoires à M. de Montesquieu, président au parlement de Guyenne, à Bordeaux, rue Margaux »... Ou encore ce *Discours sur l'usage des glandes rénales*, prononcé le 25 août 1718 : « La plupart des choses ne paraissent extraordinaires que parce qu'elles ne sont point connues ; le merveilleux tombe presque toujours à mesure qu'on s'en approche ; on a pitié de soi-même ; on a honte d'avoir admiré. Il n'en est pas de même du corps humain : le philosophe s'étonne, et trouve l'immense grandeur de Dieu dans l'action d'un muscle, comme dans le débrouillement du chaos. » Ou encore, à propos des *Lettres persanes :* « L'auteur s'est donné l'avantage de pouvoir joindre de la philosophie, de la politique et de la morale, à un roman, et de lier le tout par une chaîne secrète et, en quelque façon, inconnue. » Rue Margaux... Une chaîne secrète... L'action d'un muscle... Le débrouillement du chaos... Autant de formules que peut avoir présentes à l'esprit le promeneur marchant, au printemps, dans une capitale en retrait du monde, en pensant, le long des quais, devant le Grand Théâtre ou sur les allées de Tourny, dans le frémissement argenté de l'air, aux caves de cette maison de poussière qu'on appelle la terre.

Voltaire, aujourd'hui

Pour parler des Français, Voltaire a eu un jour cette définition : « [...] un composé d'ignorance, de superstition, de bêtise, de cruauté et de plaisanterie. » Qui ne voit qu'on pourrait, désormais, l'appliquer à l'humanité entière ? Oui, c'est bien ainsi que le monde va, à travers l'illettrisme galopant, la crédulité, l'oubli, la sottise, les massacres renouvelés, le divertissement agité. On se demande comment l'imposture du « voltairianisme », ce masque de tolérance sirupeuse, a pu être plaquée bourgeoisement sur le visage de ce géant lucide et mobile. Voltaire optimiste ? Quelle erreur ! Pessimiste ou nihiliste ? Pas davantage. Mais alors ? Alors, la vérité est qu'on ne le lit pas.

En 1964, dans sa belle préface aux *Romans et contes* [1], Barthes écrivait : « Il n'a d'autre système que la haine du système (et l'on sait qu'il n'y a rien de plus âpre que ce système-là) ; ses ennemis seraient aujourd'hui les doctrinaires de l'Histoire, de la Science ou de l'Existence, marxistes, progressistes, existentialistes, intellectuels de gauche,

1. Voltaire, *Romans et contes*, Gallimard, « Folio » n° 876.

Voltaire les aurait haïs, couverts de lazzi incessants, comme il a fait, de son temps, pour les jésuites. » Nous sommes, sauf erreur, en 1994, et les « intellectuels de gauche » ne sont, pas plus que les jésuites, en position confortable. Voltaire aurait donc gagné ? Loin s'en faut. Car aux dévots d'il y a deux cents ans, ou trente ans, ont succédé d'autres dévots et d'autres dévotes, toujours aussi « politiquement corrects ». À vrai dire l'engeance est éternelle, et Voltaire la ramasse dans cette formule : « Ils se sont faits dévots de peur de n'être rien. » Au culte de l'Histoire a donc succédé celui d'une pseudo-fin de l'Histoire ; au Scientisme dix-neuviémiste, le règne de la Technique généralisée ; à l'Existence comme valeur, le retour déferlant des intégrismes et des fanatismes appuyés sur l'escroquerie de « Dieu » comme marchandise. Voltaire de droite ? Allons donc, la droite le déteste, et à juste titre : son rire est mortel. De gauche ? Eh non, trop libre. Du centre ? Mais il est, dans son langage même, la négation de tout « centre ». Alors ? Alors, nous faisons semblant de le commémorer (lui qui aurait eu horreur d'être enfermé au Panthéon, surtout à côté de Rousseau), mais nous n'aimons pas, et pour cause, ce « grand seigneur de l'intelligence » comme l'appelait Nietzsche qui, finalement, reconnaissait en lui son précurseur.

Faites l'épreuve : ouvrez *Candide* ou la *Correspondance.* Voltaire est accablant de simplicité, de complexité, d'électricité, de gaieté. C'est un Verbe fait homme (et voilà pour sa compétition avec Jésus-Christ), une langue sans cesse en acte pardessus elle-même. Plutôt que de « défendre » la langue française, mieux vaudrait propager Voltaire, décréter, *urbi et orbi*, sa lecture systématique. Exemple : « La vie n'est que de l'ennui ou de la crème fouettée. » Ou encore : « On ne vit pas assez longtemps. Pourquoi les carpes vivent-elles plus que les hommes ? C'est ridicule. » Ou encore : « Quiconque me dit : pense comme moi ou Dieu te damnera, me dira bientôt : pense comme moi, ou je t'assassinerai. » Ou encore : « J'ai vu qu'il n'y avait rien à gagner à être modéré, et que c'est une duperie. Il faut faire la guerre et mourir noblement sur un tas de bigots immolés à mes pieds. »

Toutes ces flèches, je les emprunte à la monumentale biographie de Voltaire, enfin achevée, sous la direction de René Pomeau [1]. Faut-il s'étonner qu'elle soit publiée à Oxford ? À peine. Ces livres sont un enchantement. Roman policier, aventure quotidienne, château volant de ruses, de sincérités, d'indignations, d'insolences, telle est la forme de la vérité. Dieu, que cela nous manque au milieu de tant d'ignorance, de superstition, de bêtise, de cruauté, de plaisanterie ! Ce patient travail, jamais ennuyeux, à propos de « l'aubergiste de l'Europe », est un grand chef-d'œuvre. La fin du vingtième siècle, décidément stupéfiante, nous impose donc Voltaire pour démasquer la Diablerie en cours ? Comme j'aime cette notation d'une des visiteuses de sa vieillesse, à Ferney : « Il était gai, causant. Nous avons parlé de la mort en étouffant de rire. » Comme elle est inouïe, cette déclaration en trois mouvements expédiée un jour à Mme Denis : « On a voulu m'enterrer. Mais j'ai esquivé. Bonsoir. »

1. Deux derniers volumes parus, IV et V, *Voltaire Foundation, Taylor Institution,* Oxford, 1994.

NOTE

Provenance des textes :

Les surprises de Fragonard : album, Gallimard, 1987.

Un Français à New York : préface à *New York* de Paul Morand, GF-Flammarion, 1989.

La chambre close : album photographique, Éditions 1900, 1987.

Le secret de Rodin : album, Gallimard, 1987.

De Kooning, vite : album (deux volumes), Éditions de la Différence, 1988.

Stratégie de Céline : préface à Céline : *Lettres à la NRF*, Gallimard, 1991.

Physique de Genet : préface à Jean Genet : *Journal du voleur, Querelle de Brest, Pompes funèbres*, Gallimard, 1993.

Le cas Sévigné : préface à *Lettres de Mme de Sévigné*, Éditions Scala, 1992.

Écrire contre l'oubli et *Nouvelle nuit, nouveau brouillard* ont été écrits spécialement pour Amnesty International en 1991 et 1994.

Enfin la plupart des autres titres viennent d'une publication régulière dans le journal *Le Monde*, à Paris. Mon remerciement s'adresse donc au *Monde des livres* qui m'a permis cette liberté, et particulièrement à Josyane Savigneau qui en a été l'inspiratrice.

INDEX DES NOMS

Si des personnes ou des personnages ne sont connus que sous leur prénom, ils figureront à leur prénom : par exemple, Albertine Simonet est classée sous Albertine ; il en est de même lorsque la personne ou le personnage sont connus plutôt par leur surnom que par leur nom.

Table

DU MÊME AUTEUR

Aux Éditions Gallimard

FEMMES, roman (Folio nº 1620)

PORTRAIT DU JOUEUR, roman (Folio nº 1786)

THÉORIE DES EXCEPTIONS (Folio Essais nº 28)

PARADIS 2, roman (Folio nº 2759)

LE CŒUR ABSOLU, roman (Folio nº 2013)

LES SURPRISES DE FRAGONARD

RODIN. DESSINS ÉROTIQUES

LES FOLIES FRANÇAISES, roman (Folio nº 2201)

LE LYS D'OR, roman (Folio nº 2279)

LA FÊTE À VENISE, roman (Folio nº 2463)

IMPROVISATIONS (Folio Essais nº 165)

LE RIRE DE ROME, entretiens

LE SECRET, roman (Folio nº 2687)

LA GUERRE DU GOÛT

LE PARADIS DE CÉZANNE

LES PASSIONS DE FRANCIS BACON

SADE CONTRE L'ÊTRE SUPRÊME, *précédé de* SADE DANS LE TEMPS

Aux Éditions Cercle d'Art

PICASSO, LE HÉROS

Aux Éditions Plon

CARNET DE NUIT

LE CAVALIER DU LOUVRE, VIVANT DENON

Aux Éditions de la Différence

DE KOONING, VITE

Aux Éditions 1900

PHOTOS LICENCIEUSES DE LA BELLE ÉPOQUE

Aux Éditions du Seuil

Romans :

UNE CURIEUSE SOLITUDE (Points-romans n° 185)

LE PARC (Points-romans n° 28)

DRAME (L'Imaginaire-Gallimard n° 227)

NOMBRES

LOIS

H

PARADIS (Points-romans n° 690)

Essais :

L'INTERMÉDIAIRE

LOGIQUES

L'ÉCRITURE ET L'EXPÉRIENCE DES LIMITES (Points n° 24)

SUR LE MATÉRIALISME

Aux Éditions Grasset, collection *Figures (1981) et aux Éditions Denoël,* collection *Médiations*

VISION À NEW YORK, entretiens

Préfaces à :

Paul Morand, NEW YORK, *GF Flammarion*

Madame de Sévigné, LETTRES, *Éd. Scala*

FEMMES, MYTHOLOGIES, en collaboration avec Erich Lessing, *Imprimerie Nationale*

COLLECTION FOLIO

Dernières parutions

2555.	Boileau-Narcejac	*Les nocturnes.*
2556.	Alain Bosquet	*Le métier d'otage.*
2557.	Jeanne Bourin	*Les compagnons d'éternité.*
2558.	Didier Daeninckx	*Zapping.*
2559.	Gérard Delteil	*Le miroir de l'Inca.*
2560.	Joseph Kessel	*La vallée des rubis.*
2561.	Catherine Lépront	*Une rumeur.*
2562.	Arto Paasilinna	*Le meunier hurlant.*
2563.	Gilbert Sinoué	*La pourpre et l'olivier.*
2564.	François-Marie Banier	*Le passé composé.*
2565.	Gonzalo Torrente Ballester	*Le roi ébahi.*
2566.	Ray Bradbury	*Le fantôme d'Hollywood.*
2567.	Thierry Jonquet	*La Bête et la Belle.*
2568.	Marguerite Duras	*La pluie d'été.*
2569.	Roger Grenier	*Il te faudra quitter Florence.*
2570.	Yukio Mishima	*Les amours interdites.*
2571.	J.-B. Pontalis	*L'amour des commencements.*
2572.	Pascal Quignard	*La frontière.*
2573.	Antoine de Saint-Exupéry	*Écrits de guerre (1939-1944).*
2574.	Avraham B. Yehoshua	*L'amant.*
2575.	Denis Diderot	*Paradoxe sur le comédien.*
2576.	Anonyme	*La Châtelaine de Vergy.*
2577.	Honoré de Balzac	*Le Chef-d'œuvre inconnu.*
2578.	José Cabanis	*Saint-Simon l'admirable.*
2579.	Michel Déon	*Le prix de l'amour.*
2580.	Lawrence Durrell	*Le sourire du Tao.*

2581.	André Gide	*Amyntas.*
2582.	Hervé Guibert	*Mes parents.*
2583.	Nat Hentoff	*Le diable et son jazz.*
2584.	Pierre Mac Orlan	*Quartier Réservé.*
2585.	Pierre Magnan	*La naine.*
2586.	Naguib Mahfouz	*Chimères.*
2587.	Vladimir Nabokov	*Ada ou l'Ardeur.*
2588.	Daniel Boulanger	*Un été à la diable.*
2589.	Louis Calaferte	*La mécanique des femmes.*
2590.	Sylvie Germain	*La Pleurante des rues de Prague.*
2591.	Julian Gloag	*N'éveillez pas le chat qui dort.*
2592.	J.M.G. Le Clézio	*Étoile errante.*
2593.	Louis Malle	*Au revoir, les enfants.*
2595.	Jean-Bernard Pouy	*L'homme à l'oreille croquée.*
2596.	Reiser	*Jeanine.*
2597.	Jean Rhys	*Il ne faut pas tirer les oiseaux au repos.*
2598.	Isaac Bashevis Singer	*Gimpel le naïf.*
2599.	Andersen	*Contes.*
2600.	Jacques Almira	*Le Bar de la Mer.*
2602.	Dominique Bona	*Malika.*
2603.	John Dunning	*Les mécanos de la mort.*
2604.	Oriana Fallaci	*Inchallah.*
2605.	Sue Hubbell	*Une année à la campagne.*
2606.	Sébastien Japrisot	*Le passager de la pluie.*
2607.	Jack Kerouac	*Docteur Sax.*
2608.	Ruth Rendell/Helen Simpson	*Heures fatales.*
2609.	Tristan L'Hermite	*Le Page disgracié.*
2610.	Alexandre Dumas	*Les Trois Mousquetaires.*
2611.	John Updike	*La concubine de saint Augustin et autres nouvelles.*
2612.	John Updike	*Bech est de retour.*
2613.	John Updike	*Un mois de dimanches.*
2614.	Emmanuèle Bernheim	*Le cran d'arrêt.*
2615.	Tonino Benacquista	*La commedia des ratés.*
2616.	Tonino Benacquista	*Trois carrés rouges sur fond noir.*
2617.	Rachid Boudjedra	*FIS de la haine.*
2618.	Jean d'Ormesson	*La gloire de l'Empire.*

2619. Léon Tolstoï — *Résurrection.*
2620. Ingmar Bergman — *Cris et chuchotements* suivi de *Persona* et de *Le lien.*
2621. Ingmar Bergman — *Les meilleures intentions.*
2622. Nina Bouraoui — *Poing mort.*
2623. Marguerite Duras — *La Vie matérielle.*
2624. René Frégni — *Les nuits d'Alice.*
2625. Pierre Gamarra — *Le maître d'école.*
2626. Joseph Hansen — *Les ravages de la nuit.*
2627. Félicien Marceau — *Les belles natures.*
2628. Patrick Modiano — *Un cirque passe.*
2629. Raymond Queneau — *Le vol d'Icare.*
2630. Voltaire — *Dictionnaire philosophique.*
2631. William Makepeace Thackeray — *La Foire aux Vanités.*
2632. Julian Barnes — *Love, etc.*
2633. Lisa Bresner — *Le sculpteur de femmes.*
2634. Patrick Chamoiseau — *Texaco.*
2635. Didier Daeninckx — *Play-back.*
2636. René Fallet — *L'amour baroque.*
2637. Paula Jacques — *Deborah et les anges dissipés.*
2638. Charles Juliet — *L'inattendu.*
2639. Michel Mohrt — *On liquide et on s'en va.*
2640. Marie Nimier — *L'hypnotisme à la portée de tous.*
2641. Henri Pourrat — *Bons, pauvres et mauvais diables.*
2642. Jacques Syreigeol — *Miracle en Vendée.*
2643. Virginia Woolf — *Mrs Dalloway.*
2645. Jerome Charyn — *Elseneur.*
2646. Sylvie Doizelet — *Chercher sa demeure.*
2647. Hervé Guibert — *L'homme au chapeau rouge.*
2648. Knut Hamsun — *Benoni.*
2649. Knut Hamsun — *La dernière joie.*
2650. Hermann Hesse — *Gertrude.*
2651. William Hjortsberg — *Le sabbat dans Central Park.*
2652. Alexandre Jardin — *Le Petit Sauvage.*
2653. Philip Roth — *Patrimoine.*
2655. Fédor Dostoïevski — *Les Frères Karamazov.*
2656. Fédor Dostoïevski — *L'Idiot.*

2657.	Lewis Carroll	*Alice au pays des merveilles. De l'autre côté du miroir.*
2658.	Marcel Proust	*Le Côté de Guermantes.*
2659.	Honoré de Balzac	*Le Colonel Chabert.*
2660.	Léon Tolstoï	*Anna Karénine.*
2661.	Fédor Dostoïevski	*Crime et châtiment.*
2662.	Philippe Le Guillou	*La rumeur du soleil.*
2663.	Sempé-Goscinny	*Le petit Nicolas et les copains.*
2664.	Sempé-Goscinny	*Les vacances du petit Nicolas.*
2665.	Sempé-Goscinny	*Les récrés du petit Nicolas.*
2666.	Sempé-Goscinny	*Le petit Nicolas a des ennuis.*
2667.	Emmanuèle Bernheim	*Un couple.*
2668.	Richard Bohringer	*Le bord intime des rivières.*
2669.	Daniel Boulanger	*Ursacq.*
2670.	Louis Calaferte	*Droit de cité.*
2671.	Pierre Charras	*Marthe jusqu'au soir.*
2672.	Ya Ding	*Le Cercle du Petit Ciel.*
2673.	Joseph Hansen	*Les mouettes volent bas.*
2674.	Agustina Izquierdo	*L'amour pur.*
2675.	Agustina Izquierdo	*Un souvenir indécent.*
2677.	Philippe Labro	*Quinze ans.*
2678.	Stéphane Mallarmé	*Lettres sur la poésie.*
2679.	Philippe Beaussant	*Le biographe.*
2680.	Christian Bobin	*Souveraineté du vide* suivi de *Lettres d'or.*
2681.	Christian Bobin	*Le Très-Bas.*
2682.	Frédéric Boyer	*Des choses idiotes et douces.*
2683.	Remo Forlani	*Valentin tout seul.*
2684.	Thierry Jonquet	*Mygale.*
2685.	Dominique Rolin	*Deux femmes un soir.*
2686.	Isaac Bashevis Singer	*Le certificat.*
2687.	Philippe Sollers	*Le Secret.*
2688.	Bernard Tirtiaux	*Le passeur de lumière.*
2689.	Fénelon	*Les Aventures de Télémaque.*
2690.	Robert Bober	*Quoi de neuf sur la guerre ?*
2691.	Ray Bradbury	*La baleine de Dublin.*
2692.	Didier Daeninckx	*Le der des ders.*
2693.	Annie Ernaux	*Journal du dehors.*
2694.	Knut Hamsun	*Rosa.*
2695.	Yachar Kemal	*Tu écraseras le serpent.*
2696.	Joseph Kessel	*La steppe rouge.*

2697.	Yukio Mishima	*L'école de la chair.*
2698.	Pascal Quignard	*Le nom sur le bout de la langue.*
2699.	Jacques Sternberg	*Histoires à mourir de vous.*
2701.	Calvin	*Œuvres choisies.*
2702.	Milan Kundera	*L'art du roman.*
2703.	Milan Kundera	*Les testaments trahis.*
2704.	Rachid Boudjedra	*Timimoun.*
2705.	Robert Bresson	*Notes sur le cinématographe.*
2706.	Raphaël Confiant	*Ravines du devant-jour.*
2707.	Robin Cook	*Les mois d'avril sont meurtriers.*
2708.	Philippe Djian	*Sotos.*
2710.	Gabriel Matzneff	*La prunelle de mes yeux.*
2711.	Angelo Rinaldi	*Les jours ne s'en vont pas longtemps.*
2712.	Henri Pierre Roché	*Deux Anglaises et le continent.*
2714.	Collectif	*Dom Carlos* et autres nouvelles françaises du XVIIe siècle.
2715.	François-Marie Banier	*La tête la première.*
2716.	Julian Barnes	*Le porc-épic.*
2717.	Jean-Paul Demure	*Aix abrupto.*
2718.	William Faulkner	*Le gambit du cavalier.*
2719.	Pierrette Fleutiaux	*Sauvée !*
2720.	Jean Genet	*Un captif amoureux.*
2721.	Jean Giono	*Provence.*
2722.	Pierre Magnan	*Périple d'un cachalot.*
2723.	Félicien Marceau	*La terrasse de Lucrezia.*
2724.	Daniel Pennac	*Comme un roman.*
2725.	Joseph Conrad	*L'Agent secret.*
2726.	Jorge Amado	*La terre aux fruits d'or.*
2727.	Karen Blixen	*Ombres sur la prairie.*
2728.	Nicolas Bréhal	*Les corps célestes.*
2729.	Jack Couffer	*Le rat qui rit.*
2730.	Romain Gary	*La danse de Gengis Cohn.*
2731.	André Gide	*Voyage au Congo* suivi de *Le retour du Tchad.*
2733.	Ian McEwan	*L'enfant volé.*
2734.	Jean-Marie Rouart	*Le goût du malheur.*
2735.	Sempé	*Âmes sœurs.*
2736.	Émile Zola	*Lourdes.*

2737.	Louis-Ferdinand Céline	*Féerie pour une autre fois.*
2738.	Henry de Montherlant	*La Rose de sable.*
2739.	Vivant Denon Jean-François de Bastide	*Point de lendemain*, suivi de *La Petite Maison.*
2740.	William Styron	*Le choix de Sophie.*
2741.	Emmanuèle Bernheim	*Sa femme.*
2742.	Maryse Condé	*Les derniers rois mages.*
2743.	Gérard Delteil	*Chili con carne.*
2744.	Édouard Glissant	*Tout-monde.*
2745.	Bernard Lamarche-Vadel	*Vétérinaires.*
2746.	J.M.G. Le Clézio	*Diego et Frida.*
2747.	Jack London	*L'amour de la vie.*
2748.	Bharati Mukherjee	*Jasmine.*
2749.	Jean-Noël Pancrazi	*Le silence des passions.*
2750.	Alina Reyes	*Quand tu aimes, il faut partir.*
2751.	Mika Waltari	*Un inconnu vint à la ferme.*
2752.	Alain Bosquet	*Les solitudes.*
2753.	Jean Daniel	*L'ami anglais.*
2754.	Marguerite Duras	*Écrire.*
2755.	Marguerite Duras	*Outside.*
2756.	Amos Oz	*Mon Michaël.*
2757.	René-Victor Pilhes	*La position de Philidor.*
2758.	Danièle Sallenave	*Les portes de Gubbio.*
2759.	Philippe Sollers	*PARADIS 2.*
2760.	Mustapha Tlili	*La rage aux tripes.*
2761.	Anne Wiazemsky	*Canines.*
2762.	Jules et Edmond de Goncourt	*Manette Salomon.*
2763.	Philippe Beaussant	*Héloïse.*
2764.	Daniel Boulanger	*Les jeux du tour de ville.*
2765.	Didier Daeninckx	*En marge.*
2766.	Sylvie Germain	*Immensités.*
2767.	Witold Gombrowicz	*Journal I (1953-1958).*
2768.	Witold Gombrowicz	*Journal II (1959-1969).*
2769.	Gustaw Herling	*Un monde à part.*
2770.	Hermann Hesse	*Fiançailles.*
2771.	Arto Paasilinna	*Le fils du dieu de l'Orage.*
2772.	Gilbert Sinoué	*La fille du Nil.*
2773.	Charles Williams	*Bye-bye, bayou !*
2774.	Avraham B. Yehoshua	*Monsieur Mani.*

2775. Anonyme — *Les Mille et Une Nuits III (contes choisis).*
2776. Jean-Jacques Rousseau — *Les Confessions.*
2777. Pascal — *Les Pensées.*
2778. Lesage — *Gil Blas.*
2779. Victor Hugo — *Les Misérables I.*
2780. Victor Hugo — *Les Misérables II.*
2781. Dostoïevski — *Les Démons (Les Possédés).*
2782. Guy de Maupassant — *Boule de suif* et autres nouvelles.
2783. Guy de Maupassant — *La Maison Tellier. Une partie de campagne* et autres nouvelles.
2784. Witold Gombrowicz — *La pornographie.*
2785. Marcel Aymé — *Le vaurien.*
2786. Louis-Ferdinand Céline — *Entretiens avec le Professeur Y.*
2787. Didier Daeninckx — *Le bourreau et son double.*
2788. Guy Debord — *La Société du Spectacle.*
2789. William Faulkner — *Les larrons.*
2790. Élisabeth Gille — *Le crabe sur la banquette arrière.*
2791. Louis Martin-Chauffier — *L'homme et la bête.*
2792. Kenzaburô Ôé — *Dites-nous comment survivre à notre folie.*
2793. Jacques Réda — *L'herbe des talus.*
2794. Roger Vrigny — *Accident de parcours.*
2795. Blaise Cendrars — *Le Lotissement du ciel.*
2796. Alexandre Pouchkine — *Eugène Onéguine.*
2797. Pierre Assouline — *Simenon.*
2798. Frédéric H. Fajardie — *Bleu de méthylène.*
2799. Diane de Margerie — *La volière* suivi de *Duplicités.*
2800. François Nourissier — *Mauvais genre.*
2801. Jean d'Ormesson — *La Douane de mer.*
2802. Amos Oz — *Un juste repos.*
2803. Philip Roth — *Tromperie.*
2804. Jean-Paul Sartre — *L'engrenage.*
2805. Jean-Paul Sartre — *Les jeux sont faits.*
2806. Charles Sorel — *Histoire comique de Francion.*
2807. Chico Buarque — *Embrouille.*
2808. Ya Ding — *La jeune fille Tong.*
2809. Hervé Guibert — *Le Paradis.*

2810. Martín Luis Guzmán — *L'ombre du Caudillo.*
2811. Peter Handke — *Essai sur la fatigue.*
2812. Philippe Labro — *Un début à Paris.*
2813. Michel Mohrt — *L'ours des Adirondacks.*
2814. N. Scott Momaday — *La maison de l'aube.*
2815. Banana Yoshimoto — *Kitchen.*
2816. Virginia Woolf — *Vers le phare.*
2817. Honoré de Balzac — *Sarrasine.*
2818. Alexandre Dumas — *Vingt ans après.*
2819. Christian Bobin — *L'inespérée.*
2820. Christian Bobin — *Isabelle Bruges.*
2821. Louis Calaferte — *C'est la guerre.*
2822. Louis Calaferte — *Rosa mystica.*
2823. Jean-Paul Demure — *Découpe sombre.*
2824. Lawrence Durrell — *L'ombre infinie de César.*
2825. Mircea Eliade — *Les dix-neuf roses.*
2826. Roger Grenier — *Le Pierrot noir.*
2827. David McNeil — *Tous les bars de Zanzibar.*
2828. René Frégni — *Le voleur d'innocence.*
2829. Louvet de Couvray — *Les Amours du chevalier de Faublas.*
2830. James Joyce — *Ulysse.*
2831. François-Régis Bastide — *L'homme au désir d'amour lointain.*
2832. Thomas Bernhard — *L'origine.*
2833. Daniel Boulanger — *Les noces du merle.*
2834. Michel del Castillo — *Rue des Archives.*
2835. Pierre Drieu la Rochelle — *Une femme à sa fenêtre.*
2836. Joseph Kessel — *Dames de Californie.*
2837. Patrick Mosconi — *La nuit apache.*
2838. Marguerite Yourcenar — *Conte bleu.*
2839. Pascal Quignard — *Le sexe et l'effroi.*
2840. Guy de Maupassant — *L'Inutile Beauté.*
2841. Kôbô Abé — *Rendez-vous secret.*
2842. Nicolas Bouvier — *Le poisson-scorpion.*
2843. Patrick Chamoiseau — *Chemin-d'école.*
2844. Patrick Chamoiseau — *Antan d'enfance.*
2845. Philippe Djian — *Assassins.*
2846. Lawrence Durrell — *Le Carrousel sicilien.*
2847. Jean-Marie Laclavetine — *Le rouge et le blanc.*
2848. D.H. Lawrence — *Kangourou.*

2849.	Francine Prose	*Les petits miracles.*
2850.	Jean-Jacques Sempé	*Insondables mystères.*
2851.	Béatrix Beck	*Des accommodements avec le ciel.*
2852.	Herman Melville	*Moby Dick.*
2853.	Jean-Claude Brisville	*Beaumarchais, l'insolent.*
2854.	James Baldwin	*Face à l'homme blanc.*
2855.	James Baldwin	*La prochaine fois, le feu.*
2856.	W.-R. Burnett	*Rien dans les manches.*
2857.	Michel Déon	*Un déjeuner de soleil.*
2858.	Michel Déon	*Le jeune homme vert.*
2859.	Philippe Le Guillou	*Le passage de l'Aulne.*
2860.	Claude Brami	*Mon amie d'enfance.*
2861.	Serge Brussolo	*La moisson d'hiver.*
2862.	René de Ceccatty	*L'accompagnement.*
2863.	Jerome Charyn	*Les filles de Maria.*
2864.	Paule Constant	*La fille du Gobernator.*
2865.	Didier Daeninckx	*Un château en Bohême.*
2866.	Christian Giudicelli	*Quartiers d'Italie.*
2867.	Isabelle Jarry	*L'archange perdu.*
2868.	Marie Nimier	*La caresse.*
2869.	Arto Paasilinna	*La forêt des renards pendus.*
2870.	Jorge Semprun	*L'écriture ou la vie.*

Composition Bussière
Impression Bussière Camedan Imprimeries
à Saint-Amand (Cher),
le 23 septembre 1996.
Dépôt légal : septembre 1996.
Numéro d'imprimeur : 1180-1/1253.

ISBN 2-07-040058-1. / Imprimé en France.

76451